Lena Christ
ERINNERUNGEN EINER ÜBERFLÜSSIGEN
RUMPLHANNI
MADAM BÄURIN

Lena Christ

ERINNERUNGEN EINER ÜBERFLÜSSIGEN

RUMPLHANNI

MADAM BÄURIN

List

Der List Verlag ist ein Unternehmen der Verlagsgruppe
, Ullstein Heyne List GmbH & Co. KG.

ISBN 3-471-77258-8

Neuausgabe 2002 Ullstein Heyne List GmbH & Co. KG, München
© 1997 List Verlag GmbH, München
Alle Rechte vorbehalten. Printed in Austria.
Druck und Bindung: Wiener Verlag, Himberg

Inhalt

Erinnerungen einer Überflüssigen

Oft habe ich versucht, mir meine früheste Kindheit ins Gedächtnis zurückzurufen, doch reicht meine Erinnerung nur bis zu meinem fünften Lebensjahr und ist auch da schon teilweise ausgelöscht. Mit voller Klarheit aber steht noch ein Sonntagvormittag im Winter desselben Jahres vor mir, als ich, an Scharlach erkrankt, auf dem Kanapee in der Wohnstube lag; es war dies der einzige Raum, der geheizt wurde.

Der Großvater war in seinem geblumten Samtgilet, dem braunen Rock mit den silbernen Knöpfen und dem blauen, faltigen Tuchmantel in die Kirche vorausgegangen, während die Großmutter in dem schönen Kleide, das bald bläulich, bald rötlich schillerte, noch vor mir stand und mich ansah, wobei sie immer wieder das schwarze seidene Kopftuch zurechtrückte. Neben der Tür aber stand in Hemdsärmeln der alte Hausl und wollte eben den Sonntagsrock vom Nagel nehmen, als sich die Großmutter umdrehte und zu ihm sagte: »Geh, Hausl, bleib du heunt dahoam und gib aufs Kind Obacht und tu's Haus hüten; i möcht aa amal wieda in d' Kirch geh'.«

Darauf ließ der Hausl seinen Rock hängen und zog wieder seinen blauen, gestrickten Janker an, und die Großmutter ging zu dem Wandschränklein, das in die Mauer eingelassen war, nahm daraus das Weihbrunnkrügl und wollte gehen. In der Tür aber wandte sie sich noch einmal um und sagte zu mir: »Also, daß d' schö liegn bleibst, Dirnei; i bet scho für di, daß d' wieda g'sund wirst.«

Als sie fort war, ging der alte Hausl in seine Kammer, sich zu rasieren. Da fiel mir ein, ich könnte wieder einmal zu unserer Nachbarin, der alten Sailergroßmutter, gehen. Geschwind stand ich auf und lief hinaus in den Schnee und vor ihr Haus. Ich fand aber die Tür zugesperrt und niemanden daheim; denn sie waren alle in der Kirche. Und

da ich nun lange im Hemd und dem roten Flanellunter-
röckl barfuß im Schnee gestanden war und vergebens
gewartet hatte, schlich ich wieder heim; denn es war bitter
kalt. Als der Hausl mich kommen sah, machte er ein ganz
entsetztes Gesicht und kopfschüttelnd nahm er mich auf
den Arm und legte mich· wieder nieder. Alsbald fiel ich in
ein heftiges Fieber und soll darauf viele Wochen krank
gelegen sein, und man hat geglaubt, daß ich sterben
müßte. Aber der Großvater hat mich gepflegt, und so bin
ich wieder gesund geworden.

Der Großvater nämlich verstand sich auf alles, und wo
man im Dorf eine Hilfe brauchte, da wurde er geholt. Er
war Schreiner, Maurer, Maler, Zimmermann und Kuhdok-
tor, und manchmal hat er auch dem Totengräber aus-
geholfen. Und weil er so überall zur Hand war, hieß man
ihn den Handschuster, und der Name wurde der Haus-
name und ich war die Handschusterleni.

Der Großvater war bartlos und groß und gerade gewach-
sen und hatte trotz der mannigfachen schweren Arbeit
schlanke schöne Hände. Die habe ich in späterer Zeit
oft betrachtet, wenn er am Abend auf der Hausbank saß
und über irgend etwas nachdachte.

Er war überhaupt anders als die Leute im Dorfe; denn er
sprach wenig, ging nicht ins Wirtshaus und war bei keiner
Wahl, wie er auch sonst allem öffentlichen Wesen fern-
blieb. Statt dessen erzählte man, daß er oft im verbor-
genen geholfen habe; und wo einem Armen das Haus
abgebrannt war, da habe er beim Aufbau mit zugegriffen,
ohne lang nach dem Lohn zu fragen.

Damals, im Frühjahr nach meiner Krankheit, war es nun
mein größtes Vergnügen, mit ihm auf dem Wagen, vor
den unser Ochs gespannt war, aufs Feld hinauszufahren.
Von den Äckern, die auf den Höhen rings um das Dorf
lagen, konnte man die fernen Berge sehen, und der Groß-

vater sagte mir von dem höchsten, daß es der Wendelstein sei.

Während er nun pflügte oder säete, brockte ich Blumen und betrachtete sie und die Welt dahinter durch bunte Scherben, die ich vor dem Hause des Glasers aufgelesen hatte; oder ich lief mit dem Sturm über die Wiesen und suchte ihn zu überschreien.

Abends auf dem Rückweg setzte mich dann der Großvater rittlings auf den Ochsen, und so sah ich schon von weitem die bläulichen Rauchwölklein über unserem Dache, die uns anzeigten, daß die Abendsuppe schon auf dem Feuer stand.

Waren wir daheim angekommen, so sprang ich rasch in die Küche, steckte, wenn die Großmutter in der Speis war, die Nase in alle Hafen und Tiegel, zu sehen, was es Gutes gäbe, und lief dann hinter dem Großvater drein, der vom Hausflöz durch den Stall in die Scheune ging, dort die Ackergeräte verwahrte und hierauf in dem Schuppen Holz für den Herd herrichtete. Ich tummelte mich derweilen in der Tenne, die wie der Stall und Schuppen an das kleine, freundlich mit bläulicher Farbe getünchte Wohnhaus angebaut war und mit ihm unter einem Dache stand, das sauber mit Holzschindeln eingedeckt und mit Felsblöcken beschwert war. Rings um das Häuschen zog sich ein saftiger Grasgrund, und von den Fenstern der Wohnstube, an denen reichblühende Geranien und Menschenleben standen, sah man im Sommer ein zierliches Gemüsegärtlein, dessen Beete mit feurigen Nelken, Dahlien, fliegenden Herzlein und buschigen Rosensträuchern eingefaßt waren. Am Eingang des Gärtleins stand ein großer Rosmarinstrauch, den der Großvater bei seiner Heirat selbst gepflanzt hatte.

Von der Tenne nun schlüpfte ich des öfteren in den Hühnerstall und durchsuchte ihn nach Eiern. Besonders als

Ostern nicht mehr fern war, trieb es mich immer wieder dahin; denn um diese Zeit gab es unter uns ein großes Vergnügen, das Oarscheiben. Da zogen alle Kinder des Dorfes zu den großen Bauernhöfen, und dort wurden wir bewirtet und bekamen G'selchts, Osterbrot und bunte Eier. Diese aber wurden nicht gegessen, sondern zum Oarscheiben aufgehoben. Dabei teilten wir uns in zwei Parteien, und die einen standen hüben, die anderen drüben; dazwischen aber waren in schräger Lage zwei Rechen aneinandergelegt, und auf dieser Bahn ließen wir unsere Eier hinunterrollen. Die Partei nun, auf deren Seite das Ei fiel, hatte es gewonnen, und wo am Schluß die meisten Eier lagen, war der Sieg. Freilich begann dann oft erst der eigentliche Kampf, und die Eier, die zuvor gerollt waren, flogen jetzt.

Während aber die andern sich noch rauften, sammelte ich, ohne mich besonders sichtbar zu machen, mit flinker Hand die also zu Waffen gebrauchten Eier und lief alsdann mit meinem vollen Schürzlein heim, wo ich dem Großvater die Beute vor die Füße kugeln ließ.

Da gab's dann andern Tags ein gutes Gericht, den Oarsülot, zu dessen Bereitung ich schon am frühen Morgen mit der Großmutter den wildwachsenden Feldsalat von einer nahen Anhöhe brocken mußte, während der Großvater derweil daheim die Eier fein zerhackt und zerrührt hatte, was er alle Ostern selber tat, da keins ihm dies Geschäft recht machen konnte.

Auch sonst war er oft in der Küche draußen und half der Großmutter Rüben schälen oder Semmeln schneiden für die Alltagskost, die Knödel; denn diese durften keinen Tag fehlen. Auch am Sonntag kamen sie, freilich viel größer und schwärzer, als Leberknödel auf den Tisch.

Das Wasser, in dem die Knödel, die neben ihrer Schmackhaftigkeit auch noch den Vorzug der Billigkeit hatten, gesotten wurden, wurde bei uns nie weggeschüttet, sondern in einer großen bemalten Schüssel aufgetragen. Dazu stellte die Großmutter ein Pfännlein mit heißem Schmalz und braunen Zwiebeln und im Sommer auch ein Schüsselchen voll Schnittlauch. Der Großvater langte dann den von der Mutter selbstgebackenen Brotlaib, der mittels unseres großen Hausschlüssels ringsum mit einem Kranz von ringförmigen Eindrücken verziert war, aus dem Wandschränklein und begann langsam und bedächtig Schnittlein um Schnittlein in die Brüh zu schneiden. Danach goß er die Schmelz darüber, würzte gut mit Salz und Pfeffer und rührte mit seinem Löffel etliche Male um. Alsdann sagte er: »So Muatta, jatz ko'st betn.«

Fleisch kam bei uns nur zu ganz besonderen Gelegenheiten auf den Tisch, und selbst am Sonntag genügten meinen Großeltern die Leberknödel mit dem Tauch, einem Gemüse von Dotschen, Rüben oder Kohlraben. Nur der Großvater erhielt als Feiertagsmahl ein Stück gesottenes Rindsfett, das er gesalzen und gepfeffert nur mit einem Stücklein Brote aß.

An Ostern aber ließen sich's die Großeltern nicht nehmen, ein ordentliches Stück Geselchtes und dazu noch einen Tiegel voll von unserm selbstgemachten Kraut aufzustellen, nebst einem Körblein Eier, die samt dem mit viel Zyperben und Weinbeerln gebackenen Osterbrot schon in der Früh des Ostertags vom Großvater zur Weih' getragen wurden.

Auch sonst gab's allerlei Vergnügungen und Kurzweil für die Großen und die Kleinen, und es war auch um die Osterzeit, daß die Kinder, die ungefähr in meinem Alter waren, anfingen, etwas Heimliches untereinander zu treiben. Der Schlosserflorian und die Ropferzenzi hatten im Stall bei der Wagnerin die Zicklein angeschaut, und hierbei hatte der Florian der Zenzi, die vor ihm hockte, unter den Rock gesehen und hatte ihr darauf auch etwas gewiesen. Dabei überraschte sie die Wagnerin, und alsbald wußte es das ganze Dorf. Die Kinder aber, die fünf- und sechsjährigen, hatten nichts anderes zu tun, als dies sofort nachzuahmen, und alsbald saßen auf den Heuböden oder hinter der Planke vom Huberwirt die Pärlein im Gras und betrachteten einander.

Diese Vorfälle wurden nun von einem alten, frommen Fräulein dem Herrn Pfarrer hinterbracht, der dann am darauffolgenden Sonntag von der Kanzel herab wetterte über die Zuchtlosigkeit der Eltern, die nicht achtgehabt hätten auf das Heiligste der Kinder, auf ihre Unschuld. Viele von den Eltern hatten es aber in der Sorge um das Ihre übersehen, manche wohl auch übersehen wollen.

Mit dem beginnenden Sommer fingen wir an zu fischen. Da suchte man sich einen Stecken; daran wurde eine alte Gabel gebunden und mit ihr nach den Dollen oder Mühlkoppen, die sich im Bach unter Steinen, Scherben oder alten Häfen verborgen hielten, gestochen. Mit dem Stecken wurde der Stein zur Seite geschoben, und wenn der Fisch hervorschoß, wurde er angespießt. Ich war nun so geschickt, daß ich sie auch mit der Hand fangen konnte. Da nahm ich den Rock auf, stieg in den Bach hinein, bückte mich, tauchte vorsichtig den rechten Arm ins Wasser und näherte mich mit der Hand dem Fisch, bis er zwischen meinen Fingern stand; dann griff ich rasch zu. Gegen Abend trugen wir dann in einem alten Hafen den ganzen Fang heim. War die Großmutter im Stall, so schlug ich in der Küche die Fische mit einem Stein auf den Kopf, nahm heimlich Schmalz aus der Speisekammer und warf die Fische, nachdem ich noch schnell Salz, Mehl und ein paar Eier darangetan, in eine Pfanne. Die gebratenen Dollen brachte ich dann hinaus vors Haus, wo die anderen Kinder im Gras saßen und warteten. Unter dem Essen wurde nun erst die Schwimmblase und was sonst noch im Innern des Fisches war, mit dem Finger herausgeholt.

Einmal freilich wäre ich beim Fischen beinah ertrunken, und das kam so: Da hat die Großmutter mit unserer Nachbarin, der alten Sailerin, die sehr schwerhörig war, Wasch g'schwoabt, d. i. Wäsche im Bach gespült. Als sie beide mit dem schweren Zuber davongingen, rief mir die Großmutter zu: »Lenei, daß d' fei du dahoam bleibst und ja net abi gehst am Bach, net daß d' eini fallst und dasaufst.«

Ich aber nahm, dem Verbot zum Trotz, meinen Stecken mit der Gabel und einen großen Hafen und schlich leise hinterdrein.

Die Großmutter und die Sailerin hatten sich auf die große Waschbank, die in den Bach hineingebaut war, gekniet und wuschen und hörten bei dem Rauschen des Wassers nicht, wie ich mich hinter ihrem Rücken auf die Waschbank legte. Kaum hatte ich mit meinem Stecken einen Stein zur Seite gerückt, als schon ein großer Dollen herausfuhr. Ich ziele und steche mit der Gabel zu; aber die war nicht festgebunden und rutscht ab. Inzwischen war der Fisch zur Seite geschnellt und blieb nahe dem Ufer über dem Sand stehen. Mir schien die Stelle seicht genug, um ihn jetzt mit der Hand fangen zu können. Ich stülpe also meinen Ärmel auf, strecke den Arm aus und will den Fisch fassen, versinke aber mit der Hand tief in den weichen Ufersand; dabei verliere ich das Gleichgewicht und stürze in den Bach, jedoch so, daß die Füße noch auf der Waschbank blieben. Den Kopf unter Wasser zerre und zapple ich so lange, bis ich die Füße nachziehen konnte. Derweilen hatte mir aber das Wasser schon alle Kraft genommen und trieb mich nun unter der Waschbrücke hindurch grad unter die Hände meiner Großmutter.

»Jess', Mariand Josef, insa Lenei!« schrie sie und ließ das

Wäschestück fahren, packte die alte Sailerin am Arm, schüttelte sie heftig und schrie ihr ins Ohr: »He, Soalerin, hilf, insa Lenei datrinkt!«

Darauf zogen sie mich heraus und führten mich heim.

Als der Großvater mich sah, meinte er: »Aba Lenei, gel, jetzt hast es; wie leicht kunntst dasuffa sei!«

Der Hausl aber, der auf dem Kanapee saß, spottete: »Gel, bist in Bach einig'falln, du Schliffi!«

Der Hausl, Balthasar Hauser, wie er eigentlich hieß, war im übrigen mein guter Freund. Im Dorf war er freilich wenig beliebt, weil er recht barsch war und ein großer Geizhals. Ging er umher, so streckte er die Arme weit hinter sich hinaus; denn er war schon ganz krumm und alt. Er lebte bei den Großeltern im Austrag und bewohnte die an unsere Wohnstube anstoßende Kammer. Darin hatte er aus der Mauer ein paar Ziegelsteine herausgebrochen, das Loch ausgemauert und vor die Öffnung als Tür ein dickes Brettlein gemacht, das in Scharnieren hing und an das der Schlosser ein Schloß hatte anbringen müssen. In diesen Behälter tat er sein Geld und seine Kostbarkeiten, schmierte das Türlein mit Kalk zu und machte mit einem Farbstift einen winzigen Punkt an die Stelle, wo sich das Schlüsselloch befand. So glaubt er seine Habe erst sicher vor den Menschen, denn außer mir wußte niemand um diesen geheimen Ort. Wenn er nun einige Pfennige brauchte, wie an den Sonntagen zum Bier, so ging er in seine Kammer, zog die Vorhänge zu, kratzte mit einem Messer den Kalk vom Schlüsselloch, und sobald er das Wenige, das er jeweils brauchte, herausgenommen hatte, strich er alles wieder zu und machte einen neuen Punkt. Das Häuflein mit dem Kalk bewahrte er unter dem Bett auf, das Nachtgeschirr darübergestürzt. Damit nun nicht etwa jemand diese Dinge fände, putzte er selbst seine Kammer und machte sein Bett. Auch wusch er selber seine Wäsche; denn er fürchtete, der Großmutter etwas zahlen zu müssen; und zwar wusch er immer nur ein Stück, hängte es darauf in die Sonne und setzte sich dazu, damit es ihm nicht etwa gestohlen wurde. Kam ich an solchen Tagen und sagte: »Hausl, geh mit mir furt!«, so zeigte er auf sein Sacktüchl und sagte: »Wart a bißl, bis mei Schneuztüchl trucka is.« Außer ihm waren bei meinen Großeltern noch Kostkinder im Hause, die die Großmutter aufzog.

Sie war eigentlich nicht meine rechte Großmutter, sondern nur die Schwester derselben. Meine leibliche Großmutter habe ich nicht gekannt; sie war schon lange tot. Von ihr hat mir die Großmutter im Winter, wenn sie mit der alten Sailerin und der Huberwirtsmarie am Spinnrad saß, viel erzählt. Sie sei eine sehr böse Frau gewesen, im ganzen Ort gefürchtet, und alle Leute seien froh gewesen, als sie endlich mit achtunddreißig Jahren gestorben sei. Sie hatte lange an Magen- und Leberkrebs gelitten; darum hatte ihre Schwester schon bei ihren Lebzeiten das Hauswesen beim Großvater geführt und die Kinder erzogen. Eigentlich aber war sie eine Nähterin.

Als nun der Großvater Witwer war, wollte er die Schwägerin heiraten; da sie aber in ihrer Jugend Mitglied und später Präfektin des weltlichen dritten Ordens des heiligen Franziskus geworden war, mußte er deswegen sich an den Papst wenden, der ihr unter der Bedingung Dispens erteilte, daß sie mit ihrem Manne eine sogenannte Josephsehe führe, das heißt, die gelobte Keuschheit bewahre. Daher kam es wohl auch, daß der Großvater sie immer mit großer Achtung behandelte und ihr niemals ein böses Wort gab. Nur einmal war eine Geschichte:

Von unsern Kühen gab eine, das Bräundl, zu wenig Milch. Da nahm sich der Großvater vor, sie nach Holzkirchen auf den Markt zu führen und gegen eine bessere umzutauschen. Obwohl nun die Großmutter dagegen war, hat er sie doch fortgetrieben und dafür eine wunderschöne, schwarzfleckige Kuh heimgebracht.

Als sie nun das erstemal von der Großmutter gemolken wurde, gab auch sie nur ein paar Liter Milch. Da meinte man, es komme von der Anstrengung; aber es wurde nicht besser. Als sie nach ungefähr einer Woche nicht mehr als fünf Liter Milch gab, während wir sonst von unseren Kühen zehn bis zwölf Liter hatten, ward die Großmutter sehr ärgerlich und fing an, mit dem Großvater zu streiten, und sagte: »Da hättst aa nix Bessers toa könna, als wie dös Viech daherbringa; hättst halt's Bräundl g'haltn. Bringst da so an Ranka daher, der oan's Fuada wegfrißt und für nix guat is.«

Da wurde der Großvater zornig: »Sei stad! Was vastehst denn du, du Rindviech! Dös ko i da Kuah net o'sehgn, daß koa Milli gibt bei so an Trumm Euter. Na weis i's halt wieder furt in Gott'snam', daß d' an Ruah gibst, alt's Rindviech.«

Darauf erwiderte die Großmutter nichts, sondern ging in die Kuchl hinaus.

Als sie aber beim Nachtessen das Tischgebet sprach, fing sie plötzlich beim Vaterunser an ganz laut zu schluchzen und lief hinaus. Da sprach ich das Gebet zu Ende und sagte darauf zum Großvater: »Gel, jetzt hast es, weilst so grob bist. Warum greinst denn a so, wo's es net braucht! Mei Großmuatta is brav, und balst es no amal schimpfst, nacha mag i di nimma!«

Darauf sagte der Hausl, der auch mit uns aß: »Woaßt, Handschuasta, dös sell muaß i selm sagn; da hast an schlechtn Tausch g'macht. Da hat d' Handschuasterin scho recht, und i moan, dösmal warst du's Rindviech g'wen.«

Diese Rede freute mich, und ich ließ das Essen stehen, lief zur Großmutter in die Küche, setzte mich auf ihren Schoß und sagte: »Großmuatterl, sei stad und woan nimma. Der Großvata is dir scho wieda guat, und der Hausl sagt's aa, daß der Großvata 's Rindviech is. Jatz weist er d' Kuah wieder furt und kaaft dir a andere. Und i hab's eahm scho g'sagt, er darf di nimma ausgreina.«

Da nahm sie mich um den Hals und sagte: »Du bist halt mei Brave, gel Lenei.«

Darauf aß ich mit ihr draußen in der Küche zur Nacht, zog sie danach wieder in die Stube und rief: »So, Großvata, jatz is dir d' Großmuatta wieda guat und woant nimma; jatz muaßt aba versprecha, daß d' es wieda magst und nimma greinst.« Da lachte er: »No, in Gottsnam, Hex, na mag i 's halt wieda.«

In der Nacht hab ich zwischen ihnen beiden geschlafen und hab ein jedes bei der Hand genommen und ihnen die Hände gedrückt und sie festgehalten.

Auf einmal fängt die Großmutter aufs neue zu schluchzen an: »Naa, i ko's net vergessn, was d' g'sagt hast, wo i dir g'wiß a bravs, rieglsams Wei' g'wen bin.«

»Stad bist ma!« erwiderte der Großvater. »Bevor i harb wer'. Dös ko an jedn passiern; geh nur und kaaf du ei!«

Jetzt wurde ich wild, stieß den Großvater mit Füßen, schopfte ihn bei den Haaren und schrie: »Jatz werd's ma z' dumm! Jatz laß d' mei Großmuatta steh, sunst steh i auf und laaf furt und geh zu der Münkara Muatta; da is scheena, da werd net g'strittn und g'greint!«

Darauf mußte sich die Großmutter in die Mitte legen und ich legte mich hinaus. Der Großvater aber lachte: »Geh, schlaf, du Nachtei!«

Am andern Tag in der Früh fragte ich gleich die Groß-mutter: »Is er dir wieda guat, der Vata?«

»Ja«, erwiderte sie, »mir san scho guat.«

Aber beim Beten weinte sie wieder wie den Tag zuvor, und so ging es noch drei oder vier Tage fort.

Die Kuh aber hat der Großvater an den Huberwirt verkauft und dafür vom Schneider zu Balkham eine wunderschöne, trächtige heimgebracht.

Damit war der Streit geschlichtet, und ich brauchte nicht mehr zu der Münkara Muatta, das heißt zu meiner Mutter in München, zu gehen, die ich übrigens noch nie gesehen hatte und von der ich nur hatte reden hören. Zu dieser Zeit aber kam ein Brief an meine Großmutter, darin die Mutter schrieb, daß sie bald kommen würde, uns zu besuchen.

Da sagte mein Großvater zu mir: »Dirnei, jatz muaßt brav sei, d' Münkara Muatta kimmt; dö bringt dir ebbas Scheens mit. Bal' s' kimmt, na derfst es von der Bahn abholn.«

Ich glaubte natürlich, meine Münkara Muatta käme schon am selben Tag, an dem der Brief gekommen war; schlich mich also barfuß und ohne Hut oder Tüchl gegen die Sonnenhitze, es war im Spätsommer, fort und lief, so schnell ich konnte, über die Brücke den Berg hinauf durch Felder und Wiesen über Schloß Zinneberg und Westerndorf nach der Waldstraße, die gen Grafing führt. Dies war am Nachmittag nach der Vesperzeit. Ich lief durch den Wald, der anfangs ganz licht ist, bald aber dicht, finster und unheimlich wird, bis an eine Stelle, wo ein Feldkreuz mit einem Bild des Fegfeuers und daneben ein Marterl steht als Wahrzeichen, daß hier ein Bauer erschlagen aufgefunden wurde. Da fürchtete ich mich so sehr, daß ich kaum mehr zu atmen, noch mich vom Fleck zu rühren vermochte.

Derweil kamen zwei Radfahrer, die mich nach dem kürzesten Weg nach Grafing fragten. Da löste sich meine Angst und indem ich rief: »Ös derfts grad dera Straßn nachfahrn!« stürmte ich schon an den Herren, die von ihren Rädern abgestiegen waren, vorbei und lief, so rasch mich meine Füße trugen, bis nach Moosach, dem nächsten größeren Dorfe. Dort bat ich eine Bäuerin um einen Trunk Wasser. Freundlich gab sie mir einen Weidling voll Milch und eine Schmalznudel dazu und fragte mich: »Wo kimmst denn her, Dirndei, und wo gehst denn hin?«

»I geh auf Grafing und geh meiner Münkara Muatta z'gegn.«

Sie mahnte noch: »Gel, tua di fei net volaafa, Kind!« und begleitete mich bis unter die Haustür. Mit einem lauten: »Gelt's Gott!« und »Pfüat Gott, Bäuerin!« lief ich wieder weiter, die Straße über Waldbach, Baumhau, den großen Untersumpf entlang nach Grafing.

Schweißtriefend und keuchend kam ich ungefähr um sieben Uhr abends dort am Bahnhof an und fragte einen Bediensteten: »Bitt schön, wißt's ös net, wenn daß der Zug vo' Münka kimmt?«

Der aber meinte, vor acht Uhr käme keiner mehr; denn der letzte sei um fünf Uhr schon gekommen.

Ich glaubte es ihm nicht und fragte einen andern: »Habt's ös mei Münkara Muatta net kemma sehgn?«

Da fing der Mann an zu schelten, und ich stand traurig da und wußte nicht, was anfangen. In diesem Augenblick kam ein Zug. Ich stürmte über den Bahnsteig und lief sofort auf eine vornehm gekleidete Frau zu, die grad ausgestiegen war, und fragte sie: »Bist du mei Münkara Muatta?«

Sie aber gab mir keine Antwort. Inzwischen hörte ich rufen: »Personenzug über Kirchseeon, Haar, Trudering nach München!« Da wurde es mir klar, daß es der Zug von Rosenheim war. Ich setzte mich also auf eine Bank und wartete, bis der Achtuhrzug aus München kam. Da stiegen aber nur wenige Männer aus, und ich mußte mich wieder auf den Heimweg machen, da es schon ziemlich dunkel geworden war. Ich fing nun wieder an zu laufen, zurück durch den Wald und den Sumpf.

Inzwischen war es fast Nacht geworden, und ich sah plötzlich, daß ich mich verirrt hatte.

Nach einem langen Umweg kam ich über Bruck nach Wildenholzen. Es ist das ein kleines, wundernettes Örtlein am Fuß eines schönen, bewaldeten Bergabhanges.

Ganz erschöpft bat ich in dem Wirtshaus, das am Berge stand, ob ich nicht rasten dürfe und wie weit ich wohl noch hätte bis zu meinem Großvater.

»Ja mei, Dirndei, da kimmst heunt nimma hin! Da is gescheita, wennst bei ins da bleibst; morgen fruah fahrst na mit an Bauern hoam. Aba jatz kimm eina, na kriagst was z'essn.«

Ich konnte vor Müdigkeit und Seitenstechen kaum etwas essen und auch nur schlecht schlafen. Schreckliche Träume verfolgten mich, und ich meinte in den Sumpf geraten zu sein und versinken zu müssen.

Am Morgen gab die Frau Wirtin mir noch einen Kaffee, und dann setzte mich der Bauer, der nach unserem Dorf fuhr, auf den Wagen.

In Westerndorf stieg ich ab, bedankte mich und ging zu meiner Nanni. Dies war die Schwester meiner Mutter, eine wohlhabende Bäuerin, die auch einen großen Obstgarten hatte. Man nannte sie die Maurerin von Westerndorf, weil der Schwiegervater ein Maurer gewesen war und die Hausnamen fast immer vom Handwerk des Besitzers hergeleitet werden.

Die Nanni führte mich dann auf meine Bitten hin zu meinen Großeltern. Diese hatten mich die ganze Nacht in Ängsten gesucht und beweinten mich schon als tot. Aber kein Wort des Vorwurfs kam aus ihrem Munde.

»Weilst nur grad da bist, Lenei, arms Nachtei, dumms!«

Ohne einen Laut fiel ich dem Großvater in die Arme. Da sah man erst, daß ich ganz heiß und voll Fieber war. Ich bekam Lungenentzündung, von der ich noch nicht genesen war, als etliche Wochen später meine Mutter wirklich kam.

Da trat eine große Frau in die niedere Stube in einem schwarz und weiß karierten Kleide über einem ungeheuern Cul de Paris. Auf dem Kopf trug sie einen weißen Strohhut mit schwarzen Schleifen und einem hohen Strauß von Margeriten. Sie stand da, sah mich kaum an, gab mir auch keine Hand und sagte nur: »Bist auch da!«

Als sie am nächsten Tag wieder fortgefahren war, fragte mich der Großvater: »No, Dirnei, magst nachha eini zu der Münkara Muatta in d' Stadt?«

Da umhalste ich ihn, schüttelte den Kopf und sagte schnell: »Naa, naa!«

So durfte ich denn noch beim Großvater bleiben und wie zuvor mit ihm gehen, wenn er irgendwo zu arbeiten hatte.

In diesem Herbst war es nun, daß wir einmal zum Ausweißen gingen. Und als der Großvater bei der Arbeit war, schickte er mich wieder heim. Mein Weg führte mich am Obstgarten des Herrn Pfarrers vorbei, darinnen ich schon auf dem Hinweg einen großen Apfel hatte liegen sehen. Als ich jetzt wieder vorüberkam, suchte ich nach einer Zaunlücke, schlupfte hindurch und kroch auf allen vieren durchs Gras und holte mir den Apfel. Da ich noch einen zweiten liegen sah, aß ich diesen sogleich und nahm den schöneren mit heim, um meiner Großmutter eine Freude zu machen.

»Großmuatterl, da schaug her«, rief ich, »i hab dir was mitbracht; an schön'n Apfel vom Herrn Pfarrer!«

Da hatte die Großmutter eine rechte Freude; denn sie meinte, der Herr Pfarrer habe ihn mir geschenkt.

»Bist halt mei bravs Lenei; vergunnst deiner Großmuatta aa ebbas.«

Unter diesen Worten schälte sie den Apfel und schabte ihn; denn sie hatte fast keinen Zahn mehr im Munde.

»Ah, der is aba guat! Hättst'n net liaba selba gessn, Dirnei?«

»A naa, Großmuatta, i hab ja scho oan g'habt.«

Ein paar Stunden später sah ich den Herrn Pfarrer daherkommen. Da rührte sich mein schlechtes Gewissen, und ich hab mich hinter die Stiege verschlossen. Inzwischen war meine Großmutter in den Hausgang oder Flöz hinausgegangen, und jetzt seh ich, wie der Herr Pfarrer richtig zu ihr hereingeht und sagt: »Liebe Handschusterin, leider hab ich sehen müssen, daß Ihr Enkelkind, das Lenei, ein paar Äpfel in meinem Garten aufhob und damit davonlief. Hört, Handschusterin: es ist mir nicht um die paar Äpfel; aber die Begierde hätte das Kind bezähmen sollen. Hätte das Lenei mich gebeten, ich hätt' ihr mit Freuden etliche geschenkt.«

Nach diesen Worten trat der Herr Pfarrer ins Zimmer und unterhielt sich noch längere Zeit mit der Großmutter. Ich aber lief, was ich laufen konnte, nach Westerndorf zu meiner Nanni. Ich wollte auch zur Nacht nicht mehr heim, weil ich Strafe fürchtete; doch hat mich die Nanni schließlich überredet und heimgebracht. Ich hätte aber nicht so viel Angst zu haben brauchen; denn der Großvater hat mich verstanden. Und als die Großmutter anfangen wollte zu schimpfen, fiel er ihr ins Wort: »Stad bist ma! Nix sagst ma übers Kind; hat's dir 'n vielleicht net bracht? I sags allweil, 's Lenei hat a guats Herz!«

Da mußte die Mutter still sein. Später einmal traf mich der Herr Pfarrer und sagte: »Liebes Kind, ich hätte dir ganz gerne einen Apfel geschenkt, wenn du mich darum gebeten hättest. Aber selbst aufheben durftest du dir keinen; denn das nennt man Stehlen.«

Neben der Arbeit im Haus, Garten und Stall hat die Großmutter Mieder genäht und war weit und breit wegen ihrer Geschicklichkeit darin berühmt und gesucht.

Nun kam da zwei- oder dreimal im Jahr ein Mann aus Schwaben, der zog von Dorf zu Dorf mit seiner Kirm auf dem Rücken und gab für Haderlumpen den Leuten Nähnadeln, Steckklufen, Fingerhüte, Maßbandln und den Kindern Fingerringe. Meiner Großmutter aber gab er für die alten Flicken und die Abfälle von den Miedern neue Miederhaken und Schlingen, die er Moidala und Schloipfala nannte. Einmal waren ihm nun die Miederhaken ausgegangen, und als ihn die Großmutter fragte: »Hast heunt gar koani Miadein?«, sprach er: »Noi, gar koine Moidala geits mehr; lauta Schloipfala kannscht mehr haba.« Damit wollte er zugleich sagen, daß es jetzt gar keine braven Mädeln mehr in den Dörfern gebe und die meisten sogenannte Schloapfen, das will sagen leichtfertige Wesen seien, die auf jedem Tanzboden herumschleifen und die jeder leicht haben kann.

Zu all dieser Arbeit zog die Großmutter, wie ich schon sagte, Kostkinder auf, welche die Gemeinde ihr wegen ihrer Gewissenhaftigkeit und Sauberkeit übergab. Es waren dies Kinder von Bauerndirnen, von ledigen Gemeindeangehörigen, die wer weiß wo weilten und ihre Kinder der Gemeinde aufbürdeten; aber auch Kinder von Gauklern, die diese einfach den Leuten vor die Tür legten.

So war es auch einmal um die Weihnachtszeit. Draußen lag tiefer Schnee, und wir saßen in der Wohnstube beisammen und jedes hatte seine Beschäftigung: der Großvater band einen Besen, die Großmutter spann und der Hausl baute mir ein Haus aus großen Holzscheiten. Da klopft es mit einem Male ans Fenster. Erschreckt schreit die Großmutter auf; der Großvater aber geht hinaus, zu sehen, wer so spät noch Einlaß begehrt. Er sperrt auf und tritt vor die Tür; im gleichen Augenblick aber hören wir ihn rufen: »Heiliges Kreuz! a Kind!«, und herein bringt er ein kleines Bündel und legt's auf den Tisch. Die Großmutter springt auf und wickelt es aus. Da liegen zwei kleinwinzige Wesen vor ihr, und wie sie das eine nehmen will, kann sie es nicht heben, weil das andere auch mit in die Höhe geht. Als sie dann die Windeln aufmachte, sahen wir erst, daß die Kinder zusammengewachsen waren. Außen am Bündel war ein Papier befestigt; darin lagen die Taufscheine der Zwillinge und ein Brief des Inhalts, daß eine Seiltänzerin die Kinder geboren und bei der Geburt gestorben sei. Man habe von der Handschusterin gehört und bitte nun um Gottes willen um Aufnahme für die Kinder; die Gemeinde würde schon zahlen. Da sagte die Großmutter: »Um Gottes willen is aa was; auf die Mautschein geht's aa nimmer z'samm!«

Und so behielt sie die armen Waislein. Als sie aber größer wurden und sitzen lernen sollten, fand man, daß die gewöhnlichen Stühlchen zu klein, eine Bank aber nicht für sie geeignet war; denn das Gesäß, mit dem sie seitlich zusammengewachsen waren, war nicht breiter als das eines Kindes; von den Hüften aufwärts aber nahmen sie den Raum von zweien ein. Also verfertigte ihnen der Großvater ein eigenes Stühlchen, sowie ein Bänklein mit einer runden Lehne, in das er zwei Löcher schnitt, das Bänklein polsterte und die Löcher mit Deckeln versah. Darunter stellte dann die Großmutter bei Bedarf zwei Nachthäflein. Auch alle Kleidungs- und Wäschestücke mußte sie eigens machen und das Süpplein gab sie ihnen nicht aus der gebräuchlichen Saugflasche, sondern nahm ein großes Glas und ließ einen zinnernen Deckel mit zwei Löchlein machen, durch die sie zwei lange Gummischläuchlein zog. Daran befestigte sie dann die Sauger.

Als die Mädchen zwei Jahr alt waren, erkrankte eines von ihnen an Diphtherie, während das andere seltsamerweise ganz gesund blieb.

Sieben Jahre hatten meine Großeltern diese Zwillinge bei

sich, bis sie von der Gemeinde an den Besitzer einer Schau-
bude abgegeben wurden, der sie auf vielen Jahrmärkten
herumzeigte.

Doch nicht immer waren es Kinder solch armer oder
heimatloser Leute; mitunter wurde auch eins von besserem
Stand uns vor die Tür gelegt.

So war eine reiche Dame in Rosenheim, die lange Zeit
glücklich mit ihrem Manne, einem Doktor, gelebt hatte.
Da ward sein Geist umnachtet und er vertat in kurzer Zeit
all sein Gut. Zuletzt sperrte man ihn in ein Irrenhaus und
wies die unglückliche Frau, die ihrer schweren Stunde ent-
gegensah, von Haus und Hof. Dies brachte die Ärmste
gleichfalls um den Verstand, und sie lief eines Nachts von
Rosenheim fort und kam bis nach Ebersberg. Dort brachte
sie in einem Schuppen das Kind, ein Mädchen, zur Welt.
Sie hatte nichts, worein sie es wickeln konnte, und so zog
sie ihren Rock aus, bettete das Würmlein hinein und band
es mit den Strümpfen zusammen. In der Nacht machte sie
sich wieder auf den Weg und lief, nun barfuß und nur
halb bekleidet, bei bitterer Kälte, denn es war im Januar,
fort bis in unser Dorf. Vor dem Haus des Bürgermeisters
brach sie tot zusammen, und man brachte das Kindlein
meiner Großmutter, die das erstarrte, halbtote Wesen wieder zum Leben brachte und aufzog.

Auch das Kind eines katholischen Priesters hatten wir einmal in der Kost. Es war von einem schönen Mädchen, einer
Müllerstochter, die von dem Unhold betört und in großes
Elend versetzt worden war. Sie ertränkte sich, während
der Geistliche seine Pfarrei verlassen und mehrere Jahre
lang einen Strafposten bekleiden mußte. Zum Glück starb
das Büblein bald; es hatte den ganzen Kopf voll großer
Blutgeschwüre gehabt.

Von den zwölf Kostkindern, die die Großmutter um diese
Zeit aufzog, wuchsen zusammen mit mir die Urschl, der

Balthasar, genannt Hausei, der Bapistei und die Zwillinge auf. Sie schliefen alle mit mir bei den Großeltern in der gemeinsamen großen Schlafkammer, die vier Fenster hatte. Mein Bett war auf der Seite, wo der Großvater schlief, während bei der Großmutter drüben das der Zwillinge stand. Nahe an ihrem Bett hatte die Großmutter die alte, buntbemalte Bauernwiege stehen. Daran war ein Ring und an diesem hing ein langes Band, das die Großmutter beim Schlafengehen um die Hand wickelte. An dem Bande zog sie nun leise, wenn das Kind unruhig war, und oft hörte ich, wenn ich nicht schlafen konnte, die ganze Nacht hindurch das leichte Knarren der Dielen. In die Wiege kam das Kleinste, außer es war ein anderes krank, das dann hineingebettet wurde. Darum lag die meiste Zeit der Bapistei darin; denn er war ein recht schwächliches, streitiges Kind. Mitunter nahm der Großvater der Großmutter das Bandl aus der Hand: »Geh, Muatta, laß mi hutschen; tua jetz a bißl schlafa!«

Aber er konnte es nicht so leise wie sie, und da schrie denn der Bapistei so lang, bis die Großmutter wieder das Bandl nahm. Das Kostgeld für jedes Kind war von der Gemeinde auf monatlich vier bis fünf Mark festgesetzt; trotzdem sorgte die alte Frau für sie wie für eigene. Sie war auch in der Krankenpflege sehr erfahren und hatte viele Hausmittel und wußte Krankheiten zu beschwören, was beim Landvolk unter dem Namen Abbeten bekannt ist.

Als unser Bapistei durch das viele Schreien einen Nabelbruch bekommen hatte, heilte ihn die Großmutter auf folgende Weise: Sie suchte beim wachsenden Mond drei kleine Kieselsteine unter der Dachrinne und drückte jeden Abend beim Mondaufgang einen davon dem Kinde auf den Nabel, drehte ihn mit dem Daumen und sprach dazu: »Bruch, ich drucke dich zu,
Geh du mit der Sonne zur Ruh;

Im Namen der Allerheiligsten Dreifaltigkeit,
Im Namen des Vaters und des Sohnes und
des Heiligen Geistes. Amen.«
Dann band sie das Steinlein mit einer Binde fest und gab
dem Kinde einen heilkräftigen Tee. Nach einigen Tagen
wurde der Bapistei wirklich gesund.
Eine meiner schönsten Erinnerungen aus dieser Zeit sind
die Sonntagnachmittage im Winter. Da hat die Großmutter vorgelesen aus uralten, heiligen Büchern und mir erzählt von gottseligen Leuten und deren wunderbarem
Tod; hat mir Beispiele von der Hilfe unserer Lieben Frau
von Frauenbründl und Birkenstein erzählt und wunder-
same Gebete mir vorgebetet und mich gelehrt. Wenn sie
dann beim Lesen eingenickt war und ich zu ihren Füßen
auf dem Schemel saß, geschah es manchmal, daß ihr die
alte Hornbrille von der Nase und in den Schoß fiel. Beim
Erwachen wollte sie weiterlesen; da sie aber ohne Glas
nichts sehen konnte, rückte sie das Buch immer näher an
die Augen und griff endlich nach der Stelle, wo die Brille
gesessen, um sie zurechtzurücken. Da merkte sie erst, daß
sie ihr entfallen war.
Oft geschah es auch, daß sie in der Eile die Brille auf die
Stirn schob, wenn sie mit jemandem sprach. Wollte sie
dann später etwas lesen, so suchte sie überall: »Habt's es
denn nindascht g'sehgn? Woaß neam'd, wo i s' hing'legt
hab? I find s' scho wieda net!«
»Ja, was suachst denn, Muatta; was findst denn scho wieda
net?« fragte dann der Großvater.
»Ah, was wer i denn suacha! 's Augenglas!«
»Jessas, Jessas! Hast es ja a so drobn am Hirn; bist da du
dumm, Muatta!«
Mit diesen Worten schob er ihr die Brille wieder auf die
Nase.
Ich hatte sie längst bemerkt; doch freute es mich, die Groß-

mutter so ratlos zu sehen, und ich lief überall mit ihr herum und suchte. Kopfschüttelnd ging dann der Großvater in den Stall oder gegen Abend wohl auch auf den Heuboden, um für die Kühe das Gsott zu schneiden. Ich aber schlich mich in die Künikammer oder Königskammer, die zu betreten mir verboten war. Es war das die beste Stube des Hauses, angefüllt mit den Schätzen, die von den Ureltern auf uns gekommen waren; auch die Möbel darin stammten aus alter Zeit. Da standen zwei Truhen, an denen gar seltsame Figuren und Zierate zu sehen waren und darinnen der Brautschatz der Urgroßmutter lag. Es war dies ein bald bläulich, bald wie Silber schimmerndes Seidenkleid, ein köstliches, bunt und goldgesticktes Mieder, dazu eine goldbrokatene Schürze, in die leuchtend rote Röslein gewirkt und die mit alten Blonden besetzt war. Dabei lag eine hohe Pelzhaube, wie sie vor hundert Jahren die Bräute als Kopfputz trugen, und zwei Riegelhauben, eine goldene und eine schwarze, mit Perlen besetzt. Daneben stand ein Kästlein aus schwarzem Holz und mit Perlmutter eingelegt; darin lag das schwere, silberne Geschnür mit uralten Talern und einer kostbaren silbernen, neunreihigen Halskette und Ohrgehänge und silberne Nadeln. Ganz versteckt in der untersten Ecke aber lag, sorglich in ein zerschlissenes, seidenes Tuch gewickelt, das Brautkrönlein der Ururgroßmutter. Es war das ein zierliches Kränzlein, dessen Blumen und Blätter aus Rauschgold und Edelsteinen gearbeitet und mit Perlen und Filigran eingefaßt waren. Nach Art der Riegelhauben aber war es steif gefüttert, und über der verblichenen Seide lag noch ein matter, rötlicher Schimmer. Die andere Truhe war voll des feinsten, selbstgesponnenen Flachses und schöner, gestrickter Spitzen. In einem großen, buntbemalten Schrank lag handgewirktes Bauernleinen, darunter ein großes Tischtuch, in welches das heilige Abendmahl gewebt war.

Zwischen den beiden Fenstern, deren dichte Vorhänge keinen Sonnenstrahl hereinließen, stand das Kostbarste, ein Glaskasten, dessen Rückwand mit Spiegeln belegt war. Darin spiegelten sich zierliche Meißener Figuren, Teller und Tassen und bunte gläserne Krüge. Im Vordergrund auf einem Ehrenplatz aber stand die alte Hausapotheke. Sie war voller Geheimnisse und sah aus wie ein Bild, das die heilige Familie vor dem Hause zu Nazareth darstellte; nur waren die Figuren rund und in Silber getrieben. Rechts im Vordergrunde stand der heilige Joseph mit einer Axt und zimmerte an einem Balken, während ihm gegenüber Maria mit einer Spindel saß und spann. In der Mitte aber war das Jesuskindlein und hielt in der einen Hand eine Axt und in der andern ein Kreuzlein, das es selbst gezimmert hatte. Die Figuren konnte man abschrauben und fand dann im Innern ein Fläschlein mit Medikamenten. Schraubte man das Jesuskind ab, so lag darinnen ein kleiner Schlüssel; der sperrte das Schlüsselloch im Hintergrunde und öffnete das Haus von Nazareth. Da fanden sich im Innern Lanzetten, Scheren und silberne Büchslein für Pflaster und Salben. Umgeben war das Ganze von einem alten, silbernen Rahmen.

In der Kommode lag mein Taufzeug und das der Kinder, die die Großmutter in der Kost gehabt hatte, dazu eine Menge seidener Tücher für Hals und Mieder. Eine andere Schublade war voll von Büchern, deren Druck so alt war, daß ich kaum ein Wort zu lesen vermochte. Auf dem alten Sesselofen stand eine große Schüssel, darin die Eier unserer Hennen für den Verkauf gesammelt wurden; ferner ein großer Blechbehälter mit Schmalz, etliche Krüge voll Honig und in der Bratröhre das feine Eingekochte. Unter der Bettstatt, deren Bett kaum zu ersteigen war vor Höhe und Fülle des Flaums, stand eine große Holzschachtel, in der die Kränze und der Grabschmuck aufbewahrt wurden. An den Wänden hingen alte Bilder mit sonderbaren Gestalten und Gesichtern und ein großes Kruzifix, dessen Christusfigur so erschreckend zerfleischt aussah, daß ich sie immer mit geheimem Grauen betrachtete.

Gewöhnlich aber blickte ich nicht lange nach den Wänden, sondern hockte mich vor eine Truhe oder Lade, wühlte darin herum, zog alles heraus und besah dies oder probierte das. Dazwischen schaute ich des öfteren in die Bratröhre, wo das Eingekochte stand. Diese Gläser voll Kirschen, Zwetschgen oder Himbeeren waren alle mit einem pergamentenen Deckel verschlossen -- und meine Großmutter verwunderte sich häufig darüber, daß das Pergament schon wieder geplatzt war: »I woaß net, Vata, was dös ist; bei dö Zweschbn is's Papier scho wieda hi'!«

Der Großvater aber meinte mit einem Seitenblick auf mich: »Dö wer'n halt austriebn ham, Muatta; dö müaßn bald gessn wer'n.«

Überhaupt ließ mir der Großvater zu jeder Zeit gern etwas Gutes oder Besonderes zukommen und brachte von jedem Holzkirchner Viehmarkt auch für mich etwas mit: ein lebzeltenes Herz, einen Rosenkranz von süßem Biskuit, ein Schächtelchen voll Zwiefizeltl und dergleichen. Auch war er stets besorgt, daß ich nichts Unrechtes äße. Als einmal bei uns Jahrmarkt war und ich mit einem Fünferl, dem Geschenk unseres Hausl, tanzend und singend dahineilte, mir etwas darum zu kaufen, ging mir der Großvater besorgt nach und erwischte mich gerade noch, als ich mir eben vor dem Stand eines Fleischhändlers, dessen Schild als Zierde rechts und links einen Pferdekopf trug, eine große schwarzrote Wurst schälte, die ich nach langem Hin- und Hersuchen endlich als das wohlfeilste und meiste für die Münze erstanden hatte:

»Ja mei, Nachtei, dumms, möchst net gar a Roßwurscht essn! Da kunntst schö krank wer'n!«

Und eiligst nahm er mir dieselbe und gab sie einem Hund; darauf führte er mich, nachdem er mir ein anderes Fünferl gegeben hatte, in die Post, wo schon Kopf an Kopf männiglich beieinander saß und aß und trank. Hier kaufte er mir eine lange Bratwurst und dazu ein Kipferl. Danach durfte ich mir bei einem alten, wunderlichen Mann eins von den bunten Päcklein, die zu einem großen Haufen aufgeschichtet vor seinen Füßen lagen, kaufen. Es war eine Überraschung, wie der Alte sie nannte und mit großem Eifer anpries.

Gewichtig trug ich, geführt vom Großvater, das in hochrotes Glanzpapier gerollte Päcklein heim und öffnete es, nachdem ich alle im Haus um mich versammelt hatte. Da lag ein Kettlein aus blauen Glasperlen, ein Bildchen und etliche süße Kügelchen vor mir, und ich pries froh die Umsicht des Großvaters: »Vaterl, du bist g'scheit! Du hast a glückhafts Geld, wo ma was g'winnt damit!« Und jubelnd hing ich mich an seinen Hals.

Noch war mir eine andere Art von Dankbarkeit fremd, und ich mußte noch nicht zum Dank für erhaltenes Gute besonders brav und folgsam sein; doch habe ich immer ohne jeden Antrieb besser gefolgt, wenn mein Großvater mir auf solche und ähnliche Weise seine Zärtlichkeit bewies. Da konnte ich stundenlang, ohne mich besonders bemerkbar zu machen, im Haus bleiben und für mich spielen. Und fehlten auch alsdann meine Spielkameraden, so ging mir doch niemand ab; denn ich schuf mir selber einen Ersatz, indem ich etliche Sacktücher des Großvaters mit Lumpen füllte, einen Kopf daraus formte und unter die herabhängenden Zipfel ein Scheitlein Holz steckte. Diese Flecklpuppen hatten alle möglichen Namen und Wesen; bald waren sie meine Kostkinder, bald meine Familie für sich. Oft mußten sie aber auch unsere Kühe und Hühner vorstellen, und da ward dann der Stiefelzieher zum Großvater, der Fußschemel aber zum Heuwagen, auf dem die Hühner nach Holzkirchen, das bei mir hinter dem Ofen lag, zu Markt gefahren wurden.

Mit dem Beginn des Frühjahrs mußte ich zur Schule gehen, wovon die Großmutter nicht viel hielt, da sie nie in der Volksschule gewesen und Schreiben und Lesen nur nebenbei in der Frauenarbeitsschule gelernt hatte. Kam ich heim, so hatte sie immer etwas für mich gemacht; sei es einen Gugelhopf, Rohrnudeln oder einen fetten Schmarrn mit einem Zwetschgentauch und meinte: »Arms Lenei; so vui Hunga hast kriagt. Wenn nur dö verflixte Schul glei der Teifi holn tat. Was braucht insa Dirndei a Schul; mir ham aa koane braucht und san aa groß wordn und taugn unta d'Leut.«

Sie mochte dabei wohl auch an den Großvater denken; denn als ich einmal auf der Hausbank sitzend mich an dem kleinen a versuchte und trotz aller Kraft auf meiner Tafel nichts zuwege brachte, schob ich sie dem Großvater hin und bat ihn: »Geh, Vata, mach ma du dös kloane a!«

»Ja mei, Dirndei, da muaßt scho zu der Großmuatta geh; i ko net lesn und net schreibn; dös ham mir net g'lernt!«

Am Sonntag zum Gottesdienst gingen wir im Feiertagsgewand, aber barfuß in die Kirche, weil wir sonst mit den genagelten Schuhen dem Herrn Pfarrer zu viel Lärm gemacht hätten; denn der Herr Pfarrer, obwohl er schon ein alter Mann mit schneeweißem Haar war, konnte noch immer recht zornig werden und hat bei der Predigt oft mit gar scharfen Worten die Verfehlungen seiner Pfarrkinder gerügt; so das Kegelscheiben am Sonntag während des Gottesdienstes, den Wirtshausbesuch, das Fluchen und vor allem das Kammerfensterln. Hatte ein Bursch oder ein Mädel gebeichtet, daß sie beieinander gewesen waren, so wurde das am darauffolgenden Sonntag vor der ganzen

Gemeinde von der Kanzel herab gegeißelt, und leicht konnte man erraten, wer gemeint war. Lebhaft erinnere ich mich noch an die Schlußworte einer Predigt, die er am Christi Himmelfahrtstage hielt, und wie er, nachdem er die Freuden im Himmel und die Glorie der Seligen geschildert hatte, mit lauter Stimme rief: »Heute ist der Tag, an welchem Christus, der Herr, hinaufgefahren ist in jene lichten Höhen, in denen die ewige Seligkeit wohnt, die wir auch erlangen sollen. Aber pfeifen tun wir euch was, ihr gscherten Bauernlümmel! Seit Jahren erhalten wir von euch keine Eier, Butter, Schmalz, oder was sonst eure Dankbarkeit bezeuge. Aufgefahren ist er zum Himmel, von wo er kommen wird, euch zu richten und in die ewige Verdammnis zu bringen. Amen!«

An den Sonntagnachmittagen mußten die Burschen und Mädchen unter sechzehn Jahren die Christenlehre besuchen; dabei hatten auch wir Kinder und die Erwachsenen Zutritt. Beim Beginn wurden alle mit Namen aufgerufen, und jedes mußte sich mit einem lauten »Hier« melden. Fehlte eines und war nicht genügend entschuldigt, dann mußte es, ob Bursch oder Mädel, am darauffolgenden Feiertag hinausknien zum warnenden Beispiel für die andern. Konnte eines die Fragen des Katechismus nicht beantworten, so schrie der Herr Pfarrer: »Was der Katechismus dich fragt, das weißt du nicht; aber was der Bursch dich beim Fensterln g'fragt hat, das weißt du noch!«

Darauf wetterte und schimpfte er während der ganzen Christenlehre.

Wurde jemand aus der Gemeinde begraben, der nur selten den Gottesdienst besucht und dem Pfarrer die schuldigen Abgaben in Naturalien nicht geleistet hatte, so war die ganze Grabrede eine Lästerrede auf den armen Verstorbenen und seine Angehörigen, und man sah ihn schon leibhaftig in der Hölle und der ewigen Verdammnis.

Kirchliche Handlungen machten damals einen großen Eindruck auf mich und vor allem bewegte mich das sonntägliche Memento und Requiem auf dem Friedhof. Dabei ging der Pfarrer nach der Predigt und den gemeinsamen christlichen Gebeten in Prozession mit den Gläubigen aus der Kirche auf den Gottesacker hinaus und hielt einen Umgang, währenddem der Herr Lehrer das Requiem sang und die Leute die Gräber ihrer Angehörigen mit Weihwasser besprengten, wofür ein jedes sein Weihbrunnkrügl mitgebracht hatte. Danach wurde am Grab gebetet, bis es zum Hochamt läutete. Während der feierlichen Handlung stand ich zwischen den Großeltern und fürchtete mich vor dem Tod.

Das tat ich aber nur an den Sonntagen; denn unter der Woche ging ich ohne Furcht auf den Gottesacker und richtete die Gräber der armen Leute wieder her, indem ich die Blumen von den Gräbern der Reichen nahm. Nach dieser Arbeit ging ich in die Kirche und wusch mir in dem großen Weihbrunnenzuber, der im hintersten Winkel stand, meine Hände. Darauf machte ich in den Bänken Ordnung, trug die liegengebliebenen Gebetbücher auf einen Haufen zusammen und betrachtete eins nach dem andern. Die Heiligenbildl, die ich dabei fand, verteilte ich am andern Tage unter die Schulkinder; bisweilen aber habe ich sie auch gegen einen Schmalznudel eingetauscht. Ein andermal schmückte ich die ganze Wallfahrtskapelle zu Frauenbründl mit Feuerlilien, die ich heimlich aus dem Garten eines unbewohnten Hauses genommen hatte; denn ich wußte damals nur, daß der Zweck die Mittel heilige.

Einmal freilich war es doch anders; als nämlich die Kirschen reif waren. Da rief eines Tages ein Bub aus Adling, einem benachbarten Dorf, der zu uns in die Schule ging, vor Beginn des Unterrichts: »D' Kersch san zeiti bei der Schmiedin z'Olling; wer geht mit zum Stehln?«

»I«, schrie ich sofort und suchte mir gleich noch mehr Genossen: »Wer tuat mit? zum Kerschnstehln werd ganga!«
Da meldeten sich noch fünf oder sechs, und nach der Schule um zwei Uhr zogen wir ab. Als wir nach Adling kamen, fuhren sie bei der Schmiedin grad mit dem Wagen fort, um Heu einzuführen. Wir meinten, jetzt würden sie recht lang ausbleiben; darum stieg ich und einer der Buben auf den Baum, während die andern drunten Hüte und Schürzen aufhielten und unaufhörlich schrien: »Schmeißt's amal oa oba! Schmeißt's halt oa oba!« denn wir zwei saßen droben und aßen, und erst als uns der Bauch weh tat, warfen wir auch den andern etwas hinunter. Auf einmal schreit einer der Buben: »Steigt's oba, d' Schmiedin kimmt und der Knecht mit an Fuada Heu!« und damit nahmen die andern Reißaus. Zum Hinuntersteigen war es aber schon zu spät; denn der Knecht kam scho daher und rief: »Ja natürli, d' Handschuastalena halt! Schaugt's, daß 's oba kemmt's, ös Sakramenta!«
»Bal ma mögn scho! Geh auffa, na kriagst aa Kersch!«
Damit riß ich ein paar Kirschen ab und warf sie ihm ins Gesicht. Da mußte er lachen und ließ uns ohne Strafe fort.
Derweilen hatte uns die Schmiedin erblickt und schrie: »Ja, was is denn dös! Jetzt stehln ma dö gar meine Kersch! Glei tuast es hera!« Dann ich hatte noch meinen ganzen Schurz voll.
»I mog net«, schrie ich, und damit liefen wir davon.
Später, als die Kriecherl, kleine Pflaumen, zeitig waren, haben wir ihr noch einmal einen Besuch gemacht; denn ich war inzwischen das schlimmste Lausdirndl vom Dorf geworden, das mit allen Buben raufte und überall dabei war, wo es etwas anzurichten gab.
Ja, als wir am Feste Christi Himmelfahrt nach uraltem Brauch Blüten und Kräuter sammelten, zu großen Sträußen banden und damit zur Kirche wanderten, um sie wei-

hen zu lassen zum Segen unserer Fluren und Äcker und als heilsame Arznei für erkranktes Vieh, da schlug ich dem um etliche Jahre älteren Bachmaurer Franzl, der sich unterstanden hatte, in der Kirche vor mich hinzustehen und mit seinem Kräuterbuschen mich an den Augen zu kitzeln, mit meinem Strauß so heftig ins Gesicht, daß er seine Blüten fortwarf und aus der Kirche lief, worauf ich lachend auch seinen Buschen nahm und für uns weihen ließ.

War im Ort eine Hochzeit angesagt, so erfuhr ich dies sogleich durch die alte Sailerin; und da lief ich denn überall herum bei Buben und Mädchen, ihnen die Neuigkeit zu berichten und sie zum Mittun anzufeuern; denn da gab es für uns einen hübschen Spaß: Wir holten uns lange Stricke oder Bänder und stellten uns, wenn die Hochzeitsleute zur Kirche fuhren, an den etwas engeren Gassen auf, spannten das Band über den Weg und schrieen und wünschten Glück zur Brautfahrt. Die also angehaltenen Brautleute aber hatten, dem alten Brauch und Herkommen nach, sich mit einem nicht zu kleinen Säcklein neuer Kupfermünzen wohl versorgt und warfen nun etliche Hände voll unter uns, sich loszukaufen. Während jedoch die einen sich darum balgten, stürmten wir in fliegender Eile weiter und wiederholten die List, bis wir sahen, daß der Säckel fast leer war. Den erhielten sodann wir, die das Band gehalten, und teilten ihn ehrlich, wenn auch nicht ohne Streit und Prügel.

Nur eins gab es, wovor ich mich fürchtete, die Zigeuner mit ihren Affen und die Dudelsackpfeifer; doch auch meine Großmutter teilte diese Scheu. Kamen solche vagabundierende Leute in den Ort und in die Nähe unseres Hauses, so lief ich, was ich konnte, heim und schrie: »Großmuatta, da Dudlsack kimmt!«

Eilends lief sie dann an alle Türen und verriegelte und versperrte das ganze Haus, zog die Vorhänge der unteren

Stube zu und versteckte sich mit mir unter dem kleinen Fensterchen des Hausflözes.

Meist waren die Musikanten zu dreien, und der dritte hatte, während die andern aufbliesen, sich um den Sold und etwaige nicht sicher genug verwahrte Habe, die des Findens wert war, umzuschauen. Da schlich er denn ums Haus, versuchte alle Türen, lugte an den Fenstern herum und gab endlich in seiner verworrenen Sprache den mißmutigen Bescheid, daß niemand zu Hause sei. Fluchend machten sie alsdann, daß sie weiter kamen, während die Großmutter ängstlich und Gebete murmelnd auf den Dachboden ging und nach den Entschwindenden Ausschau hielt, ehe sie es wagte, wieder zu öffnen.

Während ich also sorglos dahinlebte, geliebt von den Großeltern, getadelt von Lehrer und Pfarrer, gefürchtet von jenen Kameraden, die mich einmal in meiner Wildheit verspürt hatten, gesucht von denen, die meine Streiche verstanden und dazu halfen, kam eines Tages die Nachricht, daß die Mutter in München geheiratet hatte. Ich war nämlich nur ein lediges Kind, und mein Vater war, als ich kaum zwei Jahr alt, auf der Reise nach Amerika mit dem Dampfer Cimbria untergegangen.

Bald nach der Hochzeit meiner Mutter kam an einem Sonntagvormittag ein Brief. Die Großeltern saßen gerade mit der Nanni bei der Vesper, während ich hinter dem Rücken der Großmutter einen Riß in meinem Sonntagsgewand mit ein paar Klufen zusammensteckte.

Auf einmal schlägt der Großvater mit der Faust auf den Tisch und springt auf: »Ja, hast jatz so was scho derlebt!«

Erschreckt fragt die Großmutter: »Was hast denn, Vata? Is leicht gar ebbas passiert bei der Lena z' Münka drin?«

»Naa, aber 's Lenei sollt i eahna eini bringa; sie verlangts!«

»Was!« schrie ich und sprang auf. »I in d' Stadt! Naa, naa, dös tua i net!«

»Stad bist, du hast gar nix z' redn!« fuhr mich da die Nanni an. »Froh sollst sein, daß d' eini derfst in d' Stadt, wo's d' was Feins werdn kunntst!«

»Ja mei«, meinte die Großmutter, »gar so leicht is net. D' Leut han oamal z' schlecht in der Stadt, und a Kind is glei verdorbn.«

Während nun die Großmutter und die Nanni noch lange hin und her berieten, hatte sich der Großvater nachdenklich auf das Kanapee gesetzt und stand jetzt mit den Worten auf: »In Gott's Nam', müaß' ma's halt hergebn.«

Dabei blieb es auch, und mir half weder Toben noch Bitten noch Schmeicheln etwas.

Also kam die Näherin auf die Stör, und ich wurde mit Stoffen behängt und mit Nadeln besteckt und mußte den ganzen Tag stillstehen.

Und als der Morgen der Abreise gekommen war, badete mich die Großmutter und zog mir, nachdem der Großvater mit zufriedenem Schmunzeln meinen Rücken und das rundliche Bäuchlein befühlt und beklopft hatte, ein neues Hemd und die ersten Unterhosen an. Als ich in den Spiegel sah, ärgerte mich der hintere Hemdzipfel, der nicht in der Hose bleiben wollte, sondern wie ein Hennenschwanz starr und steif herausstand. Doch verschwand er bald unter einem roten Flanellröcklein, worüber ein grünes Bareschkleid kam, das mir bis auf die Fersen ging und dessen Spenzer mit bunten Glasknöpfen besetzt war. Am Ende band mir die Großmutter noch ein himmelblaues Fürta und eine gestickte Halsbarbe um und steckte in das in zwei Zöpfen aufgemachte Haar einen silbernen Pfeil. Darauf wickelte sie mir den Gesundheitskuchen, den sie noch gebacken hatte, in ein buntes Tuch; der Großvater aber brachte einen Kletzenweck vom Bäcker und legte ihn in das Körblein zu den Schmalznudeln und Zwiefäpfeln, die die Nanni geschickt hatte.

Als mir der große, schwarze Strohhut mit den roten Blumen und den karierten Bändern aufgesetzt worden war, nahm ich Abschied, wobei die Großmutter recht weinte. Auf dem Weg zum Postwagen sagte ich noch dem ganzen Dorf »Pfüat Gott«.

Unterwegs während der Fahrt gab mir der Großvater noch viele Ratschläge und sagte: »Dirnei, jatz muaßt a recht a g'scheits und recht a richtigs Madl werdn und muaßt dein neu'n Vatan recht mögn und der Münkara Muatta recht schö folgn. Muaßt aa recht g'schickt sei und überall zuawi springa, wo's was z' arbatn gibt. Jatz derf ma nimma Kuchei sagn, jatz hoaßts Küch, und statt der Stubn sagt ma Zimmer und statt'n Flöz sagt ma Hausgang. Und Kihrwisch sagt ma aa nimma, sondern Kehrbesen.«

Da versprach ich ihm, recht Obacht zu geben und brav zu bleiben.

Am Ostbahnhof stand schon meine Mutter und empfing uns mit großer Freude. Ich reichte ihr die Hand und sagte, der eben erhaltenen Lehren eingedenk, möglichst nach der Schrift: »Grüß Gott, Mutter!«

»Schau, schau, wie gebildet die Leni schon wordn ist! Da wird aber der Vater viel Freud habn, wenn er so ein g'scheits und vornehmes Töchterl kriegt.« Mit diesen Worten zog sie mich rasch an sich und führte mich an der Hand, während der Großvater sich hinter uns immer mit seinem Schneuztüchl zu schaffen machte.

Wir stiegen in eine Pferdebahn, und während sich die Mutter mit dem Großvater unterhielt, sah ich unverwandt durchs Fenster und starrte die hohen Häuser und Kirchen an und staunte über die kurzen Röcke und Hosen der Kinder, die gerade aus einer Schule kamen. Am Marienplatz, wo wir aussteigen mußten, denn damals führte noch keine Pferdebahn nach Schwabing, vergaß ich beim Anblick des Fischbrunnens plötzlich meine ganze gerühmte Bildung und schrie, indem ich eilig darauf zulief: »Großvatta, do schaug hera, wie dö Fisch 's Mäu aufreißn!«

Entsetzt wandte meine Mutter sich ab, während mein Großvater mich am Ärmel ergriff und mir zuflüsterte: »Bscht, sei stad, Dirnei! Mäu derf ma ja jatz nimma sagn, Mund hoaßt's do jatz!«

Und damit nahm er mich bei der Hand und zog mich weiter. Doch vor der Residenz gab es einen neuen Zwischenfall. Dort zog eben die Wache auf, und ich rief beim Anblick der im Paradeschritt aufmarschierenden Soldaten: »Ah, Muatta, Vata, dö schaugts o! Dö gengan ja grad wia meine hülzern' Mandln, dö wo . . .«

»Um Gottes willen, Leni«, fiel mir die Mutter ins Wort, »sei doch still! Das ist ja Majeschtätsbeleidigung!«

Während ich noch über dies letzte Wort nachdachte, zogen sie mich schon durch die Ludwigsstraße, und stillschweigend trottete ich nun nebenher, bis wir nahe dem Siegestor in eine Seitenstraße einbogen.

Vor einem hohen Hause, auf dessen rötlicher Fassade mit großen Buchstaben das Wort »Restaurant« geschrieben stand, machten wir halt. Unter dem Tore stand schon mein neuer Vater und empfing uns mit herzlichen und guten Worten. Wir traten durch den Hausgang in einen kleinen Garten, von dem aus eine Tür in die Küche führte. Nachdem uns die Mutter dort an einen kleinen Tisch gesetzt hatte, lief sie schnell in die Wohnung und zog sich um; denn es war Mittag, und die Köchin begann schon zu jammern, weil sie bei der großen Zahl der Gäste mit dem Anrichten allein nicht fertig zu werden vermochte. Die Gastwirtschaft, die der Vater schon vor der Hochzeit übernommen hatte, war nämlich damals wegen der guten Küche von den Studenten sehr besucht. Mit offenem Munde sah ich nun dem Trubel im Gastzimmer und in der Küche zu und getraute mir mit dem Großvater kaum ein Wort zu reden vor Angst, die Mutter in ihrer aufgeregten Geschäftigkeit zu stören. Als es etwas ruhiger geworden war und die meisten Gäste fort waren, bekamen auch wir zu essen und gingen danach in die Gaststube zum Vater, der den Großvater nach vielem fragte: was die Großmutter mache, wie es mit dem Vieh gehe, wie es mit der Arbeit daheim sei und auch, was ich bisher getrieben. Da gab ihm der Großvater über alles Auskunft.

Am Abend gingen wir zeitig ins Bett, und man führte mich in ein kleines Kammerl, in dem nur ein Bett und ein Stuhl stand; denn meine Eltern besaßen damals nur das Allernötigste. Mein Großvater teilte das Bett mit mir und gab mir noch viele Ermahnungen, bis ich endlich in seinem Arm einschlief. Andern Tags reiste er wieder heim, und ich mußte nun alles ländliche Wesen ablegen. Zuerst bekam ich ebenfalls kurze, städtische Kleider, und dann wurden mir meine schönen, langen Haare abgeschnitten, weil ich Läus' hätte, wie die Mutter sagte. Auch lernte ich jetzt arbeiten. In der Wirtschaft mußte ich kleine Dienste tun: Brot und Semmeln für die Gäste in kleine Körbchen zählen, den Schanktisch in Ordnung halten, Sachen einholen und manchmal auch den Kegelbuben ersetzen.

Meine Mutter war damals eine sehr schöne Frau und sprach immer sehr gewählt; denn sie war jahrelang Köchin in adligen Häusern gewesen. Darum schalt sie nun täglich über meine bäuerische Sprache, wodurch sie mich so einschüchterte, daß ich oft den ganzen Tag kein Wort zu sagen wagte. Auch in der Schule spotteten mich die Kinder aus und nannten mich nur den Dotschen oder die Gscherte. So dachte ich oft des Nachts, wenn ich allein in meiner Kammer war, denn bei Tag hatte ich nicht viel Zeit zum Nachdenken, mit Sehnsucht zurück an das Leben bei meinen Großeltern und erzählte unserer großen Katze, die ich mit ins Bett nahm, mein Unglück.

Im Sommer des darauffolgenden Jahres kam der Großvater das erste Mal auf Besuch. Hiefür hatte die Mutter
mich ein Trutzliedlein gelehrt; und als er nun bei uns in
der Küche saß und mich auf dem Schoß hielt, drängte ich
ungeduldig: »Großvata, Großvata, i kann was; du, Vata,
hör doch! I kann was!«
»Glei derfst es sagn, Dirnei, glei«, entgegnete er; denn er
sprach noch mit der Mutter.
Und als ich es endlich sagen durfte, da sang ich: »Was
braucht denn a Bauer, a Bauer an Huat; für an so an
gschertn Spitzbuam is a Zipflhaubn guat!«
Da sah ich statt des erwarteten Beifalls Tränen, die dem
Großvater über die Wangen liefen, und nun merkte ich
erst, was ich angestellt hatte.
»Großvata, i kann fei nix dafür!« rief ich. »D' Mutter hat
mir's g'lernt.«
Er antwortete nichts darauf und strich mir nur wie zur
Beruhigung übers Haar.
Nachts dann im Bett, ich schlief bei ihm, klagte ich ihm
mein Leid und bat ihn, mich doch wieder mitzunehmen.
Und als er am Abend des darauffolgenden Tages vom Ost-
bahnhof fortfuhr, hängte ich mich an ihn, und als er ein-
gestiegen war, sprang ich auf das Trittbrett und klam-
merte mich fest, so daß es der Mutter nur mit großer
Mühe gelang, mich von dem fahrenden Zuge herunter-
zureißen. Danach bekam ich meine Prügel, die wohl
berechtigt, aber nicht das rechte Mittel waren, um die
Dinge besser zu machen.

Nachdem mein Stiefvater das Geschäft einundeinhalb Jahr
geführt hatte, konnte er das Anwesen mit gutem Nutzen
wieder verkaufen; denn er war ein tüchtiger Metzger und
Schenkkellner und hatte die Wirtschaft in kurzer Zeit in
die Höhe gebracht. Daraufhin beschlossen die Eltern,

einige Zeit zu privatisieren und nachträglich ihre Hochzeitsreise zu machen.

Während ihrer Abwesenheit blieb ich bei der Tante Babett, einer Schwester meines Stiefvaters, die den Haushalt bei uns führte. Sie war fast den ganzen Tag in der Kirche und hat mich recht gequält und geschunden; denn sie wollte mich auch zu einer so heiligen Person machen, wie sie war. Ich wurde allen Pfarrern vorgestellt, und denen klagte sie, wie mürrisch und ungut ich sei, worauf mich die geistlichen Herren ermahnten, ich solle mich bessern.

Als die Eltern von der Hochzeitsreise, die sie zu Verwandten in die Schlierseer Berge gemacht hatten, nach zwei Monaten zurückkamen, begann die Mutter zu kränkeln, stand oft nicht auf, mußte sich häufig erbrechen und wurde doch von Tag zu Tag dicker. Die Tante aber saß hinter verschlossenen Türen und nähte an Hemdlein, an Tüchlein und Windeln. Inzwischen hatte der Vater die Wohnung gekündigt und ein Haus mit einer Altmetzgerei in der Corneliusstraße gekauft. Mit dem Umzug dahin begann für mich ein ganz anderes Leben; denn die Tante Babett übernahm jetzt die Führung des Haushalts bei einem geistlichen Herrn, und da meinte die Mutter, ich sei nun groß genug, ihre Stelle zu versehen. Ich war damals neun Jahre alt. In aller Frühe mußte ich zuerst das Fleisch austragen, dann Feuer machen, Stiefel putzen, Stiegen wischen und der Mutter die Sachen einholen, die sie zum Kochen brauchte. Sie blieb jetzt immer am Morgen liegen, und so ging ich gewöhnlich nüchtern in die Schule.

In einer Februarnacht aber kam das Kind, und damit begann für mich eine harte Zeit. Nun hieß es um fünf Uhr aufstehen und zu den übrigen Arbeiten noch das Bad, Wäsche und Windeln für den kleinen Hansl herrichten. Kam ich mittags aus der Schule, wurde ich meistens mit

Schlägen empfangen; denn ich hatte nachsitzen müssen, weil ich in der Früh zu spät gekommen war. Vor dem Essen mußte ich noch den Laden und das Schlachthaus putzen und das Nötige einkaufen. Bei Tisch hatte ich dann laut das Tischgebet zu beten. Als ich einmal beim Vaterunser statt auf das Kruzifix zum Fenster hinaussah, schlug mich die Mutter ins Gesicht, daß mir das Blut zu Mund und Nase herauslief; auch bekam ich nichts zu essen und mußte während der Mahlzeit am Boden knien. Nach Tisch hatte ich das Geschirr zu spülen, die Kindswäsche zu waschen und den Buben einzuschläfern. Ganz abgehetzt kam ich dann des Nachmittags in die Schule und konnte während der Handarbeitsstunden nur mühsam den Schlaf bekämpfen. Deshalb lernte ich nur schlecht handarbeiten und bekam in diesem Fach meist die Note »Ungenügend«. Zudem strengte mich besonders das Stricken an und verursachte mir stets heftiges Kopfweh. Das wußte die Mutter. Hatte ich nun bei der Hausarbeit etwas nicht recht gemacht, so gab sie mir mit einem spanischen Rohr sechs und manchmal zehn Hiebe auf die Arme und die Innenfläche der Hände, daß das Blut hervorquoll. Hierauf mußte ich mir die Hände waschen und an einem Strumpf in einer gewissen Zeit einen großen Absatz stricken. Vermochte ich vor Schmerzen bis zu der bestimmten Minute nicht fertig zu werden, so wurde die Züchtigung wiederholt.

Im übrigen machte ich in der Schule gute Fortschritte und war bald die Erste. Meine Lehrerinnen nahmen sich meiner sehr an, und als ich einmal in der Früh barfuß in die Schule kam, schickte mich mein Fräulein mit einem Brieflein nach Hause, worin sie der Mutter Vorwürfe machte. Doch hatte dies nur eine erneute Züchtigung mit einem Spazierstock meines Vaters zur Folge, einem sogenannten Totschläger oder Ochsenfiesel, in den ringsherum kleine Bleikugeln eingegossen waren.

Geliebt hat mich meine Mutter nie; denn sie hat mich weder je geküßt noch mir irgendeine Zärtlichkeit erwiesen; jetzt aber, seit der Geburt ihres ersten ehelichen Kindes, behandelte sie mich mit offenbarem Haß. Jede, auch die geringste Verfehlung wurde mit Prügeln und Hungerkuren bestraft, und es gab Tage, wo ich vor Schmerzen mich kaum rühren konnte.

Der Hunger, den ich zu leiden hatte, und der Umstand, daß ich in der Früh selten ein Frühstück bekam, veranlaßten mich, Trinkgelder, die ich von den Leuten für das Fleischbringen erhielt, oder auch etliche Pfennige von dem Betrag für das gelieferte Fleisch zu nehmen und mir Brot dafür zu kaufen. Als die Mutter durch Zufall dies entdeckte, mißhandelte sie mich so, daß ich mehrere Tage nicht ausgehen konnte. Da ich ein Kleid mit kurzen Ärmeln trug, sah die Lehrerin, als ich wieder in die Schule kam, an meinen Armen sowie auch an Hals und Gesicht die blauen und blutrünstigen Flecken, und ich mußte, trotzdem ich neue Strafen zu befürchten hatte, dem Oberlehrer, der herbeigerufen worden, alles der Wahrheit gemäß berichten. Ein Brief an meine Mutter hatte nur den Erfolg, daß ich den ganzen Tag nichts zu essen bekam und die Nacht auf dem Gang unserer Wohnung, auf einem Scheit Holz kniend, zubringen mußte.

Zu dieser Zeit war es auch, daß mir einmal beim Austragen des Fleisches das ganze Geld gestohlen wurde. Mittwoch und Samstag nachmittags mußte ich nämlich immer in die Briennerstraße zu einem Kommerzienrat das Fleisch bringen, bei dem die Mutter früher Köchin gewesen war. Meistens waren es ganz große Stücke: ein ganzes Filet, ganze Lenden, Kalbschlegel oder Rücken. Bei der Ablieferung wurde mir das Geld und ein Büchlein übergeben, in welches die Bestellung für das nächstemal geschrieben wurde. An einem Samstag trug ich nun auch wieder ein großes Stück Fleisch dahin und bekam ungefähr zwanzig Mark und das Buch, das ich samt dem Geld in ein Säcklein tat und in den Korb legte. Auf dem Heimweg hielt ich mich längere Zeit vor der Feldherrnhalle bei den Tauben auf, die von den Kindern gefüttert wurden. Da schlug es vier Uhr und dabei fiel mir die Mahnung der Mutter ein, die beim Fortgehen gesagt hatte: »Daß d' um viere längstens z'Haus bist und daß d'ma Obacht gibst aufs Geld!«

Also fing ich an zu laufen, so schnell ich nur konnte, und machte erst am Viktualienmarkt halt, um ein wenig zu verschnaufen. Da schau ich in meinen Korb und sehe das Säcklein mit dem Geld nicht mehr. Ich durchsuche ihn genau, durchwühle fieberhaft meine Taschen; aber es war nicht mehr da. Voll Verzweiflung rannte ich den ganzen Weg zurück bis in die Briennerstraße und fragte dort, ob ich es vielleicht mitzunehmen vergessen hätte. Doch die Köchin meinte, sie wisse gewiß, daß ich das Säcklein in den Korb gelegt hätte. Mitleidig fragte sie noch:

»Moanst, du kriegst Schläg, Lenerl?«

»I glaab scho!« antwortete ich, und damit war ich schon wieder über die Stiegen hinunter. Nun lief ich wieder zur Feldherrnhalle und fragte dort die Leute: »Sie, bitt schön, ham Sie nöt da a Sackerl liegn sehgn mit an Büacherl drin und zwanzig Mark Geld?« Da lachten die einen, die andern bedauerten mich; aber gewußt hat keiner was. Nun packte mich die Angst und ich fing an zu weinen und traute mich nicht mehr heimzugehen. Ich lief durch die Maximilianstraße über die Brücke und immer weiter, bis ich zum Ostbahnhof kam.

Plötzlich fiel mir mein Großvater ein, und als es in diesem Augenblick fünf Uhr schlug, dachte ich: »Jatz derfst nimma hoam kommen, jatz is fünfe; Geld hast aa koans mehr, jatz laafst zum Großvater, der hilft dir schon.«

Ich lief also durch die Bahnhofshalle, und da ich noch wußte, auf welchem Gleis er damals abgefahren war, sprang ich zwischen die Schienen und rannte davon, so schnell ich konnte, immer auf dem Bahndamm dahin, an den Bahnwärterhäuschen vorbei, bis ich nach Trudering kam.

Als ich dort an dem Bahnhof vorbeilaufen wollte, schrie mich einer an: »He, du, wo laafst denn hin mit dein Körbl?«

»Furt!« rief ich und damit sauste ich weiter.

Indem hörte ich einen Zug hinter mir herkommen und zur Seite springend dachte ich: »Wennst jatz no a Geld hättst, na kunntst mitfahrn!«

Als der Zug vorbei war, lief ich hinterdrein; doch der war schneller als ich. Bald darauf kam auf dem andern Gleis ein Zug, der nach München fuhr. Da schauten die Leute aus den Fenstern mir verwundert nach, wie ich so mit meinem Korb zwischen den Schienen dahinsprang.

Schon wurde es dunkel, als ich ganz erschöpft nach Zorneding kam. Ich schleppte mich vom Bahnhof in das Dorf; denn ich konnte nicht mehr weiter vor Seitenstechen und Herzklopfen. Neben dem ersten Hause war ein Brunnen, und als ich trinken wollte, lief eine Frau auf mich zu und rief: »Ja, mein Gott, Kind, trink doch net! Dir rinnt ja der Schweiß übers Gsicht; dös kunnt ja dei Tod sein, wannst jatz trinka tatst.« Und erst, als sie mir Gesicht und Hände mit Wasser gekühlt hatte, ließ sie mich trinken.

Inzwischen war es Nacht geworden. Mein Seitenstechen, das immer heftiger wurde, zwang mich, im Dorf zu bleiben, und als ich vor einem kleinen Hause eine Bank fand, legte ich mich darauf und nahm den Korb zu einem Kopfkissen; aber ich schlief nur schlecht und träumte schwer.

Als es Tag wurde, wollte ich weiter; aber ich war so elend, daß ich mich nicht rühren konnte. Während ich noch so dalag, trat eine Frau aus dem Haus, und als sie mich sah, rief sie erschrocken: »Jessas, wo kimmst denn du her, Kind, und wo möchst denn hin?«

»Zu mein Großvater!« entgegnete ich leise; denn ich war heiser, »der muaß ma helfa, wissn S', i hab's Geld verlorn beim Fleischaustragen und da hab i ma nimma hoam traut; denn mei Muatta wenn mi findt, dö bringt mi um.«

»No, no, so g'fährli werd's net sei; dei Muatta werd aa koa Ungeheuer sei! Geh nur wieder schö hoam!« So redete sie mir zu und tröstete mich und nahm mich mit in die Stube, gab mir einen Kaffee, rief ihren Mann und erzählte ihm, was ich ihr gesagt hatte. Der brachte mich dann am Vormittag wieder mit der Bahn nach München zurück zu meinen Eltern und bat sie, mich nicht zu strafen; denn ich sei anscheinend recht krank.

An dem Tag hat meine Mutter mich nicht geschlagen, doch redete sie mich mit keinem Worte an und tat, als sei ich gar nicht da. Am Abend aber mußte der Vater einen Arzt holen, weil ich heftiges Fieber hatte. Während der schweren Lungenentzündung, an der ich nun lange krank lag, hat der Vater mich fast allein gepflegt; denn die Mutter sprach nur das Nötigste und kümmerte sich im übrigen nicht um mich. Das verlorene Geld hatte die Frau Kommerzienrat inzwischen ersetzt.

Etliche Wochen später kam mein Großvater, und als ich mit ihm allein war, begann ich ihm weinend mein Leid zu erzählen. Da wurde er recht aufgebracht und sagte, er wolle gleich mit der Mutter reden; aber ich bat ihn, dies nicht zu tun; denn was wäre die Folge gewesen! Auf meine Bitten versprach er mir, ich dürfe, wenn die Mutter mich noch länger so behandle, wieder zu ihm. Das geschah denn auch bald auf die folgende Begebenheit hin.

Ich hatte zwei Freundinnen, die bei uns im Hause wohnten und die ich an den Sonntagen nachmittags manchmal besuchen durfte, wenn die Eltern fortgingen. Da sprachen wir denn über verborgene Dinge und trieben mancherlei Heimliches, was wohl die meisten Kinder in diesem Alter, ich war damals elf Jahre alt, tun. Auf Verschiedenes, was ich nicht wußte, war ich freilich erst durch meinen Beichtvater und Religionslehrer aufmerksam gemacht und durch seine Fragen dazu verführt worden.

»Hast du dich unkeuschen Gedanken hingegeben?« pflegte er bei der Beicht zu fragen. »Wie oft, wann, wo, über was hast du nachgedacht? – Hast du da an unzüchtige Bilder oder an Unreines am Menschen oder an Tieren, an gewisse Körperteile gedacht und wie lange hast du dich dabei aufgehalten? – Hast du unzüchtige Lieder gesungen, schamlose Reden geführt mit andern Kindern? – Hast du dich unkeuschen Begierden hingegeben? – Ist dir niemals die Lust angekommen, einen unreinen Körperteil an dir zu berühren? – Hast du dieser Begierde nachgegeben? – Wann, wo, wie oft, wie lange hast du dich bei dieser Sünde aufgehalten? – Hast du das mit dem Finger, mit der Hand oder mit einem fremden Gegenstand getan? – Hast du mit andern Kindern Unkeuschheit getrieben? – Wie habt ihr das gemacht? – Hast du Tieren zugesehen, wenn sie Unreines taten? – Hast du Knaben angesehen oder berührt an einem Körperteil?«

Als der Herr Kooperator das erste Mal so fragte, erschrak ich heftig; denn, wie gesagt, wußte ich von manchem dieser Dinge noch gar nichts und schämte mich sehr. Mit jeder neuen Beichte aber verlor sich diese Scham mehr und mehr; besonders, seit er mich in der Religionsstunde des öfteren aufforderte, ihn zu besuchen, unter dem Vorwand, ihm etwas zu bringen, wobei er dann in seiner Wohnung mich unter Hinweis auf die letzte Beichte wieder bis ins einzelne über diese Dinge ausfragte.

Davon sprachen wir Mädchen nun auch auf dem Schulweg

oder wenn wir in der Pause beisammen waren, und die eine erzählte der anderen ihre kleinen Sünden.

Da wurde ich eines Tages zu dem Herrn Oberlehrer gerufen, und als ich vor ihm stand, begann er in strengem Ton: »Ich habe durch eine deiner Mitschülerinnen vernehmen müssen, daß du in Gemeinschaft mit andern Mädchen unsittliche Handlungen vollführt hast. Ich muß dich deshalb ebenso wie die andern, die dir wohl bekannt sind, mit Karzer bestrafen. Deinen Eltern wird es mitgeteilt werden. Hast du darauf etwas zu erwidern?«

Ich hatte nichts zu erwidern und machte mich, nachdem ich um sechs Uhr aus dem Karzer entlassen war, zitternd auf den Heimweg; denn ich wußte, wie es mir ergehen würde. Geraden Weges heimzugehen vermochte ich nicht, sondern ich kam auf einem Umweg in die Isaranlagen, wo ich mich auf eine Bank setzte und überlegte, ob ich nicht lieber ins Wasser springen sollte. Am End aber siegte doch die Schneid, und ich stand auf und ging nach Haus.

Ganz langsam schlich ich mich dort über die Stiegen hinauf, stand lange vor der Wohnungstür und betete: »Vater unser, der du bist im Himmel! Laß mi net umbracht werdn! Heilige Maria, Mutter Gottes, laß mi net derschlagn werdn! Heiliger Schutzengel, hilf mir do! I will's g'wiß nimma toa!«

Endlich läutete ich.

Hinter der Tür aber lehnte schon der Totschläger; und als ich eintrat, empfing mich die Mutter mit einem wuchtigen Schlag. Hierauf gebot sie mir, mich auszuziehen. Als ich im Hemd war, schrie sie mich an: »Nur runter mit'n Hemd! Nur auszogn! Ganz nackat!«

Darauf mußte ich niederknien, und nun schlug sie mich und trat mich mit Füßen wider die Brust und den Körperteil, mit dem ich gesündigt hatte. Da schrie ich laut um Hilfe, worauf sie mir ein Tuch in den Mund stopfte und abermals auf mich einschlug. Dabei trat ihr der Schaum vor den Mund, und keuchend schrie sie mich während der Züchtigung an: »Hin muaßt sein! Verrecka muaßt ma! Wart, dir hilf i!«

Als sie erschöpft war, rief sie dem Vater, der im Schlachthaus gearbeitet hatte, und ruhte nicht eher, bis auch er den Stock nahm und mich noch einmal strafte. Darauf sperrten sie mich in meine Kammer und gingen fort.

Durch meine Hilferufe war die Frau Baumeister Möller, die über uns wohnte, aufmerksam geworden; und als sie mich in meiner Kammer noch lange Zeit laut weinen hörte, rief sie mir von ihrem Balkon aus zu: »Warum hat s' di denn wieder so prügelt? Komm, mach auf, dann komm i zu dir nunter!«

Ich sagte ihr, daß ich eingesperrt sei. Da rief sie unserm Nachbarn, dem Schlosser. Der mußte aufsperren; und als sie hereinkam und mich sah, erschrak sie sehr; denn mir lief das Blut über die Arme und den Rücken herunter, und Brust und Leib waren ganz blau und verschwollen. Sie war so erregt über die mir widerfahrene Behandlung, daß sie meiner Bitte, mich zu meinem Großvater zu bringen, sofort nachgab. Sie zog mich sauber an, und wir fuhren noch mit dem Abendzug heim.

Es war schon tiefe Nacht, als wir ankamen, und ich mußte lange unter dem Fenster rufen, bis mich die Großeltern hörten. Der Großvater öffnete das Haus und fragte, indem er uns in die Stube führte, erschreckt: »Insa liabe Zeit! Lenei, wo kimmst denn du no so spät her? Was is denn nur grad passiert, und wer is denn dös Wei da?«

Da berichtete ihm Frau Möller kurz das Geschehene, worauf er sagte: »Naa, Dirnei, da kimmst ma nimma eini! Jatz bleibst bei mir da; so viel ham ma, daß 's g'langt!«

Nachdem die Frau Baumeister die Einladung des Großvaters, bei uns zu übernachten, ausgeschlagen und sich nach einem Gasthof begeben hatte, wollte die Großmutter mich ausziehen; aber sie mußte mich erst in ein Schaff mit Wasser setzen, bevor sie die an den Wunden klebenden Wäschestücke vom Körper lösen konnte. Als ich endlich nackt vor ihnen stand, geriet der Großvater vor Zorn ganz außer sich und schrie, daß alles zitterte: »Dös muaß ma büaßn, dös Weibsbild, dös verfluachte! Oonagln tua i's! Aufhänga tua i's! Umbringa tua i's!«

Nach dem Bad wurde ich mit sauberen Linnen abgetrocknet, und die Großmutter holte den Salbtiegel und begann meinen »Wehdam einzuschmierbn«. Der Großvater aber nahm die Kinderstup und stäubte, finster vor sich hingrollend, mit dem Pudermehl meinen Rücken, die Arme und Beine ein, während der Hausl mit weit hinter sich hinausgespreizten Armen in der Stube auf und ab schritt und nur von Zeit zu Zeit den Kopf schüttelte oder ausspuckte.

Andern Tags in der Früh holte der Großvater den Bader der mir überall, wo es vonnöten war, ein Pflasterl auflegte und dafür sorgte, daß möglichst viele die Begebenheit inne wurden. Die Großmutter aber mußte des Vaters Feiertagsgewand herrichten; denn er wollte noch am Vormittag in die Stadt fahren. Ehe er fortging, sagte ich ihm noch den Grund, warum die Mutter mich so gestraft; doch erwiderte er aufs neue erzürnt nur: »Dös is gleich! So was redn alle Kinder amal; dös tuat a jeds Kind amal. Dös is dös G'fahrlicha no lang net!«

Als er von München zurückkam, sprach er, wie das so seine Art war, mit keinem Wort mehr von der Sache; aber ich durfte wieder ein ganzes Jahr bei den Großeltern bleiben.

Im September dieses Jahres war im Dorf das große Haberfeldtreiben; kurz vorher starb unser Hausl ganz plötzlich und ohne irgendeine Vorbereitung.

Es war ein recht schwüler Augusttag gewesen, und der Hausl hatte schon seit dem Morgen über die Hitze und seinen großen Durst gejammert; doch reute ihn immer wieder das Geld zu einem Trunk Bier. Am End aber konnte es die Großmutter nicht mehr mit ansehen und sagte: »Geh, Hausl, laß dir halt vo da Lena a Bier holn! Wenn di's Geld gar a so reut, na zahl's halt i!«

Da fühlte er sich doch in seinem Stolz gekränkt und sagte: »In Gott's Nam', Handschuasterin, laßt halt a Halbe holn!«

Mit diesen Worten schlürfte er in seine Kammer, riegelte hinter sich zu und brachte nach einer geraumen Weile die paar Kreuzer heraus.

Da legte die Großmutter noch ein Zehnerl darauf und sagte zu mir: »Lenei, holst glei a Maß, na derfa ma aa amal trinka.«

Als ich dann den vollen Krug vor ihn hinstellte, brummte er ärgerlich: »Warum habt's denn enka Bier net in an andern G'schirr g'holt! Woaß ma net, was oan zuaghört und was net!«

Damit nahm er den Krug, setzte sich auf das Kanapee und trank; die Großmutter und ich aber saßen am Tisch, wartend, daß er sage: »Da, dös g'hört enk.«

Doch er sagte nichts, so daß ich bei mir dachte: »Der trinkt ja dös unsa aa no aus!«

Auf einmal läßt er die Hand mit dem Krug sinken und neigt den Kopf tiefer und tiefer. Da schreit auch schon die Großmutter: »Jess Mariand Josef, Hausl, der Krug fallt oicha!« und springt hinzu und will ihn auffangen.

Aber die knöchernen Finger umklammern fest den leeren Krug und sind eiskalt. »Gott steh ma bei! Was is denn dös?« kreischt sie auf; denn der Hausl war tot.

Als er eingegraben wurde, kamen seine Verwandten und fielen über seine Sachen her. Dabei stritten sie heftig, und als sie endlich eins waren und wieder fortgingen, sagten sie zum Großvater: »So, Handschuasta, was jatz no da is vo eahm, dös g'hört enk.«

Da war aber nichts mehr da wie sein alter, gestrickter Janker. Den nahm ich vom Nagel, und während ich ihn betrachte und betaste, greif ich unwillkürzlich auch in die Taschen und finde darin einen Schlüssel. Da fällt mir sein Wandschränklein ein. Ohne ein Wort lauf ich in die Kammer und sperre zu, suche nach dem Pünktlein, kratze den Kalk von der Wand und bringe am End nach vieler Müh das Türlein auf. Da lagen in dem Kästlein weit über hundert Mark Geld, ein Haufen Silberknöpfe und alte Münzen, seine silberne Uhr mit der Kette und den großen Talern daran und etliche schöne, silberbeschlagene Bestecke und silberne Löffel; daneben sein Rasierzeug und ein kleines, hölzernes Spieglein.

Voller Freude riß ich die Kammertür auf und rief: »Großvata, da geh rei! I hab was g'fundn vom Hausl und dös g'hört alles uns!«

Als der Großvater meinen Fund sah, war er zuerst sprachlos vor Verwunderung; dann aber sagte er: »Dirnei, dös g'hört alls dei. Du bist eahm dö Liaba g'wen und dir hätt er's do vermacht.«

Der Großmutter war das auch recht, und so haben sie mir die Sachen immer aufgehoben. Als aber nachher der Großvater starb, sind die Verwandten darüber gekommen, und mir ist nichts geblieben als das Spieglein und das Besteck. Das nahm dann meine Mutter in Verwahrung, und so hatte ich nichts mehr.

Die Rede, welche der Herr Pfarrer am Grabe unsers Hausl gehalten hatte, war wieder eine Verdammungsrede gewesen; eine noch schlimmere aber hielt er kurze Zeit danach dem Schmittbauern, dem reichsten der Gemeinde, den auch der Schlag getroffen. Dieser Mann war in der ganzen

Umgegend wegen seiner Gutherzigkeit und Rechtlichkeit angesehen und beliebt; nur beim Pfarrer stand er schlecht angeschrieben. Einen besonderen Groll auf ihn hatte auch der Posthalter, der sich gern durch den Bau einer Straße berühmt gemacht hätte, daran aber durch einen Acker des Schmittbauern gehindert wurde, den dieser um keinen Preis hergeben wollte. Ein jahrelanger Prozeß war zugunsten des letzteren entschieden worden.

Nach der Beerdigung begaben sich nun damals die Leidtragenden, die in großer Zahl von nah und fern gekommen waren, zum Leichenschmaus beim Huberwirt. Nur einige waren noch am Gottesacker zurückgeblieben und hörten dort, wie der Posthalter mit Bezug auf die Rede des Pfarrers zum Lehrer sagte: »Recht hat er g'habt, der Herr Hochwürden! Dem g'hört 's net anderscht. Mit dene werdn ma aa no ferti; mir zoagn 's eahna scho!«

Diese Worte hinterbrachten die Bauern, die sie gehört hatten, sofort den beim Leichentrunk Versammelten, und nun kannte die Erbitterung keine Grenzen. Zur Stund ward beschlossen, den Schmittbauern zu rächen.

Am Samstag vor dem Fest Mariä Geburt erschienen bei anbrechender Nacht plötzlich etliche hundert Männer mit geschwärzten Gesichtern im Ort, zogen, mit Sensen, Dreschflegeln, Heugabeln und Äxten bewaffnet, durch das Dorf und sangen Trutzlieder auf die Geistlichkeit und besonders auf unsern Pfarrer. Dazu vollführten sie mit Johlen, Pfeifen und Zusammenschlagen der Äxte und Sensen einen höllischen Lärm. Vor dem Pfarrhof angelangt, schlugen sie dort die Fenster ein, beschmierten die Türen mit Schmutz, hieben die Obstbäume um oder rissen sie aus; sogar den Heustadel wollten sie in Brand setzen, doch zündete es nicht.

Danach zogen sie zum Posthalter und besudelten dem alle Fensterscheiben und Läden mit Menschenkot, den sie in einem großen Kübel mitführten, und schrieben an das große Tor der Einfahrt mit einem langen Pinsel, der mit demselben Schmutz getränkt war, diesen Vers:

Auf'n Pfarrer is g'schissn
Auf'n Posthalter damit,
Warum hant s' so verbissn
Am Sebastian Schmitt.

Noch am andern Tag konnte jedermann diese Worte lesen.

Von den Gendarmen hatte keiner gewagt, sich den Habern in den Weg zu stellen, und eine Untersuchung, die man später einleitete, hatte nicht den geringsten Erfolg; denn keiner verriet den andern, weil man noch von Hausham her wußte, daß das Haberfeldtreiben sehr streng bestraft wurde.

Geraume Zeit ging noch die Rede von diesem Treiben, und an den langen Winterabenden, wenn die Großmutter mit der Huberwirtsmarie und der alten Sailerin, einer achtundneunzigjährigen Greisin, in der Stube saß und spann, während der Großvater auf der Ofenbank lange, kunstvolle Späne schnitt, fiel noch manches Wort über diese Geschichte.

Aber auch andere abenteuerliche und seltsame Dinge wurden da erzählt. Besonders die Sailerin, im Dorf nur die alt' Soalagroß' genannt, die wegen ihrer bösen Zunge sehr verrufen und von manchen als Hexe gefürchtet war, wußte aus längst vergangener Zeit die wunderlichsten Begebenheiten zu berichten: von Leuten des Dorfes, die durch ihren sündhaften Lebenswandel den Teufel selber zu Gaste geladen und mit ihm wirkliche Verträge abgeschlossen hatten. Sie war selber Zeuge gewesen, wie ein Bauer in jungen Jahren verliebt war in das Weib eines Nachbarn; wie er diesen eines Mordes an einem armen Handwerks-

burschen zieh und, nachdem der Unglückliche peinlich ver-
hört und am Ende unschuldig zum Tode verurteilt worden,
die Wittib heiratete. Da kam eines Tages der Teufel in
Gestalt eines fürnehm gekleideten Herren zu ihm und
wollte eine Kuh kaufen. Als ihn der Bauer in den Stall
führte, fing alles Vieh zu brüllen an und zeigte große
Unruhe. Der Fremde suchte eine schwarze Kuh aus und
zählte darauf den hohen Preis in lauter Goldmünzen auf
den Tisch; und als der Bauer dieselben einstreichen wollte,
verbrannte er sich die Hände, so heiß waren sie. Erschrok-
ken sah er sich nach dem Fremden um; der aber war verschwunden, und statt seiner stand eine erschreckliche
Gestalt an der Tür und rief: »Wart nur! I kriag di scho no!«
Damit verschwand sie; die Kuh aber, die nicht geholt wurde,
gab von Stund an blutige Milch. Etliche Wochen später
wurde der Bauer tot und ganz schwarz auf dem Felde gefunden. Oft nach dem Abendläuten sprachen sie auch von den
verstorbenen Angehörigen, und da erzählte die Sailerin von
den armen Seelen im Fegfeuer und wie sie denen helfen,
die fleißig für sie beten. So sei einmal ihre Mutter am Herd
gestanden und habe die Abendsuppe gekocht. Indem läutete es zum Angelus, und während sie halblaut den englischen Gruß betete und, wie gewohnt, noch ein Vaterunser
für ihre verstorbene Mutter hinzufügte, tat sich die Haustür auf, und herein lief eine alte Frau, die der Verstorbenen
aufs Haar glich. Diese zog sie hastig mit sich über die
Stiege hinauf, riß die Tür zum Heuboden auf, wies mit der
Hand hinein und verschwand. Ihrer Mutter aber sei fast
das Herz stillgestanden vor Schreck: Ganz oben unter dem
Dach hing ihre Lisl mit dem zerrissenen Rock an einem
Nagel des Gebälks und konnte jeden Augenblick hinunter
auf den Dreschboden stürzen. Das Kind, das die Katze bis
dorthin verfolgt hatte, konnte nur mit vieler Mühe gerettet
werden.

Auch wußte sie viel von alten Sitten und Gebräuchen: So legten in der Thomasnacht die jungen Mädchen die gekochten Beinlein eines in der Nacht zum Andreastage getöteten Marders, einige Holunderzweige, die am St.-Barbara-Tag abgeschnitten worden, und einen Zettel, darauf ein geheimnisvolles Gebet geschrieben stand, auf die Schwelle ihrer Kammertür. In der Mitternachtsstunde erblickten sie dann, wenn sie in den Spiegel sahen, ihren Hochzeiter. Auch eine ihrer Schwestern habe einmal, nachdem sie alles recht gemacht, dies getan; aber mit einem lauten Aufschrei sei sie davongestürzt; denn statt eines jungen Mannes habe der Tod aus dem Spiegel geschaut. Nach langem Siechtum sei sie dann auch wirklich unverheiratet gestorben.

Atemlos lauschte ich stets diesen Erzählungen und bekam nach und nach eine große Hochachtung vor der alten Sailerin; und da sie immer recht freundlich mit mir war und auch bei den Großeltern viel galt, hielt ich mich häufig bei ihr auf. Da konnte ich denn, als das warme Frühjahr wiedergekommen, oft stundenlang bei ihr auf der Hausbank sitzen, wo sie den ganzen Tag über die Vorübergehenden prüfend betrachtete und mit sich selber lange Gespräche führte, während ihre Hände unablässig an einem ungeheuern Strumpfe strickten. Dies Stricken und Mitsichselberreden war ihr schon so zur zweiten Natur geworden, daß sie überall, wo sie ging und stand, die Lippen und die Zunge bewegte und in den gefalteten Händen die Daumen umeinanderdrehte.

Während dieses Jahres gebar die Mutter in München ihr zweites Kind, den Maxl. Kurz zuvor hatte der Vater sein ganzes Geld, bei dreißigtausend Mark, auf dem Anwesen, das er gekauft hatte, durch einen Bauschwindler verloren, so daß er sich an eine Brauerei um Hilfe wenden mußte.

Diese gab ihm, nachdem sie ihn eine Zeitlang in ihrer Flaschenfüllerei beschäftigt hatte, eine Kantine im Lechfeld. Den Hansl nahm die Mutter mit, und der Maxl kam zur Großmutter in die Kost.

Nach einem Jahr schrieb die Mutter, man solle uns wieder nach München schicken, und sie versprach, mich jetzt besser zu behandeln; es gehe ihnen gut und sie hätten im Lechfeld so viel Gewinn gehabt, daß der Vater in München wieder eine Wirtschaft pachten könne.

So brachte mich denn der Großvater wieder in die Stadt, nicht ohne Kummer und Besorgnis. Doch behandelte mich meine Mutter jetzt wirklich besser und sparte nicht an Lob und Belohnung, wenn ich etwas zu ihrer Zufriedenheit gemacht hatte. Zu Weihnachten schenkte sie mir eine Puppe, die so groß wie ein zweijähriges Kind war und einen wunderschönen, wächsernen Kopf mit echtem Haar hatte. Doch die Freude währte nicht lange; bald nach Ostern nahm sie mir die Puppe weg, weil ich zu viel Zeit mit dem Spiel vertrödelte, und schenkte sie später der Großmutter für die Kostkinder. Die Großmutter aber hob sie noch lange Jahre für mich auf und gab ihr einen Ehrenplatz in der Künikammer. Der Tag meiner Firmung brachte dann eine weitere Enttäuschung, wohl die bitterste, die ein Mädchen in diesem Alter erleben kann; denn noch an dem gleichen Tage verkaufte die Mutter mein weißes Firmkleid an den Vetter Bastian, einen Fuhrknecht, der es für seine Tochter brauchte, und ich mußte mich in meinem alten Sonntagskleid von der Nanni, meiner Firmpatin, in den Methgarten an der Schwanthalerstraße führen lassen, wo die andern Firmlinge in ihren weißen Kleidern und mit der offiziellen Firmuhr prangten und mich verächtlich von der Seite ansahen und von mir wegrückten. Das Firmgeschenk, das mich sehr freute, bestand in dem silbernen Geschnür, der Halskette und Riegelhaube der Nanni; es wurde aber bald danach alles von der Mutter verkauft mit dem Versprechen, ich bekäme etwas Praktischeres dafür.

Die Tante Babett hatte inzwischen ihre Stellung wieder aufgegeben und war als Kinderfrau in dem Hause meiner Eltern angenommen worden. Unter ihrem Einfluß wurde auch die Mutter fromm und ging von nun an jede Woche zur Beichte und zum Tisch des Herrn, fast jeden Tag in die Messe, hörte jede Predigt, wurde Mitglied aller Erzbruderschaften und des dritten Ordens und machte Wallfahrten. Zu Hause aber schimpfte und fluchte sie mit bösen Worten, und die Dienstboten und ich waren in ihren Augen keine Menschen.

Weil ich nun von dieser Frömmigkeit, die vor allem den Pfarrern zu gefallen suchte, nichts wissen wollte, mußte ich gar viele Mißhandlungen und Schmähungen von der Tante Babett ertragen, der jede Gelegenheit willkommen war, über mich bei der Mutter zu klagen und ihr meine Zukunft und mein Seelenheil als hoffnungslos vorzustellen. Ich wurde darum jetzt gezwungen, jeden Morgen um sechs Uhr die heilige Messe zu besuchen und alle vierzehn Tage zu beichten. Da ward es mir oft seltsam zumut, wenn ich, kaum von der Kommunionbank weg, hören mußte, wie die Mutter wegen jeder Kleinigkeit die gräßlichsten Flüche ausstieß und doch ihre Frömmigkeit für eine echte und heilige hielt.

Zu dieser Zeit kam von Niederbayern eine zweite Schwester meines Stiefvaters zu uns. Es waren daheim noch mehrere; denn der Vater meines Stiefvaters hatte vierzehn Frauen gehabt, mit denen er neununddreißig Kinder zeugte. Als er mit dreiundzwanzig Jahren das erstemal heiratete, kurz nachdem sein Vater, der reichste Bauer vom ganzen Rottal, unter Hinterlassung von mehr denn einer Million Gulden gestorben war, brachte ihm die Frau noch über hunderttausend Gulden Heiratsgut mit, und als nach einem Jahr ihr das Wochenbett zum Todbett ward, erbte er noch ihr ganzes übriges Besitztum; denn sie war eine Waise. Kurz danach nahm er die zweite Frau, eine Magd, mit der er sechs Jahre lebte und vier Kinder hatte. Als sie an der Wassersucht gestorben war, heiratete er noch im selben Jahr eine Kellnerin, die er aber nach wenigen Monaten davonjagte, als er eines Tags den Oberknecht bei ihr im Ehebett fand. Die vierte Frau, die Tochter eines reichen Gutsbesitzers, holte er sich aus dem bayerischen Wald, verlor sie aber schon nach zwei Jahren, nachdem sie ihm ein Kind geboren hatte. Die Leute erzählten, er habe sie durch sein wüstes, ausschweifendes Leben zugrunde gerichtet. Bald nach ihrem Tode nahm er mit dreiunddreißig Jahren die fünfte Frau, die ihm vier Kinder mit in die Ehe brachte, von denen böse Zungen behaupteten, daß sie von ihm gewesen; denn diese Frau hatte er zuvor als Oberdirn auf seinem Hof gehabt. Während einer fünfjährigen Ehe gebar sie ihm zweimal Zwillinge und einen Buben, an dem sie starb. Man sagte aber auch, sie sei aus Kummer krank geworden; denn um diese Zeit hatte er begonnen, offen ein wüstes Leben zu führen. Als Viehhändler trieb er oft zwanzig bis dreißig Stück Rinder oder auch Pferde zu Markte und hielt danach mit andern Genossen große Zechgelage. Hierbei wurde gewürfelt, und da er sehr hoch spielte, verlor er oft seine ganze Barschaft samt dem Erlös und mußte nicht selten noch Boten heimschicken um Geld.

Inzwischen war die Frau, von der er sich hatte scheiden lassen, an der Schwindsucht gestorben, so daß er nun, als er mit neununddreißig Jahren das sechstemal heiratete, wieder kirchlich getraut wurde; doch, noch ehe ein Jahr um war, starb die Frau im Kindbett. Nun holte er sich ein Weib aus Österreich, eine junge, sehr schöne Linzerin. Von

ihr berichtet man, daß er einmal, als er den ganzen Erlös
für das verkaufte Vieh und all sein bares Geld verloren
hatte, sie auf einen Wurf setzte und an einen reichen Guts-
besitzer um tausend Mark für eine Nacht verspielte. Während dieser Nacht soll sich die Frau gar sehr gewehrt und
den Gutsherrn so schwer an der Scham verletzt haben,
daß er bald darauf sterben mußte. Mit dieser Frau lebte er
acht Jahre sehr unglücklich, und nachdem sie ihm zehn
Kinder geboren hatte, starb sie an dem letzten. Kurz darauf heiratete er mit fünfzig Jahren zum achtenmal und
hatte während einer sechsjährigen Ehe sechs Kinder. Auch
diese Frau hatte keine guten Tage bei ihm; denn ihr ein-
gebrachtes Vermögen war gleich dem der anderen Frauen
bald verspielt, und nun mißhandelte er sie oder verfolgte
sie im Rausch mit seinen Zärtlichkeiten, was das gleiche
war; denn er war herkulisch gebaut und massig wie seine
Stiere. Auch hatte er noch zu ihren Lebzeiten eine heimliche Liebschaft mit einer anderen, die nach ihrem Tode
seine neunte Frau wurde, aber schon nach vierjähriger Ehe
mit sechsundzwanzig Jahren an ihrem vierten Kinde starb.
Obwohl nun im Orte heimlich die Rede ging, daß er seine
Frauen auch im Kindbett besuche, davon ihnen das Blut
gehend worden wär und daran sie gestorben seien, willigte
doch eine Nähterin aus der Pfarre in des Vierundsechzig-
jährigen Heiratsantrag; denn sie hatte schon zwei erwach-
sene Kinder von ihm. Doch auch ihr wurde das gleiche
Schicksal, und sie starb nach zwei Jahren zugleich mit dem
Kinde im Wochenbett. Mit siebenundsechzig Jahren heiratete er zum elftenmal, und als die Frau schon nach zwei
Monaten gestorben war, ging er mit neunundsechzig
Jahren die zwölfte Ehe ein. Mit dieser Frau lebte er vier
Jahre und nahm nach ihrem Tode mit vierundsiebzig Jahren die dreizehnte. Diese letzten Ehen waren alle unglück-
lich; denn daheim prügelte er die Frauen und in den

Wirtshäusern verspielte er alles, was er besaß. Beim Tode der dreizehnten Frau hatte er nichts mehr, und als er jetzt mit neunundsiebzig Jahren in das Armenhaus kam, fand er da eine Armenhäuslerin, die seine vierzehnte Frau wurde. Mit ihr lebte er noch sieben Monate und starb danach als Bettler; sie hat ihn dann noch kurze Zeit überlebt.

Die zweite Schwester meines Vaters, die vierzehnjährige Zenzi, kam damals grad aus dem Kuhstall zu uns und sollte jetzt die Haus- und Küchenarbeit lernen. Gleich nach ihrer Ankunft ließ auch ihr die Mutter die Haare abschneiden, und ich mußte ihr alle Tage das Ungeziefer vom Kopf suchen. Dann mußte ich sie beten lehren; denn sie konnte nicht einmal das Vaterunser, worüber die Mutter sehr aufgebracht war. So wenig angenehm diese Aufträge für mich waren, so belustigend war es anderseits, ihr bei der Hausarbeit zuzusehen, besonders wenn sie mit dem Schrubber putzte. Da hob sie, wenn sie zu wischen begann, das Bein in die Höhe, wie man es auf dem Felde tut, um die Gabel in den Mist zu treten, und sang dazu. Gewöhnlich war es das Lied von der unglücklichen Fahrt über den Inn, bei der fünf Burschen und drei Mädchen ertranken, und das ein Bauernbursche aus dem Rottal gedichtet hatte. Sie sang es ohne Stimme und Gehör, und das Lied lautete:

Leut, seid's a weng ruhig
Und mirkt's a weng auf,
Und den trauringa Fall
Leg enk ich wieda auf.

Und den heuringa Jahrgang,
Den ma achtadachtzg schreibt,
Den hamand dö altn Leut
Scho lang prophezeit.

So viel Wolkenbrüch und Hagelschlag
Wia heuer san g'west;
A Schauer geht oan über,
Wenn ma d'Zeitunga lest.

Will koa Mensch nimma betn,
Halt neamd nix für a Sünd;
Wen tat's'n da wundern,
Wenn über uns nixn kimmt.

Und gehn ma von dem wega
Und drah' ma uns anderscht wo ei,
Und den oasa'zwanzigstn Mai
Muaß der Pfingstmontag sei.

Da hat's in Pocking in Bayern
Zwoa Pferderennats gebn;
Die Witterung war günstig
Und hübsch lustig is aa g'wen.

Es kimmt a Menge Menschen z'samm,
Ja dös Ding, dös is leicht;
Aba net grad vom Haus Bayern,
Sondern auch vom Haus Österreich.

»Das Renn' ging glücklich vorüber«,
So hört man allgemein lobn,
Aber die Heimkehr auf Östreich
War traurig genung.

Fünf bluatjunge Burschen
Von oana Pfarr z'haus,
Dö gehnd in Tod hinüber
Kimmt koana mehr raus.

Sie glaubn, sie gehnd über Schärding,
Aber, weils Wasser zu hoch
Und der Umweg zu weit,
Wann ma's wirklich betracht.

Da sagt der Brüahwassermathias:
»Dös war ma scho z'dumm!
Wir fahrn den pfeilgradn Weg
Vorüber in Hunt!«

Sie sitzn si eini
Und haltn sie mäusstad,
Aba mitn Hong ham sie si vostocha,
Jatz hot's as halt draht.

»Jesus, Maria und Josef!«
War das Jammergeschrei;
Drei hand auskemma,
Aba mit acht is vorbei.

Fünf hand vo Österreich,
Drei hand vo Boarn,
Und oana davo
War bal ganz vergessn wordn.

Und am oasa'zwanzigstn Mai
Werdn die Gottsdeansta g'haltn,
Aber der Schmerz vo dö Eltern
Is net zum aushaltn.

Iatz pfüat enk Gott, Eltern!
Die Gräber hand zua,
Teat's fei für uns betn
Um dö ewige Ruah!

Sang sie nicht, so war das ein Zeichen ihrer schlechten Laune, und da konnte sie dann auch bösartig sein und einem alles zum Trotz tun. Schalt ich sie, so lief sie zu ihrer Schwester, der Tante Babett, diese lief zur Mutter, und die Mutter kam über mich; und hatte ich zuvor nur eine wider mich gehabt, so waren es jetzt drei.

Da überwarf sich die Tante Babett mit meinem Vater und verließ ganz plötzlich das Haus. Es war nämlich aufgekommen, daß sie jeden Morgen auf einem Umweg in die Kirche gegangen war. Auf diesem Weg aber wohnte ein Bräubursch. Der hat sie jedoch nicht geheiratet, weil sie, wie er sagte, ihm zu fromm sei und es mit den Pfarrern hielte. Nach ihrem Weggang wurde die Zenzi in der Küche und dem Hauswesen verwendet, und ich mußte wieder die Kindsmagd machen.

Da geschah es oft des Abends, daß die Kinder nicht einschlafen wollten; ich mußte mich aber schicken, um wieder hinunter in die Wirtschaft zur Arbeit zu kommen. Da das Zureden nichts nützte, half ich mir schließlich auf folgende Weise: Aus einem Bettuch machte ich mir ein weißes Gewand, aus gelben Bierplakaten zwei Flügel und aus einem Lampenreif die Krone. So ging ich zu ihnen ins Schlafzimmer, wo nur ein rotes Nachtlicht brannte, trat an das Bett des zweijährigen Maxl und fing leise an zu singen. Ganz andächtig mit geschlossenen Augen hörte er mir zu, während der vierjährige Hansl mich beobachtete, ohne mich zu erkennen. Am andern Tag erzählte der Jüngere es dem Älteren und sagte: »Du, Hansl, heut auf d'Nacht is mei Schutzengel da g'wen mit goldene Flügeln und an weißen Kleid; der hat schön gsunga!«

Darauf sprach der Hansl: »I hab's scho g'sehgn, aba i hab mi nix z'sagn traut, sonst hätt i'hn verjagt.«

Ich verbot ihnen, irgend jemandem etwas davon zu sagen und machte nun jeden Abend den Schutzengel.

Wie ich nun wieder einmal vor dem Bett stehe, geht die Tür auf und die Mutter kommt herein. Der Hansl ruft ihr noch zu: »Sei stad, Mama, da Schutzengel is da!«, als sie schon schreit: »Du Herrgottsackermentsg'ripp, du zaundürrs! Dir werd i's austreibn, an Engl z'macha!« Und damit reißt sie mir die Flügel herunter und jagt mich unter Püffen aus der Stube. Die Kinder begannen zu schreien und zu weinen, und die Mutter beruhigte sie, indem sie sie über den Frevel, wie sie sagte, aufklärte und ihnen Schokolade gab.

Von der Stunde an betrachteten mich die Brüder mit kindlicher Verachtung und wollten mir lange nicht mehr folgen.

Dann kam eine Zeit, wo die Mutter mich wieder besonders quälte; sie war aber auch gegen andere Leute recht barsch, vor allem gegen den Vater. Dabei wurde sie immer stärker, und nun wußte ich, daß wieder ein Kind kam. Daß dem so war, das hatte ich eines Tages nach der Turnstunde erfahren, als ich mit mehreren Mädchen meiner Klasse, ich war damals dreizehn Jahre alt, nach Hause ging. Da begegnete uns eine Frau, die in andern Umständen war, und auf die Frage der Babett: »Warum is denn dö unten so dick und obn so mager?« entgegnete ich: »Ja, weils halt ihr Korsett verkehrt anhat.«

»Du irrst!« sagte darauf die Else, eine Lehrerstochter. »Die Frau trägt überhaupt kein Korsett, sondern die bekommt ein Kind.«

»Ja, die Else hat recht«, mischte sich eine vierte, die Anna, ins Gespräch, »mei Mutter war auch so dick, dann ham ma zwoa Bubn kriegt; dann is s' im Bett g'legn, und wie s' wieder aufg'standn is, war s' wieder ganz mager. Jetzt möcht i nur wissn, wie dö rauskomma san.«

»Das kann ich dir schon sagen«, erwiderte die Else. »Mein Papa hat zu Hause ein Buch, darin hab ich's gelesen: Wenn ein Mann mit einer Frau ins Bett geht und mit ihr was Schlimmes treibt, legt er ihr ein Ei in ihren Körper; dann tut er wieder was Böses mit ihr, dadurch kommt das Ei in den Magen der Frau, und die brütet es aus, und aus dem Nabel kommt das Kind mittels der Nabelschnur.«

»Du spinnst ja!« rief jetzt die Theres. »Da hast halt aa net recht g'lesn! I woaß von meiner Schwester, die von dem Doktor dös Kind hat: dös Ei liegt net im Magn, sondern im Bieserl. Da tut der Mann mit der Frau was Böses und dann kommt's in Bauch und nach einem halben Jahr kommt 's Kind unten raus. Und da braucht ma die Hebamm zum Aufschneidn und Zunähn.«

Mit Gruseln hörten wir zu, und daheim untersuchte ich, als ich allein war, sogleich mit einem Spiegel, ob das mit dem Kind wirklich möglich sei; da hab ich gefunden, daß es unmöglich sei.

Aber die Mutter bekam bald danach doch den Ludwigl, und da ich in Ermangelung einer Wochenbettpflegerin alle bei einer Niederkunft notwendigen Arbeiten tun mußte, so konnte ich ziemlich den ganzen Verlauf der Geburt beobachten.

Als ich dann die Mutter laut jammern und klagen hörte, hatte ich viel Mitleid mit ihr und nahm mir zugleich fest vor, niemals mit einem Mann was Böses zu tun. Im übrigen hatte ich nicht viel Zeit zum Nachdenken; denn den ganzen Tag bis spät in die Nacht ging es treppauf, treppab und hieß es arbeiten, damit die Mutter zufrieden war.

Von dem Besuch höherer Schulen hielt meine Mutter damals noch nicht viel, und so mußte ich, als ich aus der Werktagsschule entlassen war, in die Mittwochschule gehen, die meist von Dienstmädchen und den Töchtern der Armen besucht wurde. Bei den geringen Anforderungen, die hier an die wenig wißbegierigen Mädchen gestellt wurden, war ich bald das verrufene und doch zur rechten Zeit vielbegehrte »G'scheiterl« und brachte am Schluß des ersten Jahres die beste Note nach Hause. Zum Lohn dafür durfte ich mit einem jungen Mädchen aus dem Nachbarhause, das ebenso bleichsüchtig wie ich war, in den Ferien zu den Großeltern aufs Land.

Da nun mein Großvater damals schon ziemlich schwer erkrankt war, schien es der Großmutter um der Ruhe willen, deren der Kranke bedurfte, ratsamer, uns zur Nanni zu schicken. Diese hatte in einem unverständlichen Anfall von Besorgnis, daß das Anwesen in Westerndorf ihr zum Ruin werde, dasselbe verkauft und erst nach einem halben Jahr gemerkt, welch schlechten Tausch sie gemacht hatte, indem sie dafür eine ganz alte, morsche Hütte ohne Obstgarten in Haslach genommen, lediglich um der Äcker willen, die zwar bedeutend größer waren, aber jedes Jahr von schweren Hagelwettern heimgesucht wurden. Sie war also froh, etwas an uns zwei bleichen Hopfenstangen, wie sie uns nannte, zu verdienen. Freilich wäre ich gern beständig um meinen Großvater gewesen; aber die Großmutter litt meine Anwesenheit nie lange und schien förmlich eifersüchtig darauf zu sein, ihn allein zu pflegen. So streiften wir zwei Mädchen durch Wald und Wiesen, fingen Fische und Krebse und hingen mit einer Zärtlichkeit aneinander, daß wir nachts zumeist in einem Bett beisammen schliefen; ja, als wir nach Vakanzschluß wieder heimwärts fuhren, gelobten wir uns noch im Bahncoupé ewige Treue und Freundschaft.

Einige Monate später, es war an einem Dezembertag, rief meine Lehrerin mich kurz nach Beginn des Unterrichts hinaus und reichte mir ein Telegramm. Da ich schon seit einigen Tagen die Sorge um meinen kranken Großvater nicht loswerden konnte und besonders in der letzten

Nacht durch einen schweren Traum geängstigt ward, so
war mein erster Gedanke: Er ist tot. Als ich die Worte:
»Lenei, komm, Vater stirbt!« gelesen hatte, rannte ich,
ohne mich zu entschuldigen, oder meine Kleider und Schul-
zeug zu nehmen, halb besinnungslos nach Hause. Aber die
Mutter ließ mich nicht fort, und so lief ich in Groll und
Verzweiflung umher, weinte und schlug meine Fäuste
gegen den Kopf und fand doch keinen Ausweg. Und als
am andern Tag ein weiteres Telegramm kam des Inhalts:
»Vater tot, wird Samstag früh eingegraben«, war ich ganz
gebrochen; denn es schien mir, als wäre mit dem Toten
alle Hilfe und Stütze dahin. Jammernd und wehklagend
lief ich durchs Haus, und die Mutter erreichte weder mit
guten noch bösen Worten etwas. Und als sie mir auf
meinen Vorwurf: »Warum habt's mi nimma zu ihm
lassn!« Strafe androhte, stürmte ich von der Wirtsküche
die vier Stiegen hinauf und wollte mich in den Hof hin-
unterstürzen. Doch in diesem Augenblick riß mich jemand
vom Fenster herab, worauf ich ohnmächtig zusammen-
brach.

Von dem darauffolgenden Tage ist mir keine Erinnerung
geblieben; am übernächsten Morgen aber war ich schon
früh um fünf Uhr mit der Mutter auf dem Wege zur Bahn,
beladen mit Kränzen und von Schmerz und dumpfer
Trauer ganz betäubt. Ich weinte keine Träne mehr im Zug,
wo wir mit den Verwandten der Mutter und den Kostkindern zusammentrafen. Stumm blickte ich aus dem Coupé-
fenster in die verschneite Landschaft und sah überall das
gütige Antlitz des Toten.

Als wir daheim in die Stube traten, wo der Verstorbene
aufgebahrt lag, stürzte ich der Großmutter, die auf dem
Kanapee saß, an den Hals und wir vergaßen ganz, daß so
viele mit ihr reden wollten. Als mich endlich die Mutter
wegzog und sagte: »Komm, Mutter, red mit den Kin-

dern!«, sah ich beim Aufstehen erst, daß die Frau ganz
schneeweiß und fast erblindet war vor Gram und Kummer.
Indem traten die vier Männer, welche nach der Ausseg-
nung den Sarg zum Friedhof zu tragen hatten, in die
Stube. Flehentlich bat ich sie, ihn nochmals zu öffnen, damit ich den Großvater noch einmal sähe. Und als sie endlich meinen Bitten nachgaben, schrie ich laut vor Schreck
und Weh: Der Tote hatte Augen und Mund weit offen und
war furchtbar entstellt, teils von dem entsetzlichen Leiden
der letzten Tage, teils von der vorgeschrittenen Ver-
wesung.
Da ertönte lautes Beten, und herein in die Stube trat der
alte Pfarrer mit den Ministranten und dem Lehrer, die
Leiche auszusegnen, gefolgt von einer teilnehmenden und
neugierigen Menge.
Unter dem wimmernden Geläute des Totenglöckleins
setzte sich der Zug in Bewegung. Ich führte die Großmutter, und wir waren beide ganz still geworden; meine Mutter aber hatte schon, während die Geistlichkeit ihre Psalmen und Gebete sang, laut zu schreien begonnen, und auf
dem ganzen Wege durchs Dorf bis zum Gottesacker hörten
wir ihr Schluchzen und Jammern.
Schier endlos war der Zug der Leidtragenden, und erst
jetzt merkte man, wie geehrt und beliebt der Handschuster in der Gegend gewesen war; ja, lange nach seinem
Tode konnte man noch gelegentlich hören: »Ja, der Handschuasta, dös is a kreuzbrava, rechtla Mo g'wen; da derfst
lang geh, bis a söllana wieda amal z'findn is; mir hat er
aa selbigsmal bei dem Brand mein Buam aus'n Feuer
g'holt und hernach 's ganze neue Haus umasinst aus-
g'weißt.«
Nachdem nun der Sarg niedergestellt und eingesegnet war,
schickten die Männer sich an, ihn ins Grab hinabzulassen:
Da vergaß ich alles um mich her und ganz in dem Gedan-

ken, daß bei dem Toten auch für mich Ruhe sei, stürzte ich auf das offene Grab zu und fiel besinnungslos fast hinein. Man bemühte sich um mich, und als ich wieder zu mir kam, hörte ich eine alte Bäuerin neben mir sagen: »Dös is a schlechts Zoacha g'wen, ich moan allweil, da Handschuasta holt si's Lenei bal; schaugt a so aus wia dö teuer Zeit, dös Dirndl!« Da hoffte ich im stillen, dieses Zeichen würde bald wahr werden, und wurde wieder ruhig, so daß man mich abermals ans Grab führen konnte.

Der Herr Pfarrer hielt eben die Grabrede und sprach gerade von dem felsenfesten Glauben, den der Verstorbene in all seinem Tun gezeigt habe: »Herr, wir haben die ganze Nacht gearbeitet und nichts gefangen; aber auf dein Wort hin will ich das Netz nochmals auswerfen! Diese Worte des heiligen Petrus hat der Handschuster sich in allen Lebenslagen zur Richtschnur gesetzt. Es war ihm gleich, ob bei einer Arbeit, einer Dienstleistung oder einem guten Werk etwas herausschaue und zu profitieren sei, oder ob er dies Werk umsonst verrichten müsse. Ihm genügte es, daß seinem Nachbar damit geholfen war. Dieser seiner Überzeugung verdanken auch die hier versammelten Leidtragenden und Kostkinder des Handschusters ihre wohlbegründete Existenz, ja teilweise ihren Wohlstand, und haben sie ja selbst, wie sie durch ihr Hiersein beweisen, gegen den teueren Verstorbenen und dessen selbstlose Liebe und Fürsorge einer Pflicht der Dankbarkeit genügen wollen. Dieser große Glaube, der nicht fragt und nicht zweifelt, nicht zögert und nichts verbessern will, dieser Glaube überzeugt auch mich davon, daß unser lieber Herr, gleich wie zu Petrus, auch zu ihm sagt: ›Selig bist du, weil du geglaubt hast!‹ Weinet nicht, die ihr hier am offenen Grabe steht; er wird auferstehen. Weine nicht, treue Mutter, die du ihn gepflegt hast Tag und Nacht und mit ihm getragen hast Freud und Leid, Sorg und Arbeit in stiller

Entsagung dessen, was andern die Ehe bietet! Viele sind berufen, wenige auserwählt, und wer es fassen kann, der fasse es. Drum weine nicht, Mutter der Gemeinde, Mutter unserer Verlassenen und Verwaisten; weinet nicht, ihr Kinder; denn er will nicht euere Tränen, sondern euer Gebet. Darum wollen wir uns vereinigen zu einem andächtigen Vaterunser und Ave-Maria.«

Nach dem Trauergottesdienst in der Kirche, der dem Begräbnis folgte, begaben sich meine Mutter, die Nanni mit ihren Angehörigen, der Bastian und die Kostkinder zum Huberwirt, um den Leichenschmaus zu halten. Die Großmutter wollte nicht mitgehen; doch ließ sie sich am End überreden, wenigstens in der Wirtsküche ein paar Worte mit einigen Bekannten und dem Huberwirt zu sprechen. Ich war mit in die Gaststube getreten und stand nun in einer stumpfen Teilnahmslosigkeit am Ofen, während die Verwandten, noch ehe sie die Wintermäntel abgelegt hatten, in lebhaften Streit geraten waren wegen der Habseligkeiten des Großvaters, die noch nicht verteilt worden. Jedes wollte das Schönste und Meiste haben, und des Hausls Schatz, den der Großvater sorgsam für mich aufbewahrt hatte, wurde mir auch genommen. Nach den letzten Bestimmungen des Verstorbenen, der kein Testament gemacht hatte, mußte das Haus noch vor seinem Tode verkauft werden, und der Erlös wurde gleichmäßig unter die Kinder verteilt, nachdem für die Großmutter tausend Mark beiseite gelegt waren. Diese tausend Mark nahm dann die Nanni an sich und behielt dafür die Großmutter bis zu deren Tod.

Während meine Mutter und die andern sich noch stritten, kam der Huberwirt in die Gaststube herein, führte die Großmutter am Arm und sagte zu meiner Mutter gewendet: »Dös is der Handschuasterin scho dös Irgst, daß 's Lenei nimma kemma hat derfa, bevor der Handschuasta g'storbn is; er hätt no so viel z'redn g'habt mit ihr und hat in oan Trumm g'sagt: ›Kimmt's Lenei no net? Geh, Muatta, schaug, ob's jatzat kimmt!‹«

Verlegen entgegnete meine Mutter: »Lieber Gott, 's Telegramm ist eben zu spät g'schickt wordn.«

Da stürzte ich voller Zorn aus meinem Winkel hervor, trat vor die Mutter hin und schrie sie an: »Net wahr is! Sag's nur, daß d' mi net raus hast lassen! O mein Gott, und er hat so viel nach mir verlangt! I hab's ja g'spürt und hab koan Ruh g'habt Tag und Nacht. Dös vergiß i dir net, Muatter, daß d' so hart und ohne Herz g'wen bist!« Damit nahm ich die Großmutter am Rock und zog sie zur Tür hinaus. Sie folgte mir ohne Widerstreben, während die andern alle ganz still geworden waren und die Mutter sich umständlich schneuzte.

Auf der Straße sagte die Großmutter plötzlich: »O mei, mir kinnan ja nimma hoam!« und begann laut zu schluchzen. Da meinte ich: »Komm, Muatter, gehn ma zum Vater 'nauf!« Und so gingen wir wieder zum Friedhof, und am Grabe redete sie mit dem Toten, wie wenn er noch lebte und mit ihr auf der Hansbank säße: »Woaßt, Vata, z'lang sollst mi nimma da lassn; i mag s' nimma, dö Welt, jatz wo i di nimma hab. Tua mi net vergessn, Vata, gel, und denk aa aufs Dirndl, daß 's net z'grund geht bei dem schlechten Wei.«

Weinend hockten wir uns auf den frisch geschaufelten Hügel, unbekümmert um die Blumen und unsere schwarzen Gewänder, und nun erzählte mir die Großmutter von den letzten Tagen des Toten: »So viel leidn hat er müssn, der Arme; zwoa Strohsäck hat er durchg'fäu't, weil er's Wasser nimmer haltn hat kinna und der ganz Leib und d'Füaß oa Fleisch und Wehdam warn, daß ma 'n kaam mehr o'rührn hat derfa. Aber er is so geduldi g'wen dabei und nur seltn hat ma 'n jammern hörn. Nur grad nach dir hat er allweil g'fragt und hat si recht kümmert, wia's dir geh werd, wenn er g'storbn is.« Nach einer Weile fuhr sie fort: »Wenn i nur grad in insan Haus bleibn kunnt und net's Gnadnbrot beim Sepp und bei der Nanni essn müaßt; da werd's ma net gar z'guat geh bei dene.«

Nach diesen Worten versank sie in Nachdenken, und ich lehnte mich ganz an sie, weil mich fror; denn ich hatte Tuch und Mantel beim Huberwirt gelassen. Ich war eben ein wenig eingeschlafen, als ich durch die Stimme des Herrn Pfarrers aufgeschreckt wurde: »Ja, meine liebe Handschusterin, wir sind halt alle Fremdlinge in dieser Welt! Es wird Euch wohl recht schwer, von Ort und Haus zu scheiden? Wollt Ihr nicht ins Gemeindehaus ziehen? Da ging's Euch ja auch nicht schlecht!«

»Vergelts Gott, Herr Hochwürden, aba d' G'meinde is ma allweil no g'wiß; i hab ja no Kinder, dö wo si um mei Geld reißn!« meinte die Großmutter mit einem schwachen Lächeln und grüßte den sich zum Gehen Wendenden noch mit einem leisen: »Gelobt sei Jesus Christus!«

Danach gingen wir doch noch einmal heim ins Haus. Aber da waren schon die neuen Besitzer eingezogen, und alle möglichen Gegenstände lagen bunt durcheinander in den Räumen und vor dem Haustor. Unter der Stiege stand eine alte Truhe, in die sonst die Kleie für das Vieh kam; wir setzten uns darauf und konnten nichts reden. Aus dem Stall tönte das kurze Brüllen der Kühe, denen die gewohnte Hand abging. Da kam aus der Wohnstube die neue Hausfrau, sah uns ganz erstaunt an und fragte fast unfreundlich: »Was möcht's denn no, Handschuasterin? Habt's leicht ebbs vergessn?«

»Naa, i han nix vergessn; geh Lenei, gehn ma wieder!« erwiderte die Großmutter und ging mit mir aus dem Haus. Nun mußten wir doch zum Huberwirt; denn die Verwandten hatten schon herumgefragt, wo wir wären. Als wir in die Gaststube getreten waren, brachte der Huberwirt ein Glas Rotwein mit Zucker und stellte es vor die Großmutter hin, indem er sagte: »Handschuasterin, balst es net trinkst, kriagt da Vata dö ewi' Ruah net!«

Da tauchte sie eine Semmel darein, sprach aber nichts, und als dann die Nanni mit ihrem Mann sich zum Heimgehen bereit machten und sie einluden, gleich mitzukommen, da nickte sie nur ein paarmal mit dem Kopfe und stand auf. Der Huberwirt aber ließ seinen großen Schlitten, auf dem sonst das Bier oder Getreide gefahren wurde, herrichten und einspannen: »Ös werd's ja a so glei all' z'samm auf Hasla' fahrn, net? I han enk mein Schli'n eing'spannt, daß d' Handschuasterin net z'geh braucht. A paar Deckn han scho drobn zum Einwickeln!«

Wir fuhren also alle zusammen zur Nanni; diese kochte Kaffee, und in der gemütlichen Wohnstube wurde auch die Großmutter wieder etwas gefaßter; ja, sie fing sogar an, einiges über den Großvater zu erzählen. Man hatte ihr eine nette Kammer zu ebener Erde angewiesen und diese auch geheizt. Spät am Nachmittag, als es Zeit wurde, auf die Bahn zu gehen, denn wir mußten abends wieder zu Hause sein, führte die Nanni uns noch in diese Kammer, um uns zu zeigen, daß die Großmutter bei ihr gut aufgehoben sei. Auch mich beruhigte diese Fürsorge und ich sagte noch beim Abschied zu ihr: »Großmuatterl, du brauchst koa Angst z'habn wegn der Nanni; dö mag di scho!« Ich blieb noch bei ihr in der Kammer und half ihr ihre Habseligkeiten ein wenig ordnen. Dann legte sie sich ins Bett und schlief bald ein. Ich hatte ihr noch leise Lebewohl gesagt, die andern aber ließ ich nicht mehr zu ihr.

Gegen Abend fuhren wir wieder in dem Schlitten zur Bahn und hierauf heim.

In München erst sprach ich einiges mit den Verwandten; denn während der Fahrt war ich still und teilnahmslos in der Ecke gesessen, während es um mich summte und schwirrte von der lebhaften Unterhaltung.

Nach der Ankunft ging die ganze Verwandtschaft noch in unsere Wirtschaft, wo sie von meinem Vater mit Freibier und einem guten Mahl bewirtet wurden.

Kaum ein halbes Jahr nach dem Tode meines Großvaters kam eines Tages meine Großmutter und beklagte sich bitter über die rohe Behandlung, die ihr bei der Nanni und deren Mann widerfahre. Laut weinend wünschte sie sich den Tod und wollte nicht mehr zurück, sondern zu dem neuen Besitzer ihres Hauses, um bei ihm im Austrag zu bleiben. Meine Mutter suchte ihr dies wieder auszureden und wollte sie bei sich behalten; denn, meinte sie, um die tausend Mark, die der Nanni für die Verpflegung der Großmutter zugekommen waren, könnte die alte Frau gerade so gut bei ihr sein, und es ginge ihr gewiß gut. Auch der Bruder meiner Mutter lauerte auf die tausend Mark, und es entspann sich bald ein heftiger Streit unter ihnen, wer die Großmutter bekäme. Doch erkannte diese gar bald die wahre Ursache jener plötzlichen Bereitwilligkeit und fuhr wieder zur Nanni. Diese hatte gehofft, daß die Großmutter den Vater höchstens etliche Monate überleben würde und war voll Verdruß, als sie sah, daß die Frau nach einem und nach zwei Jahren immer noch lebte. So behandelte sie sie nicht zum besten und mißgönnte ihr sogar das wenige, womit sie ihr Leben fristete. Oft schlich dann die alte Frau, wenn sie vom Grabe ihres Mannes kam, in ihre ehemalige Heimstatt und klagte der neuen Besitzerin ihre Not. Diese, eine mit vielen Kindern gesegnete, kränkliche Frau hatte viel Mitleid mit ihr und behielt sie oft tagelang bei sich. Da mag sie wohl manchmal mit Bitterkeit diese seltsame Fügung bedacht haben, daß sie, die auch den Ärmsten Heimat bot um Gottes willen, nun

selbst heimatlos und der Willkür ihrer Kinder preis-
gegeben war.

Als sie dann nach langem Leiden durch einen Schlaganfall
gelähmt worden und ganz auf die Handreichungen ihrer
Stieftochter angewiesen war, kamen harte Tage für sie.
Hilflos lag sie in ihrem Bett, so erzählt man, und niemand
kümmerte sich um sie; man ließ sie hungernd und starrend
vor Schmutz im eigenen Kot liegen. Und als um diese Zeit
ihr Schwiegersohn sein Haus verkaufte und ein neues
Anwesen übernahm, wurde die kranke Frau, obwohl es
Winter war, mit ihrem Bett zu oberst auf den mit Möbeln
beladenen Leiterwagen gebunden und so den weiten Weg
auf der holprigen Landstraße nach dem neuen Wohnort
gefahren. Bald nach dieser Reise starb sie, und als sie tot
war, wollte niemand das Begräbnis zahlen. Die Kinder, die
damals sich um die Pflege der Lebenden gestritten hatten,
fanden alle erdenklichen Ausreden, um der Toten ledig zu
bleiben, und endlich mußte die Gemeinde sie auf ihre
Kosten begraben lassen. Doch kam meine Mutter zum
Begräbnis und brachte große Kränze mit. Danach aber gab
es heftigen Streit um die letzte Habe der Verstorbenen;
denn die Nanni hatte alles schon beiseite geschafft.

Mit der Geburt des Ludwigl, meines dritten Stiefbruders,
hatten auch die letzten an die Kindheit erinnernden Spiele
und Freuden ein Ende, und ich mußte nun von früh bis
spät arbeiten, um alles recht zu machen. Trotzdem gab es
manchen stürmischen Tag mit der Mutter, die in einem fort
haderte und schalt und es an Züchtigungen nicht fehlen
ließ. Zu all dem wurde ich seit dem Tode meines Großvaters von einer großen Schwermut und Traurigkeit befal-
len, so daß ich mir nicht mehr viel aus meinem Leben
machte. Doch fand ich in dieser schweren Zeit einen Trost
in meiner Stimme. Unser Pfarrer veranlaßte meine Auf-

nahme in den Kirchenchor, nachdem ich schon etliche Jahre in der Zentralsingschule ausgebildet worden war. Bald durfte ich bei den Gottesdiensten Solo singen, und das Bewußtsein, einmal öffentlich anerkannt zu sein, bereitete mir so hohe Freude, daß ich darüber selbst den Neid meiner Kolleginnen vergaß.

So sang ich auch einmal aushilfsweise bei einer großen Vereinsfeier, an der auch der würdige Prälat und Pfarrer Huhn von der Heiliggeistkirche teilnahm. Als dieser meine Stimme gehört hatte, ließ er mich zu sich kommen und fragte mich, ob ich nicht Lust hätte, ein braves Pilgermädchen bei der Münchner Wallfahrerbruderschaft zu werden und an den heiligen Stätten zu Andechs, Altötting und Grafrath Gottes und Mariä Lob zu singen. Ich sagte hocherfreut zu und holte mir sogleich von meiner Mutter die Erlaubnis, die sie mir in Anbetracht ihrer frommen Gesinnung nicht verweigerte. Also durfte ich noch im selben Jahr an den großen, volkstümlichen Wallfahrten als Pilgermädchen teilnehmen.

Die schönste und auch am feierlichsten begangene war die nach dem uralten, weltberühmten Gnadenorte Altötting. Da ich immer schon eine große Liebe zur Mutter Gottes getragen, konnte ich den Tag der Fahrt kaum erwarten. Schon wochenlang vorher mußte ich mit den anderen Sängerinnen zahlreiche Marienlieder einstudieren, und wir betrachteten die Generalprobe schon als ein kleines Fest; denn da kam die ganze Geistlichkeit, an ihrer Spitze der hochwürdige Herr Prälat Huhn, der selbst ein eifriger Pfleger und Förderer des Gesanges war, sowie der ehrwürdige Präses des Wallfahrervereins, Benefiziat Stein, ein Mann, so recht, wie man sagt, nach dem Herzen Gottes: so schlicht und uneigennützig, so ganz aufgehend in seinem Beruf. Wir Pilgermädchen hingen daher mit großer Liebe an ihm und fühlten uns immer hochbeglückt, wenn er einige von uns aus dem Haufen hervorholte, am Ohrläppchen zupfte und fragte: »San d'Stimmbandln alle guat g'schmiert, Kinder? Sonst müaß ma s' halt no schmiern z'vor!« Und damit brachte er eine riesige Tüte voll Malzzucker aus seiner hinteren Rocktasche, die durch die vielen Näschereien, welche er uns immer zu schenken pflegte, schon so mitgenommen und ausgeweitet war, daß sie samt dem Rockfutter weit unter den Schößen des abgetragenen Gehrocks hervorlugte. Im übrigen war er von einer angenehmen Natürlichkeit, wenn er bei der Neuaufnahme eines Pilgermädchens auf die Unschuld zu sprechen kam. Man konnte ihm ohne das lästige Gefühl einer falschen Scham, die durch das aufdringliche Fragen mancher Seelsorger einem so leicht den Mund verschließt, alle begangenen Torheiten erzählen. Ich weiß nicht, wie er schwerere sittliche Verfehlungen behandelte; was meine Jugendsünden anlangt, so meinte er darauf nur: »So, dös is brav, daß d's Kleidl no net z'rissn hast, Kind; a bissl staubig is scho, dös is wahr, aber dös putzt ma halt mit an frommen, reuigen Seufzer wieder weg, gelt! Und jetzt gibt ma schö Obacht, daß oan nix mehr passiert als Marienkind.«

Am Vorabend des für die Wallfahrt ausersehenen Julisonntags hatte die Mutter zur allgemeinen und besonderen Reinigung schon ein Bad vorbereitet, während ich meine Seele durch eine sehr gewissenhafte Beichte von allem anhaftenden Staub zu befreien suchte. Am Abend durfte ich schon früh zu Bett gehen, um andern Tages zeitig munter zu sein. Schon um halb vier Uhr war ich aus den Federn und lief ans Fenster, zu sehen, ob das Wetter schön sei. Doch grau und neblig war der ganze Himmel, und ich begann, während ich die »Uniform unserer lieben Frau« anzog, immer dieselben Worte vor mich hinzusagen: »Liebste Mutter Gottes mein, laß doch heut gut Wetter sein!« Derweilen war auch die Mutter aufgestanden und half mir nun beim Ankleiden. Über das weiße Kleid kam ein himmelblaues Schulterkräglein und vor die Brust ein großes silbernes Herz, das an einem blauen Bande hing, und nachdem die Mutter mir das weißblaue Kränzlein ins Haar gedrückt, nahm ich den langen Pilgerstab mit dem silbernen Kreuz und eilte nach einem raschen »Pfüat Gott, alle mitanand!« aus dem Haus, der Kirche zu, verwundert angeglotzt oder auch derb angerufen von heimkehrenden Nachtlichtln oder verschlafenen Bäckerjungen. Besonders am Marienplatz wäre ich beinah von einer Rotte frecher Burschen, die mit ihren Dirnen aus dem »Ewigen Licht« herausstritten, mißhandelt worden; doch kamen mir etliche Leute, die wie ich an der Wallfahrt teilnehmen wollten, zu Hilfe.

Mächtig brauste schon die Orgel, als wir in das Gotteshaus traten, und rasch begab ich mich auf den Chor, wo schon die meisten Sängerinnen versammelt waren. Nach einem herrlichen Hochamt feierte die ganze Pilgerschar, wohl mehr als fünftausend, die Generalkommunion. Der Eindruck war für mich ein so überwältigender, daß ich nur mit großer Mühe das ergreifende Marienlied, dessen Soli mir übertragen waren, zu Ende brachte. Und als dann endlich wir Pilgermädchen, ungefähr zweihundert an der Zahl, uns gemessen und in tiefer Andacht dem Tisch des Herrn nahten, während ein bestellter Knabenchor uns ablöste, ging eine große Bewegung durch das Gotteshaus, und manche Träne unseres greisen Pfarrers fiel in den Kelch, aus dem er uns das Brot des Lebens reichte. Der heilige Vater Leo und unser geliebter Erzbischof Antonius von Thoma hatten uns noch ihren Segen übermitteln lassen, und nach diesem feierlichen Akt traten wir unter dem Geläute sämtlicher Glocken unsere Wallfahrt an.

Voran schritten wir Pilgermädchen, und die kräftigsten von uns trugen unsere Fahnen und die Statuen unserer

Patrone, der Mutter Gottes, des Erzengels Raphael mit dem Tobias und des heiligen Aloysius. Unter Liedern und Gebeten ging es durch die Straßen der Stadt zum Ostbahnhof, von wo aus uns ein Sonderzug rasch nach Mühldorf brachte. Im Zuge erzählte uns unser Präses mit großer Einfachheit von Gnadenbezeigungen Mariens, besonders von jenen gegen Kinder und Jungfrauen.

Von Mühldorf aus gingen wir nach einem einfachen Frühstück zu Fuß nach dem Gnadenort, den wir gegen Mittag erreichten. Empfangen von dem Geläute sämtlicher Glokken, dem Jubel der Bewohner, der Geistlichkeit, des ansässigen Ordens und einer Musikkapelle, betraten wir den geweihten Ort und begrüßten die Gnadenvolle, ein jeder nach Drang des Herzens oder Größe des Kummers, den er hier am Gnadenaltar niederlegen wollte. Meiner hatte sich eine fast überirdische Stimmung bemächtigt und ich fühlte mich so frei und aller Sorge ledig, daß ich nur ganz verklärt das alte, mit unsäglich vielen und köstlichen Kleinodien aller Zeiten geschmückte Gnadenbild anschauen konnte, während meine Lippen mechanisch murmelten: »O Maria, hilf doch mir; es fleht dein armes Kind zu dir. Im Leben und im Sterben laß meine Seele nicht verderben.« Nach langer Zeit erst fiel mir eins nach dem andern ein, was ich gern von der Mutter Gottes erlangt hätte.

Inzwischen hatten die Pilger sich in Gruppen geteilt, die einen weilten im Kloster, die andern in den verschiedenen Kirchen des Ortes. Draußen vor der Gnadenkapelle aber hatten jene, die besonders viel von der Gnadenreichen erlangen oder für irgendeine geheime Schuld Sühne tun wollten, eins der zahlreich daliegenden Holzkreuze auf die Schulter geladen und schleppten dieses nun, bald aufrecht gehend, bald auf den Knien rutschend, laut betend und weinend um den sogenannten Kreuzgang. Ich weiß nicht, wie es kam und was ich wollte: kurz, ich befand mich plötzlich unter den Kreuztragenden; da das massive Eichenkreuz aber meiner Schulter ziemlich weh tat, ließ ich es bei dem dreimaligen Umgang bewenden und übergab mein Kreuz einer dicken Frau, deren böse Zunge weit und breit gefürchtet war. Mit einigen Freundinnen besah ich mir dann den ganzen Ort, die Kirchen, das Kapuziner-kloster und den Markt für Wallfahrtsandenken und ver-wunderte mich über den üppigen Handel und die Ge-winnsucht an dieser frommen Stätte. Dazwischen sorg-ten wir auch für des Leibes Notdurft; denn es war alles schon vorausbestellt worden von unserm vorsorglichen Präses. Den Tag beschloß noch eine schöne Feier mit Illu-mination der Kapelle, und nach einem einfachen Nacht-mahl begaben wir uns in unsere Schlafkammern. Die Ver-mögenderen hatten sich ein Bett für sich allein gesichert; die Ärmeren aber mußten je zwei in einem Bett schlafen. Da mir meine Mutter die Ausgabe für ein eigenes Bett nicht bewilligt hatte, so mußte ich es mit einer Mit-schwester teilen. Ich fragte daher meine liebste Freundin, ob sie mich als Störenfried wolle. Sie war gern bereit, und so verbrachten wir die Nacht unter Flüstern, Kichern, Scherzen und Kosen.

Der neue Tag brachte wieder viel des Erbaulichen und Ernsten, doch wurde ich zuletzt müde von allem und war froh, als am Dienstag in der Früh das Schlußamt mit Generalkommunion am Gnadenaltar gefeiert wurde. Als aber hierbei am Chor plötzlich die kindlichen Stimmen von etwa zwanzig Knaben an mein Ohr tönten und sie das uralte Abschiedslied von der »schwarzen Mutter Gottes« sangen, ward es mir schwer ums Herz und ich konnte mich kaum losreißen von dem Gnadenbilde. Ganz traurig schloß ich mich den andern an und brachte beim Singen kaum mehr einen Ton heraus.

So kam es, daß ich recht niedergeschlagen daheim ankam und ernste Vorwürfe von meiner Mutter wegen meiner scheinbaren Undankbarkeit zu hören bekam.

War ich schon vorher nicht gerne in der Gastwirtschaft tätig gewesen, so hatte ich jetzt, seit ich Pilgermädchen war, die ganze Freude an dem öffentlichen und lauten Leben verloren; doch wurde ich von meiner Mutter, trotzdem sie so religiös schien, fest angehalten, überall, wo es vonnöten war, einzuspringen. Bald war ich in der Küche das Spülmädchen oder die Köchin, bald in der Gaststube die Kellnerin; denn da die Mutter oft recht grob mit dem Dienstvolk war, lief bald die eine oder andere wieder weg. Am meisten zuwider war mir der Aufenthalt in der Gaststube; denn war ich bei den Gästen ernst und schweigsam, so schalt die Mutter, daß ich ihr die Leute vertreibe; war ich aber freundlich und heiter, so nützten das viele rohe und wüste Kerle aus und belästigten mich nicht nur mit allerhand Zoten und zweideutigen Fragen, sondern quälten mich manchmal in der unsaubersten Weise, indem sie mich an den Beinen faßten, Küsse verlangten oder sonstige aufdringliche Zärtlichkeiten versuchten.

Kam ich dann also gehetzt zur Mutter und klagte ihr solche Dinge, so wurde sie sehr erbost und schalt mich heftig, daß ich mich nicht zu benehmen wisse: »Was muaßt di denn hi'stelln dafür? Scham di; bist fünfzehn Jahr alt und no so dumm! Da sagt ma halt, ich hab jatz koa Zeit, und geht freundli weg!«

Oft dachte ich über diese Worte nach und versuchte mich danach zu richten; doch waren alle meine Bemühungen, die Zudringlichkeiten solcher Burschen mit Liebenswürdigkeit abzuwehren, erfolglos, und ich fürchtete ständig, meine Unschuld zu verlieren. Da faßte ich am Ende den Entschluß, meinem Beichtvater diese Vorfälle mitzuteilen, ich hatte aber nicht den Mut, dem alten Kooperator, der immer noch mit Vorliebe nach den Heimlichkeiten seiner Beichtkinder fragte, davon zu erzählen.

Da kam ein neuer Geistlicher an unsere Pfarrei, der noch sehr jung war und erst vor kurzem seine Primiz gefeiert hatte. Diesem beichtete ich nun ausführlich und er sprach mir gut und freundlich zu, fragte mich nur wenig und gab mir am Schluß noch viele Ratschläge. Ich war sehr beruhigt nach dieser Beichte und ging nun regelmäßig zu ihm. Bald wurden wir auch wegen des Singens näher bekannt, und ich besuchte ihn des öfteren in seiner Wohnung. Dabei entwickelte sich zwischen uns bald eine Art Freundschaftsverhältnis und ich fand bei ihm Trost und Zuspruch, wenn ich ihm erzählte, wie es mir daheim erging. Als er nach kurzer Zeit in eine andere Pfarrei versetzt wurde, wurde ich durch seine Vermittlung an dieser Kirche erste Sopranistin und Solosängerin. Als auch hier die Besuche ihren Fortgang nahmen, wußte ich bald, daß ich ihn liebte, und ich mußte mich oft mit aller Gewalt zusammennehmen, um ihm das nicht zu sagen; denn ich sah wohl, daß auch auf seiner Seite eine Neigung war. Doch immer wußte er sich zu beherrschen und verstand auch meine Gefühle im Zaum zu halten. Wie oft stand ich zitternd vor ihm und sah ihn mit den verliebtesten Augen an oder küßte stürmisch seine Hand. Dann blickte auch er mich freundlich an, streichelte mir die Wange und sagte: »Ja, ja, Kind, du bist halt mei Singvogel!... Was schaust denn no?... Ja so, a Bildl magst no, gel!«, worauf ich hochrot, mit leiser Stimme entgegnete: »Ja, bitt schön, Herr Hochwürden!«

»So, Kind, such dir eins aus. Magst na an Kaffee aa?«

In meiner Verwirrung vermochte ich ihm keine rechte Antwort zu geben.

Da rief er der halbtauben Wärterin: »Lies, mein' Kaffee!« und zu mir gewandt fuhr er fort: »Woaßt, Kind, i hab aber bloß oa Taß. Trinkst halt du z'erst den dein', gel!« und damit führte er mich zum Kanapee, setzte sich zu mir und plauderte von erbaulichen Dingen. Ich aber hörte kaum zu, sondern betrachtete unausgesetzt seine Hände und Knie und dachte nur den einen Gedanken: »Wann i dich nur bloß ein einzigs Mal so viel lieb haben dürft!«

Da brachte er mich mit den Worten: »Hast aber aa g'nug Zucker drin?« wieder zu mir selber, worauf er den Kaffee versuchte, mir noch ein Stücklein hineintat und mich trinken hieß. Als ich getrunken hatte, meinte er: »So, Kind, jetzt hast von mir an Kaffee kriegt und a Bildl. Was kriag jetzt i?«.

Da dachte ich voller Ängsten, er würde sagen: »Ein Bußl«, aber er fuhr fort: »Gel, jetzt kriag i dafür a recht a schöns Lied; aba koa heiligs, denn di hör i so allweil!«

Da sang ich das Lied von dem Dirndl, das um Holz in den Wald geht, ganz zeiti in der Fruah, und dem sich nachischleicht a saubrer Jagasbua.

Als ich die erste Strophe gesungen hatte, wobei er mich am Harmonium begleitete, meinte er: »Ah, dös war aber schö; aber recht arg verliabt. No, es macht nix; von den Wirtstöchtern woaß ma's scho, daß was solches aa lernen. Kannst no mehr von dem Liedl?«

»Bloß noch eine Stroph', Herr Hochwürden! Aber die is no verliabter.«

»Dös macht nix, Kind Gottes, sing nur weiter!«

So sang ich:

> Drauf sagt der Jaga zu der Dirn,
> Geh, laß dei Asterlklaubn;
> I möcht so gern mit dir dischkriern
> Und dir in d'Äugerln schaugn.
> Das Dirndl sagt: Dös ko net sei,
> Daß du mir guckst in d'Augn,
> Denn d'Jaga derfan, wia i woaß,
> Ja nur ins Greane schaugn.

Da läutete es. Er sah nach, und eine alte Betschwester stand an der Tür; da hieß er sie warten und verabschiedete mich mit den Worten: »Jetzt muaßt geh, liabs Kind, jetzt haben d'Mauern Ohren kriagt.« Damit schob er mich durch sein Schlafzimmer an die Tür, und während ich heraustrat, sah ich ihn schon die alte Frau empfangen. Doch nicht lange mehr dauerten diese Besuche; denn er wurde abermals befördert und kam als Benefiziat in ein geistliches Institut. Als ich dann von ihm Abschied nahm und ihn zum letzten Mal um seinen Segen bat, stand er ergriffen auf und trat zum Weihbrunnkessel, während ich vor ihm niederkniete. Plötzlich aber umfaßte ich seine Knie und preßte mein Gesicht daran, indem ich laut weinend rief: »O mein lieber, lieber Hochwürden!«

Da machte er ganz ruhig seine Knie frei, zog mich in die Höhe und sagte, indem er meinen Kopf zwischen seine Hände nahm: »Kind, geh jetzt, es wird Zeit, du mußt hoam«, und dabei rannen ihm ein paar Tränen über die Wangen. Da ergriff ich nochmals seine Hand, küßte sie drei-, viermal heftig und lief dann davon.

Auf der Straße schaute ich noch einmal um. Da stand er am Fenster und winkte mir freundlich zu.

Einmal noch sah ich ihn, ohne aber mit ihm reden zu können; denn es war, als wir uns eben in feierlicher Prozession zur Wallfahrt nach Grafrath auf den Weg machten. Er stand mit einer alten, ehrwürdigen Dame, die wohl seine Mutter sein mochte, an einer Straßenecke, und ich mußte hart an ihm vorbei. Als er mich erblickte, huschte es wie große Freude über sein Gesicht, und lächelnd nickte er mir einige Male grüßend zu und wandte sich danach schnell zur Seite. Ich war über dieses Wiedersehen, so flüchtig es war, sehr beglückt und dachte während der Wallfahrt viel an ihn und empfahl ihn an der dem heiligen Rasso geweihten Stätte inbrünstig der Fürbitte dieses Heiligen.

Fröhlich kehrte ich von dieser Pilgerfahrt zurück und nahm mir vor, den Freund an einem der nächsten Tage aufzusuchen. Doch ich kam nicht dazu; denn daheim fand ich meine Brüder an Diphtherie erkrankt.

Indem ich sie noch pflegte, wurde ich selbst davon ergriffen und konnte erst nach Wochen das Bett verlassen.

Als ich aufgestanden war, versuchte ich sofort wie zuvor mich wieder um das Hauswesen zu kümmern.

Da dies die Mutter sah, hielt sie mich schon für gesund und trug mir daher mehr auf, als ich leisten konnte. So kam es, daß ich wieder täglich kränker wurde und endlich vor Mattigkeit mich alle Augenblicke niedersetzen oder anlehnen mußte. Das nahm man aber für Faulheit, und besonders die Mutter beklagte sich darüber: »Nur schö langsam! Heut a Trumm, morgen a Trumm! Bis i an Steckn nimm und zoag dir, wie ma arbat!«

Ich nahm mich nun recht zusammen; doch während ich das Schlafzimmer meiner Eltern aufräumen wollte, befiel mich wieder eine solche Müdigkeit, daß ich mich aufs Sofa setzen mußte, um zu rasten. Ich schlief ein und erwachte erst, als meine Mutter mir einige Schläge auf den Kopf gab; denn es war inzwischen Mittag geworden und sie kam, frische Servietten für die Stammgäste zu holen. Voll Zorn schrie sie mich an: »Da hört si do scho alles auf! Mittn am Tag legt si dös faule Luder hin und schlaft, anstatt z'arbatn! Aber wart, i hilf dir! Augenblickli wichst ma jetzt den Schlafzimmerboden; und sauber wann net alles ist, dann gnade Gott! Jatz is elfe; um zwoa komm i rauf, da will i alles ferti sehgn!«

Mir war ganz dumm im Kopf, aber ich begann trotzdem wieder zu arbeiten. Als ich etwa ein Drittel des Zimmers mit Stahlspänen abgerieben hatte, drehte sich plötzlich alles vor meinen Augen und ich wußte nichts mehr.

Lange muß ich so dagelegen sein; denn kaum hatte ich

wieder zu arbeiten begonnen, schlug es zwei Uhr. Ich war vor Schrecken ganz ratlos, denn ich hörte die Mutter kommen. Als sie sah, wie wenig ich gearbeitet hatte, schrie sie: »Was, du bist no net ferti! Ja, da is ja no net amal richti o'g'fangt! Du willst mi, scheint's, zum Narren haltn, du Kanallje!« Dabei trat sie mich mit Füßen und riß mich an den Haaren in die Höhe.

Mühsam fing ich wieder an zu arbeiten, während die Mutter an den Waschtisch gegangen war und sah, daß ich das Wasser noch nicht ausgeleert hatte. Da schrie sie: »Ja, was is denn dös! Net amal d'Waschschüssel hat s' ausg'leert und a frisch Wasser reitragen!«

»Ja mei, i hab ma's ja net z' tragen traut, die teure Schüssel, weil mi alle Augenblick der Schwindel anpackt.«

»Was Schwindel! Dir treib i dein' Schwindel aus. Sofort leerst die Schüssel aus! I möcht wissen, für was ma dir z'fressn gibt, du langhaxats G'stell!« rief sie und stieß mich an den Waschtisch.

Ängstlich faßte ich die schöne Schüssel, die von zarter, himmelblauer Farbe war, mit einem goldenen Rand, und eine Muschel darstellte. Im Innern war ein Bild, das zwei Mädchen in fremder Tracht zeigte, die am Meeresstrand standen und einen in einem Segelboot sitzenden Burschen aus flachen Schalen mit Wasser bespritzten. Den Krug schmückte eine ähnliche Szene; das Geschirr war alt und kostbar, und der Name des Künstlers stand darauf geschrieben.

Schwankend trug ich also die Schüssel durch das Zimmer, als ich plötzlich einen Stoß verspürte, worauf ich zu Boden stürzte. Die Mutter hatte es getan; denn ich war ihr zu langsam gegangen.

Starr blickte ich erst auf die Wasserlake, dann auf die Scherben und vergaß, aufzustehen, bis mich die Mutter mit dem Ochsenfiesel des Vaters daran erinnerte.

Eine halbe Stunde später, als ich, die blutigen Striemen an meinem Körper betrachtend und vor Schmerzen an Brust und Rücken stöhnend, bemüht war, das Unheil wieder gut zu machen, ging die Mutter fort mit der Drohung: »Dawerfa tua i di, wenn i net die gleiche Schüssel kriag!«

Ich hielt das letztere für ausgeschlossen bei der Kostbarkeit derselben und zog deshalb meinen Regenmantel an und schlich mich, nachdem ich aus meiner Sparbüchse noch etwas Geld zu mir gesteckt hatte, davon.

Planlos und ohne an etwas zu denken, lief ich durch die Nymphenburger Straße hinaus über Laim und befand mich endlich auf der Straße, die nach Großhadern führt. Die Sonne war schon im Untergehen, und über den Feldern stand ein leichter Nebel; denn es war schon im Spätsommer. Ich blieb stehen und sah mich um. Da durchfuhr mich ein kalter Schauer, und als ich weitergehen wollte, wurde mir schon nach wenigen Schritten so übel, daß ich mich erbrechen mußte und danach ohnmächtig auf der Landstraße hinfiel.

Spät abends fand mich ein Bauer, der Milch nach der Stadt gefahren hatte und jetzt auf dem Heimweg war. Der hob mich auf und brachte mich mit seinem Fuhrwerk nach Großhadern und lud mich bei einem großen Wirtshaus ab. Die Wirtin brachte mich freundlich zu Bett und befahl einer alten Frau, daß sie die Nacht über bei mir bleibe. Sie selbst kam am andern Tag und fragte mich mitleidig, wo ich in diesem Zustand denn herkomme oder hinwolle. Da erzählte ich ihr mein ganzes Unglück und bat sie, sie solle mich doch bei sich behalten, ich sei eine Wirtstochter und könne ihr viel helfen.

»Ja, mei liabs Kind«, meinte die gute Frau, »deine Leut wer'n halt recht Sorg um di habn und di wieder z'rückverlanga; denn dös kann do net sei, daß a Muatter so schlecht is.«

Weinend wiederholte ich meine Bitte und beruhigte mich erst, als sie mir versprach, mich in ihren Dienst zu nehmen: »Aba z'erscht muaßt wieder g'sund wer'n. Drum bleibst heut lieber no liegn. Vielleicht kann ma morgn mehra sagn.«

Gegen Abend hielt ich es nicht mehr im Bett aus und ging zu der Wirtin in die Küche und fragte sie, ob ich ihr was helfen könnte.

»Ja mei, Kind, in dem Zuastand! Sitz di liaber ins Nebenzimmer und iß was G'scheits. Du schaust ja aus wie inser liaber Herr am Kreuz!« Damit nahm sie mich bei der Hand und führte mich ins Nebenzimmer, wo an einem Tisch fünf oder sechs Herren beisammen saßen und mich verwundert ansahen.

»Wen bringen S' denn da, Frau Obermeier? Dös is g'wiß a Basl«, fragte einer, während ein anderer hinzufügte: »Jess Maria, is dös Madl kasi! Is 'leicht krank?«

»Ja mei, Herr Oberförster«, sagte die Wirtin, »dös is a g'spaßige G'schicht!« Und sie erzählte die Sache den Herren, von denen einer der Bürgermeister, ein anderer der Arzt und ein dritter der Herr Benefiziat war.

Nachdem die Wirtin meine Geschichte erzählt hatte, bestürmten sie mich mit allen möglichen Fragen; doch der Arzt sagte: »Laßt's dem armen Kind sei Ruh, meine Herrn! Ma sieht's ja auf den ersten Blick, daß 's schwerkrank is ... Geh amal her, Fräulein, und laß dir in'n Hals neischaun! ... Ach, Herrjesses«, schrie er da, »wie schaut's da drin aus, und so ham s' di rumlaufa und arbat'n lassen. A so a Bagasch g'hört do glei o'zoagt!«

»Und sie möcht zu mir in Dienst gehn!« rief die Wirtin dazwischen.

»Sonst nix mehr«, schrie der Bürgermeister, »ins Krankenhaus g'hörst! Net wahr, Herr Doktor?«

»Allerdings wär's das Beste, denn es ist nicht ausgeschlossen, daß das Mädel a starke Lungenentzündung kriagt auf dö Strapazen.«

Da sagte der Herr Benefiziat: »Wie heißt du denn eigentlich und woher bist du?«

Als ich es ihm gesagt, fragte er weiter: »Moanst wirkli, daß di dei Mutter totschlagt?«

»Ja, i glaab scho; denn halbert umbracht hat s' mi a so scho.«

Da lachten sie alle, bis der Herr Benefiziat wieder ganz ernst fortfuhr: »Es ist doch a Sünd und a Schand, wie heutzutag mit den armen, ledigen Kindern umgegangen wird. Z'erscht setzt ma's her, dann gehn s' oan im Weg um. So ein Weibsbild g'hörat doch schon an die Zehen aufg'hängt und mit Brennesseln g'haut!«

»Ganz recht, Herr Benefiziat, früher hat ma aufgramt mit solchene Leut, aber heutzutag baun s' eahna ja extrige Häuser, daß sie s' leichter auf d' Welt bringa eahne armen G'schöpferln!« rief der Tierarzt, und der Bürgermeister sagte: »Jetzt ham's mir da! Was tean jetzt mir damit? Uns geht's eigentlich nix o, schiabt's es nur der Münchner G'meinde zua!« – »Ganz recht, Herr Bürgermeister«, sagte der Oberförster, »für dös arme Deanderl is am besten, wenn's z' Münka ins Krankenhaus geht, bis g'sund is. D' G'meinde soll's nur zahln. Die ham mehra wie mir.«

Ich hatte heftig zu weinen begonnen, so daß die Wirtin rief: »Aber meine Herren, dös is scho net recht, daß d's ma dem arma Deanderl an solchen Schrecken einjagt's. Laßt 's do wenigstens mit Ruah essen!« Damit führte sie mich an den Tisch und gab mir den Löffel in die Hand, und ich mußte von dem Kalbslüngerl, das die Kellnerin hingestellt hatte, essen. Ich brachte aber vor Weinen und Halsweh nichts hinunter. Die Wirtin kehrte wieder in ihre Küche zurück, während die Herren sich lebhaft über mich unterhielten.

Nach einer Weile stand der Herr Benefiziat auf, setzte sich zu mir und gab mir folgenden Rat: »Liabs Kind, i moan, 's wär's G'scheitste, du tätst morgen früh von Pasing nach der Stadt fahren, dort auf die Polizei gehen, die ganze G'schicht anzeigen und dich in ein Krankenhaus schaffen lassen. Nachher bist gut aufg'hoben, und deiner Mutter schiab'n s' hoffentlich an Riegel vor ihre Brutalitäten.«

Ich gab ihm keine Antwort und weinte nur. Die Wirtin aber brachte mich darauf wieder ins Bett und erwiderte mir auf meine Frage, was ich schuldig sei: »An Vergelt's Gott und an B'suach, wann's dir amal guat geht.«

Am andern Morgen stand ich sehr früh auf, und ein Milch-fuhrwerk nahm mich wieder mit nach Pasing. Von da fuhr ich mit der Bahn nach München.

Als ich ratlos vor dem Sterngarten am Bahnhofplatz stand und nicht wußte, wohin ich mich wenden sollte, begegnete mir der Sohn einer im Haus meiner Eltern wohnenden Familie und sagte mir: »Geh fei net hoam, Leni! Dei Muat-ter is in der größten Wut. Die ganze Nachbarschaft hetzt s' über di auf und sagt dir alles Schlechte nach. Durch d'Gendarmerie laßt s' di scho überall suacha.«

Da begann ich zu weinen und fragte ihn um Rat; denn wir hatten uns sehr gern. Er meinte auch, ins Krankenhaus gehen wäre das Gescheiteste; doch zuvor solle ich auf die Polizei, daß man nicht weiter nach mir suche. Er begleitete mich dann auch dorthin und ging darauf in sein Geschäft.

Ich aber trat in die Einfahrt des Polizeigebäudes und fragte den Gendarm, der dort auf Posten stand: »Sie, entschul-digen S', bitt schön, wo is denn da dös Zimmer, wo ver-lorengegangene Personen o'g'meldet wer'n?«

Er lachte herzlich und gab mir zur Antwort: »San vielleicht Sie verloren ganga, schön's Fräulein? Dann melden S' Eahna parterre, ganz hinten auf Zimmer Nummro sieben.«

Dort fragte man mich nach meinem Begehr.

»Entschuldigen S', is bei Ihnen ein junges Mädchen angemeldet, dös wo verloren ganga is, oder vielmehr, dös wo davog'laafa is? Wissen S', i bin davo von dahoam, weil mi mei Muatter sunst derworfa hätt, weil i d' Waschschüssel derschlagn hab und Diphtherie hab.«

Lächelnd führte mich der Beamte in das Zimmer des Polizeiarztes, und als ich dem meine ganze Geschichte erzählt hatte, untersuchte er mich und sagte darauf: »Herr Rat, ich bitte Sie, lassen Sie die Ärmste nach dem Krankenhaus schaffen. Benachrichtigen Sie jedoch die Angehörigen nicht davon. Recherchieren Sie vielmehr, ob solche Sachen bei dieser Frau öfter vorkommen; denn so etwas gehört exemplarisch bestraft.« Hierauf mußte ich mich ausziehen und ihnen die Beulen und Striemen an meinem Körper zeigen. Als der Arzt einen großen grünlichen Fleck an meiner linken Brust bemerkte, rief er: »Unverantwortlich! Ein weibliches Wesen so zu mißhandeln! Die Megäre denkt gar nicht, welche Folgen das haben kann!«

Danach wurde ich in das Krankenhaus an der Nußbaumstraße geschafft, wo ich alsbald in ein heftiges Fieber verfiel und an einer schweren Lungenentzündung erkrankte.

Als es mir besser ging, wollten alle meine Geschichte hören; denn durch den Polizeiarzt war an unsern Arzt, Doktor Kerschensteiner, schon ein aufklärendes Schreiben gelangt, und der freundliche Herr hatte in seiner Entrüstung ganz laut im Saal geschrien: »Die Bestie! Das Schandweib! Und so was nennt sich Mutter!«

Nach drei Wochen aber meinte er: »Jetzt müssen wir es doch der Mutter schreiben, wo Sie sind. Es handelt sich nämlich um die Zahlung, ob das Ihre Mutter übernimmt oder die Gemeinde.«

Als ich darauf zu weinen begann, beruhigte er mich mit den Worten: »Sie müssen nicht Angst haben. Die Frau tut Ihnen nichts. Dafür bin ich auch noch da.«

Man schrieb ihr also, und an einem Dienstagnachmittag zur allgemeinen Besuchsstunde kam sie. Ich lag im ersten Bett, gleich neben der Tür. Sie blickte im ganzen Saal herum und sah mich lange nicht, nachdem sie mich aber bemerkt hatte, schrie sie, daß es alle hörten: »So, da bist! Was du deinen armen Eltern angetan hast, übersteigt alle Grenzen. Da heraußen muß ma di finden und hätt'st es so schön g'habt dahoam. Hätt dir koa Mensch was tan!« Dabei brach sie in Tränen aus, ging durch den Saal an das Fenster und sagte ganz laut und mit schluchzender Stimme: »So ein ungeratenes Kind! Oan so vui Verdruß z'macha!«

Die andern Patientinnen, die den wahren Sachverhalt wußten, begannen bei diesen Worten zu kichern und zu lachen, und eine sagte mit komischem Ernst vor sich hin: »Tja, tja, solchtene Kinder!«, worauf im ganzen Saal lautes Gelächter erscholl.

Da mußte auch ich lachen, und die Mutter entfernte sich wütend mit den Worten: »Daß d' di z'ammrichst morgen. Morgen nachmittag hol i di!«

Am Abend machte der Herr Doktor wie gewöhnlich die Runde, und es wurde ihm das Vorgefallene berichtet. Da trat er an mein Bett und sagte lachend: »Ah, Sie leben ja noch! Also ist sie doch nicht so schlimm.« Als er aber erfuhr, daß ich am andern Tag wieder nach Haus müsse, rief er: »Unter keinen Umständen! Sie sind noch nicht gesund, und jede Aufregung sowie Luftwechsel schadet Ihnen! Ich werde niemals meine Einwilligung dazu geben.«

Er mußte sie aber doch geben, als die Mutter am andern Tag unter vielen Tränen versicherte, ich solle kein unrechtes Wort mehr hören, noch viel weniger eine Mißhandlung erdulden.

Nachdem ich ziemlich bedrückt von den Krankenschwestern

und den übrigen Patientinnen Abschied genommen hatte, trat ich mit der Mutter den Heimweg an.

Vorerst aber hatte die Mutter an der Kasse noch sechsundneunzig Mark für meine Verpflegung zu bezahlen, doch ließ sie mich den Ärger darüber nicht merken.

Unterwegs in der Trambahn sagte ich ihr, ich wolle nicht mehr heim, sondern eine Stellung als Dienstmädchen annehmen. Sie schien anfangs entsetzt darüber, ging aber dann doch mit mir in die Marienanstalt, wo bessere Stellen für Dienstboten vermittelt wurden.

Während sie mit der Oberin verhandelte, mußte ich auf dem Korridor warten. Nach längerer Zeit trat die Mutter heraus und sagte, spöttisch lächelnd: »So, geh nur nei! D' Frau Oberin woaß allerhand für di.«

Mit den besten Hoffnungen trat ich ins Zimmer, gefolgt von der Mutter. Aber es kam anders, als ich erwartet hatte.

»Weißt du«, begann die sehr beleibte Oberin, indem sie mit hochrotem, erzürntem Gesicht vor mich hintrat, »was einem Kind gebührt, das seine Eltern mit Füßen tritt und das Elternhaus mißachtet und nicht mehr dahin zurückkehren will? . . . Einem solchen Kind gehört nichts anderes, als daß man es an einen Haken anhänge und mit einem Stock oder Strick so lang schlage, bis es lernt, das Elternhaus zu schätzen und Vater und Mutter zu lieben!«

Als ich dies vernommen, verlangte ich nicht mehr zu wissen und eilte nach der Tür, riß sie auf und lief davon, heim zum Vater.

Nachdem dieser mich freundlich empfangen und mir seine Hilfe versprochen hatte, erzählte ich ihm auch dies mein letztes Erlebnis. Da gab er mir recht, und als die Mutter heimkam und über mich klagte, sagte er: »Dös is aa koa G'redats an a krank's Madl hin. Da kann 's freili koa Liab und koa Achtung lerna bei dera Behandlung. Sei du mit'n Madl, wie es si g'hört, na werd si bei ihr aa nix fehln!«

Darauf brachte mich die Mutter zu Bett und behandelte mich von nun an gut und freundlich.

Inzwischen nahte der Hochzeitstag meiner Eltern wieder heran. Es war der zehnte, seit sie geheiratet hatten, und auf den gleichen Tag fiel auch mein Geburtsfest. Ich wurde damals siebzehn Jahre alt.

Da die Eltern es gern sahen, daß ich ihnen zu den üblichen Familienfesten meine Glückwünsche darbrachte und auch die Brüder irgendein Gedichtlein lernen ließ, so beschloß ich, ihnen zu ihrem zehnten Hochzeitstage eine rechte Freude zu machen. Ich schmückte also das Nebenzimmer mit Papiergirlanden, stellte ein selbstverfertigtes Transparent auf und dazu ein Brett, in das ich zehn Nägel schlug und darauf zehn Wachskerzen befestigte. Auf einen weißgedeckten Tisch legte ich die Festesgaben, zu denen ich einen eigenen Vers gedichtet hatte. Es waren ein Paar zierliche Samtpantoffeln für die Mutter und ein gesticktes Käpplein für den Vater, nebst zwei Blumenstöcken und einem Kuchen. Auch den Stammgästen teilte ich meine Absicht mit, und sie waren gern bereit, die Feier noch durch Musik zu verschönern.

Als nun am Vorabend des Hochzeitstages meine Eltern plaudernd am dichtbesetzten Stammtisch saßen, ertönte plötzlich im Nebenzimmer Musik, und man brachte ihnen ein Ständchen. Erschrocken sprang die Mutter auf und lief hinüber. Da erglänzte der also geschmückte Raum im Licht der Kerzen und des Transparents. Doch, o Wunder! es stand noch ein Brett auf dem Tisch, an dem siebzehn kleine Lichtlein brannten. Meine Brüder hatten mich damit überrascht. Während die Mutter immer noch starr an der Tür lehnte, war auch der Vater hinzugetreten, und nun brachte ich meinen Prolog vor, worauf die Gäste ein dreimaliges Hoch brüllten.

Dann stand einer von den Stammgästen auf und brachte in umständlicher, stotternder Rede die Wünsche der Gäste zum Ausdruck und rief zum Schluß: »Unser wertes Hochzeitspaar und unser liebes Geburtstagskind mögen noch lange Jahre froh und glücklich sein! Sie leben hoch, hoch, hoch!«

Da rief die Mutter, der während des Ganzen eine dunkle Röte bis zu den Schläfen über das Gesicht lief, aus: »Ja, seid's denn alle verrückt wordn! Was red's denn allweil von zehn Jahr? Mir san do scho zwanz'g verheirat'!«

Ich wunderte mich über diese Rede sehr; denn ich wußte doch bestimmt, daß der Vater jetzt fünfunddreißig, die Mutter aber achtunddreißig zählte, und wenn sie nun vor zwanzig Jahren schon geheiratet hätten, so . . . Ich schickte mich also an, ihnen dies zu erklären. Da erhielt ich einen heftigen Stoß von der Mutter, und sie rief halblaut: »Marsch, ins Bett! Und freun kannst di!«

Andern Tags aber gab es heftige Prügel dafür, daß ich die Eltern so blamiert hatte; denn sie wollten es niemand wissen lassen, daß die Mutter mich schon ledig gehabt.

Jetzt war meine gute Zeit wieder vorbei, und die Mutter quälte mich wieder ärger denn je. Dabei empfand ich es am bittersten, daß sie mich oft, besonders zu gewissen Zeiten des Monats, wegen irgendeiner Kleinigkeit, die ich mir hatte zuschulden kommen lassen, dadurch strafte, daß sie mir befahl, nach dem Mittagessen in ihrem Zimmer zu erscheinen. Dort mußte ich mich dann jedesmal nackt ausziehen und niederknien, und nun schlug sie unter lauten Schmähungen mit dem Ochsenfiesel so lange auf mich ein, bis sie vollkommen erschöpft war und mir das Blut über Arme und Rücken herunterrann. Bei diesen

Züchtigungen waren die Schläge, an die ich mich schließlich auch gewöhnte, nicht so schmerzhaft als der Umstand, daß die Mutter oft viele Stunden zwischen meiner Verfehlung und der Strafe verstreichen ließ, während derer ich das Kommende jeden Augenblick vor mir sah und doch meine Arbeit tun mußte.

Dadurch wurde mir das Leben im Hause immer mehr zur Qual, und ich beschloß, auf irgendeine Weise dasselbe zu verlassen.

Da besuchte uns ein junges Mädchen, welches sich vor seinem Eintritt ins Kloster noch von einer meiner Basen, die bei uns in Dienst war, verabschieden wollte. Diese schilderte mir den Beruf und das Leben der Nonnen so schön, daß ich voller Begeisterung beschloß, ebenfalls ins Kloster zu gehen. Ich äußerte diesen Wunsch meiner Mutter gegenüber, und sie war ganz wider mein Erwarten einverstanden. Doch wohin? Man versuchte es im Institut der Englischen Fräulein; doch wies man mich dort ab, weil ich ein lediges Kind war. Da erfuhren wir durch eine Magd, deren Schwester schon lange Klosterfrau war, daß der alte Pater Guardian des Kapuzinerordens in München uns gewiß raten könne; der hätte auch ihre Schwester ins Kloster gebracht.

Meine Mutter ging also mit mir dahin und stellte mich dem Pater vor, und nachdem ich ihm meinen Wunsch, ins Kloster zu gehen, vorgetragen hatte, meinte er: »Viele sind berufen, aber wenige nur sind auserwählt! Wenn du wirklich den festen Willen hast, Nonne zu werden, so will ich dir gerne dazu helfen!« Darauf nannte er mir als die geeignetste Stätte, Gott in gänzlicher Abgeschiedenheit von der Welt zu dienen, das Kloster Bärenberg in Schwaben, und nachdem er noch meine Schulzeugnisse geprüft und mich auch in religiösen Dingen nicht unwissend befunden hatte, empfahl er mir, dorthin zu schreiben;

denn daselbst könne ich Lehrerin, oder was ich wolle, werden.

Auf meine Anfrage bei den frommen Frauen dieses Klosters, das dem heiligen Josef geweiht war, erhielt ich denn auch wirklich den Bescheid, daß man, obwohl ich schon siebzehn Jahre alt sei und man gewöhnlich nur jüngere Bewerberinnen zulasse, dennoch gewillt sei, mich als Kandidatin aufzunehmen; zugleich war dem Schreiben ein Zettel beigelegt, der alles enthielt, was mir zu wissen vonnöten war und auch was ich an Garderobe, Wäsche und dergleichen brauchte.

Als Tag meines Eintrittes war der fünfte Dezember, der Todestag meines Großvaters, ausersehen, und ich erwartete ihn sehnsüchtig und mit großer Aufregung.

Die letzte Nacht vor meinem Scheiden aus dem elterlichen Hause schlief ich nur wenig, und als mich am frühen Morgen die Mutter aus den Federn holte, war ich in ganz seltsamer Stimmung. Verflogen war alle Lust und Freude, und ich wäre viel lieber im Bett geblieben, statt mich für die Reise bereit zu machen. Da ich nun aber einmal daran glauben mußte, kleidete ich mich rasch an. Bald trat auch schon die Mutter reisefertig in die Stube, und nachdem ich meinem Vater und den Geschwistern Lebewohl gesagt, machten wir uns auf den Weg. Oftmals blickte ich noch zurück auf unser Haus, und als wir durch die menschenleeren Straßen dem Bahnhof zueilten, nahm ich noch Abschied von den alten Frauentürmen, die freundlich aus dem Frühnebel grüßten.

In der Eisenbahn gab mir die Mutter noch allerhand Ratschläge und meinte zum Schluß: »Kost's, was's mag, wannst nur recht a brave Klosterfrau wirst! Schickn tean mi dir alles, was d' magst, brauchst bloß z' schreibn. Aber aushaltn mußt und drin bleibn! Net, daß d' auf amal nimma magst und kommst ma daher; da tät's spuckn!«

Nach dieser Rede verstummte sie, und auch ich lehnte mich schweigend in meine Ecke.

Verschneite Wiesen, Wälder und Ortschaften glitten draußen vorüber, Stationen wurden gerufen, Leute stiegen aus und ein, deren Redeweise immer mehr das Schwabenland verriet, und bald waren wir in der Hauptstadt, in Augsburg. Den mehrstündigen Aufenthalt benützten wir dazu, uns die Stadt ein wenig anzusehen. Mich aber interessierten nur etliche Klosterfrauen, die eben über den Marktplatz in eine Kirche gingen; doch gefiel mir ihre Kleidung gar nicht und ich fürchtete, es möchten die Frauen des heiligen Josef ebensolche unschöne Gewandung tragen. Während ich ihnen noch nachblickte, stürmte plötzlich keuchend ein Hund an mir vorüber, der einen andern, der laut heulte, hinter sich herschleifte. Entsetzt sprangen die Nonnen zur Seite, während sich im Nu ein großer Menschenhauf ansammelte, aus dem die Rufe: »A Schäffla Wass'r her! A Töpfla Wass'r drufgießa!« erschollen. Ich aber war höchst erstaunt vor diesem scheinbaren Naturwunder stehen geblieben und starrte mit offenem Munde den Hunden nach. Da riß mich meine Mutter mit den Worten: »Marsch, weiter, dös is nix für di!« mit sich fort und führte mich auf dem kürzesten Wege wieder zum Bahnhof.

Während der weiteren Fahrt war die Mutter recht einsilbig, und als wir jetzt an der Endstation Kamhausen anlangten, sagte sie nur: »So, jetzt müß ma schaun, daß ma no an Platz im Stellwagn kriegn!«, welchen Worten ich nicht zu widersprechen wagte, obgleich ich viel lieber zu Fuß gegangen wäre.

Während nun die Mutter wegen der Fahrscheine drinnen am Postschalter verhandelte, besah ich mir die Gegend: Da erblickte ich grad vor mir, kaum eine halbe Stunde entfernt, angelehnt an einen bewaldeten Hügel, ein imposantes Gebäude und rings um dasselbe eine Menge kleinerer, die den Eindruck einer kleinen Stadt machten. Etwas abseits lagen wieder eine Anzahl Häuser, die mehr ländlichen Charakter hatten und von Bäumen umgeben waren. Um das große Gebäude und den Berg zog sich eine Mauer, und von dem Dach grüßten ein paar große, mit hohen Schneehauben überzogene Storchennester. Dazwischen ragten mehrere kleine Türmlein in die klare Luft, und von einem größeren klang einladend das Mittagläuten zu mir herüber. Da schreckte mich jemand aus meinem Betrachten auf: »He, Mädla! Was luagscht denn allweil nach Bäraberg rüba? Magscht ebba au e Kloschterfrau wera?«

»Ja. Dös hoaßt, naa, naa; i woaß's net!«

Nach diesen ungeschickten Worten lief ich wieder auf die andere Seite des Bahnhofs, wo die Mutter mich schon überall suchte. Ich sagte ihr, daß ich Bärenberg schon gesehen hätte; doch schien sie es nicht zu hören und trieb mich zur Eile, da der Stellwagen gleich abfahren wollte.

Mit uns hatten noch einige Frauen und ein junger Mann Platz genommen, und der letztere veranlaßte mich durch sein sonderbares Betragen und sein vogelartiges Gesicht, immer wieder nach ihm zu schauen. Er spielte unablässig mit seinen Fingern, schnitt Grimassen und lallte unverständliche Worte vor sich hin. Ich erfaßte aus der lebhaften Unterhaltung der Frauen, die bei ihm saßen, daß der junge Mensch blöd und epileptisch krank sei und nun in der Kretinenabteilung Bärenbergs untergebracht werde. In der Ecke saß ein altes Weiblein mit einem kaum zwanzigjährigen Mädchen, und es fiel mir auf, daß die beiden gar nichts miteinander redeten. Auch die andern Frauen interessierten sich anscheinend für das Paar; denn die eine fragte plötzlich die Alte: »Fahrat Se au uf Bäraberg?«

»Ja freili«, antwortete diese, »mei Dirndl is toret und a Stummerl is 's aa. Jatz han i mi beim Burgamoasta vür-

stelli g'macht und der hat ins a G'schreibats gebn, daß s'
auf G'moaköstn in dö Anstalt z' Bärnberg kimmt. Dö
ham ja lauta söllana Dalkn!«
»Du lieb's Herrgottl! Isch dies abr schad! 's isch ganz e
frätzig's, herztausig's Mädla! Moi Jakala muß au hin, weil
er irr ischt und's Hiefallat hat.«
Nun war mit einem Mal meine ganze Schneid fort und ich
hatte nicht geringe Angst vor dem Kloster und allem, was
dazu gehörte. Und als sich die redseligen Frauen nun auch
an uns wandten, muß ich wohl ganz den Eindruck einer
verschüchterten Irren gemacht haben; denn die eine sagte
zu meiner Mutter: »So, so, Sie fahrat au mit uns! Sie
wollet g'wiß au Aufnahm für dies Mädla; ischt's ebba
au e Deppala?«
Da sagte meine Mutter, daß ich Klosterfrau werden wolle.
»Schau, schau!« sagte die Alte darauf, »so a schwera und
aaschtrengada Beruf möcht's Mädla und ischt so blaß und
mag'r! Lasset Sie's do wied'r hoifahra, Fraule! Die ischt
'it passad für e Kloschterfrau!«
Doch meine Mutter entgegnete nur kurz: »Es wär mir
gleich, was s' tät; aber sie will selber ins Kloster.« Damit
war die Unterhaltung zu Ende.
Inzwischen waren wir an dem Hügel angelangt und mußten nun ganz um ihn herumfahren. Da sah man erst, daß
er den eigentlichen Ort ganz verdeckt hatte, und ich war
überrascht von der Schönheit des alten Städtleins.
Vor dem großen Gebäude machte der Postillon halt, und
wir standen wartend an der verschlossenen Pforte. Aus
dem kleinen Fensterchen daneben sah eine schwarze Katze,
und als die Tür sich endlich öffnete, stand eine kleine, alte
Nonne vor uns, liebenswürdig und demütig nach unserem
Begehr fragend.
Nachdem sie die Wünsche eines jeden gehört, führte sie
uns in ein kahles Zimmerchen, aus dem erst die Taub-

stumme, dann die Frauen mit dem Kranken geholt wurden. Zuletzt kam eine blasse, junge Schwester, die uns nach den Gemächern des Superiors führte.

Vor der Tür des Sprechzimmers standen etwa sieben bis acht Nonnen und warteten auf Einlaß. Sie standen da, gesenkten Hauptes, die Arme vor der Brust gekreuzt und beteten leise vor sich hin, während mitunter ein halb scheuer, halb neugieriger Blick uns streifte.

Inzwischen hatte die Schwester uns angemeldet und wies uns nun in ein mit dem Sprechzimmer verbundenes Gemach.

Da trat nach einer kleinen Weile, während der mir fast die Brust zersprang vor Erregung, aus der Tür des Sprechzimmers ein ernster Mann von ehrfurchtgebietender Größe und Haltung und lud uns ein, näher zu treten. Er führte uns in sein Zimmer, das fast wie der Laden eines Buch- und Schreibwarenhändlers aussah. Überall lagen Stöße von Büchern, Heften, Zeitschriften, Akten und Briefen umher und dazwischen große Pakete, ganze Bündel Wachskerzen, Rosenkränze und Sterbkreuze. Über einem Stuhl hingen eine Menge violettgelber Ordensgürtel, und an einem Schrank lehnten etliche Krücken.

Nachdem der Superior in einem Armstuhl Platz genommen, wies er meiner Mutter auf dem Sofa und mir auf einem Rohrhockerl Sitze an, hierauf begann er: »Hast du dir auch wohl überlegt, mein liebes Kind, was du tun willst, indem du eine Klosterfrau zu werden gedenkst?«

Meine Mutter antwortete statt meiner: »Hochwürdiger Herr, wir haben ihr lang genug davon abgeraten«; und plötzlich in ihre gewohnte Redeweise verfallend, fuhr sie fort: »Aber a jeds Wort is umasonst g'wen.«

»Das haben halt schon viele im Sinn gehabt und nach einiger Zeit sind sie doch wieder in die Welt zurück. Und gar bei uns gehört viel dazu, um den Anforderungen, die wir an die Schwestern stellen, gerecht zu werden. Doch soll es uns große Freude bereiten, wenn das liebe Kind eine recht fromme, brave und tüchtige Schwester in unserm Orden wird. Wir haben ja so viele nötig, sowohl für die Arbeit als auch für den Unterricht; denn unsere Anstalt besteht aus einem Blindenheim, einem Taubstummeninstitut, einer Heimstätte für alte, schwächliche Personen und einer Pflegeanstalt für Kretinen, Epileptische, Irre, Tobsüchtige und durch Ausschweifung Zerrüttete, sogenannte Besessene. Auch finden bei uns arme, kranke und mißgestaltete sowie blöde, krüppelhafte und mißratene Kinder eine Stätte zur allseitigen Pflege und Bildung, soweit dies möglich ist. Unser Orden hat jetzt etwa fünfhundert Profeßschwestern, von denen etliche schon seit Bestehen desselben das Kleid unseres Schutzpatrons tragen, und ungefähr zweihundert Novizinnen, die ihren weißen Schleier erst in ein bis zwei Jahren bei Ablegung der Profeß mit dem schwarzen zum Zeichen gänzlicher Entsagung der Welt vertauschen. Diese sind noch nicht durch die ewigen Gelübde gebunden und können den Orden noch verlassen; doch zeigt ein einzig dastehendes Beispiel, wie der himmlische Bräutigam diesen Verrat bestraft: Die betreffende Novizin wurde nach einiger Zeit irrsinnig und befindet sich jetzt in unserer Irrenabteilung. Außer den Genannten haben wir noch etwa dreihundert Jungfrauen, die am Tag des heiligen Josef Lehr-, Pfleg- und Arbeitsschwestern werden wollen, sowie einhundertzwanzig Lehramtskandidatinnen, zehn Handarbeits- und sechs Musikkandidatinnen und etwa fünfzehn für die Hausarbeit und Küche. Wie ich sehe, hat das Kind sehr gute Schulzeugnisse; eine kurze Prüfung wird uns zeigen, wozu sich das Mädchen eignet. Sollte es dir, mein Kind, nicht gefallen, so kannst du innerhalb fünf Jahren diese Stätte noch verlassen. Nun sage mir einmal, willst du bei uns bleiben?«

Er war bei den letzten Worten aufgestanden und hatte mir das Kinn gefaßt, indem er mich fest anblickte.

Da sagte ich leise: »Ja, ich will dableiben.«

Meine Mutter hatte dies Ja überhört und rief: »Na, kannst net antwortn, wennst g'fragt wirst!«

Doch der Priester entgegnete ihr: »Ereifern Sie sich nicht, Frau Mutter, das gute Kind hat mir sein Jawort schon gegeben.«

Darauf gab er uns seinen Segen und ließ uns durch eine Nonne nach der Kandidatur führen. Dort mußte mich meine Mutter allein lassen; doch durfte ich, nachdem ich den Kandidatinnen vorgestellt und genugsam angestaunt worden war, mit ihr in der Brauerei zu Mittag essen und hatte mein neues Leben erst am Nachmittag zu beginnen.

Wir begaben uns also in das Bräustüberl, einen behaglichen Raum mit rohen, blankgescheuerten Möbeln und Blumenstöcken an den Fenstern, deren saubere Vorhänge fest zugezogen waren. An den Wänden hingen bunte Heiligenbilder, und in einer Ecke war ein kleiner Hausaltar aufgerichtet, dessen zierliche Ampel ihr mattes Licht auf die aus Gips verfertigte Statue des heiligen Josef warf.

Als ich sah, daß auch hier nur Klosterfrauen tätig waren, verwunderte ich mich sehr und wagte an die Schwester, die uns bediente, die Frage, ob hier die Nonnen auch das Bier selber brauten. Da erzählte sie uns, daß alles, was nur immer zu tun sei, von ihnen selbst gemacht werde; auch die Ökonomie und Metzgerei sowie alle Handwerke, deren das Kloster bedürfe. Zur Hilfe würden allerdings die Pfleglinge, welche sich dazu eigneten, verwendet. Dies setzte mich in großes Erstaunen, und ich sah meinem Leben in diesem Kloster mit viel Neugier entgegen. Meine Mutter aber hatte mit wachsendem Entsetzen zugehört und konnte dies auch kaum vor mir verbergen, und als sie um drei Uhr wieder in den Stellwagen stieg, sagte sie ganz unvermittelt: »Also wann's dir gar z'schwer wird, kannst d' es ja schreibn; bet viel und sei recht fleißig und aufmerksam und laß dir nix z'schulden kommen.«

Ich gab ihr noch Grüße auf an alle, die mir lieb waren; dann schlang ich plötzlich meinen Arm um ihre Knie, drückte laut aufweinend meinen Kopf in ihre Kleider und lief danach, so rasch ich konnte, an die Pforte und läutete fest, ohne noch einmal umzuschauen.

Man wies mich wieder in das kleine Zimmer, und dann führte mich die blasse Schwester ins Refektorium, wo die Kandidatinnen bei der Vesper saßen. Liebenswürdig nahmen sich sofort einige von ihnen meiner an und erklärten mir alles, was ich wissen mußte oder wollte. Ich war ihnen dankbar dafür; denn ich hielt es für natürliche, herzliche Kameradschaft. Später freilich erkannte ich meinen Irrtum: Es war alles nur Drill und von wahrer Güte wenig zu finden: Bigotterie paarte sich mit Stolz, Selbstsucht mit dem Ehrgeiz, vor den Oberen schön dazustehen und als angehende Heilige bewundert zu werden.

Besonders unter den älteren Mädchen hatte dies Streben nach Vollkommenheit einen wahren Wettlauf um die Tugend hervorgerufen, und die Präfektin der Kandidatur, die solches mit großer Befriedigung wahrnahm, übergab nun jede Neuangekommene der Obhut einer dieser Würdigen, welche zugleich mit diesem ehrenvollen Amt den Namen Schutzengel erhielt.

Also ward auch mir gleich am ersten Abend ein solcher Schutzengel zugeteilt und waltete mit Eifer seines Amtes. Bald machte er mich auf das Weltliche meiner Heiterkeit aufmerksam, obschon ich mir recht traurig vorkam. Und als ich später meinen Arm in den meiner Beschützerin legen wollte, wies sie mich mit den Worten zurecht: »Pfui! Das schickt sich doch nicht! Das gefährdet doch die heilige Reinheit! Es ist uns verboten, uns bei den Händen zu fassen oder einzuhängen. Das Betasten des Körpers nährt die Sinnlichkeit, und zum Körper gehören auch die Hände.«

Da die Abendandacht stets in der Kapelle verrichtet wurde, führte meine Hüterin mich daselbst an den mir zugeteilten Platz, von dem aus ich weder den Altar noch sonst etwas von der Kirche sehen konnte; denn wir befanden uns auf einer Art Galerie, die mit einem dichten Gitter abgeschlossen war. Rings um uns vernahm ich lautes Beten und sah mich neugierig um, zu sehen, woher es käme. Da flüsterte mein Schutzengel mit strenger Miene: »Sieh für dich, arme Seele, Gott ist hier!«

Nach dem Abendgebet gingen wir paarweise in den großen Schlafsaal, und meine Führerin steckte mir auf dem Weg dahin einen Zettel zwischen die Finger, auf dem geschrieben stand: »Von neun Uhr abends bis sieben Uhr morgens strengstes Stillschweigen!«

Im Schlafsaal angelangt, wies sie mir mein Lager an, und ich wollte nun beginnen, mich auszuziehen. Da ich noch städtische Kleidung trug und auch kein Nachthemd bei mir hatte, brachte sie mir eine weiß- und rotkarierte Bettjacke. Ich hatte bereits meine Bluse aufgeknöpft und entblößte eben meine Schultern, als mein Schutzgeist ganz entsetzt herzusprang und mir die Bluse rasch wieder über die Achseln schob. Hierauf warf sie mir die Bettjacke über die rechte Schulter, und indem ich sie am Hals festhalten mußte, entblößte sie unter dieser schützenden Hülle meinen rechten Arm und schob ihn rasch in den Ärmel des Nachtgewandes. Ebenso verfuhr sie auf der linken Seite und dann knöpfte sie mir den Kittel bis an den Hals zu.

Die andern Kandidatinnen hatten sich inzwischen unter lautem Beten auf die gleiche Art entkleidet, und ich sah nun eine nach der andern ins Bett steigen; doch behielten alle ihren Unterrock und die Strümpfe an. Ich machte meine Hüterin durch Zeichen auf dies aufmerksam; da zog sie einen Bleistift und einen Notizblock aus der Tasche und schrieb darauf: »Ein sittsames Kind entblößt die Füße erst im Bett und auch den Unterrock darf man nicht vorher abstreifen.«

Also legte ich mich zu Bett und entledigte mich, nachdem sie mir die Decke über den Kopf gezogen, meiner übrigen Kleidung, worauf eine Nachtschwester von Bett zu Bett ging und einer jeden die Zudecke glatt strich. Und nachdem man sich noch der Fürbitte des heiligen Joseph und der heiligen Barbara durch besondere Gebete versichert und den Psalm »Aus der Tiefe rufe ich zu dir, o Herr« samt den dazugehörigen Paternostern gebetet hatte, legte man die Arme auf der Bettdecke kreuzweise über die Brust und schlief dann ein.

Traumlos schlief ich die ganze Nacht; denn ich war den Tag über müde geworden, und als am frühen Morgen plötzlich ein lautes »Gelobt sei Jesus Christus« ertönte, dem die Kandidatinnen sich aufsetzend »in Ewigkeit, Amen«, antworteten, blickte ich verwirrt um mich und konnte mich erst, als von der Pfarrkirche das Fünfuhr-läuten erscholl, besinnen, wo ich war. Rasch sprang ich aus dem Bett; in diesem Moment aber sah ich ringsum aller Augen entsetzt auf mich gerichtet, und nun merkte ich erst, daß ich im Hemd und ohne Strümpfe war. Schnell schlüpfte ich wieder ins Bett und zog mit vieler Mühe unter der Decke meine Unterkleider an.

Derweilen waren die anderen Mädchen schon an den langen Waschtisch getreten, wo eine Waschschüssel neben der anderen stand, und wuschen sich, als mein Schutzengel kam und auch mich dahin führte. Während des Anklei-dens wurde wie am Abend laut gebetet; man empfahl sich zu allen Stunden in Mariens Herzen und Jesu Wunden. Nachdem wir unsern Schlafsaal geordnet und zuletzt die leichten Filzschuhe mit Stiefeln vertauscht hatten, begaben wir uns paarweise nach der Kandidatur. Diese befand sich in dem sogenannten Mutterhaus, einem alten Bau, der noch aus dem sechzehnten Jahrhundert stammte und damals den Prämonstratensermönchen gehört hatte, die später daraus vertrieben wurden, worauf das Kloster erst als Kaserne und dann als Speicher diente. In diesem Zustand erwarb es unser Orden und richtete es wieder wohnlich her; doch wurde das Haus bald zu klein, und man fügte einen Anbau um den andern an. So kam es, daß wir unsern Schlafsaal in einem dieser neuen Gebäude hatten. Wir schritten also über den verschneiten Platz vor dem Kloster; denn einen geschlossenen Verbindungsgang nach dem Mutterhaus hatte man gerade erst zu bauen begonnen. Da läutete es in der Pfarrkirche zur heiligen Wandlung. Sofort warfen sich alle auf die Knie in den Schnee und beteten den menschgewordenen Gott an.

Als wir im großen Lehrsaal der Kandidatur angekommen waren, knieten alle vor einer reich mit Blumen geschmückten Statue des heiligsten Herzens Jesu nieder, vor der die Präfektin bereits in andächtigem Gebete lag. Sie schlug jetzt ein Andachtsbuch auf und las daraus die Legende einer Heiligen, worauf eine lange Betrachtung ihrer Tugenden und Leiden folgte. Zum Schluß wurde vieles auf uns angewandt, und etliche Kandidatinnen, die sich Verfehlungen gegen eine der Tugenden dieser Heiligen hatten zuschulden kommen lassen, bekamen nun eine eindringliche Strafpredigt, und es wurden ihnen schwere Bußübungen, wie Rosenkränze, viel hundert Paternoster und Ave-Maria, stundenlanges Knien vor dem Altar und dergleichen, auferlegt.

Starr vor Erstaunen hörte ich dem Ganzen zu und bereute es schon bitter, jemals den Vorsatz gefaßt zu haben, Nonne zu werden.

Nach dieser geistlichen Lesung und Betrachtung gingen wir in den Speisesaal zum Frühstück, das in einer Tasse dünnen Kaffees und einem Brötchen bestand. Meine Hüterin legte wieder einen Zettel vor mich hin, des Inhalts, daß es Jesus recht wohlgefällig sei, wenn man freiwillig auf das Brot verzichte, weshalb ich nur die Hälfte davon aß.

Nun hatten wir der Frühmesse in der Klosterkapelle beizuwohnen und danach versammelten wir uns wieder im Saal der Kandidatur, und jedes holte sich ein Buch, um zu lernen.

Inzwischen schlug es acht Uhr, und herein traten drei Schwestern, die Lehrerinnen der Kandidatur, gefolgt von der Präfektin, die mich, nachdem wir beim Glockenschlag um eine gute Sterbstunde gefleht, setzen hieß und nun begann, mich in allem zu prüfen, was ich als Lehramtsschülerin wissen oder lernen mußte. Sie gesellte mich danach dem zweiten Kurs zu und wies mir meinen Platz an, worauf der Unterricht begann. Der erste Kurs schrieb an einem Aufsatz, wir rechneten schriftlich, und der dritte Kurs hatte Unterricht in Grammatik. Die höheren Klassen hatten ihre eigenen kleinen Studierzimmer, und diese waren nur durch Glastüren von unserm Saal getrennt.

Um neun Uhr versammelten sich von neuem alle vor dem Altar, knieten nieder und beteten laut ein Stundengebet. Kaum hatten wir uns wieder erhoben, als abermals von der Pfarrkirche die Glocke zur Wandlung läutete und wir uns wiederum auf die Knie warfen und anbeteten.

Nach einer kurzen Weile rief man uns zur Vesper, und jede bekam ein Krüglein Bier und ein Stück schwarzes Brot, wobei ich sah, daß wieder viele die Hälfte des Brotes zurück in den Korb wandern ließen; doch weiß ich nicht, ob dies zur Abtötung oder aus Abneigung gegen das rauhe Gebäck geschah.

Bald, nachdem der Unterricht wieder begonnen hatte, kam

die Präfektin und befahl meinem Schutzengel, mich ins Bad zu führen.

Durch lange Gänge, vorüber an Männer- und Frauenabteilungen, aus denen wüster Lärm drang, hinab über alte, morsche Stiegen ging es, dann traten wir in einen moderigen Kellerraum, wo etwa zehn Männer Körbe flochten. Wir eilten an ihnen vorüber und kamen durch die mit ekelhaftem Gestank erfüllte Waschküche, in der etliche Kretinen aus einer übelriechenden Lauge graue Wäschestücke zogen, endlich in ein düsteres Kämmerlein, das man Bad nannte und in dem zwei alte Badewannen, durch einen Vorhang getrennt, an der Wand standen.

Wir mußten uns erst das heiße Wasser aus der Waschküche holen, und nachdem wir unsere Wannen gefüllt und unsere Tücher und Wäsche auf einen neben der Wanne stehenden Stuhl gelegt hatten, begann mein Schutzgeist mir zu zeigen, wie man sich baden müsse, ohne die Unschuld zu verletzen.

Ich durfte mich nicht ganz entkleiden, sondern mußte in Hemd und Strümpfen in die Wanne steigen. Hier konnte ich mich meiner Strümpfe entledigen, während das Hemd meiner Blöße als Bedeckung blieb und tüchtig eingeseift wurde. Darauf strich man einige Male mit den Händen darüber hin; denn unter dem Hemd durfte der Leib nicht berührt werden. Nur Gesicht und Hals wurde gründlich gewaschen.

Währenddem beteten wir laut den schmerzhaften Rosenkranz, auf daß der, der für uns Blut geschwitzt hat und für uns gegeißelt ist worden, unser Herz vor jedem sinnlichen Gedanken bewahre.

Auf dem Rückweg erzählte mir meine Beschützerin, daß man während des Sommers in einer Hütte zu Sankt Jakob bade, einer Einsiedelei, nahe dem Kloster in einem kleinen Tal gelegen. Und sie erklärte mir genau, wie man es dabei zu machen habe, damit die Seele nicht Schaden leide. Als ich dann später im Sommer wirklich dieses Badehüttlein besuchte, mußte ich über mein Hemd einen Anzug mit langen Ärmeln anziehen, so daß ich am Ende nicht das Gefühl der Erfrischung hatte, sondern es mir war, als sei ich durch ein Unglück ins Wasser geraten. Zum Glück durfte ich während meines eineinhalbjährigen Aufenthalts im Kloster nur dreimal baden.

Nach dem Bade führte meine Hüterin mich in die Garderobe, wo ich meine klösterliche Uniform erhielt. Danach gingen wir zu Tisch, und jetzt war ich eigentlich erst als Kandidatin anerkannt. Ich trug ein blaugestreiftes Kattunkleid, eine schwarze Schürze, ein schwarzes Schulterkräglein und um den Hals eine gestärkte Batistschleife.

Vor dem Essen befahlen wir unsere Sinne dem göttlichen Meister, indem wir beteten: »Barmherzigster Herr Jesu Christ, gestatte, daß ich jetzt diese Mahlzeit einnehme, aus Gehorsam, um meine Gesundheit zu stärken und mir neue Kräfte zu sammeln. Bewahre mich vor aller Sinnlichkeit und gib mir die Gnade, daß ich nicht ohne Überwindung von dieser Mahlzeit aufstehe.«

Doch hätte es eigentlich dieses Gebetes kaum bedurft, da der Speisezettel nicht danach angetan war, den Gaumen zu reizen, so daß es schon großer Überwindung bedurfte, gehorsam zu sein und zu essen. Die älteren Kandidatinnen freilich fügten dieser Überwindung noch andere hinzu, indem sie kein Salz nahmen, kein Wasser tranken, kein Brot aßen und anderes mehr.

Ich selbst konnte mich nur sehr schwer an die Kost gewöhnen; denn erstlich wurden alle Gerichte mit Dampf gekocht, und dann kamen wir in bezug auf die Qualität erst an dritter oder vierter Stelle: Das Fleisch und frische Gemüse erhielten die Schwestern, was davon übrigblieb, die Jungfrauen; wir bekamen das Fett mit Kraut, Kartoffelbrei oder Salat. Was wir übrigließen, wurde dann den Pfleglingen mit einer Brennsuppe verabreicht. Zwar gab es in der Küche auch Geflügel und Fische; doch das war für die Oberen, die Geistlichkeit und bessere Gäste bestimmt. Am übelsten aber bekamen mir die sogenannten Kässpatzen, eine zähe Wasserteigmasse, in der eine Menge Zwiebeln staken. Doch ging es allen Neulingen so, so daß sich nicht selten die eine oder andere erbrechen mußte, was hingegen kein Grund war, mit dem Essen aufzuhören.

Während der Mahlzeit hielt stets eine ältere Kandidatin eine erbauliche Tischlesung, meist Legenden aus dem Leben heiliger Personen, die durch Fasten und Abtöten eine hohe Stufe der Heiligkeit erklommen hatten.

Nach Tisch ordnete man sich in Paaren und begab sich in die Kapelle, damit, nachdem der Leib seine Nahrung erhalten, auch die Seele ihr Teil bekäme durch den Akt der geistlichen Kommunion.

Ich war nach dieser Andachtsübung, die mit dem Abbeten des Rosenkranzes mit ausgebreiteten Armen beschlossen wurde, so müde, daß ich beinahe im Gehen einschlief.

Da traten wir plötzlich in einen großen Saal. Darinnen saß eine junge Nonne mit gewinnendem, freundlichem Blick in den kindlichen Zügen am Flügel, während neben ihr ein junges Mädchen einen Stoß Liederbüchlein im Arm hielt und am Tisch verstreut mehrere Oratorien und Messen lagen.

Die Nonne stand auf, und nachdem ein kurzes Stundengebet verrichtet worden, begann die Gesangstunde, wobei ich sah, daß hier die Musik sehr gepflegt wurde; denn die Stimmen waren gut geschult und das Spiel der Schwester meisterlich. Sie präludierte erst ein wenig und spielte dann etliche Variationen des zu behandelnden Liedes. Endlich gab sie das Zeichen zum Einsatz, und nun hallte der Saal wider von den Tönen einer herrlichen altitalienischen Messe.

Als die Sängerinnen eine längere Pause machten, bat ich die Schwester, sie möge mich mitsingen lassen, was sie ziemlich verwundert gestattete. Nun war mit einem Male meine ganze Müdigkeit dahin, und ich sang so zu ihrer Zufriedenheit, daß sie mich erstaunt fragte, wo ich Unterricht gehabt hätte. Ich antwortete ihr, daß ich am Kirchenchor gesungen hätte und auch schon längere Zeit im Klavierspiel unterwiesen worden sei. Hocherfreut rief sie, als sie dies vernommen: »Liebes Jesusle, hab Dank! Jetzt bekomm ich eine Musikkandidatin!« Und sofort eilte sie zum Superior, ihn zu bitten, daß er mich ihr überweise.

Dies geschah noch am nämlichen Tage, und nun begann für mich eine glückliche Zeit. Ich machte rasch Fortschritte im Klavierspiel, und als ich dann auch im Violinspiel über die ersten Anfänge hinaus war, taten sich vor mir immer wieder neue Wunder auf, und ich schien mir in eine andere Welt versetzt. Meine Freude über diese gute Wendung der Dinge zeigte ich meiner Lehrerin durch großen Eifer und möglichste Genauigkeit im Arbeiten.

Hatte ich schon vorher unter den Lehramtsjüngerinnen einige heftige Widersacherinnen gefunden, so mehrte sich jetzt ihre Zahl; um so mehr, als Schwester Cäcilia mich sehr lieb gewann und wir bald gute Freunde wurden.

So kam es, daß ich in kurzer Zeit einer der sogenannten Sündenböcke der Kandidatur war; denn je öfter meine Lehrerin mir sagte, daß ich brauchbar und ihr fast unentbehrlich sei, desto öfter suchte man mich auf der anderen Seite durch Wort und Tat zu überzeugen, daß ich ein eingebildetes, dummes Mädel sei, das leicht zu ersetzen wäre.

Es dauerte nicht lange und die Obern des Klosters erfuhren diese Dinge.

Also ward ich von der Präfektin der Kandidatur, Schwester Archangela, einer alten, strengen Nonne mit harten Zügen, tiefliegenden grauen Augen und einer großen Hakennase, auf der eine goldene Brille saß, zu der Oberin geführt, damit man mir zeige, was einem so eitlen, schlimmen Mädchen gebühre.

Als ich vor der vornehmen, gütigen Frau, die einem alten französischen Adelsgeschlecht entstammte, stand, fragte sie mich, was ich verbrochen habe; denn man hielt viel auf ein freimütiges Bekenntnis seiner Vergehen.

Ich antwortete: »Würdigste Mutter, man beschuldigt mich, daß ich mich in bezug auf meine Leistungen überhebe und gegen meine Vorgesetzten und Mitschwestern unhöflich und herausfordernd sei; doch fühle ich mich nicht schuldig und bitte Sie, würdigste Mutter, meine Lehrerin und Mitschwestern darüber vernehmen zu wollen.«

Ohne ein Wort der Erwiderung, nur einige Male mit dem Kopf nickend, faßte mich die Oberin an der Schulter und führte mich in das Vorzimmer des Herrn Superiors, wo ich warten mußte, bis sie mit ihm die Sache besprochen hatte.

Als sie wieder heraustrat, blickte ich ihr fest und mit großen Augen ins Gesicht; doch konnte ich aus ihren Zügen nicht entnehmen, ob man mir Glauben geschenkt hatte. Sie sagte nur ernst zu mir: »Sprich ehrlich mit unserm Vater, Magdalena; er will nur dein Bestes!«

Ich trat also vor ihn hin und auf seine Frage: »Was hast du vorzubringen?« trug ich ihm den Hergang der Sache so vor, wie ich ihn der Oberin geschildert hatte.

Da ließ er meine Lehrerin, Schwester Cäcilia, zu sich kommen, und sie mußte nun über mich berichten.

Als der Superior nur Gutes hörte, meinte er: »Seltsam, höchst seltsam! Kind, wenn du wirklich brav warst, so bleib's, wenn nicht, so werd's!«

Damit waren wir entlassen, und erleichtert trat ich mit der Schwester wieder auf den dunklen Gang hinaus.

Auf dem Weg zum Musiksaal faßte ich ganz plötzlich in einer Aufwallung warmen Dankgefühls ihre Hand und küßte sie wiederholt. Lächelnd entzog sie mir dieselbe, indem sie sagte: »Laß doch die dumme Hand! Sie gehört ja gar nimmer mir, sondern dem heiligen Josef!«
Da meinte ich: »Aber der Mund g'hört schon noch Ihnen, gelt, Schwester?«
»Ja, zum Beten und Singen und . . .«
»Und daß ich schnell ein andächtigs Busserl draufgib, Schwester!« rief ich dazwischen, und ehe sie sich dessen versah, hatte ich sie geküßt.
Ganz erschrocken schob sie sich den Schleier zurecht und zupfte an ihrem Habit herum; doch sagte sie nichts und schalt mich auch nicht, wie ich befürchtet.
Als wir in den Saal traten, sah ich unter ihrem Schleier über dem rechten Ohr einen Wusch goldroten Haars hervorlugen; ich sagte es ihr, und da rief sie mit komischem Entsetzen: »Was sagst, die Welt guckt raus? Ob ihr gleich z'rück wollt, ihr fuchsigen Locken!« Und eiligst strich sie sie einige Male unter dem Häubchen zurück.
Seit diesem Tag waren wir die besten Freunde, und sie sagte mir im Vertrauen, daß eben unser herzliches Verhältnis zueinander den eigentlichen Anlaß zu dem Zwist gegeben hätte, daß sie mich aber, solange es den Obern recht sei, sehr lieb haben wolle. Ich solle nur mit allen freundlich und besonders gegen eine alte, von der Präfektin wegen ihres Reichtums, den sie dem Kloster geschenkt hatte, sehr begünstigte Musikkandidatin recht höflich und zuvorkommend sein.
Erst war ich über diesen Rat sehr verwundert; bald aber erkannte ich selbst, daß meines Bleibens in diesem Hause nur dann sein könne, wenn ich, wie man sagt, mit den Wölfen heulte, obschon mir jede Art von Scheinheiligkeit zuwider war.

Schwester Cäcilia mochte wohl auch erst nach langem Kampf zu dieser Anschauung gekommen sein; denn sie war im übrigen so freimütig und offen, daß sie einen absoluten Gegensatz zu den andern Nonnen bildete.

Dieser offene Charakter war übrigens auch ihren Familienangehörigen eigen. Ihr Vater, der Schullehrer in dem Ort war und im Kloster den Kandidatinnen und Lehrschwestern Unterricht im Geigen- und Cellospiel gab, darin er selbst ein Meister war, hatte wegen seiner geraden Art viele Feinde. Er hielt sehr auf ein furchtloses, freies Wesen und haßte die kriechende Unterwürfigkeit, die sich unter den Nonnen so gern breitmacht und meistens der Deckmantel für Ränke und Heimtücke wird. Kam er zu uns, so begrüßte er erst seine Tochter mit den Worten: »Guta Tag, Cilli! Magscht's Tagblättla lesa?« Und damit zog er das Blatt aus der Tasche, obwohl es eigentlich verboten war, Zeitungen zu lesen. Dann sagte er, zu uns gewendet: »So, meine Damen, ka' i afanga? Ischt's g'fällig?«

Während des Unterrichts trieb er viel Kurzweil mit uns, so daß es mir oft schien, als sei ich nicht in einem Kloster, sondern bei einem alten Bekannten zu Besuch.

So war denn mein Leben ein ganz angenehmes geworden, und ich ertrug die Bosheiten der Mißgünstigen um so leichter, als ich nicht die einzige Gehaßte und Verfolgte war. Es waren vielmehr eine Reihe jüngerer Mädchen von den Günstlingen der Präfektin dieser als bösartige, ränkesüchtige Personen geschildert worden, weshalb es täglich bei der morgendlichen Betrachtung Strafen und Bußen regnete.

So schüttete die Präfektin eines Morgens ihren heiligen Zorn über einige unglückselige Mädchen aus, die ihre Waschtoilette nicht rein gehalten und die Schuhe im Schlafsaal nicht aufgeräumt hatten. Sie wurden damit bestraft, daß die eine die Schuhe an einer Schnur über die Schulter gehängt bekam, während der andern ein Zettel an die Brust geheftet wurde, des Inhalts: »So wird die Schlamperei bestraft.«

Einem andern Mädchen, das eine Notlüge gebraucht hatte, wurde ein roter Flanellappen in Form einer Zunge an den Rücken gesteckt, und eine dritte, die mit einem Pflegling gesprochen hatte, wurde, da dies streng verboten war, in Acht und Bann erklärt, das heißt, es wurde ihr das schwarze Schulterkräglein, das Abzeichen der Kandidatur, auf die Dauer eines Monats entzogen und allen übrigen aufs strengste verboten, mit der Unglücklichen während dieser Zeit zu sprechen.

Solchen Befehlen wurde von allen blindlings Folge geleistet; denn die Präfektin stand im Geruche großer Heiligkeit, und man erzählte sich im geheimen, daß sie sich oft des Nachts geißle und kasteie: man habe manchmal, wenn man zur nächtlichen Betstunde in die Kapelle ging, deutlich aus ihrer Zelle das Klatschen der Geißelhiebe und inbrünstiges Seufzen und Rufen vernommen. Auch sei sie wiederholt mit der Erscheinung ihres himmlischen Bräutigams beglückt worden.

An manchen Tagen schien sie auch wirklich zu leuchten und rief während der geistlichen Lesung wiederholt aus: »Kinder, lernet Jesum lieben! Wie süß ist die Liebe zu ihm!«

Zugleich mit dem Amte einer Präfektin war ihr auch das einer Novizenmeisterin zuteil geworden, und so lernten die jungen Nonnen gar bald diese Liebesbezeigungen gegen ihren göttlichen Meister und übten solche mit heroischem Eifer. Stundenlang konnte man oft Novizinnen vor dem Tabernakel knien sehen, die Arme ausgebreitet und die Augen unverwandt auf das Altarbild geheftet, das Christum in ganzer Figur darstellte.

Doch nicht bloß am Tage wurde der Heiland von seinen

Bräuten aufgesucht, nein, auch während der Nacht waren Betstunden festgesetzt, auf daß der Herrgott auch zu der Zeit, in der die Kreaturen ruhen und schlafen, gebührend verherrlicht werde durch die ewige Anbetung.

In der Kandidatur setzte man nun auch seinen Stolz darein, an diesen Stunden teilzunehmen, und das traf immer je vier für die Kapelle des Mutterhauses, je vier für die Pfarrkirche und vier für die Kapelle des Neubaues.

So war auch ich einmal nachts um die zweite Stunde mit drei anderen Beterinnen in der Kapelle des Neubaues und unterdrückte krampfhaft und gähnend den Schlaf. Da öffnete sich plötzlich die Tür, und herein lief eine nur mit dem Nachthemd bekleidete Nonne, warf sich vor dem Altar auf die Knie und begann mit dem Ruf: »Jesus, brennende Liebe!« sich furchtbar zu geißeln.

Wir waren starr vor Schreck und Staunen, und mich packte Grauen und Entsetzen. Die älteste von uns vieren aber meldete den Vorfall andern Tags der Präfektin, die uns strengstes Schweigen gegen jedermann gebot.

Solche und ähnliche Vorgänge flößten mir einen großen Abscheu gegen das Ordensleben ein, und ich äußerte dies auch des öftern gegen Schwester Cäcilia, sie fragend, ob sie sich auch so mißhandle. Da meinte sie lächelnd: »Ich komme nicht dazu; denn ich muß mich den ganzen Tag mit euren Stimmen ärgern und plagen und brauche deshalb die Nacht zum Schlafen. Ich kann kaum meine Tagzeiten beten vor Arbeit.«

Da erbot ich mich, diese Pflicht mit ihr zu teilen, und benützte von nun an jede freie Stunde dazu, ihr einige Dutzend Psalmen und Paternoster abzunehmen oder die Vesper, Sext und Non gemeinsam mit ihr zu beten, wofür sie mir viel Dank wußte und mich nicht selten vor Strafe bewahrte, wo ich sie verdient hatte.

Inzwischen war die Fastnacht mit ihrem bunten Treiben

gekommen, und auch die Nonnen vergaßen für kurze Zeit, sich zu kasteien, und schlossen sich lieber dem Hofstaat des närrischen Prinzen an und versammelten sich mitsamt den Obern und Geistlichen im großen Refektoriumssaal, der in ein Theater umgewandelt war, um sich an den heiteren Singspielen zu ergötzen, die ihnen Kandidatinnen und Jungfrauen aufführten.

Auch den ärmsten von allen den Pfleglingen der verschiedenen Abteilungen wurden mannigfache Belustigungen geboten und sogar etliche dem dürftigen oder zerrütteten Geist angepaßte Schwänke aufgeführt, bei denen die dafür geeigneten Leidenden selbst mitwirken durften.

Damit aber diese Lustbarkeit nicht etwa in den Herzen der gottgeweihten Frauen und Jungfrauen ein Verlangen nach den Freuden der Welt zeitige, beschloß man den Fasching mit einem frommen Theaterstück, in welchem die Glorie irgendeiner heiligen Nonne oder Jungfrau ins hellste Licht gerückt und sie als Muster und Vorbild verherrlicht wurde.

Zu dieser Zeit hatte ich viel Arbeit; denn bei den Fastnachtsspielen waren mir die ersten Rollen zugeteilt worden, und nun stand der Tag des heiligen Josef, an dem der Bischof die Einkleidung und Profeßabnahme im Kloster vornahm, vor der Tür. Es war dies der festlichste Tag im ganzen Jahr, und alles rüstete sich schon lange vorher, ihn würdig zu begehen.

Ich erwartete das Fest mit großer Erregung, da meiner sowohl in der Kirche als auch im Festsaal und beim Mahle schwere Aufgaben harrten. Doch war Schwester Cäcilia nach der letzten Probe sehr zufrieden mit mir und meinte: »Mädl, wenn du morgen so gut singst, hebst die ganze Pfarrkirche in den Himmel; ich bin recht zufrieden.«

Als dann der Morgen des Festes gekommen war, regte sich's im Kloster wie in einem Bienenkorbe: Geschäftige

Nonnen huschten durch die Gänge, den Arm voll Myrten-
kränzlein, weißer Nonnenschleier oder Skapuliere, und
eilten in die Zellen, um die jungen Gottesbräute zu
schmücken und zu kleiden. Große Girlanden wurden auf-
gehangen und die Kapellen geziert, und die älteren
Klosterfrauen liefen mit kritischem Blick herum, hier
zupfend, dort stäubend, überall noch die letzte Hand an
die Dekorationen legend und den Kandidatinnen die ihnen
zukommenden Handreichungen und Arbeiten anweisend
und erklärend.

Wir hatten uns nach dem Frühstück im Musiksaal versammelt, um unsere Aufgabe noch einmal flüchtig durch-
zugehen. Da krachten zahlreiche Böllerschüsse von Kamhausen herüber, zum Zeichen, daß der Bischof dort angelangt und, empfangen vom Klerus und den Obern des
Klosters, sich auf dem Wege zu uns befinde.

Rasch ordneten wir uns in der Einfahrtshalle und begrüßten den Ankommenden mit einer Jubelhymne, während
draußen alle Glocken geläutet wurden.

Inzwischen schritten die bräutlich weiß angetanen Jungfrauen und Novizinnen zur großen Pfarrkirche, in der
schon ihre Angehörigen zahlreich versammelt waren. Danach kamen die älteren Schwestern, und um acht Uhr
begann die Feier.

Brausend tönte die Orgel durch das Gotteshaus, und nach
einer Ansprache des Bischofs traten die Bräutlein alle vor
den Hochaltar, fielen auf ihr Angesicht nieder und beteten
laut das Confiteor. Danach empfingen sie aus der Hand
des Bischofs den Leib dessen, dem sie sich nun auf ewig
antrauen wollten.

Mit ausgebreiteten Armen verharrten sie während des
Hochamts in Gebet und Verzückung und schienen nun
ganz und gar losgelöst von der Welt.

Bis dahin war ich meiner Aufgabe ganz gerecht geworden;

als sich aber nach dem Hochamt die Novizinnen auf die Erde warfen und mit einem schwarzen Bahrtuch überdeckt wurden, zum Zeichen, daß sie nun auf ewig für die Welt gestorben seien, und der Bischof ihnen die ewigen Gelübde der freiwilligen Armut, der steten Keuschheit und des blinden Gehorsams abnahm und einer Jungfrau nach der andern das Haar abschnitt und sie mit dem Ordenshabit der Novizinnen bekleidete, da packte mich ein Grauen und in mir schrie es: »Nie, niemals werd ich Nonne! Niemals!«, und ich begriff nicht, daß andere Mädchen so glückselig ausschauen konnten. Mein Entsetzen war so groß, daß ich den Einsatz verpaßte und erst nach längerer Zeit merkte, daß, hätte nicht Schwester Cäcilia mich beobachtet und im rechten Augenblick für mich eingesetzt, sicher ein Unglück geschehen wäre.

Ich konnte kaum das Ende der kirchlichen Feier erwarten und rief nachher im Musiksaal meiner Lehrerin zu: »Schwester, das weiß ich g'wiß: ich werd keine Klosterfrau! Ich sollt meine schönen Haar hergeben? Nein, niemals!«

Doch hatte ich den übrigen Tag keine Zeit mehr, viel an das Vergangene zu denken; denn auf die Tafelgesänge folgte die Nachmittagsandacht, und am Abend wurde noch ein Theaterstück, die heilige Agnes, aufgeführt. Ich kam endlich todmüde ins Bett und schlief rasch ein; doch quälten mich wirre Träume, und es war mir, als läge ich auf einem Altar und man habe ein Leichentuch über mich geworfen, während mir meine Zöpfe abgeschnitten und in einen Sarg gelegt wurden. Aber ich sah nirgends einen Priester, noch den Bischof, und lauter fremde Nonnen waren um mich.

Das Fest währte drei Tage, und auch die Pfleglinge und Kranken durften daran teilnehmen. Es ward ihnen an diesen Tagen auch manches nachgesehen, was man sonst unnachsichtlich bestraft hätte; denn es waren unter ihnen viel bösartige und heimtückische Geschöpfe, zu deren Bändigung es oft strenger Mittel bedurfte, wie Zwangsjacken, Hungerkuren, finsterer oder vermauerter Zellen und dergleichen.

Freilich geschah es mitunter auch, daß der eine oder die andere in einer solchen Zelle vergessen wurde. Da die Kerker sich alle unter dem Dach befanden, konnte man oft zwei, drei Tage lang ein entsetzliches Heulen und Wimmern hören; doch wußten nur wenige, woher es kam, und diese hüteten sich wohl, es uns Neulingen zu sagen.

Dafür ging im Kloster seit langem das Gerücht, auf dem Dachboden seien Gespenster; man erzählte von sündhaften Mönchen, die für ihre geheimen Missetaten also gestraft worden seien, daß sie in Ewigkeit keine Ruhe fänden, sondern ihre Geister im Kloster umgehen müßten zum warnenden Beispiel für alle, die darin lebten.

So geschah es auch einmal, als ich mit einer anderen Kandidatin auf den Speicher gegangen war, um dort unsere Garderobeschränke in Ordnung zu bringen, daß wir plötzlich ganz in unserer Nähe ein dumpfes Schlagen hörten, während vom Bretterboden dichter Staub aufwirbelte. Unter lautem Schreien liefen wir zitternd zur Schwester Cäcilia und berichteten ihr den Vorfall. Nachdenklich ging sie mit uns nochmals hinauf und wir suchten den ganzen Speicher ab. Da fanden wir, daß eine tobsüchtige Frau, von uns die Putzmarie genannt, weil sie den ganzen Tag mit einem Schaff Wasser und einer Putzbürste herumlief und scheuerte, seit vier Tagen hier eingeschlossen war und beständig auf den losen Bretterboden sprang, um gehört zu werden; denn sie war schon dem Verschmachten nahe.

Schwester Cäcilia veranlaßte sofort ihre Befreiung, und die Alte war ihr so dankbar dafür, daß sie alle Tage den Musiksaal putzen wollte. Als ihr das aber nicht gestattet wurde, schüttete sie laut schimpfend ihr Schäfflein Wasser auf den Gang und begann nun hier zu fegen und zu wischen. Man ließ sie gewähren; denn ihre Pflegeschwester hatte derweilen die Hände voll Arbeit mit anderen Kranken. Es waren dies geistesschwache Kinder im Alter von zwei bis zehn Jahren, die jetzt mit dem beginnenden Frühjahr in den sogenannten Kreuzgarten getragen wurden, der in Wahrheit nur ein armseliges Wieslein zwischen vier hohen Klostermauern war. Hier hockten und lagen sie nun in den seltsamsten Stellungen, viele in einer Zwangsjacke, deren lange Ärmel auf dem Rücken zusammengeknüpft waren, so daß es ihnen unmöglich war, die Hände zu gebrauchen; denn die meisten von ihnen fraßen das Gras, Steine, Erde oder gar den eigenen Unrat. Zwei Schwestern eilten beständig von einem zum andern, um sie vor Schaden zu bewahren. Doch diese armen Wesen, die in ihren Bedürfnissen so anspruchslos waren, machten viel weniger Mühe als jene, von denen behauptet wurde, sie seien besessen.

Unter diesen bedauernswerten Geschöpfen war besonders eines, das mich lebhaft anzog, ein ungefähr zwölfjähriges Mädchen, welches, da es aus sehr vornehmer Familie stammte, bei uns Kandidatinnen Aufnahme fand, obschon es eigentlich auch in die Abteilung jener Armen gehörte, für die niemand zahlte. Das Kind war klein und von zierlichem Wuchs; sein zartes, milchweißes Gesichtlein, aus dem ein paar große braune Augen erschreckt in die Welt sahen, war von reichem, kastanienbraunem Haar umrahmt, das man ihr fest und glatt zurückgekämmt hatte. Obwohl nun die Schwestern das Wasser und auch Pomaden beim Kämmen nicht sparten, erschienen doch, allen Bemühungen zum Trotz, jeden Vormittag aufs neue an ihren Schläfen zuerst kleinere, wirre Löckchen, bis dann nach wenig Stunden sich Locke an Locke um ihre Stirn ringelte, was dem Gesicht etwas ungemein Liebliches gab. Sie hieß

Margaret und war sehr klug, in manchen Dingen sogar erfinderisch; auch lernte sie leicht und erfaßte rasch und mit feiner Beobachtung. Legte man ihr aber den Katechismus oder sonst ein religiöses Buch vor, so weigerte sie sich hartnäckig, daraus zu lesen oder zu lernen, und war durch die strengsten Strafen und Züchtigungen nicht dazu zu bewegen. Man ließ sie tagelang hungern, die ekelerregendsten Dinge verrichten; man gab ihr nachts ein hartes Lager und wies ihr schwere Arbeiten an; sie ließ alles mit sich geschehen, ohne zu klagen. Man schlug sie grausam mit einem Stock und verbot uns aufs strengste, mit ihr zu reden; umsonst, sie blieb auf alle religiösen Fragen stumm, während sie in allen übrigen Lehrfächern gute Antworten zu geben wußte. Sie tat mir herzlich leid, und ich übertrat manchmal im geheimen das Verbot und sprach mit ihr. Da fand ich, daß sie sehr munter plauderte und ein überaus liebenswürdiges und geselliges Mägdlein gewesen wäre. Aber sie begann gar bald zu kränkeln, und kurz vor meinem Austritt starb sie an galoppierender Schwindsucht.

Dieser Krankheit erlagen übrigens auch gar viele Nonnen und Jungfrauen, und auch zahlreiche Pfleglinge wurden davon ergriffen. Die meisten Opfer standen im Alter von zwanzig bis dreißig Jahren; manche waren noch jünger. Es wurde ein eigener, großer Fleck Landes von dem Superior angekauft und in einen Friedhof verwandelt, in dem die Kreuzlein bald so dicht standen, wie die Nonnen sonntags in den Kirchenstühlen.

Da schien es mir nicht verwunderlich, daß jede Nonne angesichts des großen Sterbens beizeiten schon des Himmels gewiß sein wollte und darum eifrigst auf ihr Seelenheil bedacht war, welches Bestreben durch die Klostergeistlichen treulich gefördert und unterstützt wurde. Unter ihnen war auch ein Kurat, welcher sowohl in seinem

Äußern als auch in bezug auf seine große Strenge in Dingen der Sitte und Reinheit ganz dem heiligen Aloysius glich. Er ward daher von jedermann nur Pater Sankt Aloysius genannt und als Muster reiner Sitten gepriesen. Von mancher Nonne ward er sogar als Heiliger verehrt, bis sich eines Tages diese Verehrung in großen Zorn und Abscheu verwandelte, als man nämlich erfuhr, daß dieser tugendsame Priester eine Lehramtskandidatin, ein wohlgebautes, etwa zwanzigjähriges Mädchen, das schon fünf Jahre dort weilte, des öfteren abends mit sich ins Stüblein nahm und erst nach mehreren Stunden daraus entließ. Kandidatinnen, die zur nächtlichen Betstunde gingen, hatten sie aus seinem Zimmer schleichen sehen und dann bemerkt, wie eine alte Nonne wütend aus einer Nische hervorsprang, die Erschrockene aus dem Halbdunkel ans Licht zerrte und laut beschimpfte. Also hub ein großes Geschrei an, und sowohl die Sünderin als auch der Priester mußten das Kloster verlassen.

Der Geistliche, welcher dem Pater Sankt Aloysius im Amt folgte, war schon ein alter Herr und besaß die üble Gewohnheit, während der Beicht immer einzuschlafen, wodurch die Nonnen ihr Seelenheil gefährdet glaubten und nicht eher ruhten, bis wieder ein junger, strenger Benefiziat an seine Stelle kam. Mit wahrem Feuereifer waltete dieser seines Amtes und war unermüdlich darauf bedacht, alle Seelen ringsum vollkommen und makellos zu machen. Besonders Verfehlungen gegen die Kardinaltugend des Ordens, den heiligen Gehorsam, ahndete er mit unnachsichtlicher Strenge und gab denen, die sich in der Beicht eines derartigen Vergehens anklagten, die schwersten Bußen auf. Trotzdem wurde mir die Ausübung dieser Tugend nicht leicht. Es war kurz vor dem Weihnachtsfest, dem zweiten, das ich im Kloster verlebte, daß ich mich schwer gegen dieselbe versündigte.

Um diese Zeit war ein großes Paket von meiner Mutter angekommen, das meine Weihnachtsgeschenke enthielt. Darunter war auch eine schwarze Kleiderschürze mit langen Ärmeln, wie ich sie mir schon seit langem gewünscht hatte. Doch ich hatte sie noch nicht anprobiert, als schon ein Befehl unserer Präfektin kam, ich solle diese Schürze sofort in das Nähzimmer geben, damit man mir zwei kleine daraus mache; denn so sei dieselbe ganz gegen die heilige Armut und ich dürfe so etwas nicht tragen. Da sie mir sehr wohl gefiel, konnte ich mich nun lange nicht von ihr trennen und legte das schöne Stück einstweilen auf den Speicher, wo ich sie alle Tage ans Licht zog und wehmütig mit der Hand darüberstrich, sie an mich hinhielt, wieder zusammenlegte und sorgfältig versteckte.

Eines Tages aber ward die Versuchung, die Schürze einmal anzuziehen, in mir so mächtig, daß ich nicht mehr widerstehen konnte. Ich schlich mich also in die Garderobe, zog sie aus dem Koffer und schlüpfte rasch hinein, dann trat ich ans Speicherfenster und besah mich in der blinden Scheibe; denn Spiegel gab es nicht, und auch der meine war aus meiner Nähschatulle entfernt und ein Heiligenbild an seine Stelle geleimt worden. Da hörte ich plötzlich meinen Namen rufen, und herauf stürmte eine Kandidatin: »Magdalena! Magdalena! Geschwind komm zu Schwester Archangela! Es ist Probe für das Weihnachtsfestspiel!«

Ratlos sah ich mich um und zögerte mit dem Gehen, vergeblich an der Unglücksschürze nestelnd und zerrend, um die Knöpfe am Rücken aufzumachen; doch schon rief mir meine Kollegin zu: »Wenn du nicht gleich kommst, melde ich deinen Ungehorsam!« und schickte sich zum Gehen, worauf ich ihr folgte, immer noch bemüht, die Knöpfe aufzureißen. Auf dem Gang kam mir die Präfektin schon entgegen. Vergeblich suchte ich mich hinter der andern Kandidatin zu verstecken; sie hatte mich schon erblickt und sah nun starr auf die verbotene Schürze, während ich fühlte, wie mir abwechselnd Röte und Blässe über die Wangen lief. Auch auf ihrem Gesicht erschienen ein paar hochrote Flecken, und mit den Worten: »Da, dies für deinen Ungehorsam, Rotzmädel!« gab sie mir ein paar heftige Schläge ins Gesicht. Darauf führte sie mich zum Superior und erzählte ihm meine Sünde.

Der greise Priester kündigte mir, nachdem er also schwere Anklagen gegen mich vernommen hatte, meine Entlassung an, indem er sprach: »Mache dich bereit, in drei Tagen bist du des Gehorsams ledig!«

Zwei Tage später kam ein Brief meiner Mutter, in dem sie ihren Besuch für Weihnachten ankündigte. Ich wollte mich trotzdem zur Heimreise ankleiden und stand trotzig am Speicher und verschloß eben meinen Koffer, als man mir meldete: »Du kannst noch bleiben, bis deine Mutter kommt!«

Ich erwartete also mit nicht geringer Aufregung ihren Besuch, obschon meine Lehrerin, Schwester Cäcilia, mir immer wieder Mut machen wollte: »Hab doch keine solche Angst, Magdalena! Ich mach schon alles wieder gut!«

Inzwischen hatte eine andere in dem Weihnachtsspiele meine Rolle übernehmen dürfen; es war schon ein älteres Mädchen und hatte keine Stimme, weshalb die Präfektin zu mir sagte: »Das soll deine Strafe sein, daß du deine Partie zwar singen, aber nicht spielen wirst! Du hast dich hinter ein Gebüsch zu knien und zu singen, und niemand wird deinen Gesang bewundern, dafür werde ich sorgen!«

Und sie sorgte dafür; denn als meine Mutter, die man ebenfalls zu dem Festspiel »Nacht und Licht« geladen hatte, nach Beendigung desselben mit mir zusammen war, sagte sie: »Was war denn jetzt dös, Leni? I hab doch deutli dei Stimm g'hört, hab di aber nirgends g'sehgn. Oder hat am End die Kloane, die's Licht g'macht hat, die gleiche Stimm wie du?«

Da erzählte ich ihr weinend die Geschichte von der Schürze und erwartete mit Angst großen Tadel. Doch wider Erwarten gab sie mir nicht nur recht, sondern ward sehr zornig und empörte sich über die Willkür, mit der man ihr Vorschriften machen wolle, wie sie ihr Geld auszugeben habe: »Was? Paßt hat's eahna net, daß i dir den Kleiderschurz g'schickt hab? I moan, daß i um mei guats Geld kaafa ko, was i mag, und brauch koane von dene Fluggen z'fragn, ob's arm g'nua is oder net!«

Als dann die Besuchsstunde bei den Obern gekommen war und meine Mutter gebeten wurde, im Sprechzimmer zu erscheinen, ging sie mit großen Schritten hinein und sagte nur ganz kurz: »Guten Tag.« Da hörte sie nun nichts als Klagen über mein weltliches Betragen und besonders über den frevelhaften Ungehorsam, den man mir mit den schärfsten Strafmitteln vergeblich auszutreiben versucht hätte.

Schweigend und finster blickend hatte sie zugehört und sagte jetzt bloß: »Herr Superior, lassen Sie's ihr Sach z'sammpacken, i nimm's mit hoam!«

Dies wurde ihr jedoch widerraten, und man versprach ihr, es noch einmal mit mir versuchen zu wollen, worin die Mutter nach einigem Sträuben unter der Bedingung willigte, daß man mir meinen Fehler nicht weiter nachtrage, sondern gut zu mir sei.

Also reiste sie am andern Tag wieder ab, ohne mich mitzunehmen. Beim Abschied aber sagte sie noch: »Wenn wieder was is, na schreibst mir's; halt di nur brav und folg jetzt!«

Ich hatte aber alle Freude am Klosterleben verloren und ging nun wie ein Schatten herum, hatte nicht Lust noch Leid, aß nicht mehr und fing an zu kränkeln. Und nach einigen Monaten schrieb ich meiner Mutter, daß ich keinen Beruf zur Klosterfrau in mir verspüre; falls es ihr aber unangenehm wäre, wenn ich wieder nach Hause käme, bliebe ich ganz gerne als weltliche Lehrerin in der Anstalt. Unsere Briefe wurden nun stets von der Präfektin kontrolliert, und so blieb ihr meine Absicht nicht lange verborgen. Eines Morgens sagte sie daher zu mir: »Was mußte ich sehen, Magdalena! Du willst dem Herrn das Opfer deines Lebens also nicht bringen? Wie kannst du es wagen, den andern armen Kindern, die bereitwilliger sind als du, das Brot wegzuessen! Willst du nicht als Nonne hier sein, so brauchen wir auch deine Kenntnisse nicht. Doch besinne dich, noch ist es Zeit; bedenke die Vorteile, die Jesus seinen Bräuten bietet, und kehre nicht zurück in die Welt!«

Trotz dieser Ermahnungen machte ich mich am Aschermittwoch, nachdem mir meine Mutter geantwortet hatte, ich solle ruhig nach Hause kommen, der Vater sei krank und man könne mich notwendig brauchen, zur Reise fertig und nahm Abschied von den Obern. Sie ließen mich zwar ungern ziehen, doch konnten sie mich nicht mehr halten. Die Präfektin aber rief: »Magdalena, Magdalena, du bist verloren, du gehst zugrunde! Schon sehe ich den Abgrund der Weltlichkeit, in den du fallen wirst. Doch geh in Frieden, mein Kind, falls die Welt noch einen für dich hat!«

Gaffend umstanden mich die Kandidatinnen, als Schwester Archangela dies gesagt, und als ich nun auch ihnen Lebewohl sagen wollte, da kehrten sie sich verächtlich von mir ab und eilten in den großen Lehrsaal, um für mich arme Verlorene zu beten. Traurig ging ich nun zur Schwester Cäcilia. Sie brach in Tränen aus und nahm mich in ihre Arme: »Nun bin ich wieder allein! O, warum gehen alle wieder weg, kaum daß sie begonnen!«

Auch ich begann zu weinen, und sie tat mir von Herzen leid; denn während meines eineinhalbjährigen Aufenthalts im Kloster waren vierzehn Musikkandidatinnen eingetreten und nach kurzer Zeit wieder davongelaufen. Nachdem sie mir noch alles Glück für kommende Zeiten gewünscht hatte, entließ sie mich, und ich trat erleichtert in das kleine Zimmerchen, das mich bei meinem Eintritt empfangen hatte. Während ich dort auf mein Gepäck wartete, dachte ich noch über die Vorwürfe nach, die man mir wegen meines Wegganges gemacht. Doch sie trafen mich nicht schwer, da mir angesichts der ernsten Krankheit meines Vaters das Verlassen des Klosters nicht als eine Schuld, sondern als eine Kindespflicht erschien.

Eine Schwester, die mir mein Gepäck übergab und mir meldete, daß der Stellwagen schon draußen sei, riß mich aus meinen Gedanken, und ich stieg rasch ein. Oben hinter den Fenstern standen die Kandidatinnen und blickten mir verstohlen nach. Ich sah noch einmal zurück, dann zogen die Pferde an – und dahin ging's.

Als ich nun so allein in dem Wagen saß, war es mir, als schwände in dem Maße, in dem ich mich vom Kloster entfernte, auch alles Trübe, und plötzlich kam eine so sonnige Heiterkeit über mich, daß mich die Welt mit einem Male viel schöner dünkte, obschon draußen noch alles trotz des beginnenden Märzes an den Winter gemahnte und nur vereinzelte, unter schmutzigem Schneewasser stehende Wiesen und die großen Pfützen auf den Wegen den kommenden Frühling ahnen ließen.

Rasch trat ich in Kamhausen an den Schalter und löste meine Fahrkarte, da der Zug schon bereitstand.

Während der Bahnfahrt hatte ich fast keine Zeit mehr, über das Vergangene nachzugrübeln; denn die zahlreichen Passagiere aus den verschiedensten Gegenden erregten meine ganze Aufmerksamkeit. War mir doch im Kloster die ganze Welt samt ihren Wesen so fremd geworden, daß ich mich nur ganz langsam, wie im Dunkeln tappend, wieder unter den Menschen zurechtfand. Mit Ausnahme der Priester und Nonnen hatten sie jetzt alle etwas Beängstigendes für mich; denn erstlich wurden im Kloster alle außer den Geistlichen als Verlorene betrachtet, anderseits aber in den eindringlichsten Worten vor ihnen als vor lauter Wölfen in Schafskleidern gewarnt.

Ich besah mir also jeden einzelnen ganz genau, ob nicht irgend etwas Auffälliges in seinem Wesen oder Äußern auf die verborgene Wolfsnatur hinweise, und dabei drückte ich mich scheu in meine Ecke und hielt die Augen halb gesenkt, wie ich es bei den frommen Frauen gelernt hatte; doch ging mir trotzdem nichts von all dem verloren, was um mich her geschah.

Mir gerade gegenüber saßen zwei elegant gekleidete Herren, aus deren lebhafter Unterhaltung ich entnahm, daß sie Geschäftsreisende waren und der eine in Augsburg, der andere in München zu tun hatte. Der erstere, ein etwa Mitte der Dreißig stehender Mann von ausgesprochen jüdischem Äußern, erzählte eben dem etwas jüngeren Reisegefährten, der mir von gleichem Stamme zu sein schien, wie er die letzte Nacht in Ulm verbracht hätte: daß er nicht nur die Tochter und das Stubenmädchen seines Gasthofs, sondern auch noch die Frau Wirtin selbst erobert hätte. Lachend fragte der andere halblaut, ob das Töchterl auch so bescheiden und sittsam hergesehen habe, wie die junge Klostermamsell da drüben; und zugleich fingen beide an, sich über meine Schüchternheit sowie über meinen klösterlichen, halb weltlichen Anzug lustig zu machen. Ich wußte vor Verlegenheit kaum mehr aus noch ein und starrte mit hochrotem Gesicht bald aus dem Fenster, bald vor mich hin.

Da erblickte ich weiter vorn einen alten Bauern, der auf

einem schmierigen Blatt seine Einnahmen vom Viehverkauf nachrechnete, wobei er sich abwechselnd hinter den Ohren kraulte oder heftig fluchte.

Am anderen Ende des Wagens unterhielten sich lärmend etliche Soldaten, die wohl auf Urlaub gehen mochten. In ihrer Nähe saß ein junges Mädchen in ländlicher Kleidung und suchte sich vergeblich der Zudringlichkeiten eines der Burschen zu erwehren. Dieser hatte die sich Sträubende fest um die Hüfte gefaßt, und als sie sich endlich heftig von ihm losriß, fiel sie einem andern auf die Knie, was ein brüllendes Gelächter zur Folge hatte. Ich war während dieser Szene immer erregter geworden und wollte schon dem also gehetzten Mädchen zu Hilfe eilen, als der Zug mit lautem Getöse in Augsburg einfuhr, wo ich umsteigen mußte. Während der Stunden, die ich dort Aufenthalt hatte, ging ich in den Dom und erbat mir von Gott Schutz auf meiner weiteren Fahrt; insonderheit aber betete ich für die Bekehrung jener Soldaten.

Auf dem Weg zum Bahnhof kaufte ich mir noch Wurst und Brot. Beim Essen aber fiel mir plötzlich ein, daß ja am Aschermittwoch strenger Fasttag sei und man im Kloster heute gewiß dem üblichen Fasten auch noch große freiwillige Abstinenz hinzufüge. Doch siegte am Ende mein Hunger über die Gewissensbisse und ich aß mit großem Behagen.

Als ich dann unschlüssig vor dem Zuge stand und ein Schaffner meine ängstliche Miene sah, wies er mir freundlich ein Frauenabteil an, und ich kam ohne weiteren Zwischenfall nach München.

In dem lebhaften Gewühl des Hauptbahnhofs befiel mich mit einem Male wieder große Angst vor den Menschen, und ich fühlte deutlich, wie ich immer armseliger und kleiner wurde, während ich ganz nahe an den Wagen und der Lokomotive vorbei dem Ausgang zuschlich.

Da fühlte ich mich plötzlich am Arm ergriffen, und als ich erschreckt umblickte, stand lachend mein ältester Bruder vor mir und begrüßte mich: »Ja, Leni, grüß di Gott! Bist du aber groß und stark wordn; i hätt di bald net g'funden, so hast di verändert.«

Ich dankte ihm frohen Herzens, daß er mich erwartet hatte, und seine Worte, ich sei groß geworden, entrissen mich wieder etwas dem Gefühl meiner Unbedeutendheit und Nichtigkeit, und ich wurde ziemlich gesprächig auf dem Heimweg.

Je näher wir unserem Hause kamen, desto mehr Bekannte trafen wir, und immer wieder wurden wir von irgendeinem neugierigen Weiblein aus der Nachbarschaft aufgehalten; denn meine Eltern waren in dem Stadtteil sehr beliebt und hatten weitaus die beste Gastwirtschaft des Viertels.

Vor dem Hause angelangt, traten wir gleich durch die Tür der Gaststube ein. Kaum hatten mich unsere Stammgäste erblickt, sprangen sie auf und riefen durcheinander: »Jessas, unser Lenerl is wieder da! Juhe!« »Servus, Fräuln Leni!« »Grüß di Gott, Klosterfrau!« »Marie, 'n Humpen her! Unser Lenerl soll leben!«

Während nun die Gäste meine Rückkehr durch einen kräftigen Rundtrunk feierten, trat ich in die Schenke zu meinem Vater, ihn zu begrüßen. Er sah recht leidend aus und meinte: »Höchste Zeit hast g'habt, Leni, daß d' kommen bist, sonst hätt'st mir bald mit der Leich geh könna.« Hierauf gab er mir einen Kuß und besah mich prüfend, ob ich auch mehr geworden sei.

Inzwischen hatten mich meine andern Brüder und die Dienstboten umringt und konnten nicht fertig werden, mein gutes und feines Aussehen zu bewundern. Ich drängte mich lachend hindurch und trat in die Küche, wo die Mutter geräuschvoll hantierte und das Mittagessen für die Gäste fertig machte. Ich ging rasch auf sie zu, wollte ihr die Hand geben und sagte: »Grüß dich Gott, Mutter!« Ohne den Kochlöffel aus der Hand zu lassen, mit dem sie eben ein Teiglein für das Blaukraut rührte, antwortete sie: »Ah, bist scho da, grüß Gott! Laß nur, is scho recht; i hab fette Händ! Tu nur glei dein'n Hut und dös Klosterkragerl weg und ziag an Schurz oo, na kannst glei d'Supp'n und 'n Salat für d'Leut hergebn!«

Also begann ich wieder die Wirtsleni zu sein; und obschon mir anfangs gar nicht wohl war in dem weltlichen Getriebe eines Gasthauses, so fand ich mich doch bald wieder darin zurecht und stimmte im stillen oft der Mutter bei, wenn sie den Leuten auf die vielen Fragen, warum ich nicht im Kloster geblieben sei, antwortete: »Weil's a Schand wär, wenn dös Mordsmadl im Kloster rumfaulenzen tät und d' Muatta dahoam fremde Leut zahln müßt für d'Arbeit!«
Und an Arbeit fehlte es in unserem Hause niemals. Schon früh am Morgen hieß es aus den Federn; um halb sieben Uhr stand ich in der Wirtsküche und schürte den großen Herd, kochte Kaffee und bereitete die Speisen zum Frühstück der Gäste. Dann holte ich aus dem Schlachthaus, wo der Vater schon seit fünf Uhr mit dem Zerteilen von Kalb und Schwein sowie mit dem Wurstmachen beschäftigt war, eine große Mulde mit Weiß- und Bratwürsten und ordnete sie auf große Platten.
Zugleich mit mir mußte auch die Küchenmagd an ihre Arbeit: das Gastlokal, die Küche und Schenke, und was dazu gehörte, aufwaschen und kehren; doch freute es mich jetzt nicht mehr, dabeizustehen und zu horchen wie früher; denn die Zenzi vom Rottal war schon längst nicht mehr da, und die gefühlvollen Lieder, welche die jetzige Küchenmagd bei ihrer Arbeit sang, kannte ich schon alle.
Während ich nun gewöhnlich noch mit dem Anrichten der

Würste beschäftigt war, fuhr draußen der Wastl, der Bierführer, vor und rollte zehn bis zwölf Banzen in die
Schenke, von wo sie durch den Aufzug in den Eiskeller
befördert wurden.

Da der Wastl als Geizhals bekannt war, machte ich mir alle
Tage das Vergnügen, ihm den Teller mit den Weiß- oder
Bratwürsten unter die Nase zu halten, indem ich rief:
»Wastl, heut san d'Weißwürst guat! Derf i dir a paar auf
d'Seitn legn?«, worauf er mich immer grimmig anschrie:
»Laß mi aus damit!« dabei aber dem entschwindenden
Teller doch einen sehnsüchtigen Blick nachsandte.

War der Wastl fort, so kam das Flaschenbier, und da gab
es immer eine große Hetz, wenn der Dannervater, ein nicht
mehr gar junger Bierführer, der eine Frau mit neun Kindern fröhlich ernährte, die Hausmagd in die Hüften kniff
oder durch die Gaststube jagte und sie zu küssen versuchte. Dann ertönte plötzlich aus dem Schlachthaus, das
unterhalb der Schenke gelegen war, ein lauter, strenger
Pfiff des Vaters, und lautlos machte sich der alte Sponsierer
davon.

Währenddessen hatte ich in der Küche einen schweren
Stand mit drei Bäckerburschen, die alle leidenschaftlich in
mich verliebt waren. Der eine brachte uns täglich vier
Markwecken und mir ein Blumensträußlein; der zweite
hatte Bretzen und Salzstangeln in seinem Korb und unter
seiner aufgerollten Bäckerschürze einen extra für mich gebackenen Zopf oder eine riesige Zuckerbretzl. Der dritte
aber, der uns die Semmeln und das übrige Weißbrot
brachte, schrieb mir jeden Abend eine Ansichtskarte und
wartete am Morgen bei mir in der Küche stets so lange,
bis der Postbote mit der Karte kam. Mit beredten Worten
schilderte er mir währenddessen die Schönheit derselben:
»Freiln Leni, heut werdn S' schaugn! Heut kriagn S' a
Prachtstück von a ra Künstlerkartn! Sehgn S', für Eahna

tu i alles; da reut mi koa Geld! Dö heutige Kartn kost fufzehn Pfennig; aba wenn s' a Zwanzgerl kost hätt, hätt i s' aa kaaft!«

»Je, eahm schaugt's o!« rief da der Bursche, welcher die Markwecken brachte. »Dös kannt aa no was sei! Meine Veigerl ham a Zwanzgerl kost und dö Rosen, wo i da Freiln Leni gestern verehrt hab, fünfazwanzig Pfennig!«

»So und i nacha, bin i da Garneamand?« schrie jetzt der Bretzlbeck. »Denk i net vielleicht sogar bei der Nacht ans Freiln Lenerl, indem i ihr die feinsten Bretzn bach?«

»Zu dene, wo'st an Toag z'erscht stehln muaßt!« riefen da die andern, und im Nu entspann sich ein heißer Kampf um den Vorrang bei mir, der sich bis auf die Straße fortsetzte. Ich aber sah ihnen lachend zu und verzehrte gemächlich die Bretzeln zu meinem Kaffee, steckte das Veigerl an die Brust und legte die Künstlerkarte in eine alte Zigarrenkiste zu den andern. Doch versäumte ich nicht, meine Erfolge dem Milchmädchen, das uns täglich den Kaffeerahm und die Knödlmilch brachte, zu weisen: »Da schaug her, Rosl, die Präsenter, die i heut schon wieder kriagt hab von dö Becka!«, worauf sie ingrimmig und bissig erwiderte: »Dös is koa Kunststückl, wenn ma si so herrichtn ko wie du! I muß mit meine Millikübel rumlaafa, und du stehst im Spitznschürzerl vor dein Herd!«

Und tiefgekränkt ging sie; denn nicht mit Unrecht hatte sie über mich zu klagen: Während der Zeit, die ich im Kloster zugebracht, hatte sie fest über die drei Bäckerherzen regiert, und nun, da ich wieder daheim war, wollte keiner mehr von ihr was wissen, obgleich sie ein sehr hübsches, dunkelhaariges Mädchen von einnehmender Figur und recht munter war.

Mittlerweile war es fast acht Uhr geworden, und ich richtete nun die Schenke, zählte die Bierzeichen für die Kellnerin und zapfte an. Währenddessen kam die Mutter aus der Wohnung und der Vater aus dem Schlachthaus, und bald füllte sich das Lokal mit Gästen. Es waren fast lauter Arbeiter: Maurer, Steinmetzen, Schlosser, Schreiner, Drechsler und zuweilen auch Pflasterer oder Kanalarbeiter. In der Küche aber standen die, welche für die in der Nähe liegenden Fabriken die Brotzeit holten; denn zu unserer Kundschaft gehörte auch eine Bleistift-, eine Möbel-, eine Sarg-, eine Bettfedern- und eine Schuhfabrik. Nun hieß es flink die Lungen- und Voressenhaferln füllen, Kreuzerwürstl abzählen, Weißwürste brühen und Hausbrot schneiden; zuweilen auch die Schenkkellnerin machen, indes der Vater im Schlachthaus noch Milzwürste oder, wie man sie bei uns nannte, umgekehrte Bauernschwänze sowie Leber- und Blutwürste, Leberkäs und Schwartenmagen machte. Hie und da kam es auch vor, daß wir ohne Kellnerin waren; wenn nämlich die Mutter gar zu heftig und eindringlich auf Pflichterfüllung gedrungen hatte, worauf dann das Mädchen davonlief. Da mußte ich denn wieder wie früher die Gäste bedienen und auch die übrigen Arbeiten der Kellnerin verrichten.

Gewöhnlich aber blieb ich am Vormittag in der Küche, während die Mutter sich im Lokal mit den Gästen unterhielt, ihre drei bis vier Weißwürste aß und etliche Krügl Bier trank; denn der Vater war häufig vormittags am Schlacht- und Viehhof oder in der Stadt. Von Zeit zu Zeit kam dann die Mutter zu mir in die Küche und kostete die Speisen, befahl dies oder tadelte jenes und gab mir auch manche Ohrfeige, wenn ich etwas versäumt oder nicht recht gemacht hatte. So kam sie auch einmal dazu, als ich eben den Teig zu den Leberknödeln, deren wir jeden Mittwoch an die zweihundert bereiteten, fertig hatte und nun daraus die Knödel formte und auf ein langes Brett reihte. »Halt, laß mi z'erscht schaugn, ob er recht is, der Toag!« rief die Mutter und tippte mit dem Finger in die Teigmulde. »Was hast denn jatz da für a Zeug z'sammgmacht! Sigst net, daß der Toag no net fest gnua is, du Hackstock, du damischer!«

Und kaum hatte sie dies gesagt, flogen mir auch schon ein paar von den Leberknödeln an den Kopf, daß mir der Teig im Gesicht und an den Haaren klebte.

»So, vielleicht lernst es jatz eher, du G'stell, du saudumms!«

Darauf ging sie wieder, laut schimpfend, in die Stube und erzählte den Gästen von meiner Unbrauchbarkeit: »Hintreschlagn kannt'st es, dös himmellange Frauenzimmer! Zu nix kannst es brauchn wie zum Fressn!«

Solche Auftritte verleideten mir freilich bald die Freude am Küchenwesen, und ich war froh, wenn der Vater einmal daheim blieb. Da kochte dann die Mutter selbst, und ich mußte in die Schenke und zu den Gästen, sie zu unterhalten.

So ungern ich mich anfänglich wieder unter den Leuten bewegt hatte, denn im Kloster war ich ganz leutscheu geworden, so gewöhnte ich mich doch bald wieder an sie, und es währte nicht lange, da war ich das lustigste Mädel, machte jeden anständigen Scherz mit und unterhielt ganze Tische voll Gäste.

Die besseren unter ihnen hatten sich, ebenso wie die Stammgäste, zu Tischgesellschaften vereinigt; die eine hieß Eichenlaub, die andere die Arbeitsscheuen. Zur Gesellschaft Eichenlaub hatten sich die Postler und Eisenbahner zusammengetan und erkoren mich zur Vereinsjungfrau; die Arbeitsscheuen aber, deren Mitglieder lauter gute Bürger und Geschäftsleute waren, wollten nicht hinter ihnen zurückbleiben, und so ernannten sie mich zu ihrer Ehrendame, und ich empfing das Ehrenzeichen des Vereins. Es war dies ein wappenartig geschnitztes Holztäfelchen, darauf ein Bursch gemalt war mit dem Verslein darunter: »Auweh, mei Fuaß, wenn i arbatn muaß!« Bei der Überreichung desselben hielt der Vorstand, ein Flecklschuhfabrikant, eine Rede, worin er viel von der Ehre sprach und von einer schönen Vertreterin des zarten Geschlechts und daß man sich glücklich schätze.

Während dieser Rede hatten die Arbeitsscheuen einen Kreis um mich gebildet, und nun wurde ich von etlichen samt meinem Stuhl, auf dem ich saß, emporgehoben und unter lautem Hoch und Juhu und dem Klang der Zither und Gitarre durchs Zimmer getragen. Danach begann ein großes Saufen, und die fidelen Zecher vergaßen darüber ihre Hausfrauen samt dem Mittagessen, bis einer nach dem andern von der gestrengen Ehehälfte geholt wurde. Da war mit einemmal die ganze Lustbarkeit und aller Scherz vorbei, und geknickt und ängstlich schlich ein jeder heim, gefolgt von der erzürnten Gattin, die hinterdrein keifte: »Lump miserabliger, ko'st net hoamgeh, wenn's Zeit is! Dö ganzn Griasnockerl san z'sammgsessn! Guate Lust hab i, i schmeiß dir s' alle an Kopf, du bsuffas Wagscheitl!« Doch am nächsten Tag war wieder alles vergessen, und gemütlich saß die Gesellschaft am Stammtisch und unterhielt sich aufs beste, bis von der nahen Kirche das Mittagläuten ertönte. Da gedachte ein jeder seines Eheweibs und ging heim.

Auch ich mußte wieder in die Küche und Teller und Schüsseln für die Gäste zurichten. Dann kam die Kellnerin und fragte: »Was gibt's heut z'essn für d'Leut?«, worauf die Mutter mit ihrer metallenen Stimme erwiderte: »An Nierenbra'n, Brustbra'n, Schlegl in da Rahmsoß, an Schweinsbra'n und a unterwachsens Ochsenfleisch mit Koirabi (Kohlrabi), an Kartoffisalat, an grean und rote Ruanb; heut trifft d'Andivisuppn!« Als die Kellnerin sich schon zum Gehen anschickte, rief die Mutter noch rasch: »A Biflamott (boeuf à la mode) mit Knödln ham mar aa!«

Um drei Viertel zwölf Uhr kamen die Gäste, und nun begann ein Bestellen vom Zimmer aus, ein Schreien, Geschirrklappern und ein Geklopfe mit dem Fleischschlegel, daß einem die Ohren surrten.

»Frau Zirngibi, zwoa Schweinsbratn san no aus!« schallte es aus der Gaststube, und im Nu echoten drei Stimmen in der Küche: »Zwoa Schweinsbra'n kriagt s' no!«

»Dö werds dawartn könna! Darenna wer' i mi net z'braucha!«

»Kathi, Koirabi san gar!« rief das Küchenmädchen jetzt in die Stube.

»Kriag i dö zu dem Fleisch aa nimma?«

»Sakrament, wenns amal hoaßt, gar sans, na sans gar!« schrie da die Mutter und fuhr in einem Atem, jedoch in ganz anderem Ton fort: »Geh, Kathi, schaugn S', daß S' a Biflamott weiterbringan; dös verkocht ma sonst zu lauter Soß!«

War dann das größte Geschäft vorbei, dann wischte sich die Mutter mit der Leinenschürze den Schweiß von der Stirn und sagte: »Dös war dir a Rumpel gwen! Leni, hol ma nur glei a Halbe Bier!« Und schnell trank sie wieder ein paar Krügl.

Nun mußte ich dem Vater in der Schenke helfen. Der hatte inzwischen einen Hektoliter Bier ausgeschenkt und, damit er schneller fertig würde, mit der Kreide Strichlein an die Rückwand des großen Schenkbüfetts gemacht, statt Zeichen zu nehmen. Nun mußte ich diese Strichlein zusammenzählen und dann die Bierzeichen ordnen. Danach rechnete ich mit der Kellnerin ab, half ihr das Geschirr von den Tischen räumen und brachte dann dem Vater und den Stiefbrüdern, die jetzt in die Lateinschule gingen, das Essen, nachdem ich den sogenannten Ofentisch gedeckt hatte. Nun kam auch die Mutter in die Stube, und es machte mir täglich aufs neue Eindruck, wenn die große, massige Frau

unter die Gäste trat, die schmutzige Leinenschürze zurück-
schlagend und mit leichtem, fast automatenhaftem Kopfnicken grüßend: »'s Got! 'n Tag! Hab die Ehre, meine
Herrn!«
Dann setzte sie sich zum Vater und unterhielt sich mit ihm,
wenn sie gut gelaunt war. Einmal aber kam sie nicht in die
Stube. Da hatte der Vater auf dem Markt ein Schwein gekauft, dessen Fleisch fischig schmeckte, und verschiedene
Gäste hatten das Essen zurückgeschickt. An diesem Tage
rief die Mutter nur dem Vater in die Schenke: »Josef, da
geh rrauß!«
Als der Vater in der Küche war, begann sie laut zu schreien
und zu schimpfen: »Bist du aa r a Wirt! A Schand is, so a
Fleisch herz'gebn! Friß's nur selber die ganze Sau, du
Depp!«
Da hörte ich zum erstenmal, seit ich den Vater kannte, ihn
zornig mit der Mutter streiten, und dumpf grollend er-
scholl seine Rede: »Red ma net so saudumm daher, du
narrischs Weibsbild! Dös ko passiern, daß ma r a fischige
Sau derwischt. Du brauchst es ja net z'essn, also haltst dei
Maul, sonst . . .«
Das letzte brummte er für sich und trat darauf wieder in
das Gastzimmer und tat, als sei nichts geschehen. Am
Nachmittag aber ging er fort und kam erst abends mit
einem großen Weinrausch nach Haus; doch die Mutter
sagte kein Wort mehr zu ihm.
Sonst gingen die Eltern nachmittags entweder beide ins
Kaffeehaus oder legten sich schlafen. Da mußte ich dann
ganz allein das Geschäft und die Schenke versorgen, was
mir stets eine große Freude bereitete, da ich sehr ehrgeizig
war. Ich setzte mich in die Ofenecke und hielt nun erst
meine Mittagsmahlzeit; denn zuvor hatte ich nicht Lust
noch Zeit gehabt zum Essen und schenkte es, wenn die
Mutter wirklich schon etwas für mich hergerichtet hatte,

immer einem armen Burschen, der sich nichts kaufen konnte, dem Schusterhans.

Da saß ich denn bei meinem Bierkrüglein und aß dazu meine fünf bis sechs Kaisersemmeln und eine kalte Wurst und las die Zeitungen; denn zwischen zwei und drei Uhr war das Geschäft ganz ruhig und auch das Zimmer von Gästen leer. Höchstens kamen etliche, die Waren brachten und dabei rasch eine Halbe tranken. Um drei Uhr zur Brotzeit aber war es wieder so lebhaft wie am Morgen, doch ich wurde leicht fertig und konnnte mich bald wieder zu den Gästen setzen. Nun wurde Karten gespielt oder gesungen und es war recht fidel. Um vier Uhr aber war wieder alles still im Lokal; nur einige fremde Gäste kehrten im Vorbeigehen ein.

Doch gab es für mich noch mancherlei zu tun bis um fünf Uhr, wo der Vater wiederkam. Ich schnitt Knödlbrot oder Voressen und Lunge, rieb Semmelbrösel oder putzte Spielkarten mit Benzin. Auch kam um diese Zeit gewöhnlich der Häute- und Fellhändler, ein alter, schmieriger Jude, der einen fürchterlichen Geruch um sich verbreitete. Mit dem mußte ich in das Schlachthaus hinuntergehen, wo in einer Kiste die Kalbfelle lagen. Diese wog er, und ich mußte genau achthaben, daß er nicht schwindelte; auch beim Ausrechnen des Preises, den er dafür bezahlte, hatte ich recht aufzupassen. Einmal gelang es ihm aber doch, mich zu prellen. Er zahlte mit einem Hundertmarkschein und ich gab ihm heraus, und als er das Geld nachgezählt hatte, behauptete er, zehn Mark zu wenig bekommen zu haben; und obwohl ich gewiß wußte, was ich ihm gegeben hatte, bestand er doch auf seinem Recht. Als die Mutter dies hörte, glaubte sie mir nicht, daß ich von dem Juden geprellt worden sei, sondern sagte: »Dös hast höchstens auf d'Seitn g'räumt und denkst, der Vater büßt's scho; aber da brennst di! Dös kannst scho selber draufzahln von deine Trinkgelder!« Und ich mußte wirklich die zehn Mark nachmals, als ich im Dienst bei fremden Leuten war, von meinem Lohn ersetzen.

Brachte jemand Wein oder Most, so mußte ich auch mitgehen in den Weinkeller; denn die Eltern vertrauten den Dienstboten den Schlüssel dazu nicht an, weil ein sehr großer Wert in den Weinvorräten steckte. So brachte uns auch einmal ein Bursch aus einer Kelterei etwa fünfzig Flaschen Apfelwein. Als ich mit ihm in dem vermauerten, dunklen Keller war und beim Schein einer Kerze den Apfelwein in eine Stellage zählte, löschte der Unhold mir plötzlich das Licht, packte mich rücklings, riß mir den Rock in die Höhe und wollte mich vergewaltigen. Trotz meines Schrecks kehrte ich mich rasch um und fuhr ihm mit allen Fingernägeln über das Gesicht, ergriff die nächstbeste volle Flasche und schlug sie ihm so um den Kopf, daß sie in Scherben ging. Alles das tat ich in einem Augenblick und ohne einen Laut von mir zu geben. Scheinbar ruhig trat ich nun aus dem Keller und rief ihm zu: »So, jetzt machst, daß d'verschwindst, du Hund! Sonst sperr i di da rei, bis i d'Schandarm g'holt hab; na konnst schaugn, wie's dir geht, du Haderlump, du elendiger! Und jetzt druckst di und laßt di ja nimma blicka! Dei Herr werd sei Geld scho kriagn!«
Ich hatte zwar schon Angst, er könnte mich in der Wut noch einmal anpacken; doch ging er ohne einen Laut, nahm auf der Straße seinen Karren und fuhr mit dem übel zugerichteten Gesicht davon. Gesehen habe ich ihn nie mehr.
Überhaupt hatte ich manchmal meine Fäuste nötig; teils, mich der eigenen Haut zu wehren, teils, Streitende auseinanderzutreiben.
Im Frühjahr hatte ein Grundbesitzer in der allernächsten Nachbarschaft angefangen zu bauen, und es sollten zwei große Häuser links von unserer Ecke und eins rechts davon

erstehen. Da die Maurer und die übrigen Arbeiter meist ohne Geld sind, wenn sie zu arbeiten beginnen, so muß der Polier für einen Vorschuß sorgen, der dann am Samstag vom Lohn abgezogen wird. Der Polier wendet sich nun an einen Wirt, der erstlich Geld und dann auch gutes Bier und vorzügliche Küche hat. Da war nun meines Vaters Wirtschaft als Einkehr für sämtlich am Bau Beschäftigte vorgeschlagen und angenommen worden. Die Leute holten sich am Montag ihren »Schuß« und aßen und tranken die Woche über ohne Bezahlung. Da gab es denn am Samstag immer große Abrechnung mit ihnen, und hie und da kam es dann wohl auch vor, daß der eine oder andere glaubte, er sei betrogen worden bei der Abrechnung, oder daß einer selbst betrügen wollte. Freilich ging es dabei nicht immer ruhig her. Ganz plötzlich brach dann an einem Tisch ein Streit aus, und im Nu bildeten sich zwei Parteien, von denen die eine für den Wirt, die andere aber für den Schuldner stritt.

Doch nicht lange währte die Reiberei; der Vater rief mir aus der Schenke: »Leni, biet eahna ab, i hab koa Zeit!«, und augenblicklich stand ich unter den Streitenden und versuchte erst in Güte, die erhitzten Köpfe zu beruhigen. Wenn mir aber dies nicht gelang, konnte ich recht wild werden. Da faßte ich den einen am Genick und drückte ihn auf seinen Stuhl nieder; den andern riß ich zurück vom Tisch, wo er eben ein Salzgefäß ergreifen wollte, um es ins feindliche Lager zu schleudern. Dann schlug ich mit der Faust wohl auf den Tisch und rief: »Ob jatz glei Fried werd unter euch, ös Hallodri! Sofort hol i d'Schandarmerie, wenn koa Ruah is!« Dann ergriff ich den Rädelsführer, hieß ihn austrinken und schob ihn aus dem Lokal.

Freilich, immer wurde es mir nicht leicht, der Aufrührer Herr zu werden. Da mußte mir dann mein Hund, eine riesige, blaugestromte Dogge, die auf den Mann dressiert war, helfen. Dieser Hund war von einem Apotheker aus England mitgebracht worden, mußte aber, da sein Herr verarmt war, verkauft werden. Durch ein Inserat wurde der Vater aufmerksam, und da sie ihm wohl gefiel, kaufte er die Dogge für hundert Mark. Ich war hocherfreut, als der Vater mit dem Hund kam. Er hieß Schleicher und war außerordentlich klug. Sein Herr war mitgekommen und fütterte ihn noch mit Schinkenbroten; danach sagte er: »Schleicher, du mußt jetzt schön dableiben, bis ich wieder komm!« Dabei rannen ihm die Tränen in den Bart, und ich empfand solches Mitleid mit dem Manne, daß ich hinging und ihm versprach, den Hund recht gut zu halten.

Bald war auch das Tier so gut Freund mit mir, daß ein Wink von mir genügte, ihn an meine Seite zu locken. Er begleitete mich auf allen Gängen und lief mit mir auch in den Keller und Speicher; und oft, wenn ich mit ihm redete, legte er seinen schlanken Kopf auf meinen Schoß und sah mich mit seinen klugen, braunen Augen ganz verständig an. Sagte ich ihm: »Schleicher, du mußt schön aufs Frauerl Obacht gebn!«, so wich er keinen Schritt von meiner Seite und hätte den, der mich anrühren wollte, sicher in Stücke gerissen.

So war einmal ein als Wüstling übel angeschriebener, alter Schleifer zu uns gekommen, als ich eben allein in der Schenke stand. Er trat zu mir und fragte, ob ich nichts zu schleifen habe, und obwohl ich ihm kurz und mürrisch erwiderte: »Nix is da!«, ging er nicht, sondern wollte mich an der Brust fassen, indem er mit heiserem Lachen flüsterte: »Nix hat zu sleife? Nix kloane Gaffeemiehle zu sleife, he?«

In diesem Augenblick sprang der Hund auch schon an ihm empor, riß ihn zu Boden und stellte sich mit gefletschten Zähnen und dumpf knurrend über ihn; und als der Italiener sich wehren wollte, packte das wütende Tier seinen

Arm. Erschreckt schrie ich: »Weg, Schleicher!« und riß ihn am Halsband zurück, worauf er zwar von dem an allen Gliedern Zitternden abließ, aber immer noch heftig knurrte, so lange, bis der Alte gegangen war.

So war auch einmal eine Christbaumfeier der »Arbeitsscheuen« in unserm Lokal. Die Gäste saßen vergnügt beieinander, lauschten aufmerksam den Vorträgen, kauften Lose und waren alle eins, bis der Gipfel des Baumes zur Versteigerung kam. An diesem Gipfel hing ein Hering, eine Kindertrompete, ein Bündelchen Zigarren, eine Glaskugel, ein Lebkuchenherz, ein Wachsengel und ein einzelner roter Plüschpantoffel. Den andern hatte schon ein Bäckermeister gewonnen, da er an dem Zweige hing, dessen Nummer sein Los trug.

Alles steigerte mit leidenschaftlichem Eifer, und es währte nicht lange, da waren schon dreißig Mark für den Gipfel geboten. Nun ging's etwas langsamer; doch steigerte noch alles lebhaft mit, bis ein Metzgermeister rasch vierzig Mark bot und ihn ohne Einspruch zugeschlagen erhielt. Er zahlte und schenkte dann den Gipfel der Gesellschaft zur nochmaligen Versteigerung. Diesmal fiel er für einundzwanzig Mark einem Weinhändler zu. Auch der schenkte ihn wieder her, und nun kam der Hering samt Kindertrompete und Plüschpantoffel für die Summe von dreizehn Mark in die Hände meines Vaters, der gleichfalls zugunsten der Tischgesellschaft alles noch einmal versteigern ließ.

Jetzt fiel dem Bäckermeister plötzlich ein, daß zu dem einen Plüschpantoffel auch ein zweiter gehöre, und er steigerte nun eifrig mit. Aber da war ein junger Ehemann, ein Bräubursch, dem seine Gattin vor einer Woche den ersten Buben geschenkt hatte; der wollte die Trompete für seinen Stammhalter haben. Und nun begann ein hitziges Bieten: »Drei Mark fuchzg!« schrie der Bäcker.

»Vier Mark!« der andere.

»Sechs Mark!« scholl es wieder herüben, aber schon schrie der Ehemann: »Acht Mark! I werd dirs zoagn, du arme Bäckerseel!«

»Was hast g'sagt, du windiger Bräuknecht! Acht Mark fuchzg!«

»Neun Mark!« erscholl da plötzlich aus dem Hintergrund die Stimme des Kobelbauer Hias, eines Obermälzers, und rasch schrie der junge Ehemann: »Zehn Markl!«

Der Bäckermeister wischte sich den Schweiß von der Stirn, und seine Stimme klang heiser, als er schrie: »Zehn Mark fuchzg! Jatz ko mi der Hanswurscht scho bald...«

Aber er kam nicht zum Ausreden; denn: »Elf Mark fuchzg!« tönte es schon wieder aus dem Hintergrund und gleich darauf: »Zwölf Mark!« von dem Liebhaber der Trompete.

Nun vergaß der Bäcker vor Wut weiterzubieten und sprang auf, stürzte auf den Bräuburschen zu und packte ihn an der Gurgel: »Willst stad sei, du Bräuhengst, du verflixter! Jatz biat i und kriagn muaß i 'hn aa, den Gipfl, sunst is g'feit, dös mirkst dir!«

Aber er war schon zu spät daran; denn während er sich mit dem andern stritt, freute sich der dritt': Der Kobelbauer Hias ersteigerte den Gipfel um dreizehn Mark und machte sich damit davon.

Der Bräubursch aber hatte den Bäcker mit solcher Macht zurückgeworfen, daß dieser rücklings in einen runden Tisch fiel und alle Krüge und Gläser umwarf. Die Frau des Laternanzünders Tiburtius Kiermeier hatte eben ein Kalbsgulasch vor sich stehen und wollte zu essen beginnen; da kam der Bäcker geflogen, und durch den großen Sturz geriet die Platte mit der Sauce ins Rutschen, und ehe die Frau Laternanzünder sich's versah, hatte sie das Gulasch samt der Brüh und den Kartoffeln im Schoß: »Jess' Maria! Mei guater Tuachrock!« kreischte sie laut auf und stieß gleich darauf ihren Mann heftig in die Seite; denn der hatte so eifrig mit einem am andern Tisch sitzenden Schuhmacher, genannt der Revolutionsschuster, über Anarchismus und Sozialdemokratie debattiert, daß er von dem Streit und auch von dem Unglück seiner Gattin nichts bemerkt hatte. Nun aber sprang er auf, und als ihm diese kreischend und unter Tränen den Vorfall geschildert hatte, erhob er seinen Stuhl und schrie: »Nieder mit dem schwarzen Bäckerhund! Hauts'n nieder, den Zentrumshund! D'Sozialdemokratie soll lebn!«

In diesem Augenblick aber fielen ihm etliche in den Arm, drückten ihn wieder auf seinen Sitz und riefen: »Sei do g'scheit, Tiburtl!«, doch der war nun schon in der Hitze und schrie und schimpfte weiter. Die Streitenden aber waren inzwischen abermals aneinander geraten, und bald setzte es da und dort Hiebe ab. Nun sprangen etliche Rauflustige hinzu, und ehe man sich dessen versah, artete der Streit zu einer regelrechten Prügelei aus.

Zu allem Unglück löschte ein Boshafter das Licht aus, indem er den Gasometer abstellte.

Der Vater rief: »Kathi, schnell reibn S's Gas auf!« Die Mutter schrie aus der Küche: »Kreuzsakerament! a Liacht brauch i!« Ich aber faßte meinen Hund am Halsband, er trug den Maulkorb, und stürmte mitten in den Knäuel: »Auseinander! Schleicher, faß an! Sakrament, auseinander, sag i! Wer si net niederhockt, is hi!«

In diesem Moment flammte wieder ein Licht auf, und während der Vater totenblaß an einem Tisch lehnte, da er noch immer kränkelte und sich nicht aufregen durfte, teilte ich kräftige Püffe aus. Der Hund aber hatte die zwei Hauptschreier zu Boden geworfen, und sein zorniges Knurren verriet, daß er keinen Spaß trieb. Die beiden lagen blutend und voll Beulen da, der eine hielt noch einen Maßkrughenkel, der Bäcker aber sein Stilett in Händen.

Die übrigen Raufbolde waren beim Dreinfahren des Hundes erschreckt zurückgewichen, und nachdem ich den Bäcker und den andern in die Höhe gezogen und beide zahlen geheißen, wies ich ihnen die Tür mit den Worten: »Marsch, schaugts, daß hoamkommt's, ös Wildling!«
Bald war wieder Ruhe im Lokal; die Scherben wurden aufgeräumt, die Tische und Stühle gesäubert und der Frau Kiermeier vom Vorstand der Tischgesellschaft ein neues Kleid versprochen. Und als um vier Uhr morgens die letzten Gäste schwankend das Lokal verließen, versicherten sie einmütig mit stillvergnügtem Lächeln: »Schö war's, wunderschö!«

Am andern Tag mochte aber wohl mancher einen schweren Kopf gehabt haben, und auch wir waren alle übernächtig und trachtete ein jedes, den versäumten Schlaf so geschwind wie möglich nachzuholen. Der Vater und die Mutter legten sich gleich nach dem Mittagessen nieder; die Küchenmagd machte ganz gläserne Augen und verschwand plötzlich, noch ehe sie ihre Arbeit getan; die Kellnerin mußte sich niedersetzen zum Besteckputzen, und dabei sank ihr der Kopf immer tiefer, bis sie mit der Nase auf das Putzbrett stieß. Ich selber nahm mir einen Stuhl und setzte mich in die Schenke, rief den Schleicher zu mir und machte auch ein Schläfchen, das zu meiner Freude nicht gar zu oft durch das schrille Klingeln der Schenkglocke gestört wurde. Um fünf Uhr aber war jedes wieder munter, und nachdem wir Kaffee getrunken hatten, meinte die Mutter: »So, jatz konn's glei wieder ogeh 's G'schäft und dauern bis um zwoa!« Doch bekam sie bald Kopfweh in der heißen Küche und ging in die Stube, und ich kochte allein.
Da hieß es erst einen großen Hafen voll Lunge oder Voressen bereiten für die Arbeitsleute, die jeden Abend um

sieben Uhr an der Küchentür mit ihren Haferln standen und fragten: »Habts heut a Lungl?«

Dann schrieb ich die Speisenkarte. Bald danach kamen die Kunden aus der Nachbarschaft, meist alte Weiber, und begehrten zu wissen, was sie zum Abend haben könnten: »Freiln Leni, ham S' heut a Gansjung?«

»Ja, was fallt denn Eahna ei!« rief ich da. »Jatz, wo s' so teuer san am Markt! Wos moanan S', was jatz a Gansjung kostn tät? A Mark ganz gwiß! Mögn S' vielleicht sonst a Schmankerl? A sauere Leber oder a bachene; oder a bra'ne Haxn, a halbete? A schöns Schweinszüngl is aa da und guate G'schwollne, selbergmachte!«

»Dös mag mei Mann alles net!« sagte die eine oder andere dann, und ich mußte ihnen weitere Spezialitäten hernennen: »Ja mei, da werds schlecht ausschaugn, wenn der Herr Gemahl dös net mag! Sagn S' halt, a Hirn, a Herz, a Kottlett, a Schnitzl und a Gulasch ham mar aa; oder vielleicht mag er an Ochsenmaulsalat!«

Nachdem ich dies alles aufgezählt hatte, kam es freilich auch manchmal vor, daß eine, nachdem sie alles mögliche auszusetzen gehabt und ihr die Leber zu sauer, das Gulasch zu scharf, an der Haxn z'weni dro und das Züngerl z'fett gewesen war, zögernd fragte: »Habn S' a Lungl aa?« und um a Zehnerl davon holte, was mich immer sehr zornig machte, so daß ich, wenn sie draußen war, voll Wut zur Küchenmagd sagte: »Schaugts nur grad a so a Büchslmadam o! Wenn s' a Kottlett um a Zwanzgerl kriagt hätt, wars ihr scho recht gwen, dere Flugga!«

Aber trotz allen Ärgers war ich doch recht gern Herr in der Küche, und als einmal im Sommer die Mutter eingeladen wurde, an der Wallfahrt nach Altötting teilzunehmen, gab ich nicht eher Ruhe, bis sie ja sagte.

Freilich mußte ich nun tüchtig mit anfassen die drei Tage, welche die Mutter nicht da war; doch wurde ich ganz gut fertig und konnte sogar dem Vater noch helfen am Abend, wenn der Hauptandrang an der Gassenschenke war.

Da wurden innerhalb einer Stunde über zwei Hektoliter Bier ausgeschenkt, und die Leute standen mit ihren Krügen an, wie zu Ostern in der Kirche beim Beichten. Der Vater schenkte ein, und ich kassierte. Da ging's: »Frau Bergbauer, a Maß, a Halbe und a Quartl, macht vierazwanzg, sechsadreißig, zwoaravierzg; so – und acht san fufzg und fufzg is a Mark. Dank schö, adie, Frau Bergbauer, wieder komma! D'Frau Graf hat dreimal drei; dös macht vierafufzg und sechs is sechzg. Dank schö, adie! Der Kloane kriagt a Halbe; tuas fei net ausschüttn! Herr Nachbar, drei Quartl? Vater, drei! Und a Zigarrn! Derf i s' glei ozündn? Jatz ham ma achzehn und sechs ist vierazwanzg und von gestern zwoa Maß, dös macht nacha zwoarasiebazg. Stimmt ak'rat wie zählt. Adie, Herr Nachbar, dank schö!« Und so ging's fort, bis ich wieder in die Küche mußte.

Am nächsten Tag schickte die Mutter aus Altötting eine Karte mit dem Bild der Mutter Gottes und schrieb: »Liebster Josef! Ich bin ganz weck vor lauter schön. Vielle Grüße sendet euch eure treue Mutter Magdalena Zirngibl.«

Ich freute mich sehr, daß es der Mutter so wohl gefiel; hoffte ich doch, es möchte diese Wallfahrt günstig auf ihr Gemüt wirken, daß sie ein wenig verträglicher würde; denn sie war immer noch trotz aller Frömmigkeit recht bös und quälte mich oft entsetzlich. Bei dem geringsten Anlaß gab sie mir trotz meiner neunzehn Jahre noch Schläge ins Gesicht und hinter die Ohren oder riß mich an den Haaren herum; ja, nicht selten nahm sie noch wie früher den Stock und prügelte mich elendiglich. Deshalb suchte ich, so gut es mir gelingen wollte, Anlässe zu solchen Szenen zu vermeiden; doch glückte es mir nicht immer, und ich wurde nun wieder trübsinnig und verlor alle Lust zum Schaffen und schließlich auch zum Leben.

Da geschah es, daß wir eine neue Kellnerin bekamen; denn die Kathi hatte sich mit einem unserer Gäste, dem Briefträger Schwertschlager, verheiratet. Das neue Mädchen hieß Babett und war recht fleißig und von einnehmendem Wesen; daher schloß ich mich rasch an sie an, weihte sie in manche von den häßlichen Szenen, die ich mit meiner Mutter hatte, ein und vertraute ihr auch an, daß ich des Lebens im Hause ganz überdrüssig sei. Da empfahl sie mir, ich solle mir doch eine Sparbüchse anlegen und alle Tage etwas aus der Schenkkasse hineintun; wenn es mir dann einmal gar zu schlecht ginge, könnte ich davonlaufen und hätte doch Geld. Ich folgte ihr und legte täglich zwei kleine, silberne Zwanzgerln in eine irdene Sparbüchse, die ich in der Schublade des Büfetts, die der Kellnerin zur Aufbewahrung ihrer Sachen diente, versteckte.

Es mußte schon ein schönes Sümmchen beisammen sein, denn etliche Wochen trieb ich diese Heimlichkeit.

Da kam der Namenstag der Mutter.

Schon einige Tage vorher hatte ich die Babett an einer sehr feinen Spitze häkeln sehen und plagte sie nun, sie solle mir dieselbe für die Mutter verkaufen. Sie willigte ein, und nachdem sie mich das Muster gelehrt hatte, häkelte ich noch ein gutes Stück selber dazu. Ich bezahlte ihr für die Arbeit zwei Mark, bat mir aber aus, sie dürfe der Mutter ja nicht verraten, daß auch sie daran gehäkelt habe; denn die Mutter hielt nur auf Handarbeiten etwas, die man selbst gefertigt hatte. Sie schien auch wirklich sehr erfreut und fragte mich, wo ich das Muster herbekommen habe.

Ich antwortete: »Von der Babett.«

Darauf meinte sie: »Die hast ja du gar net g'häkelt, die hat ja d'Babett g'macht!«

Ich blickte wie versteinert die Mutter an und brachte endlich kaum hörbar die Worte heraus: »Wer sagt denn dös?«

»D'Babett hat mir's selber g'sagt!« erwiderte die Mutter scharf.

Da brach ich in Tränen aus: »Naa, so a Gemeinheit! Jatz hat s' mir's so heilig versprocha, daß s' nix sagt...«

»So, hab i di jatz g'fangt, du Luder, du verlogns!« triumphierte jetzt die Mutter mit bösem Lachen; dabei nahm sie die Spitze und warf sie ins Herdfeuer. »Heut konnst di aber g'freun! Heut treib i dir's Lügn aus für allweil!«

Mir war ganz dumm im Kopf, und wie im Traum ging ich in die Gaststube und wollte die Sparbüchse mit dem geheimen Geld zu mir nehmen; da fand ich sie leer. Sprachlos starrte ich in die Schublade, bis die Mutter in das Zimmer trat. Da schob ich die Lade zu und ging wieder in die Küche. Doch konnte ich nichts tun und hatte nur den einen Gedanken im Kopf: Heut bringt s' di um; denn sie war so seltsam still, trank rasch fünf oder sechs Halbe Bier und warf mir grausige, entsetzliche Blicke zu. Aber sie sprach kein Wort in der Sache, bis nach dem Mittagessen. Da rief sie dem Vater in die Schenke: »Josef, heut bleibst in der Schenk, die is heut net da!«, wobei sie mir wieder einen solch bösen Blick zuwarf, daß mir fast das Blut in den Adern gefror. Dann sagte sie, indem sie den großen, eisernen Schürhaken vom Herd nahm und sich zum Gehen schickte: »Richst 's Hundsfressen no her, du Schinderviech; nachher gehst 'nauf!«

Als sie fort war, rief ich die Babett zu mir in die Küche und machte ihr Vorhalt wegen der Spitze und auch wegen des Geldes.

Da sagte sie: »I hab koa Wort verraten und vom Geld woaß i nix! Überhaupt derfan Sie koa Wort sagn; denn wenn i mei Maul aufmach, na ist g'fehlt um Eahna!« Damit ging sie aus der Küche.

Ich hatte kaum die letzten Worte gehört, so wurde mir heiß und kalt, und plötzlich ergriff ich das große Tranchiermesser, legte erst die eine und dann die andere Hand auf den Hackstock und schnitt mir an beiden Armen die Pulsadern durch. Dann lief ich zum Schlüsselbrett, nahm die Kellerschlüssel, rannte die Stiege hinab, schloß mich in den Weinkeller ein und kauerte mich in einen Winkel und hoffte stumpfsinnig auf den Tod.

Wie lange ich so gelegen bin, weiß ich nicht. Bekannte erzählten mir später, daß mich eine Frau, die von der Gassenschenke aus in die Küche geblickt hatte, beobachtet und den Vorfall meinem Vater mitgeteilt habe. Doch wußte niemand, wo ich hingelaufen war, bis man endlich die Kellerschlüssel vermißte. Da nahm der Vater den Schleicher, ließ vom Schlosser den Keller aufbrechen und suchte mich. Der Hund aber lief erst unruhig im ganzen Keller umher, bis er sich plötzlich vor die Tür zum Weinkeller stellte und laut zu winseln begann. Da erbrach der Schlosser auch diese Tür, und nun fanden sie mich ohnmächtig in meinem Blute liegen. Sie hoben mich auf und brachten mich zum nächsten Bader, der mir einen Notverband anlegte und mich dann zu einem Arzt fahren ließ. Dort wurden die Wunden genäht, wobei es der Doktor nicht an anzüglichen Reden fehlen ließ, da ja gemeiniglich nur nach der Tat, selten aber nach Grund und Ursach geforscht wird.

Darauf brachte man mich wieder nach Hause, und meine Mutter empfing mich sofort mit den Worten: »Hat di jatz der Teufi no net gholt! Bist no net hin?«

Da dachte ich, es könnte am Ende besser sein, wenn ich ginge; denn vielleicht bekäme ich von der Mutter einmal einen Hieb, der mich zum Krüppel machte; da wäre ich doch lieber tot.

Also ging ich andern Tags zu meiner Base, die mit dem Bruder der Mutter in einem alten, kleinen Häuschen Giesings wohnte. Die nahm mich voller Mitleid auf, und ich verbrachte ein paar glückliche Wochen bei ihr. Auch sie riet mir, ich solle eine Zeitlang unter fremde Leute gehen und dienen. Deshalb suchte ich, nachdem meine Arme wieder geheilt waren, eine Verdingerin auf, die mir einen Platz als zweite Köchin in der Floriansmühle zubrachte und mir empfahl, zuvor meinem Vormund, dem Ehemann der Nanni, zu schreiben, daß er mir seine Erlaubnis zum Dienen gebe; denn ich war noch nicht mündig. Der antwortete in seinem Schreiben: »Mir ist's ganz recht, wenn sie dint und ligt nichts dran, wenn sie heirat. Josef Eder.«

Mit diesem Brief ging ich zur Polizei und holte mir ein Dienstbuch. Danach erbat ich mir von meiner Base das Verdinggeld, fünf Mark, und brachte es der Frau, worauf ich mich nach der Floriansmühle begab.

Ich ging die Isar entlang durch den Englischen Garten, am Aumeister vorbei und stand mit einem Male vor einem kleinen Dörflein.

Zu meiner Rechten floß ein von alten Bäumen und schon herbstlich buntem Strauchwerk eingefaßter Kanal, der das ausgedehnte, rings von saftigen Wiesen und schattigen Baumgärten umgebene Besitztum, auf dem ich meinen Dienst antreten sollte, von dem eigentlichen Ort trennte.

Ich schritt den Bach aufwärts und stand bald vor dem großen Hoftor des Gutes, das drei Brüdern zu eigen gehörte und dessen Gastwirtschaft von jeher als eine beliebte Einkehr der Münchner galt.

Als ich in den Hof trat, stand vor der niedern Tür des schmucken, mit seinen grünen Fensterläden und den sauber an Spalieren gezogenen Weinreben recht heimisch aussehenden Wohnhauses ein junges Mädchen und fütterte aus einer weiten, irdenen Schüssel Enten, Hühner und Tauben mit feingehackten Maiskörnern. Droben auf dem Dach aber, das von einem Glockentürmlein gekrönt war, saß ein großer Pfau und schrie mit kreischender Stimme sein klägliches: »Pau, pau« in die stille Luft.

Weiter drüben vor dem Stall stand ein langer, grobknochiger Knecht und schirrte zwei schwere Grauschimmel an und spannte sie vor einen hoch mit Mehlsäcken beladenen Wagen, während aus der mit Tannengirlanden geschmückten Tür eines kleinen Tanzsaales, dessen Fensterläden fest geschlossen waren, soeben ein älterer Mann trat und angestrengt nach der von uralten Pappeln eingesäumten Landstraße sah.

In diesem Augenblick fuhr von der andern Seite ein leichtes Ponygefährt durchs Tor in den Hof, und ihm entstieg ein etwa zwanzigjähriger, elegant gekleideter junger Mann, warf die Zügel dem dampfenden Pferd auf den Rücken und hob danach ein liebliches, ganz in Weiß gekleidetes, etwa achtjähriges Mädchen aus dem Wagen. Mit lautem Jubel stürmte die Kleine an dem erschreckt auffahrenden jungen Mädchen vorüber, wobei Hühner und Enten laut schreiend und gackernd auseinanderstoben, und sprang lachend an dem alten Herrn empor mit dem Ruf: »Onkel Kilian, fein wars!« Dieser gab dem Mädchen erst einen schallenden Kuß und wandte sich dann an den jungen Mann: »So, Maxl, hast dir jatz amal gnua kutschiert?«

»Ja, Onkel! Bis zum Flaucher san ma nauf; 's Lieserl hätt bald nimmer gnua kriagt!« Dann rief er lachend der noch immer über das Ungestüm der Kleinen erbosten jungen Dame zu: »Servus, Fräuln Schwester!« Und als sie nichts erwiderte, trat er rasch auf sie zu, faßte sie um die Hüften und meinte: »Na, Klärl, kommt's am End scho wieder zum Regnen?«

Unwillig stieß sie ihn weg und wollte etwas entgegnen, da fuhren rasch hintereinander drei elegante Equipagen vor, und sofort stürzten alle hinzu und halfen den Herrschaften dienstbeflissen aus den Wagen.

Ich war lange Zeit unschlüssig hinter dem vorderen Tor

gestanden; jetzt benutzte ich rasch den günstigen Augenblick und trat schnell in die Küche, die in peinlichster Sauberkeit glänzte.

Gegenüber dem großen, in der Mitte stehenden Herd befanden sich hohe Schränke und Stellagen voll Porzellangeschirr, und von den Wänden blinkten reiche Kupfer- und Zinnmodel. Vor dem Herd stand gerade eine große, wohlbeleibte Köchin, die Kaffee kochte, und hinten in einer Ecke war ein altes Weiblein mit dem Rupfen einer großen Schüssel voll Enten beschäftigt. An dem mächtigen Schubfenster des Büfetts, von dem aus man den großen, schattigen Wirtsgarten überblicken konnte, stand eben die Frau des Hauses und gab der Kellnerin mehrere Platten mit Kuchen und gebratenen Hühnern. Dann wandte sie sich um, und als ich gerade der Köchin, die mich barsch nach meinem Begehr fragte, antworten wollte, rief sie mit freundlicher Miene: »Ah, jatz kommt mei neue Köchin! Sie san aber no jung!«

Ich erwiderte, nachdem ich sie begrüßt, ziemlich schüchtern: »I bin scho neunzehn Jahr alt!«, worauf sie mich fragte, ob ich denn auch kochen könne. Da bekam ich auf einmal Schneid und sagte frisch: »Dös moan i! I hab dahoam scho dö ganze Wirtschaft g'führt, und mir ham koa schlechts G'schäft! Bloß mit dö Mehlspeisn hats was; dö gibt's bei uns 's ganz Jahr net!«

Lachend meinte die Frau: »Dös kriagn ma scho no; bloß a a Schneid braucht's und an guatn Willn.«

Ich versprach ihr, daß ich ihr keine Schande machen wolle, und fragte, wann ich schon eintreten könne. Sie sagte: »Glei morgn können S' kommen; lassen S' ma Eahna Adreß da, der Knecht fahrt morgen so in d'Stadt nauf am Markt; der kann glei Eahnan Koffer mitnehmen.«

Dann gab sie mir noch einen Taler als »Drangeld«, womit sie mich fest zum Antritt meiner Stelle verpflichtete.

»Gnä Frau«, sagte ich noch, ehe ich ging, »kann i vielleicht glei was b'sorgn, eh i morgn aus der Stadt geh? I kannt's leicht mitnehmen.« Doch sie verneinte und sagte: »Dös g'fallt ma, daß S' Eahna so onehma; aber bei uns fahrt alle Tag oans nauf zum Einkaufn und B'stelln. Trinkn S' jatz no g'schwind a Tass' Kaffee!«

Nun bekam ich eine große Tasse voll und einen Krapfen, wobei die Frau meinte: »Probiern S' unsere Krapfen, die müssen S' z'erscht ferti bringa!«

Ich fand alles recht gut und ging frohen Herzens heim zu meiner Base und berichtete ihr alles, worauf sie mich ermahnte, ich solle mich recht gut halten, daß ich meiner Mutter zeigen könne, wie andere Leute mit mir zufrieden wären.

Andern Tags am frühen Morgen machte ich mich auf den Weg. Ich war guten Muts und sang laut, als ich durch den Englischen Garten schritt; denn ich hatte von der Endstation der Trambahn aus noch fast eine Stunde zu gehen.

Als ich auf den Hof kam, schlug es neun Uhr, und der Obermüller und die Mühlknechte machten grad Brotzeit und holten sich ihr Bier.

Mit einem lauten: »Grüaß Gott! Jatz bin i da!« trat ich in die Küche, wo es schon überall dampfte und brodelte. Die Frau war noch nicht auf, und so wies mir die erste Köchin meine Kammer zum Schlafen an. Rasch nahm ich mein Hütlein ab, zog mein Mäntelchen aus, tat eine schöne weiße Schürze um und ging wieder hinunter.

Nun hieß es sich rühren! Als die Frau um zehn Uhr in die Küche kam, hatte ich schon einen großen Hafen voll Entenjung für die Leute der Ökonomie zubereitet und war gerade dabei, ein Brett voll Knödel zu machen.

»So, san ma scho fest bei der Arbeit!« sagte die freundliche Wirtin und klopfte mir wohlwollend auf die Schulter, worauf ich lachend erwiderte: »Bis jatz konn i's scho no damacha!«, doch hätte ich dies am Nachmittag wohl kaum mehr geantwortet; denn da ging's drunter und drüber. Da kamen Herrschaften in ihren Equipagen, die sich mit Brathähndln, Eierspeisen, kalten Platten und dergleichen Leckerbissen aufwarten ließen, ferner Radfahrer, die in großer Eile ihren Kaffee tranken, und auch an Spaziergängern fehlte es nicht, die da ihren Käs mit Butter, ein Ripperl oder Regensburger verzehrten.

Der Kaffee wurde in lauter kleinen Kännchen serviert, und eine alte Spülerin hatte den ganzen Mittag und Nachmittag vollauf zu tun, um all die Geschirrlein zu säubern und auf kleine Nickeltabletten zu ordnen. In einem riesigen Waschkorb lagen an die hundert Krapfen, daneben standen Teller und Platten mit feinem Kaffeekuchen, was alles im Haus gebacken wurde.

In der Schenke ging es zur Mittagszeit noch ziemlich ruhig her; doch war am Nachmittag auch hier ein großes Hinundher. Da wurde nicht nur Bier ausgeschenkt, sondern auch alle möglichen Limonaden, Sauerbrunnen, Schorlemorle, Radlermaßen und auch gar manche Flasche Wein.

Die »rote Kuni«, wie man im Scherz die rothaarige Schenkkellnerin nannte, wußte sich bei dem Trubel kaum mehr zu helfen; denn sie war von Haus aus schon schwerfällig und nun erwartete sie auch noch ein Kind, das vierte, seit sie in der Floriansmühle im Dienste stand. Für jedes hatte sie einen andern Vater benannt, der ihr für Ehr und Kind bezahlen mußte, was ein jeder auch ohne Widerrede tat.

Um die Zeit meines Eintritts war nun überall wegen der Herbstmanöver Einquartierung. Auch in die Mühle kam die Order, man solle Quartier bereiten für mindestens zwanzig Mann und etliche Offiziere der schweren Reiter aus Landshut.

Es währte nicht lange, da rasselten im Saal die Säbel und

klirrten die Sporen. Zwanzig Gemeine, vier Feldwebel und Wachtmeister sowie sechs Offiziere hatten wir bekommen.

Da gab es Arbeit in Menge; zwar war für die Gemeinen das Mahl bald bereitet, doch für die Herren wurde gar fein aufgekocht. Am Abend gab es dann regelmäßig ein kleines Tänzchen, zu dem ein Mühlknecht mit der Ziehharmonika aufspielte.

Elf Tage blieben sie. Da geschah es am dritten Tage, daß die rote Kuni in der Früh nicht mehr erschien und in der Stille der folgenden Nacht einem Knäblein das Leben gab. Nun war niemand in der Schenke; da fragte ich, ob ich nicht auf etliche Tage dies Amt versehen könne. Die Herrschaft war recht froh über den Antrag, und ich wurde noch am selben Tag die Schenkkellnerin. Zugleich hatte ich die Gäste zu bedienen und auch den Offizieren zu servieren; doch ging mir alles glücklich von der Hand, und schon nach ein paar Tagen mußte ich das Versprechen geben, in der Schenke zu bleiben. Ich tat es gerne; denn ich verdiente mir ein schönes Stück Geld und lernte überdies mit feinen Leuten umzugehen.

Bald hatte ich mir nicht nur die Zufriedenheit der Herrschaft erworben, ich war auch der Liebling der Offiziere und vieler vornehmer Gäste.

Am Tage vor ihrem Weitermarsch veranstalteten die Hauptleute der Einquartierten noch einen kleinen Ball, zu dem viele Münchner Offiziere samt ihren Frauen geladen waren. Vorher war ein reiches Mahl gegeben worden, und ich hatte alle Hände voll zu tun. Danach gab mir ein jeder der Offiziere, die durch den Herrn schon erfahren hatten, daß ich eine Bürgerstochter und ein braves Mädel sei, die Hand, viel schöne Worte und einen blanken Taler, und einer bat mich gar um ein »Busserl«, wofür er mir versprach, er wolle ewig an dieses Herbstmanöver denken.

Ich hatte nichts weiter dagegen und gab ihm lachend den

verlangten Kuß. Da hielt der junge Herr mich fest und legte mir ein feines Kettlein mit einem kleinen Medaillon um den Hals.

»Es ziemt sich nicht«, meinte er dann ernst, »einem Mädchen aus gutem Haus ein Trinkgeld zu reichen; ich wenigstens kann es nicht und hoffe auch, daß meine lieben und geschätzten Kameraden das Mädel nicht entlohnen, sondern nur belohnen wollten.«

Ich war ganz bestürzt und dachte schon, jetzt müsse ich all das schöne Geld wieder hergeben; da rief ein alter, graubärtiger Offizier mit schnarrender Stimme: »Ah, was! Unsinn, Kamerad! Der Taler ist nicht Trinkgeld, sondern Andenken an uns fesche Kerle!«, worauf alles in Gelächter ausbrach und die Angelegenheit erledigt war.

Später, beim Tanz, bat der junge Herr meine Herrschaft, mir Urlaub zu geben, bestellte etwa zwanzig Flaschen Sekt und ließ sie gleich kalt stellen. Sodann befahl er den Offiziersburschen, zu bedienen.

Die andern Mannschaften hatten sich draußen in der Tenne bei einem Faß Bier versammelt, und Wachtmeister und Unteroffiziere saßen im Nebenzimmer fidel beisammen.

Ich mußte ein gutes Kleid anziehen und war nun sehr begehrt, wobei ich fand, daß der Leutnant mit dem Kettlein es im Tanzen selbst den höchsten Offizieren zuvor tat. Er meinte es, wie mir schien, recht ehrlich mit mir; denn er wollte nicht einmal das »Busserl«, das er mir am Abend abverlangt hatte, behalten und gab es mir mit dankbarem Blick vierfach zurück, ehe er beim Morgengrauen den Tanzsaal verließ.

Am andern Tag sah ich die Truppen wohl fortreiten, doch konnte ich aus der großen Ferne keinen mehr erkennen.

Dafür kamen am Nachmittag abermals etwa zehn Reiter, zwar keine Offiziere, doch auch ganz muntere Gesellen, die in einer Reitschule das lernten, was sie später entweder zum Beruf brauchten oder womit sie andern einmal imponieren wollten.

Sie kamen nun täglich und waren alle recht höflich und liebenswürdig zu mir, gaben mir viel Trinkgelder und brachten mir allerlei hübsche Dinge mit: bald ein Körblein Blumen, bald ein Schächtelchen mit Zuckerwerk. Einer von ihnen aber, der Sohn des Reitschulbesitzers, hätte mir gerne einen hübschen Filigranschmuck geschenkt; doch ich wies das Angebinde schnöde zurück, weil der Geber sich dafür nichts weniger denn mein Jungfernkrönlein ausgebeten hatte.

Überhaupt traten jetzt die Versucher gar häufig und, wie sie meinten, in den lockendsten Gestalten an mich heran.

Da war ein alter Jude, ein steinreicher Geldhändler, der mir für eine kleine Liebenswürdigkeit sofort eine große Summe Goldes bot. Ferner ein Pferdehändler, ebenfalls ein Jude, der mir einst seine Equipage mit der Weisung schickte, ich solle mich in den ersten Modehäusern kleiden, wie ich wünsche, koste es, was es wolle; doch möchte ich nachher in demselben Wagen heim in seine Wohnung fahren und bei ihm eine Tasse Tee trinken.

Doch nicht nur die reichen Herren, auch etliche Burschen aus der Mühle hätten mich gern zu ihrem Schätzlein gehabt, und ich wußte bald nicht mehr, was ich tun sollte, um mir die unsinnigen Freier vom Hals zu schaffen. Und als mich gar einmal mitten in der Nacht draußen vor meinem Fenster, ich schlief im ersten Stock, ein Geräusch aufweckte, als hätte jemand eine Leiter angesetzt, und gleich danach ein leises Klopfen an die Scheibe ertönte und jemand mit unterdrückter Stimme rief: »Lenerl, mach auf! I muaß dir was sagn«, da sprang ich voll Zorn aus dem Bett und rief ganz laut hinaus, ohne zu öffnen: »Mei Ruah will i habn! I brauch koan Burschn zum Fensterln; wer si net zu der Tür 'reitraut, soll ganz wegbleibn!«

Da erscholl es draußen wieder flehend: »Geh, laß mi halt ei, Dirndl! I hätt a schöns Ringerl für di!«, während zu gleicher Zeit im Garten drunten der alte Bernhardinerhund wütend zu bellen begann. Nun klopfte der nächtliche Besucher wieder, diesmal aber ganz heftig, ans Fenster und bat: »Lenerl, i bitt di um Gottswilln, laß mi halt ei, i bins ja, der Mühlfranzl! Schau, da Barri laßt mi nimma abi!«

Ich gab nun gar keine Antwort mehr und hielt mich mäuschenstill; denn im Zimmer neben mir wurde es lebendig, und gleich darauf erschien Max, der etwa zwanzigjährige Sohn meiner Herrschaft, in Unterhosen und barfuß, ein Kerzenlicht in der Hand, an meiner Tür: »Leni, hörn Sie nix? Einbrecher müassn da sei!«

Nun verschwand die Gestalt eilig vom Fenster, und gleich danach vernahm man ein wildes Auffahren des Hundes, einen dumpfen Schrei und das Umfallen der Leiter. Darauf war es wieder still. Nun wagte ich, das Fenster zu öffnen, und sah hinunter. Da saß unser Barri auf einer dunklen, am Boden hingestreckten Gestalt, und über den beiden lag die lange Leiter.

»Unser liabi Zeit! Der hat si gwiß dafalln!« rief ich voll Schreck und bereute schon meine Härte; da schrie der Max zum Fenster hinunter, während ich ganz gebrochen auf einen Stuhl fiel: »Barri, marsch in die Hüttn!«, worauf der Hund den Schwanz einzog und unter der Leiter wegschlich.

»Wer nur dös sei muaß!« meinte etwas angstvoll der junge Mann.

Da sagte ich leise, indem ich wieder zum Fenster trat und hinabsah: »Der Mühlfranzl war's. Fensterln hätt er wolln! Und jatz is er tot zwegn mein Trutz!«

In diesem Augenblick rührte sich der vermeintliche Tote, kroch unter der Leiter hervor und hinkte mühsam und halblaut fluchend von dannen.

Nun verließ auch der Max das Zimmer, und ich legte mich wieder hin; doch ich konnte nicht mehr einschlafen und nahm mir vor, das Haus zu verlassen. Ich sagte das am Morgen auch der Frau; doch die lachte mich aus und meinte: »Ja, warum net gar! Davonlaufn möcht s' jatz, anstatt daß s' an Stolz hätt, wenn si d'Burschn so um sie reißn! Recht zum Narrn haltn tuast's!«

Nach reiflicher Überlegung entschied ich mich auch wirklich für diesen vernünftigen Ausweg. Ich ließ mir eifrig den Hof machen und hatte die größte Freude, wenn sich manches Mal der eine oder andere von einem Rivalen zurückgedrängt glaubte und ihm mit der Faust zu beweisen suchte, daß er der Bevorzugte sei.

Der Umstand, daß ich mich in diesem ständigen Kreuzfeuer so tapfer bewährte, ließ mich nicht nur in den Augen meiner Herrschaft groß dastehen, sondern auch in der Gunst unserer Stammgäste, zu denen auch der Benefiziat des Dorfes zählte, höher und höher steigen, und es geschah des öfteren, daß der hochwürdige Herr mich beiseite nahm und mir versicherte, ich sei das tapferste Mädel, das ihm vorgekommen; und als ich ihm einmal sein Bier auf den Tisch stellte, rief er: »Na, wie geht's, Sie steinerne Jungfrau? Hat sich gestern keiner von Ihren Verehrern erschossen?«, worauf ich lachend erwiderte: »Naa, Herr Hochwürden, aber datränkt hat si scho hi und da oana z'wegn meiner!«

»Was!« schrie er voll Schreck und hatte seine liebe Not, den Trunk, den er eben gemacht und der ihm vor Schreck in die unrechte Kehle geraten war, wieder heraufzubringen. »Was, ertränkt?!«

»Ja, aber net im Wasser!« beruhigte ich ihn und klopfte ihm tüchtig auf den Rücken, bis er nach heftigem Husten wieder zur Ruhe kam.

Als ich etwa zwei Monate im Hause war, erschien eines Nachmittags ganz unverhofft meine Mutter und wollte wissen, wie ich mich führe.

Meine Frau war noch in der Küche, als die Mutter mit den Worten vor sie trat: »'n Tag! I bin d'Mutter von dera da!« Dabei wies sie mit der Hand auf mich und fuhr fort: »I möcht anfragn, wie sie si aufführt und was s' Lohn hat!«

Meine Frau entgegnete kurz: »So, Sie sind d'Mutter! D'Leni is recht ordentlich und fleißig und i hab nie a Klag. Was 'n Lohn betrifft, so hat s'halt zwanzg Mark und ihre Trinkgelder. Dös geht mi übrigens nix o, wie viel dös ausmacht.«

Da fing meine Mutter an, sich bitter über mich zu beklagen, und erzählte ihr die Geschichte von meinem Selbstmordversuch und auch, daß ich einmal zehn Mark aus der Schenkkasse gestohlen hätte, die sie nun holen wolle. Doch meine Frau fiel ihr unwirsch ins Wort: »Was Sie mit Eahnera Tochter dahoam g'habt habn, geht mi nix an. Bei mir is sie rechtschaffen und ehrli, und konn i ihr net 's geringste nachredn!«

Da kehrte sich die Mutter heftig um und eilte hinaus, die Tür krachend hinter sich zuwerfend. Ich aber nahm ein Zehnmarkstück und legte es ihr im Garten auf den Tisch, wo sie vorher gesessen war, und gab es ihr mit den Worten: »Da san die zehn Mark. Wenn S' no was guat habn, na sagn S' mir's, daß i's Eahna gib!«

»Oho! Schneibt's leicht dir d'Goldstückl, daß d'so rumschmeißt damit?« rief sie nun halb erstaunt, halb spöttisch. »I hätt di gern wieder dahoam g'habt; aber wenn's dir so guat geht da, na wirst z'erscht net nauf wolln zu uns!«

»O naa! I wär viel liaber dahoam«, erwiderte ich, und das Weinen stand mir nahe. »Sagn 's ja alle Leut, daß 's a Schand is, wenn a so a reiche Bürgersfamilie ihr Tochter

zum Deana laßt! I woaß's bloß net, ob mi mei Frau fort-
ließ.«

»Sonst nix mehr!« erscholl da neben uns die erzürnte
Stimme meiner Frau, die ganz unbemerkt aus der Schenke
in den Garten getreten war: »Lenerl, Sie bleibn mir da!
Jatz hätt i amal oane, die was taugn tät, jatz laufat s'
mir nix, dir nix davo! No amal sag i's, Sie bleibn da!«
Da sah die Mutter wohl, daß ich hier anerkannt und gut
gehalten war, und sagte, indem sie sich zum Gehen schickte:
»Wannst hoam willst, kannst jederzeit kommen; hoffentli
bist dahoam aa, wie si's g'hört!«
Ich sagte es ihr zu und begleitete sie noch bis an die kleine
Brücke, die über den Kanal führt. Da faßte sie ganz plötzlich meine Hand, besah meine vernarbten Schnittwunden
am Arm und sagte halblaut: »So dumm z'sei! Wia leicht
kunntst tot sei und i hätt d'Verantwortung!«
Ich entzog ihr rasch die Hand und rief, mit Gewalt die
Tränen zurückhaltend: »Adje, Mutter, i muaß in d'Schenk;
grüaßn S' mir 'n Vater! Vielleicht komm i bald!«
Seit diesem Vorfall gefiel es mir gar nicht mehr recht im
Dienst, und obwohl ich mir in der kurzen Zeit schon ein
neues Kleid, manch schönes Stück Wäsche und noch über
hundert Mark bares Geld verdient hatte, sagte ich doch am
ersten des folgenden Monats zu meiner Herrschaft: »I
möcht wieder hoam. Mi leid's nimmer da, wenn i woaß,
daß mi d'Muatter braucht; und auf Weihnachten wär i
halt do liaba bei meine Leut dahoam als wia r in der
Fremd!«
Ganz traurig meinte die Frau: »Gehn S' jetzt wirkli! I
konn's ja gern glaubn, daß si's Herz wieder zu der Mutter z'ruck verlangt, aber wenn ma solche Aussichten hat,
wie Sie, da wär's wohl besser, ma höret mehr auf'n Verstand als aufs Herz.«
Doch als ich meine Bitte wiederholte, ließ sie mich gehen:

»In Gott's Nam, muaß i mir halt wieder um jemand schaun!«

Also verließ ich Mitte Dezember meinen Dienst, begleitet von den Segenswünschen der ganzen Familie, die mich vor meinem Scheiden noch reichlich beschenkt hatte. Ich konnte mich der Tränen nicht erwehren, als ich einem nach dem andern die Hand gab, und es waren nicht die angenehmsten Empfindungen, mit denen ich mich auf den Heimweg machte.

Als ich etwa eine halbe Stunde Wegs zurückgelegt hatte, kam ein Fiaker hinter mir her. Ich rief ihn an, ob er mich fahren wolle, und als er dies bejahte, stieg ich ein und fuhr nach Hause. Daheim rannte alles ans Fenster, als ich so nobel angefahren kam, und der Vater meinte, als ich ihn begrüßte: »Du kommst ja daher wie a Prinzessin; ma kennt di kaam mehr!«

Als ich aber mein Erspartes und die geschafften Sachen alle sehen ließ, verstummte er völlig, und auch die Mutter war starr vor Staunen. Ich sagte, indem ich das Geld wieder verwahrte: »Dös Geld trag i auf d'Sparkass' und mei Wasch heb i mir auf, bis i heirat. Wer woaß, ob i mir net no was dazu verdean!«

Die Mutter verstand wohl, wie ich das meinte; denn sie sagte sofort: »Oho! Möchst net scho wieder davolaufa, kaum'st komma bist! Zum Aushaltn werd's scho sei dahoam; i leg dir nix mehr in Weg!«

Auch der Vater versprach mir, daß man mich gut halten wolle, und ich dankte ihm von Herzen. Vergessen war jetzt für mich alles, was einmal geschehen, und ich freute mich wieder des Elternhauses und ging munter an die Arbeit. Ich war jetzt auch wohl gelitten im Hause und niemand gab mir ein unrechtes Wort; ich wirtschaftete wieder wie vorher und gab selber auch keinen Anlaß zum Tadel.

So verging der Winter, und mit dem Eintritt des Frühjahrs standen in der Nachbarschaft zwei Neubauten unter Dach, was für die Bauleute die Veranlassung zu einer großen Feier war, die, ein altes Herkommen, als Hebebaum- oder Hebeweinfeier bekannt ist und wobei oben am First des Neubaues ein mit bunten Bändern gezierter Tannenbaum aufgepflanzt wird. Alle am Bau Beschäftigten begeben sich auf den Dachstuhl und einer unter ihnen hält nun eine feierliche Ansprache, in der er dem Bauherrn, dem Eigentümer und dem Palier für den Verdienst dankt und sie alle einzeln mit einem dreifachen Hoch ehrt. Inzwischen hat der Wirt ein Faß Bier und Krüge hinaufschaffen lassen, und nun nimmt ein jeder seinen gefüllten Krug und stimmt laut in das Hoch des Redners ein; denn der Brauch will, daß man die Bauherren durch den Trunk ehre.

In der Wirtschaft wird mittlerweile groß aufgekocht; denn der Eigentümer hat zwei Schweine und ein Kalb für die Bauleute gestiftet, während in der Schenke fünf Hektoliter Bier, ein Geschenk des Bauherrn, bereitstehen. Dazu gibt der Wirt noch etliche hundert fette Maurerloabi, ein grobes, sehr würziges Brot, sowie für jeden der Bauleute zehn Zigarren.

Bald füllt sich das Lokal, und nicht lange währt es, so geht es an ein Essen und Trinken, an ein Singen und Scherzen, daß man sich in eine Bierbude des Oktoberfestes versetzt glaubt.

So war's auch diesmal wieder. Ein jeder wollte das meiste tun im Trinken, Essen und Lärmen; denn ein jeder trug das stolze Bewußtsein in sich und mancher trug es auch offen zur Schau: Auch ich hab mein redlich Teil dabei getan!

Später freilich, als ihnen das Bier schon ziemlich zu Kopf gestiegen war, schwand dies Selbstbewußtsein erheblich, und nun waren es die Mörtelweiber und Bierträgerinnen, die das große Wort führten. Eine jede hatte, obwohl selber längst verheiratet, einen Auserwählten unter den Bauleuten, unbekümmert, ob der Erkorene Weib und Kind daheim hatte oder nicht.

Heute nun hatte ein jeder Eheherr auch seine Frau mitgebracht und teilte mit fröhlichem Sinn das, was die Arbeitgeber gespendet. Auch die Gattin des obersten Paliers, Simon Scheibenzuber, war anwesend. Da erhob sich ein, obschon nicht mehr junges, doch noch ziemlich mannliches Mörtelweib, stieg allen Bemühungen ihrer Genossinnen zum Trotz auf den Tisch und schrie: »Ich bin die Keenigin von Jerusalem und der Scheibnzuber Simmerl is mei Mo!« Da sprang die tiefgekränkte Gattin des Paliers vom Stuhl auf, gab ihrem ganz verblüfften Manne eine schallende Ohrfeige und stürzte sich nun wie eine Furie auf die Verwegene. Die aber war so voll des süßen Getränks, daß sie nur noch gurgelnd herausbrachte: »Was tatst denn wollen, du gscherte Molln!«, dann aber auf ihren Sitz zurücksank. Dies hatte aber die Wut der Paliersgattin aufs höchste gesteigert: »Was, i a gscherte Molln!« schrie sie mit überschnappender Stimme. »Dös konnst ma büaßn, du Gwaff, du zahnluckerts!« Und im Nu hatte sie die betrunkene Rivalin bei den Haaren gefaßt und schlug mit der andern Hand wütend auf sie ein, bis sie von der Übermacht der Maurerweiber zurückgedrängt wurde. Die also gedemütigte Königin aber wankte aus der Stube in den Hof, wo sie unter Zuhilfenahme einer großen Schale schwarzen Kaffees sich all ihres Zornes und wohl auch ihrer Liebe entledigte; denn sie erschien danach wieder munter im Lokal und rief: »So, jatz san ma g'sund! Jatz trink ma aufn Bauherrn a Maßl!«

Mein Vater war bei dem Vorgang wieder ganz bleich geworden und fürchtete eine Rauferei; doch zur Ehre dieser einfachen Leute sei's gesagt, daß es zu nichts kam. Sie blieben sitzen bis zum Morgengrauen und gaben noch allerhand lustige Stücklein zum besten.

Fröhlich ging ein jeder heim oder ließ sich von der getreuen Hausfrau führen; alle hatten den Verspruch des Bauherrn, daß sie in etlichen Tagen wieder Arbeit bekämen. Doch dieser Neubau war in einer andern Stadtgegend, so daß unser Lokal etwas stiller ward wie bisher, obgleich noch die am dritten Bau Beschäftigten sowie alle übrigen Arbeiter und Gäste dasselbe täglich füllten.

Inzwischen war ich eine ganz stattliche Dirn geworden und betrachtete gar manches Mal mein Spiegelbild mit geheimem Wohlgefallen. Meine Mutter hatte mir für den Sommer eigene Wirtschaftskleider aus feinem, blauem Mousseline anfertigen lassen, und da ich selbst viel auf einen guten Anzug hielt, hatte ich bei der Schneiderin Matrosenform mit weißen Batistkrägen und kurzen Ärmeln bestellt. Dazu trug ich weiße Spitzenschürzen, darüber eine weite Leinenschürze zur Küchenarbeit und um den Hals eine Kette aus Korallen. Mein reiches, blondes Haar hatte ich zierlich geflochten und als Krone aufgesteckt; in die Stirn hingen ein paar natürlich aussehende, wirre Löckchen, die ich jedoch jeden Abend mittels einer Haarnadel kunstvoll wickelte. Außerdem trug ich nur Lackschuhe; denn mein Stiefvater besorgte mir deren alle Vierteljahr ein Paar bei einem alten Schuhmacher, dem Revolutionsschuster, so genannt, weil er als übereifriger Anhänger des Anarchismus alle Tage aufs neue für die allernächste Zeit den Ausbruch der grimmigen Revolution und eines Bürgerkrieges prophezeite, so daß ich glaube, der Vater kaufte die vielen Schuhe nur, um zu verhindern, daß die Revolution in seinem Lokale ausbräche.

Doch hätte mein Vater dies nicht so zu befürchten gehabt wie den Ausbruch eines Freierkrieges; denn meine muntere, geschäftige Natur in Verbindung mit der lockenden Aussicht auf eine ansehnliche Mitgift hatte nicht nur die Herzen etlicher junger Bürgerssöhne betört, sondern auch bei ein paar betagteren Leuten einiges Unheil angerichtet.

Da war erstlich ein etwa fünfundzwanzigjähriger, bildsauberer Drechsler aus Traunstein, der Ehrenthaler Franzl; der hätte sich gern eine recht liebe, häusliche Meisterin in mir geholt, da er einmal seines Vaters Geschäft übernehmen sollte. Er gefiel mir, und ich hätte ihm wohl gut sein können; doch war er noch nichts, hatte auch nichts und war nicht recht gesund, weshalb ich ihm eine Bürgerstochter aus der Nachbarschaft empfahl. Dann war ein alter Briefträger, der Barmbichler Xaver, dem das Stiegensteigen nicht mehr recht gefiel und den auch das Zipperlein schon in allen Gliedern zwickte; der wollte sich jetzt pensionieren lassen und dann mit mir und meinem Heiratsgut ein beschauliches Leben führen, auf das ich aber verzichtete und mir einen andern Bewerber, den etwa vierundzwanzigjährigen Bräumeisterssohn Aloys Kapfer, etwas genauer ansah. Da fand ich, daß er trank, viel trank, auch hoch spielte und keine Nacht vor zwei Uhr nach Hause ging; und obschon mir sein zierliches Ponyfuhrwerk, mit dem er oft bei uns vorfuhr, sowie die dreihundert braunen Scheine, die er mir als Brautgabe zugedacht hatte, sehr wohl gefielen, dachte ich doch, daß schon gar mancher sein Hab und Gut vertrunken und verspielt hätte, und gab ihm einen Korb und meinte, es sei besser, mich um einen einfachen Handwerksmeister umzuschauen. Der war auch da in Gestalt eines dreißigjährigen Schlossermeisters aus meinem Heimatdorf; es war der Schwaiger Lenz, ein Vetter vom Schlosserflorian. Er hatte vor einem

Vierteljahr seine Frau verloren und wollte mich als sein riegelsames Weib und als liebe Mutter für seine verwaisten drei Kinder heimholen. Da ich mich jedoch wegen der drei Kinder lange nicht entschließen konnte und immer wieder um Bedenkzeit bat, holte er sich endlich eine Fabrikantenstochter, die ihm schon lange zugeblinzelt hatte. Nun trat dessen Nachbar, der Schneidermeisterssohn Kaspar Zintl, mehr ins Licht und meinte, er wolle mit mir nach Paris und London reisen, wenn ich seine Frau würde, und wolle mir die ganze weite Welt zeigen. Ich dachte aber, wir würden nicht weit kommen mit dem Gelde, das er besaß, und überlegte, ob ich ihm das meine noch dazugeben solle. Konnte mich aber nicht dazu entschließen und bedachte lieber den Antrag des Prucker Toni, eines stattlichen Hausbesitzerssohnes aus der Nachbarschaft, der es trotz seiner jungen Jahre schon bis zum Eisenbahnexpeditor gebracht hatte. Da er aber ebenso grob als energisch war und nicht einmal seine Eltern achtete, fürchtete ich, nichts zu gewinnen, wenn ich das Haus meiner Mutter mit dem seinen vertauschte. Da gefiel mir der sanfte und allzeit zuvorkommende dreißigjährige Hausbesitzer Hans Wipplinger, der sich leidenschaftlich um meine Hand bewarb, schon besser. Böse Nachbarn aber wußten zu berichten, daß er in großen Geldnöten sei und mit meinem Heiratsgut wohl die dritte Hypothek seines Anwesens heimzahlen wolle.

Als der bereits sechzigjährige Realitätenbesitzer und Tändler Simon Lampl hörte, daß ich diesen Antrag ausgeschlagen hatte, erschien er eines Tages in einem altmodischen, grünschillernden Gehrock und Zylinderhut, um den Hals eine riesige, ehedem weiße Binde und im Knopfloch die Ehrenzeichen des Feldzuges von 1870, und hielt feierlich um meine Hand an, indem er mir seine sämtlichen Besitztümer: vier vierstöckige Häuser mit Rückgebäuden und gut vermieteten Läden, zwei Bauplätze bei Planegg, die gutgehende Tändlerei, die seit siebenunddreißig Jahren bestehe und jährlich ihre zwei- bis dreitausend Mark abwerfe, sowie hundertvierzigtausend Mark bares Geld, dessen Zins er verzehren dürfe, aufzählte und mir die denkbar beste Behandlung zusicherte. Doch lehnte ich seine Werbung höflich, aber entschieden ab, da er mir einerseits doch nicht mehr ganz jung genug schien, anderseits aber trotz seines Reichtums als ein großer Geizhals verrufen war.

Aufgemuntert durch meine abschlägige Antwort auf den Antrag dieses Alten wagte noch am selben Abend der blutjunge Hafnermeister Edmund Sack, dem kurz nacheinander Vater und Mutter gestorben waren, mir in einem anschaulichen Brief Herz und Hand anzubieten; doch kannte ich ihn viel zu wenig, um ihm meine Zukunft anzuvertrauen, und dann hatte ich eine ausgesprochene Abneigung gegen diese Loahmpatzer, die Ofensetzer. Da war das edle Handwerk der Bäcker doch appetitlicher, und ich hörte ganz erbaut auf die salbungsvollen Worte des achtundfünfzigjährigen Feinbäckers und Melbers Kanisius Dumler, mit denen er mich zur Herrin über sein Haus und seine Guglhopfe und Zuckerbretzln erkiesen wollte. Er war schon seit zehn Jahren Witwer und bekleidete die ehrenvollen Posten eines Armenrates, Kirchenbaurates, Distriktsvorstehers und Rechnungsführers bei einem Kriegerverein. Auch war er einer von den Auserwählten unseres Pfarrers und durfte bei allen Prozessionen den Himmel tragen. Sein kleines Haus war schuldenfrei, und das gute Geschäft, dem jetzt seine Schwester vorstand, sicherte ihm ein behagliches Leben. Doch besaß er einen schon zwanzigjährigen Sohn, der eben seine Militärzeit als Freiwilliger abdiente. Dieser Sohn aber, der Ferdl, ein fescher Bursch und großer Tunichtgut, war nun die Ursache, daß ich dem Alten meine Hand versagte; denn ich sah den Jungen nicht ungern. Von seiner Ausgelassenheit und den übermütigen Streichen, die man ihm nachsagte, konnte ich nichts bemerken; vielmehr war er immer der bescheidenste unter meinen Freiern geblieben. Stundenlang saß er da und starrte mich wortlos und wie in Verzückung an, trank dabei seine zwölf bis fünfzehn Glas Bier und schien außer mir nichts mehr zu hören und zu sehen. Ja, er übersah und überhörte regelmäßig die Stunde, da er in der Kaserne hätte eintreffen sollen; und so kam es, daß er eine Arreststrafe um die andere meinethalben abzubüßen hatte. Schließlich bekam er eine ganze Woche Mittelarrest zudiktiert, und während er in der Kaserne brummte, fuhr eines Abends, da ich eben in der Schenke beschäftigt war, vor unserm Hause ein Wagen vor, dem ein sehr sorgfältig gekleideter junger Mann, mit einem großen Strauß Veilchen in der Hand, entstieg. Er trat in die Wirtsküche, und ehe ich mich noch von meinem Erstaunen erholt hatte, hörte ich schon die Mutter in die Gaststube rufen: »Josef, geh, komm a bißl raus!«, worauf die drei eifrig miteinander verhandelten.

Nach einer Weile kam der Vater zu mir in die Schenke und sagte unter öfterem Räuspern: »Was i sagn will, Leni, der Hasler Benno is draußn und hat g'sagt, daß er di heiratn möcht; du sollst dein Ausspruch toa, wiast g'sonna bist. Jatz, vo mir aus ko'st es macha, wiast magst; i red dir nix ei und rat dir net ab!«

Ich zählte noch die eben begonnene Rolle Geldes fertig, rechnete mit der Kellnerin ab und schenkte noch etliche Glas Bier ein, mich sorglich zusammennehmend, daß die Hand nicht zittere oder sonst eine Bewegung über mich Herr würde. Dann ging ich, ohne dem Vater zu antworten, in die Küche, wo der stattliche Bewerber sich sehr lebhaft mit der Mutter unterhielt. Als er mich sah, sprang er von seinem Sitz, einem rohen, blankgescheuerten Holzstuhl,

auf, reichte mir die Hand und begann: »Liabs Fräuln Leni, ich hab Sie lang beobacht und hab g'funden, daß bloß Sie mi glücklich machen können. Wenn's Ihnen also recht ist, heiraten wir; Ihre Eltern haben mich nicht abgewiesen.«
Da ich nichts darauf erwiderte, fuhr er fort, indem er mir den Strauß gab: »Ich mein's ehrlich mit Ihnen, Fräuln Leni; ich hab's nicht nötig, nach Geld zu schauen, ich heirat aus Liebe. Nehmen S' halt meine Lieb auch freundlich an, wie die Blümerl, und sagen S' ja!«
Bei diesen letzten Worten hatte er mich wieder an der Hand gefaßt und sah mich bittend an; dennoch antwortete ich zögernd und leise nur: »I will ma's überlegn; dös ko ma net so auf'n Augenblick sagn, ob ma oan gern habn ko oder net!«
»Ja, bedenken Sie's noch, liebs Lenerl; Sie brauchn's nicht zu bereuen! Ich bin der einzige Sohn, erb einmal das Haus mitsamt dem ganzen Holzg'schäft und vorläufig hab ich mein gutes Einkommen als Prokurist des alten, feinen Hauses Protus Stuhlberger. Wenn Sie sich b'sonnen haben und einschlagen wollen in mei Hand, so können wir bald Hochzeit machen!«
Meine Mutter hatte schon während der Rede des Freiers wiederholt das Taschentuch an die Augen gedrückt und sich umständlich geschneuzt; jetzt aber zog sie mich laut aufschluchzend an ihre Brust und rief aus: »So a Glück, ha, so a Glück! I gunn dir's von Herzn, Deandl; bist ja so a richtigs und ordentlichs Madl und konnst'n glückli macha, den liabn Herrn Hasler!«
Dann schob sie mich von sich und drückte mich ganz fest an die Schulter des freudig Überraschten, der sofort die Arme ausbreitete und mich zärtlich umfing. Dann bedankte er sich noch mit wohlgesetzten Worten bei der Mutter und trat in die Gaststube, die Verlobung bei einer Flasche Wein zu feiern.

Unterdessen hatten sich mehrere Leute an der Küchentür angesammelt, die sich nach vorhandenen Abendspeisen erkundigen wollten, in der Erregung des bedeutungsvollen Augenblicks aber ganz übersehen worden waren. Diese Menschen waren die ersten, die mein bevorstehendes Glück inne wurden.

»Was ma no z'essen ham, Frau Kugler? – naa, so a Glück hat dös Madl! – ja so, a Schnitzl, a Kottlett, a bachens Hirn, – und nach Liab kon er heiratn; Geld hat er selber gnua! – a guats Kalbszüngerl hab i aa no, Frau Kugler!« so ging der Redestrom über die Lippen meiner hocherfreuten Mutter.

Ich aber tat meine Arbeit wie zuvor und dachte bloß, ob ich wohl ein seidenes Brautkleid kriegen würde.

Als dann in der Küche nichts mehr zu tun war, durfte ich mich auch an den Tisch zu meinem Hochzeiter setzen, und nun sprachen wir ausführlich über die Bekanntgabe der Verlobung, über meine Aussteuer und über die Zeit, wann wir heiraten wollten. Ich sagte zu allem ja, und auch meinem Vater gefielen die Vorschläge seines zukünftigen Schwiegersohnes ganz wohl. Nur als dieser wissen wollte, wie hoch die Brautgabe für mich ausfallen würde, da räusperte er sich wieder verlegen und meinte dann: »Da muaß d'Muatter aa dabei sei, wenn ma d'Geldangelegenheit bereden«, und er ging hinaus in die Küche. Doch die Mutter war schon zu Bett gegangen und hatte nur durch die Küchenmagd sagen lassen, sie hätte Kopfweh. Also blieb die Geldfrage noch unbeantwortet.

Wir saßen noch bis ein Uhr beisammen, und als mich jetzt der Benno ganz leise an der Hand faßte und mich mit seinen von Wein und Liebe glänzenden Augen selig anblickte und nochmals fragte: »Kannst mi a ganz kloans Bröckerl gern haben, Lenerl?«, kam er mir auf einmal recht schön und liebenswert vor und alle meine Bedenken schwanden, und ich sagte lachend, nachdem ich rasch ein Glas Wein hinuntergestürzt hatte: »Ja, ja! I wer dei Frau und mag di!« und besiegelte das Versprechen später noch unter der Haustür, da ich ihn hinausgeleitete, mit einem laut schallenden Kuß, worüber der Benno so beglückt war, daß er beim Fortgehen noch ganz verklärt hinter sich sah und auf den Randstein nicht achtete, so daß er auf ein Haar zu Fall gekommen wäre. Ich aber schlug rasch die Tür zu und mußte beim Zusperren laut auflachen über dies Mißgeschick.

Doch dachte ich in der Nacht nicht weiter mehr über das Erlebte nach, sondern schlief ganz ruhig; und als am andern Tag durch einige Ratschkathln die Sache in allen Milch- und Kramerläden herumgetragen worden war und nun eine nach der andern kam, mir zu gratulieren, da erschien mir diese Wichtigkeit so lächerlich, daß ich am End ganz wild wurde und keiner mehr eine Antwort gab.

Am Vormittag nun kam der Dumler Ferdl. Er hatte für seinen Hauptmann etwas besorgen müssen und wollte mir nun rasch einen Gruß bringen; denn ihm waren die acht Tage Arrest gar lang geworden.

Mit langen Schritten trat er in die Gaststube, und da er mich nicht sah, stürmte er in die Küche und rief: »Guat Morgn, Zirngibimuatterl! Wo is's Lenerl?«

Ich stand wie angenagelt in dem kleinen, dunklen Speis- kammerl und gab keinen Laut von mir, so erschrak ich. Die Mutter aber begann mit großem Pathos und feierlicher Miene, den Münchner Dialekt mühsam zu einem zier- lichen Schriftdeutsch drechselnd: »Ja, was, der Herr Ferdl! Mei Leni möchtn S'?... Is s' net da, mei Leni!?... Setzn S' Eahna doch a wengerl, Herr Ferdl! I muaß Eahna näm- lich leider die freudige Mitteilung machen, Herr Ferdl, daß sich mei Leni gestern mit'n Herrn Hasler Benno verlobt hat!« Und in überschwenglichem Ton fuhr sie fort: »Ja,

ja, a bravs, rechtschaffens Bürgersmadl sucht a jeder! Aber
es is ihr zum Gunna! Geltn's, Herr Ferdl, Sie gunna's
ihr aa!«

Aber der Herr Ferdl hörte schon längst nicht mehr. Er war
bei der Mitteilung, daß ich mich verlobt habe, aufgesprun-
gen, hatte im Gastzimmer hastig sein Glas Bier auf einen
Zug geleert, der Kellnerin ein Zwanzgerl hingeworfen und
war auf und davon gegangen.

Ganz baff sah ihm die Mutter nach und begriff lange nicht,
warum er so rasch fortgelaufen war. Nun trat ich aus der
Speis; da rief mir die Mutter zu: »Da bist ja! Warum
gehst denn net zuawa? Jatz is er davo, weilst net komma
bist!«

»Naa, naa, Muatta! Deswegn is er net fort«, rief ich nun
eilig; »dem hockt er halt, weil er mi net kriagt hat; er hätt
mi ja gern g'heirat!«

»Der Rotzlöffi! Is kaam trucka hinter die Ohrn!« antwortete die Mutter und ging in die Gaststube, kam aber
sogleich wieder zurück und hielt einen Brief in der Hand:
»Da schau her; der Hasler ladt uns ei für heut auf d'Nacht
in Löwenbräukeller. Der Peuppus halt sein Abschied. Vo
mir aus konnst scho hingeh; i geh net mit.«

Damit gab sie mir den Brief, den ich hocherfreut durchlas
und dann die Mutter lange bat, sie solle doch mitgehn.
Endlich sagte sie zu.

Nun mußte ich der Küchenmagd noch alles zeigen und ihr
für den Abend die nötigen Weisungen geben. Ich tat dies
am Nachmittag und versicherte mich ihrer Gewissenhaftigkeit durch ein gutes, heimliches Trinkgeld.

Also machten wir uns gegen Abend für das Konzert und
den Hochzeiter zurecht. Die Mutter ließ es sich nicht
nehmen, ihr Schwarzseidenes aus dem unergründlichen
Eichenschrank zu holen und goß eine Menge Patschouli
hinein, um den aufdringlichen Kampfergeruch ein wenig

zu übertäuben. Dazu legte sie schwere goldene Armspangen und eine Menge Ringe an, tat eine massive Goldkette um den Hals und steckte die feine Uhr mit der altmodischen Kette zwischen die funkelnden Glasknöpflein der nach Art der Schneiderkleider ganz glatt gearbeiteten Taille. Danach setzte sie ein kleines, mit einem reichen Stutzreiher versehenes Kapotthütchen auf, nahm den kostbaren Spitzenschal aus der Kommode und legte ihn um die Schulter. Also geschmückt trat sie nochmals vor den alten, vergoldeten Spiegel des Schlafzimmers und besah sich. Da erblickte sie durch denselben mich in meinem einfachen, blauen Tuchkleid und rief: »A so willst vor dein Hochzeiter hinsteh? Was fallt dir denn ei! Daß er moana kannt, mir warn Bettlleut!«

Und eilig öffnete sie ihre Schmuckschatulle und behing mich mit einer köstlichen Halskette aus Granaten und Perlen, tat mir statt meiner kleinen Korallen schwere Perlgehänge in die Ohren und legte mir ein breites, protziges Armband an. Dann nahm sie einen alten Siegelring aus einem vergilbten Plüschkästlein, steckte ihn an und gab mir dafür ein mit Türkisen und Perlen besetztes Ringlein, das ihr mein seliger Vater einst geschenkt hatte.

»Den kannst glei b'haltn«, meinte sie, »an dem liegt mir nix.« Ich sagte ihr vielen Dank für das Geschenk; denn es war das einzige, was von dem so furchtbar ums Leben Gekommenen noch vorhanden war. Ich hielt das Ringlein hoch in Ehren und habe es nachmals, als das Schicksal mir in meiner Ehe mein ganzes Hab und Gut nahm, unserer lieben Frau im Herzogspital auf den Altar gelegt; denn ich hätte es nicht über mich gebracht, es gleich den andern Kostbarkeiten dahingehen zu lassen.

In diesem reichen Aufputz begaben wir uns alsdann nach der Küche, wo der sehr gewählt gekleidete Freier schon mit einem prächtigen Strauß roter Rosen uns erwartete.

Als wir eintraten, sprang er von seinem Sitz auf und küßte der Mutter erst galant die Hand; dann gab er ihr die Blumen mit einer tiefen Verbeugung: »Nehmen S' die Rosen als Dank, daß Sie mir heut die Ehr geben, mitzukommen, werte Frau Mutter!« Hierauf begrüßte er mich mit einem flüchtigen Kuß ans Ohr, worüber ich mich höchlich verwunderte, da ich dergleichen weder in Geschichten gelesen noch je selbst erlebt hatte. Dann zog er ein weißseidenes Schächtelchen aus der Westentasche und übergab es mir mit den Worten: »Heut feiern wir Verlobung, und da g'hört sich's, daß ich der Braut was schenk.«

Erwartungsvoll öffnete ich das zierliche Kästlein; da blitzte mir ein herrlicher Brillantring entgegen. Da ich dergleichen auch noch nicht erlebt hatte, besann ich mich, was ich nun tun oder sagen sollte. Zum Glück fiel mir die Stelle eines Romans ein, an der so etwas vorkam, und ich machte es wie die Heldin des Buches: ich errötete, sah verwirrt zu Boden und flüsterte verliebt: »Ah, wie herzig!«, doch in meine gewöhnliche, natürliche Art verfallend fuhr ich fort:· »Woaßt, Benno, so viel Geld hättst aber net ausgebn solln. Da werd si d' Muatta schö o'strenga müassn, das s' dir dös wieder ersetzt!«

Aber da kam ich schön an bei der Mutter.

»Dös war no dös besser!« rief sie mit funkelnden Augen. »Moanst, i hab net scho lang g'sorgt, daß d' dein Breitigam a anständigs G'schenk gebn konnst! Hier, Herr Hasler, is Eahna Verlobungsring; i hoff, daß i net schlecht ei'kaaft hab beim Thomaß!«

Und damit zog sie aus der Rocktasche ein rotes Plüschetui und entnahm demselben einen recht ansehnlichen Solitär; den gab sie mir, indem sie mit vor Rührung bebender Stimme sagte: »Da, Leni, steck'n dein Herrn Breitigam o; hoffentli paßt er eahm!«

Obgleich mir diese ganze Szene wie eine Komödie vor-

kam, tat ich doch der Mutter ihren Willen und steckte
meinem Verlobten den protzenhaften Ring an den kleinen
Finger, an den er gerade paßte. Dann tat ich auch meinen
Brautring aus dem Schächtelchen und schmückte damit
meine rechte Hand.
Nachdem wir noch rasch einige Worte mit dem Vater gewechselt hatten, gingen wir. Doch an der nächsten Haus-
ecke stand schon ein Wagen bereit, und der Benno hieß
uns einsteigen, worauf wir nach den festlich geschmückten
Räumen des Löwenbräukellers fuhren.
Während des von einer schier zahllosen Menge besuchten
Konzerts kam ich nur wenig dazu, mich mit meinem Verlobten zu unterhalten; denn meine Mutter schwatzte ihm
so viel vor von meinen allseitigen Vorzügen und guten
Eigenschaften, daß er vor Freude über meine Tugenden
ganz auf mich selber vergaß. Ich saß einsam auf meinem
Platz an der Wand und betrachtete abwechselnd mein
Brautringlein und das meines Vaters, oder ich ließ die
Augen über die lärmende Menge gleiten und besah mir die
vielen verliebten Mägdlein und ihre Herren, meist Unter-
offiziere und Soldaten in den verschiedensten Uniformen,
bis mich endlich die Mutter mit den Worten: »So, Leni,
jetzt gehn ma!« aus meinen Träumen aufschreckte.
Wieder nahm der Benno eine Droschke, und in rasselnder
Fahrt ging's nach Hause.
Daheim mußten wir uns noch zu ihm an den Tisch setzen,
und bald klangen die Champagnergläser und ertönte das
glockenhelle Lachen der Mutter. Der Vater war an diesem
Abend auch sehr aufgeräumt und gab alle möglichen
Schnurren zum besten, wobei der vor Glück strahlende
Hochzeiter ihn eifrig unterstützte und an lustigen Ein-
fällen fast übertraf.
Ehe wir uns trennten, wurde noch ausgemacht, daß ich
am andern Tag den Eltern meines Bräutigams vorgestellt

werden sollte, und die Mutter bat ihn, er möge daheim sagen, daß sie sich schon sehr auf einen Besuch der geschätzten Familie freue.

Mit nicht geringer Angst sah ich dieser Vorstellung entgegen und hatte eine schlaflose Nacht. Doch verlief das Ganze, wenn auch ziemlich zeremoniell, so doch recht gut, und es kam mir vor, als wollte eins das andere überbieten an Zuvorkommenheit und herzlicher Freundschaft.
Der Vater meines Hochzeiters, ein noch sehr rüstiger, hochgewachsener Mann von etwa sechzig Jahren, führte mich erst in die altmodische Wohnstube, die mich mit ihren sauberen Kattunbezügen über den behaglichen Polstermöbeln und den vergilbten Stichen an den mit einer großblumigen, verschossenen Tapete bekleideten Wänden und den freundlich blühenden Geranien am Fenster sogleich anheimelte. Die Mutter aber meinte, für einen so liebwerten Gast müsse man schon die gute Stube aufsperren, und lief dann eilig in die Küche, um nach dem Kaffee zu schauen.
Sie war ein kleines, zusammengeschrumpftes Weiblein mit glattgescheiteltem Haar über der runzligen Stirn. Aus dem gelblichen, furchigen Gesichtlein blickten ein paar wasserhelle Augen forschend umher, und die rauhen, schwieligen Hände erzählten von rastloser Arbeit, deren Segen man überall in Haus und Geschäft wahrnehmen konnte.
Während die Frau Hasler geräuschvoll in der Küche herumhantierte, sorgte der Hausvater für die Unterhaltung, und ich ward nun inne, daß den eigentlichen Grundstein zu dem Reichtum und gediegenen Ruf der Familie die kleine Frau durch ihre Herkunft sowohl als auch durch das ansehnliche Kapital, das sie dem Mann in die Ehe gebracht, gelegt hatte. Sie entstammte einer schon seit länger denn einem Jahrhundert allerorts als ehrsam und

lauter bekannten Alt-Münchner Kaufmannsfamilie und hatte als vierundzwanzigjährige Jungfrau dem als Schreiner im Elternhaus tätigen, eben aus dem Feldzug zurückgekehrten Burschen ihre Hand gegeben, unbekümmert darum, daß er nur der Sohn einer dürftigen, alten Hebamme aus einem kleinen Dorf im Schwabenland war und außer einem Paar nerviger Fäuste und der Tapferkeitsmedaille nichts in die Ehe einbrachte.

Und sie hatte es nicht zu bereuen gehabt, daß sie dem heftigen Widerstand ihrer stolzen Eltern zum Trotz den stattlichen, dunkellockigen Hannes heiratete; denn er war ein heller Kopf und hatte schon als Kind seine zehn Geschwister sowohl an Klugheit wie auch an Geschicklichkeit übertroffen. Sein Vater war schon in jungen Jahren zum Bürgermeister seines Orts gewählt worden, da er eine sehr rechtliche, gerade Natur und von männiglich geschätzt war. Doch hatte der sonst so fürtreffliche Mann einen einzigen Fehler: er trank. Das wurde ihm und der ganzen Familie zum Verhängnis; denn der Unglückliche ward von seiner unseligen Leidenschaft bald so weit gebracht, daß ihm kein Branntwein mehr genügte und er nicht nur alle Balsam- und Painexpellergläser leerte, sondern am Ende noch zum Petroleumkruge griff und Hofmannstropfen flaschenweise trank. Es dauerte nicht lange, so verlor er Amt und Würden und endete zuletzt als kaum vierzigjähriger Mann elendiglich in einem Schweinestall, darin er schon seit Monden hausen mußte, da er in seinem Rausche alles zerschlug und zerstörte, was ihm unter die Hände kam. Damals war der Hannes gerade zwölf Jahre alt geworden, und es hieß nun hinaus in die Welt und selber schauen, wie das Brot am besten für den Hunger ging. Also machte er sich mit vieren seiner Geschwister auf und zog mit ihnen gen München, wo ein jedes bald Arbeit fand. Die Mutter hatte zum guten Glück schon während ihrer traurigen Ehe sich im Ort ein sicheres, wenn auch beschwerliches Fortkommen geschaffen: Sie war Kindlesfrau, so hieß man die Hebammen, geworden. Noch mit ihrem vollendeten neunzigsten Jahr hat sie ihrer bedeutend jüngeren Kollegin gar manche schwere Geburt abgenommen, und es kam nicht selten vor, daß ein Bauer stundenweit fuhr und die alte, halbblinde Haslermutter holte, während in seinem Orte irgendeine tüchtige, junge Hebamme das Nachsehen hatte.

Indes der Hausvater mich also unterhielt und allmählich immer mehr in Wärme geraten war, kam die Frau wieder zu uns herein und bat uns in die gute Stube zum Kaffee. Sie hatte sich inzwischen in Staat geworfen und prangte in einem altmodischen Gewand aus starrer, violetter Seide, das bei jeder Bewegung bald rötlich, bald grau schimmerte und dessen Jacke mit vielen Rüschen und langen Schößen geziert war.

Mein Verlobter hatte sich für diesen Nachmittag von seinem Herrn Urlaub erbeten und kam nun gerade recht nach Hause, den Kaffee mit uns zu trinken. Er nahm meinen Arm und führte mich in die Ehrenstube, deren Möbel alle aus Kirschbaumholz gefertigt und mit dunklen Ornamenten eingelegt waren. Die ganze Einrichtung stammte noch von den Eltern der Frau Hasler, wie der Benno mir berichtete. Auf dem sauber gedeckten Tisch standen zierliche Tassen und Kannen, deren eine jede in einem bunt gemalten Kranz die goldene Inschrift trug: Lebe glücklich!

Wir tranken nun vergnüglich Kaffee, und mein Verlobter sprach viel von meinen guten Eigenschaften, von seiner schönen Stellung, seiner gediegenen Herkunft und von baldigem, sicherem Eheglück. Dann brachte er mich wieder nach Hause, nachdem ich mir noch das Versprechen der beiden alten Leute hatte geben lassen, daß sie uns am folgenden Sonntagnachmittag mit ihrem Besuch beehren würden.

Dies taten sie auch. Pünktlich um die angegebene Stunde fuhr ein Fiaker am Hause vor, und heraus sprang mein Hochzeiter und half seinen Eltern beim Aussteigen.

Ich hatte schon vormittags genaue Weisung von der Mutter erhalten, wie ich sie zu empfangen hätte: Also eilte ich geschwind von der Wirtsküche auf die Straße, reichte jedem die Hand und sagte: »Guten Tag, Frau Mutter, und guten Tag, Herr Vater! Grüß Gott, Herr Benno! Die Mutter hält's für a große Ehr, daß S' uns die Freud machen und a Tass' Kaffee bei uns trinkn. Bitt schön, kommen S' nur glei mit 'rauf in d'Wohnung, d'Mutter is scho drobn!«

Und nun führte ich alle drei nach der im ersten Stockwerk gelegenen, für den hohen Besuch frisch gestöberten und geschmückten Wohnung, wo die Mutter in ihrem nobelsten Aufputz aufgeregt durch alle Zimmer lief und bald ein Deckerl anders legte, bald ein Stäubchen wischte oder umständlich ihr Spiegelbild betrachtete.

Als sie uns kommen hörte, ging sie mit steifer Würde auf die beiden Alten zu, reichte ihnen mit ausgesucht höflicher Verbeugung die Hand und sagte: »Herr Hasler, Frau Hasler, dös freut mi! Derf i vorausgeh? Kommen S' nur 'rei in Salon und nehman S' Platz!... Herr Benno, mögn S' net auf'n Diwan hintre mit der Leni!« Und geschäftig rückte sie den Tisch zur Seite und bot jedem seinen Platz an; dann trat sie unter die Tür und rief: »Rosl, an Kaffee 'rei! Nehman S' dö silberne Plattn zum Kuchn!«

Während sich nun eine lebhafte Unterhaltung über die gleichgültigsten Dinge entspann, betrachtete bald der Vater, bald die Mutter meines Verlobten die protzige Einrichtung des Salons, und sie wechselten von Zeit zu Zeit verstohlene Blicke der Befriedigung; und als die Augen des Alten auf das Klavier fielen, fragte er, wer darauf spiele. Die Mutter sagte stolz: »Mei' Leni kann's; i hab's ihr lerna lassn, daß s'amal ihren Mann unterhaltn ko. Geh, Leni, spiel deine zukünftign Schwiegereltern oan auf! Vielleicht an Bienenhausmarsch oder 's Glühwürmchenidyll, oder was die Herrschaften sonst gern hörn!«

Ich setzte mich an das Instrument und spielte etliche Stücke, wie sie mir gerade einfielen. Da ging die Tür auf, und herein kam der Vater, begrüßte die Familie Hasler und sagte: »I hab der Kathi g'sagt, sie soll dö paar Halbe Bier hergebn, die jatz gehn, daß i aa a bisl raufschaugn ko zu dö Herrschaftn ... No, wia steht's werte Befinden? – Scheene Tag hama allweil jatz. – Warn S' scho auswärts heuer? – Bei dem warma Weeder macht a jeda a G'schäft vo dö auswärtign Wirt. – Hast no an Kaffee, Muatta?«

Damit setzte er sich und begann von dem zu reden, was bis dahin ein jedes wie auf Verabredung vermieden hatte, von unserer bevorstehenden Heirat.

»Dös hat si ganz unverhofft g'schickt!« meinte er, zu dem alten Hasler gewendet. »Mir ham's glei gar net glaabn könna, daß ma d'Leni wirkli scho herlassn solln.«

»Ja, dös is wahr«, fiel ihm die Mutter ins Wort, »so geht's zua in der Welt! Will ma selber no net zu dö Alten g'hörn, derweil hat ma scho heiratsfähige Kinder!«

»Oho!« rief da der Benno. »Jetzt möcht gar d'Frau Zirngibl aa schon vom Alter redn und schaut aus wie a eiserne Venus, so g'sund und so sauber. Der Zirngiblvater kann stolz sei auf so a Frau!«

Geschmeichelt lächelte die Mutter, und auch der Vater hörte diese Lobrede wohlgefällig an. Die alten Haslerleute aber warfen ihrem Sohn halb ärgerliche, halb verlegene Blicke zu, und es entstand eine kleine Pause, die ich rasch benützte, den Benno zu mir an ein kleines Tischlein zu ziehen, wo ich meine Erinnerungen und Andenken aus der Klosterzeit aus einem kleinen Kästlein kramte. Dabei fielen meinem Verlobten etliche Briefe und Karten auf, die sämtlich die Adresse trugen: An die Jungfrau Magdalena Christ, Kandidatin bei den Josefsschwestern zu Bärenberg. Auf seine Frage, ob die Briefe einer Freundin gehörten, erwiderte ich ihm: »Naa, naa! Dös san lauter Briaf an mi!« Erstaunt sah er mich an, und auch am Tisch wurde man aufmerksam, so daß ich mich an die Mutter wandte: »Denkn S' Eahna, Mutter, der Benno woaß net amal mein rechtn Namen!«

Mit hochrotem Kopf saß die Mutter da, und Zorn und Verlegenheit kämpften sichtbar auf ihrem Gesicht, während sie zögernd sagte: »Ja, mei lieber Gott! Dös wissen dö wenigsten Leut, was für a Unglück mi scho in meine jungen Jahr troffn hat; dös erzählt ma net so mir nix, dir nix an jeden, der daher kommt!«

Sie konnte nicht mehr weiter reden; ein heftiges Schluchzen erschütterte ihren Körper, während sie von Zeit zu Zeit einen wütenden Blick zu mir hinüberwarf. Die Familie Hasler aber saß starr und stumm da und blickte fragend von einem zum andern.

Da ergriff der Vater rasch das Wort und sagte: »Da brauchst net z'woana, Muatta; deswegn is dir aa no koa Perl aus da Kro' g'falln. Und was d'Erziehung und dös ander betrifft, hat si no nie nix g'feit. A jeder ko froh sei, wann er so a Madl zum Heiratn kriagt!«

Erst jetzt begriffen die Haslerischen den Sachverhalt, und die Frau rief mit kläglicher Stimme: »Ja, was is denn net dös! Na is also d'Leni gar net von Eahna, Herr Zirngibl?«

»Naa. Der Leni ihra Vata is damals bei dem großen Schiffsunglück, wo dö englischn Hund den scheena Dampfer Cimbria a so o'gfahrn ham, daß'n glei da Deixl g'holt hat und d'Leut allsam dasuffa san, aa dabei g'wen. Der hat sein Ruah! Und da hab halt i d'Muatta g'heirat.«

Schweigend hatten alle zugehört, und endlich begann der

alte Hasler: »No ja; in Gott's Nam'! Sell isch au di g'fährlichscht Sünd no nit, daß e so saubre Frau amal was Kloins kriagt! Im übrige ischt's mir ja ganz gleich, ob's Mädle lediger Weis' isch dag'wesa oder von der Eh; d'Hauptsach isch halt, daß sie e aaschtändige Mitgift ei'bringt!«

Jetzt hatte sich auch die Mutter wieder erholt und schilderte nun in beweglichen Worten, wie sie mich ausstatten wolle und daß sie jederzeit da wäre, wenn's einmal drauf ankäme. Der Vater aber sagte kurz: »Zwegn der Mitgift braucht koa Hochzeiter a Sorg z'habn. D'Leni hat bei dreiß'gtausend Mark Muatterguat und vo ihran Vatern achttausend Mark ausg'machts Geld auf der Bank. Und wenn amal d'Not an sie kam, na war allweil i aa no da; vorläufig kann i ihr allerdings vo mir no nix gebn; dös steckt alls im G'schäft drin.«

Während dieser Rede war die Wolke, die unheildrohend auf der Stirn der alten Haslerin gestanden, von ihr gewichen, und das sonnigste Lächeln lag auf ihrem Gesicht. Auch der Herr Hasler rieb sich vergnüglich die Daumenballen und sagte bloß: »Scheen, guat, isch ja sehr aagenehm!«

Der Benno aber, der zuvor, als meine Abkunft an den Tag kam, sich auf einen von mir ziemlich entfernten Stuhl gesetzt hatte, kam jetzt mit zärtlicher Miene auf mich zu und sagte, indem er mich um die Hüfte nahm, leise: »Du glaabst gar net, Lenerl, wie gern i di hab!«

Und in heiteren Gesprächen verfloß die Zeit, bis die Mutter um fünf Uhr zum Vater sagte: »Josef, jatz werd's Zeit ins G'schäft!«

Da brachen die Haslerischen auch auf und empfahlen sich mit großer Höflichkeit.

Nun war ich also Bennos Braut und lebte im übrigen wie zuvor.

Die Hochzeit war auf den Herbst festgesetzt worden, und der Benno eilte mit viel Fleiß von Amt zu Amt, um die zur Heirat notwendigen Schriftstücke zusammenzubringen. Der alte Hasler kündigte einer schon lange Jahre in seinem Haus wohnenden alten Jungfer die Wohnung und ließ viel Arbeitsleute kommen. Die Wände wurden tapeziert, die Böden frisch lackiert; in die Küche kam ein neuer Herd und in die Kammer daneben ein Bad. Die Frau Hasler stand bei größter Sommerhitze auf der Altane und füllte Kissen und Betten mit Flaum und zeigte den Nachbarn die Größe der mütterlichen Liebe, die nicht bloß zusieht, wie das Kind, das nun dem Nest entflogen, sich in der neuen Lebenslage zurechtfindet, sondern die in Beherzigung des Wortes »Wer sich gut bettet, liegt gut« sorglich ihr Teil dazu beiträgt, daß dessen Lebensbett ein lindes werde.

Mein Vater ließ den Schreiner kommen und bestellte die Möbel, nachdem er sich die für uns bestimmte Wohnung angesehen hatte. Alles sollte altdeutsch werden, und die Schränke sollten Spiegel haben und ein jedes Stück noch einen Muschelaufsatz. Der alte Tapezierer Fünffler mußte für die Polster sorgen und den Diwan samt den Stühlen nebst einem kleinen Kanapee anfertigen.

Die Mutter aber lief zum Nachbar Glaser und erstand das Neueste an buntem Prozellan, an irdenem Geschirr und Gläsern.

Dann kam der Tag, an dem sie ging, das Brautkleid einzukaufen. Da mußte ich zur alten Haslerin und diese bitten, daß sie uns die Liebe tät und mitginge, den Stoff zu kaufen, was sie mir auch versprach.

Also machten sie sich auf den Weg, eine jede starrend in Seide und blitzend im Schmuck der Nadeln, Ringe und Spangen, die an Glanz wetteiferten mit den langen Perlenfransen der Mantillen und Kapotthütchen.

Erst spät abends kamen sie heim, und ich vernahm, daß

nun alles eingekauft sei, dessen ich als Braut bedürfe, um zu glänzen. Ich erschrak beinahe, als ich von der Mutter hörte, daß mein Brautkleid von Seide wäre und der Zeug allein schon mehr denn hundertfünfzig Mark gekostet hätte. Ich vergaß darüber ganz und gar den Dank, so daß die Mutter sehr entrüstet ward und rief: »Woaßt net, was si g'hört, du Hackstock? Gibt ma so viel Geld aus für dös G'stell und kriagt net amal an Dankschö' dafür!«

Da kam ich erst wieder ein wenig zu mir und sagte halblaut: »Dank schö, Mutter, so was hätt's net braucht.«

»So, dös hätt's net braucht! Moanst vielleicht, i laß mi lumpn und oschaugn von dö Haslerischen? Hab's scho g'sehgn, wie s' d'Letschn hat hänga lassn, weil i z'erscht g'moant hab, a Schlepp war net notwendi; aber jatz hab i so viel kaaft, daß d' an meterlanga Schwoaf hint nachiziagst!«

Ich wußte nicht viel darauf zu antworten und empfand im Grunde wenig Freude über den Prunk, in den man mich stecken wollte. Als ich jedoch nachher das schwere, glänzende Gewebe sah, regte sich meine Eitelkeit doch, und ich dachte, wie die in der Nachbarschaft wohl schauen würden, wenn sie mich in dieser Pracht erblickten. Ich trug den Stoff alsbald zur Nähterin, die mir einen Arm voll Modeblätter mit nach Hause gab zur Durchsicht, damit wir wählten, was uns gefiele. Ich suchte mir ein sehr einfaches Bild zum Muster aus und bat die Mutter, sie möchte das Gewand nach diesem machen lassen, was sie mir zusagte.

So waren die Tage der Brautzeit immer mehr ihrem Ende zugegangen, und es war nun an uns, zum Pfarrer zu gehen, das Stuhlfest zu feiern.

Also meldete mein Verlobter an einem Oktobersonntag nach dem Gottesdienst in der Sakristei unserer Pfarrkirche dem alten einäugigen Meßner, daß wir am nächsten Tage zum Herrn Pfarrer kämen, damit er uns in allem unterweise, was für den Stand der christlichen Ehe von Nutz und Frommen sei.

Hand in Hand schritten wir denn andern Tags gegen elf Uhr mit klopfendem Herzen durch die Straßen und zögernd stiegen wir im Pfarrhause die breite Treppe hinauf zur Tür, hinter der ein wirres Durcheinander von Kinderstimmen zu hören war. Im gleichen Augenblick stürmten etwa zehn Schulkinder jubelnd und lärmend aus der Wohnung und schwangen im Triumph bunte Heiligenbilder, die sie gewiß als Lohn für gute Antworten in der Religionslehre erhalten hatten. Hinter ihnen erschien lächelnd der noch ziemlich junge Pfarrer und mahnte: »Kinder, tut's schö stad sei; pfüat euch Gott und tut si koans derfalln! So, pfüat Gott, so!«

Da erblickte er uns: »So, so!... Grüß Gott, Leutln!... So, geht's nur glei da rei; so... Ja, jetzt san ma also da, so... So, sitzt's euch nur glei da her, so!«

Und sorglich führte er uns zu einer Fensternische, die eigens zu dem Zweck, der uns hingeführt, gemacht schien. Ein kleiner Sammetdiwan stand in der Ecke, darauf wir Platz nahmen; vor uns ein Tischlein, auf dem nichts als ein kleines Buch lag. Davor stand ein bequemer Armstuhl, der für den Priester bestimmt war.

Da saßen wir nun mit seltsam bewegtem Gemüt. Ein leichter Duft von Weihrauch umgab uns; die Sonne schimmerte durch die großen Glasbilder, die an den Fenstern hingen, und ließ die reichen Blumenstöcke bald in bläulichem, bald rotem Licht erglänzen. Auch zu dem blassen Herrgott, der an einem hohen Kruzifix aus schwarzem Holze hing, huschte einer von den roten Strahlen und gab dem Gottessohn ein Kleines seiner Wärme und beinahe einen Hauch von Leben.

Stumm blickte ich bald auf den Pfarrer, bald auf die lebensgroße Statue des Jesukindes, die zwischen Blumen und

Kerzen in einer Ecke stand. Dann schielte ich verstohlen hin zum Benno: Der saß etwas gebeugt, und Tränen rannen ihm über sein Gesicht.

Nun begann der Priester seine Lehre: Erst gab er uns den Segen, dann führte er uns im Geist zurück zu den ersten Menschen, zur ersten Ehe im Paradiese; hierauf gab er uns alle jene Mahnungen und guten Lehren, deren junge Eheleute bedürfen. Vor allem aber bat er uns, die Tage vor der Trauung nichts zu tun, was gegen Sittsamkeit verstoße, und in der Ehe Gottes Segen nicht durch Anwendung von irgendwelchen Schutzmitteln freventlich zu hemmen oder zu vermindern; denn das sei ja der Kern der Ehe, daß die Welt durch sie bevölkert bleibe. Nach diesen Unterweisungen fragte er den Benno: »Also, Herr Hasler, nachher kannt ma am Sonntag scho zum erstenmal verkünden, so, und nachher setz' ma glei die Trauung fest. Wie moanatn S', Herr Hasler, wenn ma den zwoatn Deanstag im November nahm?«

Mein Hochzeiter, der während der Ansprache des Herrn Pfarrers wiederholt in Schluchzen ausgebrochen war, trocknete nun seine Tränen und erwiderte: »Jawohl, Herr Hochwürden; am zweiten Dienstag im November is uns scho recht. Aber i möcht halt bitten um a g'sungene Mess' und daß uns halt der hochwürdige Herr Pfarrer d'Liab tät, selber die Trauung z'machen. Es wär halt a recht große Ehr für uns, und auch der Vater moant, es wär viel feierlicher, wenn der Herr Hochwürden d'Traumess' haltet.«

Der Pfarrer sagte ihm dies zu, und nachdem er uns noch aufgetragen hatte, den Tag vor der Hochzeit eine Lebensbeichte abzulegen und am Hochzeitsmorgen noch die Kommunion zu empfangen, gab er uns den Segen und geleitete uns dann bis zur Gangtür.

Wie von einer großen Last befreit, atmete ich auf, als wir draußen waren, und übermütig sprang ich die Stiegen hinab und auf die Straße. Der Benno aber war sehr ernst und schüttelte den Kopf, als er meine Ausgelassenheit sah, und während ich mit tänzelnden Schritten und lebhaftem Geplauder dahineilte, schritt er beinahe bedrückt neben mir her und sah mich schweigend an. Da schob ich lachend meinen Arm in den seinen und rief: »Juhu, g'heirat werd! Da derf i mit der Scheesn fahrn und hab an Schlepp und a seidens G'wand, juhu!«

Etwa eine Woche vor dem Hochzeitstage kamen die Handwerksleute und meldeten, daß sie mit allem, was ihnen aufgetragen worden, fertig seien.
Also mußten nun die Möbel in die für uns bereitete Wohnung gebracht werden, und ich erbat mir deshalb von der Mutter die Erlaubnis, etliche Tage vom Geschäft wegbleiben zu dürfen. Da stieß ich zum erstenmal seit langem wieder auf heftigen Widerstand, und die Mutter begann zu fluchen und zu schelten und machte mir die gröbsten Vorwürfe, daß ich jetzt, wo ich endlich etwas taugte, heiratete.
»Und i leid's einfach net, daß d' gehst! Dös war dös Rechte! I kannt mi dahoam darenna vor lauter Arbat und dö gnädi Fräuln laafat furt und tat d' Wohnung eirichtn. Sag's nur dö Haslerischen! Dö ham mehra Zeit wie mir; dö solln si um d'Wohnung kümmern! I muaß alles zahln, drum verlang i aa, daß d' dafür arbatst!«
Ratlos schlich ich davon und besorgte, es möchte der Tag meiner Hochzeit kommen und ich hätte nichts gerichtet, worin wir wohnen und schlafen könnten. In meiner Not ging ich zum Vater und bat ihn um seine Fürbitte, und nun konnte ich wenigstens für einen Tag Urlaub bekommen.
Ich ging also in aller Früh schon fort und trat bei der Familie Hasler eben in dem Augenblick in die Stube, als der Benno seinen Hut vom Nagel nahm und in das Geschäft

wollte. Als ich berichtete, wie schwer ich von zu Hause fortgekommen sei, meinte er: »Da muß i glei dahoam bleibn, daß ma heut no ferti wer'n; i möcht net habn, daß dei Mutter harb werd.«

Also blieb er bei mir, und wir begannen sogleich unsere Arbeit. Erst stellten wir alles das auf, was in die Schlafstube gehörte, wobei wir beinahe in Streit gekommen wären, da der Benno haben wollte, wir s 'lten die beiden Betten zusammenrücken, ich sie aber gern getrennt gehabt hätte. Doch gab ich endlich nach, nachdem mich mein Verlobter auf die Worte des Pfarrers: »Das Weib muß dem Mann gehorchen« hingewiesen hatte.

Gegen Mittag hatten wir ein Zimmer fertig, und ich wollte nun nach Hause gehen zum Essen; doch gaben die alten Haslerleute keine Ruhe, bis ich blieb.

Nachmittags räumten wir dann die Wohnstube ein; doch kamen wir zu keinem Ende, da ein jedes die Dinge nach seinem Kopf gestellt haben wollte. Daher ließ ich den Benno bei seiner Arbeit allein und ging in die Küche, wo Geschirr und Bilder, Möbel und Nippsachen, Spiegel und Stellagen bunt durcheinander standen und lagen.

Nach wenig Stunden wurde es dunkel, und ich war noch nicht einmal zur Hälfte fertig mit meiner Arbeit. Da kam mit einemmal eine große Traurigkeit über mich, und ich setzte mich in einer Ecke auf einen kleinen Hocker und begann zu weinen. Die Unordnung ringsum bedrückte mich, und alles kam mir so fremd und unwirtlich vor, und ich empfand plötzlich eine große Furcht vor dem Heiraten.

Währenddem war es ganz finster geworden, und ich stand auf und ging in die Stube, wo ich den Benno gelassen hatte. Da war sie leer. Ich ging in das Schlafzimmer, doch auch da fand ich ihn nicht. Nun wollte ich hinuntergehen zu den Eltern Bennos; da fand ich die Wohnungstür verschlossen und war also eingesperrt. Ratlos stand ich da und wußte

nicht, was ich beginnen sollte. Es fiel mir nicht ein, daß ich
ja nur ein Fenster zu öffnen brauchte und auf die Straße zu
rufen; vielmehr ging ich wieder zurück in die Schlafstube,
legte mich auf ein Bett und weinte bitterlich. Da hörte ich
aufsperren, und es kam der alte Hasler mit einem Licht
und wollte sich unser Werk beschauen. Er erschrak gar
sehr, als er mich so trostlos hier fand, und ich erfuhr nun,
daß der Benno geglaubt hatte, ich sei im Zorn fortgelaufen,
und er hatte deshalb gar nicht weiter nach mir gesehen.
Als ich daher mit dem alten Hasler eine Weile später drunten in die Wohnstube trat, war große Freude über den
guten Ausgang dieser Geschichte.
Spät abends brachte der Benno mich nach Hause und bat
die Mutter, sie möge mich doch noch einen oder zwei Tage
fort lassen.
Mit süßsauerem Lächeln erwiderte sie: »Ja, ja, sie kann
scho geh vo mir aus; jatz muß i mi alleweil scho dro
g'wöhna, ohne Hilf z'sei. Dös is scho was Alt's, daß d'Kinder, wann 's oan gnua kost' ham, davolaafn und heiratn!«
Wir bedankten uns für die Erlaubnis, und am andern Morgen machte ich mich wieder auf den Weg, ohne vorher
etwas zu essen. Als ich daher von der Frau Hasler zum
Kaffee geladen wurde, nahm ich dies gern an, sagte aber,
daß ich mittags heim ginge; denn ich befürchtete, es möchte
ihr zu viel werden. Der Benno war schon in aller Früh zu
seinem Herrn ins Geschäft gegangen, ihn um Urlaub zu
bitten, bis wir eingerichtet wären. Nun kam er, und wir
begannen wieder unsere Arbeit. Es ging uns jetzt alles gut
vonstatten, da ich zu müde war, um noch länger zu streiten, und mir vorgenommen hatte, nach der Hochzeit doch
alles so zu richten, wie es mir gefiel.
Am Mittag wollte ich dann heimgehen, vorher aber gab es
noch ein kleines Unglück.

Mein Hochzeiter war über unsere Arbeit so erfreut, daß er mich mit einem Male um die Hüften faßte, mit mir in der Stube herumtanzte und am Ende mich in die Höhe hob und auf den Diwan fallen ließ. Ich hatte schon während des Aufhebens heftig gezappelt und kugelte nun beim Fallen vom Diwan herab und gerade hinein in einen schönen, großen Spiegel, den ich kurz zuvor darangelehnt hatte. Er ging in Scherben, und es kostete mich nicht geringe Mühe, aus dem Rahmen, in dem ich saß, herauszukommen. Die Holzwand war durchgebrochen, und die beiden goldenen Amoretten, welche den Rahmen zierten, standen nun auf meinem Rücken und hielten mit Anmut das goldene Wappen. Der Benno war erst wie erstarrt; als ich aber unter großem Jammer begann, mich von der unbequemen Einrahmung zu befreien, brach er in so lautes Gelächter aus, daß ich in heftigsten Zorn geriet und schwur, ich würde ihm den ganzen Spiegel an den Kopf werfen, wenn ich nur erst heraußen wär. Zum Glück hatte ich keine Verletzung davongetragen, und als mir der Benno herausgeholfen hatte und sich nun selbst hineinsetzte, um mir das komische Bild zu zeigen, da mußte auch ich lachen. Die alte Haslermutter freilich war sehr erschrocken, als sie's vernahm, und prophezeite uns, daß wir nun sieben Jahre kein Glück hätten, worüber ich wieder hellauf lachen mußte. Ob nicht doch ein Körnlein Wahrheit in dem Worte lag?
Mein Verlobter begleitete mich heim und trat gleich in das Gastzimmer, um rasch ein Glas Bier zu trinken; ich aber ging in die Küche. Als ich die Mutter grüßte, dankte sie mir nicht und fragte nur: »Was willst?«
Ich sagte, daß ich zwar zum Essen geladen worden wäre, es aber ausgeschlagen hätte. Da schrie sie: »Also was z'essen möchst! Sonst fällt dir nix ei! Dös war no dös Schönere; an ganzn Tag rumz'vagiern und dahoam 's Essen z' verlangn! Nix da! Wannst net bei mir arbatst, hast aa

nix z'fordern von mir. Laß di nur von dö Haslerischen fuattern!«

Ich gab ihr keine Antwort mehr darauf, sondern lief in die Gaststube und sagte mit vor Erregung heiserer Stimme zum Benno: »Komm, gehn ma! Rasch!«

Auf der Straße erst erzählte ich dem aufs höchste Erstaunten und Erbitterten den Vorfall.

Als wir nachher bei seinen Eltern zu Tisch saßen und ihnen berichtet hatten, wie es mir ergangen, da meinte der alte Hasler: »So was isch aber do scho ganz aus dr Weis'! Da mögscht ja glei e Narr wera! Was ha i dr g'sagt, Benno; da hascht es jetzt. I ha's ja allweil g'sagt: E Mädla aus'm Gaschtlokal isch e Stückle vom a Saustall! Jetzt ka'scht luadrige Tag grad gnua kriege. Am brävschte wär's halt, wenn d'heut auf d'Nacht hi'fahrn tätsch' und alls rückgängig mache!«

Da sprang der Benno auf und schrie überlaut: »So! Was fallt dir denn ei, Vater! Was kann denn 's Madl dafür, daß s' so a narrische Muatta hat! Naa, so viel Ehrenmann bin i allweil no, daß i woaß, was si g'hört! Ich heirat, und geht's, wie's mag!«

Nun mischte sich auch die alte Mutter in das Gespräch: »Gar so unrecht kann i ja der Frau Zirngibl net gebn, Vater; du mußt allweil bedenkn, daß d'Leni ledi is!«

»Ja, ledig, dies isch scho recht; aber 's Fressa braucht ma au em ledige Kind it vorz'werfe!«

Mitten im Reden brach er ab und sah auf mich. Ich war völlig ohne alle Fassung dagesessen und große Tränen rannen mir über die Wangen; doch sagte ich kein Wort und stand nur nach einer Weile auf und ging wieder in mein werdendes Heim. Dort setzte ich mich neben dem zerbrochenen Spiegel auf einen Stuhl und bedachte zum erstenmal den Schritt, den ich mit meiner Heirat zu tun im Begriff stand. Ich sah jetzt ein, daß ich von den Schwiegereltern nicht viel Liebe zu erwarten hatte; daß mein Gatte heute für mich eintrat, gab mir nicht die sichere Gewähr, daß dies auch morgen noch geschehe; daß ich aber trotzdem nicht mehr zurücktreten durfte, wenn ich nicht der gröbsten Schmähungen von seiten meiner Mutter gewärtig sein wollte, stand fest bei mir. Es bedrückte mich zwar das rauhe Wesen meiner Mutter, doch mehr noch ängstigte mich das unbekannte und doch naheliegende Schicksal, das mich in meiner Ehe erwartete. In dieser trüben Stimmung begab ich mich ins Schlafzimmer, wo ein großes Bild der Mutter Gottes hing. Dort setzte ich mich auf den Rand eines Bettes und redete mit dem Bild: »Liabe Muatta Gottes, hilf mir do in dera Angst. Laß mi net z'grund geh; sag's dein Sohn, daß er's recht macht!«

Da tönte die Klingel der Haustür, und es kam mein Verlobter. Wir sprachen nichts mehr über das Vorgefallene und arbeiteten den ganzen Nachmittag fleißig. Abends gegen sechs Uhr wollte ich aufhören, doch hatte ich mir vorgenommen, nicht heimzugehen, sondern in einem der neuen Betten zu schlafen. Ich sagte dies dem Benno, und er meinte auch, daß es besser wäre, wenn ich heute nicht heimginge. Also bereitete ich mir noch eins der Betten für die Nacht. Als es nun so frisch gerichtet war, meinte mein Verlobter, ich sollte es doch einmal mit ihm probieren, wie sich's in den neuen Betten schlafe. Ich aber wies ihn streng zurecht und gab trotz der Versicherung, daß wir es ja leicht noch beichten könnten, nicht nach. Schmollend ging er hinaus und nahm mir meine Weigerung recht übel. Vielleicht trug er auch einen Groll gegen die kirchlichen Ehegesetze in sich, weil sie dem Mann nicht auch in diesem Fall die Durchsetzung seines Willens gestatten.

Da ich befürchtete, er könne sein Begehren, wenn ich da schliefe, noch stürmischer wiederholen, so machte ich mich bald auf den Heimweg.

Als ich in die Küche trat, sagte mir unsere Magd, daß die Nähterin soeben mit der Mutter in der Wohnung droben sei; sie hätte das Brautkleid gebracht. Ich konnte aber keine Freude darüber empfinden, und nicht einmal die Erzählung des Mädchens, daß das Kleid eine lange Schleppe habe, bereitete mir Vergnügen. Mißmutig schnitt ich mir ein Stücklein Wurst ab und aß, ohne mich zu setzen. Da kam die Schneiderin mit der Mutter herein und rief, als sie mich erblickte: »Ah, da is ja d'Fräuln Leni scho! Jetzt kannt ma glei no schaun, ob's Brautkleid aa paßt!« Und ich mußte mit ihr in die Wohnung hinaufgehen und das Gewand anziehen. Es sah recht nobel aus, doch paßte es nicht gut und war der Kragen viel zu eng. Ich bat sie daher, das Kleid wieder mitzunehmen und zu richten, was sie auch tat. Als ich nachher wieder hinunterkam, war der Benno gekommen und saß mit etlichen seiner Freunde in der Gaststube, gerade dem Fenster gegenüber, aus dem man die Speisen in die Stube langte. Er grüßte mich freundlich und winkte mir zu, aber ich ging nicht hinein, sondern setzte mich an die Anricht und begann für den kommenden Tag Gemüse zu putzen. Die Mutter saß nahe bei dem Ausgang, der in die Schenke führte, und hatte eine Zeitung in der Hand, doch las sie nichts und blickte von Zeit zu Zeit zornig auf mich. Mit einem Mal sprang sie auf und schrie mich an: »Du unverschämts Frauenzimmer, woaßt net, was si g'hört? Hast du koan Dank für dei Mutter? Moanst leicht, i war dir's schuldi, daß i dir a seidas hab kaaft!« Ich blickte sie erschrocken an und wollte eben erwidern, daß ich es noch gar nicht hätte, da fuhr die Mutter aufs neue heraus: »Umanander renna, d'Gnädige spieln und dabei d'Letschn hänga lassn, dös kann's; aber dir treib i's aus, du Herrgottssakramenter!« Und ehe ich mich versah, hatte sie den Schürhaken ergriffen und mir denselben etliche Male um die Schultern geschlagen.

Ich sprang auf und rief: »Aber Mutter! Denkn S' doch, daß i Braut bin!«

Da kam sie in eine furchtbare Wut; sie faßte mich an den Haaren und riß mich herum, gab mir etliche Ohrfeigen und stieß mich schließlich mit dem Schrei: »Geh nei zu dein Kerl, G'stell, verfluchts! Moanst vielleicht, i fürcht mi vor dem Bürscherl!« in die Gaststube hinein.

Da sprang mein Verlobter auf, stürzte in die Küche hinaus und schrie: »Frau Zirngibl, dös is a Saustall, wie Sie mit meiner Braut umgehn! Schamen S' Eahna! Sie führn Eahna ja auf wie a Zigeunerin!«

Mein Vater hatte mich, als ich so in die Stube flog, sogleich beim Arm gefaßt und trat nun mit mir in die Küche, als eben der Benno so laut das Benehmen der Mutter geißelte. Und als die Mutter gerade wieder begann zu toben, rief der Vater dazwischen: »Was is denn dös für a Wirtschaft! Kannst di jatz du gar net a weng eischränka, Muatta?«

Der Benno aber fluchte und rief: »Dös war ma dös Rechte! Sofort muß ma d'Leni aus'm Haus! Koa Minutn laß i's mehr bei so ana Megärn! Dös war dö recht Zigeunerwirtschaft!«

Aber die Mutter fuhr ihn an: »'s Maul halten, Rotzlöffel! Dö bleibt ma da! Und wann's ma net paßt, na derf s' ma aa net heiratn! Dös kannt enk passen, scho vor der Trauung z'ammz'hocka in Konkubinat! Sie san a ganz a feiner, Sie Rotzer! Moanen S' vielleicht, i kriag koan andern Schwiegersohn mehr als Eahna? Da brennan S' Eahna! I ko mei Tochter gebn, wem i will, verstanden!«

In maßloser Wut hatte der Benno bei diesen Schmähungen gestampft und geflucht, jetzt aber faßte er mich rauh am Arm und schrie: »Marsch, du gehst ma sofort aus dem Haus, wannst willst, daß i di heirat!«

Da trat der Vater abermals dazwischen, drückte die Mutter auf einen Stuhl, schob den Benno in die Gaststube und schickte mich zu Bett; dazu sagte er bloß mit seltsam bewegter Stimme: »Bringt's mi do net um alles! Mei ganz' Renommee is beim Teufl durch enkern Saustall; seids g'scheit und hüt's enker Zung! Geh, Benno, gib aa wieder an Fried!«

Grollend ging der Benno wieder in die Stube, die Mutter machte einen kleinen Spaziergang in den Hof, und ich ging zu Bett.

Am andern Tag schien alles wieder gut zu sein, und ich machte mich auf den Weg, meine Wohnung vollends zu richten.

Das war drei Tage vor meiner Hochzeit. Es gab immer noch viel zu tun, wenn ich alles gut instand setzen wollte, und ich arbeitete ohne Rast bis zum späten Nachmittag.

Als ich endlich fertig war, richtete ich noch die Öfen her, daß ich sie beim Einzug nur anzuzünden brauchte. Dann eilte ich heim, ohne noch zu den Haslerischen zu gehen; denn ich schämte mich sehr wegen der traurigen Szene am Tag vorher.

Als ich heimkam, trat ich mit freundlichem Gruß in die Küche und sagte: »So, jetzt bin i ferti. Wenn S' vielleicht Lust hätten, Mutter, daß Sie's Eahna anschaun möchtn, tat's mi freun!«

Ich bekam keine Antwort und wußte also, daß ich, wenn nicht abermals etwas Unliebsames vorkommen sollte, gehen mußte. Daher sagte ich bloß noch: »Gut Nacht!« und ging dann zu Bett.

Am andern Tag wollte ich mein Geld von der Sparkasse abholen und kleidete mich daher schon früh an. Der Vater wollte mitgehen, und es mußte also die Mutter in die Schenke. Sie tat es, ohne ein Wort mit uns zu reden; nur als ich ihr Adieu sagte, rief sie mir nach: »Kannst glei dein Bräutigam 's Brauthemad kaafa und a Myrntsträußerl! Na gehst glei hoam!«

Ich hatte mir schon allerhand ausgedacht, was ich mir um die neunzig Mark, die mir von dem Geld aus der Floriansmühle noch geblieben waren, alles kaufen wollte; als ich aber heimkam, verlangte mir die Mutter das Geld sofort ab und sagte: »Dös Geld gibst her, na kaaf i dir an saubern Spiegelkasten drum.«

Obschon ich gerne dagegen gesprochen hätte, blieb ich doch stumm auf diese Rede; denn ich fürchtete, aufs neue den Zorn der Mutter zu erregen, wenn ich nicht zu allem ja sagte. Also ward ich auch dieses Geldes los, wie ich einst des meines Großvaters und des Hausls losgeworden war.

Es ist ein alter Brauch, daß man den Vorabend einer Hochzeit mit einer kleinen Feier begeht, und nennt man diesen Abend den Polterabend.

Zu der Zeit meiner Verheiratung wußte ich über den Ursprung und die Bedeutung dieses Wortes noch nicht viel, doch schien mir der Name für meine Verhältnisse gar nicht so unrecht; denn die Mutter polterte an diesem Tag im ganzen Haus herum, fluchte, zeterte, zertrümmerte verschiedenes Geschirr, jagte die Küchenmagd aus dem Haus und prügelte meine Stiefbrüder, ohne daß man recht wußte, warum. Ich war deshalb sehr bedrückt und tat nichts, wovon ich vermeinte, daß es die Mutter erzürnen könnte, und hatte auch wirklich bis zum Nachmittag Ruhe.

Um zwei Uhr ging ich in die Wohnung hinauf, um meine kleinen Andenken und all die Kästlein und Schächtelchen, die Bilder und Büchelchen zusammenzupacken, die mir zu lieb waren, als daß ich sie hätte zurücklassen mögen. Auch die Mutter kam bald hinzu und warf mir manches hübsche und auch kostbare Stück hin, das sie nicht mehr mochte; doch brummte sie beständig vor sich hin und schrie mich plötzlich ganz unvermittelt an: »Hast es ja recht notwendi, daß d'heiratst! Hättst es ja nimmer aushalten könna dahoam! Aber wart nur, du wirst es scho sehgn, wia's dir geht! Daß dir i nix Guats wünsch, kannst dir denka, du undankbars Gschöpf! Kannt ma s' so guat braucha und muaß ma fremde Leut halten, während die gnädig Fräuln heirat und si auf die faule Haut flackt!«

Dabei warf sie mir etliche Schmuckschächtelchen auf den Tisch, dazu ein schweres Kettenarmband, eine Halskette mit einem schönen, alten Medaillon, einen schwarzen Beinschmuck und ein großes, kostbares Amethystkreuz, das sie einst von einer Gräfin von Lindwurm erhalten hatte. Ich glaubte nicht, daß die Dinge alle für mich bestimmt seien, und ließ sie liegen. Da schrie die Mutter wieder: »Is dir leicht mei Sach nimma guat gnua? Bist leicht z'schö dazua, daß d' was Alts, was Guats tragst?«

Da nahm ich rasch die Sachen vom Tisch, leerte eine hübsche Schatulle, in der ich Briefe liegen hatte, aus und tat alles hinein, indem ich sagte: »Was denken S' denn, Mutter! Freili mag i alles! Und von Herzen 'gelt's Gott dafür! Dös freut mi anders, daß i grad dös Schönste kriagt hab! Dank schö, Mutter! 'gelt's Gott!«

Da lief sie aus dem Zimmer und schlug krachend die Tür zu.

Ich hatte großes Mitleiden mit ihr und dachte, ob ich wohl auch einmal ein Mädchen bekäme und wie ich mit ihm sein wollte; doch bald verscheuchte ich diese Gedanken und trug meine Kostbarkeiten nach der neuen Wohnung, wo ich alles in die Kommode räumte. Danach ging ich zur Familie Hasler, wobei mir das Herz klopfte; doch sagten sie kein Wort wegen des Verdrusses, den wir gehabt. Sie luden mich ein, mit ihnen den Kaffee zu trinken, aber ich entgegnete, ich müsse erst daheim um Erlaubnis bitten.

Ich ging also gleich wieder nach Hause und bat den Vater,

der es mir zwar erlaubte, doch meinte, ich müsse schon auch die Mutter fragen. Dies tat ich, und da ich ohnehin auch noch zur Beicht mußte, ließ die Mutter mich gleich fort und sagte bloß: »Daß d'hoam kommst bis auf d'Nacht! Bringst Haslers mit, mir ham heut a Konzert!«

Nach dem Kaffee, etwa um fünf Uhr, brach ich auf und holte meinen Hochzeiter vom Geschäft ab, um mit ihm zur Beicht zu gehen. Er war wieder sehr ernst und redete nicht viel.

Nach der Beicht gingen wir wieder zu seinen Eltern, wo wir die alten Leute bereits in sonntäglicher Kleidung antrafen. Der Tisch in der Wohnstube war weiß gedeckt, ein Rosmarin prangte in der Mitte, und eine große Torte mit der Aufschrift: »Dem Brautpaar« stand daneben. Der Vater holte eine Flasche Wein herbei, und die Mutter stellte die Gläser mit zitternder Hand dazu. Es war schon völlig dunkel, und im Zimmer verbreitete die altmodische Lampe ein behagliches Licht.

Da ertönte draußen im Hof Musik, und das Lied: »Nur einmal blüht im Jahr der Mai, nur einmal im Leben die Liebe« wurde mit viel Gefühl auf einem Piston vorgetragen. Nun schenkte der alte Hasler die Gläser voll und mit herzlichen Worten wünschte er uns Glück; die Mutter hatte die Augen voll Tränen und gab uns ihren Segen, der Benno aber hatte mich an sich gezogen und schluchzte.

Da ergriff mich eine große Dankbarkeit gegen diese Menschen, und ich dankte ihnen unter heftigem Weinen. Trotzdem fühlte ich mich so elend, als sei ich wieder am Grab meines Großvaters, und es befiel mich ein Zittern und Unwohlsein, und ehe man sich recht zu helfen wußte, war ich ohnmächtig geworden.

Als ich wieder zu mir kam, waren alle um mich besorgt, die Haslermutter aber fragte mich, ob ich öfter an solchen Zuständen leide. Ich sagte ihr, daß ich manches Mal auch ohne besonderen Anlaß mit solchen Ohnmachten zu kämpfen hätte. Da nahm sie mich beiseite in die Schlafstube und wollte ausführlich über meine Gesundheit berichtet sein: »Denn«, sagte sie, »du kannst mir's net verargen, daß i mi um mein' Oanzign sorg.«

Nun erzählte ich ihr, daß ich schon seit meinem vierzehnten Jahr bleichsüchtig gewesen sei, daß ich die Reife des Mädchens erst vor wenig Wochen zum erstenmal erfahren hätte, während bisher jahrelang nur diese Ohnmachten eine gewisse Zeit andeuteten. Diese Bewußtlosigkeit sei immer plötzlich gekommen, und einmal gerade, als ich in der Küche stand und am Fleischtisch ein Stück Leber schnitt. Zum Glück hatte ich das große Tranchiermesser nur locker in der Hand, sonst wäre vielleicht ein Unglück geschehen. Auch berichtete ich ihr, wie ich einmal nach einem großen Verdruß mit der Mutter am Brunnen gestanden, um ein Kalbshirn zu häuten. Da hatte mich mit einem Mal ein kurzer, heftiger Husten gepackt, und ein schöner Faden hellen Blutes lief den Brunnen hinab, während ich mit heißem Kopf und müden Beinen dort lehnte und Schmerz und Übelkeit bekämpfte. Die Mutter hatte mich am andern Tag zum Arzt geschickt, der an eine Magenkrankheit glaubte, da ich vordem nur selten gehustet hatte. Doch sei dies alles längst wieder gut, und ich hätte nicht Sorge, daß ich eine Krankheit in mir habe.

Nach einigen Nachdenken meinte die Frau Hasler: »Du bist halt überarbeit't! Wennst jatz dei Ruah hast, wirst schon wieder! 's Heiraten is dös Best' für di, und der Benno is der g'scheitste Doktor. Aber jatz müaß ma wieder zu dö andern, sonst wer'n s' uns granti!«

Und sie nahm mich bei der Hand und führte mich wieder in den Bereich des Lichts, wo die zwei Männer inzwischen ernste Dinge verhandelt haben mußten; denn der Vater sah den Benno fest an und sagte noch kurz: »Hascht mi verschtande?«, worauf der Benno ihm die Hand drückte und sagte: »Ja, Vater, i wer' mir's merkn.«

Wir machten uns nun auf den Weg zu meinen Eltern. Schon aus etlicher Entfernung tönte uns lustiges Klarinetten- und Geigenspiel entgegen, und als wir eintraten, brachen die Musikanten das eben begonnene Stück ab und empfingen uns mit einem feierlichen Marsch.

Wir gingen erst an die Schenke, dann in die Küche, die Eltern zu begrüßen. Da sah ich, daß die Mutter geweint hatte, und ich fragte sie sogleich, ob ich in der Küche helfen könne; sie sagte aber: »Naa, naa! Bleib nur drin! Dös war no dös Nettere: a Polterabend ohne Braut!«

Da setzte ich mich an den Tisch, wo schon die ganze Verwandtschaft und Freundschaft Platz genommen hatte, und ein lustiges Treiben begann, und es währte nicht lange, da forderte mich mein Verlobter zum Tanz. Und heiter ging der Abend dahin, und um Mitternacht ertönten Hochrufe und knatterten Schüsse und begann ein Glückwünschen und eine Lust, daß ich mir wie verzaubert vorkam. Bald stimmte auch ich in die Lustbarkeit ein und sang noch manches Trutzliedlein in dieser Nacht.

Endlich um drei Uhr morgens gingen wir auseinander; denn da der Benno und ich seit Mitternacht weder essen noch trinken durften wegen der morgendlichen Kommunion, so freute uns schließlich der ganze Spaß nicht mehr.

Ich lag noch nicht lange im Bett und war kaum eingeschlafen, als mich ein heftiges Weinen aufweckte. Ich setzte mich erschreckt auf und horchte. Da vernahm ich, daß dasselbe aus dem Schlafzimmer der Eltern, welches unmittelbar an meines stieß, drang. Deutlich hörte ich jetzt die Mutter klagen: »Hätt i meine Leut g'folgt! Hätt i auf mein Vatern g'hört! So a Schand! Jatz bin i no so jung und muaß dös derlebn!«

Vergebens tröstete der Vater: »Mach dir do nix draus, Muatta! Da denkt koa Mensch weiter drüber nach, daß d' no so jung bist!«
Sie wurde immer erregter: »Jatz kann i mi aa zu dö Altn hi'hocka im Kaffeehaus! Und i will no net so alt sei! I will no lebn! Koa Mensch acht a Schwiegermuatta! Hätt do i dem Lumpen net glaabt, damals! O mei!«
Und sie weinte und klagte, und der Vater redete begütigend mit ihr, und seine Stimme wurde immer liebevoller und leiser, und endlich vernahm ich nichts mehr als ein Flüstern, dessen Zärtlichkeit mir anzeigte, daß die Mutter wieder gut sei.
Da legte ich mich wieder hin und versuchte zu schlafen, doch obschon ich mich bald auf die eine, bald auf die andere Seite drehte, gelang es mir nach dem eben Gehörten nicht mehr. Am End stand ich auf, wusch mich mit kaltem Wasser und begann mich dann für die Frühmesse und Kommunion anzukleiden.

Kurz nach fünf Uhr verließ ich das Haus und begab mich in die matt erhellte Kirche, wo nur etliche Beterinnen und vier Klosterfrauen knieten. Ich setzte mich in eine der vordersten Bänke und erwartete meinen Bräutigam.
Ohne Teilnahme, ohne Andacht und ohne Bewegung saß ich da und blickte stumpf auf den riesigen Kronleuchter vor dem Tabernakel. Die rote Ampel ließ kaum das kleine Lichtlein durchscheinen, und der weite, schmiedeeiserne Reif darum bewegte sich leise hin und her.
Wenige Augenblicke vor Beginn der Messe, als eben der Kirchendiener die Kerzen des Altars entzündete, kam der Benno. Leise trat er in meinen Stuhl und begrüßte mich flüsternd. Dann kniete er sich nieder, zog ein Andachtsbüchlein aus der Tasche und schien recht gesammelt und

ehrfurchtsvoll zu beten. Ich aber versuchte vergebens, ein Vaterunser zu vollenden; schon bei der dritten oder vierten Bitte war ich mit meinen Gedanken wieder in der Welt und in der Zukunft. Erst als der Ministrant bei der Wandlung mit seinem silbernen Glöcklein zur Anbetung des menschgewordenen Gottes mahnte, konnte ich der frommen Handlung folgen und empfing andachtsvoll das Sakrament des Lebens.

Nach der Kirche gingen wir zusammen bis zu unserm Haus und trennten uns mit gemessenem Gruß.

Unsere Fanny, meines Vaters jüngste Stiefschwester, die seit einem halben Jahr im Hause war und schon etliche Wochen hindurch hatte lernen müssen, all die Arbeiten zu tun, welche sonst ich zu verrichten hatte, war inzwischen schon mit dem Kaffeekochen fertig, und ich trank schnell meine Tasse. Dann ging ich ins Bad und begann danach in meinem Zimmer mich mit der feinen Wäsche zu bekleiden, die mir die Haslermutter zur Brautgabe gesandt hatte; denn es war bei uns der Brauch, daß die Braut für den Bräutigam und wiederum er für die Braut jenes Hemd anschaffte, das den Körper am Tag der Vermählung bekleidet. Nach der Hochzeit wird es dann gewaschen und aufgehoben bis zum Tod, wo es noch einmal die Glieder kleiden soll. Es waren recht ernste Gedanken, die mich dabei bewegten, und ich besah mich nachdenklich im Spiegel, nachdem ich das kostbare Linnenhemd angetan hatte. Doch gewann bald meine muntere Natur die Oberhand, und als ich meine Füße in die weißen, seidenen Strümpfe hüllte und in die feinen Stiefelchen aus weißem Leder schlüpfte, kam es mir plötzlich in den Sinn, zu versuchen, ob ich in diesem Schuhwerk auch gut tanzen könne. Und ich stand auf und begann erst allerhand Schritte zu machen, und dann tanzte ich auf dem weichen Teppich und summte dazu die Donauwellen.

Da ging die Tür auf, und die Mutter und der Vater kamen herein. Erstaunt sahen sie mich an, und der Vater meinte: »Schau, schau, wie 's Bräutl scho munter is! Denkst leicht, wenn ma in Ehstand einitanzt, na hat ma mehra Glück? Da paß nur auf, daß dir koan Fuaß vodrahst, sunst is vobei mit der Freud!«

Nach diesen Worten ging er hinab ins Geschäft. Die Mutter aber befahl mir kurz: »Ziag den Schlafrock o, den i auf mei Bett g'legt hab, na gehst nüber zum Teuerl und laßt di frisiern!«

Ich ging, nachdem ich den feinen, dunkelroten Schlafrock angezogen und der Mutter dafür gedankt hatte.

Das Frisieren dauerte über eine Stunde, da der Fritzl, der kleine Sohn des Friseurs, das Brenneisen erwischt und verräumt hatte, so daß über dem Suchen beinahe eine halbe Stunde verrann.

Endlich trat ich fein gelockt und gescheitelt aus dem Laden und lief geschwind heim; denn es schlug eben neun Uhr, und um halb zehn Uhr war schon das Frühstück angesagt.

Als ich wieder in mein Zimmer kam, fragte die Mutter, ob ich das Brautgewand gleich mitgebracht hätte. Da fiel mir erst ein, daß die Schneiderin versprochen hatte, um sieben Uhr schon da zu sein. Ich lief daher schnell ins Nachbarhaus zu ihr und fragte, warum sie denn nicht käme. Sie war recht krank geworden und konnte sich kaum aufrecht halten, ihre Gehilfin aber war nicht gekommen. Inständig bat ich sie, sie möge doch versuchen, mitzukommen, da ich ja sonst nicht heiraten könne. Da zog sie sich doch an, packte das Kleid und die Nadelbüchse zusammen und ging mit. Nun sperrte die Mutter ihren Salon auf, und ich wurde vor dem großen Spiegel angekleidet und mit Kranz und Schleier geschmückt.

Als sie fertig war, ging die Nähterin wieder nach Hause

und bat, man möge ihr das herkömmliche Mahl hinaufschicken.

Nun stand ich also bräutlich angetan da, und ein feierliches Gefühl überkam mich.

Da trat die Mutter zu mir, besah mich lange, und es kam wieder etwas Böses in ihren Blick, das ich schon kannte und fürchtete. Eine große Angst befiel mich, und ich war unfähig, mich zu rühren, noch zu reden, als sie begann: »Also, heunt bist erlöst vo mir; werd dir net gar z'wider sei, dös! Jatz kannst dein Mo ärgern, wie'st bis heunt mi g'ärgert hast!«

Ich konnte kein Wort erwidern und sie fuhr fort: »I wollt dir z'erscht hundert Mark Taschengeld gebn, aber i tua's net. Leicht kannt's eahm gar net recht sei, an Hasler! Aber den Frauntaler gib i dir; den kannst dir aufhebn, bis d'amal nix z'fressn mehr hast. Und mein Wunsch will i dir aa no sagn: Du sollst koa glückliche Stund habn, so lang'st dem Menschn g'hörst, und jede guate Stund sollst mit zehn bittere büaßn müaßn. Und froh sollst sei, wannst wieder hoam kannst; aber rei kimmst mir nimma. Jatz woaßt es!«

Ich war während dieser grausigen Worte wie unter Peitschenhieben zusammengezuckt; ein unsagbar elendes Gefühl überkam mich, und dann fiel ich ohne Besinnung zu Boden.

Als ich wieder zu mir kam, fand ich mich auf einem der bequemen Polsterstühle, und um mich standen zitternd die alte Haslerin und ihre Schwester Hanne, der alte Hasler, die zwei Beiständer oder Trauzeugen und die Kranzljungfern. Meine Mutter bemühte sich schluchzend und jammernd um mich und reichte mir mit den Worten: »Geh, trink a bißl, arms Kind!« ein Gläschen Wein. Willenlos ließ ich es geschehen, daß man es mir eingab, obschon ich das Gefühl hatte: Jetzt vergiftet sie dich. Doch war es nicht

so, und ich bekam in den nächsten Minuten immer mehr
die Empfindung, daß ich das Furchtbare zuvor nur geträumt; denn die Mutter war so voll Schmerz über mein
Scheiden und schien in Tränen aufgelöst. Sie zog mich an
sich und rief: »Viel Glück, mei liabs Kind! Jatz gehst halt
und laßt mi alloa! Bleib mir g'sund und vergiß mi net!«
Dann schritt sie gerührt von einem zum andern, gratulierte, klagte und weinte, wie es gerade paßte, bis die Kellnerin meldete, daß der Bräutigam warte.
Da stand ich auf, und die Haslermutter trat zu mir, küßte
mich und sagte: »I wünsch dir Glück! Sei mei guats Töchterl!« Und ganz langsam rollte eine Träne über das runz-
lige Gesicht. Dann beglückwünschte mich eins nach dem
andern, die Kranzljungfern faßten die Schleppe meines
Kleides, die Mutter legte mir eine kostbare, alte Goldkette
um den Hals, die Haslerin steckte mir einen feinen Opal-
ring an die Hand und große Opale in die Ohren; der Haslervater gab mir seinen Arm, und nun ging's mit großer
Feierlichkeit hinab in die festlich geschmückte Gaststube.
Mein Hochzeiter stand schon mit dem prächtigen Braut-
bukett da und begrüßte mich mit einem Handkuß. Er gefiel
mir in dem festlichen Gewand recht wohl, und ich empfand ganz plötzlich ein großes Verlangen, ihm um den
Hals zu fallen und ihn zu küssen, doch die vielen Menschen, die uns von allen Seiten umgaben, ließen mich davon abstehen.
Nun setzten wir uns zum Früchstück; es wurden Brat-
würste auf großen Porzellanplatten herumgereicht, und
man trank Märzenbier dazu. Während des Essens trat auch
mein Vater herzu und gratulierte uns und übergab mir
einen schönen Ring, daß ich ihn meinem Bräutigam an-
stecke. Und indes derselbe von allen Seiten beschaut und
bewundert wurde, kam die Mutter und sagte: »Lieber
Benno und Leni! I kann leider net mitfahrn in d'Kirch;

denn i hab koa Aushilf kriagt zum Kochen. Und d'Hauptsach is ja do a guats Mahl nach dem Schreckn, net wahr!« Und mit freundlichem Lächeln ging sie wieder hinaus in die Küche.

Die Haslerischen waren über diese Mitteilung gar nicht erfreut und konnten es nicht begreifen, daß wir nicht mehr darauf gedrungen hatten, die Mutter solle mitkommen.

»Denn«, meinte die Frau Hasler, »wann dö eigene Muatter net mitgeht in d'Kirch und für ihra Kind bet, na is mit'n Ehglück net weit her.«

Und sie ging hinaus und bat die Mutter dringend, doch mitzukommen.

Ich ließ sie gewähren, obwohl ich schon wußte, daß all ihr Bemühen vergeblich sei.

So war es auch. Die Haslerin kam bald mit hochrotem Kopf wieder herein, nickte etliche Male für sich wie zur Bestätigung und murmelte unverständliche Worte.

Da kam der Brettlhupfer, jener dienstbeflissene Mann, der den Wagenschlag öffnet, ein jedes aus der Gesellschaft in den bestimmten Wagen bringt, acht hat, daß kein Zylinderhut verdrückt, kein Kleid beschädigt und keine Schleppe in die Wagentür eingezwickt wird; der mit viel Grazie und wohlgesetzten Worten die Braut leitet und einem jeglichen sein Amt weist und sowohl am Standesamt als in der Kirche für die gute Ordnung sorgt. Er war in schwarzer Wichs, seine Lackschuhe und sein Zylinder glänzten, und Handschuhe und Halsbinde schimmerten in reinstem Weiß. Mit der Haltung eines Kavaliers stand er an der geöffneten Tür und sagte: »Verehrte Herrschaften, d'Wägn wärn da! Darf ich bitten?«

Und er nahm zuerst die Kranzljungfern vor und geleitete sie zu einem Wagen; dann kamen die Beiständer und mein ältester Bruder, hierauf die Schwester der alten Haslerin und meine Firmpatin, die Nanni, sowie die beiden Stiefschwestern meines Vaters. In dem vierten Wagen saß der Bräutigam und sein Vater, und im fünften endlich nahmen ich und die Haslermutter Platz.

Während der kurzen Fahrt zum Standesamt redeten wir nichts. Als wir vorfuhren, hatte sich eine kleine Menge Neugieriger sowie eine Horde Kinder angesammelt, und während der Brettlhupfer sich eifrig umtat, uns die bei einer solchen Gelegenheit übliche Ordnung zu geben, konnte man aus dem Spalier der Gaffenden allerlei Bemerkungen hören: »Ah, der Breitigam is sauber!« rief eine junge Köchin, die mit aufgestülpten Ärmeln dastand. »Wia nur der dö Molln mag, dö aschblonde!«

»Dö werd scho a Geld g'habt habn!« erwiderte eine ältere Frau, an deren schmutzigem Kittel zwei noch schmutzigere Kinder hingen.

In dem Augenblick humpelte ein altes Weiblein auf seinem Krückstock daher und hielt seine verkrüppelte Hand hin: »Gott g'segn an Ehestand, schöne Braut! Derft i bittn um a freundliche Gab!«

Ich hatte nichts, was ich ihr geben konnte, da ich ja kein Geld besaß. Die alte Haslerin schimpfte über die Frechheit des alten Mütterleins und prophezeite mir großes Unglück durch diese Begegnung. Mein Hochzeiter aber griff in die Tasche und langte ein neues Markstück heraus, das er der Alten mit den Worten gab: »Aber nix Schlechts derfan S' uns wünschen, Muatterl, verstandn!«

»I, wia wer i denn so gottvergessn sei!« schmunzelte das Weiblein und humpelte davon.

Und während sich die Umstehenden über den Zwischenfall unterhielten, begaben wir uns in den im ersten Stockwerk gelegenen Vorsaal des Standesamts.

Der Brettlhupfer flüsterte aufgeregt mit den Trauzeugen, gab den Verwandten Weisung, wo sie sich hinzustellen hatten, und ermahnte dann die Kranzljungfern noch, beim

Aus- und Eingehen recht achtzugeben, daß sie nicht zu stark an der Schleppe zögen: »Net, daß uns d'Braut z'letzt hi'fallt!« Mit einem Male taten sich vor uns zwei Flügeltüren auf, und wir gingen in schöner Ordnung in den Trauungssaal. Voran der Bräutigam und ich an seinem Arm. Dahinter die trippelnden Kranzljungfern, dann die Trauzeugen, die mit langen Schritten rechts und links von uns Platz nahmen, und darauf kamen die andern; doch sah ich sie nicht mehr, da mich nun die Handlung ganz in Anspruch nahm.

Der Brettlhupfer hatte dem Diener des Standesbeamten das Schächtelchen mit den Trauringen übergeben, und der legte diese nun auf eine schöne, silberne Platte, worauf der Standesbeamte unsere Namen verlas und eine sehr weihevolle Ansprache über die soziale Wichtigkeit der Ehe, über ihre Wirksamkeit sowie über die Pflichten und Verantwortungen der Eheleute hielt. Danach kamen die Trauzeugen daran, und es wurde ihnen auch eine kleine Rede gehalten, worauf die eigentliche Trauung vor sich ging. Wir erhielten die Ringe, steckten sie uns gegenseitig an die Rechte und beantworteten die feierlichen Fragen des Beamten mit kräftigem Ja. Dann wurde noch etliches gesprochen, was mir aber nicht mehr erinnerlich ist, da ich mit einem Male so erregt war, daß ich weder hörte noch sah und nur mechanisch am Arm meines vor der Welt nun mir angetrauten Gatten zum Wagen ging.

Diesmal war die Ordnung eine andere; denn ich saß neben dem Benno, und wir fuhren nun zum Photographen. Die andern Wägen hatten uns zwar begleitet, doch stieg niemand aus und fuhren sie, indes wir uns da aufhielten, spazieren. Der Brettlhupfer aber war bei uns geblieben und half mir nun mit viel Anmut aus dem Wagen, hielt mir die Schleppe und trug sie mir bis zum Empfangssalon des Photographen. Wir waren schon gemeldet und kamen daher sofort daran, obwohl noch mehrere Leute warteten.

Während des Photographierens hatte der Benno eine kleine Auseinandersetzung mit dem Meister; denn als er seinen Arm um meine Schulter legte, sich fest an mich schmiegte und mit seligem Gesicht meinte: »Jatz standn ma ganz schö, net wahr?«, da zog ihm der Photograph wortlos den Arm wieder herab, schob uns auseinander und sagte: »Net so stürmisch, Herr Hasler, net so stürmisch! Dös kommt später!«

Der Benno war darüber so gekränkt, daß er ein ganz rotes Gesicht bekam und so ernst und geknickt dreinsah, daß die Verwandten, als sie nach etlichen Wochen die Bilder sahen, sich darüber lustig machten und meinten: »Aber Benno! Du schaugst ja auf dem Bildl aus, als obst zum Köpfa ganga warst, statt zum Heiratn!«

Als die Aufnahme gemacht war, kam wieder der Brettlhupfer und geleitete uns hinaus; doch zu meinem Staunen kam ich nun wieder in den Wagen meiner Schwiegermutter, während der Benno zu seinem Vater hineinstieg. Auf meine Frage, warum dies geschehen sei, sagte mir die Frau Hasler, daß ich vor Gott noch nicht Bennos Frau sei, deshalb dürfe ich auch noch nicht mit ihm zusammen fahren. Ich war es zufrieden und blieb während der übrigen Fahrt wieder schweigend.

Das hohe Portal unserer Pfarrkirche stand weit offen, und feierliches Orgelspiel empfing uns beim Eintritt in das Gotteshaus. Voran gingen die Verwandten, dann die Trauzeugen und zuletzt wir und die Brautjungfern.

Nur wenige Leute waren anwesend, und ich sah mich ein wenig um, ob nicht ein Bekanntes darunter wäre. Da sehe ich plötzlich hinter einem der mächtigen Pfeiler das verzerrte Gesicht meiner Mutter auftauchen; sie stand da ohne Hut, im Wirtschaftsgewand und in der weißen Schürze, nur ein leichtes Tuch um die Schultern gelegt und starrte mit glühenden Augen auf den Zug. Und wie sie mich erblickte, da streckte sie den Kopf weit vor. Ich konnte nicht mehr hinsehen und hing mich fest an den Arm meines Bräutigams, und es bemächtigte sich meiner eine solche Bewegung, daß ich ohne alle Fassung zu schluchzen begann und nicht aufhörte während der Trauung und der feierlichen Messe.

Die Verwandten hatten in den Chorstühlen neben dem Hochaltar Platz genommen; mein Bräutigam und ich knieten uns auf einen rotsammetenen Betstuhl, der vor dem Altar stand, während die Trauzeugen sich rechts und links von uns aufstellten.

Da trat der Pfarrer im reichen Chorhemd, angetan mit der weißen Stola, aus der Sakristei, und es begann die heilige Handlung. Nach einer ernsten Ansprache legte er dem Bräutigam die Frage vor: »Herr Benno Hasler, wollen Sie sich mit der Jungfrau Magdalena Christ in den heiligen Stand der Ehe begeben und darin verbleiben, bis der Tod Sie scheidet, so sprechen Sie ,ja'.«

Mit lautem, bestimmtem »Ja« antwortete mein Verlobter, und nun kam die Frage an mich. Kaum vernehmlich und in Schluchzen fast erstickt war meine Antwort.

Nach dieser Ablegung des Ehegelübdes faßte der Priester unsere Hände, legte sie zusammen, wickelte seine Stola darum und machte unter weihevollen Gebetsformeln das Zeichen des heiligen Kreuzes darüber. Danach besprengte er uns mit Weihwasser und betete mit lauter Stimme, worauf er die Trauringe weihte. Unter abermaligen feierlichen Gebeten reichte er uns sodann dieselben, und wir steckten uns diese Symbole der unverbrüchlichen Treue und unwandelbarer Freundschaftsliebe an, worauf wir mit dem Priester das Paternoster beteten.

Damit war die eigentliche Trauung beendet, und der Pfarrer trat wieder in die Sakristei, um sich zur Messe zu bereiten.

Während derselben versuchte ich immer wieder meiner Bewegung Herr zu werden, doch gelang es mir nicht, und als unter der Kommunion des Priesters das Schubertsche Ave Maria ertönte, konnte ich mich nicht mehr fassen und weinte laut auf. Da flüsterte mir mein Bräutigam zornig zu: »Hör do auf mit dem Getrenz! Hättst ja grad naa sagn brauchn, wenn's di so reut!«

Das brachte mich plötzlich wieder zu mir, und ich wurde still, und das Gefühl einer kühlen Gleichgültigkeit kam über mich und verließ mich den ganzen Tag nicht mehr.

Nach dem Meßopfer sang der Chor das Tedeum, und der Priester erteilte uns mit aller Feierlichkeit den Brautsegen. Dies war eine große Ehre; denn derselbe wird sonst nur bei ganz großen, festlichen Hochzeiten gespendet.

Als wir uns zum Gehen ordneten und über die Stufen des Hochaltars hinabschritten, sah ich, daß inzwischen eine große Menge Bekannter und auch andere Neugierige gekommen waren; meine Mutter aber konnte ich nicht mehr erblicken. Sie war wohl schon früher nach Hause geeilt, um für das Mahl zu sorgen. Beim Wegfahren von der Kirche durften ich und mein Bräutigam in der eigentlichen Brautchaise Platz nehmen, und half er mir mit großer Ritterlichkeit beim Einsteigen. Er schlang auch gleich seinen Arm um mich und küßte mich wiederholt und fragte mit zärtlicher Stimme: »Kimmt's dir net hart o, daß d'furt muaßt vo dahoam und mit mir geh?«

Ich antwortete mechanisch: »Naa.«

Da drückte er mich fest an sich und bat mich, ihn doch anzusehen: »Geh, schau mi halt a kloans bißl o und gib mir halt a Busserl!«

Auch das tat ich, doch ohne Wärme, ohne Leben, so daß dem Benno ganz angst wurde und er fragte: »Bist leicht krank, daß d' so stad und wunderli bist? Warum redst denn nix?«

Ich blickte durch das Wagenfenster und sagte nur: »I bin net aufglegt!«

Da meinte er, ich hätte vielleicht Hunger, und schmeichelte: »Hast halt no nix G'scheits z'essn g'habt, gel! Aber jatz wer'n ma glei g'holfn habn, wart nur, Weiberl! Jatz tuast amal z'erscht was essn, na trinkst a paar Glaserl Wei, und na werst sehgn, wia dir da d'Fröhlichkeit und d'Liab kimmt!«

Ich gab ihm nur ein halblautes »Hm hm« zur Antwort und lehnte mich mit geschlossenen Augen in meinen Sitz zurück. Der Benno aber glaubte, ich wollte mich an ihn schmiegen, und drückte mich stürmisch an sich.

Da hielt der Wagen. Wir waren bei den Eltern, und der Brettlhupfer stand schon mit den Kranzljungfern am Wagenschlag.

Beim Aussteigen sah ich, daß es leicht zu schneien begonnen hatte, was etliche von den vielen Neugierigen, die Spalier standen, zu dem Ausruf veranlaßte: »So viel Schnee und Regen, so viel Glück und Segen! Natürli, dö Großkopfatn habn allweil no's meiste Glück aa, an Goldhaufa habn s' ja a so scho!«

Die Kinder der Nachbarschaft drängten sich um mich und schrien: »Schenkn S' uns was, Frau Leni! Bitt schö, schenkn S' uns was!«

Da schickte ich eine der Kranzljungfern hinein zum Vater und ließ mir für drei Mark Zehnerln geben, die ich dann unter die Kleinen verteilte.

Inzwischen war die Festmusik, für die der alte Knoflinger, seines Zeichens ein Schuhmacher, mit noch sieben Genossen sorgte, vor die Tür getreten und empfing uns mit dreimaligem Tusch, und unter den festlichen Klängen des Pariser Einzugsmarsches zogen wir in die Gaststube ein.

Voran ging Meister Knoflinger mit der Geige und hinter ihm sein fünfzehnjähriger Sohn Eusebius, der die zweite spielte. Ihnen folgten zwei Flöten und zwei Klarinetten, darauf der weißköpfige Hundshändler Schniepp mit weithinschallendem Bandoneonspiel, und den Schluß bildete der alte, bucklige Baßgeigenmichel, ein gewesener Kaminkehrer.

So zogen wir hinein und nahmen an der schön gezierten Tafel Platz. Mit allen Geladenen waren unser siebenundzwanzig an derselben zum Mahl. Auch andere Gäste waren so viel erschienen, daß die Stube sie kaum fassen konnte, und immer kamen noch neue hinzu und wollten Platz haben.

Während des Essens spielte die Musik lauter feierliche, vaterländische Weisen; doch als der letzte Gang verzehrt war und nur noch einzelne Tellerchen mit Kuchen auf dem Tische standen, da vertauschten die beiden Flötisten ihre zarttönenden Instrumente mit ein paar Trompeten, und der Baßgeigenmichel holte einen blanken Bombardon aus dem schwarzen Ledersack, und nicht lange darauf ertönte ein zünftiger Landler.

Das war das Zeichen zum Beginn des Tanzes, und als gleich darauf ein Ziehrerscher Walzer erklang, stand der Hochzeiter auf und tanzte mit mir ein paarmal auf dem winzigen Flecklein, das ausgeräumt und mit geschabten Kerzen bestreut worden war. Wir tanzten nicht gut zusammen, da der Benno in seinen neuen Stiefeln auf dem Wachs immer rutschte und weil, wie er zu seiner Entschuldigung sagte, ihm die Landler besser ins Geblüt gingen wie die schleifenden Walzer.

Indessen kamen immer noch mehr Leute herbei, und schon füllte sich die Schenke und die Küche mit Gästen, worüber die Eltern nicht gar erfreut waren, da sie sich so kaum umdrehen konnten vor Arbeit. Und als am Abend die Handwerks- und Geschäftsleute Feierabend hatten, kamen sie auch noch und wollten dabei sein.

Da bat ich den Vater, er möge auf den Tanzplatz etliche kleine Tische stellen, daß sich die Gäste setzen könnten; wir hätten nun genug getanzt. Er war sehr froh darüber, und bald waren auch die drei Tische, die er nebst fünfzehn Stühlen herbeischaffen ließ, voll besetzt.

Als es nun mit dem Tanzen aus war, begannen alle die, welche Geschenke gebracht hatten, ihre Reden, Widmungen und Glückwünsche.

Da kam zuerst der Vorstand der Tischgesellschaft Eichenlaub: Er sagte viel schöne Worte und überreichte uns einen großen, gerahmten Stahlstich »Andreas Hofers letzter Gang«. Darauf folgte eine launige Ansprache des Vorstandes der Arbeitsscheuen, und er ließ eine reiche Waschgarnitur hereinbringen. Ich nahm sie dankend in Empfang und wollte sie zu dem Bild auf das breite Fensterbrett stellen; da sah ich, daß überall, in der Waschschüssel sowohl als auch im Krug und Nachtgeschirr Spiegel angebracht waren, was mich in nicht geringe Verlegenheit setzte. Ein kleines Mägdlein, als Rotkäppchen gekleidet, entriß mich daraus und sagte sein Verslein mit viel Pathos und lebhafter Bewegung der Arme. Und zum Schluß reichte es mir sein Körblein, dem der neugierige Hochzeiter zur großen Belustigung der Anwesenden eine Säuglingsflasche und allerlei Wickelzeug, mit blauen Bändlein verziert, entnahm. Ganz unten lag ein silbernes Schepperl mit einem Zettelchen daran: Für unsern Liebling. Rasch entriß ich ihm die Dinge und warf sie wieder in das Körblein, während es ringsum launige und anzügliche Bemerkungen regnete.

Da erhob sich ein Bräumeister der Löwenbrauerei, von der die Eltern das Bier hatten, beglückwünschte uns in einer kurzen, stotternden Ansprache und überreichte uns im Auftrage der Brauerei einen großen Lederkasten mit feinem Silberzeug.

Ihm folgten noch viele, und es war schon zehn Uhr, als das

Schenken ein Ende nahm, und die Musiker waren froh, endlich mit ihrem Tusch- und Hochblasen fertig zu sein, und mit viel Behagen verzehrten sie das Freimahl, das ihnen gespendet worden. Mein Schwiegervater hatte ein Schwein und ein Kalb gestiftet, das als Braten, Suppe und Ragout an die Arbeiter unserer Fabriken sowie an die Musiker verteilt wurde. Mein Vater schenkte ihnen dazu einen Hektoliter Bier, und so gab es an diesem Tag viel Lust und Freud und manchen Dank und warmen Glückwunsch.

Gegen halb elf Uhr wurde ich in die Küche gerufen, und als ich hinaus kam, stand ein Bruder meines Schwiegervaters, der Jörg Hasler, welcher eigens zur Hochzeit von Augsburg hergefahren war, da und bedeutete mir, es sei nun Zeit, daß ich entführt werde. Die Mutter meinte, er solle mich zu meinem Onkel, der etliche Straßen weiter eine gute Wirtschaft habe, führen, sie lasse gleich einen Wagen holen.

Fast auf allen bürgerlichen, altbayerischen Hochzeiten herrscht noch die Sitte des Brautausführens: Der Hochzeiter soll gut achthaben auf seine Braut. Wird sie ihm dennoch von ihren Freunden entführt, so muß er mit seinen Freunden sie suchen gehen und zur Strafe für seine Unachtsamkeit alles bezahlen, was die andern mit der Braut inzwischen verzehrt haben.

Also fuhren wir fort, und meine Verwandten, vor allem der Onkel, hatten große Freude, als wir kamen. Der Vetter Hasler bestellte sofort Champagner, und wir waren sehr lustig; denn die Frau Bas spielte recht gut auf der Zither, während der Onkel sie auf der Gitarre begleitete. Da nur wenige Gäste in der Wirtsstube waren, gab es viel Platz, und die Dienstboten räumten Stühle und Tische beiseite, damit wir, wenn man sich gefunden hätte, gut tanzen könnten. Auch streuten sie Federweiß auf den Boden und tanzten etliche Male, damit er glatt wurde.

Mit einem Male ertönte draußen auf der Straße lautes Juchzen und Musik, und herein kam der Bräutigam, die Beistände, die Kranzljungfern und viele der Gäste, und es begann nun ein ausgelassenes Treiben, während der Bräutigam mich mit hellem Juchschrei begrüßte und mit mir tanzte. Wir blieben noch etwa eine Stunde dort und machten uns dann wieder auf den Weg zu den Eltern. Der Onkel sperrte seine Wirtschaft zu und begleitete uns mit allen seinen Leuten und blieb bis zum Morgen auf der Hochzeit.

Inzwischen waren immer noch mehr Gäste gekommen und der Andrang so groß geworden, daß die Leute in dem großen Hausgang Tische und Stühle aufstellten und etliche sogar auf der Stiege sich niederließen. Es war fürchterlich heiß und ein solcher Lärm im Lokal, daß ich es kaum mehr aushielt. Ich trank in der Hitze viel Champagner und nickte nur mechanisch denen zu, die kamen, mich zu begrüßen und zu beglückwünschen. Dabei ward mir immer elender zumut, und mit einem Male drehte sich alles vor meinen Augen, und ich fiel unter den Stuhl. Man brachte mich hinaus in den Hof, wo ich alles, was man mir zu Hilfe reichen wollte, von mir warf: ein Glas mit Magenbitter, eine Tasse voll schwarzen Kaffees und ein Stück Zucker mit Hoffmannstropfen. Dann entledigte ich mich noch alles dessen, was meinem Magen zu viel schien, und verlangte schließlich unter furchtbarem Weinen ins Bett.

Also führte meine Schwiegermutter mich wieder in die Gaststube und sagte meinem Gatten, der mit großem Rausch und starker Rührung dasaß und tränenden Auges auf das horchte, was sein Vater ihm eben mit viel Eifer erzählte, daß ich nach Hause möchte.

»Ja, Herrgott i bin ja verheirat!« rief der Benno da aus. »Was, hoam möcht mei Weiberl? Geh, Muatter, führ's derweil naus in d'Küch, daß ihr d'Zirngiblmuatta was Warms oziagt. I laß derweil an Wagn holn.«

Ich packte nun meine Hochzeitsgeschenke alle auf einen Haufen zusammen und deckte etliche Tischtücher darüber. Dann nahm ich alle Blumen, die man mir am Morgen gegeben hatte, und sagte den Verwandten und Bekannten Dank für ihr Kommen und verabschiedete mich von allen.

Als ich nun gehen wollte, erhob sich ein furchtbarer Lärm, und man wollte mich mit Gewalt zurückhalten, doch machte ich ein so jämmerliches Gesicht, daß die Gäste glaubten, ich sei ernstlich krank, und sie ließen mich ziehen.

Mein Gatte war, noch ehe jemand etwas ahnte, fortgegangen und holte selbst einen Wagen; denn nicht weit von unserer Wirtschaft pflegten immer etliche Fiaker zu stehen.

Meine Mutter war den ganzen Tag keinen Augenblick zur Ruhe gekommen, doch schien sie heiter und guter Laune zu sein, und als ich nun Gute Nacht und Pfüat Gott sagte, erwiderte sie lachend: »So, gehst scho! I wünsch dir halt an guatn Ei'stand und a g'ruhsame Nacht! Feier dein goldnen Tag recht schö und laß di bald wieder sehgn!«

Ich dankte ihr nochmals, und auf einmal überkam mich eine große Sehnsucht nach ihrer Liebe; ich fiel ihr um den Hals, drückte meinen Kopf an ihre Brust und weinte. Da zog sie langsam meine Arme von ihrem Hals, schob mich sanft von sich und sagte: »Geh, sei do g'scheit, Leni! Du machst ja dei ganz Gwand voll Fettn! Jatz brauchst do nimma nach mir z'jammern, hast do an Mann!«

Die Frau Hasler war gerührt dabei gestanden, als sie aber sah, daß meine Mutter mich weggeschoben hatte, faßte sie plötzlich meinen Arm, zog mich an sich und sagte: »Hast scho no a Muatter aa, Leni; und wenn was is, komm nur zu mir. Dei Muatter hat so allweil so viel z'tuan!«

Meine Mutter merkte den Hieb gar nicht und meinte, zu mir gewendet: »Sigst, wia's dei Schwiegermuatta guat mit dir moant! Da war manche froh, wenn s' so oane dawischn tät!«

Derweilen kam der Benno mit dem Wagen, und nach nochmaligem, umständlichem Abschied von meinen Eltern, besonders von meinem Stiefvater, der mir noch ein Goldstück zusteckte und mir viel Glück wünschte, fuhren wir drei fort.

In unserer Wohnung angekommen, gab es sogleich eine kleine Auseinandersetzung der Frau Hasler mit ihrem Sohn; denn während er alle Lichter anzündete, die er fand, schürte sie rasch den Ofen des Wohnzimmers an und begann dann, mir den Schleier und Kranz abzunehmen. Sie war fast damit fertig und ich mittlerweile auf dem Stuhl beinah eingeschlafen, während sie mit halblauter Stimme mir allerhand freundliche, gütige Worte sagte, als mein Mann dazukam und rief: »Was fallt dir denn ei, Muatta! Dös is mei Arbat, mei Frau ausz'ziagn!«

»Schrei net so grob, du Wüaster! Dei alte Muatta werd wohl so viel Ehr wert sei, daß s' ihrana Schwiegertochter beim Ausziagn helfn derf!«

»Naa, sag i, dös leid i net!« schrie da der Benno und entriß ihr den Brautkranz, den sie mir eben vom Kopf genommen hatte. »I ziag mei Frau scho selber aus, und überhaupts hast du jatz nix mehr z' tuan da herobn; i brauch di nimma!«

Da begann die alte Frau bitter zu weinen über die Grobheit ihres Sohnes und sank fassungslos auf einen Sessel. Ich empfand tiefes Mitleid mit ihr und nahm ihren Kopf in meine Hände und sagte: »Sei do stad, Muatterl! Der Benno moant's net a so; der hat halt heunt an Rausch!«

Aber sie war nicht zu trösten: »Wie werd's dir geh, arms Kind, bei dem Rüapel!« rief sie aus und sprang dann plötzlich auf und stellte sich mit funkelnden Augen vor meinen Gatten: »Dös sag i dir: daß d' ma s' schonst, dei Frau; sonst, bei Gott, is g'fehlt, wannst es machst wia . . .!«

Mitten im Satz brach sie ab und trat zur Seite, doch hatte

das Ganze einen tiefen Eindruck auf mich gemacht, und ich ging nochmals zu ihr hin und sagte: »Muatterl, reg di net auf! Mach mir mein Rock auf, und nachher tuast schlaffa geh. I komm morgn früah scho nunter zu dir, gel!« Dann gab ich ihr noch einen Kuß, und nachdem sie mir das Kleid geöffnet hatte, ging sie, ohne dem Benno noch eine gute Nacht zu wünschen.

Ich zog mich schnell vollends aus und schlüpfte, während mein Mann überall herumlief und sich an userm Eigentum erfreute, ins Bett.

Und ich war schon eingeschlafen, als er kam, und am andern Morgen, als ich aufstand, war ich nicht mehr das frische, sorglose Mädchen, und der Spiegel zeigte mir ein müdes, fremdes Gesicht.

So hatte ich denn den ersten Schritt in das Leben getan, das mir noch so übel geraten sollte.

Den Tag nach der Hochzeit nennt man bei uns gemeiniglich den »goldenen«, wie überhaupt die erste Zeit der Ehe gar viel belobt und besungen wird. Ein jedes Mädchen kennt die Flitterwochen, und manche Braut träumt von der Zeit des Honigmonds.

So lebte auch ich in der Erwartung einer goldenen Zeit und hoffte von einem Tag zum andern auf den Beginn derselben; und als es inzwischen Weihnachten geworden war, da begann ich mich zu bedenken, warum nicht auch in meiner Ehe Flitterwochen gewesen waren. Und ich ging zu einer alten Frau, die für Geld den Leuten ihre Zukunft und ihr Schicksal aus Karten und Planeten prophezeite; doch als die mir weiter keine Erklärung gab, als daß ich immer noch im Honigmonde lebe, da wußte ich, daß auch diese Zeit ganz anders sei, als ich geglaubt; wie denn vieles in meinem Leben anders kam, als ich es erhofft.

Ich konnte nicht begreifen, warum man diese Wochen als

Flitterwochen besingt; ich sah nichts Herrliches und kein Glück darin, der nimmersatten Willkür und den schrankenlosen Wünschen des Gatten zu dienen, jeden Morgen mit umränderten Augen meinen müden Leib zu erheben und nicht einmal wenigstens die eine Befriedigung zu haben, sich Mutter zu fühlen.

So erkrankte denn mein Gemüt, und es währte nicht lange, da empfand ich tiefe Angst vor der Fortsetzung dieser Ehe, und die Zärtlichkeiten meines Mannes verursachten mir körperlichen Schmerz; dazu litt ich an quälendem Herzweh und hatte nur noch den einen brennenden Wunsch: ein Kind.

Dieses Verlangen allein bewog mich immer wieder, zu gehorchen, mich hinzugeben, zu leiden und zu schweigen.

Nun erst erkannte ich, daß es nicht die rechte Liebe war, die mich mit Benno verband. Wohl war ich ihm dankbar für das, was mir die erste Zeit hindurch als Leidenschaft und Liebe erschien. Dazu kam die Hoffnung, daß bald Stille auf den Sturm eintrete und mit der angenehmen Ruhe der Gemüter auch das Glück zu mir käme. Auch hatte ich viel religiöses Empfinden und hielt es mit den Gattenpflichten im Gefühl meiner erhabenen Berufung zur Mutterschaft genau.

Nun aber drang Zweifel um Zweifel an dieser Berufung auf mich ein, und ich begann mir einzureden, daß meine Heirat nicht von Gott gewollt und gesegnet sei. Und ich suchte durch ein frommes Leben den Himmel zu versöhnen und hielt neuntägige Andachten zur Mutter Gottes und verlobte mich zu unserer Lieben Frau von Birkenstein, wenn sie mir die Gnade erwirkte, daß ich Mutter würde.

Besonders am Feste Mariä Lichtmeß betete ich mit großer Andacht und empfing auch die Sakramente in der Meinung, daß Gott mir meinen Herzenswunsch erfülle.

Mein Vertrauen auf die Hilfe Gottes war um so größer,

als ich schon etliche Tage vor Lichtmeß infolge eines eingetretenen natürlichen Zustandes nach langem Bitten bei meinem Gatten erreicht hatte, daß er mir für kurze Zeit die Ruhe und Schonung gewährte, deren ich mich weder vordem noch nachher jemals erfreuen konnte.

Etliche Wochen später fühlte ich denn auch wirklich allerlei Anzeichen, die mir Gewißheit darüber boten, daß Gott mir meinen Wunsch erfüllt habe.

Von diesem Augenblick an begann ich meinen Gatten zu liebkosen und ihm alles zu gewähren. Ich kochte ihm seine Leibgerichte, fertigte ihm allerlei Dinge, von denen ich meinte, daß sie ihn freuen würden, und suchte auf alle Weise ihm unser Heim lieb und wert zu machen.

Er aber hatte es anders im Kopf und wollte nun alle Welt das zu erwartende Glück sehen und bereden lassen und empfand stets die größte Freude, wenn in Wirtshäusern und Bräukellern irgendein Geschäftsfreund oder Zechkumpan mit schamloser Deutlichkeit auf meinen Zustand hinwies. Herausfordernd stellte er mich mitten in den Kreis solcher Gesellen und hatte kein Ohr für meine lauten Bitten und Klagen.

Schon zu Zeiten meiner Kindheit und Jugend war mir das Wirtshauswesen oft zu einer schier unerträglichen Last geworden; darum war es nicht verwunderlich, daß ich jetzt, zumal in diesem mir wunderbar und fast heilig vorkommenden Zustande, viel lieber daheim in der gemütlichen Stube geblieben wäre, um in Stille und ruhiger Beschaulichkeit die Ankunft des Kindes vorzubereiten. Nun kam es aber fast täglich zu den gröbsten Auseinandersetzungen; denn der Benno fand seine größte Freude und liebste Unterhaltung bei Bier und Wein und wurde darin auch von seinen Eltern ehrlich unterstützt, die meinten, ein Ehemann müsse unter allen Umständen der Herr im Haus bleiben, was auch komme.

So war es Pfingsten geworden, und ich begann seit etlichen Tagen auf ein geheimnisvolles Etwas in mir zu horchen. Oft saß ich ganz still und hielt den Atem an, um es zu spüren und in innerster Seele zu hören.

Und eines Tages, es war um Johanni, vertraute ich es meinem Gatten an, indem Tränen der Freude mir in die Augen traten.

Da sprang er auf, riß mich in der Stube herum und rief: »Was sagst, Weibi, rührn tuat si der Bua scho! Ja, Herrgott, dös muaß aber g'feiert wer'n! Ziag di o, na führ i di in Löw'nbräukeller! Ja, Herrgott, wer'n dö schaugn am Stammtisch!«

»Geh, bleib do dahoam, Benno«, meinte ich und fuhr fort: »Schau, dahoam is so was vui schöner und g'müatlicher z'feiern! I hätt di so gern für mi alloa ghabt und geh gar net gern furt. Geh, bleib dahoam!«

Aber, wie immer, so kam es auch dieses Mal: Erst ging es ans Bitten, dann ans Streiten, und am End mußte ich, wenn ich nicht einer Mißhandlung gewärtig sein wollte, zu allem ja sagen, mich ankleiden und mitgehen.

Am Stammtisch saßen schon die Freunde: etliche Sergeanten des Regiments, bei dem der Benno gedient hatte, und die er sich durch manchen bezahlten Rausch wohl gewogen gemacht hatte; ferner ein paar Buchhalter seines Geschäfts und etliche Leute, von denen man nicht recht wußte, wovon sie lebten und wessen Geld sie verjubelten.

In diese Gemeinde nun schleppte mich mein Gatte und rief, als wir an den Tisch getreten waren: »Servus, meine Freund! Heunt leidt's an Rausch, heunt hat der Bua sein erschten Hupfa g'macht!«

Einer der Sergeanten hatte sich bei unserm Kommen erhoben und war zu uns getreten. Und während die andern nun in ihrer gewöhnlichen Art die Anrede meines Mannes belachten, faßte er mich mit der Linken an der Schulter;

mit der Rechten aber fuhr er über meinen Leib und meinte: »Schau, schau! Schö dick werd's scho, d'Haslerin! Hat's enk denn scho gar so pressiert, daß im erscht'n Jahr no d'Kindstaaf sei muaß?«

Ich stand wie mit Blut übergossen, und die Stimme versagte mir, dem frechen Schwätzer zu antworten. Tränen rannen mir über die Wangen, und ich bat den Benno um die Hausschlüssel, daß ich heim könne, da ich krank sei.

»So, so, krank is mei g'schmerzte Frau Gemahlin! Bleib nur schö da; dös werd scho wieder vergeh bei der Musi!« Und fest drückte er mich auf einen Stuhl und begann dann eifrig zu schwatzen und zu trinken; und obschon etliche gemeint hatten, sie wollten mich nach Hause bringen, ließ er dies nicht geschehen, sondern sagte: »Dö soll dableibn! So vui muaß ma aushaltn könna! Was taten denn andere Weiber, dö wo arbatn müssn ums Tagloh'!«

Erst lange nach Mitternacht kamen wir heim, nachdem mein Mann mich noch in ein Kaffeehaus und danach zum Wein geführt und auch die andern dazu eingeladen hatte.

Von da ab unterwarf ich mich seinem Willen, ohne zu bitten, und hoffte, daß alles ein Ende hätte, wenn erst das Kind geboren wäre.

So kam der Herbst, und meine Zeit rückte immer näher. Meine Schwiegereltern waren zwar längst nicht mehr lieb zu mir, doch ließen sie es mir an nichts fehlen und fragten oft nach meinen Wünschen oder Gelüsten; denn sie hofften auf einen Buben, der dem Geschlecht der Haslerischen einmal Ehre machen würde.

Da war es einmal, daß ich in ihrer Wohnstube saß und an einem Kinderhemdlein nähte, während die Mutter eine alte Truhe mit buntem Kinderzeug durchwühlte und allerlei Jöpplein und Windeln daraus hervorzog und vor mich hinlegte. Ich aber blickte sehnsüchtig und verlangend nach dem Schreibtisch, wo eine Anzahl schöner Äpfel in eine

Reihe geordnet lagen; doch getraute ich mir nicht, von der Schwiegermutter einen zu erbitten, da sie schon dem Benno, als er einen nehmen wollte, mit strengen Worten sein Tun verwiesen hatte; denn sie war nicht freigebig.

Je länger ich nun hinsah, desto mehr gelüstete es mich nach einem der Äpfel, und endlich kam mir ein guter Gedanke. Ich stand auf und ging hinaus in das Holzlager zum Schwiegervater, der eben einen uralten Wiegenkorb mit himmelblauer Farbe strich.

»Vater!« rief ich.

»Was isch' denn?« antwortete er, ohne aufzusehen.

»I möcht was!«

»Was willsch' denn?«

»Was Runds.«

»Ja was! Eppe gar 'n Taler?« Und gespannt blickte er von seiner Arbeit auf mich.

»Naa, Vater, a Kugel is!«

»A Kugel? – a Kugel? – Mädla, sell ka i mir it denka! Da muaßt m'r scho helfa roata!«

Lachend nahm ich ihn bei der Hand und führte ihn hinein vor den Schreibtisch.

»Ja da schau her!« rief der Alte jetzt und nahm einen der Äpfel, »dias isch also die Kugel! Na die sollsch' haba!«

Schon wollte er mir den Apfel geben; da fiel ihm die Mutter in den Arm: »Was, grad von dö schönsten oan!«

Aber ungeachtet dieses Widerspruchs gab er mir ihn doch und meinte: »Laß dir'n nur guat schmecka! 's isch viel g'scheiter e g'schenkter großer, als e g'stohlener kloiner! Wia leicht könnt's Kindle 's Stehla lerna scho im Mutterleib!« Da gab sich die alte Frau zufrieden, und ich verzehrte den Apfel mit großem Behagen.

Etliche Tage später kaufte der Haslervater einen Korb voll Trauben und schenkte sie mir, indem er sagte: »Dia muaßt alle essa, daß d' e saubers Kindle kriagsch'!«

Der Oktober ging seinem Ende zu, und ich richtete alles her, dessen man zum Empfang eines Kindleins bedarf, und stellte die gemalte und von der Haslermutter mit geblumten Vorhängen geschmückte Wiege in die Schlafstube und rückte die Ehebetten auseinander.

Am Allerheiligentag schon in aller Früh ziehen die Soldaten unter klingendem Spiel in die Kirche, das Namensfest unseres Regenten zu feiern, und aus allen Fenstern fahren die Köpfe, und ein jedes freut sich der Musik.

Als damals in der Früh die Böller krachten und die Soldaten sich rüsteten zum Fest, da rief ich dem Benno, der noch schlief, aus meinem Bette zu: »Benno, geh hol ma d' Frau Notacker, i glaab, es werd was.«

Erschreckt fuhr mein Gatte aus dem Bett und in die Hosen; in der Eile aber brachte er das vordere Teil nach hinten, und ich mußte über den komischen Anblick trotz meiner Schmerzen herzlich lachen.

Unter vielen Ängsten, und nachdem er alles Erdenkliche angestellt hatte, seinen Hut verloren und sein Rad im Haus der Hebamme hatte stehen lassen, brachte er endlich die schon sehnlich Erwartete.

Geschäftig packte sie ihre große Tasche aus, bei welcher Arbeit ich ihr ängstlich zusah; denn ich konnte es immer noch nicht glauben, daß das Kind ohne jede Beihilfe von Messer oder Schere, ohne Leibaufschneiden hervorkommen könne.

Nachdem sie ihre Sachen geordnet und mein Bett zurechtgemacht hatte, sagte sie: »So, Herr Hasler, jatz lassn S' an etlichs Paar Bratwürscht holn und a Flaschn Rotwei; d' Frau Hasler braucht a Kraft!« Eilig lief der Benno, das Befohlene zu holen, und inzwischen kamen die Haslerischen und fragten, wie weit es noch wäre.

»A paar Stund no«, erwiderte die Hebamme und fügte lachend bei: »Was leidt's denn, wenn i an Bubn hol?«

»Sell kriagn ma na scho, Frauli!« antwortete der Vater, und die Mutter meinte: »D'Hauptsach is, daß alls guat geht, ebbas werd's scho sei!«

Um Mittag bemächtigte sich meiner eine große Unruhe, so daß ich aufstand und mich etwas ankleidete. Dann ging ich ans Fenster und sah hinab auf die vielen Menschen, die zur Parade gingen. Deutlich hörte ich das Wirbeln der Trommeln und hoffte, das Militär bei uns vorbeiziehen zu sehen, weshalb ich das Fenster öffnete, während mein Gatte sich lebhaft mit der Frau Notacker unterhielt.

Da fühlte ich plötzlich ein starkes Anstemmen des Kindes, und zugleich hatte ich das Gefühl, als müsse ich zerspringen.

»Frau Notacker, i moan, jatz . . .« mehr brachte ich nicht mehr heraus.

Drunten zog die Regimentsmusik vorbei mit Pauken und Trompeten, und Kinder jubelten und pfiffen; da mischte sich ein kreischendes Stimmlein in die Klänge des Militärmarsches – ich hatte einen Buben.

Nun herrschte Lust und Freud im Hause und ward die Taufe mit großem Pomp gefeiert und gab man dem Buben nach seinem Großvater die Namen Johannes Magnus.

Ich eile nun, zum Ende zu kommen; denn die letzten meiner Erinnerungen sind so traurig und peinlich, daß es der Leser mir nicht übel vermerken möge, wenn ich gewisse Zeitpunkte überspringe und in gedrängter Form die letzten Schicksale erzähle.

Diese Ehe war so unglücklich, daß ich noch jetzt mich bedenke, ob nicht wirklich der Fluch, den meine Mutter mir am Hochzeitsmorgen zum Geleit mitgab, mit also furchtbarer Macht seine Wirkung während meiner ganzen Ehe übte, und ob nicht doch jene Klosterfrau, als sie mich warnte, wieder in die Welt zurückzukehren, von Gott begnadet war, das Schicksal vorauszusehen, welches mich heraußen erwartete.

Und seltsam, gerade einige Tage nach der Geburt meines ersten Kindes traf ein Brief von ihr ein, in dem sie mir die Versicherung gab, meiner niemals im Gebete zu vergessen, und mich ermahnte, auch im tiefsten Leid und Unglück nicht zu verzagen, denn Gottes Hand möchte vielleicht mich strafen, daß ich damals nicht mein Leben ihm geopfert.

Später einmal, als ich ihr die Geburt eines Mädchens berichtete, bat sie mich, es recht gut zu erziehen; denn, meinte sie, vielleicht bringt es einmal dem Herrn das Opfer, das ich ihm ehemals verweigert.

Ich war in den letzten Wochen vor der Niederkunft im Gesicht recht alt und fleckig geworden und mußte daher manches bittere Wort vom Benno hören. Nun aber blühte ich sichtbar auf, und schon nach drei Wochen war ich wieder so verjüngt, daß mein Gatte aufs neue in heftiger Leidenschaft entbrannte und allen Vorstellungen zum Trotz mit Gewalt jene Schranke niedertrat, die eine weise Natur einer jeglichen Mutter, sogar den Tieren, aufrichtet. Vergeblich wies ich ihm den Kleinen, wenn er sich an meiner Brust sättigte, und flehte: »Geh, nimm do dein' Buam net sei Nahrung! Laß mi do in Fried! Schau, i bin no krank!«

Aber seine Sinne begehrten, und da mußte der Verstand schweigen. So kam es, daß ich nach wenig Monaten aufs neue Mutterhoffnungen fühlte.

Bald begann ich zu kränkeln, und mit der Gesundheit schwand mein guter Humor, und ich wurde zur gealterten Frau, die vom Leben nichts mehr hofft.

Unsere Häuslichkeit bot weder Frieden noch Behagen; der Benno sah wohl, was er getan, hatte aber doch kein Einsehen. Am Tage gab es Streit, und am Abend suchte er alles Trübe und Mißliche in Leidenschaft zu ersticken.

Meine Schwiegereltern beklagten sich bitter über diese Zustände und schoben die Schuld auf meine Nachgiebigkeit und meinen Leichtsinn. Darob ward ich recht erbittert und mied sie von nun an.

Meine Eltern hatten schon bald nach meiner Heirat sich mit den Haslerischen verfeindet, und ich durfte deshalb längst nicht mehr zu ihnen gehen, wenn ich nicht eines Auftritts mit Benno gewärtig sein wollte. Nun aber war das Verlangen nach der Mutter so stark in mir, daß ich alles vergaß und mich aufmachte und zu ihr ging.

Als ich sie in der Küche begrüßte, fragte sie nach kurzem »'ß Gott«, was ich wolle. Da berichtete ich ihr schluchzend mein Unglück und bat sie um Trost.

»So, war i jatz guat gnua zum Trösten! Dös g'schieht dir grad recht, wenn's dir schlecht geht; du hättst es aushaltn könna dahoam! Was geht mi dei Elend o! Geh zu dö Haslerischen, dös san jatz deine Leut! Mach nur, daß d' ma weiter kommst!«

Da sagte ich nichts mehr und ging und begab mich zu fremden Leuten, ihnen mein Leid zu klagen. Wie wohl taten mir da die Worte des Beileids und des Trostes, obgleich ich wußte, daß sie nicht von Herzen kamen und ich nachher in allen Milch- und Kramerläden durchgehechelt und ausgerichtet wurde.

Mein Gatte hatte sich in der letzten Zeit immer mehr dem Trunk ergeben und kam oft nächtelang nicht nach Hause, um dann bei dem geringsten Anlaß zu wüten und mich zu mißhandeln.

Um Weihnachten dieses Jahres fühlte ich, daß meine Stunde da sei, und ging daher zu meiner Schwiegermutter und bat sie, den Buben, der schon seit Wochen an schwerem Keuchhusten krank lag, etliche Tage in Pflege zu nehmen.

238

Sie versprach es gerne und war auch sonst freundlich, wofür ich ihr von Herzen dankte. Am ersten Weihnachtstag kam ein junger, verlebt aussehender Mensch und begehrte den Benno. Ich rief ihn hinaus, und er erkannte in dem Fremden einen Schulkameraden und Freund, der inzwischen in Hamburg Kaffeehändler und ein reicher Mann geworden war. Hocherfreut lud er ihn ein, und nachdem er mir noch befohlen, ein festliches Essen zu bereiten, ging er mit dem Besuch zum Frühschoppen. Ich hatte zum Glück allerlei Vorrat und richtete ein gutes Mahl. Schon während des Kochens hatten leichte Wehen mir das Nahen meiner Stunde angezeigt; nun aber wurden sie stärker, und ich begann mich recht zu ängstigen, da es schon zwei Uhr war und mein Mann mit dem Besuch noch immer nicht kam. Ich lief zu einer Nachbarin und bat, sie möge mir die Frau Notacker holen. Bis diese kam, richtete ich die Schlafstube und wollte den Buben zu seiner Großmutter tragen, doch schlief er, und ich ließ ihn liegen. Gegen fünf Uhr erschien die Hebamme und meinte, es sei noch zu früh; vor dem nächsten Tag könne man nicht auf das Kind rechnen. Sie ging also wieder mit dem Bemerken, sie sehe gegen neun Uhr abends noch einmal vorbei.
Kurz nach sechs Uhr kam der Benno allein heim und verlangte sogleich mit groben Worten zu essen. Ich machte ihm Vorwürfe, daß er mich umsonst mit dem Kochen noch so geplagt hätte und daß meine Zeit da sei und ich niemand hätte, der mir beistehe. Mir rohen Schimpfworten verbat er sich mein Gejammer und verlangte Wein, obschon er stark betrunken war. Ich gab ihm eine Flasche; denn ich fürchtete ihn sehr in solchen Rauschzuständen. Dann ging ich in die Schlafstube, wo der Kleine eben wieder zu husten begann. Ich hob ihn auf und wickelte ihn frisch ein, wobei mein Körper von heftigen Wehen erschüttert wurde. Da bekam der arme Bub einen der furchtbaren Anfälle, und

ich glaubte, er müsse ersticken; doch ging es vorüber, und ermattet lag er nun in meinem Arm. Ich bettete ihn wieder in die Wiege und ging hinaus zum Benno, ihm über das Kind zu berichten. Er hörte teilnahmslos zu und sagte dann kurz: »I geh auf d'Nacht no furt!«

Ich erwiderte nichts und wollte den Tisch abräumen, während er ein Päcklein unzüchtiger Photographien aus der Tasche zog und betrachtete. Plötzlich suchte er mich in erwachendem Begehren zu sich auf das Sofa zu ziehen. Unsanft stieß ich ihn von mir weg und verwies ihm seine Unvernunft.

In dem Augenblick hörte ich meinen Buben weinen und ging zu ihm an die Wiege und beugte mich über das Bettlein, ihn mit leisen Worten zu beruhigen.

Da fühle ich plötzlich von rückwärts wie eine eiserne Klammer einen Arm um meinen Leib und fühle, wie der Benno mich fest in das Bettlein drückt und sein Eherecht ausübt. Verzweifelt suche ich mich seiner zu erwehren, und es gelingt mir wirklich für den Augenblick. Da packt ihn eine rasende Wut, und unter den gröbsten Schmähungen zerrt er mich an den Haaren herum, wirft mich zu Boden. tritt sein eigen Fleisch und Blut mit Füßen und versucht, mich zu erwürgen.

Auf mein lautes Hilfegeschrei stürzen Leute aus den Nachbarswohnungen herbei, man sprengt die Tür, und alle fallen über den sich wie besessen Gebärdenden her.

Auch sein Vater kam, und es geschah nun etwas, was mich noch heute erstaunt: Der alte Hasler faßte seinen Sohn vor all den Nachbarn am Genick, setzte ihn auf einen Stuhl, gab ihm ein paar tüchtige Ohrfeigen und stieß ihn sodann mit großer Gewalt zur Tür hinaus. Dies alles tat er ohne ein Wort; dann aber kehrte er sich an die Anwesenden und fragte grollend: »Hat no wer was verlora da herinne?«, worauf sie alle verschwanden.

Nun trat er zu mir; ich lehnte erschöpft an meinem Bett und bat um die Hebamme. Ohne ein Wort ging er, und schon nach einer halben Stunde brachte er sie mit.

In derselben Nacht gebar ich ein Mädchen und lag danach an die sechs Wochen im Kindbettfieber.

Seit diesem Vorfall mußte sich mein Mann sein eheliches Recht stets erzwingen; denn ich hatte alle Zuneigung zu ihm verloren und fürchtete ihn sehr. Trotzdem wurde ich noch viermal Mutter während dieser Ehe.

Bald nach dem dritten Kinde begannen auch Wohlstand und Glück von uns zu weichen. Mein Mann hatte durch seine Trunksucht alles das eingebüßt, was man sonst an ihm schätzte; auch ließ er sich in seiner Stellung allerlei zuschulden kommen und wurde schließlich entlassen. Seine Eltern waren darüber so erbittert, daß sie uns aus dem Haus jagten.

Wir zogen also um, und der Benno übernahm selber ein Geschäft. Es ging uns auch etliche Zeit wieder gut, und ich hatte Hoffnung, daß alles wieder recht würde, obschon ich nun dauernd kränkelte, da die Geburten meines vierten und fünften Kindes Totgeburten und sehr schwer gewesen waren.

Nun war das sechste Kind auf dem Wege, und kurz vor Weihnachten kam ich in die Wochen.

Mein Mann hatte um diese Zeit aufs neue ein wüstes Leben begonnen und saß oft Tag und Nacht im Weinhaus. Kam er dann nach Hause, prügelte er mich und die Kinder und zerschlug alles, was ihm gerade in die Hände kam.

Am Tage nach der Geburt dieses Kindes kam gegen Abend ein Freund meines Gatten und hatte mit ihm eine Unterredung, die sehr erregt schien; denn der Besuch ging nach kurzem Wortwechsel ohne Gruß, und der Benno schlug krachend hinter ihm die Türe zu. Ich rief ihn zu mir in die

Schlafstube, doch kam er nicht und ging bald darauf fort, ohne sich von mir zu verabschieden.

Zwei Tage und eine Nacht blieb er weg und kam erst am Heiligen Abend gegen neun Uhr heim. Ich erschrak heftig bei seinem Anblick; seine Kleider waren zerrissen und beschmutzt, sein Gesicht aufgedunsen und verzerrt, die Haare hingen ihm wirr um den Kopf, und die stieren, blutunterlaufenen Augen blickten gierig und lüstern nach mir.

Ich saß wie versteinert aufrecht in meinem Bett, als er mit dem zärtlichen Gruß zu mir trat: »Servus, Weibi; du bist aber sauber! Geh, laß mi eini zu dir!«

Bittend hob ich die Hände und sagte: »Was hast denn, Benno; woaßt denn net, daß ma r a kloans Deanderl kriagt ham! Jatz konnst do net zu mir! Gel, Benno, du verstehst mi scho!«

Aber er verstand mich nicht mehr. Rasch riß er seine Kleider ab und wollte zu mir, indem er mir alle erdenklichen Genüsse versprach.

Flehend setzte ich ihm nochmals die Unvernunft seines Begehrens auseinander, doch vergebens. Er fiel über mich her, und ich mußte alle Kraft daran setzen, mich seiner zu erwehren. Endlich gelang es mir, aus dem Bett zu entkommen, und eilig schlüpfte ich in meinen Unterrock und lief aus dem Zimmer.

Da hörte ich plötzlich meine Kinder aufkreischen. Ich eile in ihre Schlafstube und sehe nun, wie der Benno mit gezücktem Stilett drinnen herumtanzt und nach der Melodie des Schäfflertanzes vor sich hinsingt:

»Hi müaßt's sei! Daschtecha tua r i enk! Alle müaßt's heunt hi sei!«

Er sieht mich gar nicht, wie ich die Kinder aus ihren Bettlein reiße und das Kleinste aus der Wiege; tanzend zertrümmert er alles, was im Zimmer ist, und singt dazu.

Also flüchteten wir uns barfuß und fast unbekleidet hinaus

in den Schnee, und weinend hingen sich die Kinder an mich. Zitternd wankte ich vorwärts, und das Blut rann mir gleich einem Bächlein über die Füße und zeigte die Spur meiner Schritte.

Freundliche Nachbarn nahmen uns auf und veranlaßten auf der Polizeiwache, daß man den Wütenden bändigte und nach der psychiatrischen Klinik verbrachte.

Ein schweres Fieber folgte auf diese Nacht, und ich kämpfte lange mit dem Tod.

Als ich mich wieder besser fühlte, nahm ich mit vielem Dank Abschied von den guten Leuten und begab mich wieder in meine Wohnung. Hier erwartete mich neuer Schreck: Die Möbel waren alle mit dem Siegel des Gerichtes versehen und gepfändet. Etliche Briefe, die ich im Kasten fand, klärten mich auf. Der Benno hatte, ohne daß ich es wußte, sein volles Vermögen und dazu mein ganzes Heiratsgut einem Freund, der Baumeister war, geliehen, und dieser war bankerott geworden. Er hatte anscheinend schon davon gewußt und war vielleicht auch durch den Verlust dieser fünfzigtausend Mark um seinen Verstand gekommen. Nun hatten unsere Lieferanten und auch der Hausherr zu Neujahr keine Bezahlung mehr erlangt, weshalb sie, da sie auch keine Antwort auf ihre Mahnungen erhielten, endlich zur Pfändung schritten. Die Hausverwalterin hatte die Schlüssel meiner Wohnung an jenem Abend von einem Schutzmann erhalten und öffnete, als der Gerichtsvollzieher kam.

Nur weniges verblieb mir; zum Glück hatte man mir einen kleinen Schrank mit Kinderwäsche gelassen, in dem auch meine Schmucksachen verwahrt lagen. Nun konnte ich wenigstens so viel Geld dafür bekommen, daß ich die Kinder bei fremden Leuten in Pflege geben und mir ein kleines Stüblein zu halten vermochte. Das Ringlein meines Vaters aber opferte ich im Herzogspital der Mutter Gottes.

Dies war in der Zeit des Faschings; auch der Schäfflertanz traf auf dieses Jahr und füllte die Taschen der Tänzer.

Um diese Zeit ging ich zu meiner Mutter und klagte ihr meine große Not und bat sie um einiges Geld, damit ich mir etliche Möbelstücke wieder auslösen könnte; denn der Hausherr hatte sich Verschiedenes behalten, indem er mir versprach, er wolle mir das gegen Bezahlung meiner Zinsschuld von sechzig Mark wiedergeben.

Wortlos hörte die Mutter mir zu. Als ich geendet, sagte sie: »I kann dir net helfa! I hab selber no Schuldn beim Bräu. Geh zu dö Haslerischen, dö san reicher wia i. Übrigens freuts mi, daß si mei Wunsch erfüllt hat; recht schlecht soll's dir geh, weil's du's net aushalten hast könna dahoam!«

Dann rief sie den Vater aus der Schenke und sagte: »Gel Josef, mir können ihr nix gebn, weil ma selber nix habn wia Schuldn!«, worauf der Vater sich erst räusperte, dann halblaut wiederholte: »Naa, nix könna ma toa, mir habn selber Schuldn!«

Traurig ging ich nun zu meinen Schwiegereltern. Diese versprachen mir, für den Buben zu sorgen. Mehr konnten auch sie nicht helfen, da sie, wie ich jetzt erst erfuhr, dem Benno während des letzten Jahres etliche tausend Mark gegeben hatten, die er, ohne mir davon zu sagen, vertan hatte.

Also begann ich am andern Tag mir Arbeit zu suchen. Ich las auch die Zeitung; da fiel mein Blick auf eine Notiz über den Schäfflertanz, und ich entnahm ihr, daß derselbe am 20. Februar auch vor dem Hause des Gastwirts Zirngibl aufgeführt würde. Trotz der großen Bitterkeit, die in mir aufstieg, als ich an die Kosten eines solchen Tanzes, die zum mindesten an die hundert Mark betragen, dachte, konnte ich es doch nicht unterlassen, mich andern Tags unter die Menge der Zuschauer zu mischen.

Da sah ich, wie sie alle, der Vater, die Mutter, die Stiefbrüder und auch das Gesinde, an den Fenstern standen
und mit vergnügten Mienen und strahlendem Lächeln für
die Hochrufe dankten und die Mutter eine Handvoll Silber-
stücke in die Mütze des Meisters warf, während sie den
Tag vorher ihr Kind hungern sah, ohne zu helfen.

Ich suchte also Arbeit und fand auch solche; doch nicht
lange dauerte es, da konnte mein geschwächter Körper
dieselbe nicht mehr leisten, da ich, um den Kindern das
Ihre geben zu können, oft hungern mußte. Am End war ich
erschöpft und mußte meine Stellung aufgeben.

Nach kurzer Zeit war auch der Rest meines Geldes ver-
braucht; und da ich das Kostgeld für meine Kinder nicht
mehr aufbringen konnte, setzte man sie mir eines Tages
im Winter vor die Tür.

Da fand sich ein Baumeister, der mir in seinem Neubau umsonst Wohnung bot. Ich band meine Habe samt den Kindern auf einen Karren und zog dahin. Ein alter, brotloser
Mann, dem ich früher Gutes getan hatte, half mir dabei.

Das Haus war noch ganz neu, und das Wasser lief an den
Wänden herab; wir schliefen auf dem Boden und bedeck-
ten uns mit alten Tüchern und krochen zusammen, damit
wir nicht gar zu sehr froren.

Einige leichtere Schreibarbeiten schützten uns vor dem
Verhungern, wenngleich unser tägliches Mahl in nichts
weiter bestand als in einem Liter abgerahmter Milch und
einem Suppenwürfel, aus dem ich nebst einem Ei und
etwas Brot eine Suppe für die Kinder bereitete. Ich selber
aß fast nichts mehr und war so elend und krank, daß ich
mehr kroch als ging.

Eines Tages erfuhren wir, daß mein Gatte in der Kreis-
irrenanstalt untergebracht worden sei, da eine Geistes-
krankheit ihm dauernd das Licht des Verstandes genommen hatte.

Nach einem Monate solch jammervollen Lebens war auch die Gesundheit meiner Kinder dahin. Hustend und weinend hingen sie an mir, während Fieberschauer mich schüttelten.

Oft war die Versuchung in mir aufgestiegen, dem Leben ein Ende zu machen; oft hatte ich am Abend den Hahn der Gasleitung zwischen den Fingern; doch die Hoffnung auf eine bessere Zukunft ließ mich das nicht vollbringen, was die Verzweiflung mir eingab.

Mitleidige Menschen machten endlich den Armenrat des Bezirks auf mein Elend aufmerksam, worauf die Gemeinde für uns sorgte, indem sie die Kinder einer Anstalt übergab, während ich im Krankenhaus Erlösung aus aller Trübsal erhoffte.

Doch das Leben hielt mich fest und suchte mir zu zeigen, daß ich nicht das sei, wofür ich mich so oft gehalten, eine Überflüssige.

Die Rumplhanni

Es ist um den Abend des Tags, da man schreibt den fünften August eintausendneunhundertvierzehn. Die Sonn geht langsam hinter den alten Zwiebelturm der Kirche zu Öd, scheint noch eine Zeitlang auf die Bergwände da hinten, weit hinter Höhenrain und Kirchdorf, daß sie flimmern und brennen, und verschwindet dann gemach hinter den Wäldern vor Frauenreuth. Aus der Hufschmiede, die an der Straße gegen Ostermünchen steht, dringt noch beißender Rauch. Der alte Hufschmied schlägt fluchend und kreistend dem feisten Bräundl des Reiserbauern von Vogelried das letzte Eisen an den Huf; sein Gsell, der Pauli, löscht singend und pfeifend die Glut der Feuerung, und der Lehrbub räumt verdrossen die Werkzeuge auf.

»Soo!« sagt endlich der Schmied und strafft seinen Rücken zur Höh; »Herrvergeltsgood, dees hätt' ma wieder! – Jetz schaug nur, Reiser, daß er guat hintrekimmt auf Frankreich, dei Häuter!« Der Reiser verzieht das Gesicht zu einem halben Lächeln.

»Werd scho umifindn!« meint er dann und weist den Gaul gemächlich aus der Schmiede; »und jetz sag i dir halt no an scheen Dank und guat Nacht!«

»Es is scho recht!« sagt der Schmied und hängt sein Schurzfell an den Haken hinterm Tor; »guate Nacht aa!«

»I laß dein Kaschba a guats Hoamkemma wünschen, sagst!« – »I dank dir, Reiser.« – »Und an Franzl aa, balst eahm schreibst!« – »Der is scho dahi – anorts – gega Frankreich, moanet i.«

»Aha.« Der Reiser gibt seinem Bräundl einen Tatsch mit der flachen Hand und ruft: »Hüa, Alter! Zua, sag i. Mit dir geht's morgn aa dahi!« Und lenkt ihn in einem leichten Trab heimzu, indes der Schmied in die Werkstatt ruft: »Alsdann, Pauli, Bua, – Feieramd macha! – Für heunt glangts!« Worauf er zum Brunnen geht und sich wäscht.

»Feiramd! Daß 's Gott gsegn!« sagt der Pauli und reckt sich; »Kreizsakra, heunt hätt' i 'hn bald gspürt, mein Buckl! Zwoaradreißg ham mir heunt beschlagn!« – »Ah was!« brummt der Lehrbub; »dees is ja koa Arbat nimmer! Dees is ja a Schinderei!« Damit schließt er die Torflügel der Schmiede und schiebt die eiserne Sperrstange vor.

»Unsern Kaschba ham mir scho gspürt, heunt«, sagt am Brunnen der Schmied mit einem Seufzer; »der is uns scho recht abgangen! – San halt do zwee Arm weniger gwen!« Worauf er sich gegen das Wirtshaus drüben bei der Kirche wendet.

»Ja, dees is mir aa so vürkemma heunt«, murmelt der Pauli, indem er sich prustend seift und wäscht; »den ham mir freili gspürt, an Kaschba. – Ja, ja, heunt nacht geht's dahi damit; da muaß er fahrn.« Der Lehrbub zieht die Arme aus dem Hemd und pumpt sich einen Strahl Wasser über Hals und Kopf. »Der Wirtsjackl fahrt aa heunt nacht!« schreit er dazu laut und schüttelt sich das Wasser aus den Ohren; »und der Hausersimmerl aa; und der Knecht vom Wirt, und der Fritzl vom Staudnschneider aa.« – »Ja«, sagt der Pauli und wischt sich die Händ an den Hemdärmeln trocken; »i glaab, dreizehne san eahna von Öd und Voglried; i wollt, i waar der vierzehnt! Die ganz Arbat ko mi jetz bald gern habn!« Und geht gleich dem Schmied zum Wirt, dem Ödenhuber. –

Ist eine gute Einkehr, dem Ödenhuber seine Wirtschaft; ein saubers, geräumiges Haus, reinlich inwendig und auswendig, mit frischem Bier und gutem Koch, einer Metzgerei dabei und einem großen Höft mit feistem Vieh und reichen Stadeln. Dazu der Mathias Ödenhuber als Wirt; ein aufrechter Fünfziger, der gleich seinen Vorderen sich beizeiten eine riegelsame und werktätige Hausfrau genommen hat und nun seit zwanzig Jahren mit ihr, einer reichen Post-

halterstochter aus dem Ebersberger Gau, die Wirtschaft
samt dem Hofgut rechtschaffen hält und führt, dabei ihnen
ihre beiden Kinder, der Jackl und die Leni, gutding dazu
helfen. – Grad steht der Ödenhuber unter der breiten
Haustür mit dem buntverglasten Oberlicht, als sich der
Hufschmied in den kleinen Wirtsgarten mit den drei alten
Kastanienbäumen und den zwei wurmstichigen Tischen
setzt, auf denen ein grünlicher, moosiger Reif wuchert
und darauf Ameisen und Fliegen geschäftig hin und her
laufen.
»Grüaß di Good, Schmied!« sagt der Wirt. – »Grüaß di
Good aa.« – »Kriagst a Maß?« – »A Maß bringst ma, ja.«
– »Resl, der Schmied kriagt a Maß!« Der Wirt ruft's ins
Haus, und die Schenkkellnerin läuft mit dem Krug. Der
Ödenhuber setzt sich zum Schmied. »Hast Feiramd
gmacht?« – »Jaa. – Waar mir a so bald liaber, es wurd für
ganz Feiramd!« Die Resl stellt ihm das Bier hin. »Was
möchst? – An ewigen Feiramd?! – Zum Wohlsein! – Du
waarst net viel gschlecki!« – »Heunt no durft Feiramd sei,
sag i! – Nachher gang i glei aa no mit, mit insane Buam! –
Heunt no! . . . Wann i no jung waar!« Er trinkt hastig. Der
Ödenhuber schmunzelt. »Du wurdst eahna koa geringe
Angst net einjagn, moan i! . . . Ah! Grüß di Good, Pauli!«
Er macht dem Gesellen Platz. Der setzt sich. »'n Abnd. A
Halbe möcht i. – Zum Abgwohna.« Die Resl lacht. »Jetz
hab i schon gjammert, daß ins alle insane Buam davon-
gengan in Kriag; derweil is do no oana dabliebn! Hams di
net gfunden? Oder is's eahna um dein scheena Kopf load?«
Der Pauli zieht gemächlich seine kurze Pfeif aus dem
Joppensack, stopft sie und sagt bloß: »Schnabel halten! –
A Halbe kriag i!« Dann zündet er sie an. Die Resl lacht:
»Raucht er dir jetz?« und geht darnach.
Der Ödenhuber holt ein Zeitungsblatt aus dem Brustlatz
seines weißen Schawers (Schurzes) und liest die Auf-

rufungen und Anzeigen. Der Schmied hockt stumm vor seinem Krug.

»Was bist jetz du für a Jahrgang, Pauli?« Der Wirt fragt's. – »Achtadachzg.« – »Deant?« – »Naa.« – »Ah so.« – »Warum fragst?« – »No, i moan halt, sunst tatn s' di wohl a so bald holn?« – »Kunnt scho sein.«

Der Schmied starrt stumpf und trüb vor sich hin. Jetzt sagt er langsam: »Vo heunt auf morgn is der Kriag alleweil net gar. Der frißt schon an etlichs paar Leut, denk i.« – »Da kannst recht habn«, erwidert der Ödenhuber. »Dessell glaab i aa«, meint der Pauli.

Die Resl bringt das Bier. »Sollst lebn, Pauli!« – »Is scho recht, Hex! Und bals mi trifft, denkst dir, nachher derf der ander lebn, gell! D' Ersatzreserve!« – »Warum? – Gehst du leicht aa?« Die Resl fragt's erschrocken. – »Ja no, kunnt scho sein . . .« Er raucht, daß sein Gesicht kaum mehr zu sehen ist. – »Hast leicht aa scho an Zettl? . . .« – »Naa . . . no net. Aber . . . i moan gar . . .« – »Pauli! Du werst do net! . . .«

Der Wirt horcht auf. »Aber, Pauli!« mischt er sich ein; »wia leicht kunnts di dein Kopf kosten! Um dein Kohlrabi waars wirkli schad!«

Der Schmied ist wieder ins Brüten gekommen. Jetzt murmelt er vor sich hin: »Werd scho geh. Mir muaß si halt dreinfinden. Is nur guat, daß d' es nimmer derlebn hast müassn . . . Muatta . . . daß alle zwee . . . dahigengan. – Ja no . . .« Er schrickt auf an seinem Seufzen und trinkt. Dann beschattet er die Augen mit der Hand und schaut nach der Kirchenuhr. »Geh, Ödnhuaber, siechst net, wia spat daß 's is?« fragt er.

Der Wirt fährt aus der Zeitung auf: »Wia spat, sagst?« Er zieht die Uhr. – »Drei Viertel auf simme.« – »Scho! – Er werd si do net versaama, der Kaschba!« – »Ah, naa! Der versaamt si net! Is ja der meine aa dabei. Sie san halt beim

Pfüagoodn.« – »Ja, ja. Aber um halbe zehne geht der letzt'
Zug vo Osterminga.« – »Den kriagn s' leicht no!« – »Jano.
– Aber i hättn halt no gern daghabt, mein Kaschba. – Mir
hat do no allerhand zum redn, mitanand.« – »Dessell is ja
wahr . . .« – »Mir möcht halt no sagn . . . was oan druckt . . .
bevor oana a so dahingeht . . . mir woaß net, wohi . . . und
wias außigeht damit . . .«
Der Wirt nickt und legt seine Zeitung zusammen. »Ja ja.
A Feldzug is halt koa Keglscheiberts.« Der Schmied
schnauft tief auf. »Schaug, mein' Franzl hab i aa nimmer
gsehgn. – Der is glei von der Kasern aus weiterkemma.« –
»I woaß 's a so.«
Die Resl hat derweil halblaut auf den Pauli eingeredet.
»Warum möchst denn scho zahln? – Warum gehst denn
scho? Bist harbisch auf mi?« – »Naa. – Aber an kloan
Weg mach i no, verstehst! . . . Herrgott, mi druckts a so,
daß i grad Landsturm bin . . .« Er trinkt hitzig aus. Die
Resl starrt ihn angstvoll an. »Pauli! – Ja, was hast
denn? . . .« Er setzt das Krügl auf den Tisch, daß es scheppert. »Woaß 's der Teixl, Dirndl . . . i moan . . . i mach gar
aa Feiramd mit der Arbat! . . . I geh aa! . . . I meld mi freiwilli . . . i kann's net dawartn, bis daß's mi holn . . .« Da
springt die Resl auf. »Furt, sagst? . . . Freiwilli . . . Pauli! . .
Ums Christi . . .«
Der Schmied fährt zusammen. »Was hast gsagt? Du gehst
aa? . . . Ja, – was tua denn nachher i . . .?« Er starrt den
Gesellen an und sinkt dann wieder in sich zusammen. »Ja
no, . . . muaß i di halt geh lassen. Da kann ma nix macha.
Bist ja gsund. Geh nur zua in Gottsnam . . . geh nur . . .
geht's nur allsamm . . .«
Der Wirt mischt sich ein: »Aber, was waar denn jetz net
dees, Pauli! Werst 'hn do net alloa lassen, an Schmied! den
altn Mo!«
Der Pauli ist in einem verlegenen Kampf mit sich selber.

»I woaß 's scho. Aber . . . in mir wurlt grad alls! Ödnhuaber, i sag dir's, wia's is, i schaam mi!« Er springt auf
und reckt sich. »Bei meiner Postur! Und bei dem Gsund!
Was?! Waar's da net a Schand?« Die Resl kämpft ein
Weinen nieder. Der Schmied betrachtet den Burschen mit
trübem Aug. Da tritt der Pauli zu ihm: »I ko net anderscht,
Moasta . . . i muaß dir Pfüagood sagn. Lohn hab i a so
grad nur vier Mark fuchzge z' kriagn, mei Kuferl is glei
packt, bis die andern gengan, bin i aa firti!« Er wendet sich
zur Resl: »Dirndl! Alsdann . . . zahln, sag i! Da! . . . Und
sei net harb auf mi . . . i kimm scho wieder! . . .« – »Is 's
wirkli dei Ernst?« fragt der Wirt verstört. Die Resl geht
aufschluchzend ins Haus. – »Ödnhuaber . . . es geht um d'
Hoamat! – I muaß mit!« Der Pauli klopft hastig seine
Pfeife aus und schiebt sie ein.
Und der Schmied zieht langsam seinen ledernen Zugbeutel,
entnimmt ihm zwei Taler, legt sie auf den Tisch und wik-
kelt bedächtig die Schnur mit den Muscheln daran wieder
um den Beutel. Dann sagt er: »Da . . . i konn di net haltn.
Da san sechs Mark. Weil i di guat leidn hab kinna. Laß
dir's guat geh. Und . . . balst wieder kimmst . . . bist da.
D' Arbat wart't scho auf di.« Der Gsell schiebt das Geld
ein. Und sagt mit unsicherer Stimm: »Moasta, i dank dir
und sag halt Geltsgood. I kimm scho wieder, bals sein will.
Und wann net, . . . na muaßt dir halt um an andern
schaugn.« Und reicht ihm die Hand. »Alsdann. Jetzt pfüat
di halt Good.«
Tonlos dankt ihm der Schmied. »Pfüa Good aa. I konn di
net aufhaltn.« Und er stützt die Ellenbogen auf den Tisch
und hält den Kopf zwischen den Händen. Der Pauli wendet sich zum Wirt. »Alsdann, Ödnhuaber . . . bleib
gsund . . .« Er streckt ihm die Hand hin, und der Wirt
drückt und schüttelt sie. »Na wünsch ich dir halt Glück,
Pauli! – Pfüat di der Himmi!«

Die Resl tritt mit verweinten Augen aus dem Haus und gibt dem Burschen ein kleins Packerl in die Hand. »Pauli .. leb wohl. Und sagn mir halt: aufs Wiedersehng ...« Sie drückt die Schürze ans Gesicht. Aber der Pauli lacht und sagt lustig: »Servus, Resl! Aufs Wiedersehng ... hast recht! Und jetz woan net! I schreib dir scho amal aus Paris ... oder aus Rußland. – Alsdann! Pfüate!« Damit reißt er sie schnell an sich und läuft alsdann eilig dahin, ins Schmiedhaus, indes die Resl langsam in die Gaststube geht.

Stumm sitzt der Schmied. Der Ödenhuber zieht seine Uhr, dann meint er: »Sakra! Glei simme! Jetz durftn s' aber bald kemma! –« Und steht auf und geht mitten auf die Straße, zu schauen, ob er keinen sieht von den Buben.

Da fährt ein Leiterwagen vorbei, hoch aufgesetzt mit Weizen; und der Hauserbauer lenkt laut die beiden Ochsen: »Wühlöh, Alter! Ziag o! Hott eina! ... Hoott!« Aber da er den Ödenhuber stehen sieht, fährt ihm eine jähe Röte ins Gesicht; er speizt giftig aus und plärrt den Sattelochsen an: »Hott eina, hab i gsagt, sag i! ... Was der wieder zum gaffa und zum spioniern hat, da drent!« Und der Wirt seinerseits hat kaum den Hauser ersehen, als er auch schon die Händ in die Hosensäck vergräbt, die Füß weitmächtig auseinanderspreizt und spöttisch vor sich hinsagt: »Dem geht's aber no dick ein, heunt, dem Hungerleider! Der legat aa liaber dreizehn Aufsetzn auf sei Kinderwagl auf, bals gang! – Bei dem möcht i amal Handochs sei!« In diesem Augenblick ruft eine gschnappige Weiberstimm vom Wagen herunter: »Was gaffst denn, Bamperlwirt? Schaug liaber, daß dir dei Essig net no saurer wird!« Worauf der Ödenhuber voller Wut murmelt: »Schnappen, elendige!« Und eilig ins Haus geht.

Die ihn aber zum Gehen gebracht, ist ein saubers, molligs Frauenzimmer mit festen Armen, feisten roten Backen und kohlschwarzen Haaren. Es ist die Rumplhanni, des Hausers Dirn.

Die Tenne des Hauserbauern von Öd ist sperrangelweit offen, und dem Hauser sein Sohn, der Simmerl, schiebt grad einen abgeleerten Leiterwagen zum hintern Tor hinaus und hinein in den Wagenschuppen. Danach schaut er hinüber gegen die Straße, ob der Alt noch nicht bald einfahrt mit dem letzten Fuder. Derweil biegen auch schon die Ochsen bei dem Gartenzaun des Ödenhubers ums Eck; der Hauser legt sich dem Sattelochsen fest in die Seite und zieht am Leitwayla, was er kann. »Wühlöh, Alter! Wühst umi! Wühst, sag i! Toifi, bollischer! Wühlöh! Gehst net ummi, moanst, Pandur, miserabiger!« Und vom Fuder herab schreit die Hanni, daß es drüben im Holz widerhallt: »Holliho! Ablaarn!«

Die Hauserin hat grad in der Speiskammer die frischgemolkene Milch mit einem Spritzer Weichbrunn gesegnet und in die Weidlinge zum Aufsetzen eingegossen, sich auch hie und da mit dem Handrücken oder dem Schürzenzipfel Augen und Nase abgewischt; denn sie weint, wie ihr Alter, der Lenz, sagt, Rotz und Wasser, weil ihr Simmerl heut zur Nacht noch dahin muß, in den Krieg. Jetzt wendet sie sich langsam um, daß sie mit ihrer Fülle und Breite nicht etwan hinter sich was hinabstoße, und nimmt den Rahm ab fürs Butterausrühren. Vorsichtig fährt sie mit dem feisten Zeigefinger um den Milchrand im Weidling, leckt ihn ab und streift dann mit dem flachen Holzlöffel behutsam die fette, säuerliche Rahmhaut in den Hafen auf dem Bänklein. Danach gießt sie die abgeblasene Milch in den Topfenkessel und seufzt: »Hach ja. Ins haßts halt. Mir ham halt koa Glück net . . . Ja ja . . .«

Und ihre alte Mutter, die Kollerin von Reigersberg, jetzt Austragmutter vom Hauserlenz, schiebt drüben in der kohlschwarzen Kuchel einen Büschel Reisig ins Ofenloch, entzündet einen dürren Span und hält ihn unter die Reiser, bis sie knistern und rauchen und brennen. Dann löscht sie den Span, legt ihn wieder hinters Ofenrohr zu den dürren Eierschalen und dem Sandriegel, schürt etliche Prügel nach und stellt hüstelnd und seufzend die große Messingpfanne mit dem Kaffeewasser auf den Herd. Dazu sagt sie halblaut immer wieder die Worte: »O mei Herrgott! – Der Kriag, dees Unglück! O mei Herrgott!«

Da scheppert der Rumplhanni ihr Ruf herein ins Haus: »Holliho! Ablaarn!« Und zur gleichen Zeit läuft der Hauserin ihre Jüngste, die Liesl, mit einem weißen Kopftuch auf und einem Endsrechen über der Achsel in den Hausflöz und schreit: »Muatta! Großmuatta! Da san ma! Dees letzte Fuada ham ma dahoam! Zum Ablaarn sollts kemma!« Worauf die Kollerin in die Speis ruft: »Rosina, schaug aufn Kaffee! I muaß zum Woazablaarn!« Dabei fährt sie aus den Lederpantoffeln, humpelt strumpfsöcklig über die Stiegen hinauf zum Söller, öffnet die niedere Tür zum Kriadaboden und läuft in den dunklen, mit neuem, starkduftendem Heu und Klee vollgefüllten Raum. Von da aus schreit sie hinab in die Tenne: »Simmerl! – Lenz! – Bin scho gricht't!«

Nun löst der Simmerl den Wiesbaum vom Fuder und sagt: »Hanni, geh, laß jetzt mi auffe am Wagn; pressiern tuats. Um halbe neune muaß i geh!« Die Hanni kriegt eine weinerliche Stimm und erwidert: »So bald scho! Ha, daß d' denn heunt no furt muaßt?!« Und rutscht vom Fuder und läßt sich vom Simmerl auffangen, indes die Großmutter Kollerin brummelt: »Frag net so damisch, Lalln, dumme! Daß er heunt no furt muaß! Weil er halt muaß! Weils di nixen ogeht! Schaug liaber, daß d' auffa gehst zum Fassen!«

Derweil stellt der Simmerl eine Leiter an den Heuboden,

zwickt die Hanni schnell in den Arm und schiebt sie lachend die Sprossen hinauf. Die Hanni kichert leise, packt den endslangen Burschen bei seinem rötlichen Haarschüppel und wirft ihm das Hütl ins Gesicht, ehe sie zur Alten hinaufsteigt. Diese aber hat das Kichern gehört und knurrt nun: »Möcht wissen, was 's da lang z'kudern und z'lacha gibt, du ausgschaamts Weibsbild du! Du brauchst mi gar net auszlacha, bal i eppas sag; daß d'es woaßt!« Worauf die Hanni schnippisch erwidert: »Und du brauchst mi gar nix z'hoaßn; daß d'es aa woaßt! Dir hab i no koa Weibsbild net abgebn, gell ja!« Damit steigt sie die Leiter hinauf und zum Kriadaboden. Die Alte murmelt noch was und kriecht dann in die »Obern« empor.

Und der Simmerl besteigt das Fuder, indes der Hauser drüben im Stall die Ochsen tränkt und füttert. Nun faßt der Simmerl Garbe um Garbe mit der Gabel und hebt sie leicht und locker hinüber zur Hanni, die sie ebenso locker abnimmt und der Kollerin hinaufreicht, die sie fürsichtig von der Gabel streift, damit kein Körnl Weiz unnütz verloren geht. Endlich ist die letzte Garbe untergebracht, und die Großmutter steigt wieder hinab in den Heuboden und hinunter ins Haus. Die Hanni steckt ihre Gabel tief in den Heuhaufen vor ihr und kommt die Leiter herab in die Tenne; der Simmerl schiebt den Wagen hinaus in den Hof und schließt das hintere Scheunentor. Dann kehrt die Hanni die ausgefallenen Körnl und Ähren zum vordern Tor hinaus für die Hennen, indem sie sagt: »Den oan Flügl konnst scho zuamacha, Simmerl.« Das tut er. Dann lehnt er sich an die Stalltür und schaut zu, wie die Körnl und Spelzen zur Tenne hinausfliegen. Mittendrin aber kommt's verhalten von seinen Lippen: »Hanni!« – »Simmerl?« – »Jetz san ma firti.« – »Ja.« – »Jetz hoaßt's geh.« – »Und mi laßt hänga!« – Sie lehnt den Besen ins Eck und räumt umständlich die Rechen und Gabeln zusammen.

»Hanni!« – »Was möchst?« – »I muaß di pfüatn . . .« –
»Und i steh da – im Dreck.« – »Was kann i dafür? – Was
soll i denn macha!« – »Hättst mi net ogrührt . . .« – »Bal
ma oans gern hat . . .« – »Aha. Zum Drokriagn!« – »I hab
di net drokriagt . . .« – »Aber unglückli gmacht!«
Der Simmerl lehnt langsam den zweiten Torflügel an, so
daß es ganz dunkel wird in der Tenne. »Was? Unglückli?
I? Di? Wia nachher?« Die Hanni fängt leise zu weinen an.
»Ja . . . wia nachher . . . weil i dahäng . . . am Kreiz! A
so . . .« – »Was sagst du?« – »Jawoi! Gwiß und wahrhaftig!« – »Vo mir? . . .« – »Frag net so dumm! – Dees
woaßt du guat selber!« – »I! Da bin i mir gar nixn . . .« –
»Aha. Möchst di weggaschraufa . . .« – »Und i sag, es ko
net sei . . .« – »Dees sagt a jeder.« – »Da muaß scho a
anderner . . .«
Die Hanni fährt in die Höh: »Du! Mach mi net harbisch,
sag i! Sinst geh i auf der Stell zu de Altn . . .« – »Hanni!« –
»Dees konnst dir nachher scho denka . . .« – »Dees werst
dir überlegn!« – »Da überleg i gar nixn! I red ganz oafach!«
Der Simmerl tappt ihrer Stimme nach. »I sag ja nixn,
Hanni. I bekenn mi ja . . . « – »Aha. Vor meiner. Aber vor
dein Vatan . . .« – »Bekümmert di net . . .« Er sucht sie im
Dunkel. »I mach's recht, Hanni. I bekenn alls.« – »Werd
viel fürguat sein!« – »Der Alt muaß sorgn . . .« – »Der
werd a Freud habn!« – »Ja no . . .« – Die Hanni drückt sich
ausweichend in einen Winkel. »I muaß halt geh –«, sagt
sie; »anorts hi, wo mi neamd kennt.« – »Zu was denn? –
I richt's ja.« – »Moanst, i laß mi oschaugn!« – »Koa
Mensch schaugt di o!« – »Aha. Grad mitn Fingern deutn
s' auf oan! Mir woaß's ja no – bei der Sixnkathl!« Der
Simmerl tappt nach ihren Armen. »Dessell is aa grad der
Besenbinderhausl gwen . . .« – »Mhm! Du moanst, dei
Geldsack stopft an Leutn 's Mäu zua! Da werst di aber
stimma!« – »Geh, hör jetzt auf . . .« – »Und mi machst aa

net staad mit dein Geld ... daß d' es woaßt!« – Er um-
faßt sie. »I bin ja net abgeneigt ...« Sie wehrt leise ab.
»Zu was eppan?« – »Daß i di heirat ...« – »Dees sagt a
jeder ...« – »Wann i dir's für gwiß hoaß!« – »Ja ja. Jetz,
im Krieg, da is leicht, epps versprecha ...« – »Auf Ehr und
Seligkeit, Hanni ...« – »Dees muaß si erscht weisen.« –
»I gib dir's schriftli!« Er zieht sie ganz ins Dunkel. »Heunt
no kriagst es schriftli ...« – »Und de Altn? ...« – »Dees
is mir gleich. Die müaßn staad sei ... und du aa ...« Er
schließt und verriegelt den Torflügel. –
Der Hauser hat die Ochsen gefüttert und getränkt. Jetzt
geht er hinauf in die Schlafkammer, zieht den Schlüssel
zu der alten, bemalten Truche aus dem Strohsack seines
Eheweibs und schließt seufzend auf. Langsam nimmt er
aus einem alten, zinnernen Bierkrug ein etlichs paar Silber-
taler, sucht ganz zuunterst im Eck das Salbentiegerl von
den wehen Augen seiner Liesl, nimmt den hölzernen Dek-
kel ab und langt zwei Goldfuchsen daraus. Dies Geld also
tut er in den Zugbeutel, der noch von dem alten Hauser,
Gott hab ihn selig, in der Truche liegt, und schiebt's ein
für den Simmerl. Darauf schließt er wieder ab, versteckt
den Schlüssel und geht hinunter in die Stube. Sinnierend
setzt er sich auf das lederne Kanapee und schaut seiner
Rosina zu, wie sie weinend Schnitten um Schnitten von
dem Brotlaib fetzt und in die irdene Suppenschüssel fallen
läßt, Salz und Pfeffer drüberstreut und einen Büschel
Schnittlauch dreinschneidet. Sie sagt nichts, er sagt nichts.
Dann trägt die Hauserin ihre Schüssel hinaus in die Kuchel,
gießt die Wassersuppe darüber und schmalzt und zwiebelt
sie. Und mit beiden Händen faßt sie die dampfende Schüssel, fährt aus den Holzpantoffeln, damit sie nicht stolpern
muß, und trägt also die Suppe barfuß in die Stube. Der
Dreifuß steht schon auf dem gedeckten Tisch; vorsichtig
hängt sie die Schüssel hinein und sagt dazu: »Lenz, geh,

schaug, der Bua! Daß er si net versaamt.« Dazu weint sie heftig auf und läuft weg.

Und die alt Kollerin, die Großmutter, steht in der Kuchel vor der Anricht, ordnet die Kaffeeschüsseln und Haferln in eine Reihe und wirft den Zucker darein: drei der Bäuerin, zwei dem Bauern; vier dem Simmerl, vier dem Liesei, zwei sich selber und eins der Magd, der Hanni. Dann schaut sie einmal ins Bratrohr nach den Schmalzkücheln, die zum Aufwärmen drin stehen, und gießt danach den Kaffee ein. Langsam und umsichtig schöpft sie ihn mit einem alten Messinglöffel durch den Seiher in die Schüsseln und Kacherln; und danach die Milch: dem Bauern wenig, der Bäuerin aber viel mitsamt der Haut; dem Simmerl nur ein Tröpferl mit Haut, sich und dem Liesei schier lauter Milch, – und der Hanni den Rest. Dazu seufzt sie immer lauter: »O mei Herr!... an Lenz... der Rosina... mei, wia werd's eahm geh... an Simmerl... an Liesei.. O mei, der Kriag... der andern.« Jetzt ist er eingeschenkt, der Kaffee. Plötzlich fällt ihr ein, daß sie für den andern Tag zum Nachähren ihren Rechen noch nicht eingeweicht hat. »Daß's Gott gsegn!« sagt sie zu sich selber; »dees muaß i glei toa! – Sinst falln eahm morgn bei dera Hitz alle Zähnt außa!« Und sie läuft hinaus zum Brunnengrand vor dem Wurzgarten, den sie selber gepflanzt und mit allerhand Blumen und Sträuchern geziert hat: mit Windpappeln und Rittersporn, Flugs und Dahlien, Nelken und roten Rosen. Mittendrin schreit sie laut auf: »Marixn! – Liesei! Malefixkarwatschn! – Meine scheena Bleame!« Sie rennt ans Gartentürl. »Ja, insa liabe Zeit! Dees ganz Gartl is hi!«

»Noo!« sagt da die Liesl und tappt mit einer ganzen Schürze voll Blumen mitten durchs Gurkenbeet; »i wer wohl no an Simmerl a Bleame ostecka derfa, wo er furt muaß!« Und beginnt zu heunen: »Gar nix mehr derf ma! – Aber wart no! Bal er derschossen is, nachher siechst es

scho! Nachher konnst eahm koa Bleame nimmer gebn!« –
Worauf die Alte ganz nachgiebig wird und sagt: »Sei
staad, sag i! Red koane solchern Dummheitn net! Möcht
oan a so schier an Magn abdrucka vor lauter Kümmernis!«
Damit läßt sie die Liesl laufen und geht jammernd in ihr
Austragstübl. Dort sucht sie ein alts, wächserns Christ-
kindl in einem silbernen Büchslein her. Das wickelt sie
samt einem Frauentaler in ein linnenes Tüchlein, mit dem
der Herr Pfarrer vor Zeiten userm lieben Herrn seinen
Kelch gehalten hatte, als er den alten Kollervater seligen
Angedenkens damit zum letzten Gang verprofitierte. Und
sie trägt's andächtig hinüber in die Stube und legt's dem
Simmerl an seinen Platz.
Der kommt eben pfeifend und zur Reis fertig aus seiner
Kammer und setzt sich munter an den Tisch. Die Hauserin
bringt die Schmalznudeln; die Kollerin stellt die Kaffee-
haferln an die Plätze, das Liesei steckt den Hut des Bruders
voller Nelken und Rosen, und die Hanni kommt zur hinteren Haustür herein und setzt sich summend mit den
andern zum Essen. Worauf sie aber die Kollerin scharf
anläßt: »Obst glei staad bist, du gottvergessens Weibsbild
du! Sie singt und röhrt, wann der oanzig Bua vom Bauern
in Kriag furt muaß! Du waarst no so oane! Du hättst no
so a Herz in Leib, du!« Aber die Hanni erwidert patzig:
»Dees geht di gar nix o, ob i a Herz hab oder koans! I
woaß mei Sach, und du muaßt erscht ratn!« Damit gießt
sie ihren Kaffee auf einen Zug hinunter, nimmt sich zwei
Schmalzküchl und läuft weg. Die Kollerin greint wie das
heilig Donnerwetter und ruft ihr nach: »O du ganz mise-
rabige Karwatschn, du!«
»Daß d' gar so grob bist, damit?« meint der Simmerl so
nebenbei und löffelt mit dem Hauser die Brotsuppe aus.
»Grob!« sagt die Kollerin beleidigt; »grob wer i sei! Weil's
wahr aa is! Weil s'alle Tag no bollischer werd und no

ohabischer, des Weibsbild, dees ausgschaamt!« – »Du
machst es scho bollisch mit dein ewign Geknerr!« mischt
sich der Hauser ein und rührt seinen Kaffee um. – »Was
willst da? I, sagst! Mit mein Geknerr, sagst? Wer knerrt
denn?...« – »Koa Mensch, wia du!« – »Aha! Weilst mi
nur scho wieder hast!« – »Da hab i di gar net. Aber weil's
wahr is...« Er brockt sich ein Küchl in den Kaffee. – »Ja,
weil's wahr is! Helfts nur hübsch dazu, zu dem Weibsbild!« Sie löffelt hitzig ihren Kaffee aus. Die Hauserin
mengt sich ein: »Jetzt dahacklns halt ananda scho wieder!
Wia enk nur der Tag net z'heilig is! Zwegn dem Schlamperl!...«
Der Simmerl fährt in die Höh. »Hoaßn brauchst es du gar
nixn!« sagt er; »werd eahm neamd was Schlechts nachredn kinna, a da Hanni!« – »He, he! Tua di net gar a so
z'reißn dafür!... Für dees herglaaffa...« Aber der Simmerl fährt dazwischen: »Und i leid's amal net, sag i! Herglaaffa oder net... d' Arbat tuat s'...« – »Dessell muaß
wahr sei«, bestätigt der Hauser; »da derf scho oane her-
geh...« – »Ja, ja. D' Arbat tuat's. Was's eahm ös zwee
oschaffts!« spöttelt die Hauserin. »Weil s' es halt mit die
Mannaleut überhaupts besser konn, als wia mit die Weibertn!« ergänzt die Kollerin. Und beide, die Alt und die
Jung, schauen sich überlegen an und verlassen zusammen
die Stube. Die Lies hat unterdessen schweigend und auf-
lusend ihr Schällein leer getrunken; da sie aber jetzt die
Mutter samt der Großmutter hinausgehen sieht, macht sie
dem Vater und dem Simmerl ein finsters Gesicht hin,
nimmt sich etliche Nudeln aus der Schüssel und läuft
gleichfalls davon.
Jetzt sind sie allein, die Mannertn. Und der Simmerl sagt,
ohne von seiner Schüssel aufzusehen: »Vadda!« Der
Hauser wischt seinen Löffel nachdenklich ans Tischtuch
und legt ihn in die Schublade. »Was möchst?« – »I hätt

epps z'redn ...« – »Mit wem?« – »Mit dir.« Der Simmerl schiebt die Eßschüssel von sich und steht auf. Der Alt erhebt sich gleichfalls und will 's Kreuz machen zum Beten nach Tisch; da sagt der Simmerl grad: »Mit dir.« – »Mit mir? Zwegn was?« – »Zwegn der Hanni.« Der Hauser setzt sich wieder. »Dees versteh i net ...« Der Simmerl tritt an eins der Fenster. »Ja no; a zwiderne Gschicht is's halt ...« – »Da kenn i mi net aus.« – »Es is halt jetz nix mehr dro z'richten.« Er reißt eine volle Geraniumblüte ab und steckt sie ins Knopfloch. »I woaß gar net ... was d' moanst ...«, sagt der Alt. – »I muaß s' halt heiratn.« – »Wer?! – Wem?! –« Der Hauser fährt in die Höh. – »Ja no! ... Großmuatta!« – »Auf dees hör i net ...« – »Und was s' bei dera Bande da drent redn wern ... bein Ödnhuaber! – Wia si die's Mäu zreißn wern ...« – »Dees braucht ins gar nix z' kümmern. Bal i zruckkimm, na heirat i d' Hanni ... und bals net is ... nachher hör i's nimmer, was s' sagn. I hab jetz nimmer Derweil, daß i no länger umananddischbedier; i muaß furt.« Damit geht er zur Tür. Aber der Hauser steht breit davor und schreit hitzig: »Du bleibst mir no da, sag i! Die Sach muaß gschlicht wern! Brauchts durchaus net, daß d' aa no protzi bist bei dera Schand! Oder is 's vielleicht koa Schand net?! Aufhänga kunnt i mi, wenns net grad Kriag waar! Aber a so is's mei oanzige Hoffnung, daß die Bande bei dera ganzen Gaude net a so Derweil habn werd zum Aufpassen. Vielleicht is aa der Kriag bald aus, und du kimmst wieder hoam ... nachher redn mir weiter! ...« Der Simmerl steht ungeduldig vor dem Alten. »Und was is 's bis dorthin?« – »Ja no ...« Der Hauser geht zum Fenster und starrt hinaus. »I tuas net gern; grad, weil i di net a so geh lassen mag; ... muaß i s' halt daghaltn derweil ... und mit der Muader redn.« Er dreht sich um und legt die Händ auf den Buckel. Der Simmerl schnauft erlöst auf. »Herrvergeltsgood. Jetz

geh i gern. – Dank dirs Good, Vadda.« Der Alt schiebt die
Händ in den Sack. »Ja, gsegn dirs Good, Hallodri! Muaß
i halt redn mit der Muada . . .« – »Und mit der Hanni,
Vadda. Daß s' woaß, wia s' dro is.« – »Wia i sag: Gern
tua i's ja net . . .« – »I muaß jetz, Vadda. Laß di pfüatn.
Und bleib gsund.« – »Muaßt wirkli scho geh!?« – »Ja, i
muaß. Woaßt scho, i möcht net gern zsammkemma mit der
ganzn Blasn. Bein Ödnhuber drent ham sa si allsamm
zsammbstellt. Aber, . . . wo is denn d' Muatta? . . . Muatta!
He! Auf gehts!« Er pfeift schrill durchs Haus.
Der Alt folgt ihm in den Hausflöz. »Was i no sagn möcht,
Vadda: D' Spreng von den hintern Truchenwagn hab i
heunt fruah zum Schmied umi, daß er a paar starke Bänder
drüberschlagt; sinst zreißts es gar amal, balst guatding
stark auflegst.« Der Hauser nickt. »Is scho recht. Da hat er
mi ausgschmirbt, der Wagnermartl, mit der letzten Arbat!
D' Loixna taugn aa nixn. Jessas, . . . da, . . . i hab no epps
für di! Werst es scho braucha kinna draußt, oder wost hi-
kimmst.« Damit gibt er dem Buben den Beutel. »Dees
konn ma freili braucha!« lacht der Simmerl und schiebt
ihn ein; »i sag dir Dankgood dafür. Und jetz Pfüagood.
Himmigreizgruzi . . . daß jetz do koane zuawageht vo de
narrischn Weibatn. Na muaß i a so geh! . . .« Er langt noch
schnell ins Weichbrunnhaferl drinnerhalb der Stubentür,
macht ein gschwinds Kreuz und schreit, indem er aus dem
Haus tritt: »Also, pfüat enk! I geh. Bis der Krieg gar is,
werds nachher scho amal ausbockt habn, ös bollische
Weibsbilder überanand!« In diesem Augenblick blökt das
neue Stierkalb. »Jeß, mei Kaibei! – Mei Stierzei! – D' Vie-
cher!« Er rennt noch in den Stall. »Gell, daß si fei nixn
feit bei enk!«
Da stehen sie alle und glotzen ihn an, und die vordere
Schneiderblassin fährt ihm an den Kopf und holt sich eine
von den Blumen. »He, Luada!« schimpft der Simmerl

lachend; »friß mi nur net no, bevor mi der Kini kriagt! Säh,... da habts no epps,... a Angedenka an mi....« Und er reißt die Blumen von seinem Hütl und wirft jeder Kuh eine hin. Und dem Kaibl die Geraniumblüh. Dann wischt er sich schnell mit dem Ärmel über die Augen, räuspert und kriegelt rauh, streichelt die Ochsen noch einmal und rennt aus dem Haus.

Aber da stehen die Weibertn und das Liesei im Nachtkittl und heunen und jammern: »Jetzt is er furt... ohne Pfügood und ohne alls...« – »I bin scho no da!« sagt er und macht einen gschwinden Abschied; »laßts enk koa Traurigkeit gspürn! Und teats net alleweil raaffa! Dees machan jetzt nachher scho mir draußt! Und vergeßts mi net... mitn Schreibn... und mitn Schicka...« Er rennt schon dahin – ums Eck.

Grad will er über die Straße, da hört er hinter der Kirche her Ziehharmonikaspielen, Juchzen, Singen und Lachen. Die Reservisten und Burschen ziehen noch zum Wirt, zum Ödenhuber, um dem Jackl seinen Leuten noch mit einer letzten Stehmaß Bescheid zu tun. Dem Simmerl kommt ein Zusammentreffen recht ungelegen; darum schlupft er schnell durch den Stangenzaun und versteckt sich hinter dem Backofen vom Wirt. Aber da fährt er zusammen; grad vor ihm stößt eine Weiberstimm einen unterdrückten Schrei aus, und jemand lehnt sich in den hintersten Winkel der Türnische. »Was gibts? Wer is da?« fragt der Simmerl halblaut; im selben Augenblick aber fährt ihm auch schon das Erkennen durchs Hirn: Die Wirtsleni! – Da flüstert sie auch schon: »Nixn is's. Bins grad i. D' Leni.« – »Ah so.« Der Simmerl sagts verächtlich. Und es ist ihm zuwider, daß er von ihr auf dem Grund und Boden ihres Vaters angetroffen wird, mit dem er und seine Eltern verfeindet sind; auf dem Grund des Ödenhubers, dessen Alter schon dem einstigen Hauservater, Gott schenk ihm die Ruh, einen Prozeß um den andern angehängt hatte, ihm einen Schabernack um den andern spielte, bloß aus dem Grund, weil einmal einer von den Ödenhuber-Vorfahren eine Hausertochter hätt zum Weib wollen und sie nicht bekam, weil dem Hauserischen der Guldensack des Ödenhubers nicht feist genug war und er seine Mirl lieber dem sündreichen Höchentalerbuben gab, der sie dann leider schandbarlich behandelte und nach kurzer Ehe in die Grube brachte. – Und der Simmerl ist unschlüssig, ob er nicht lieber gehen soll, trotz des Gespötts der Tropfen da drüben. Da fragt die Leni: »Muaßt aa furt?« Worauf er erwidern will: »Dees geht do di nixn o!«, aber keine Silbe herausbringt. Die lärmende Gesellschaft ist derweil von der Kirche her auf das Wirtshaus zugekommen und zieht nun singend in die Gaststube. Da sagt die Leni: »I hätt dir no gern an Gruaß gebn, Simmerl. Pfüate Good! – Viel Glück!« Und legt ihm einen kleinen Büschel Rosen in die Hand und läuft weg. Der Simmerl starrt ihr nach. »Jetz woaß i net . . . hats dee dawischt . . . oder möcht s' mi grad für an Narrn haltn . . .« Er schaut unschlüssig auf die Rosen. »Was eahm die denkt hat! . . . Für koan andern hat s' mi net ghaltn; Simmerl hat s' gsagt . . .« Geringschätzig will er den Büschel wegwerfen. Aber plötzlich schiebt er ihn rasch in den Sack und rennt dahin.

Drüben beim Wegkreuz wartet die Hanni auf ihn. »Simmerl!« – »Ah so . . . du.« – »Scho lang wart i.« – »Was is's denn no?« – »Wia stehts?« – »Was?« – »No – zwegn meiner?« Der Simmerl schaut sie von der Seite an. Die Hanni wartet auf seine Antwort. – »Gricht' is's. Der Alt werd dirs scho sagn.« – »Gibt ers zua, daß d' mi heiratst?« – »Gsagt hat ers.«

Die Hanni will sich plötzlich an ihn hängen und ihn halsen. Aber er hat mittendrin was im Kopf. – Was andres. Und er schiebt die Hand in den Sack und greift nach was. Nach den Rosen. Und sagt auf einmal unwirsch: »Es is scho recht, Hanni. I hab nimmer Derweil zum Scheetoa. I muaß roasn.« Worauf er rasch ihre Händ von seinem Hals löst und forteilt, ohne nochmals umzuschauen.

Eine Weile steht die Hanni und starrt ihm nach. Dann lacht sie leise und geht langsam die Straße zurück gegen Öd.

Der Ödenhuber zündet gemach die große Hängelampe in der Gaststube an, so daß ein trüber rötlicher Schein über die blankgescheuerten Tische und Bänke leuchtet, die braunen Kacheln des alten Ofens hie und da aufblitzen läßt und sich in den drei – vier Glastafeln zwischen den Schützenscheiben und Rehgewichteln an den Wänden matt spiegelt. Und die Resl läßt vorsorglich einen um den andern von den grünen Rollvorhängen herab, so daß die Efeustöcke samt den blühenden Geranien dahinter im Dunkeln stehen; und man sieht statt der leuchtendroten Blüten und der großgetüpfelten Gingangvorhänge plötzlich allerhand Burgen auf grellgemalten Felsen, bunte Schweizeralmhütten mit Wasserfällen und Sennerinnen, springende Gemsen und weidende Kühe mit flötenblasenden Hirten.

Aus der Wirtskuchel aber dringt lautes Schelten, lärmendes Hantieren mit Tiegeln und Deckeln, mit Herdringen und Schürhaken und das Klappern von Tellern und Schüsseln. Und die Ödenhuberin steht am Hacktisch, zerteilt einen langen Schweinsrücken in gleichmäßige Rippen, schwingt den Holzschlegel und schlägt aufs Fleischbeil, daß die Brüh aufspritzt; und dazu grandelt und schimpft sie giftig: »A saubere Arbat! Der ganze Bratn is no roh und bluatig! Hab i net gsagt, es soll richti eingefeuert werdn! Hab i net gsagt, um halbe achte kemman s'! Aber ös habts ja net Derweil zum Aufpassen! Ös müaßts ja an d' Lumperei denka! Eini damit nomal in d' Rain, sag i! Gwaffa überanand!« Die Kucheldirn rennt hastig und beflissen mit der Bratraine an den Hackstock. »I hab ja a so eingschürt, was i nur grad kinna hab!« sagt sie weinerlich; »'s Röhrl brat't halt nimmer, wia si's ghört!« Damit streift sie die Ripperl mit dem langen Tranchiermesser in die Raine und wischt auch die Brüh mit der Hand hinein, damit der Saft beim Fleisch bleibe; – indes die Ödenhuberin wütend mit dem Schüreisen in der Glut herumfährt, so daß ihr feistes Gesicht mit den kohlschwarzen Augen voller Feuer scheint und die unter einem seidenen Netz aufgesteckten reichen schwarzen Zöpfe rötlich schillern. Und sie werkt, daß ihre schweren, traubenartigen Ohrgehänge zitternd hin und her schwingen; danach blickt sie zornig auf die Magd, trinkt hastig aus einem bemalten Steinkrügl, wischt sich mit der härwenen Schürze den Mund und die schier bärtige Oberlippe trocken und brummt: »Grad daß ma enk für's Fressen zahlt!« Worauf sie in die Gaststube geht, indes die Kucheldirn erlöst ein Kreuz hinter ihrem Rücken schlägt: »Herrvergeltsgott, daß s' geht!« –

Drin nimmt der Ödenhuber eben ein volles Zigarrenkistl vom Schenkkasten und riecht prüfend am Inhalt. »Aha. Die san net so rass' wia die andern«, sagt er; »die schmekken net so hantig.« Die Ödenhuberin nimmt ihm das Kistl aus der Hand und geht zum Licht. »Sand dös die vom Juden?« – »Ja.« – »Wenn hat er denn die gschickt?« – »Die verganga Woch.« – »Hast von die andern koa mehr?« – »Jo, schon. Aber sie taugn nixn.« – »Sand s' wirkli so hantig?« – »Gallhantig san s'!« – Sie gibt ihm das Kistl wieder zurück. »Ja no, wegschmeißen ko ma s' aa net.« – »Freili net!« – »Muaßt es halt billiger herlassen!« Sie sucht nach der Schachtel mit den bitteren. Er schneidet das Band eines Bündels von den neuen entzwei und sagt gar nichts. – »Konnts es net herschenka?« – »Ah mei; a Glump is's halt.« Er zählt der Resl fünfzig von den Judenzigarren in

die Schublade des Gläserkastens. »Zum Herschenka werdn sie's scho toa«, meint jetzt die Wirtin und mustert etliche von den rassen; »muaßt es halt heunt die Mannsbilder mitgebn auf d' Roas'.« – »Da kunnt i no so a Ehr aufhebn!« – »Ah, was! An gschenktn Gaul ... hoaßts ... schaut ma net ins Maul!« Sie trägt das Kistl an den Ofentisch und leert es aus. »Waar net zwider! Schaugn do ganz schee her!« Der Wirt folgt ihr brummend. »Geh, laß do die Giftstengl jetzt in der Ruah!« Aber sie zählt schon aus: »Drei ... sechs ... nei ... zwülf ... i woaß's gar net, was d' hast? ... fufzecha ... achzecha ... warum soll ma s' denn net hergebn, bals a so nix taugn ... oasazwanzg ... nacha sans glei gar. – Die raachan s' scho, wenn s' sinst nix habn! ...« Der Ödenhuber geht unwillig auf und ab. »Laß di do net auslacha!« – »Warum? Daß s' fei net guat gnua san!« Die Resl schwenkt Krüge und Gläser. Jetzt mischt sie sich drein: »Du, Ödenhuaberin, daß d' es woaßt: i gib s' eahna fei net, dees Gift! Da kannst di scho selber damit auslacha lassen!« Die Wirtin wirft voller Zorn die leere Schachtel auf den Tisch. »Du haltst dei Schnappen! Du hast gar nix z' redn! Was gehts denn di o? Schaug sie net o ... d' Schnappen, die vorlaut!« Sie läßt alles liegen und geht wieder hinaus in ihre Kuchel.
Die Resl lächelt leise. Plötzlich aber verzieht sie das Gesicht zum Trauern und Seufzen und schwenkt wieder weiter, indes der Wirt eilends die ganzen Giftstengel ins Kistl wirft und wegräumt. – Mittlerweile kommt der Hufschmied in die Gaststube, stellt seinen Maßkrug an den Schenktisch zum Neueinfüllen und setzt sich danach an den Tisch beim Herrgottswinkel. »I woaß's net«, sagt er, »daß s' denn gar so lang ausbleibn! Jetzt is's scho achte vorbei! Geh, Ödnhuaber, magst net dei Leni a bißl umanandsuacha lassen, wo s' sand? I fürcht, sie versaamen si!« Der Wirt schaut besorgt nach der Uhr: »Dees versteh

i selber net«, meint er; »sie werden do net a so davon sei!«
Und er ruft hinaus in die Kuchel: »Leni! Is d' Leni net da?«
Worauf die Ödenhuberin mürrisch erwidert: »Was woaß
i! Suach dir s'! Dees is bei uns alleweil scho a so der Brauch
gwen, daß koans da is! Für dees hat ma ja Kinder, daß ma
s' gar nia net hat, bal mir s' braucht!« Sie nimmt den
Bratspieß und zieht die Raine aus der Bratröhre. »Was is's
denn überhaupts anderschts?« fährt sie fort, indem sie
prüfend ins Fleisch sticht; »grad für ander Leut ziagst dir
s'! Hängst dro hin und opferst hin und ziagst es groß, und
was hast nachher? – Nix. Gar nix!« Sie schiebt die Raine
wieder ins Rohr. »Is's a Madl, na heirat s'; und is's a
Bua . . . Jeß . . . der Bua! Der Jackl! Er muaß do furt mitn
Halbezehnezug!« Sie bricht plötzlich in ein hartes Weinen
aus. »Daß aa grad alls über mi kimmt! – Jetz waar er
hergwachsen . . . und jetzt kimmt der Kriag . . .« Der
Ödenhuber geht ans Kuchelfenster und starrt zwischen
den Obstbäumen durch hinüber zum Hof des Hauser.
»Ja no«, murmelt er halb für sich; »geht halt koan' anderscht. Dem da drent der seinige muaß aa furt.« Die
Wirtin wischt sich rasch die Augen trocken. »Warum? Soll
der vielleicht net furtmüassen! Solls für den vielleicht epps
anderschts gebn? Is der mehra wia der unser? Der Lackl
is groß gnua dazua! Ja – dem vergunn i's!«
Von der Kirche her ertönt plötzlich das Singen und Lärmen. Da nimmt die Ödenhuberin eilig einen hohen Stoß
von Tellern aus dem Geschirrschrank, reiht sie klappernd
auf der Kupfereinfassung des Herdes nebeneinander und
reißt die Bratraine heraus. Und ruft: »Resl! Zähl glei, wieviel daß kemman! A jeder kriagt an Bratn, an Salat und
a Maß! Was oana mehra hat, zahlt er!« Der Ödenhuber
wendet sich um. »Ja, freili! Was dir net eifallt! Nix werd
zahlt heunt! Gar nix; verstanden! Den letzten Trunk
braucht mir koana z' zahlen! Gar koana!« – »No, wennst

du so viel übrigs Geld hast... mir konns ja recht sei! Aber bal jetz a jeder fünf Maß hat?...« – »Nachher hat ers. Wer woaß's, obs net die letzten fünfe san bei dem oan oder andern.« Die Wirtin hantiert wütend mit dem Geschirr. »Ah, was! Du mit dein Getua! Werd net so gfahrli werdn! Die gehngan scho net so nahend zuawe! Vo mir aus tuast, was d' magst. Mit mein Geld konnst ja leicht umwirtschaften! Mit dem dein' alloa gangs scho net!« Sie spießt voll Erregung die Bratenstücke aus der Raine und wirft sie auf die Teller. »Meine Leut wanns no inne wordn waarn, wias du mit mein Sach umhaust, ... die kehratn si heunt no im Grab um!« – »Geh, laß mir do mein Ruah mit dem Gschwatz, narrischs Weibsbild! Mit dir is ja net zum redn ...« – Der Wirt geht verärgert in die Stube. Da steht schon die Resl in der matt erleuchteten Schenke und füllt Krug um Krug, indes das Juchzen und Singen immer deutlicher ins Haus dringt. »Herrvergeltsgott, daß s' da sind!« murmelt der Hufschmied.

Da kommen sie auch schon herein mit Ungestüm, – schreiend, lachend, lärmend, ihre Hüte schwingend und ihre Koffer und Päcklein. Und allerhand Maidln und Jungfern begleiten sie, kichernd und scherzend, und halten ihre Schürzen voller Blumen, die Burschen damit zum Abschied zu schmücken. Die Resl rennt und läuft mit den vollen Krügen und trägt ihrer fünf in einer Hand; die Kucheldirn bringt den Braten und stellt jedem einen Teller hin, der Ödenhuber hilft rasch dazu; allein Eile tut not, und so packt der Jackl, der Wirtssohn, frisch mit an und trägt den Salat auf, indes die Wirtin gellend durchs Haus schreit: »Leni! – Lenih!!« Da kommt das Maidl auch schon zum hintern Tor herein, brennrot übers ganze Gesicht; und sie läuft sogleich in die Gaststube, packt etliche Krüge und bedient die Gäste, ohne der Ödenhuberin zu antworten auf das erboste: »Wo kimmst her? Wo bist gwen?«

Nun sitzen sie also alle beieinander, die Burschen samt ihren Weiberten: der Hufschmiedkaspar bei der Schustermirl, der Müllermartl bei der Schneidersusann, der Reiserfranzl bei der Seilerchristl, der Wirtsknecht bei der Bachmaurerlies, der bei dieser, und der ander bei der andern. Und zuoberst an der langen Tischreih sitzt die uralt Rumplwabn, die Großmutter der Rumplhanni. Eigentlich ist sie ja schon seit Jahr und Tag nimmer in des Ödenhubers Wirtshaus gekommen; denn da gemeiniglich einerseits Dienstboten, wenn sie was taugen sollen, zu der Herrschaft helfen müssen, also des Hausers Feind auch der Hanni ihr Feind war; andererseits aber wiederum Feindschaften gewöhnlich sich auch auf die Freundschaft und Sippe der Verfeindeten ausdehnen, so hatte die Wabn als Ahnl der Hanni nicht grad bsunders große Gastfreundschaft von seiten der Ödenhuberischen vorausgesetzt, also auch dieselbe gar nicht lang auf die Probe gestellt. Heute aber, da ein ganzes Trumm jugendlichen bodenständigen Lebens durch den Krieg der Heimat entrissen wurde, da wollte sie nicht abseits stehenbleiben; wollte vielmehr als eine, die es gut mit ihnen meinte, noch die letzte Abschiedsstunde mitten unter ihnen verbringen und jedem ein Stümperlein Trost und Hoffnung – und dazu ein Häuflein ehrlicher Segenswünsche mit auf den weiten Weg geben. Darum schert sie sich heute auch rein gar nichts um Haß und Streit, tut, als wär sie erst gestern das letztemal hier als Gast gesessen, und zwar als ein wohlangesehener. Und da eben die Resl fragt: »Hat jetz a jeds sei Sach?« und dazu prüfend von einem zum andern schaut, da ruft die Wabn: »Was is's denn mit mir, Resl? – Kriag i heunt gar nix? – Mei Stamperl möcht i!« Die Resl lacht. »Ach, liabe Zeit! D' Wabn! Di hätt' ma jetz bald vergessen, Wabn! Vor lauter Kriag! Was magst denn für oan: an Kräuter oder an Zwetschben oder an Kronawitta?« Worauf die Alt aufsteht, ein nachdenklichs Gesicht macht und sagt: »Was für oan welchan, fragst; ja, – wart amal: heunt ham mir Mariä Schnee, da tuat oan der Kräuter nimmer weh, hoaßts. Sinst kunnt i ja aa an Zweschben trinka. Vorgestern hat ma Steffanie Auffindung gfeiert, und mir sagt: Nach der Auffindung von Sankt Steffanus macht oan der Zweschbn koa Bitternus.« Die Resl wird ungeduldig. »Ja, – was willst nachher trinka?« Da mischt sich der Wirtsjackl drein: »Bring nur glei alle zwee Sorten, Resl! Oder bring an Kronawitter aa no mit! Js ja der Abschiedstrunk!« Die Resl will eilig nach der Schenke. Doch die Wabn schüttelt den Kopf so heftig, daß ihr die endsgroße schwarze Spitzenhaube mit den Perlenfransen und Bändern daran wackelt und das Augenglas schier von der Nase rutscht. »Naa, naa! Resl! Um Gottswilln, naa, sag i! Durchaus gar net! Der Kranawitt taugt mir net! In dera Woch scho überhaupts net!« – »Aber, Wabn!« schreit in dem Augenblick der Schmiedkaspar drein; »wiast nur a so redn magst! Net taugn! Heunt – an Reservisti Auszug!« Alles lacht. Aber die Wabn bleibt tiefernst. »Naa, sag i, – durchaus gar net! Vor Laurenzi, hoaßts, laß den Kranawitt steh, – sinst muaßt an Tiburzi zum Aderlaß geh!« – »Ja no«, meint der Wirtsjackl schmunzelnd; »dees is freili ganz epps anderschts. – Vo dene Bauernregeln verstehngan halt mir junge Leut no z' weni! – Aber, woaßt was? – Na, trinkst ganz oafach um a Stamperl Kräuter mehra! – Und laßt dir von der Muatta a Braterl gebn oder a Bröckl Gselchts.« Die Wabn setzt sich und sucht umständlich in ihrem Rocksack nach der Tabakdose; denn sie nimmt nicht ungern hie und da eine kleine Prise. Besonders, wenn sie was zu überdenken hat. »Balst moanst, Jackl; i sag net naa zum Kräuter!« meint sie, langsam und mit Überlegung redend; »aber dees Braterl – dees laß ma liaber steh, moan i. Es kunnt mir net taugn!« – »Net taugn! – Warum denn net?«

Der Jackl winkt der Resl. »No, – bei dera Liab, die dei Muatta zu mir und zu meiner Hanni hat, Jackl, – da is's net gwiß, ob s' mir net eppa an guatn Glückwunsch mit drunter schneidt!« Die Resl bringt den Kräuter. »Geh, Resl, bring der Rumplwabn an Bratn!« befiehlt der Jackl. »Is koana mehr da!« tönt's vom Kuchlschiebfenster her. »Nachher bringts a Gselchts!« Die Ödenhuberin läßt das Schiebfenster herab.

Die Resl läuft hinaus in die Kuchel. Aber sie kommt leer zurück und ist verlegen um die Red; und sie flüstert dem Jackl ins Ohr: »Jackl... mir ham nixn... sie gibt nix her... hat s' gsagt... für d' Wabn... sie soll beim Hauser drent schaugn... hat s' gsagt... und bei der Hanni.« Die Wabn lust auf und versteht gar gut, wenn sie's gleich nicht hört. »Ja, ja«, sagt sie; »i woaß's scho. Aber i bin ja gar net kemma zwegn der Ödnhuaberin ihran Bratn! – Grad zwegn insane Buam! – Gell ja, Buam!« Und die Burschen nicken ihr zu, schutzen geringschätzig die Achseln gegen die Kuchel und geben ihr Bescheid mit einem Trunk: »Mach dir nix draus, Wabn! – Zum Wohlsein!« Der Jackl aber springt auf und rennt hinaus zur Wirtin. »Wo ist der Bratn?« – »Im Röhrl drin!« sagt die Dirn. Aber die Ödenhuberin fragt: »Für wem?« und stellt sich vor die Bratröhre. – »Frag net lang! – An Bratn will i!« – »I hab koan Bratn für die alt Hex.« – »Du gibst oan her!« – »Naa, sag i!« – »Muatta! – Tua mi net ärgern!« – »Soll nur zu dene da drent ume geh!« – »Du gibst eahm an Bratn, sag i!« – »Naa, gar nia net.« – »I wills habn!« – »Dees kümmert mi gar nix.« – Der Jackl wird langsam bleich. Seine Red ist heiser. »Du gibst eahm koan?« – »Naa. – Durchaus gar net.« – »Guat. – I geh heunt. – Du tuast mir die letzte Bitt, wo i hätt, net z'liab. – Guat. – Alsdann konn i nimmer einigeh zu meine Kameraden, konn i mi nimmer sehgn lassen. Muaß i alloa geh. – Aber... daß d' es woaßt...

mit dir ... hab i nix mehr zum verhandeln ... mi siechst
nimmer ...« Draußen ist er in der Schenke, – reißt den
Hut vom Nagel, packt das Kofferl und rennt durch die
Schenktür davon. Der Ödenhuber läuft ihm nach. Die
andern haben's nicht bemerkt. Grad die Wabn hat ihn
fortrennen sehen. Die zieht den zahnlosen Mund zusammen, wirft einen herben Blick hinaus in die Kuchel und tut
danach, als wäre nichts gewesen. –
Die Ödenhuberin hat den Jackl reden hören, greinen,
drohen. Jetzt ist er weg. Sie steht starr am Herd, – eine
ganze Weile. Auf einmal hört sie die Schenktür zuschla-
gen, – sieht den Wirt hinausrennen. Da murmelt sie:
»Mariand ... er werd do net am End ...« Und sagt schnell
laut zu der Magd: »Richt an Bratn her fürn Jackl!« Und
eilt hinaus – aus der Kuchel – aus dem Haus.
Da kommt ihr der Wirt entgegen, zürnend und greinend.
»Narrets Weibsbild, narrets! – Net amal an Buam sei
letzte Stund dahoam is dir heili gwen ... dir ... du ...«
Sie starrt ihn an. »Is er furt? ...« – »Hast 'hn ja triebn
dazua!« Er geht müd ins Haus. Sie schaut gradaus ...
»Hast 'hn ja triebn dazua ... Jess' Maria ... er is furt ...«
Sie rennt plötzlich dahin. »Jackl! – Jackl! – Bua!« Sie
horcht. Da tönt ihr ein spöttisches Lachen in die Ohren.
Und eine Stimm sagt höhnend: »Was plärrst denn a so,
Wirtin? – Hast leicht dein Buam verlorn!?« Die Hanni! –
Die Rumplhanni! – Das ...! – »Werst 'hn kaam mehr da-
schrein kinna, dein Jackl! – Der is scho leichtli z' Voglriad!
– Und renna tuat er, wia wann der leibhafti Teife hinter
eahm her waar! – Aber ... der Teife dawischt 'hn nimmer,
denk i! – Mitsamt sein Gschroa: Jackl! – Bua!« Fort ist sie.
Die Ödenhuberin aber schluchzt wild auf, wird plötzlich
ganz still, wird abermals laut und beginnt zu jammern, zu
schreien, zu fluchen; auf die Alt, die Rumplwabn, auf die
Hanni, auf die Hauserischen, – auf alles. Und sie geht

zurück ins Haus, – hinauf in die Schlafkammer. Da riegelt sie sich ein, legt sich zu Bett und zieht die Zudeck fest über die Ohren, daß sie nichts mehr hört von dem Lärmen und Singen. –

Mittlerweil haben die drunten in der Wirtsstube lachend und stänkernd ihr Freimahl gehalten, und einer um den andern fängt gemach an, Trutzgstanzln abzusingen. Da ist einmal der Müllermartl; der läßt sich zuerst hören:

>> Leut, habts nur koa Angst net,
Es hat ja koa Gfahr!
A boarische Watschn
Gspürt ma zworavierzg Jahr!<<

Worauf der Schmiedkaspar dreinsingt:

>> Bua, der Russ' bal mi siecht,
Na' roast er wia a Has;
Denn wo a Schmiedpratzn hihaut,
Wachst drei Jahr lang koa Gras!<<

Der alte Schmied lacht still in sich hinein. Er betrachtet seinen Kaspar mit blinzelnden Augen. Und mittendrin sagt er aufschnaufend für sich hin: >>D' Welt muaß boarisch bleibn, – sinst is's ja nimmer schee!<< Wobei er aber der Welt hübsch enge Grenzpfähl steckt: so vielleicht von Holzkirchen über Sauerlach und der Münchnerstadt auf Wasserburg, – und von da etwan über Rosenheim, den Wendelstein und über Miesbach wieder Holzkirchen zu; also daß sein Heimatl samt seiner Hütten hübsch gutding in der Mitten liegt. – Und die alt Rumplwabn gibt ihm recht. Bloß der Tag des Auszugs paßt ihr nicht recht. >>Ja ha, Buam!<< sagt sie ein übers ander Mal; >>daß's jetzt gar grad allsamm heunt roasen müaßts? Grad auf Mariä Schnee! Dees werd enk koa guats Zoacha, fürcht i! – Dees bedeut enk koa Hoamkemma vor'm Winter!<< Worauf der

Reiserfranzl sie beruhigt: »Dees macht nix, Wabn! – Strickst uns halt derweil hübsch warme Wintersöckl!« Das verspricht sie hoch und teuer. Dann trinkt sie ihr drittes Stamperl leer und schnupft danach eine kleine Gefälligkeitsprise aus der Dose des Hufschmieds.

Unterdessen hat sich der Ödenhuberknecht, der Sepp, hübsch nahe an die Alt heran gemacht. Jetzt fragt er sie halblaut: »He, du, Wabei, – du woaßt do allerhand simpathetische Sachan; kunntst mir da net vielleicht epps a Trumm gebn – oder so an Spruch oder a Gweichtl, woaßt, daß i halt a bißl a Glück hätt da draußt. Du brauchst es ja net umasinst toa, verstehst, Wabei. – Auf a Markl hi oder zruck gangs mir net zsamm, bals was helfat.« Die Alt hört ihm aufmerksam zu. Jetzt sagt sie: »Aha. – I versteh di scho. Du bist halt aa oana, der wo moant, er hat d' Himmelschlüssel mitsamtn Seligkeitsverschrieb in sein Geldbeutl drin. Aber i fürcht alleweil, du hast falsch graten! Den's treffa muaß, den trifft's, – da hilft eahm koa Sanktus und koa Benediktus!« Der Sepp aber läßt sich nicht so leicht. abwehren. »Naa, dees is net wahr, Wabei! – Dei Sach hat no alleweil an gwissn Triffauf ghabt! Du woaßt ganz gwiß a Hilf oder an Segn!« Er sagt's so laut, daß es die andern hören können. Und da tönt's auch schon durcheinander: »Was gibt's da? Was hat d' Wabn? He, da möcht' ma fei aa epps!« Sie stehen auf und drängen sich um die Alt. Aber die jammert: »Marixn! – Ös derdruckts mi ja! – Da geht oan ja glei der Adam aus, bei enkerm Wildtoa!« Sie kramt umständlich in ihren Rocktaschen herum. Die Burschen aber schreien: »Wabn! Mir! He! Mir aa epps!« Und die Maidln tun jammerlich und bitten mit Blicken und Gebärden. Der Sepp vom Wirt stößt die Wabn in die Seite: »Gell, Wabei! – Grad an Betbriaf balst hättst! Oder an Ablaßpfenning! . . .« Aber da sind auch schon die andern; da möcht der Kaspar einen gewissen Segen, daß ihn keine Kugel trifft, – der Reiserfranzl ein starkes Russengift, – der eine dies und der ander das. Und der Martl vom Müller sagt: »Ein wirksams Marschierpulverl für d' Franzosen wannst hättst, Wabn, – dees waar mir dees allerliaber!« Darauf aber der Wirtsknecht meint: »Du waarst ja net viel gschlecki! Kunnst ja d' Oblatn aa glei verlanga und an Löffel zum Eingebn!« Die Rumplin schmunzelt. »Teats enk nur net z'keiln, Buam! Laßts enk nur Derweil! Auf oamal haut ma koan Baam net um, hoaßts! Da – jetz kimmt ja scho was: a Josephsringl!... « Sie zieht ein gewundenes, rundes Beinringlein aus dem Sack und hält Umschau unter den Burschen. »Aha! Franzl, – dees gib i gar dir! Auf daß d' deiner Christl net untreu wirst unter dem Kriag!« Sie reicht's dem verlegen Lachenden.

Da ruft der Schmiedkaspar unter dem Spott und Gelächter der Umstehenden: »Auweh! Jetz is er ausgschmiert, der Reiser! Jetz is's nix mehr mit der stolzen Pariserin, wo er gmoant hat...«

»Teats mi nur recht schlecht macha allsamm!« sagt der Franzl und schaut die Christl lachend an. Aber die droht ihm ganz ernsthaft mit dem Finger. »Du! I moan alleweil... gar so unrecht werd'n s' net habn! Moanst, i woaß's nimmer, wiast beim Sindlhauser seiner Hochzat grad mit der Rumplhanni alloa tanzt hast! Und an Wein hast ihr zahlt und hoamgweist hast es aa!...« Der Franzl kommt ins Schwitzen. Und er plärrt der Christl ins Gesicht: »Lüag net a so! Hoamgweist wer i s' habn! Nix wahr is's! Balst es net glaabst, nachher fragst d' Hanni selber!« – »Die werd mirs akkrat glei sagn!...« – »Ja no, i habs amal net hoamgweist!« Die Christl muß ihm glauben. – Und die Wabn bringt was Neues. Ein wächsernes Wickelkind. Sie reicht es dem Müllermartl. »Martl«, sagt sie zu ihm; »jetz hab i epps für di. – A Glückskindl. – I denk, du wirst es scho braucha kinna . . . für di selber . . . und aa für dees ander, . . . du verstehst mi scho . . .« Der Martl schaut unsicher auf das Wächslein, auf die Wabn, auf die Susann vom Schneider, die neben ihm steht. Und die Susann wird brennrot übers ganze Gesicht, – und ihre Augen werden langsam groß, trüb und voll Wasser. Verstohlen schleicht sie in die Kuchel hinaus, indes der Martl stockend sagt: »Net daß ich wüßt, Wabn! – I versteh di net ganz . . .« Aber die Rumplin sagt ernst und nachdrücklich: »Werd scho eppa sein, der dir's auslegt, Martl. – D'Hauptsach is, daß d' wieder heil und gsund hoam kimmst; und daß d' aa draußt a bißl auf d' Hoamat denkst . . . durch dees Wachsl . . .« Der Martl riegelt verlegen den Hut und schiebt das Kindl in den Sack.

Die Umstehenden sind verstummt. Die Seilerchristl aber schüttelt sich. »Brr! – Aber Wabn! Dees hört si ja schier o wia a Wahrsagung! Da laaft oan ja a Gänshaut über!« Worauf die Alte meint: »Ja no, – mir hat halt so seine gwissen Sachen. Aber paßts auf, jetz muaß i an Sepp was gebn!« Sie zieht ein langes doppeltes Band aus dem Sack, an dessen Enden zwei kleine Stoffpäcklein hängen, aus weißen, braunen, blauen und schwarzen Wollflecklein zusammengesetzt, mit Kreuzlein aus rotem Flanell daraufgenäht. »Alsdann, Sepp!« sagt sie; »da hast a alts gweichts Schkapulier vo insan heiliga Vater Franziskus. I denk, dees is der beste Kugelschutz. Geh her, nachher häng i dirs o . . .« Sie stellt sich auf die Zehen; und der Sepp, der endslange Loder, beugt sich zu ihr nieder, zieht den Hut ab und neigt den Kopf, daß sie ihm das Band um den Hals legen kann. Mit andächtiger Feierlichkeit hängt sie ihm das Skapulier um. Und sagt: »Alle neunhundertneunundneunzig Heerscharen sollen dir abtreiben alle Kugel – Scheiben und Spiaß, – Schuß – Stoß – oder Schlag, – so gwiß wie der Engel mit seinem feurigen Schwert vor dem paradeisischen

Garten steht, in alle Ewigkeit. Amen.« Keiner lacht. Jeder zieht den Hut. Die Weiberten sagen mit eintönig und wehleidig singender Stimme nach: »In alle Ewigkeit. Amen.« Und die Schustermirl sagt bittend: »Wabn, du hast so guate Segn; du bist alt und hast epps derlebt; geh, gib mein Kaschbern aa was! Du woaßt es ja ... heunt vierzehn Tag hätt' ma d' Hochzat ghabt! ...« Sie kann nicht weiterreden. Der Schmiedkaspar tröstet: »Sei gscheit, Mirl! Es geht halt jetz net anders. Na heirat' ma halt aufs Jahr ... bal i wiederkimm! ...« Der Hufschmied wirft den Deckel des Maßkrugs zu, daß es scheppert. »Ah mei ... I mag net redn ...«, würgt er heraus. Der Ödenhuber sitzt stumpf hinterm Ofen auf der Bank, hört nicht und sieht nicht.
Die Resl bringt der Rumplwabn in einem bläulich-schimmernden Glas den Zwetschgenschnaps. Und die Wabn ergreift das Glas. »Alsdann, Buam, jetz muaß i enk no an guatn Trunkspruch sagn, – daß's allsamm wieder gsund hoamkemmts: Tobias ging wandern ... von oan Ort zum andern, ... begegnet eahm der Teife ... mit seinem krumpen Schweife; ... sollst nit mehr weiter ziagn, ... i will di jetzund kriagn! ... Kimmt der Engel Raffael, ... jagt den Teifel zruck in d' Höll; ... fahrts zua in Gottes Namen ... und des heiling Geistes. Amen.« Sie macht mit dem Glas das Zeichen des Kreuzes über alle. Danach blickt sie im Kreis herum. »So, Buam, jetz habts mein Segn. – Stößts o mit mir und teats mir Bschoad!« Da drängen sich alle mit ihren Krügen um sie, und ein jeder stößt an.
Und der Hufschmied strafft sich zur Höh und ruft dazwischen: »Guat hast es gmacht, Wabn! – Aber ... jetzt kimmt mei Spruch!« Er erhebt den Krug. »Auf daß a jeder sei Schneid und sein Hamur ghaltn tuat, und auf daß a jeder a so zuahaut, daß die ganz Band samt und sunders auf der Stell der Teife holt! – Insa Hoamat und insane Leut solln lebn! Hoch! Hoch! Und zum dritten Male: Hoch!« Und je-

der greift wieder nach dem Krug und erhebt ihn, jeder schreit, so laut er kann, sein Hoch. So rinnt der letzte Trunk hinab; ein Jauchzen hebt an, die Ziehharmonika beginnt einen Landler, der Franzl reißt die Christl an sich, dreht sie im Wirbel herum und stampft und plattelt, daß es die andern gleichfalls mit Gewalt erfaßt; und auf ja und nein wird ein Tanzen und Schnackeln daraus, daß man wähnt, es wär am Kirchweihmontag.

Auch die Schneidersusann, die still vor sich hinweinend bei der Wirtsleni draußen in der Kuchel saß, wird wieder munter; sie steht auf, schaut erst eine Weile zu und macht sich danach an den Martl, der nachdenklich beim alten Schmied und der Rumplwabn hockt. »Martl! Magst net aa oan tanzn?« Den Martl aber gelüstet's nicht. Er steht vielmehr auf, faßt die Susann bei der Hand und zieht sie mit sich aus der Gaststube und aus dem Haus. »I bin net aufgelegt zu dem Gschnack«, sagt er; »i geh liaber mit dir no a Stuck Wegs alloa.«

Unterdessen hat sich der Hufschmiedpauli zur Reise gerichtet, seiner Mutter, der alten Totenpackerin von Helfendorf, einen kurzen Abschiedsbrief geschrieben und tritt jetzt pfeifend aus der Tür, die der Lehrbub schlaftrunken hinter ihm abschließt. Schon will er die Aßlinger Straße hinabgehen, da hört er den Lärm und das Jauchzen. »Die san ja no da!« sagt er zu sich selber; und er wendet sich rasch dem Wirtshaus zu.

Da sieht er bei einem der Fenster ein Weibsbild stehen. Er pfeift ihr. Sie fährt zusammen und wendet den Kopf. »Was willst?« Der Pauli tritt zu ihr. »Was willst denn du?« – »Werd di nixn ogeh!« Sie will weglaufen. »Ah! Dees is ja d' Rumplhanni! Was rennst denn davon?« – »Jess', der Pauli!« Die Hanni starrt ihn verwundert an. »Daß du aa mitn Kuferl daherkimmst?« – »Weil i aa mitgeh.« – »Ja, wia dees?« – »Freiwilli ...« – »Ja was! Freili!«

Ein tiefes Bedauern liegt in ihrer Stimme. Und ein großes Mitleiden, da sie fragt: »Mei, was werd denn da dei Resl sagn?« Der Pauli lacht. »Was werd s' sagn? – Nix! – Um an andern muaß s' eahm halt schaugn!« – »Du bist aber grob!« Sie betrachtet ihn lächelnd. »Wann i d' Resl waar, – i liaß di net furt!« – »Wurdst mi kaam aufhaltn kinna!« Die Hanni schaut ihn an; in ihren Augen lodert's. »Wett' ma, i kunnt! – I scho!«

Dem Pauli steigt jäh eine Hitze ins Gesicht. Es klingt unsicher, da er sagt: »Naa. – Net. – Koane.« Sie lacht. Er fährt sich über die Augen. »Daß d' so alloa da heraußden stehst, Hanni?« – »Weil i drin nix verlorn hab.« – »Geh halt a bißl mit eina!« – »Dees kannst dir denka! – I – zum Ödnhuaba!« – »Warum denn net! – Geh nur mit!« Er faßt sie am Arm. »Du bist do a ledigs Leut! – Du kannst do hingeh, wo d' magst!« Die Hanni sträubt sich. »Naa, sag i! I mag net! I hätts gar net in Sinn ghabt. I hab grad a bißl gschaugt, wer daß drin is. Moanst, i laß mi oschaugn!« – »Geh, sei net fad, Hanni!« Er zieht sie gegen den Hausgang. »Balst mit mir einegehst, sagt koa Mensch nixn!« – »Grad d' Resl. – Z'letzt moants gar ... i tat dir was wolln ...« Sie sieht ihn wieder an, lacht leise und zeigt ihre Zähne. »Und sie tat dir nachher zwegn meiner d' Liab aufkündn ...« – »Bal i dafür a anderne kriagat ...?« Der Pauli preßt ihren Arm, daß sie jammert: »Au! Du tuast mir ja weh!« Jemand tritt unter die Haustür. Die Hanni sucht ihren Arm freizumachen. Aber es gelingt ihr nicht. »Geh! Du tuast mir weh, sag i!« – »Gehst mit eine?« – »Laß mi aus, sag i dir!« – »Obst mit eine gehst, frag i!« – »Naa, i mag net!« – »Hanni! Geh, tua mir halt die Liab!« – »Du tuast mir aa koane!« – »Alls tua i! Was d' willst!« Von der Haustür her dringt ein Laut. Jemand geht hinein. Die Resl ... Die Hanni fährt zusammen. »Hast nix ghört grad?« Der Pauli stellt den Koffer nieder. »Was soll i ghört habn? Also gehst net mit? Nachher geh i aa nimmer eine. Nachher muaßt aber no auf d' Bahn a Stuck mitgeh!« Er hält sie mit beiden Händen. Sie schüttelt den Kopf. »I kann net. I muaß hoam. I sollt scho lang dahoam sein! Geh, laß mi hoamgeh!« Aber der Pauli ist unerbittlich. »Entweder du gehst no mit eine oder mit auf d' Bahn!«

Drinnen tobt das Tanzen, tönt das Spiel. »Hanni, . . . balst liaber mit auf Bahn gehst . . . ganz alloa . . .« Er sagts mit unterdrückter Stimm. Aber die Hanni lacht und sagt: »Wia die narret san! Dees packt oan glei selber o! – Alsdann, balst magst, nachher geh i no mit eine. Aber du muaßt amal mit mir tanzen!« – Und sie bückt sich um den Koffer, reicht ihn lustig lachend dem Pauli und drängt: »Also, mach! Sinst is er aus, bis mir kemman!« Da reißt er sie an sich, sie windet sich los, läuft an die Tür, und er führt sie hinein, wirft juchzend sein Kofferl auf einen Tisch und zieht sie in den Knäuel der Tanzenden. In der Schenke aber steht die Resl, weiß wie der Kalk an den Wänden, starrt die beiden an und lehnt sich todmüd an den Glaskasten.

Die Hanni tanzt und lacht und schmiegt sich fest an den ·Pauli, der sie wild herumwirbelt und dazu murmelt: »Herrgott . . . Madl . . . i kunnt di grad umanandreißen . . ., daß d' Welt z'grund geht! . . . Hanni! . . . magst mi? . . .« Aber die Hanni lacht und sagt gar nichts.

Da ist der Tanz zu End, und einer schreit: »Auf gehts! – Geh müaß ma!« Worauf die Burschen nach den Koffern und Päcklein greifen, die Maidln ihre Blumenbüschel und Kränze zusammenraffen, der mit der Ziehharmonika sich an die Tür stellt und also alles sich zum Gehen schickt.

Da erblickt die Hanni ihre Großmutter, die Rumplwabn. Was ihr recht ungelegen ist; schon wegen der Feindschaft zwischen dem Hauser und dem Wirt, – wegen des Anschauens auch, daß sie um die Zeit noch außerhalb ihrer

Kammer ist, und – vor allem wegen des Pauli und der Resl. Sie schaut spähend nach der Schenke. Da steht die Resl immer noch wie eine, der sie das Blut aus den Adern gezogen haben, und starrt herüber zum Pauli. Der aber hat nur Augen für sie selber; er hält sie fest bei der Hand und will mit ihr gehen.

Doch da sehen ihn die andern. Mit ihr, der Rumplhanni. Und plärren schon: »Jess', der Pauli! Aus is's! Der geht aa mit! – Ja, Pauli! Alter Bazi!«

Und die Weibertn stecken die Köpf zusammen und wispern: »Ja heilig der Pauli! – Mit der Rumplhanni!« – »Die hat's ja do mitn Hausersimmerl ghalten?!« Die Susann sagts. – »I hab gmoant, mitn Reiserfranzl?« Die Christl wird brennrot und wirft einen wütenden Blick auf die Hanni und auf die Schustermirl, die es gesagt hat. »Ah! Die hats ja mit an jedn!« flüstert die Staudenschneiderlies verächtlich. »Aber er – der Pauli! Der hat do mit der Resl epps ghabt!« Alle schauen nach der Resl. Doch die ist eben durch die Schenktür hinaus. »Naa, dees glaab i net!« meint die Susann; »sie is ja grad a Kellnerin! – Verkohlt werd er s' halt habn!« Worauf die Christl geringschätzend sagt: »Und die ander is a Stallmensch! Und a schlechts Weibsbild!«

Unterdessen hat die alte Rumplwabn die Hanni erkannt. Sie steht so gschwind auf, wie es ihre alten Beiner erlauben, und humpelt mit zornfunkelnden Augen auf die Hanni zu. »Wia kimmst denn du da eina? – Zum Wirt!« – »Ah! D' Groß' . . .! 's Eahlei! Du bist aa da!« – »Was daß du da herin z' suacha hast, frag i!« – »Nixn, Groß'! Zwegn deiner bin i eina!« Die Hanni schaut ganz unschuldig drein. »Grad, weil i di herin gsehng hab, Eahlei!« Aber das Ähnlein, die Großmutter, glaubt ihr nicht recht. »Daß d' mir auf amal a so nachlaafst?! – Du kimmst do sinst aa nia zu mir . . .« – »Bal i nia Derweil hab!« – »Daß d' nachher

heunt Derweil hast? Jetz – um die nachtschlaffat Zeit!« –
»No – wenn s' mi außagsperrt habn!« – »Außagsperrt
wern s' di habn!« – »Wenn i dirs sag, Eahlei! I hab an Simmerl no sei Kuferl a Stuck Wegs tragn helfa, und wia i
hoamkimm, is des ganz Haus zua, – hint und vorn. Und
allsamm schlaffan s'.« – »Daß d' es na net aufweckst?« –
»Moanst, daß i mi oplärrn laß! – Wo s' a so so grob san
mit mir!« Ihre Stimme klingt weinerlich.
Die Wabn horcht auf. »Grob san s', sagst?!« – »Na, sag i!
– Am liabstn jagetn s' mi a so auf der Stell aus, weil i
neamd hab zum Schutz!« Die Alt ist plötzlich auf Hannis
Seite. »Was! Ausjagn! Die solln si untersteh! Dees glaab
i! – Dees kinnan s' ja gar neta! Dees kinnan s' ja überhaupts gar neta!«
Dem Pauli, der inzwischen seinen Freunden erklärt hat,
daß er freiwillig mitginge, dauert der Disputat zu lang. Er
faßt die Hanni unterm Arm und will sie fortziehen. »Geh,
tratschts morgn, ös zwee! Jetzt gehn ma!« Aber die Hanni
schaut ihn groß an. »He, he, Büaberl! Net so gach! Nachher gehst halt, balst geh willst!« Und die Großmutter
greint: »Du bist mir aber amal a grober Lackl, a ohabischer! Glei laßt es steh, mei Hanni! Moanst, daß dee auf di
wart! Da bist gstimmt, mei Liaber!« Aber der Pauli packt
die Hanni nur fester. Und lacht. »Geh, Wabei, sei stad! –
Du verstehst ja nix! Du woaßt ja nix! Bei ins zwee is d'
Warterei vorbei!« Und damit zieht er auch schon die
Hanni aus der Stube und läßt die Alte wie angewurzelt
stehen.
»Geh zua, Dirndl!« sagt er zur Hanni; »druck' ma uns! Mir
wissens gwiß – und die oan müassn erscht ratn!« Aber die
Hanni kann auf einmal nicht mehr länger mit dem Heimgehen verziehen. Sie muß ihm den Abschied geben.
»Pauli«, sagt sie draußen vor dem Haus; »jetzt müass' ma
uns aber pfüatn! I muaß hoam.« – »Hoam! – Du muaßt

jetz mitgeh, daß d' es woaßt!« – »Naa, Pauli. I ko net. Ganz gwiß net!« – »Grad no a kloans Wegei, Hanni!« – »I muaß hoam, Pauli! Ohne Bedingnis!« – »Und mi laßt alloa datschn! Du bist ausgschaamt!« – »Ja no...« – »Hanni!...« – »Guate Nacht! Und viel Glück!« Sie läßt sich nicht mehr halten und läuft ihm unter den Fingern weg, durch den Wirtsgarten, hinüber zum Hauserhof, wo sie auflachend hinterm Wagenschupfen stehen bleibt.

Indes der Pauli Derweil hat, auf einem einsamen Weg nachzudenken über zwei Weibsbilder, oder trübsinnig auf die andern zu warten. Davon ihm das eine so lieb ist wie das ander, so daß er giftig ausspeizt, ein paarmal flucht und danach langsam vorausgeht, bis die andern nachkommen. Was nimmer gar lang dauert; denn drin in der Wirtsstube sagen sie grad noch dem Wirt und der Leni Pfüagood, verwundern sich plötzlich, daß der Jackl schon fort ist, und dann ziehen sie lachend und singend dahin, indes der Ödenhuber trübschauend unter der Haustür steht und die Resl samt der Leni drin das Geschirr zusammenräumt, ohne Red, ohne Eil.

Der Hufschmied und die Rumplwabn gehen schwatzend heimzu, der Pauli mischt sich unauffällig unter die lärmende Gesellschaft, und die Wirtin öffnet dem Wirt die Schlafkammertür, worauf sie wieder ins Bett steigt, sich gegen die Wand kehrt und auf den Schlaf wartet, den sie selber verscheuchte.

Drüben aber, beim Hauser von Öd, schleicht die Hanni am Haus entlang und sucht nach einem offenen Fenster. Und da alles zu ist, macht sie sich hinten beim Stadel eine Leiter los, lehnt sie an eine zerbrochene Fensterluke beim Heuboden und steigt hinauf, worauf sie durch den Kriadaboden in die Dachkammer schlüpft und von da über die Speicherstiege hinabschleicht ins Haus und in ihre Kammer. Dort legt sie gemächlich ihr Gewand ab, löst die Nadeln aus dem Haar und macht das Fenster auf, so daß die stille Nachtluft das ferne Singen und Spielen wie einen Hauch herüberschickt und ein herber Geruch von Grummet, Scholle und Dung in die Kammer dringt. Dann zieht sie summend die Schuhe und Strümpfe aus und legt sich zufrieden und lächelnd auf die armselige Lagerstatt, wie einer, der sein Sach wohlgemacht hat. Und da der harte Strohsack mit der rupfenen Zieche und dem härwenen Linnen sie rauht und drückt, da sagt sie halblaut für sich hin: »Laßts enk nur Zeit; als Hauserin lieg i scho besser!« Danach freut sie sich noch, daß sie der da drüben, der Resl, ihren Pauli noch so schön ausgespannt hat, gähnt und schläft ein, gut und fest.

»Kikerikih!« Dem Ödenhuber sein Gockel schreit den Tag an, so laut er kann. Der Hauserbauer, dem in der Nacht bald schwül und ängstig, bald fröstelnd und ungut zumut war, so daß er erst lang nach Mitternacht den Schlaf fand, dreht sich aufschreckend im Bett herum. »Sakramontsviech, verfluachts! Dir drah i do no d' Gurgel um! Plärrats Luada, plärrats!« Er schaut auf die Uhr. Drei vorbei. Die Hauserin liegt noch im guten Frühschlaf neben ihm. Das feiste, rotwangige Gesicht mit der stumpfen Nase fest zwischen die karierten Kissenzipfel vergraben, den Mund etwas geöffnet und unterm Kinn das geblümelte Kopftüchl zu einem lockeren Knoten verschlungen. Wieder kräht der Nachbarsgockel. Der Hauser springt fluchend aus dem Bett. »Wann di nur mitsamt deiner ganzen Sippschaft der Deixel holn tat!«
Die Hauserin schließt den Mund, öffnet die Augen und fährt in die Höhe. »Was gibts? – Ja so. – Is's eppa scho halbe viere? – Daß d' scho aufstehst, Lenz?« – »Da möcht i scho lang fragn!« grandelt der Alt; »bal di dees Schinderviech, dees miserablige, net schlaffa läßt! Koan solchern

gschroamauletn Gockl mußt ja auf der ganzn Welt nimmer finden!« – »Kikerikih!« Der Hausergockl gibt dem ödenhuberischen Antwort. Und die Hauserin sagt gelassen: »Is eh scho Zeit. Hat a so der insa aa scho gschrian. – Gelobt sei Jes' Christ. – Na stehn ma halt wieder auf in Gotts Nam.« Sie setzt sich auf und schlieft in den vielfach geflickten wollenen Unterkittel mit dem abgenähten Kattunleib dran, den sie seufzend zuknöpft. »O mei Herr. – Wo werd jetzt insa Bua sei! – Daß er gar nixn hörn laßt, jetz is er scho glei a Woch furt, und no net hat er geschriebn.« Sie steht vollends auf und legt das schleißige, pichige Werktagsgewand an. »Der werd scho net Derweil habn zum Briefaschreibn«, sagt er und fährt in die Holzschuhe. »No, a Postkartn hätt er grad scho schreibn kinna, moanat i«, erwidert die Hauserin, knöpft das Schlaftüchl ab und fährt mit einem pappigen, pomadigen Kamm über den Scheitel. Dann bindet sie das schwarze Kopftuch auf und besprengt sich mit dem Weichbrunn, worauf beide die Schlafkammer verlassen und ihr Tagwerk anheben; er mit dem Futtermähen, sie mit dem Kochen der Morgensuppe.

Also nimmt der Alt die Sense von dem Aststumpf des Birnbaums hinter der Holzschupfe, wetzt sie und beginnt, auf dem Anger hinterm Haus das Gras des Obstgartens zu schneiden. Weit ausholend und scharf anreißend mäht er in großen Strichen. Aber er ist nicht recht bei der Sache; erst reißt er mitten durch den größten steinigen Scherhaufen durch, danach schneidet er in die Hollerstauden, daß er langmächtig wetzen und schärfen muß, um die Endsscharten wieder auszuschleifen, – und zuletzt steht er da, vergißt auf die Arbeit und stiert grad vor sich ins Weite.

Die Geschichte mit dem Simmerl und der Hanni geht ihm nicht aus dem Kopf. »Daß aa der Tropf so was ohebn muaß! . . . Der Hannakn, der saudumme! . . . Wia ma nur so damisch sei konn! . . . Und heiratn! . . . Aa no heiratn!

Statt daß ma s' außezahlt, a so a Weibsbild . . . Waar mir gwiß net auf a paar Hunderter zsammganga! . . . Gwiß net! – Aber . . . mit dem Buam is ja nix z' richten; . . . der ghört ja von Grund aus ins Narrnhaus! – Und jetz sollst aa no drüber reden! . . . Mit ihr . . . der Hanni – und mit der Rosina. – Und die Alt hat doch aa mitz'reden, wo s' no dees Geld aufn Haus steh hat . . .« Er fängt wieder hitzig zu mähen an. »Wenn ma wenigstens amal mit der oan gredt hätt! – Aber . . .«

Ein zorniges Schreien und Schelten läßt ihn aufhorchen: »Schaug sie net o! Sie flaggat no im Bett, wenn ander Leut scho lang bei der Arbat san! Du moanst vielleicht, daß ma di grad zu der Regerazion fuadert!« Und die Hanni dazwischen: »Plärr net a so! – I steh um halb viere auf, – und koan Augnblick net ehander!« – »Du hast aufz'steh, bal mir aufstehngan, daß d' es woaßt, du fäu's Trumm, du fäu's (faules)!« – »Und du brauchst mi gar nix z'hoaßn, daß d' es aa woaßt!« – »Balst moanst, daß ma di faulenzen laßt und herfuadert, bis d' foast bist, da brennst di!« – »Dees is gar nindersicht der Brauch, daß ma mitten bei der Nacht mit der Arbat ofangt!« – »Dees glaab i! – Aber daß ma d' Deanstboten fürs Faulenzen zahlt!« – »Durchaus net! Aber so ausnutzerische Leut, wias du oans bist, muaß's ja überhaupts nimmer gebn!« – »Und koa so a ausgschaamte Goschen, wias du hast, aa nimmer!« – »I laß mi ganz oafach net a so hunzen!« – »Wer hunzt di denn?« – »Naa, sag i! – Wia a Stuck Viech werd ma hergnomma!«

In dem Augenblick fährt die keifende Fistelstimme der alten Kollerin drein: »Was gibts da scho wieder! Was möchst du scho wieder, du ausgschaamts Weibsbild, du ganz ausgschaamts du!« Worauf die Hanni patzig auffährt: »Und du nachher? Was gehts denn di o! Di gehts überhaupts nixn o!« Der Alten schnappt die Stimm über. »Was sagst du? Was möchst du? 's Mäu möchst aufreißn!

– Daß i di net glei nimm und drisch dir oane eine in dei
Bappen . . .« Sie kann nicht mehr weiter. Die Luft geht ihr
aus. Aber die Hauserin löst sie ab und schimpft weiter.
Freilich umsonst; denn die Hanni läßt sie ganz einfach
stehen, packt den Schiebkarren und fährt ihn hinaus auf
den Anger hinterm Haus, wo der Alt eben die letzte Mahd
schneidet. Und sie murmelt halblaut einen höchst un-
respektierlichen Wunsch, greift nach dem Rechen und dem
Korb und faßt also das Morgenfutter fürs Vieh ein, das
bereits zu brüllen beginnt. »A Goschen hats, a guate!«
denkt sich der Hauser, indes er die Sense mit einem Gras-
büschel reinigt. »Gfalln laßt sie die amal nix! Dees gfallt
mir!« –
Die Stallarbeit und das Melken ist geschehen. Die Hauserischen sitzen schweigend beim Morgenkaffee; der Bauer
mit gutem Appetit essend, die Bäuerin mit hochrotem Kopf
hastig trinkend, die Kollerin gelb vor Zorn und nach jedem Löffel voll, den sie ißt, die Hanni mit giftigem Blick
messend, und die Hanni gelassen und gleichmütig einbrok-
kend und ebenso gelassen Brocken um Brocken auslöf-
felnd, grad als wär nie was gewesen. Was wiederum die
Kollerin so aus der Scharnier bringt, daß sie mittendrin
den Löffel hinwirft, ein Schimpfwort herausstößt und davonläuft. Worauf die Hauserin ebenfalls austrinkt, schier
blaurot im Gesicht wird und auch geht. Indes die Hanni
sich ruhig noch einen Keil Brot abschneidet und gemächlich
zu End ißt. –
Und da sie fertig ist, wischt sie sich mit dem Handrücken
den Mund ab, macht's Kreuz und sagt aufstehend: »Hauser, was soll ma toa: Haber umdrahn oder Erdäpfel aus-
grabn? Sie hat gestern gsagt, daß ma amal ofanga kunnt,
– mit dee Rosenkartoffel wenigstens.« Der Hauser trinkt
seine Schüssel leer. »D' Erdäpfel konn d' Muatta aa außa-
toa«, sagt er; »gar so viel brauchan s' net. – Du tuast Ha-

bern umdrahn, und i werd drunt bei der Niederloatn ritzen. Mit dem neuen Pfluagmesser werds scho geh, wenns aa guatding trucka is.«

Die Hanni nickt; dann nimmt sie den langen Haberstecken, schüttelt sich noch einen Rocksack voll Pflaumen von einem Baum und geht hinaus aufs Feld. Unterwegs begegnet ihr dem Staudenschneider sein Girgl. Er ist der einzige Sohn des Hofs drüben hinter der Kirch und mag dereinst einmal leichtlich seine siebzig- bis achtzigtausend Mark bar zu dem übrigen Sach erhalten. Der alt Staudenschneider, den im vergangenen Winter ein Schlag gerührt und zu allem Tagwerk unnütz gemacht hat, liegt tagaus, tagein auf dem Kanapee hinterm Ofen, lallt und jammert ein wenig, wenn er nicht seinen leichten Halbschlaf dahinsäuselt, wartet aufs Sterben – und aufs Heiraten vom Girgl. Aber noch hat er keine glückliche Brautschau gehabt, der junge Staudenschneider, – trotz den achtzigtausend Mark, den sechzig Stück Vieh und hundert Tagwerk Wald und Grund.

Und daran trägt nicht so sehr sein jämmerlichs und verkrüppeltes Aussehen die Schuld, als vielmehr sein inwendiges Mannsbild. Denn man mag zehn Stunden im Umkreis Nachschau halten, man wird keinen Burschen finden, der sich mit ihm messen kunnt an anhabigem Stolz und bockstarrigem Eisenschädel. Wie denn auch seine Mutter, die selige Staudenschneiderin, eine Bäuerin gewesen war, daß sie nur die Protzenmirl und die Millionenschachtel geheißen wurde, worüber sie sich freilich so erzürnte, daß ihr die Galle ins Blut geriet und sie daran sterben mußte. Darauf dann der alt Staudenschneider sich eine Haushalterin nahm und also mit seinem Girgl schlecht und recht fortwirtschaftete, bis ihn das Schlagerl streifte. Von da ab mußte der Girgl allein werken mit den drei Knechten und den vier Weibsleuten. Aber, wenn auch gleich alles wie am

Schnürl ging und jeder im Haus den Jungen grad so achtete wie den Alten, schon wegen seiner Tüchtigkeit und Grobheit, so wurde ihm das Regieren doch immer zuwiderer; besonders in der letzten Zeit, wo die Knechte gleich seinen Rössern und Wägen vom Krieg requiriert wurden und er mit lauter Weibsbildern hantieren mußte.

Und auf den heutigen Tag ist er so weit, daß er sich sagt: heiraten, – ganz gleich, was für eine. Drum hat er auch heut seine Wichs angelegt mit den ledernen Kniehosen, und trägt einen leeren Rucksack am Buckel, daß man seine beinerne Kirm, die ihm unser Herrgott schon mit dem ersten Schulränzel angehängt und entsprechend seinem Größerwerden alleweil wieder ein bißl höher aufgepackt hatte, nicht gar zu deutlich sehen möcht. Der alt Schneckennazi, der Schmuser, wüßt ihm wieder eine, eine Hochzeiterin. Herrgott, ja! Hols der Deixel! Es mag leicht schon die zehnte oder zwölfte sein! Und daß die ja sagen sollt als reiche saubere Burgermeisterstochter, wo die andern alle nein gesagt hatten, – er kann's nicht recht glauben. Aber – er muß halt gehen. Und so geht er jetzt. Und trifft auf die Hanni. Die schaut ihn an und mißt ihn spöttisch von unten bis oben. Er sagt kurz: »Morgn.« – »Guat Morgn aa«, erwidert die Hanni; »gehst scho wieder zum Heiratn?« – »Kümmerts di leicht was?« – »Naa, gwiß net. I hab grad gmoant.« Sie betrachtet ihn lachend. »Sinst hätt i dir halt abgraten davon.« – »Warum?« Er fragts hastig. »No, – weilst do wieder umasinst gehst! – Is schad ums Leder, dees wost abez'reiß'st von de Schuach!« – »Werd dir aber gleich sei kinna!« erwidert der Girgl gereizt; »bal i net die Nächstbeste ins Haus nimm, so is dees grad mei Sach! Dees geht neamd was o.« – »Freili net! Und bal die Weibertn Mannsbilder liaber san als wia Mühlesel, so gehts ja aa neamd was o.« Der Girgl ist ganz starr. Das hat ihm noch keine gesagt. Er sucht nach Worten. –

Aber die Hanni fährt schon fort: »Daß du überhaupts so weit umanand rennst um a Bäuerin? Daß d' net oafach oane von deine Dienstigen heiratst? Enka Mittadirn is do so sauber und so richti! Und kaam viel billiger, als wia oane von an Hof außa!« Sie sagts ganz ernst; aber in ihrem Gesicht zuckts und wetterleuchtets. »Wennst dera alle drei Jahr amal a neus Gwand kaafst und alle Jahr oa Paar Schuach, nachher kimmts di gar net so teuer! Fressen wird s' darnach aa net mehra, wia ehvor. Und bal s' als Staudenschneiderin wirkli a dickerne Haut auf der Kaffeesuppen verlangt, wia als Mitterdirn, so macht's dir derhalben dein Stall net laarer und dein Geldsack net gringer. – Hab i net recht?« Sie schickt sich zum Gehen an. »I tat mirs do amal überlegn, Girgl, dees mit der Mitterdirn!« Lachend entfernt sie sich.

Der Girgl steht da wie der Ochs vorm Berg und schaut, als ob ihm die Hennen das Brot gestohlen hätten. »Himmeherrgott! Da sollst jetz auf Brautschau geh! Wann dir oans d' Ohren so vollschwatzt . . .« Er schaut ihr grimmig nach. Aber – wie er sie so dahingehen sieht, – so stämmig, handlich, so ihren Platz ausfüllend, da kriecht ihm langsam ein Gedanke durch den Sinn, und je länger er ihm nachhängt, um so besser deucht er ihm. So daß er schließlich umkehrt und wieder heimgeht.

Aber es leidet ihn nicht daheim. Das, was die Hanni gemeint, – mit der Dienstigen, – das bohrt in ihm herum. Bloß das mit der Burgl, der Mitterdirn, das paßt ihm nicht. Es dürft keine vom Hof sein, weil sonst die andern rebellisch würden. Eine aus der Nachbarschaft vielleicht? – Oder aus der Umgegend? – Herrgott, das Maidl wär gar nicht dumm, wenn mans richtig betrachtet! So ein untertänigs Frauenzimmer könnt man wenigstens richten, wie mans bräucht! Und sie verstünd was von der Arbeit; der kunnt keine was vormachen. Trotzdem wär er der alleinige Herr im Haus; denn von so einer läßt man sich die Hosen schon nicht abtun. Freilich, eine Hörige, ein Dienstbot in den angesehenen Staudenschneiderhof, – die Mutter wenns wüßt, die tät sich noch in der Truch umkehren! – In ihm kehrt sich ja auch was um; aber wo es zum Nutzen und nur zum Vorteil gereicht, da kann man ja schließlich den Stolz auch einmal fahren lassen. Und wann er eine erwischte, die zu einer riegelsamen Tüchtigkeit und unbedingter Unterwürfigkeit auch noch eine gute Postur und ein saubers Gesicht mitbrächt, dann kunnt er wohl auf die oder die ander mokkige Bauernmollen verzichten trotz Geldsack und Kuchelwagen.

Nachdenklich streift er durch die Felder, wo seine Weibertn und die gedungenen Mahder arbeiten. Und mittendrin steht er an der Haberleiten vom Hauser, wo die Hanni rüstig und mit leichter Hand schafft. »He, du, Rumpl!« Die Hanni wendet Büschel um Büschel, ohne aufzuschauen. »Hanni!« Jetzt hört sie. »Du, i hätt epps z' redn mit dir!« – »Dees werd was Gscheidts sei!« Sie beginnt bei der nächsten Mahd und hört nicht einen Augenblick auf zu werken. Der Girgl schaut ihr wohlgefällig zu. »Sakra; von dera kunntn die mein' was lerna!« denkt er. Und laut sagt er: »Teats heunt no einführn?« – »Bals Wetter guat bleibt, ko's scho sei.« – »Maht der Hauser?« – »Naa, ritzen tuat er.« Die nächste Mahd wird umgelegt. »Hat enka Sixnblassin scho kalbet?« – »Naa, auf d' Woch, moanat i.« – »Stellts es auf, 's Kaibe?« – »Bals a Stierkaibe is, scho.« – »Sinst verkaafts es?« – »I denk scho. An Posthalter vo Beiharting werd ers halt wieder gebn.« – »Moanst, daß ers mir net gaab?« – »Muaßt 'hn halt fragn.«

Er verfolgt ihre Bewegungen wie eine Katz den Perpendikel der Stockuhr. »Guat gstellt!« denkt er; »net gschlampert beinand; und koa Karfreitaratschn net, – dees is was wert. Und d' Arbat geht ihr von der Hand, – grad guat zum Zuaschaugn! Und gar net schiachredat; die richt't neamd aus und halt' zum Bauern . . .«

»Hast ghört, Hanni!« Er beginnt die Unterhaltung wieder. »Was willst?« – »Hat der Simmerl scho epps hörn lassn?« – »Hab no nix redn hörn drüber.« – »Werst aa mehra z' toan habn jetzt, wo er furt is.« – »Ja no. Wias halt is.« – »Bist eigentli du gern sell beim Hauser?« – »Warum fragst?« Die Hanni schaut ihn scharf an. – »I hab halt gmoant.« – Sie schafft wieder weiter. »Ja no; – is oa Platz wia der ander, wähn i«, sagt sie. – »Dees kimmt grad drauf o!« – »'s deanat Brot schmeckt überall gleich sauer.« – »Muaß ma halt amal a anders verkosten!« – »Was nachher für oans?« Sie hält inne. Er schaut sie begehrlich an. »No – dees eigne halt!« Die Hanni lacht. »Aha!« Sie langt ein paar Pflaumen aus dem Sack und ißt sie, wobei sie die Kerne weit von sich spuckt. – »Hast no nia ans Heiratn denkt, Hanni?« Er steht wie am Sprung. Sie schaut nach den schneeweißen Wolkenballen, die sich um die Frühsonne sammeln. »I glaab net, daß 's Weeda aushalt heunt«, sagt sie und fängt wieder an zu wenden. – »I wüßt dir an Hochzeiter, Hanni!« – »Soo, sooo!« – »Kunnst in a scheens Sach eineheiratn!« – »Was d' net sagst!« – »'s Hoamatl guat beinand, verstehst! – Und lauter foasts Viech und schwaartragate Gründ!« – Die Hanni schmunzelt. »Grad der Hochzeiter hat an kloan Fehler, gell!« sagt sie; »in der obern Stubn hat er z' wenig und am Buckel a bißl z' viel!« Auweh. Sie hat ihn schon. Aber der Girgl verliert die Schneid nicht. »Macht ja nix!« sagt er; »was eahm mangelt, dees kunntst ja du leicht guatmacha! Dumm bist net, und schiach zum oschaugn bist aa net.« – »Ja no. So dumm waar i amal gwiß net, daß i di heiratn tat!«

Der Girgl ist sprachlos. Die wär wahrhaftig gut zu der Feuerwehr zu brauchen; die hätt für jeden Brand ein Wasserschäffel bei der Hand! »Was sagst du?« – »Nix; daß i di

net möcht, sag i.« – »Und warum net?« – »Weil i di kenn!«
– »Moanst, daß d' es net guat kriagatst?« – »Gwiß kaam
anderscht, wia a Mitterdirn!« Sie nimmt wieder etliche
Pflaumen aus dem Sack. »Naa, mei Liaber, da bleib i scho
liaber beim Hauser d' Oberdirn!« Der Girgl ist so starr
über diese Antwort, daß es ihm schier die Red verschlägt.
Nur mühsam bringt er die Frage heraus: »Du sagst also
naa?« Worauf die Hanni ruhig eine Pflaume um die ander
ißt und dazu sagt: »Gwiß aa no! – Da muaßt dir scho um a
anderne schaugn, daß s' ja sagt! – Hast dir denkt, weil i dir
den guatn Gedanka von der Mitterdirn einblasen hab, du
mußt di glei erkenntli zoagn! – Naa, Girgl! I mags gar net
so guat habn! I wüßt gar net, wo i di Truchen hernahm zu
dem vielen Gwand, wost mir du schaffetst! I will di net
von dein Geld bringa!«
Der Girgl faßt sich langsam. Und findet nach und nach die
Worte zu einer Erwiderung. »Du schlagst mi also aus?« –
»Balst es a so hoaßen willst, – ja.« – »Ganz und gar?« –
»Durchaus.« – »Und zwegn was für an Grund und Ursach?« – »Weil i di net mag.« – »Ah so. – Abspeisen tuast
mi!« – »Wias d' es halt nennst.« – »Nachher gilt dir insa
Sach gar nixn?« – »Dei Sach und du is zwoaraloa.« –
»Achzgtausad san mir gwiß. Kinnan hunderttausad aa
werden!« – »Vo mir aus zwee. I mag di net, und balst um
und um voll Gold ohängst!«
Jetzt langt er. Jetzt hats ihn troffen. »Du sagst mir dees!
Du! – Mir!« – »Ja; i – dir.« Sie arbeitet ruhig weiter, die
letzte Mahd wendend. Der Girgl aber bohrt sich langsam
in einen Zorn hinein, dessen Grundursach beleidigter Stolz
ist. »Mir sagst du dees! Mir! An Staudenschneiderbuam
von Öd! – Du! A Barasolflickersbankert! A windiger
Deanstbot, a oaschichtiger! –« Er kommt gemach in ein
richtiges Schelten und Schimpfen.
Aber auf einmal fängt er an zu lachen, und lacht so laut

und unbändig, daß die Hanni vermeint, es wär ihm ihre Absag ins Hirn gestiegen und hätt ihn um den Verstand bracht. Sie schüttelt den Kopf und fragt ihn schier ängstlich: »Was hast denn jetz, daß d' so dumm lachst?« Worauf er noch lauter und närrischer werkt, die Händ in die Hosensäck schiebt und schreit: »Was i lach, sagst! – Weil 's mi gfreut, daß i di so fein ausgschmirbt hab! Ha! Hab di ja grad derbleckn wolln! – Zum Derblecka taugst ja leicht! Du werst dir do net eibilden, daß i a solchene in Ernst heiratn tat, wias du oane bist! A so a Herglaaffene! Moanst eppa, mir graust vor gar nix!«

Die Hanni ist langsam näher an ihn herangekommen; jetzt steht sie dicht vor ihm. Da sagt er das letzte. Sie hat die Zähn fest zusammengebissen, die Lippen öffnen sich, der Mund verzerrt sich ein wenig; und eh der Girgl sichs versieht, hat er eine so derbe Maulschelle im Gesicht, daß ihm das Feuer vor den Augen fliegt. – Die Hanni wendet sich ohne ein Wort zum Gehen.

Der Hochzeiter murmelt einen Schimpf, einen Fluch, und läuft gegen den Wald zu, wo zwei von seinen Mägden Streu arbeiten. Die findet er lachend und schwatzend auf dem Moos hockend; und er hört grad noch die eine sagen: »Ja, moanst eppa, daß 'hn i möcht! – A so a schiachs Mannsbild, und so bollisch und zwider, und a so a Gnack, a hungrigs! – Naa, liaber als harwene Büaßerin umanandlaaffa, als wia an solchern! . . . Mariand Josix! . . .« Sie springt erschrocken auf und greift nach der Mooshaue . . . Aber das Wetter bricht schon los mit Donnern und Blitzen und Schreien und Schelten; und die Aufsag für die nächste Lichtmeß hat auch jede im Ohr.

Er geht fuchsteufelswild heim, der Girgl, und richtet sich aufs neue zur Brautschau, von der er leider spät in der Nacht immer noch als freier, lediger Jungherr sternhagelvoll heimfährt. Indes die Rumplhanni zufrieden ihre Arbeit tut und des dienenden Standes Bitternisse nicht gar zu schwer nimmt in der Erwägung: Ewig dauert nix, und als Hauserin schmeckt mir amal mei Erdäpfelschmarrn grad so guat, wia der künftigen Staudenschneiderin ihra Bratl! Denn als Hauserin hab i d' Hosen o, und als Staudenschneiderin woaß i net amal, obs allezeit zu an Kittel glangt! Der Frauendreißiger, die Spanne zwischen Mariä Himmelfahrt und Mariä Namen, ist für die Landleut eine heilige und gesegnete Zeit. Kräuter, zu dieser Zeit geweiht, sind ein Abwehrmittel gegen Feuersgefahr und Wetterschaden, eine Arznei gegen Krankheit und Siechtum bei Mensch und Vieh und eine sicher wirkende Hilf zur Abtreibung aller Zauberei und Verhexung in Haus und Stall. Kälber, unterm Frauendreißiger gezogen, sind gesünder und fruchtbarer wie andere, und man soll sie aufstellen. Die Kühe geben um diese Zeit ihre beste Milch, das Schmalz hat einen besseren Kern wie um Georgi und Jakobi und läßt sich gut einrühren als Winterschmalz und für die Kirchweih. Die Hennen aber legen in diesen Tagen ihre größten und schönsten Eier, die sogenannten Fraueneier. Diese gelten der Bäuerin soviel wie geweihte, ja, schier noch mehr. Denn ihnen haftet nicht die Vergänglichkeit alles Irdischen an – sie sind ohne allen Keim der Fäulnis und halten sich frisch bis Allerheiligen, also daß sie mit jedem Tag rarer und kostbarer werden und in den Geldbeutel der Bäuerin frei den Segen Gottes tragen zu einer Zeit, wo die Natur alljährlich aufhört mit dem Geben und Schenken, und also auch die Hennen ihr »Gagagagei! ... Henn legt ihr Ei, ga gei« immer seltener rufen und schließlich ganz damit aufhören bis zur Weihnacht, da sie dann der Hausmutter gemeiniglich die ersten Christkindleier ins Nest legen.

Darum machen auch die Karrner und Kirmtrager, die jahraus, jahrein von Hof zu Hof wandern und für die Städter

Schmalz und Eier zusammenkaufen, unterm Frauendreißiger viel Tritt und Weg umsonst und haben oft zu guter Letzt, wenn sie vom frühen Tag bis in die Nacht bei Sonnenhitz oder Regenschauer bergauf und talab gewandert sind, Kirm und Karren leer, die Ohren aber voll von grober, protziger Absag und Antwort. – So gings auch dem Buschenreiteranderl in diesen Wochen, und er schnauft erleichtert auf, da er am Samstag, dem dreizehnten September, die Glocken von Schönau und Tuntenhausen den letzten Tag des Dreißgers einläuten hört. Jetzt kommt die Zeit der Bratgickerl, der Enten und der Suppenhennen. Und er lädt seine Kirm und Körb auf den Schubkarren und beginnt seine Wanderschaft, dahin, dorthin, und auch nach Öd.

Da kehrt er zuallererst einmal beim Ödenhuber ein; denn er ist rechtschaffen müd worden und hat Hunger und Durst. Der Ödenhuber ist grad im Schlachthaus; denn da er für den Jackl noch keinen rechten Aushilfsmetzger gefunden hat, muß er selber schlachten und wursteln. Die Wirtin steht im Gemüsgarten und schneidet Gurken ab für den Sonntagssalat. Dabei schaut sie neugierig und verstohlens hinter den Johannisbeerbüschen am Zaun hinüber zum Hauserhof, wo die Kollerin und die Rumplhanni eben wieder wie ein paar Kampfgockel aufeinander loshacken. Die Resl sitzt schwermütig am offenen Fenster und strickt neue Fersen in ihre blauen Strümpfe, indes die Kucheldirn am Ofentisch das Voressen für den andern Tag schneidet. Die Wirtsleni aber hat grad mit großer Hast ein Päcklein verschnürt, eine Adresse mit dem Vermerk »Feldpost« daraufgeklebt und steckt es jetzt rasch unter einen Haufen Flickwäsche hinten im Eck, wo eine taube Störnähterin unermüdlich auf der Maschine werkt und rasselt.

Der Buschenreiter trinkt langsam und schiebt bedächtig Brocken um Brocken zwischen die Zähn; bald einen von der Wurst – bald einen vom Brot, jeden aber erst in das bläuliche Salzfaß tunkend, damit er würziger schmecke. Die Leni setzt sich zu ihm. »Wo kimmst her, Anderl?« – »Vo Vogelriad uma.« – »Tuast kaaffa?« – »Bal i was kriag, scho.« – »Gibts scho hübsch Anten und Gickerl?« – »Mei, – no konn ma nixn sagn.« Er zündet seine Tabakspfeife an. – »Bist z' Öd scho umanandgwesn?« – »Naa.« – »Beim Staudenschneider aa no net und beim Hauser?« -- »Naa – warum?« – »I moan halt. – Werst scho was kriagn beim Staudnschneider, denk i.« – »Ja, konn scho sein.« Die Resl muß in die Schenke. Die Maschine rasselt; die Dirn schneidet, ohne aufzuschauen. Die Leni holt eilends das Paket hervor. »Anderl – i hätt a Bitt an di.« – »Sags nur!« – »Geh, gib mir z' Schönau dees Packl auf. Es is von der Hauserhanni und ghört an Simmerl. Sie wills net wissen lassen drent, daß s' eahm aa hi und da was schickt. Jetz hat sie 's mir gebn. Aber i kimm aa grad net ummi auf Post.« – Der Anderl nimmt das Paket und schiebt es in den Joppensack. »Soo; von der Hanni, sagst. Und fürn Simmerl. – Is scho recht nachher.« Er trinkt aus. – »Tuas aber net vergessen, Anderl!« – »Naa, naa.« – »Und jetz trinkst no a Halbe!« – »Naa, dees leidts nimmer.« – »Die geht nachher auf mein Nama!« – »Für was denn?« – »No – für d' Hanni!« – »Dees hätts net braucht, Leni. Aber – balst moanst . . .« – Die Leni trägt das Krügl an die Schenke. »A Halbe no fürn Anderl, Resl; die kriagst vo mir.« – Der Buschenreiter bedankt sich. Dann fragt er nach Vater und Mutter, nach dem Geschäft, nach Hof und Stall. »Hat er guat kaaffa kinna, der Vata, beim letzten Markt?« – »Ja, – vier Kaibe und a Kalbn.« – »Was hat er zahlt?« – »Für d' Kaibe a Fuchzgerl, – und für d' Kalbn glaab i siebazg.« – »Wia schwaar?« – »Guate Zentnerkaibe; d' Kalbn vierthalbe.« – »Vo wem hat er s'?« – »I woaß net gnau. Vo Sindlhausen auffa glaab i.« – »Aha. Dees werd d' Moser-

kalbin sei. Und zwoa Kaiben aa. Dee müassn verkaaffa.«
– »Warum dees?« – »Ja no; er is krank, sie is krank, der
Sepp is in Kriag, d' Urschl alloa konn aa net alles da-
kraftn.« – »Freili net.« – »Is der Sepp net mit enkan Knecht
beinand gwen z' Münka?« – »Freili. Bei dee Leiber.« –
»Wo is na enka Jackl?« – »Der is aa bei dee Leiber.« –
»Was, der aa! – Jetz hab i gmoant, . . . ja so. – . . . Ja, du, is
net der Simmer vom Hauser . . .?« Er will das Paket aus
der Tasche ziehen. Aber die Leni wehrt ihm hastig ab.
Denn eben kommt die Ödenhuberin in die Gaststube. »Der
is aa dabei. Jawoi. Der und insa Jackl sand in oana Kompanie.« – »Was d' net sagst!« – »Ja. In der viertn.«
Die Wirtin mischt sich drein: »Werd eahm zwider gnua
sei, insan Buam, wenn er mit dem beinand sei muaß!« –
»Dees ko ma gar net wissen, Wirtin!« – »Du moanst, daß
si die zwoo . . .« – »Da draußt ganz guat vertragn, moan
i. In der Not gibts koa Feindschaft – zwischen guate Charakter!« – »Ah! Da schau her! – Da werst aber falsch gratn
habn! Zwischen mein Jackl und dem . . .« – Die Leni unterbricht sie: »Er hat aber gar net grob gschribn, drüber, in
sein letzten Schrieb! Da . . .« Sie langt einen zerknitterten
Brief aus dem Sack und liest: »Der Reiser, der Hauser und
ich, mir stehen zusammen bei Saarburg, wo wir stark ge-
kämpft haben. Große Schlacht. Es ist grimmig hergangen.
Aber mir leben noch. Ist gut, daß mir wenigstens drei Kameraden von einem Ort sind . . .« Die Wirtin reißt ihr den
Brief aus der Hand. »I will nix mehr hörn, sag i! – Hoffentli hats bald a End . . . die Kameradschaft . . . I wünsch
neamd nix Schlechts . . . aber . . .« Sie geht in die Kuchel.
Der Anderl zieht den Geldbeutel. »Geh, zahln tua i.« Die
Resl rechnet: »Zwanzg . . . dreiadreißg . . . sechsadreißg.«
Die Leni legt wortlos dreizehn Pfennig dazu und geht aus
der Stube. »Pfüa Good«, sagt der Anderl. »Kehr wieder
ein!« erwidert die Resl. – Und die Leni flüstert ihm drau-

ßen im Hausflöz zu: »Vergiß fei net, Anderl ... und kimm auf d' Woch wieder!« – »Feit si nix«, sagt der Buschenreiter. Und er legt sich den Traggurt ums Genick, geschirrt sich an den Schiebkarren und fährt weg – hinunter zum Staudenschneider. Da ist die Haushalterin, die Susann, grad ganz allein; der Alt tut seinen Schlaf, und die Ehhalten samt dem Girgl sind auf dem Feld. Also hat sie freie Hand. Und sie nützt den Augenblick. »Was möchst denn habn, Anderl?« – »Was d' halt hast: Oar, Butter, Schmalz, a Henn, an Gockel, a Anten ...« Sie verschwindet in der Speis. Er folgt ihr mit einem Korb. »Um fünf Mark gib i dir Oar. Wiaviel gibt ma denn jetz? Zwölfe?« – »Naa, naa! Scho no vierzehne!« – »Dreizehne gib i dir.« – »Ja no. Is scho recht nachher.« – Sie läuft hinauf in eine Kammer. Und bringt einen großen Weidling voll Schmalz. »Sechs Pfund gehngan eine«, sagt sie, indem sie unter die Haustür tritt und einen raschen Blick auf die Straße tut; »a Mark fufzge 's Pfund.« – »A Mark dreißge zahlt ma jetz!« Der Anderl stellt den Weidling auf den Tisch im Hausflöz, zieht sein Messer und sticht das Schmalz kunstgerecht heraus. – »Nachher gibst mir halt acht Mark dafür.« – »Hast an Butter aa?« – »A bissl oan scho.« Sie läuft in den Keller und bringt einen Wecken. »Fünfe wiegt er.« – »Nachher sans sechs Mark.« – »Naa, sechs Mark fuchzg!« Der Karrner packt ihn samt dem Schmalz ein. »Fünf mal zwölf is sechzge. Also macht er sechs Mark. Hast no was?« – »Naa, Anten hab i no koa abto, und d' Henna legn alleweil no ganz guat.« – »Alsdann: nachher ham mir fünfe, und acht sands dreizehne, und sechs sands neunzehne.« – »I hab denkt, zwanzge waarn's?« – »Balst ma no um a Mark Oar gibst, nachhe.· scho.« – Sie legt noch dreizehn in seinen Korb. »Brauchst aber nixn z' sagn vor eahm, daß i dirs selber gebn hab, gell! Sinst schimpft er. I gib nachher 's Geld dem Alten!«

Er zählt ihr vier Fünfmarkscheine hin. – »Hast es net in Silber da?« – »Warum?« – »No, weil eahm halt 's Papier so zwider is, dem alten Mo. Weil ers so schlecht siecht.« – »Heunt hab i 's net anderscht.« – »Ja no, nachher wechsels eahm halt i aus.« – »Wenn derf i denn wieder kemma?« – »Bis in a vierzeha Tag, denk i.« – »Soo. Aha. Is scho recht nachher. Pfüate Good.« – »Pfüa Good aa. Gehst zum Hauser aa umme?« – »Ja.« – »Aha. Is scho recht. Pfüate.« Sie schließt die Haustür und riegelt ab. Dann läuft sie in ihre Kammer, versteckt das Geld hastig in ihrem Koffer und geht danach ruhig hinab in die Kuchel.

Und da der junge Staudenschneider heimkommt, riegelt sie ihm das Haus auf und sagt: »Hast an Karrner troffa?« – »Naa.« – »Oar hätt er braucht.« – »Hast eahm oa gebn?« – »Naa. Er hätt fufzehne wolln, und mir gibt grad mehr zwölfe.« – Der Girgl freut sich über den haushalterischen Geist seiner Susann. »Hast scho recht to«, sagt er. – »I hab mir denkt, der werd scho amal wiederkemma, balst selber da bist.« – »Is mir aa liaber.« – »Dees hab i mir a so denkt. Drum hab i eahm aa gar net lang aufg'riegelt.« – »Is aa gscheiter.« – »Weils es net braucht, bal ma eahm do nixn gebn will.« – »Der kimmt scho amal wieder.« –

Unterdessen ist der Buschenreiter zum Hauser gefahren. Die alt Kollerin bürstelt eben ihre Zeugstiefel ab für den Kirchgang. »Grüaß di Good, Muatta.« – »Grüaß di Good.« – »Is die Hauserin da?« – »In Stall is s'.« – Er geht in den Stall. »He! Hauserin!« Die Hauserin richtet grad eine Strohschütt her, legt den Kälberstrick und ein Ziehholz zurecht und stellt ein Schaff Wasser hinter den Stand einer kreißenden Kuh. »Hauserin!« – »Was gibts?« – »Hast nix für mi?« – »Ah, der Anderl! Naa, gar nix! Jetz, im Fraundreißger kaam er zum Kaaffa!« – Oar hätt i braucht.« – »Gib koa her, koane Frauaoar.« – »Schmalz – Butter?« – »Ja! – Wo mir koa Milli net habn! Da, siechst es ja selber!

D' Bleamlin hat vor vierzehn Tag kalbet, d' Blaß kalbet heunt, der Bachmoarin sei Kaibe is aa no dro, und zwee kalben auf d' Nachst. – Im Oktober gibts wieder Milli grad gnua.«

Der Hauser füttert grad die Ochsen. »Jetz derfst glei dableibn!« sagt er zum Karrner, der die Blaß aufmerksam betrachtet. – »Moanst, daß's so schwaar werd, daß es ös alloa net daziagn kinnts?« – »Konn scho sei! Hoffan tät mirs!« meint die Hauserin. – »Hats scho daucht?« – »Ja ja. Scho seit drei Stund. Konn nimmer lang osteh.« – »No, nachher wünsch i Glück«, sagt der Buschenreiter und schickt sich zum Gehen an; »und i schaug halt in a vierzehn Täg wieder her.« Er geht grad in dem Augenblick, da die Kollerin eben mit dem kupfernen Weichbrunnkrügl und einem geweihten Kräuterbüschel in der Hand eintritt, um die kreißende Kuh damit zu segnen und ihr in den Kräutern, auf die sie noch Ostersalz streut und Weichbrunn spritzt, eh sie dieselben in den Barren legt, ein wahrhaftigs Hilfsmittel gegen Unglück, Tod und Hexerei einzugeben.

Der Anderl spannt sich draußen wieder in seinen Karren. Die Hanni steht am Brunnen und wäscht das Seihtüchlein für die Milch aus. Da sagt der Karrner: »Hanni!« – »Was gibts?« – »Hast ghört!« – Er dämpft seine Stimme. »I machs scho richti! Konnst di verlassen!« – »Mit was?« – »No – mitn Packl!« – Die Hanni schaut ihn groß an. »Mit was für an Packl?« – »No, fürn Simmerl!« – Sie schüttelt den Kopf. »Fürn Simmerl? A Packl? I glaab, du bist a Dummerl wordn, Anderl!« – Der Karrner ist wie vors Hirn geschlagen. Aber die Hanni sagt: »Moanst, daß i da di brauch, bal i wem was schicka will! I bsorg mir mei Sach scho selber! Dees hoaßt, bal i gern was bsorg!« – Dem Anderl geht langsam ein Licht auf. Aber der Andreas Buschenreiter ist ein Mann, der weiß, was sich gehört, auf den man sich verlassen kann. Und er denkt: aha; und: Schweigen ist Gold. Und lacht recht dumm. So dumm, daß er der Hanni schier erbarmt wegen des verlorenen Verstandes. Und sie fragt aus reinem Mitleid, um ihn auf was anders zu bringen: »Hast guat einkaaft, z' Öd?« – Er ist froh, daß sie ihn was fragt. Und er gibt ihr willig Auskunft. »Net schlecht«, sagt er; »beim Staudenschneider hab i um zwanzg Mark Sach kriagt, heunt.« Die Hanni zweifelt: »Ah! Daß der so viel hergebn sollt, dees Gnack...?« – »Hat mirs ja d' Halterin gebn.« – »D' Susann?« – »Ja.« – »Hat denn die so viel Recht?« – »Werds scho habn.«

Die Hanni will noch was erwidern, da ruft die Hauserin aus dem Stall: »Hanni! – Her da zum Ziagn!« Und der Hauser pfeift ihr, die Kollerin grandelt erregt: »Daß s' denn wieder net zuawa geht!« Da sagt sie lachend: »Pfüate Good, Anderl«, und läuft eilends hinein, um mitzuwirken bei dem Werk der Erschaffung eines wunderschönen Kälbleins, das dann vom Hauser mit Wasser übergossen, von der Hauserin mit Stroh abgerieben und von der Kollerin benedeit und gesegnet wird, bis es die Augen auftut, blökt und das Aufstehen probiert und endlich von der Hanni der Blaß zugeführt wird zur völligen Reinigung und mütterlichen Liebkosung. Worauf die Kollerin der Blaß den Muttertrank einschüttet und die Hauserin den Melkeimer und das Stühlchen holt, um sie auszumelken, während der Hauser Strick und Ziehholz wäscht, bedächtig die Ärmel herabstreift und zuknöpft und sagt: »Um simme kinnts es ihr's erschtmal ostelln. Daß oans dabeibleibt, und daß ihr's net z' lang saufen laßts!« Danach geht er aus dem Stall. Die Kollerin folgt ihm.

Die Hauserin trägt die dottergelbe Milch, den Biest, in die Speiskammer und stellt ihn auf, und die Hanni legt das Kalb auf seine Strohschütt, wischt ihm die Augen mit der

Schürze aus und bindet es an den Ring. Dann breitet sie
der Blaß frische Streu unter und geht zum Nachtessen, dabei der Hauser sagt: »A scheens Kaibi is's. I stells aa auf.
Und bal die nachstinga schee werdn, stell i s' aa auf. Daß
der Stall schee voll wird, bis der Simmerl wiederkimmt.«
»Und bis i Hauserin werd!« denkt sich die Hanni.

Wenn die Bienen anheben, ihre Waben mit Wachs zu
überdecken, dann ist der Honig zeitig zum Schleudern.
Also stellt am Frauentag der Hauser auch die Schleuder
samt dem Honigkübel in die heiße Kuchel, verschleiert sich
das Gesicht wie eine Engländerin, die eine Weltreise tut,
zündet sich die kurze Pfeife an und sagt: »Alsdann; dek-
kelt ham s', d' Impen, a guats Wetter is aa, daß s' net gar
z'letz hand, i moan, i fang o zum Außahebn.« Und so beginnt der Tag, der von Honig fließt.
Die Hauserin taucht die Honigkelle ins heiße Wasser und
löst behutsam das Wachs von den schweren Waben. Und
während sie diese gemächlich durch die Schleuder treibt,
schaut sie zufrieden auf den klaren Goldstrang, der durch
den Seiher rieselt, drunten im Kübel noch wie ein dicker
Faden sich windet und kräuselt und endlich in der kostbaren Lacke untergeht.
Die alte Kollerin trinkt unterdessen ihren Kaffee; aber da
kriegt sie plötzlich einen Impenstich, und so ist schon in
aller Früh eine Bitternis in die Süßigkeit des Tags geträuft:
»Au sakra!« schreit sie und haut nach dem Imp, dabei sie
leider auch die Kaffeeschale samt den Brocken hinab-
schlägt. »Hat mi scho oana g'angelt, a so a Toife! Luader-
viech miserabigs! Naa, i sags ja! Daß's jetz grad heunt
schleudern müaßts! Habts enk jetz koan andern Tag nimm-
ma gwißt, als wia an gottsheiliga Feiertag!«
Die Hauserin will sie beschwichtigen. Derweil aber übersieht sie, daß an dem Rahmen, den sie eben abdeckelt, eine

Biene surrend und bebend vor Wut kreist und hin und wider läuft, plötzlich auf ihre Hand losfährt und sticht. »Eia! Hoaß Teife!« Sie wirft vor Schreck den Rahmen weg, daß er zerbricht. »Malefizviech!« Die Kollerin läßt die Scherben ihrer Kaffeeschale fallen und läuft erregt herzu. »Ja, wia konn ma si denn so dumm gstelln! Schmeißts den scheena Rahma weg! Geh! Wia ma nur so ungschickt sei konn!« Aber damit beleidigt sie ihre Tochter, die Hauserin. »Ungschickt! Dees glaab i! Bal oan a so a Krüppi glei angelt (sticht), daß oan's Feuer vor dee Augn brennt!« Die Kollerin tut verächtlich. »Ah was! Zwegn oan oanzign Stich macht ma do net a so a Gaude und a Aufhebats!« – »Aha!« sagt die Hauserin gekränkt. »I müaßt staad sei! Du hast ja aa gschimpft zuvor!« – »Gschimpft! Wer? I? Gschimpft wer i habn!« – »Aber schon hast gschimpft! Und dei Kaffeeschüssei hast aa weggworfa!« – »Weggworfa! Wia ma nur grad a so lüagn konn!... Bals oan aberumpelt!« – »Vor lauter Gift und Gall!« – »Nix wahr is's! Mir werd wohl no redn derfa!«

Indem reicht der Hauser einen vollen Rahmen zum Kuchelfenster herein und nimmt etliche leere zum Einsetzen. Da hört er die beiden werken. »Aha!« sagt er schmunzelnd. »Seids scho wieder bei der schmerzhaften Frühlitanei! – Da, teats liaber enka Arbat und grohnts nachher weiter.« Die Hauserin wirft ihm einen giftigen Blick zu; die Kollerin aber murmelt verächtlich: »Dees woaß ma scho, daß du a grober Rüappel bist!«, nimmt den Rahmen und deckelt ihn ab. Und sie hilft ohne weiters sogleich rechtschaffen mit beim Schleudern, ungeachtet der Stiche und Binkel und der Spottreden des Hausers.

Indem kommt das Liesei im Unterröckl mit verschlafenen Augen und wirren Haaren in die Kuchel. »Mein Kaffee möcht i! – Uih! Gschleudert werd! Juhu!« Sie stellt sich sogleich zur Großmutter und nimmt sich etliche Brocken von dem zerbrochenen Bau, streicht auch die Wachsschüssel sauber aus und nascht und schleckt, daß ihr der Honig an den Haaren hängt, am Gesicht klebt und von den Fingern träuft. Unterdessen wird die Hauserin allmählich müd und beginnt zu schwitzen, zu seufzen und zu schnaufen. Da fällt ihr die Hanni ein. »Ja kreizsakra! Für was hat ma denn an Deanstbotn! Wo steckt denn die wieder, daß s' net hergeht, bals a Arbat gibt?« Die Kollerin schaut sogleich nach. Im Stall; – aber da liegen die Kühe alle geruhig und wiederkäuend auf dem saubern Stroh, und die Hanni ist nicht mehr dort. In der Speis vielleicht! Doch die Frühmilch ist bereits ausgeseiht und in den Weidlingen aufgestellt. Und auch in der Eßstube ist sie nicht. Die Kollerin geht in steigendem Zorn hinauf in die Magdkammer.

Da sitzt die Hanni hemdärmelig im Sonntagsunterrock am Fensterbrett, hat das Tintenglas samt dem Federhalter vor sich und steckt eilends einen Brief in den Miederleib. Die Kollerin fährt sie an: »Wo steckst denn du? Wo hockst denn du umanand?« Die Hanni dreht ihr den Rücken zu. »Wo i mag.« – »Woaßt du net, daß d' a Arbat hast?« – »D' Stallarbat is gschehgn, sinst werds net viel z' toan gebn am Frauatag.« – »Frauatag hi oder her! Du hast z' arbatn, bals dir gschafft is!« – »Is mir aber nix gschafft wordn!« – »Soo moanst! – Nachher schaff dir i was!« – Die Hanni lacht spöttisch auf. »Du schaffst mir guat o! – Dees is dir net z' guat!« Die Kollerin bebt vor Zorn. »Was willst? – Du willst mi für an Narrn haltn!« – »Dees sagst grad du!« – »Von dir laß i mi fei net dablecka!« – »Brauchts aa gar net!« – »Moanst, di hat ma grad für d' Herrlichkeit?« – »Siecht net aus darnach!« – »Warum gehst na net abe zum Schleudern?« – »Weil mi dees nixn ogeht. Und weil i jetzt in d' Kirch geh. Bal's ös heunt gern schleuderts, kinnts es ja leicht toa! Da redt enk neamds epps ei. Aber i geh jetzt in d' Kirch.« Sie legt ihr Sonntagsgewand an, setzt den Hut auf und nimmt das Gebetbuch, ohne sich weiter um das empörte Wettern und Greinen der Kollerin zu kümmern.

Die aber rennt hinab zu ihrer Rosina. »Konnst da no redn! Sie hockt drobn ... wia a Prinzessin ... und schreibt Briaf! Und hängt oan d' Goschn o! Und weigert si zum arbatn!« Die Hauserin hockt müd auf einem Bänklein und hört der Alten zu. Jetzt sagt sie langsam: »Soo; sie weigert si, sagst? Zu der Arbat?« Der Hauser gibt grad einen Rahmen herein. »Soo, dees is der letzt. Jetz ham mirs.« Da sagt die Kollerin: »Ja, weigern tuat sie si!« – »Wer weigert si?« fragt er zum Fenster herein. »Da tat i scho lang fragn!« erwidert die Alte gereizt. »Wer anderscht, als wia enka Herzbinkerl, d' Frailn Hanni!« Und die Hauserin sagt energisch: »Dees Weibsbild kimmt mir jetz aus'm Haus. Und dees glei. Auf der Stell sag i's eahm.« Sie steht auf und geht hinauf in die Magdkammer. Und überlegt unterwegs, was sie dem Weibsbild, dem anhabischen, sagen wollt.

Aber – die Hanni ist schon weg – in die Kirche. Sie trabt schon durch das Gehölz und schaut etliche Male um, ob niemand hinter ihr herkommt. Und da sie keinen Menschen sieht, langt sie eilends ins Mieder und holt den Brief heraus. Sie geht zu einer alten, dicken Eiche und zieht einen Bleistiftstummel aus dem Sack. Und dann schreibt sie; schlecht und recht, wie es eben grad geht an dem rauhen Baumstamm. Hie und da blickt sie spähend auf den Weg, dann schreibt sie weiter. Endlich ist sie fertig damit; und sie überliest halblaut den ganzen Schrieb:

Gelibter Simmerl!

meine Hoffnung daß du mir ein Brifflein schreiben kuntst oder sonst was rigeln zwegen deinen Heuratzverspruch hat sich mir zu schanden geworden. Dein Vater schweigt wie

das Grab und du auch wo du mich doch so ungliklich ange-
fihrt hast. Auch ist deine Mutter so vill grob gegen mir und
die Kollerin weis schon bald gar nicht mehr wie daß sie
mich beser drangsaliren sol. Die Verzweifflung dreibt mich
zu der Feder. Ich muß dir auch mitteilen, daß sie mich
heute schon so gehunst haben wegen den schleudern. Und
von Reden wegen der Heurat zwegen dir und mir ist gar
keine Rede nicht. Wens nicht bald was gwisses wird dan
sage ich es ihnen selbsten den dan weis ich es gans bestimmt, daß du mich blos verkolt hast. Ich kunnt vile Burschen heuraten und der Staunschneidergirg möcht mich
gleich. aber ich gar nicht zamt sein Sach. Weil ich blos dich
mag. Den Schmidfranzl hät ich auch haben kinnen aber ich
wil nicht. Auch teile ich dir mit, daß die Susan vom Girgl
so viel falsch ist und ihm untern Fraundreißger gleich um
zwanzig Mark Eier und Schmalz verkauft hat in ihren
Sack. Wo mir das gar nicht einfalen tät eine solche falsch-
heit.
Ich warte auf dein schreiben und grißt dich deine unglik-
liche Hanni.
Sie nickt befriedigt. »Jawoi. Entweder – oder. Jetz muaß
was ausanandgeh, sinst werd mir die alt Hex no Herr.
Sicher is sicher . . .« Rasch steckt sie den Brief in den Umschlag und macht ihn zu. Dann läuft sie eilig dahin, Schönau zu, wirft ihn dort in den Postkasten und geht danach
aufrechten Haupts in die Kirche, wo sie sich breit in den
Betstuhl der Hauserbäuerin setzt, als wär er schon ihr
eigner.
Unter der Predigt überdenkt sie ihren weiteren Plan, und
nach der Kirch, unterm Heimgehen, sagt sie – eins mit sich
– zu sich selber: »Alsdann, morgn werd gredt und ghan-
delt. Nachher kann s' knerrn und röhrn, die Alt, soviel s'
mag. Und am Irta (Dienstag) muaß der Hauser mit mir
zum Notar. – Wer woaß's, wia lang daß der Kriag dauert

. . . und wia er sie auswachst. Und bal er fallt, der Simmerl,
– was is's nachher? – Was Schriftlichs is alleweil am besten, so lang i no net Hauserin bin. Darnach gib i mi mit
scheene Wort aa zfriedn!«

Auf dem Weg nach Öd begegnet ihr die Wirtsleni. Die
läuft schier atemlos durchs Holz und trägt in ihrer Schürze
ein Päcklein. Und da sie die Hanni sieht, will sie eilends
ausweichen; doch diese hat sie schon erkannt und ruft ihr
zu: »Möchst an Pfarrer no gschwind 's Meßbuach bringa,
bevor ma zwölfe läut't, daß er dir a Extraamt liest? Da
derfst roasen, sinst is er grad bei der Vesper, balst
kimmst!« Die Ödenhubertochter hat nicht viel Antwort
bei der Hand. »Du muaßt alleweil was zum Derblecka
habn!« sagt sie verächtlich und trachtet dabei, ihr Päcklein
möglichst gut vor den Augen der Rumplhanni zu verbergen. Aber die ist schon wieder mit ihrer eigenen Sorg beschäftigt und geht weiter, so daß die Leni erlöst auf-
schnauft und eilends ihren Weg dahinläuft.

In Schönau geht sie in die Post und schreibt die Adresse
auf ihr Paket: An den Gefreiten Simon Hauser vom Lei-
berregiment Infanterie, erstes Baion 4te Komponi. Dann
geht sie nochmals heraus auf die Straße, gibt das Päcklein
einem Kind und beschenkt's mit einer Münze dafür, daß es
die Liebesgab am Postschalter abgibt. Worauf sie selber
einen Augenblick in die Kirche eintritt, dann zum Grab
ihrer Voreltern geht und schließlich sich wieder heimzu
wendet, froh und zufrieden, daß auch diesmal das Päcklein
den Weg dahin findet, wohin sie es vermeint.

Unterdessen ist die Hanni nach Öd gekommen und will
grad neben dem Backofen des Ödenhubers ums Eck biegen, als sie aus dem Wurzgarten der Hauserin lautes Schelten und Schimpfen hört. Sie bleibt horchend stehen. »Ja,
was is denn dees!« greint eben die Hauserin; »die ganzen
Salatpflanzl sand hin! Und d' Gurkenstaudn sand ganz

zerrupft! Und meine Astern liegn heraußt! Deixelsvie-
cher, verflixte! Naa, i sags ja! Solcherne Henna muaßt ja
auf der ganzen Welt nimmer finden, als wia dera da drent
die ihran! Akkrat wia sie selber! Wo s' oan was otoa kinnan, da tean sie's! Aber i derwisch scho amal a paar so
gschopfate Luader! Nachher drah i eahna 's Gnack um,
dees woaß i!« Drüben steht die Wirtin hinter dem Gartenzaun, gut gedeckt von Bohnenstauden und Dahlienstöcken,
und lust auf. Und jetzt fährt sie auf die Hauserin los: »Aha!
's Gnack draht s' eahna um, sagt s'! So, da is also die Be-
treffadi, wo mir meine ganzen Henna umbringt! Aber jetz
geh i zum Wachtmoaster! Glei! Auf der Stell!« – »Ja, geh
nur zua!« schreit die Hauserin. »Vo mir aus zum Teife!
Aber daß nachher i aa geh, dees mirkst dir! Moanst, i
woaß's net, wer ins die ganzen Stallhasen wegagfangt
hat!« Die Ödenhuberin reißt eine Bohnenstange aus vor
Zorn. »O du ganz niedertrachtigs, verleumderischs Weibsbild!« ruft sie aus; »mir hätten ihrane Stallhasen! Sag liaber, wost insane zwölf Anten hinbracht hast! Und wer insan ganzen Gartenzaun übern Haufen gfahrn hat, die vergangene Woch!« Jetzt ist's die Hauserin, die nach Luft
schnappt vor Gift und Grimm. Und sie ist unfähig, der
Wirtin noch eine ergiebige Antwort auf die Beschuldigung
zu geben; ein hartes, trockenes Weinen kommt sie an, und
sie muß an den Worten würgen, da sie sagt: »Mir?! Mir
hätten dees to . . .« Die Ödenhuberin betrachtet triumphie-
rend diese Wirkung, und sie sagt: »Aha! Gell, jetzt hab i
di troffa, du alte Speckschwarten! Jetzt kommen dir d' Kro-
kodilzachern! Bläck nur, daß d' net so z' schwitzen
brauchst, wannst drobn hockst, am Amtsgricht!«
Aber da ist plötzlich die Hanni. »Daß d' di nur net z' früah
freust, Wirtin!« sagt sie; »mir henkt koan, hoaßts, bal
man 'hn net zuvor hat! Wo hast denn deine Zeugn?« Die
Ödenhuberin fährt zusammen . . . »Wer redt denn mit

dir?« murmelt sie; »was hast di denn du da einzmischen?«
– »Gar net viel!« erwidert die Hanni; »bloß so weit, daß i
der Hauserin an Zeugn abgebn kann! An gwissen, verstehst! Moanst, daß uns mir alles gfalln lassen von enk!
Gwiß net! Und jetz red i! – Wer hat seine Heißen (Pferde)
die ganze Zeit in unsern Groamat drin? Wer hat seine
Henna in unsern Troad drinna ghabt? Wer hat unserm
Dirndl znachst an Hund oghetzt?... Gell, jetz gehst! Jetz
willst nix mehr hörn!...«
Die Wirtin hat eilig den Garten verlassen und schlägt laut
schimpfend die Haustür hinter sich zu; die Hauserin aber
steht da wie eine Siegesgöttin, schaut der verschwundenen
Nachbarin noch eine Weile befriedigt nickend nach und
wendet sich danach um nach der Hanni, um ihr zu sagen:
»Dees hast aber guat gmacht; i sag dir mein scheen Dank!«
Aber die Hanni ist schon droben in ihrer Kammer, legt das
Kirchengewand ab und geht danach in den Stall, die Kälber
zu tränken und das Vieh zu füttern. Erst zum Mittagessen
erscheint sie in der Stube. Aber da ist sie wie immer: wort-
karg und, wie die Kollerin zu sagen pflegt, ein unaussteh-
lichs, anhabischs Weibsbild, das aus dem Haus gehört.
»Was is's nachher jetz mit dera?« fragt sie nach dem Essen,
als die Hanni mit dem Geschirr in die Kuchel gegangen ist,
»wia lang willst es jetz no fuadern für nix und wieder
nix?« Aber die Hauserin hört diesmal nicht; sie fragt vielmehr sehr interessiert ihren Lenz, ob er das Fortgehn im
Sinn hätt. »Willst no auf Schönau, heunt?« – »Warum?«
Der Hauser liest gedankenlos die Zeitung. »I moan halt.
Weil morgn Viechmarkt is z' Schönau. Vielleicht woaß
oana was zwegn an Ochsen.« – »Ja so«, sagt der Hauser,
»freili. Schaugn kann i ja. Dees kost't ja nix.« Und er legt
die Joppe an, bürstet den Plüschhut aus und geht. Die
Hauserin aber sagt zur Alten: »Muatta, heunt muaßt du in
Rosenkranz geh!«, riegelt sich in ihre Schlafkammer ein

und legt sich aufs Bett, indes die Liesl zum Staudenschneider in den Heimgarten geht und also die Hanni Hüterin des Hauses ist und des Hofs, von dem sie im stillen schon jetzt sagt: »Mein Haus, mein Hof.«

Beim alten Wirt zu Schönau ist die Gaststube schier übervoll von Gästen, Rauch und Qualm, so daß der Hauser nicht unrecht hat, da er zum Meßmer von Niklasreuth sagt: »Bruader, in der Höll bals amal a so zuageht und dampft, nachher kennt si leicht der Teife selber nimmer aus!« Kein Platz ist mehr da zum Sitzen; die Bauern haben den Herrgottswinkel und das Ofeneck ausgefüllt, und an den übrigen Tischen hocken die Jüngeren und die Dienstigen. Man redet vom Krieg. Und der eine meint: »Ja no; 's Belgien ham mir scho. 's Frankreich ham mir aa scho glei; Paris kriagn man auf d' Woch und 's Rußland aufn Kirta. Bis Allerheiling ham mir nachher an Engländer umbracht, und z' Weihnachten sauf i mir mein Friedensrausch o.« — »Wenn dir der Italiener net 's Krüagl aus der Hand haut, derweil!« meint der Meßmer von Niklasreuth; »woaßt, den Schlawiner tat i scheucha!« Aber: »Was!? Den Katzlmacha!« heißt's da; »den Polantifresser! Den Maronibruada möchst ferchten! Was willst denn! Was will denn der macha! Hat ja grad oa Loch, wo er außikann, der Italiener!« — »Und dees is zuapitschiert!« meint der Hauser. »Dees ham eahm d' Österreicher a so verpappt, daß er a Jahr braucht, bis er si durchefrißt!« Und so wird weiter disputiert und politisiert, bis jeder voll ist und jeder genug hat und der Wirt sagt: »Feiramd, meine Leutln! Ins Bett werd gangen.« Da wünscht einer um den andern allerseits eine »guate Nacht«, der Wirt zündet seine Laterne an, nimmt den Schlüsselbund aus der Schenke und geleitet die letzten noch hinaus bis auf die Straße. »Alsdann, kemmts guat hoam und kehrts wieder zua!« sagt er noch; dann schlägt er die Haustür zu, indes die Gäste draußen noch eine Weile verhandeln, einen alten Brauch ehren und dann ihren Weg dahintrotten, der Heimstatt zu.

Der Hauser von Öd und der Meßmer von Reuth gehen zusammen. Sie sind so mittendrin in der Schlacht von Sedan anno siebzig und warten einander mit so viel Erlebnissen und Trümpfen auf, daß an ein Fertigwerden nicht zu denken ist. Ganz unversehens stehen sie plötzlich vor der Kirche zu Niklasreuth. »Ja, Herrschaft! Mir san ja scho da!« sagt der Meßmer verwundert, »mir san ja scho dahoam!« Da reißts den Hauser. »Dahoam!« ruft er; »dees glaab i! Du bist freili dahoam! Aber i! Himmeseitn! Jetz derf i den ganzen Weg no amal geh! A so a Viecherei! Renn i mit auf Reuth und sollt auf Öd!« – Er hört gar nimmer auf die Trostreden des Meßmers; brummend und mit sich selber hadernd geht er zurück, den Kopf tief zwischen die Schultern gesteckt, die Arme etwas nach rückwärts gestreckt, bald über den einen Fuß stolpernd, bald über den andern. »Herrschaftseiten!« brummt er für sich selber; »heunt glaab i gar, hab i an kloan Wurf! Heunt hat er scho glei wieder a so a guats Gsüff gehabt, daß 's ganz aus is! Zu an Krüppi kunntst di saufa! ... Aber die Alt! Sakra, die Alt werd grohna! Heunt werd s' scho richti' zwider sein, bal s' mir aufriegeln muaß! Am liabsten tat i gar nixen sagn dazu! ...« Unter solchen Betrachtungen und Erwägungen stiefelt er gemach seinen Weg dahin, braucht die ganze breite Straße, rumpelt wohl auch einmal an einen Zaun oder Baum an, und steht doch zu guter Letzt ganz munter vor seinem Hauserhof.

Da setzt er sich eine Weile auf die Hausbank und überlegt: Sollst klopfen, oder pfeifen, oder still sein? Und bedenkt: Jetzt schlaft sie, die Rosina, und du weckst si auf; und wegen eines Ochsen hast auch nicht geschaut und gefragt,

und zu viel aufgelegt hast auch. Und ist also schließlich so weit, daß er halblaut für sich hinmurmelt: »Naa, klopfa tuast ihr net, der Rosina. Schaugst liaber, daß di d' Hanni einlaßt.« Damit hat er auch schon eine Leiter aus der Schupfe genommen und lehnt sie unters Kammerfenster der Hanni. Schwitzend steigt er hinauf. Die eine Scheibe ist nur angelehnt. Der volle Mondschein wirft seinen Schatten in die Kammer der Dirn. Die liegt fest schlafend, die Arme überm Kopf verschlungen, auf ihrer Lagerstatt. Der Hauser öffnet leise die Scheibe und starrt auf das Maidl. Und mittendrin fährt ihm das Wort »Kammerfensterln« durchs Hirn; ganz gähend, daß es ihm die Hitze in den Kopf treibt. Ein Gedenken an weit hinten liegende, junge Jahre kommt über ihn. Kammerfensterln!
Die Hanni wird unruhig. Sie wirft den Kopf herum, daß ihr die kohlschwarzen wirren Haare ins Gesicht hängen, läßt die Arme auf die Zudeck fallen und kehrt sich danach aufschnaufend auf die Seite. Der Hauser steht starr wie ein Wandheiliger; ein ganz seltsames Gefühl überkommt ihn und preßt ihm mittendrin den heiseren Ruf: »Hanni!« heraus. »Hanni!« flüstert er wieder. Das Maidl fährt in die Höhe. »Was gibt's?« Der Hauser beugt sich weit hinein in die Kammer. »Hanni! I bins, der Hauser! Der Bauer! Außagsparrt ham s' mi! Magst mi net einlassen?« Die Hanni sitzt erschrocken und schlaftrunken aufrecht im Bett und reibt sich die Augen. »Was? Du bist es, Hauser?« – »Ja, i bins. Durchlassen sollst mi durch dei Kammer!« Allmählich begreift sie. »Ja so! Du hast d' Uhr nimmer kennt!« sagt sie in ihrer Art, »und jetzt muaßt di vor dein' Nachtwachter fürchten! – Mei, wannst moanst, daß d' durch den Türstock leichter aufn Strohsack kimmst, als wia anderscht, nachher geh nur durch. Vo mir werd neamd nix inne!« Der Hauser muß lachen. »Du bist es ja scho gwohnt, 's Staadsein!« sagt er, indem er sich mühsam durch den

Fensterstock zwängt. »Is ja der ander aa leicht öfters auf dem Weg hoamganga, – der Bua!«

Die Hanni ist um die Antwort verlegen. Aber es fährt ihr durch den Sinn, daß sie ja mit dem Alten reden wollte, wegen des Simmerls. Ob nicht jetzt eine glückhafte Stund wär zu dem Anheben? Sie tut geschämig. »Ja no... I hab 'hn aa net aufhaltn kinna!« sagt sie. »I konn ja di aa net aufhalten...« Dem Bauern schlägelt das Blut bis zum Hals hinauf. »Glaabs scho«, meint er, »daß eahm der Weg net schiach vürkemma is!« Er betrachtet blinzelnd das Weibsbild. »Gar net übel!« sagt er sich, »guat gstellt und do net übermaßi gformt, sauber beinand und frisch in der Art, und dazua a Mundwerk wia a Spinnradl; Herrgott, wann i net der Alt waar... aber... wer woaß's... vielleicht schatzt s' mi gar net so alt...« – »Schiach zum Oschaugn bist scho net!« sagt er halblaut zu ihr; »gaab scho mehra Leut, dene wost gfalln tatst!« Die Hanni lacht. Ein ganz leises Lachen, dabei sie die Zähne weist und die Augen ein wenigs zudrückt, um sie nachher ganz groß und unschuldig aufzuschlagen. »Werd net so gefahrli sei!« sagt sie leise. Beim Hauser beginnt ein inwendigs Feuer zu brennen. Die Hanni meint verlegen: »Und net amal an Nachtkittel hab i o, gell! Weilst mi a so derschreckt hast!« Der Alt stiert sie begehrlich an. »I schaug dir nix weg!« sagt er heiser. »Aber mir wer i mein Verstand jetzt bald weggschaugt habn! Geh, laß mi a weng niederhocken!« – »Aber, Hauser! Was fallt dir denn ei!« Sie hält verschämt die Hände über der Brust gekreuzt. »Werst do in deiner Schlafkammer aa no an Sitz finden!« – »Aber koan so an kommoden!« flüstert er, setzt sich an den Bettrand und sucht ihre Hand zu fassen. Die Hanni weicht zurück an die Wand. »Geh, sei do gscheit, Bauer! Werst do deiner künftigen Schwiegertochter net heunt no d' Liab erklärn wolln! Laß mei Hand aus! Geh, laß aus, sag i!« Er läßt nicht aus. In ihm brennts lichterloh. »Hanni! Deixlsdirndl! Konnst ma gar net a bißl schee toa?« Sie will ihm ihre Hand entziehen. »Also sei doch gscheit!« flüstert sie wieder; »denk do an sie! Wenn sie's jetzt hört!« – »Ah was, die schlaft do! Geh, sag mirs, obst mi guat leiden konnst!« Der Hanni wird ungut zumut.

»Ja«, sagt sie, »freili konn i di leidn! I wer do gegen mein künftigen Vatern net grob sei! Aber jetz muaßt geh! Moanst, was der Simmerl sagn tat, wann er dees wüßt!« Sie zieht sich allmählich bis ans Fußende zurück und springt schließlich aus dem Bett. »Bist denn jetz ganz vom Verstand kemma!« ruft sie aus. »Wiast jetz net augenblickli gscheit bist, nachher schrei i der Hauserin! Oder der Alten!« Sie schlüpft in den Unterrock und stellt sich an die Tür. Der Hauser tappt ihr verlangend nach. »Dees werst aber bleibn lassen«, sagt er; »denn wannst mir du übel willst, nachher will dir i aa net guat! Auf mi kimmts o, obst amal Hauserin wirst!« Aha! Da hat er einen Trumpf. Einen, der was gilt.

»I sag ja net, daß i dir übel will! Aber i konn do net an Simmerl mit sein eignen Vatern oführn! Dees hat er do net verdeant, dei Bua! – Und wann i amal Hauserin bin, nachher zoag i dir's scho, daß i di aa gern hab . . . als mein Vatern . . .« – »Ah was, Vatern! . . . Is scho recht, balst mi darnach aa no magst – als mei Tochta. – Aber jetz . . . heunt . . .« – »Heunt sagst mirs, ob i an Simmerl heiratn derf, gell!« Sie wird nachgiebiger. »Freili derfst 'hn . . . alles derfst . . .« – »Und du gehst morgn mit mir zum Notar?« – »Zwegn was?« – »No, zwegn der Heirat. Woaßt, daß i halt eppas Gwiß's in Händen hab!« – »Ja so. – Ja no. – Vo mir aus. – Balst mir a bißl schee tuast . . . nachher konnst verlanga . . . was d' magst . . .« – »Gell, und du laßt di net aufhalten, morgn! – Und i geh mit!« – »Freili gehst mit . . . du . . .« »Und laßt es schreibn, daß der Simmerl

nach dem Kriag an Hof kriagt . . . Und i damit . . . Gell!« –
Er verspricht alles; ja, er gibt ihr den ganzen Geldbeutel
zum Pfand dafür, daß ers morgen richtig macht. Bloß um
ein bißl Schöntun . . .
Die Hanni zieht sich langsam gegen ihren Kommodkasten
zurück. Da steht die Kaffetasse, welche ihr der Simmerl
einmal von der Münchner Dult mitbrachte, und eine gip-
serne Statue der Lourdes-Madonna, und das Weichbrunn-
krüglein. Der Hauser hat sie bei beiden Armen ergriffen
und sucht, sie in die Höhe zu heben. In diesem Augenblick
erhascht ihre Hand die Fransen der Kommodendecke. Und
sie zieht an. Er will sie zur Lagerstatt tragen . . . Rratsch . . .
»In Gottsnam! Hauser! Dees hat sie ghört!«
Der Alt hat sie gählings losgelassen. »Gefehlt is's! Hauser!
Dees bal der Simmerl inne werd . . .« Sie beginnt zu weinen. Der Hauser steht lauschend, mit wildklopfendem
Herzen, an der Tür. »Sei do staad!« flüstert er; »laß mi do
lusen! Noch hör i nixen!« – »Schaug nur grad, daß d' aus
der Kammer kimmst! Mei Herrgott, sehgn bal s' di tuat,
d' Hauserin . . . oder gar d' Kollerin . . . auf der Stell muaß
i geh!« – Der Hauser horcht immer noch. Alle Augenblick
vermeint er, was zu hören. Da . . . wars jetzt im Stall?
Oder bei der Kollerin?
»Schaug, bal mir morgn zum Notar gehn, . . . nachher . . .
is sie net dabei . . . und die Alt net . . . geh zua jetzt! Gell,
jetzt gehst! Ganz staad! Und tuast ganz unschuldi! I nimms
scho auf mi, dees Scheppern. I sag, daß oaner einsteign
hätt wolln, und du hast 'hn vertriebn.« Ja, das ist ihm
recht. Und er sagt zu allem ja. Und schleicht rasch aus ihrer
Kammer, zieht draußen ganz still die Stiefel aus und öffnet
die Tür zur Schlafkammer. Aber da liegt seine Hauserin
schnarchend und blasend und fährt erst in die Höhe, als er
sich fluchend auf die Kissen fallen läßt . . . »Ja so, du bist
es!« sagt sie beruhigt; und sie kehrt sich auf die Seite und

schnarcht weiter. Indes er über seine Dummheit flucht, daß er so ängstlich war, über das Unglück mit der Decke nachgrübelt und sich auf keine Weise einbilden kann, wie es möglich war. Die muaß i rein mit weggrissen habn, wia i 's Madl umetragn hätt, i Rindviech! denkt er. Herrgottseiten, – scho so nahend dro . . . aber . . . morgn is aa no a Tag! Jawoi. Bis auf Eberschberg is a scheener Weg. Und sie muaß mit. Zwegn an Ödnhuaber, sag i. – Ah was! Jetz schlaf i gar! Werd si scho was finden! Und so halb und halb zufrieden, müd und mit schwerem Kopf dreht er sich um, zieht die Zudeck über die Achsel und schläft ein.
Die Hanni aber klaubt die Scherben der Lourdes-Madonna zusammen, indem sie sagt: »Gholfa hast mir do, wannst aa gipsern bist! Aber halt di net auf: bal i erst Bäuerin bin, nachher stell i di stoanern auf mit aner feinen Grotten!«

Der Hauser hat in der Nacht allerhand närrischs Zeug zusammengeträumt und ist erst beim Tagwerden in jenen traumlosen, tiefen Schlaf gesunken, den er sonst gewohnt ist. Daher kommt es, daß seine Hauserin ums Gebetläuten ganz erschreckt aus den Kissen fährt, aufhorcht, ihren Lenz noch tief schlafend neben sich sieht und also ganz und gar irr wird an der Zeit. Sie schüttelt den Bauern fest an der Schulter: »Lenz! He, du! Was läut' ma denn jetz? Brennt's leicht wo?«
Da schlägt's fünf Uhr. »Was?! Fünfe! – Ja, was is denn dees heunt mit dem Mannsbild! Um fünfe schlaft er no! Auf, du! He! Lenz! Aufsteh sollst! Ja, Herrschaft! Daß denn der net aufsteht!« Sie erhebt sich eilends und zieht sich erregt an. »Der muaß ja net schlecht gsuffa habn, gestern!« Wieder versucht sie, ihn zu wecken; doch wieder antwortet ihr nur ein tiefes Grohnen. Sie schüttelt ratlos

den Kopf. »Dees is mir aa no nia passiert, daß i den Tropf net aus'm Schlaf bring!« sagt sie. »Bal der a so ofangt, nachher wern mir bald von die Federn aufs Stroh kemma. Der muaß ja an ganzen Banzen ausgsuffa habn!« Ihr Blick fällt auf seine Sonntagshose. »Da muaß i do scho in sein Geldbeutl nachschaugn, ob er no drei Kreuzer drin hat, der Schwammerling!« Sie sucht in den Hosentaschen herum. »Wo hat denn der sei Geld? Der hat ja sein Zugbeutl net drin! Is der ohne Geld furt, gestern?« Eilig sucht sie seine Werktagshose durch. »Naa, da hat er 'hn aa net drin! Jetz, da hört si do scho allerhand auf! Hat denn der dees ganze Geld mitsamt 'n Beutl versuffa?!« Eine plötzliche Wut überkommt sie. Sie reißt ihm die Zudeck weg und plärrt ihn an: »Außa, sag i, du Lackl, du verlumpter! Is dees aa no a Wirtschaft mit so an Mannsbild! Wo hast denn du dein Geldbeutl? Wo hast denn du dei ganz Geld hinbracht! Wo bist denn du gestern gwen, daß d' koa Geld nimmer hast?« Der Hauser sucht erschreckt nach der Zudeck. »Noo! Konnst oan net schlaffa lassen! Mitten in der Nacht reißt s' oan außa...« – »So! Um fünfe in der Früah! Jetz woaß i's do gwiß, daß d' glumpt hast, gestern!« – »Glumpt wer i habn...«, brummt der Alt und steht unlustig auf. – »Naa, sag i! Wo hast nachher 's ganz Geld hinbracht?!« – »'s Geld hinbracht! ... A so a dumms G'red!« Er schlupft in die Werktagshose. »Im Geldbeutl wer i 's halt habn!« – »Aha! Im Geldbeutl! Wo hast nachher dein Geldbeutl?« – »Geh, Herrschaft! Wo wer i 'hn denn habn! In der Hosen halt!« – »So, in der Hosen! O du Lugenschüppel, du ganz schlechter, du!« Der Hauser ist ganz starr. Ja, was hat denn jetz heunt der Hausdrach – mit dem ewigen Gefrag! denkt er. Aber da greift er selber in die Sonntagshose, in die Joppe, und findet den Beutel nicht. »Ja, Himmekreizkruzi...!« Vor Schreck muß er sich aufs Bett setzen. »Wo hab denn i...«

Seine Rosina will ihm daraufhelfen. »Wie i sag: verlumpt werst es halt habn ... werst scho anorts wo oane aufgabelt habn ...« Sie packt das Sonntagsgewand und bürstet etlichemal darüber. Der Hauser aber hockt da, reißt mittendrin die Augen weitmächtig auf, und es fällt ihm was ein – eine Todsünd. Herrgott! – Wenn sie ihm draufkommt ... gfehlt ist's ... »Den muaß i rein danebn gschobn habn – beim Wirt ...«, sagt er unsicher, »da muaß i nachher glei ofragn lassen ... durch d' Hanni ...« Die Hauserin fährt auf: »Sunst nix mehr! Möchst es net die Deanstboten aa no einistreicha, was d' für oaner bist, – für a Hallodri!« Der Alt zieht sich gedrückt vollends an; da hat er sich ja eine saubere Suppen eingebrockt! Wenn ihn nur das Weibsbild wenigstens nicht aufbringt! Das wär erst noch was! Herrgott, die Schand, vor ihr, der Rosina, der Alten, dem Simmerl! Sein Lebtag könnt er dem Buben nimmer grad ins Auge schauen, wenn er's inne würd, was ihm da sein Alter mit dem Weibsbild angetan hatt, oder doch wollte. Wenn er nur mit ihr zu reden käm, mit der Hanni! – »Wia? – Lus auf! – Hörst nix? – Was hat denn d' Muatter scho, heunt?« Die Hauserin fragt's im selben Augenblick und macht die Tür auf. Da hört sie die Kollerin plärren: »Is dees aa no a Art! Is dees no menschli! D' Loater loahnt um sechse in der Fruah no am Fenster dro! Und sie hat gar nimmer Derweil, daß s' an d' Arbat gang! Sie steht einfach gar nimmer auf, vor lauter Gloria!« Dem Hauser ist so ungut, daß er sich auf sein Bett hocken muß. »Herrgott, jetz ham s' mi scho!« denkt er voller Ängsten. Und die Kollerin schimpft weiter: »Du ganz miserablige Stanz du! Moanst du, mir ham di dunga zu der Lumperei! Dei Herrlichkeit waar a bißl gar z' groß wordn bei ins da! Aber jetz hats a End, daß d' es woaßt! Insa Haus is a ordentlichs Haus – dees mirkst dir! – Da muaßt scho wo andersch suacha, daß dir dei Schand geduld't werd, du

Schuri, du gstroachte! So, und jetz packst dei Sach zsamm
und druckst di! Glei, auf der Stell!«
Die Hauserin horcht ganz starr auf. »Was hat die?! Daghabt hat s' oan? Beim Fernsterln hat s' oan ghabt!? Ja, wo
is denn der Schlampen, daß i 'hn nimm und außeschmeiß,
daß s' nimmer einafind't, die Strohgeign, die schlechte!«
Sie rennt voller Wut an die Kammer der Hanni. Aber die
Dirn schlägt ihr die Tür vor der Nase zu und riegelt ab.
»Willst du aufmacha!« brüllt die Bäuerin und reißt im
höchsten Zorn an der Klinke, indes die Kollerin mit dem
Kehrbesen an die Tür schlägt, daß es durchs Haus scheppert. »Obst guatwilli aufmachst, frag i di!« – »Fallt mir gar
net ei!« sagt drin die Hanni. – »I hau d' Tür ei!« – »Vo
mir aus zwee!« Die Hauserin läuft in die Schlafkammer.
»Treib mir dees Weibsbild außa! So weit is 's jetz kemma,
daß mi i außasparrn lassen muaß von so an Polster! Geh
nur zua und jag s' außa! Und auf der Stell wirfst mir s' aus
'n Haus! Auf der Stell!«
Der Hauser sitzt immer noch auf seinem Bett. Er soll die
Dirn jetzt ausjagen! Er soll ihr Grobheiten machen – wegen des Fensterlns! Er! Eine Hitz um die ander steigt ihm
auf. Aber er sagt doch mit großer Ruhe und Gleichgültigkeit: »Was geht denn mi dees Weibsbild o! Machts do
enka Sach selber aus miteinand! I misch mi do in koane
Weiberleut net ei!« – »So! In Stich lassen willst mi! Gegen
so a Schlamperl! Mi, d' Hauserin vo Öd!« – »Ös werds do
selber aa firti werdn damit! – Seids do sunst net a so aufs
Maul gfalln, du und dei Alte!« Er wundert sich selber über
seine Ruhe. Aber – es muß doch nicht gar so schlecht stehen um ihn; die Kollerin hat ihn noch nicht in der Nase als
den Hallodri. Da waar ja i dappig, wann i mi einmischen
wollt und die ander gegen mi aufhetzen! denkt er. Und er
sagt noch mal zu seiner Hauserin: »Dees muaßt do selber
sagn, daß dees koa Mannsbilderarbeit is! Balst moanst, na

schmeißt es außi, aber was d' darnach einakriagst, dees woaßt halt aa no net!« – »So oane kaaf i mir heunt no am Markt!« sagt sie verächtlich; »und überhaupts hab i 's gar net im Sinn, no amal a so a Schloapfa z' dinga. Deswegn gschieht mei Arbat grad so guat, ob i jetz a so a Weibsbild da hab oder net!« – »Ja no«, meint der Hauser, indem er sich zum Gehen anschickt; »dees muaßt selber wissen. Zwegn meiner konnst oane habn oder koane. Mei Arbat tuat mir alleweil neamd. – Und jetz geh i zum Gras maahn. D' Küah plärrn.« Und indem er innerlich von Herzen froh ist, daß er sich so gut aus der Geschichte herausgewunden hat, tritt er aus der Kammer und sagt im Hinabgehen sehr laut zurück: »Is der Stall scho gräumt? San d' Küah scho gmolcha? Is 's Viech scho gfuatert? A Gsott (Häcksel) muaß aa gschnittn werdn! Und Runkeirüabn müaßts auszian, und Erdäpfel klaubn!«

Die Hauserin läßt ihn reden. Sie ist noch nicht eins mit sich: Soll sie das Weibsbild ohne ein weiteres Wort hinauswerfen, oder soll sie ihr noch ordentlich die Meinung hinsagen? – Die Kollerin indessen hat kaum die Befehle ihres Tochtermannes gehört, als sie auch schon knerrt: »Ja, schaff nur schee o! Dees konnst! Aber so an Besen richti ranschiern, dees konnst net! Da laafst davo! Werst scho wissen, warum. Werst scho aa net ganz sauber sein! Bist ja so a ganz a guater! Um sechse fangt er's Arbatn o! Um sechse! Wann andere scho lang müad san!«

Ihre Tochter, die Hauserin, hat gut gehört, was ihre Mutter eben sagte; und mittendrin fällt ihr der Geldbeutel ihres Lenz ein. Daher fragt sie ganz unvermittelt: »Muatta, woaßt du aa eahm sein Geldbeutl net? Sein Geldbeutl hat er nimmer!« Die Kollerin vergißt über dieser Frage einen Augenblick die arme Sünderin in der Kammer drin. Was die Hanni, welche alles mit angehört hat, dazu benutzt, ganze leise den Türriegel zurückzuschieben, den Geldbeu-

tel des Hausers ins Mieder zu stecken und eilends durchs
Fenster hinaus auf die Leiter zu steigen.

Im selben Augenblick tritt unten der Bauer aus der hinteren Haustür, sieht die Leiter und darauf die Hanni. Er läßt
vor Schreck schier die Sense fallen. »Hanni!« fährt's ihm
halblaut heraus. Aber die Dirn winkt ihm zu, still zu sein,
steigt lautlos zu ihm hinab und flüstert: »Schnell weg damit! Dein Geldbeutel leg i dir in d' Schupfn, daß d' net
Schläg kriagst von der Alten! Die hat so grad gsagt, daß d'
a ganz a guater bist, und daß 's net sauber is – no ja, woaßt
scho, was!« Sie lacht leise. »Mei, vo mir werd s' nix Neus
inne!« sagt sie schmunzelnd; »dafür möcht i bald von dir
was inne werdn! Woaßt aa scho, zweng was, gell?« – Dem
Hauser wird auf einmal wieder leicht und wohl. »Siechst!«
sagt er, »du gfreust mi! – Du bist a richtigs Leut! Aber
laß dir nur Zeit: i mach mei Sach scho recht!« Damit trägt
er die Leiter hinter den Stadl, indes die Hanni in die Holzschupfe läuft, den Geldbeutel des Hausers neben dem
Hackstock auf die Erde wirft und danach ruhig in den Stall
geht zum Melken. –

Unterdessen hat droben die Junge der Alten lang und breit
erzählt, wie ihr Lenz den Geldbeutel samt der Münz nicht
mehr heimbrachte, wie er nicht zum erwecken war, und
was sie über ihn dächte. Und die Kollerin steht dabei wie
ein alter Lämmergeier, streckt den Hals, dämpft die Stimm
und flüstert: »Daß 's net sein kunnt! Daß s'n net verhext
habn kunnt, an Lenzen! Mei Liabe, die macht dir no allerhand z' schaffa, balst es net aus 'm Haus tuast.« Wohl
mag's die Hauserin nicht recht glauben, das von ihrem
Lenz; aber die Alte macht's so wichtig und überzeugend,
daß schließlich auch der Glaube ihrer Tochter wankend
wird und der Zweifel an der treuen Ehelieb ihres Lenz in
die Höh kommt. »Ja ja; – mei, daß 's net sein kunnt!« sagt
sie nachdenklich. Und sie seufzt. Aber dann wird ihre

Stimme entschlossen und fest, als sie sagt: »Drum muaß s' aus 'm Haus. Glei. Auf der Stell.« Damit hat sie auch schon mit der Faust an die Tür geschlagen und ruft nun hinein: »Ja, willst jetz du aufmacha oder net, du Herrgottsakramonter! Willst ins guatwilli einelassen, moanst, he!« Und sie packt die Klinke; die Kollerin lehnt mit ihrem Kehrbesen fest an der Tür und pumpert mit Füßen und Fäusten; die Hauserin reißt in aufflackernder Wut wild an dem Türgriff, und dann liegen sie beide, sich überkugelnd, in der leeren Kammer.

Die Hauserin ist die erste, welche sich faßt und erhebt. »Die is ja gar net da!« ruft sie; »die hat ins ja grad für an Narrn ghalten!« Die Kollerin rafft sich mühsam an ihrem Besen zur Höhe. Und auch sie muß sehen, daß die Hanni dahin ist samt der Leiter. Bei dieser Erkenntnis steigt ihr Zorn schier ins Ungemessene. »Was?! Furt is die Karnalje!« kreischt sie; »beim Fenster is s' auße, das Gfriß! Ja, die soll doch glei . . .« – »Auf der Stell der Teife holn!« ergänzt die Hauserin und geht voller Gift und Galle hinab, die Dirn zu suchen und ihr den Laufpaß zu geben, indes die Kollerin droben knerrend am Fenster steht und nach der Leiter schaut, wobei sie den Bauern sieht. »I wett, daß der Tropf im Gspiel is!« murmelt sie und beobachtet ihn lauernd, wie er langsam in die Holzschupfe geht, eine Weile herumsucht und plötzlich etwas vom Boden aufhebt. »Is jetz dees net . . .« – Sein Geldbeutel ist's, ja. Er zieht ihn auf und zählt flüchtig den Inhalt; dann schiebt er ihn rasch in den Sack, nickt etliche Male vor sich hin und geht danach ins Haus.

»Jetzt hat er 'hn ja!« sagt die Alte für sich und geht hinab. »Also hat er 'hn gwiß und sicherli verlorn, wie er d' Loater gholt hat. Also is er am Fenster gwen. Drum muaß a End gmacht werdn, a gschwinds!« Sie läuft sogleich in den Stall. Da steht schon die Hauserin, reißt der Hanni den

Melkkübel aus der Hand und plärrt sie an: »Du melchst mir nimmer, sag i! Du schaugst, daß d' mir aus mein Haus außekimmst! Du waarst no so oane, du . . .« – »Aha!« sagt die Hanni protzig; »du bist nachher mehra wia oane!« – »Ha! Hoaßen möchst mi du was!« Die Hauserin erhebt drohend die Faust. Da mischt sich die Alte ein. »Was will die? Aufmandeln will sie sich no mit ihra Schlechtigkeit! Des Laster!« – »Und du nachher erscht, du alter Bachofa! Du werst nachher besser gwen sei! Di werdn s' scho in die Kindswindln heilig gsprocha habn! Da balst mir net ganz staad bist! . . .« Die Kollerin muß krampfhaft nach Luft und Worten schnappen. Die Hauserin aber packt die Dirn rauh bei der Schulter und stößt sie zurück. »Jetz glangts aber!« schreit sie; »jetz is 's gnua! Jetz gehst, du Flitschen, du z'ammzepfte, oder i mach dir Füaß!«

Die Hanni hält sich gerade noch am Barren fest, um nicht rückwärts zu fallen von dem Stoß. Sie wird jäh bleich, ballt die Faust und macht einen Schritt gegen die Hauserin. Plötzlich aber lacht sie verächtlich kurz auf: »Ha! Werd i mi do net vergreifa . . . an so ana gwamperten Bauernsau! – An so an Scherbn . . .« Damit läßt sie beide stehen und rennt davon, aus dem Haus, zu ihrer Großmutter, der alten Rumplwabn. Und auf dem Weg dahin sagt sie sich: »Habts mi guat außegworfa! I kimm scho wieder eine! Aber nimmer als Dirn! Nur als Hochzeiterin, dees mirkts enk! Nachher knerrts mir guat und plärrts mir guat, ös zwoo Michelidrachan!« Bei dieser Erwägung wird sie wieder ruhig und heiter und summt, als sie die Tür bei ihrem Ähnl öffnet:

»Der Franzos streit't ums Elsaß, der Ruß streit't ums Geld; I streit um an Bauernhof und pfeif auf die ganz Welt!«

Im Hauserhof geht's bös her. Die Hanni ist nun drei Tage bei ihrer Wabn. Und die Hauserin merkt allmählich, daß ohne Ehehalten schwerer arbeiten ist. Aber – nachdem sie schon einmal mit Händen und Füßen gewerkt hat, bis das Weibsbild aus dem Haus war ... Das heißt: hat sie denn das? Sie steht müd und schwitzend vor dem Herd und sinniert. Und mittendrin sagt sie grandig zur Kollerin, die neben dem Ofen sitzt und Butter ausrührt: »Herrschaft, aber heunt hockst wieder lang da bei dein Rührfaßl! Dalebn konn ma di aber jetz scho nimmer!« Die Alte läßt den Rührschwengel fallen. »Jetz da schaug her! Fuchzg Jahr rühr i jetz scho aus, und no nia hat sich eppas gfehlt! Jetz auf amal waar i z' langsam! Nachher rührst dir ganz oafach selm aus, wennst moanst, daß 's bei dir schneller geht!« Sie steht auf und geht zornig aus der Kuchel. Die Hauserin ruft ihr gereizt nach: »Jetz rennt s' davo! Vo mir aus! I rühr net aus! I glang a so mit meiner Arbat! I durft mi a so z'reißen! Die ganz Stallarbat hab i, die ganz Hausarbat, 's Kocha, d' Feldarbat, 's Dreschen ... Jetz müaßt i gar no ausrührn aa! – Gern habn kinnts mi allsamm mitanand!«

In diesem Augenblick kommt der Hauser mit den Ochsen heim, spannt aus und geht in die Kuchel. »Is 's Essen firti? D' Ochsen müaßn glei gfuatert und tränkt werdn! Ham d' Küah eahna Sach? Habts d' Kaibe scho hibei ghabt bei die Küah? Nach'm Essen richts zum Dreschn o, und oa Fuada Erdäpfel muaß aa hoambracht werdn!« – »Und du konnst mi gern habn mit deiner Oschafferei!« schreit ihn seine Rosina an. »I bin doch koa Herrgott net, daß i überall z'gleich sein kunnt! Und 's Hexen hab i aa no net glernt bis jetz! Wennst so guat oschaffa konnst, nachher probier nur 's Arbatn aa!«

Der Alt läßt sie ruhig greinen. Er setzt sich in der Stube an den Eßtisch, macht das Kreuz und betet laut seinen Bittgarschön an den himmlischen Vater ums tägliche Brot. Und da ihm seine Bäuerin zu lange verzieht mit dem Essenbringen, ruft er hinaus in die Kuchel: »Muaß i no lang wartn auf enka Gfraß? Nachher geh i zum Ödnhuaber ume und kaaf mir mein Mittagmahl!« Worauf die Hauserin in lautes Weinen ausbricht, vom zu Tode Schinden und Zerteilen jammert und sich das Sterben wünscht. »Habts es ja net anders habn wolln!« sagt der Lenz. Die Hauserin hört ihn scheinbar nicht. »Hätt's es ganz schee aushalten kinna; du und die Alt!« bohrt er weiter. – »Ja no! Grad alles laßt ma si aa net gfalln! Die braucht mi koan Scherbn net z' hoaßen und koa gwamperte Sau aa net!« – »Mei, – recht mager bist aa net!« – »Und zum Kammerfensterln hat ma s' aa net dunga!« sagt sie und wischt sich die Tränen mit der rupfernen Schürze ab. »Dees glaab i gar net, daß s' oan da ghabt hat!« erwidert ihr der Bauer. »Soo! Du glaabst es net?« – »Hast du oan gsehng?« fragt er ruhig. – »Nnaa, gsehng hab i eigentli neamd...« – »Hast du d' Loater gsehng?« fragt er wieder. – »D' Loater!? Naa, i hab s' net gsehng. Aber d' Muatta hat s' do gsehng!« – Der Hauser lacht kurz auf. »Ah was! D' Muatta! Dei Muatta siecht gar oft was! I wett, sie hat's grad gsagt, daß sie s' weiterbracht hat, d' Hanni!« Die Bäuerin ist starr. Sie muß sich niedersetzen. »Du moanst, daß gar koana dagwen is?« murmelt sie; »aber d' Muatta hat doch sogar gmoant, daß du...« – »Die konn moana, was s' mag, sagst!« erwidert ihr der Lenz sehr laut. »Und balst du so eppas vo mir glaabst, nachher bist aa trauri dro...« – »I glaabs ja a so net!« sagt sie schnell; »aber d' Muatta konns oan a so vürmacha, daß ma ganz zweiflat werd!« Sie trägt das Essen auf. »Aber dees konn i do net vergessen, was s' mi ghoaßn hat!« fängt sie von neuem an. – »Ja no! Da konn i dir aa net helfa. Werst es scho aa was ghoaßn habn! I muaß jetzt essen, daß i wieder zu meiner Arbat kimm.« Während des Essens wird nichts mehr geredet. Der Hauser aber ist zufrieden mit seinem Werk. »D' Weiber muaß ma bloß richti behandeln«, denkt er, »die san akrat wia d' Roß: je schwaarer daß s' ziagn müassen, um so leichter daß s' zum zügeln san.«

Die Kollerin rührt wirklich nicht mehr aus; ja, sie läßt sich auch für den Tag nicht mehr im Haus blicken, sondern riegelt sich in ihre Austragkammer ein und verschmäht sogar das Essen. Die Hauserin aber schafft und werkt, schwitzt und seufzt, und hockt endlich abends ums Gebetläuten wie tot auf der Hausbank, kaum mehr fähig, sich zum Schlafengehen aufzuraffen. Da kommt plötzlich, wie hergeschneit, die Hanni. Sie geht quer durch den Obstgarten, kommt aufs Haus zu, geht ohne ein Wort an der Hauserin vorbei und hinein, läuft die Stiege hinauf in ihre Kammer und riegelt hinter sich ab. Die Hauserin ist völlig starr. Langsam wendet sie den Kopf, schaut der Dirn nach und sagt halblaut: »Ja, was is denn jetz dees!? Ja, die is guat!« – Erst nach und nach erfaßt sie die Dinge; und sie steht auf und geht in die Schlafkammer, wo ihr Lenz bereits in den Federn liegt und schnarcht. Sie schüttelt ihn. »He! Du! – Lenz!« Der Alt brummt etwas und dreht den Kopf. »Du! Hörst mi? Sie is da . . . d' Hanni!« – »No, laß s' da sein!« sagt er verschlafen. »Was die da no verlorn hat? Net amal an Gruaß hat s' ghabt für mi!« Der Hauser schnarcht schon wieder. Da kommt sie abermals ein Weinen an. »Er schlaft halt scho wieder! Und mit mir kann die ganz Welt toa, was s' mag! I bin der Depp hint und vorn! Und derf mi aa no alles hoaßn lassn! . . .« Sie horcht hinaus. »Ja – bleibt denn die über Nacht da!?« Ganz leise schleicht sie sich an die Tür. Spähend schaut sie durchs Schlüsselloch. Da steht die Hanni beim Licht ihres Wachsstocks und packt langsam ihre Sachen in den armseligen Koffer. Danach zieht sie das Bettzeug ab, legt es mit der andern Schmutzwäsche auf ein Häuflein zusammen und wirft ein Stück Seife dazu. Und am End zieht sie sich ruhig aus und legt sich in das grobe, unüberzogene Bett, löscht das Licht ab und reckt sich auf dem knarrenden Lager. Die Hauserin geht gedankenverloren in ihre Kammer zurück. Also, sie will noch ihre Fähnlein waschen. Und das Bettgewand. Eigentlich ist es ja schön von ihr, daß sie an das Bettzeug denkt, daß sie ihren Dreck hinausputzt! Überhaupt denkt sie an die Arbeit, die Hanni! Da darf schon eine hergehen! – Aber – die Unverschämtheit, die Goschen . . . Sie kann kaum einschlafen, die Hauserin, vor lauter Denken und Sinnieren. Ja ja, das Maulwerk! Direkt eine Sau hat sie einen geheißen! Einen Scherben! Nein, das kann man nicht angehen lassen! – Da gibts keine Gnade mehr! Sie gähnt müd. Nein – die Arbeit in den letzten Tagen! Wenn das so weiterging? Freilich gehts so weiter, wenn nicht eine Dirn . . . die Hanni . . . Die Hauserin schläft. Mitten unterm Grübeln und Bohren sind ihr die Augen zugefallen.

»Rosina! – He! – Außa! – Zeit is's zum Aufsteh!« Der Hauser weckt seine Bäuerin. »Is ja no Nacht!« sagt diese müd und verschlafen. Aber es hilft nichts; sie muß aus den Federn. Wenn man kein Dienstvolk hat, muß man selber werken; und wenn man mit einem kurzen Tag Arbeit nicht zurecht kommt, muß man anstückeln. Geschehen muß das Tagwerk, so oder so. Freilich, wenn halt die Dirn noch da wär . . . »Jessas, d' Hanni! – Du, Lenz, woaßt es, daß d' Hanni da is?« Der Hauser brummt bloß: »Vo mir aus gnua!«, schlüpft in die Haferschuhe und geht hinab, um das Gras fürs Vieh zu mähen. Die Hauserin schaut ihm wild nach. »O, du Erzlackl, du grober!« murmelt sie. »Naa, den bekümmert dees Weibsbild nix, dees kenn i. Da hat d' Muatta scho irr gsehng.«
Aber – die muß doch schließlich heraus! Die hat ja eigent-

lich gar nichts zu suchen da! Herrgott, jetzt geht halt die verflixte Schinderei wieder von vorn an! Und es kunnt doch alles ganz anders sein, wenn das lausig Ding da nicht so unverschämt gewesen wär. Ob sie nicht doch schon Reue hat, die Hanni? Man sollte sie doch aufwecken, heraustreiben! – Drunten brüllen schon die Kühe, plärren die Kälber. Und der Kaffee soll gekocht werden, und das Holz soll erst hereingetragen werden, und Wasser gepumpt, und Gras eingefahren, und Mist breiten soll man ... ah was!

Sie steht plötzlich an der Kammertür der Hanni. Und klopft hart an. »Hast du da einigheirat?!« Die Dirn rührt sich nicht. Da reißt die Hauserin an der Klinke. »Was hast denn du überhaupts no da z' suacha bei ins?« Diesmal antwortet ein undeutliches Gemurmel. »Woaßt du net, daß d' ausgjagt bist?«

Die Hanni ist längst auf und wollte eben mit ihrem Päcklein Wäsche fortschleichen, als die Hauserin klopfte. Jetzt sitzt sie unschlüssig auf dem Bett und überlegt, was sie entgegnen soll. »Obst net woaßt, daß i di ausgjagt hab?« tönt nochmals die Frage der Bäuerin hinein. »I wer wohl mei Sach zsammpacka derfa!« erwidert jetzt die Dirn. Und im stillen denkt sie: »Am End is's doch besser, i kehr mi auf die feine Seiten; mit der groben werd nix z' richten sein.« – »Hat dees so lang dauert, daß d' über Nacht dazu braucht hast?« fragt die Bäuerin. »Ja no, auf der Straß konn i aa net schlafa.« – »Wo hast nachher bis jetzt gschlafa?« – »Bei der Ähnl. Aber sie hat gsagt, unterm Jahr derf i net geh.« Sie horcht gespannt hinaus. Was wohl die Hauserin jetzt für ein Gesicht macht? Vielleicht lenkt sie doch wieder ein? Wär ihr schon recht, wenn sie um den Bauern herum sein könnt! Der Alt ist ein Hallodri – den muß man am Schnürl haben! »D' Ähnl hat mi recht gschimpft, weil i nimmer bei enk bin!« sagt sie mit kleinlauter Stimme hinaus und horcht wieder. »Da hat s′ scho recht ghabt!« meint die Hauserin und denkt: Z′ kriegen wär s′ scho wieder; braucha kunnt i s′ aa wieder; und mögen? – No ... mei... – »Kunnst ja leicht no da sein bei uns, wennst net a so a ausgschaamte Goschen hättst!« – »Ja no...« – »Für was brauchst mi denn du an alten Scherbn z′ hoaßn?« – Ja no...« – »Und a gwamperte Sau hast mi ghoaßn!« – »Ja no...« – »Also! – Gell, jetz siechst es ein, daß d′ a ganz a ausgschaamts Weibsbild bist?« – Die Hanni steht schmunzelnd an der Tür. »Freili siech i′s ein!« sagt sie mit weinerlicher Stimm. »No, wennst es nur einsiechst. Und jetz schaugst, daß d′ abe kimmst zu deiner Arbat! Und hoaßn tuast mi nix mehr, daß d′ es woaßt!« Sie muß eine Rührung niederkämpfen, die Hauserin; denn sie denkt mittendrin an das Evangeli vom verlorenen Sohn, von der Magdalena, von andern Sündern.

Die Hanni aber riegelt eilends die Tür auf, trägt beschämt den Kopf tief gesenkt und geht an ihre Arbeit. Der Hauser geschirrt eben die Ochsen ein, als sie in den Stall geht zum Melken. Sie schaut ihm herausfordernd ins Gesicht. Da blinzelt er sie an, sagt: »So so! – Na, alsdann!« und schlägt ihr das Leitseil um die Schultern. »Auweh!« sagt die Dirn mit einem leisen Lachen. Und sie geht zufrieden an ihr Tagwerk, indem sie denkt: Ein Riß in der Freundschaft schadet nicht, wenn der recht Schneider bei der Hand ist zum Flicken.

»Der Sommer geht ummi, – fallt′s Laab von die Baam;
Der Bua is in Kriag draußt, – kimmt nimmermehr hoam!
Der Bua is Soldat wordn und werd Kriagsgeneral;
Ja, wer liabt na dees schwarzauget Dirndl derweil?«

Hell singend verrichtet die Hanni ihr Tagwerk. Die Zeit geht hin, die Tage werden gemach kürzer und voll Nebel, und auch im Hauserhof richtet man sich für den Winter mit Daxenhacken, Torffahren und Holzklieben. Die Hauserin staubt die Spinnräder ab und legt die silberigen Flachszöpfe dazu, und der Hauser richtet die letzte Feldarbeit, bevor sich die große weiße Zudeck darüberbreitet und die werdende neue Saat vor Reif, Frost und Erfrieren schützt. Es ist ein geruhigs Arbeiten und Schaffen bei den Hauserischen; denn der Bauer und seine Rosina sind zufrieden mit dem, was die Hanni zuweg bringt, die Dirn wiederum hat keine Ursach zur Klag über ihre Dienstherrschaft, und die alte Kollerin ist schon seit Wochen krank und serbend (siech) und liegt in dem alten ledernen Lehnstuhl droben in ihrer Austragkammer, jammernd, seufzend und ächzend. Dazu hat sie die kleine Lies bei sich und läßt sich von ihr fleißig berichten, was im Haus und Ort vorgeht.

Dann und wann kommt auch der Buschenreiter Anderl, der Karrner, zum Hof, erhandelt bald dies und bald das, weiß viel zu erzählen vom Krieg, von den Soldaten drin in der Stadt, von den Verwundeten und Gefallenen des Gaues, und hat auch daneben allerhand gute Ratschläge für die alte Kollermutter und ihr Gebresten, welches er als den stillstehenden Gichtfluß erkennt, von dem aber die Hanni sagt: »Ah was! D' Gall is ihr halt in d' Boaner kemma, weil s' mi net ausn Haus bringa kann!« – Der Buschenreiter Anderl trägt übrigens noch dienstbeflissen die Päcklein für den Hausersimmerl auf die Post in Schönau; jene Päcklein, von denen die Hanni nichts weiß und die dennoch nach den Worten der Ödenhuberleni »die Rumplhanni bitten läßt, sie auf die Post zu bringen für den Simmerl«. Hie und da kommt auch ein Brief vom Simmerl; an die Hauserischen, an die Hanni und an die Leni, die er ganz

zufällig einmal als die Absenderin seiner Liebesgabe entdeckte. Sein Kamerad, der Ödenhuberjackl, hatte eines
Tages von der Leni ein Päcklein mit Kuchen erhalten, in
den ein Zettel eingebacken war mit dem Verslein:

»A Büscherl zum Abschied und an kurzen Pfüagood;
Ob wohl meine Rosen scho welk san und tot?
Obst wohl no ans Dirndl beim Bachofa denkst?
Und obst eahm wohl oamal an Grüaßdigood schenkst?«

Mit der nämlichen Post war auch für den Simmerl ein
Päcklein angekommen; es lag gleichfalls ein Kuchen drin
und dabei eine Karte: »Lieber Bruder, nimm einen Gruß
von deiner Schwester Leni.« Da hatte der Simmerl den
Jackl angelacht, und der Jackl den Simmerl, und in der
nämlichen Stund legte sich eine hundertjährige Feindschaft
nieder zum Sterben. –
Nun ists um die Zeit, da der Sturm die Wolken peitscht,
die Bäume schüttelt und Mensch und Vieh erschauern läßt
im ersten Frost. Auf dem Gottesacker hängen die Fetzen
der Allerheiligenkränze, und in den Kachelöfen der Bau-
ernstuben kracht und knistert das Feuer. An den Fensterläden klappert der Klaubauf, dem heiligen Nikolaus sein
wilder Ziehbruder, und in den Spinnstuben erzählt man
sich jene alten Geschichten, bei denen es schon unsern Vor-
fahren, da sie noch jung waren, eiskalt über den Rücken
lief und das Gruseln sie beutelte. So kommt die Weihnacht
und mit ihr die Sorge um die, welche da draußen in ihren
Schützengräben wachen und frieren. Und die Hauserin
stellt den Backtrog in die Kuchel, die Hanni schneidet die
Kletzen, gedörrte Birnen und Äpfel, klein, die Lies schlägt
Nüsse auf, und der Hauser heizt den Backofen gut aus,
damit dem Simmerl auch draußen im Krieg das süße Brot
der Weihnacht nicht mangle. So geht das Jahr hinüber,
und das neue nimmt das Regiment in die Hand, bringt al-

lerhand Leid und Trübsal und trägt in den Hauserhof die Totentruh für die alte Kollerin. Die ist mittendrin ganz still hinübergegangen in die ander Welt; beklagt von der kleinen Lies, betrauert von der Hauserin, gesegnet und in alle Himmel gewunschen von der Hanni, die ein übers andere Mal murmelt: »Der Herr gib ihr die ewig Ruah! Weil nur grad der alte Predigtstuhl nimmer da is! Die wär imstand gwen und hätt mi no um alles bracht: um mein Platz, um mei Hoffnung und um an Simmerl! Der Herr gib ihr an guaten Platz in der Ewigkeit!«

Nun liegt sie aufgebahrt in der Wohnstube, die Alte; umgeben von blühenden Stöcken, umspielt von dem flackerndenden Schein der Kerzen. Ernste Männer trinken den Totenschnaps, jammernde Basen knien in der Stube, schnaufen hart in dem süßlichen Geruch, der die qualmende Luft erfüllt, und beten für die arme Seel der Heimgegangenen. Dann trägt man sie aus dem Haus, hinunter zur ewigen Ruhstatt im Freithof zu Schönau. –

Der Hauser hat seinem Simmerl den Tod der Großmutter gemeldet und ihn ums Kommen gebeten; allein das Regiment ist nicht mehr in der alten Stellung, und also dem Sohn die Heimreise nicht möglich. Doch kommt nach geraumer Zeit ein Schreiben von ihm an den Vater, darin er den Heimgang der Großmutter betrauert und gleichzeitig bittet: Nachdem also jetzt unser Ähnl nicht mehr lebt, mußt du jetzt bald mit der Mutter reden wegen der Hanni. Richtet alles gut zu für das Kind, gebts der Hanni ein Geld in die Händ und bringts sie gut unter, vielleicht bei ihrer alten Wabn. Laßts ihr nichts fehlen und es grüßt euch euer treuer Sohn Simon Hauser.

Der Hauser kratzt sich hinterm Ohr. Herrschaftseiten! Jetz gang alles so schee und ruhi dahin, und jetz soll i der Rosina die zwiderne Gschicht ausdeutschen! Naa, i tuas net! Dees konn i mit der Hanni alloa aa richten. So denkt er und sucht nach einer Gelegenheit, mit der Dirn über die Geschicht reden zu können.

Diese Stunde schickt sich auch eine Woche vor Lichtmeß, da die Hauserin aufs Amtsgericht fährt wegen eines Prozesses mit der Ödenhuberin und also der Hauser mit der Hanni allein ist. Grad sitzt er beim Tisch und wartet aufs Essen. Die Lies ist in der Schule, von der sie vor dem späten Nachmittag nicht heimkommt. Da tritt die Hanni ein, die Schmarrenschüssel in der einen Hand, den Apfeltauch in der andern, das Gesicht vom Kochen heiß und gerötet, die Ärmel des Wollspenzers weit über die runden Ellbogen aufgestülpt. »Wartst scho auf d' Mahlzeit, gell!« sagt sie, indem sie ihm die Schüssel hinreicht. »Aber, woaßt, es braucht halt do hübsch beißen, daß ma firti werd mit der ganzen Arbat, alloanig.« Der Alt betrachtet sie wohlgefällig. »Ah was! Du werst ja alleweil firti! Du hast es halt los!« Die Hanni lacht geschmeichelt. »Mei, is net so gfahrli!« sagt sie. »Aber an Bauernhof wia den dein trau i mir scho z' regiern! Da wer i scho firti! Da fürcht i mi net, bal i amal Hauserin bin!« Er zuckt doch zusammen, der Alt, bei diesem Wort. Aber ihre Augen blicken ihn fest an, ihr ganzes Gesicht lacht und läßt eine Fröhlichkeit von sich ausgehen, die ihm auf ja und nein den Ernst nimmt. »Ja ja. Der kann lacha, der Simmerl!« sagt er und erfaßt ihren Arm; »der kriagt amal die Recht an dir! Sakra, waar mir gar net zwider, wenn i mei Bua waar!« Die Hanni rückt mit ihrem Stuhl ganz nahe an seine Knie. »Du scho! – Du bist scho so a Schlankl!« – Der Hauser tut verwegen. »Mei, grad a Heiliger bin i gar nia gwen!« meint er. »Da is do nix dabei, wenn ma a saubers Dirndl guat leidn konn!« – »Is mir scho recht«, erwidert die Dirn; »nachher kriag i koa schlechte Zeit bei dir. Dees is was wert, wenn der Schwieger guat is!« Sie ißt mit gutem Appetit, indes der Hauser sie begehrlich betrachtet. »Geh, iß! Sinst werd dir der

Magn kalt!« mahnt sie ihn. Er läßt seine Augen über ihre
ganze Gestalt hingehen; über die dunklen Haarzöpfe, über
das Gesicht, den Nacken, die Brust, den Rücken ... »Daß
d' du net breater bist da umma?« fragt er plötzlich und
mißt mit dem Blick ihre Hüften. Und tappt mit der Linken
darüber. Da schlägt sie ihn auf die Hand. »Obst dei Pratzn
wegtuast!« sagt sie lachend. »Mit die Händ schaugt ma
nixn o, hoaßts!« Der Hauser wird nüchtern und kommt
ins Betrachten, wie er gewohnt ist, sein Vieh zu betrachten.
»Wia viel Zeit hast jetz?« Die Hanni steht gekränkt auf.
»Bist firti mitn Essen?« fragt sie. »Nachher geh i.« Der
Hauser wendet keinen Blick von ihr. Und er fragt wieder:
»Is net bald d' Zeit bei dir? I frag grad, weil der Simmerl
gschriebn hat, i soll di guat versorgn ...« Die Dirn ist wie
mit Blut übergossen. »Naa, dei Gfrag is mir scho so zwider ...« – »Jetz muaß amal drüber gredt werdn!« – »Dees
waar aa ohne viel Gredens gangen!« Sie will hinaus. Der
Bauer lehnt an der Stubentür. »Jetz redst, sag i! – Wia lang
hast no?« – »A vier – fünf Wocha. – Aber jetz laß mi außi!«
– »Daß d' gar so gschaami bist?« – »Du sollst von der Tür
weggeh!« Der Hauser hört nicht. Er schaut die Dirn um
und um an, schaut, mißt, denkt und rechnet. Und schüttelt
mittendrin den Kopf. Indes die Hanni immer erregter
wird, schimpft, schreit, droht, mit den Füßen stampft und
seltsam absticht von dem starr dastehenden Alten. »Daß
d' di denn gar a so gstellst?« meint dieser. »Du bist do
sunst net so gschaami gwen? Da hast di do nix z' fürchten,
wenn i di oschaug! I wundert mi ja nur ...« – »Vo mir
aus!« schreit sie ihn an. »I laß mir do net d' Seel vom Leib
außerschaugn!«
Da geht er langsam weg von der Tür. Sie läuft hinaus. Er
blickt ihr nach. Und schüttelt den Kopf. Etwas steigt in ihm
auf ... ein Verdacht ...

Die Hauserin kommt am Nachmittag heim und berichtet freudig, daß die Ödenhuberin den Prozeß verloren hat. Sie ist überaus gut aufgelegt und lobt die Hanni für ihr gutes Haushüten. Diese meint bescheiden: »Hats scho tan, Hauserin!« und fügt dann bei: »A Bitt hätt i. Ob i net heunt no zu meiner Eahl ummeschaugn derf. Sie is net guat beinand.« – »Da brauchst do net fragn!« sagt die Bäuerin, »dees is do gwiß, daß d' zu deiner Großmuater geh konn'st, bal ihr epps feit.«

Also läuft die Hanni gleich nach der Stallarbeit hinüber zur alten Rumplwabn. Die sitzt hinterm Ofen und strickt.

Und der alt Hufschmied hockt neben ihr und redet vom Krieg und von seinen beiden Buben, die er bereits gefressen hat, dieser blutige Maahder, der nimmer Derweil hat, die Sense zu wetzen, vor lauter Mähen und Morden. Da die Hanni kommt, steht er auf. »Jetz kimmt d' Jugend«, meint er müd; »jetz verziag i mi. I paß net zu dee junga Leut mit mein Gewinsel. Und winseln muaß i . . .« Er geht ohne Gruß. Die Alte nickt ihm nach. Dann wendet sie sich an die Hanni. »Daß d' du heunt kimmst? Bist scho wieder ausgjagt wordn?« – »Naa«, sagt die Hanni. »Bist selber davon?« – »Naa.« – »Was möchst nachher, heunt am hell-lichten Werktag?« Die Hanni hockt sich auf einen niederen Schemel. »Eahl, i brauch a Kind! I muaß a Kind habn! Glei, auf der Stell!« Der Alten fällt das Strickzeug aus der Hand. »Was muaßt? . . .« – »A Kind muaß i habn. Du muaßt mir oans verschaffa! Bringst es her, wo derwillt, her muaß oans!« Das Ähnl muß sich mit beiden Händen an der Ofenbank festhalten. »Ja . . . in Gottes Himmis Christi Willn . . . Hanni! Bist denn narrisch! A Kind! A kloans Kind?« – »Ja, a kloans Kind. Oans, dees wo grad auf d' Welt kemma is.« – »Ja, zu was denn? Ums Christi, zu was denn?« Die Hanni wird zornig.

»Also, gstell di do net so dumm! Verstehst mi denn net?

Der ganz Hauserhof steht aufn Gspiel für mi!« Die Alte
steht zitternd auf. »Naa, i versteh di net...« Die Dirn
springt in die Höh und rennt die Stube·auf und ab. »Geh,
wia konn ma denn. Dees is doch ganz einfach! I muaß
Hauserin werdn! Gehts, wies mag. Und dazu brauch i a
Kind. Vom Simmerl. Verstehst es jetz?« Die Rumplwabn
bleibt starr stehen. »Ja, hast di denn du mitn Simmerl...?
Die Hanni fährt ihr dazwischen: »Dees is do mei Sach!
Dees geht do neamd was o! Um dees handelt ja si jetz aa
net. I und der Simmerl sand oans. I und der Hauser sand aa
oans. Und für dees weitere muaß i a Kind habn.« Sie beginnt, dem Ähnl zu schmeicheln. »Geh, Eahl, sei do net so
gspaßi! Du bist do so gscheit und woaßt allerhand Zauberei und hast so viel solchene Büacher, wo dees alles drin
steht, geh, hilf mir halt! Oder schaug anorts, daß d' oane
findst, die grad in d' Wochen kimmt! Gaab oft oane ihra
Schand gern her, wenn do nixn zahlt wird dafür, und i
brauch 'hn so nötig, so an Schrazn. Geh, Eahl! Sei do barm-
herzi! Möchst mi denn net aa gern als Bäuerin sehng?
Hättst du koa Freid, wenns mir guat gang?« Sie bettelt,
bittet, bestürmt die Alte.
Aber die hockt wieder auf der Bank, starrt ihre Enkelin an
wie ein Gespenst und murmelt: »Also... so schlecht bist
du. So gottverlassen. An Schwindel hast gmacht... um an
Bauernhof... und an Schwindel... um an Menschen...
der da draußen ehrli sein Kopf hinhalt vor d' Kugeln!«
Der Hanni wird ungut zumut. »Es hilft di nix, Eahl!« sagt
sie hart; »du muaßt mir helfa!« Die Alte schüttelt den
Kopf und wehrt mit beiden Händen ab. – »Du richst mi
z'grund, Eahl!« – »Und i misch mi net ei in so epps!« –
»Eahl! Staudnschneiderin hätt i werdn kinna! Reiserin,
Burgamoasterin hätt i werdn kinna! Der Reiserfranzl is
ganz narrisch gwen in mi! Der Staudnschneidergirgl hätt
mi vom Fleck weg genomma! Net hab i mögn! In Hauser-

hof bin i eingwohnt, der Simmerl is a guater Lapp, der Alt
hat an Affen gfressen an mir, sie is froh, wenn s' nix arbatn muaß, und die Alt is tot. D' Liesl ghalt i zu der Arbat.
Oder zum Kindsen. – Also, Eahl! Gell, du hilfst mir!« Die
alte Wabn sitzt so seltsam starr am Ofen, ihre Augen
suchen in weiter Ferne etwas, ihre Hände haben sich ineinander verschlungen. Und mittendrin kommt's tonlos von
ihren Lippen: »Hundert Jahr is's her. Da hat mei Muatta
dees nämliche gmoant. Und hat aa denkt, es brauchet net
mehra, als wia sagn: Haferl! Nachher waar d' Wurst aa
scho drinn. Insa Muatta is Kindsdirn gwen beim Stoamüller
von Kreiz. Dees warn zwee Bauernhöf, a Mahlmühl, a
Schneidsäg und a Sandmühl. Er hat 's zwoate Wei ghabt
und Zwilling von ihr. Von der ersten Mühlnerin hat er
grad oan Buam ghabt; der hat scho an Mühlburschen
gmacht. Auf den is dees halbert Sach scho von der Muatta
aus gschriebn gwen. Ja, da hat insa Muatta aa gmoant:
Mühlnerin sein is besser wie kindsen und hat den Burschen richtig ogankerlt und eingfadelt. – Derweil is der
groß Napoleon mit seine Soldaten daherkemma, d' Österreicher ham von der andern Seiten eahna Armee daherbracht, und in unserm Landl hats gräusli ausgschaut. Da
hat sie mei Muatta denkt: Jetz is 's an der Zeit, daß d'
Mühlnerin werst. Überall hats schlechte Mentscha gebn,
die gmoant habn, a napolischer oder a österreichischer
waar besser als wia a boarischer Bursch; und a solchs
Weibsbild, sie is Stallmentsch gwen beim Stoamüller, hat
meiner Muatta gholfa zu ihran Werk. Der Hochzeiter hat
alles glaabt, hat scho eingebn zum Heiratn, hat si schon
von der Kanzel her verkünden lassen, da hats gschnackelt.
Dees is a so ganga: er is a Rothaareter gwen und sie a
Strohgelbe. Und das Kindl is schwarz wordn, kohlschwarz,
wia a Zigeunerbalg. Is ja aa oana gwen. I selber bins. Die
ander, mei rechte Muatta, is drei Tag nach mein Kemma

gstorbn. Weil sie si nix omirka lassen hat derfa. Und die oa is im Bett glegn, hat si gestellt wia a Wochnerin – und is dennoch die Bschissene gwen. Denn er hat mi net okennt als sein Kind. Und hat s' ausgjagt. Siebn Monat darnach hat s' a rothaarets Büaberl ghabt, aber es is halt scho z' spaat gwen. Der Stoamüllerbua is unter d' Soldaten ganga, und hoam kemma is er nimmer. Jetz woaßt es. – Und drum misch i mi net ein.«

Die Hanni hockt am Tisch. Und sieht vor sich ein großes Loch – eine Grube, in die sie jetzt fallen soll. Und sie stöhnt auf. Aber – nicht lang sitzt sie so. Plötzlich strafft sie sich zur Höh. »Macht aa nix. Gehts a so net, nachher gehts anderscht. Aber geh muaß's. – Nachher brauch i koa Kind. Na werdn mirs scho sehng, wias geht ...« Sie läßt die Wabn sitzen und geht. Ihr Plan ist fertig.

Am Lichtmeßtag in der Früh sagt sie zur Hauserin: »Bäuerin, wenn i di bitten durft: Stell dir a anderne ei. I bin net guat beinand. I muaß mi a Zeitl legn. Vielleicht konn i bald wieder. Nachher bleib i gern wieder da bei enk. Aber jetz muaßt mi geh lassen.« Die Hauserin will nichts davon wissen. »Geh! Schaugst aus, wia 's Lebn! Wia werst denn du krank sei! Bei mir hättst di ja aa haltn kinna!« Aber die Hanni deutet an, daß sie was angestellt hätt und daß sie fürchte, es möchte an der Zeit sein. Da muß sie freilich nachgeben, die Hauserin. Aber sie ist gar nicht erzürnt über die Hanni; es mangelt die Kollerin zum Schüren. »Ja, mei Herrgott!« sagt sie. »A so a Unglück! Is 's do a Richtiger?« – »Ja. A Bauerssohn.« Sie sagts dreist, die Dirn. Die Hauserin wär gern neugierig. Aber die Hanni läßt nichts verlauten. Und so wundert sich die Bäuerin bloß, daß sie es so geheim halten konnte, die Hanni. Und freut sich drüber; denn dann kommt es doch nicht so unter die Leut.

»Aber darnach kimmst wieder!« sagt sie zur Dirn beim

Abschied. »Der Bauer werd schaugn! Der is in aller Fruah scho auf Tuntenhausen zum Markt. Ja no. Werdn mir scho firti werdn, derweil, bis d' wieder kimmst. I wünsch dir Glück!« Das ist ein anderer Ton gegen früher!

Die Hanni geht schmunzelnd dem Häusl ihrer Wabn zu. Dort legt sie ihren Sonntagsstaat an, sagt ihrer Großmutter, daß sie einen freien Tag hätt, und geht summend fort, nach Tuntenhausen. Dort kauft sie einen Bogen Schreibpapier und geht auf die Post, wo sie lange herumdrückt, die Feder immer wieder eintaucht und endlich anfängt zu schreiben:

Ich, Lorenz Hauser von Öd bestättige hiermit, daß mein Sohn Simon Hauser und die lödige Johanna Rumpl von Öd als ein effentliches, hochzeitlich versprochenes Prautbaar von mir angekent sind und daß ich bei Heimkommen meines Sohnes sogleich in die Hohzeit wihligen und den Hauserhof dem jungen Ehepaar übergeben wihl mit alles was dazu gehört an lebendigem und toten Infenthar. Öd, am Liechmeßtag 1915 . . .

Langsam vollendet und überliest sie das Schriftstück. Vorsichtig steckt sie es in die Tasche des Unterrockes. Danach mischt sie sich fröhlich und zufrieden unter die Besucher des Jahrmarkts, besieht sich dies und jenes und geht zu guter Letzt am Abend hinein zum alten Postwirt, wo schon männiglich beieinanderhockt, ißt und trinkt und politisiert. Sie setzt sich ins Nebenzimmer; doch sucht sie den Platz so aus, daß sie die Tür der Gaststube im Auge hat und keinen übersieht, der durch sie aus- oder eingeht. Da bleibt sie, läßt sich eine Suppe geben, ein Stück Braten, trinkt auch ein Krüglein Bier dazu und hat mittendrin einen ersehen, auf den sie schon lang wartet – den Hauser. Er ist schon gutding voll, wie es bei einem Bauern am Abend des Markttags halt so Brauch ist. »Alsdann, guate Nacht beinand!« hört sie ihn sagen. »Guate Nacht, Hauser! Guat

Nacht!« tönt's zurück, hell oder brummend, wie es die Freundschaft grad erleidet. Die Hanni steht eilends auf und geht in die Kuchel, wo sie der Kellnerin ihre Schuldigkeit bezahlt. Dann läuft sie durch die Hintertür hinaus auf die Gasse und dahin, dem Hauser nach.

Der stapft tiefsinnig durch den Schnee. Ein beißender Sturm fegt über die Felder, jagt große Flocken in wildem Wirbel durcheinander und pfeift hohl herüber vom Wald. Die Hanni zieht erschauernd den Rock über den Kopf, versteckt den feinen schwarzen Seidenfilz mit den goldenen Borten und Quasten unter der Schürze und trabt hastig aus dem Ort. Immer dichter fallen die Flocken, immer undurchdringlicher wird das Gestöber. Die Hanni hört den Hauser brummen und murmeln. Sie blickt um sich; aber weit und breit ist nichts zu erkennen als dies graue Tanzen und Wirbeln; kein Horcher ist zu fürchten. Da eilt sie entschlossen dem Bauern nach, tritt neben ihn und hält mit ihm Schritt: »Grüaß di Good, Hauser!« Der Alt fährt schier erschrocken herum. »Du!? Hab glei gmoant, dei Gspenst waars! Grad hab i an di denkt.« — »Und bal ma an Esel denkt, kimmt er grennt, hoaßts, gell?« — »Ja, bal man 'hn nennt, hoaßts. Daß du da bist?« — »Weil i heunt ausgstanden bin.« — »Was!? Ausgstanden?!« — »Ja, auf a Wocha a zwee.« — »Zwegn was denn?« — »No . . . mei, . . . weil i net recht guat beinand bin.« — »Net guat beinand bist?« Der Hauser schaut sie trotz der Dunkelheit forschend an. Sie hält ihr Gesicht ganz nahe an das seine. »Gell, schlecht schaug i aus!« lacht sie lustig. »I siechs net«, meint er ehrlich. Aber die Dirn faßt seine Hand. »Muaßt halt greifa, balst net siechst!« sagt sie lachend und führt seine Hand an ihre eiskalte Wange. »Gell, i bin scho ganz kalt!« scherzt sie; »i brauchet 's Aufwarma!« Der Hauser tappt tastend über ihr Gesicht. »Konn scho sei!« meint er; »a bißl a Bettwarmer kunnt net schadn.« Sie stapfen durchs Holz. »I bin froh, daß d' bei mir bist«, sagt die Hanni; »im Holz fürcht i mi scho recht bei der Nacht!« Sie läßt seine Hand nicht mehr los. »Woaßt, mir hört do oft, daß oana a Madl opackt hat oder umbracht!« Ganz dicht schmiegt sie sich an den Alten. »Ah, bal i dabei bin, nachher brauchst di do net z' fürchtn, Dirndl!« erwidert er. – »Tatst mir du nix toa lassen?« – »Gwiß net!« – »Obst mir aber du selber nix tuast?« Sie drückt seine Hand und zieht seinen Arm um ihre Hüfte. Da lacht der Alte kurz und heiser. Herrgott, das Weibsbild hat eine Art und Weis, den Wildling im bravsten Menschen aufzuwecken . . . Er drückt sie einen Augenblick heftig an sich. »Ob dir i nixn tua, moanst? . . . No . . . balst es grad selm gern habn tatst . . . kunnts scho sei . . . « – »Bist du so gfahrli?« Sie leidet es willig, daß seine Hand der aufsteigenden Hitze gehorcht; eng schmiegt sie sich an ihn an, lacht, scherzt, schwatzt und peitscht seine Begierde auf dem ganzen Weg, bis sie endlich vor dem Häusl der alten Rumplwabn stehen.

»Is schad, daß der Weg scho gar is«, flüstert die Hanni; »heunt waar i no gern mit dir weiterganga!« – »Brauchst mi ja no net weiterz'jagn!« meint der Hauser. »Aber z' gfahrli is 's da am Weg . . .« – »Nachher gehn ma halt hinei!« – »Moanst, daß 's Eahl schlaft? . . .« – »Die hört mi net! I ziag d' Schuach ab!« Die Dirn lacht leise. Und sperrt vorsichtig das Haus auf und schleicht hinein. Ihre Kammer ist gleich linker Hand, indes die Alte ober der Stiege schläft. »Schleich di nur eina!« flüstert die ihm zu und schlingt den Arm um ihn; »'s Bett is scho aufbett' und 's Stuberl schee kehrt, – drum leg di nur eina; es wird dir net gwehrt!« Ganz leise summt sie 's ihm ins Ohr. Da packt er sie wild um die Mitte, hebt sie in die Höhe und trägt sie in die Kammer. »Mach d' Haustür staad zua!« flüstert sie. Er riegelt lautlos ab. Sie legt das Schriftstück und einen Tintenstift auf das Tischlein.

Fiebernd schleicht der Bauer in die Kammer zurück und riegelt ab. »Soll i d' Latern ozünden?« fragt die Hanni, indem sie hemdärmelig vor ihn hinsteht. Er tappt nach ihren entblößten Armen. »Zünd 's halt o, oder aa net, . . . wiast halt moanst . . . Madl . . .« Die Hanni macht sich mühsam frei und zündet eine kleine Weglaterne an. »Jetz siech i di guat! Jetz gfallst mir . . . Dirndl . . .« Er zieht die Dirn auf den Truhensitz nieder. »Konnst mir a weng schee toa?« – »Tua i dir net a so schee? Tua i net a so alles für di?« – »Braucht di aa net z' reun!« flüstert der Tropf; »was i dir Guats toa konn . . . dees tua i dir . . .« – »No . . . ganz glaab i dirs no net! – Woaßt, dees ander Mal hast mirs aa versprocha . . .« Der Alt hört kaum, was sie sagt. – »Da hast aa gsagt, daß d' mit mir zum Notar gehst. Und daß d' es schriftli machst zwegn mir und an Buam! Aber, gell, du Schlankl, gangen bist nia!« – »I hab ja nia Derweil ghabt!« entschuldigt sich der Bauer und versucht, immer zärtlicher zu werden. »Dees woaß i scho«, sagt die Dirn. »So viel verlang i aa gar net. – I bin scho zfriedn, balst mirs unterschreibst, daß d' fürs Kloane sorgst, wenn i grad Unglück hätt im Wochabett. Gell, Lenz! Gell, dees unterschreibst mir?« – »Freili! – Glei morgn! – Aber jetz . . . geh . . . mach . . .« Die Hanni zieht ihn zum Bett. »Lenzl . . . balst mirs jetz glei unterschreibst . . . nachher ghör i dein . . . als a ganzer . . .« – »Geh, Herrgott . . . laß mir do mein Ruah heunt . . . morgn schreib i dir . . . was d' magst . . .« – »Naa, Lenzl, heunt muaßt! Schau . . . brauchst ja grad dein Nam hisetzen!« Sie langt ihm den Schrieb her und liest ihm vor: »Also, mirk auf: ›I, der Hauserbauer von Öd verpflichte mich, daß ich für das Kind vom Simmerl und von der Hanni sorgen will, auch für den Fall, daß die Hanni unterm Kindbett stirbt.‹ Also. Du schreibst jetz dein Nam drunter; siechst, – grad da . . .« Sie weist ihm mit dem Zeigefinger die Stelle und gibt ihm den Stift in die Hand.

Der Hauser flucht, schimpft, ärgert sich über das närrisch Weibsbild, das ihm die schönste Stund verdirbt mit seinem dummen Getue, – und setzt doch an zum Schreiben: Lorenz Hau... Himmelherrgott... Da steht ja – ganz was anderes! Das heißt ja: übergeben! Sich verkaufen! Sich verhandeln um eine Lumperstund! Als ein rechter mißtrauischer Bauer, der seinen Namen unter nichts setzt, was er nicht kennt, hat er mitten unterm Buchstabieren angefangen zu lesen, grad so drunter hinein in das Geschreibsel, und hat den Satz gefunden: »... und den Hauserhof dem jungen Ehepaar übergeben will mit allem was dazugehört...« In einem Augenblick ist er nüchtern. So stark nüchtern, daß er plötzlich weiß, wer er ist, er, der Hauser von Öd. »Hast gmoant, du konnst mi fanga! Hast dir denkt: Der Depp unterschreibt scho! Gell! Aber, oha. An Hauser fangt ma net wia d' Singvögel und d' Goldfisch! Der is net so dumm, wia er herschaugt! Daß i fürs Kind sorg! Für was für oans denn?! Hast dir denkt: Is der Jung so dumm und kriacht auf den Leim, nachher geht dir der Alt erscht recht drauf! Derweil bist du die Pitschierte mitsamt deiner Gscheitheit – und Schlechtigkeit, du Schlamperl du! Schaam di!« Er nimmt das Schriftstück und steckt's ein, trotz ihrer verzweifelten Anstrengung, es ihm zu entreißen. »Naa, den Fetzen kriagst mir du nimmer in d' Händ!« sagt er; »der werd aufgspart für mein Buam, zu der Erinnerung an dei Lumperei, du ganz schlechts Weibsbild, du schlechts! So, und da is dei Jahrgeld...« Er zieht den Geldbeutel und entnimmt ihm zwei Hunderter. »Daß d' net sagn konnst, der Hauser is a hungriger Tropf; aber sehng will i di in mein Haus nimmer, verstanden!« Er schiebt den Zugbeutel wieder ein.

Jetzt ist's doch gut, daß er keinen Stier erriet zum Kauf; kann er wenigstens das Weibsbild gleich hinauszahlen – und still machen! »Dei Sach laßt dir holn, – selber kemma tuast mir net! Sinst kunnt sei ... daß ...« Er vollendet nicht.

Die Dirn steht vor ihm, hemdärmelig, in dem hochroten Wollunterrock, die Zöpfe lang herabhängend, weiß wie der Kalk bis in die Lippen, die sie fest aufeinanderpreßt. Ihre Augen sehen ihn an mit einem seltsamen Gemisch von Wut, Haß, Verzweiflung und trotzigem Stolz. Sie sagt kein Wort mehr.

Über den Hauser aber kommt jetzt der ganze Bauernstolz; seine Verachtung für »das Mensch« steigt mit jedem Augenblick, und schließlich gibt er diesem Gefühl Ausdruck, indem er noch einmal vor die Dirn hintritt, sie von oben bis unten betrachtet, wie der Schinder eine nichtsnutzige Kuh, vor ihr ausspuckt und mit den Worten: »Pfui Teife vor dir!« aufriegelt und geht. Hart schlägt hinter ihm die Haustür ins Schloß.

Die Hanni fährt zusammen und löscht eilends das Licht ab. – Droben erwacht die alte Wabn von dem Lärm, kriecht aus dem Bett und ruft hinunter: »Hanni, hast nix ghört? D' Haustür hat gscheppert!«

»Des is der Wind«, sagt die Hanni kurz, riegelt das Haus ab und legt sich zur Ruh, die sie aber nicht finden kann. Verspielt. Alles verspielt! Hundertmal fährt ihr dies Wort durch den Kopf, immer wieder, immer wieder. Herrgott, der verfluchte Ehrgeiz! Wie hatte sie getüpfelt, bedacht, überlegt, gehandelt! Immer wieder wollte das Schicksal trumpfen, sie hatte gestochen; und nun, da alles auf der letzten Karte stand, da Herz Trumpf war, da kam sie mit Schellen. Mit Habgier und Hitze. Ohne Überlegung stieß sie den Krug um, ehe sie trank ... »O i Rindviech!« Ein trockenes Weinen kommt über die Dirn. Wie schön war alles gegangen bisher! Wie sie den Simmerl damals eingefädelt hatte, daß er in sie verschossen war wie ein junger Geißbock! Wie sie das gut herausgebracht hatte, daß er sie angesetzt und unglücklich gemacht hätt und sie heiraten müßt! Und den Alten schon einmal so weit haben, ohne ihn zu fassen! – Und heut wieder! »O i Rindviech!« Noch oft sagt sie so; aber nach und nach wird der Grimm und die Verzweiflung doch milder; ihr Geist ermüdet, und das Weiterbohren und Sinnieren fällt ihr schwer und schwerer. Und endlich fallen ihr die Augen zu, und sie schläft einen schweren, bleiernen Schlaf.

Es ist ums Morgenläuten. Der Ödenhuber fährt mit seinem Braunen ins Gäu, ein Kalb zu kaufen. Vor dem Häusl der alten Rumplwabn knallt er ein paarmal fest mit der Geißel, zieht den Zügel wühst und läßt den Gaul frisch dahintraben, die Straße nach Berganger zu.
Die Rumplhanni schreckt aus dem Schlaf auf. »Jess', wo bin i denn, . . . was is's denn, . . . hab i jetzt net traamt . . . daß . . . alles aus is? . . .« Sie setzt sich mit einem Ruck auf. »Was is denn jetzt dees? . . . Is denn net der Hauser . . .« Ihr Blick fällt auf den Stift am Tisch, auf ihr Kirchengewand. »Marixn! Naa, – es is koa Traam gwen! Es is wirkli und wahrhafti a so, daß i verspielt hab!« Mit einem Satz ist sie aus dem Bett. Hastig legt sie sich an, geht sie hinüber in die Kuchel.
»Eahl!« Das Ähnl kommt eben aus dem Geißenstall, den vollen Milchhafen in der Hand. »Daß d' scho aufstehst, wennst krank bist?« fragt sie. »Weil i zum Dokter muaß«, erwidert die Hanni. »Daß d' überhaupt zu mir kemma bist und net ins Krankenhaus gehst?« – »Weil i denk, daß 's bald wieder geht, wenn i in an andern Platz kimm.« – »Ja, bist denn weg vom Hauser!?« – »Da möcht i scho fragn! Hast es ja net anderscht habn wolln! Hättst mirs ja net vergunnt, daß 's mir aa amal a bissl besser gangen wär!« – »Koan krummen Weg geh i net«, sagt die Alte

fest. »Balst aufn graden net Hauserin werst, die Winkel-
weg führn do danebn, oder gar eini ins Loch ...«
Die Hanni erwidert gar nichts. Sie hockt sich neben den
Herd, schaut der Großmutter gedankenlos beim Feuer-
machen zu, starrt in die flackernden Flammen des Reisigs,
in den Rauch, der aufwirbelt und wie ein feines, bläuliches
Netz an der Weißdecke hängt, und schlingt die Hände um
die hochgezogenen Knie. Und langsam kommt Gedanke
um Gedanke, zieht das Erlebte an ihr vorbei, formt sich ein
Plan für die Zukunft. Das Ähnl kocht den Kaffee, brummend über die nichtsnutzige Dirn, die einem in den alten
Tagen noch lauter Verdruß und keine Freud macht, und
gießt doch die schönste Schale für das »Blasl« voll, gibt der
»gottvergessenen Schuri« die ganze fette Rahmhaut und
setzt sich darnach seufzend mit ihrem Kaffee auf das Spül-
bänklein.
Die Hanni lacht plötzlich leise. »Eahl, du muaßt mir nachher mein Sach beim Hauser holn!« – »Willst wirkli nimmer weiterarbatn dort?« – »I konn do net!« – »Wann i
bitten tät für di? ...« – »Untersteh di! Liaber auf der Stell
tot sein, als nomal in dees Haus geh!« – »Wo willst nachher aus?« – »Dees werd si scho finden.« Auf ein weiteres
Fragen gibt sie der Alten keine Antwort mehr, trinkt hastig ihre Schale leer und geht fort, hinüber zum Ödenhu-
huber.
Und lacht wieder leise. »Is's der net, nachher is's vielleicht
der ander«, sagt sie zu sich selber; »und wer i net Hauserin, so wer i vielleicht Ödnhuaberin.« Sie tritt frisch in die
Gaststube. Die Resl stellt eben die Salzgefäße auf die
Tische. »Guat Morgn!« will sie sagen; da erkennt sie die
Rumplhanni. Und denkt an ihren Pauli und an jenen
Abend des Abschieds, wo ihn dieses Weibsbild so stock-
närrisch gemacht hatte, daß er frei allen Verstand verlor.
»Was möchst denn du da?« fragt sie daher die Eintretende

unwirsch. »Di net!« erwidert ihr die Hanni und freut sich
im stillen aufs neue darüber, daß sie damals die beiden so
schön zum Narren haben konnte.

Sie geht hinaus in die Kuchel. Da steht die Leni am Herd
und rührt ein Einbrenn zum Voressen. Sie fährt erschreckt
zusammen, als sie die Hanni sieht. Eine heiße Röte steigt
ihr ins Gesicht, eine plötzliche Angst läßt ihr das Blut im
Hals schlägeln. Mariand... sie werd do net... was wissen! fährt's ihr durchs Hirn. Und mit unsicherer Stimm
fragt sie: »Rumplhanni, was möchst denn?« Die Dirn tut
freundlich: »Dei Muatta möcht i; grüaß di Good, Leni!
Bist scho fleißi?« Gottlob! ... »Tuats scho, Hanni! Grad,
was sei muaß. D' Muatta werd glei kemma. Magst di net
niederhocka derweil?«

Sie schiebt ihr einen Hocker hin.

Die Hanni setzt sich: »I bin so frei, bals verlaubt is, Leni.
Was is's mitn Kriag? Habts vom Jackl scho Nachricht?
Geht's eahm guat?«–»Ja. Geht eahm alleweil no guat...«,
sagt die Leni.

Da kommt die Ödenhuberin. Die Hanni steht sogleich auf.
»Grüaß di Good, Wirtin.« Die Ödenhuberin blinzelt erstaunt: »Was will denn die da?« Sie schaut mit einem Gemisch von Hochmut und Mißtrauen an der Hanni hinunter.
»Ganga bin i drenten«, sagt diese. – »Na – und?« Eiskalt ist
der Ton dieser Frage. – »Und jetz möcht i zu dir. Grad mit
Fleiß. Grad, daß i s' tratzen konn, dee da drent.« Die Leni
fährt herum. Die Ödenhuberin verzieht die Mundwinkel
ein wenig. Ihre Ohrgehänge zittern leise. »So, zu mir
möchst. Aha!« Wie das durchgeht! Wie eine Messerspitz
durchs Fleisch! Der Hanni ist nicht wohl zumut dabei.
Aber sie lacht doch ihr helles, freundliches Lachen und
sagt: »Ja, grad extra. Daß er si recht gift', der Hauser.« Die
Wirtin wischt mit der flachen Hand etliche Brosamen von
der Anricht. »Und du moanst, daß i di glei mag?« – »Ja

no ... Zfriedn waarst mit mir.« – »Dees kaam drauf o. Aber i probiers gar net mit dir.« Der Hanni fährt die Röte ins Gesicht. »Weil i di gar net möcht«, sagt die Wirtin; »weil i di kenn. Und weil i a bessers Gedenka hab, als wia zum Beispiel du.« – »I? I versteh di net ...« – »Werst mi glei versteh, wenn i dir draufhilf. Oder bsinnst di leicht selm no auf den Tag, wo mei Jackl furt is ... und grennt, als wia wenn der leibhafti Teife hinter eahm gwen waar! ... Aha. Fallt dir scho ei, gell. Und sell am Gartl draußt, gell, dees fallt dir aa no ei. Und überhaupts und a so. Und es is mir liaber, du gehst. Glei. Da is d' Tür.« Auweh. Das ist schier eine Roßschwemm. Mit der Hoffnung ist's auch vorbei.

Die Hanni rennt wie begossen aus dem Haus, dahin. Läuft auf ein Haar dem Staudenschneidergirgl unter die Rosse, als er grad mit dem Fuhrwerk ums Eck biegt. »He, he, Jungfer Gschnappi! Mach mir meine Gaul net scheuch!« spöttelt der Girgl; »bist jetz du grad vom Hauser außagflogn oder vom Wirt?« Der Hanni liegt eine grobe Antwort schon auf der Zunge; da fährt ihr was durch den Sinn. Darum erwidert sie fröhlich: »Naa, direkt vom Himme aba. Und zu dir fliag i eine.« Sie blickt scharf nach seiner Miene. Aber die bleibt unbewegt, als er sagt: »Hab koan Platz für so an Erzengel.« – »Brauchts aa net, daß d' mi als an Erzengel einstellst! I bin scho mit was Gringern aa zfrieden! Zum Beispiel als Mitterdirn ...« Der Girgl horcht auf. »Du möchst mi derblecka ...« – »Aber ganz gwiß net! Ganz im Gegenteil! Abbitten tat i gern eppas ...« Sie schaut ihn heiß an. »Weils mir koan Ruah net laßt, daß i so grob gwen bin gega di ...« – »Da bist aber spaat dro damit.« – »Ja no. Weil ma halt übermüati is.« Ihre Augen blitzen, ihr ganzes Gesicht zeigt ihm ihren lachenden Übermut. »Geh, sei mir wieder guat, Girgl!« sagt sie; »woaßt, wenn i aa a diam narrisch bin, guat leidn konn i di do.« – Daß die gar so zuckersüaß tuat! denkt sich der Girgl; und laut sagt er: »I glaab dirs scho, Hanni. Dir glaab i überhaupts alls.« – »Dees derfst aa! Aber – jetzt Gspaß beiseitn: i frag di, obst koa Dirn brauchst. I bin ganga beim Hauser.« – »Ah so! Ja jetz!« Also deswegen die Freundlichkeit! Der junge Staudenschneider ist ein Bauer. Ein richtiger. Und nicht aufs Hirn gefallen. Und mißtrauisch und argwöhnisch, wie sichs gehört. Und die Hanni ist für ihn nicht mehr die Hochzeiterin, die ihn verschmäht hat, sondern eine Dirn – ein Dienstmentsch, wie jedes andere auch. Und beim Einstellen von Dienstboten geht's wie beim Viehkauf: Wenn man nicht angeschmiert sein will, schaut man gut und überlegt gut. Und wenn schon zuvor was fehlt, dann sagt man lieber gleich ein Nein; denn beim Vieh gilt nur der gesetzliche Fehler, während die andern den Handel nicht aufheben und doch den Stall verschandeln und den Geldbeutel unnütz leer machen. Will einer sagen, daß es beim Dienstvolk anders ist? Drum frag erst. – Der Girgl fragt. »Daß d' du zu mir möchst? Daß d' du weg bist beim Hauser?« – »Weils mi nimmer gefreut hat bei dem alten Sponzierer.« – »Aha. Und beim Ödnhuaber ham s' di net mögn. Jetz versteh i 's scho. – Hüa! Hüa hott! – Naa, i mag di aa net! A so net und a so net. I möcht di nimmer als Hochzeiterin und aa net als Dirn. I mag di net amal für a Nacht aufs Stroh. Daß d' es woaßt. – Hüa, sag i! Fahrts zua, ös Luader!« – Oho! »Ja, was is denn dees! Strohschüppel, buckelter! Nachher laßt es steh, balst net magst!«

Die Hanni rennt heim zu ihrer alten Wabn. Die ist grad zum Hauser gegangen. Und muß sich dort allerhand sagen lassen von ihr, der Hauserin. Denn so was ist doch himmelschreiend! Hat man das Weibsbild angenommen als ein Betteldirndl von der Straße weg, hat es hergezogen rechtschaffen und mit dem besten Beispiel, und jetzt hat

man den Dank. »Kunnt ma s' so guat braucha!« jammert
sie; »hätt ma 's so guat gmoant damit! Derweil taat sie
nachn Simmerl greifa! Und taat eahm a Kind vürmacha!
A so a liaderlichs Weibsbild!« Er hat gut gepfiffen, der
Hauser. Aber von seinem Zusammentreffen mit der Hanni
hat er wohl geschwiegen! Denn die alte Rumplwabn legt
der Hanni um Mittag hundert und achtzig Mark auf den
Tisch: »Da, dei Jahrlohn von der Hauserin. Dees von die
andern Jahr, sagt s', hast. Und da hast dei Sach. Du hättst
aa nimmer dümmer sein könna, als wia d' gwen bist.« —
»Es is scho recht, sag i!« erwidert die Hanni grob. Im stillen
aber sagt sie selber ein ums andere Mal:
»O i Rindviech!«
Am Nachmittag, da das Ähnl seinen gewohnten Schlaf tut,
hockt die Hanni in ihrer Kammer, hat die Tür verriegelt
und überzählt ihr Geld. »Fünf Jahr Hausergeld . . . hundert Mark von der Muatta, . . . zwoahundert von dem alten Tropf . . .« Zufrieden betrachtet sie die Gold- und Sil-
berstücke, die Scheine. »Hätts enk gar net schiach aus-
gnomma bei die Geldsäck von an Ödhof!« murmelt sie;
»waarts guat zuaweg'standen zu die Hausertaler, zu die
Staudnschneiderfuchsen und zu die Ödnhuaberkrandln.
Aber . . . was net sein konn, konn net sein. Wo der Pfenning gschlagn is, da gilt er nix. Da is's besser, er wandert
aus.« Sie räumt ihren Schatz wieder sorgsam zusammen,
wickelt alles in ein Taschentuch, steckt es in einen Strumpf,
den sie gut zubindet, und verwahrt so ihr Gut in einem
großen, alten Samtzegerer, einem Reisesack, den sie mit
etlichen Wäschestücken und einem Werktagsfähnlein voll-
stopft wie einen Koffer. Ihre übrige Habe sperrt sie in die
Truhe, auf die sie einen Zettel klebt mit der Aufschrift:
Eigentum der Jungfrau Johanna Rumpl von Öd bei Schönau in Bayern. Gewissenhaft muß alles geschehen; denn
wer weiß, wo der Wind einen hinreißt!

»Jetz probier i's amal z' Münka«, sagt sie; »und is 's z' Münka nix, nachha geh i auf Berlin, und wenns da aa nix is, nachher roas' i ganz furt. In's Amerika.« Sie nimmt den Spiegel von der Mauer und den Kamm aus der Zigarrenschachtel, in der auch die Seife, das Haaröl und der Schuhlöffel liegen; dann setzt sie sich ans Fenster und beginnt, sich das Haar modisch zu richten und zu stecken. Darauf zieht sie ihr blaues Festtagsgewand an, steckt die schweren, langen Seidenbänder an den Hut, daß sie ihr hinabhängen bis zu den Fersen, wickelt sich in einen dicken roten Wollschal und macht sich also fertig zur Reise. In der einen Hand den Zegerer, in der andern die Kammschachtel, in die sie noch schnell Gebetbuch und Rosenkranz wirft, so steht sie endlich an der Tür und blickt forschend herum. »Vergessen hab i nix. Mein Geldbeutel hab i, mei Schneuztüachl aa; 's Eahl schlaft, und sinst hab i nix mehr z' toan. – Alsdann. Nachher geh i.« Ganz leise schleicht sie aus dem Haus.
An der Stelle beim Wegkreuz, wo sie selbiges Mal dem Simmerl noch den letzten Pfüagood bot, bleibt sie noch einmal stehen, schaut zurück zu den drei˙ Bauernhöfen, zieht die Lippen verächtlich herab und geht dann rasch und entschlossen ihren Weg dahin, der Bahn zu. Rüstig schreitet sie fürbaß auf der tiefverschneiten Straße. Grau und trüb hängt der Himmel über den Hügeln und Tälern des Gaues; aber die Hanni schaut fest hinein in den Nebel und ins Gewölk, indem sie denkt: Du bist mir guat trüab und grob! Bis i auf Münka kimm, werd d' Sunn scho wieder scheina! Und 's Glück aa!

Der Bahnhof zu Ostermünchen steht öd und verlassen, da die Hanni dort ankommt. Etliche Lichter scheinen trüb durch den dichten Nebel, der ringsum schwer über dem Boden hängt, und ein alter Griesgram macht scheltend und brummend seinen Dienst. Die Uhr zeigt auf sieben.

Die Dirn tritt in die Halle und zum Schalter. Mit festem Knöchel klopft sie an die Scheibe. »He da! Eisenboh! I muaß auf Münka!« Ein Ruck, das Fenster wird scheppernd in die Höhe gerissen. Der Kopf des Herrn Bahnvorstands erscheint einen Augenblick in dem Guckloch. »Jetzt geht kein Zug!« Rratsch. Der Kopf ist verschwunden, das Guckloch fällt zu. »Nachher wart i halt, bis oana fahrt, Rüappel!« sagt die Hanni gelassen und geht langsam und betrachtend in dem Raume auf und ab.

Nach geraumer Zeit kommt noch einer, der mit möchte – ein Soldat. Den fragt sie: »Wann fahrt er denn scho, der Zug?«

»In ana halben Stund«, sagt der Bursch; »i kaaf mir derweil no gschwind a Halbe, drent, beim Wirt.« Damit läßt er sie wieder allein mit ihren Gedanken, Plänen und Wünschen. Und sie überdenkt kurz ihre Zeit im Hauserhof, spürt noch einmal die Röte und Hitze einer zornigen Scham, die ihr jäh ins Gesicht fährt, da sie überlegt, wie sie den Karren hätt heimgebracht, wenn sie nicht so narret hätt am Zügel gerissen. Nun heißt's wieder von vorn anfangen. Aber: Fang ma halt nomal an! denkt sie. Glei frisch drauf los und mitten eine ins Glück! Wer woaß 's: hat mir koa Bauernhof ghört, werd mir scho a Stadtpalast ghörn, oder gar a Gschloß. Ein leises Lachen kommt sie an. »Is mir net angst! Wenns aa 's erschtemal is, daß i in d' Stadt kimm! Da werds scho aa ein Orts a Platzl gebn, wo i hinpaß.«

Etliche Reisende kommen an und bringen die Dirn aus ihren Betrachtungen. Sie löst ihre Karte für die Fahrt. Der Zug fährt ein. »Herrgott!« Ein Riß geht der Hanni durch die Brust!

Aber sie steigt frisch ein und setzt sich breit neben etliche Soldaten, die gleich ihr nach München fahren. Einer von ihnen, ein langer, schwarzäugiger Bursch, schielt sogleich

begehrlich zu ihr herüber. »Wo fahrst aus, scheens Kind?«
– »Mit der Postscheesn in Himmi!« sagt die Hanni lachend.
Die andern schmunzeln. Der Lange aber meint: »Dees
muaß aber a abscheulige Himmelfahrt sein, – so alloanig!
– I moan, wennst mi als Schutzengel mitnahmst...« –
»Nachher kaam i ganz sicher in d' Höll! Dees glaab i gwiß!
Naa, i fahr liaber oaspanni, nachher werd mir doch mei
Gaul net scheuch!« – »Aha, die kennt di, Brüaderl!« sagt
dem Langen sein Nachbar. »Die bandelt net gern o mit an
sechsfachen Raubmörder!« – »Aber mit so an Schinder-
hansl, wias du oana bist!« erwidert der andere grimmig;
»mit so an boarischn Hias laßt sie si ein! Naa, Frailein, da
bleibns scho liaber ledig und wern s' a Klosterfrau! – Dees
hoaßt: wanns vielleicht doch a bisserl a Liab hätten zu an
ordentlichen Menschen?...« Die Hanni lacht vergnügt.
»Dees müaßt i mir wohl erscht no a Zeitl überlegn!« sagt
sie; »und bis dahin kunnt i dir leicht z' alt sein.« –
Der Zug hält. Allerhand Leute steigen aus und ein, und die
Hanni betrachtet neugierig das Getriebe. Da hört sie hinter
sich einen rufen: »Ja, was is denn dees! Der Knittl! Ja,
grüaß di Good, Knittl! Wo fahrst zua, alter Pfannaflicker?«
Sie fährt erschrocken zusammen. Der Knittl! Der Pfannenflicker! Ihr Vater!
Herrgott, das ging ihr jetzt gerad ab, daß der Alte sie sieht.
Ängstlich duckt sie sich zusammen. Hinter ihr sagt der,
den sie von Rechts wegen Vater nennen sollt, eben: »Ja,
grüaß di Good aa, alter Spezl! Fahrst aa Münka zua?« Er
fährt also auch nach der Münchnerstadt! Der Hanni steigt's
schwül auf, und sie sucht mit den Blicken die Wagentür.
Indes ihre Nachbarn scherzend fragen: »Alsdann, was is
's, scheens Kind? Wer derf mittoa bei dera Himmelfahrt?«
Sie antwortet nicht; ihre Lippen pressen sich fest aufeinander, ihre Finger rupfen und zerren an den Fransen des
Wolltuchs.

Und jetzt steht er auch schon da, der alte, vollbärtige Krau-
terer mit dem verpichten Gewand, dem der Schnupftabak
in den Barthaaren hängt und das Wasser stetig aus den
Augen tropft vom vielen Saufen. »Gibt's da aa koan Platz
mehr für an oaschichtigen Handwerksburschen?« Die Hanni steckt den Kopf tief zwischen die Schultern; ihre Hände
wischen im Gesicht herum. Aber: – »Jessas ... was siech
i ... is dees net ... bist du net ... mei Hanni?« tönt's wie
eine Posaun vom letzten Elend an ihr Ohr; »bist du net
mei Hanni? ... Von der Rumplkathl a Tochta?« Ach, daß
kein Spältlein in der Erden, kein Mausloch Erbarmen hat
mit ihr! Gibt's denn keine Mauer, die sich herabsenkt vor
ihr und sie unsichtbar macht vor ihm, dem alten Tropfen!
Schaut nicht schon alles auf sie, auf ihr festliches Gewand
– und betrachtet dann ihn und seine Haderlumpen! Ja,
man schaut und horcht freilich! Sie spürts deutlich. Und
denkt daran, daß sie, die Rumplhanni, zwar wohl das Kind
dieser beiden Menschen ist, aber dennoch ein Waisl, das
sein Lebtag jede Suppe allein auslöffeln mußte, und jeden
Strumpf selber flicken, wenn er ein Loch hatte! Wer hat
mir gholfa, wia i als arms Haderlumpadirndl auf Gemeinde-
kosten von ana alten Bißgurrn schlecht gfuttert und
schlecht ghalten wordn bin? – Neamd. I selber bin davon.
Und daß mi d' Hauserin gnomma hat, is aa koa Werk von
dene gwen, die heunt gern Kind zu mir sageten! So denkt
die Dirn. Und da der Alte abermals fragt: »He, du, Dirndl!
Di moan i! Bist du net d' Rumplhanni von Öd?«, da richtet
sie sich straff auf und sagt eisigkalt: »Naa, da bist irr. So
hoaß i net.« – »Bist du net beim Hauser von Öd Dirn
gwen?« – »I kenn koan Hauser. I bin vo Rosenhoam.« Der
Alte schaut sie immer noch an, forschend, fragend, wehmütig, enttäuscht. »Vo Rosenhoam. Ja, nachher hab i
falsch gsehgn. Nachher sag i halt: Nix für unguat.«
Er kann sich nur schwer abwenden. Und da ers tut, rinnen

ihm die Tränen dick über seine blauroten Backen, und er sagt: »Mei, wenn sie's aa waar, ... mit mir kunnt s' alleweil koan Staat macha, mit mir alten Hallodri ...« Damit zieht er ein Schnapsglas aus dem Sack und trinkt, indes die Hanni bleich und rot wird und sich wie von tausend Hunden gehetzt vorkommt. Er setzt sich nun zu seinem Kameraden, der Pfannenflicker. Mit zitternder Hand bietet er ihm die Schnupfdose, das Schnapsglas.

»Da, alter Spezl, schnupf amal. Und trink amal. Is a guater Enzian. Weils gleich is. Weil i heunt amal wieder woaß, daß i a alter Lump bin und a Lump war meiner Lebtag. – Bist no alleweil billiger Jackl?« Der Freund bejaht. Und schnupft und trinkt.

Da hält der Zug in Grafing. Allerhand Reisende, Bauern, Bäuerinnen, Soldaten und junge Weiberleut steigen ein, so daß der Wagen gedrückt voll wird. Der alte Knittl lacht. »Da schau her, Jackl! Da gehts zua, wia wenn Kirtamarkt wär oder d' Jakobidult!« Der billige Jakob nickt. Und trinkt wieder von dem Enzian des Freundes. Da steigt einer ein, der hat kaum den billigen Kaufmann erblickt, als er auch schon schreit: »Ei, ei! Wen siech i da! An Jackl, den Spitzbuam! Was hast gsagt, wiast mir die selbig Bettdeckn aufghängt hast? ›Da legst di eine mit deiner Bäuerin‹, hast gsagt, ›und raus gehst nimmer, bis daß der Kriag gar is!‹ Und jetzt muaß i einrucka!« Der Jackl schmunzelt. »Jetzt der is guat!« meint er. »Der denkt, wann er bei mir Kundschaft is, nachher wird er für unabkömmlich erklärt! Mei Liaber, du gfallst mir! Du hast dir dein Orden scho verdeant! Für di waars schad, wann s' di amal derwischetn, d' Franzosen oder d' Russen!« Er gibt dem alten Knittl die leere Flasche wieder zurück. »Da, alter Schwed. Guat is er gwen. Der macht an Toten lebendig.« Bald ist eine gute Unterhaltung zwischen den dreien im Gang, der Kaufmann macht seine trockenen Witze, und der alte Pfannenflicker vergißt vor lauter Lachen, daß er vor kaum einer halben Stunde erinnert wurde an seine Jugend, an eine bewegte Zeit und an ein Maidl, das da zu ihm sagen müßt: Vater.

Die Hanni aber ist verschwunden. In Grafing ist sie ausgestiegen, hat sich einen andern Wagen ausgesucht und sitzt nun mit ihren Gedanken und Plänen einsam in einem Abteil für Frauen. Und der Zug eilt dahin und bringt sie der Stadt immer näher, immer näher ihrem ferneren Geschick, Glück oder Unglück. Nachdenklich lehnt sie am Fenster und blickt hinaus in die schweigende Nacht, sieht die Lichter der Wohnstätten an sich vorübergleiten und gewahrt weit hinten im Nebel die leuchtende Helle der Großstadt mit ihren ungezählten Lichtern. Und plötzlich beginnt ihr das Blut laut und stürmisch in den Adern zu schlägeln, eine große Angst vor der weiten, fremden Stadt kriecht in ihr herauf. Doch tapfer wehrt sie dem Gefühl und würgt es hinab.

Und da der Zug immer näher dem rötlichen Schein des Lichtmeers kommt, da der Schattenriß der Münchnerstadt sich immer weiter vor ihren Augen ausbreitet, da wird ihr Blick wieder klar, ihr Gesicht hart und entschlossen. Sie richtet sich zum Aussteigen und erwartet stehend das Ende der Fahrt. Und als endlich der Ruf: »Ostbahnhof! München Ostbahnhof!« an ihr Ohr dringt, da reißt sie ungeduldig an der Tür, springt frisch aus dem Wagen und trabt wohlgemut den andern Reisenden nach, die hastend aus dem Bahnhof und über den Platz zur Straßenbahn eilen.

Schreiend und scheltend drängt sich die Menge in die Wagen; die Hanni aber spürt keine Lust, ins Ungewisse hineinzufahren, hebt vielmehr vorsorglich den Rock hoch, damit der Straßenkot ihn nicht bespritze, und stapft den Schienen entlang die Straßen dahin bis zur Isarbrücke. Da bleibt sie staunend stehen. Glitzernd und schillernd eilen die Wasser des Isarflusses dahin; Türme, Giebel und hohe Paläste ragen in die neblige Nacht, indes Hunderte von Lampen und Lichtern die Straße taghell machen und das Auge blenden. Hastend und unruhig wogt der Strom von Menschen an ihr vorüber, Karossen und Wagen eilen hin und wider, und mit viel Lärm bringt die Straßenbahn ihre Fahrgäste dahin, dorthin, irgendwohin. Lange steht sie da, die Dirn, und schaut. Und kommt sich klein und immer kleiner vor in diesem endlosen Gewurle und Getriebe. Wieder steigt die Angst in ihr auf. Aber wieder drückt sie das Gefühl nieder und geht frisch weiter, dem Isartor zu. Und denkt: »Groß is s', d' Stadt, und weit is s' aa; nachher wird si scho für mi aa ein Orts a Hoamatl finden und a Kuah zum melken!«

> Grasgrea is die Hollerstaudn,
> Schneeweiß is die Blüah,
> Dirnderl, i hätt di gern,
> Wia is denn dir?

> D' Kerschbaam blüahn aa wia Schnee,
> 's Liabn braucht an Fleiß,
> Dirn, trau dem Büaberl net,
> Er führt di aufs Eis!

Die Hanni steht zaghaft vor dem alten Gasthof, drunten im Tal. Schreien und Lachen dringt daraus, Gäste kommen und gehen, eine laute Musik übertönt zeitweise den Lärm. Ein altes Weib mit pergamentenen Zügen und langen Ohrgehängen kniet in der Toreinfahrt vor einem Ofen, fächelt mit einem rußigen Flederwisch in die schlafende Glut, daß sie zur bläulichen Flamme auflebt, und sagt dazu, so oft jemand vorbeigeht: »Heiße Maroni, Herr! Gute, heiße!« An diese Alte wendet sich die Hanni. »Muada, woaßt nix, ob i da drin über Nacht bleibn konn?« – »Da drin? O ja! Freilich wohl! Ganz gut!« Sie steht auf und schüttelt die Kastanien auf dem Röstblech durcheinander. Die Hanni schaut ihr unschlüssig noch eine Weile zu, dann tritt sie ein in die Gaststube. Herrgott! Gehts da zu! Ein Lärm! Ein Rauch und Qualm! Und ein Duft! An schmierigen Tischen sitzen allerhand verwegene Burschen, verlotterte Mannsbilder und freche, plärrende Weiber. Dazwischen gehen und stehen ärmliche Händler und Hausiererinnen herum, bieten ihre elendigen Waren an und unterhalten sich mit dem und jenem. Bald steht hier, bald dort ein Streit auf, erlischt wieder und wird aufs neue angefacht, dazu rattert, bläst, pfeift und scheppert in einem hohen Kasten die überlaute Musik, und über dem ganzen Trubel hängt der dicke, beißende Tabaksqualm, der dem Neuankommenden für den Augenblick jede Einsicht hindert, jedes Suchen nach Bekannten unmöglich macht. Die Luft ist erfüllt von diesem Rauch, vom Dunst der Speisen, vom Geruch abgestandenen Bieres, vom Lärm der Menschen und der Musik. Betäubt steht die Hanni am Eingang, wird bald von einem gestoßen, von dem andern geschoben und gerät auf Ja und Nein mitten in einen Knäuel streitender, schimpfender Burschen und Mädchen. Vergebens sucht sie daraus zu entkommen und den Ausgang zu gewinnen; der Streit wird zum Geräufe, Stühle, Krüge, Körbe fliegen, Schläge fallen dumpf auf die Köpfe etlicher Angegriffener, Weiber kreischen auf, und dann fährt gewichtig die Faust eines Hausknechts dazwischen, der die ganze Gesellschaft in wenig Augenblicken auseinandertreibt und an die Luft setzt. Die Hanni steht eingezwängt zwischen Tischen und umgeworfenen Stühlen, unfähig, sich zu rühren. Die Bänder ihres Hutes sind abgerissen, ihr Gewand ist voll verschütteten Bieres. Und in ihrem Gesicht steht der Schrecken des Augenblicks.

Da sagt eine bekannte Stimme: »Hanni! – Rumplhanni!«
Sie schaut um sich. Einer von Vogelried! Ein Landsmann!
»Gell, du bist vom Ropfer z' Vogelried?« fragt sie ihn.
»Freili bin i's! Und du bist d' Rumplhanni vo Öd, gell?« –
»Ja.« Gott seis gedankt! Ein Bekannter! Ein Schulkame-
rad! Die Hanni besinnt sich noch gut auf den Ropferflorian
von Vogelried. »Gell, du bist selbigsmal davon . . . durch-
brennt . . . wia s' di wegn dera Gschicht . . . bei der Kramerin ozoagt habn?« fragt die Hanni weiter. Und sie erinnert
sich wieder des Tages, da man die alte Haschermutter in
ihrem Laden schier ohne Besinnung aufgefunden hatte.
Das abergläubische Weiblein zitterte vor Angst und berichtete, der Teufel wär eben leibhaftig bei ihr im Laden
gewesen und hätt ihr gedroht: »Entweder du gibst mir
zwanzg Mark, oder i pack di auf der Stell z'samm und
nimm di mit in d' Höll!« Der Florian lacht. »Mei, i habs ihr
ja net gschafft, daß sie's glaabn soll!« sagt er; »aber
braucha hab i 's Geld scho könna. Sie hat mirs ja freiwillig
gebn!« Und damit ist die Geschichte für ihn wieder tot.
»Wo kimmst her und wo gehst aus? Wia kimmst da rei' in
d' Stadt und in die Boazn?« Das ist seine weitere Frage.
Die Hanni seufzt. »Mei, an Platz suach i in der Stadt herin.
Und a Wirtshaus zum Übernachten.« Der Florian ist hocherfreut. »Du hast 's Dableibn im Sinn? An Platz möchst?
Ah, da woaß i dir glei Rat! Ja, da schau her! Und übernachten kannst glei in der Näh. Glei in dem Haus, wo i
wohn. Und jetz gehst mit mir um a Häusl weiter, nachher
lad i di ei zum Essen. Und zu an Kaffee. Is 's dir recht?«
Obs ihr recht ist! Freilich! So allein in der endsgroßen,
fremden Stadt, in dieser Roßschwemm!
Zwar ist er nicht viel Gescheites, der Ropferflori; es ist
auch etwas in seinem Wesen, was ihr nicht recht gefällt,
aber er ist halt doch ihr Landsmann, das einzige bekannte
Gesicht unter viel hundert fremden. Und so geht sie gern

mit ihm in eine andere Wirtschaft, ißt und trinkt, lacht und erzählt und erschrickt ganz, als die Zeit der Polizeistunde da ist. Nun heißt's heimgehen. Heim! – Wo mag heut ihr Heimatl sein? Wo morgen? Ein leiser Seufzer entfährt ihren Lippen. »Moanst, daß i z' Münka an richtign Platz kriag, Flori?« – »Freili! Grad gnua! Oan besser wia den andern!« – »Gott sei Dank! Is mir scho schier loade worn beim Drodenka! Aber wennst du a so sagst, nachher werds scho a so sein.« Sie überläßt ihm willig ihren Reisesack, den er ritterlich trägt.

So schreiten sie frisch dahin durch den leise fallenden Schnee, die Hanni immer ein paar Schritte hinter ihrem Begleiter, der ihr den Weg weist. Grad biegt er hinten beim Kloster am Anger ums Eck, indem er sagt: »Jetz wern mir glei da sein. Muaßt aber a bissl warten da herunten, bis i mit der Hausfrau gredt hab!«, da geschieht etwas ganz Unerwartetes. Der Florian stößt plötzlich einen kurzen Fluch aus, dreht sich blitzschnell um und rennt an ihr vorbei, zurück, um die Ecke, davon.

Mit ihrem Zegerer, ihrer ganzen Habe! Und vor ihr stehen zwei in Uniform, die ihr den Weg versperren, vor und zurück. Und fragen: ob sie den Burschen gesehen hätt? »Freili hab i 'hn gsehgn!« Wo er hin wär? »Da hint ums Eck! Was woaß i!« Ob sie vielleicht zu ihm gehöre? »Mei . . . ja und naa. Wias d'es nimmst!« Aber: »Was? Sie wolln uns derblecka, scheints! Sie habn eine ordentliche Antwort zu gebn, daß Sies wissen! Wie heißen S'?« Die Hanni will weiter, dem Tropfen nach, der ihren Reisesack mitnahm. »Dees geht koan Menschen nix o, wia i hoaß! Und überhaupts hab i mit enk gar nix z' toan! I will zruck, dem oan nach, der mei Sach hat!« Aha! Sie ghört also zu ihm! »Sie bleibn jetz amal bei uns da, Frailein! Verstanden! Sie wissen guat, wo S' Eahna Sach darnach suacha müassen! Und jetzt sagn S', wie Sie heißen!« – »Naa, ganz

gwiß net! Da kunnt a jeder kemma und fragn, wia i hoaß!
Gar, wo ma mi so saudumm oredt! Als wia wenn i wissen
tat, wo der oa mit mein Zegerer hin is!« Sie gerät in die
Hitze. »Mein Ruah will i habn, sag i! Suachts enk a anderne aus zum Fürannarrnhalten!« Und da die beiden immer noch nicht gehen, kommt sie immer mehr in Zorn und
Wut und beginnt zu schimpfen und zu schreien. »Mein
Fried sollts mir lassen! Schaugts liaber, daß's hoam
kemmts, anstatt daß's d' Weibsbilder drangsalierts! Ös
ghörts überhaupts net da her! Ös ghörts scho lang in
Schützengrabn auße! Seids groß und stark gnua! Und bals
mi jetz net glei guatwilli steh laßts, nachher zoag i's enk,
wer i bin! Aber richti!« Sie ballt die Fäuste, stampft, wütet.
Und da die beiden gar verlangen, sie solle mitgehen auf
die Wache, als sie vom Verhaften reden und von grober
Widersetzlichkeit, da ist es aus mit ihrer Fassung. »Grob!
Wer is denn grob? Koa Mensch wia ös! Ös waarts mir no
so Soldaten! Schaama derfts enk! Da waar insa Kini sauber aufgricht, wenn er lauter solchene hätt!...« Und
schließlich bricht sie in Tränen aus, weint um ihr Sach, um
ihre Ruh, um ihr Öd. Es ist nichts mehr mit ihr zu machen,
und da schließlich den beiden Polizisten etliche Kameraden
in den Weg kommen, packen sie die Hanni, heben sie in
einen herbeigeholten Wagen und bringen sie trotz ihres
Sträubens zur Polizei als ein »aufgegriffenes Frauenzimmer, welches sich nicht ausweisen konnte und Widerstand
gegen die Staatsgewalt verübte«.
So sitzt also die lautweinende Hanni im Polizeiarrest bei
noch etlichen andern, die gleich ihr im Verlauf der Nacht
aufgegriffen und eingeliefert wurden. Neben ihr hockt
eine alte, betrunkene Hadernsammlerin aus Giesing auf
der Bank und schimpft über den sozialen Tiefstand des
Wirtschaftsbetriebes, über die ungleiche Verteilung von
Geld und Bier und über die ungalante Schutzmannschaft

Deutschlands. Daneben unterhalten sich ein paar auffällig
gekleidete Mädchen mit einer dicken Wäscherin, die sich
ihnen als Hauswirtin anbietet. Indes in einer Ecke eine
Hausiererin steht und mit viel Tränen einem Mädchen der
Gasse ihr elendigs Schicksal und ihre Not schildert. Und
da sie dies getan, geht sie auf die Hanni zu und sagt:
»Gehngan S' zua, Frailein, woanan S' do net a so! Deswegn werds do net anders! Sie müassn Eahna akkrat a so
denka wia i: Der Arme is ein Opfer des Kapitulierns. Mit
den Arma tuat a jeder, was er mag. B'sonders wann oana
koan Pfenning Geld hat und an schlechtn Leumund. Daß
er sei Straf net zahln konn; daß er s' absitzen muaß, wia i.
Ja, wenn i net so a Rindviech waar! Aber a so hab i halt
wieder um a Glasl z'viel ghabt, a Wort hin und oans her,
und der Widerstand is fertig gwen. Und der Alt hockt dahoam und huast, d' Kinder plärrn um was z' essen, und d'
Hund winseln ums Fuatta. Und i hock da und wart auf
morgn früah, wenn s' mi heunt nimmer auslassen! Wo
kommen S' denn her? Warum sand S' denn da?«
Die Hanni hört allmählich zu weinen auf. Das Weib da vor
ihr hat eine größere Kirm zu tragen. Die ist nimmer frei
und ledig. Und dennoch überkommt die Dirn noch mal ein
heftiges Schluchzen, als sie der andern erzählt von ihrer
Reise, von ihrem Zusammentreffen mit dem Ropferflori,
von ihrem Unglück. »Hättst es halt die Schutzleut gsagt,
wiast hoaßt!« meint ihre Genossin. Aber: − »Wenn i
gmoant hab, Soldaten sand s'! Was woaß i von dee Schutzleut! Bei uns hat ma halt Greane, Schandarm hoaßt man
s'«, erwidert die Hanni. Und es währt nicht lang, da sind
die beiden Weiberleut gut Freund geworden. So daß die
Hanni wieder ganz munter ist und ruhig den Morgen und
das Verhör erwartet.
Da redet sie frei und ehrlich, sagt auch, wer sie ist und was
sie vorhätt, und empfängt mit viel Freude ihren Reisesack,

den der Flori wohl in der Eile von sich geworfen und den ein Straßenkehrer gefunden hatte. Freilich, die Strafe für ihre Widerspenstigkeit gegen die Staatsgewalt muß sie wohl bald erleiden! Doch tröstet sie ihre Leidensgenossin, die Hausiererin. »Was wolln s' dir viel macha!« sagt sie, »wennst viel kriagst, nachher kriagst a Woch. Dees hast schnell abgsessen! Mei, was sollt denn da i sagn: i muaß jeden Winter meine sechs, acht Wocha macha. Weil i d' Straf net zahln konn. Weil i a arma Teife bin. Und 's Gschäft geht halt amal in dene Straßen am besten, wos Hausieren verboten is.«

Ja ja. Aber es ist halt doch eine Woche, wenn's auch bloß eine Woche wird. Und sie muß mit den vier Mauern bekannt werden, die sie mehr scheut als ein langs Siechenbett! Herrgott! Die in Öd wenns wüßten! Der Staudnschneider, die Hauserischen, der Simmerl! Oder die Leni! Die Schand! Das Gerede!

Es ist gut, daß die Hausiererin ihr Sinnieren und Bohren unterbricht, indem sie sagt: »Übrigens, was i dir sagn will: Du kunntst leicht bei mir a paar Wocha bleibn als Kindsmagd! Oder aa zum Obstverkaaffa! I gib dir 's Essen dafür und 's Schlaffa. Wennst willst, kannst jederzeit komma. I wohn in der Au, beim Lilienberg. Wennst nach mir fragst, a jeds Kind zoagt dir dees Häusl von der Weinzierlfranzi!« Die Weinzierlfranzi. Vom Lilienberg. In der Au. Ein Heimatl. Die Hanni sagt zu.

Draußen bei der Kirche Maria Hilf in der Au sind die Herbergen vieler alter Bürger unserer Münchnerstadt. Und entlang dem Lilienberg lehnen noch allerhand Hütten und Häuslein, in denen schon die Urväter mancher noblen Palastbesitzer und Wagerlprotzen ihre ärmlichen Hosen zerrissen und die Wänd bekritzelt haben. Ein winziger

Geißenstall, ein morscher Holzschupfen, ein alter Röhrl-
brunnen oder eine mürbe Holzaltane und ein wilder
Holunderstrauch in dem armseligen Wurzgärtlein weist
noch dem Beschauer die Genügsamkeit der Bewohner dieser Herbergen mit ihren zwei, drei Kammern und dem
Küchenloch. Da hinaus führt nun die Weinzierlfranzi ihren Schützling, die Hanni. Es ist um die Zeit am Morgen,
da die Fabriken ihre Signale zum Beginn der Arbeit heulen
und die Bäckerburschen mit den Milchmädchen an Straßen-
ecken schwatzen. Durch die Gassen hinkt ein alter Licht-
anzünder und verlöscht das Morgenlicht in den Laternen,
und fröstelnd trippeln fünf, sechs Mädchen in dünnen
Fähnlein ihrer Arbeitsstätte zu. Aus den Fenstern der
Häuser blinkt da und dort ein mageres Öllicht, und aus
den rußigen Kaminen steigt leicht und bläulich dünner
Rauch in die beißend kalte, klare Morgenluft. Auf den
hohen Giebeldächern liegt der festgefrorene Schnee, und
von den Dachrinnen, die so nieder sind, daß man den
Hausschlüssel darin verwahren kann, ohne einen Schemel
zu brauchen, hängen dicke Eiszapfen schier bis zum Boden.
Vor einer dieser Hütten macht die Franzi halt; sie späht
erst durch eins der vereisten Fenster, dann drückt sie leise
auf die Klinke. Das Haus ist offen, und sie treten ein in
den winzigen Hausflöz. Da liegen und stehen Körbe, Ki-
sten, Häfen und Holzscheite herum, auf den ausgetretenen
Stufen der geländerlosen Stiege liegt Wäsche und Spielzeug, und vor der Tür, die in die eine Kammer führt, steht
das eiserne Zylinderhütlein ihrer Kinder. In der Kammer
liegen drei der Hascher in einer mageren Betthaut, einer
sitzt hemdärmelig auf dem kalten Stubenboden, hat die
Kaffeemühle und etliche Erdäpfel als Spielzeug neben sich
und jammert um die Morgensuppe. Ein aufgeschossenes
Maidl hockt vor dem alten Sesselofen und bläst aus vollen

Backen in die schwelenden, rauchenden Reiser, während ein etwa sechsjähriger Bub auf dem zusammengesessenen, pichigen Kanapee steht und die Herdringe zur Melodie des Münchner Schäfflertanzes schwingt.

Die Hanni bleibt beklommen draußen vor der Stubentür stehen; doch ihre Gastgeberin sagt freundlich: »Trau di nur rei', Hanni! Gschiecht dir nix! Höchstens, daß di d' Arbat opackt. Geh, ziag mir die Gsellschaft o; die derfriern ja! Und koch eahna an Kaffee! Muaßt aber z'erscht d' Goaß melcha!« Die Dirn ist froh um die Arbeit. Sie zieht die schreienden, zappelnden Würmer an, wäscht sie und striegelt ihnen das Haar, hilft der Großen ein Feuer anmachen, daß es knistert und kracht, und stellt den Hafen mit dem Kaffeesatz darauf. »Wo hast dein Stall und a Melchgschirr?« fragt sie danach. Die Weinzierlin wird verlegen. »Mei«, sagt sie, »so nobel wia bei den Bauern gehts bei mir net zua. Da hätt ja i an Platz net dazua. Mir habn halt drei Stuben, und da hab i oane vergebn an an Zimmerherrn. Sand halt doch alle Monat sechs Mark. Und hintn, wo der Stall hingehört, hab i mei Gmüas und mei War. Mir muaß si halt nach der Deckn strecka. Da hint steht a blecherna Eimer, schau, den nimmst zum Melchen. Und da drin ...«, sie öffnet eine niedere Tür ... »Da drin is d' Goaß.«

Die Hanni nimmt den Blecheimer, auf dem noch ein Zettel klebt: »Feinste Aprikosenmarmelade«, und will hinein in die Geißenkammer. Aber erschrocken fährt sie zurück. Da liegt auf einem elendigen Lager ein bleicher Mann mit eingefallenen Wangen und fiebernden Augen, der flüstert heiser etwas Unverständliches und winkt mit matter Hand seiner Franzi, wobei ihn ein dürrer Husten peinigt. Neben diesem Siechenbett steht ein alter Waschkorb; und darin kriechts und wurlts, und es winselt ein Häuflein junger Hunde und krabbelt und sucht an der knurrenden Alten herum. Drunten am Fußende der Bettstatt aber ist ein Haufen Laubstreu aufgeschüttet, und darauf liegt, an den Bettfuß gebunden, meckernd eine grobbeinige Geiß, die sogleich aufspringt und nach ihrem Futter schaut. Die Weinzierlin geht an die Liegerstatt ihres Mannes, streicht ihm das Kopfkissen glatt und horcht auf sein Geflüster. »Wo bist denn gwen?« fragt er. – »Da brauchst do net z' fragn!« erwidert sie bitter. »Daß d' di denn alleweil wieder erwischn laßt!« – »Ja no. I hab halt wieder 's Maul net halten könna. Und a Widerstand is schnell beinand. Aber dees is jetz gleich. Dees ghört zum Gschäft. I hab mir wem mitbracht als Aushilf derweil, bis i wiederkimm – von der Straf. Deesmal muaß i sechs Wocha macha.« Ihr Alter seufzt und fragt um den Kaffee. »Glei kriagst 'hn«, sagt seine Franzi und schaut zufrieden auf die Hanni, die sich frisch auf die Streu gekniet hat und nun in flinken Strichen die gelbliche Milch in den Eimer melkt. Danach kocht sie eilig den Kaffee fertig, füttert die Kinder und den Kranken und geht dann hinter in den winzigen Schupfen um Heu für die Geiß. So beginnt sie ihr Tagwerk in der Münchnerstadt, in dem neuen Hoamatl, von dem sie dachte, es würde sich schon eine Kuh drin finden zum melchen. »Macht nix«, denkt sie; »wenns aa koa Kuah is; na is 's halt derweil a Goaß!« Und sie tut singend ihre Arbeit.

Kinder warten, Hunde füttern, den Kranken pflegen und der Geiß einstreuen, das Haus versorgen und die Mahlzeit richten, das ist der Hanni ihr Tagwerk; ein paar Stunden Schlaf auf dem hinabgeschelchten Kanapee, das ist ihre Nachtruh. Und eines Morgens sagt die Weinzierlin: »Hanni, heunt muaßt mit zum Handeln. Daß d' dich auskennen lernst in der Stadt, und daß d' mir 's Gschäft weiterführn kannst, wenn i net da bin.« Also holt sie ihren Handkarren aus dem Schupfen, ordnet das Gemüse, die Orangen und die Nüsse darauf und schreibt mit großen Buchstaben die Preise auf die Tafel, die sie auffällig an den Karren hängt. »Franzi, wennst von der Schul hoamkommst, nachher wärmst die Suppen in dem blauen Hafen dort auf!« sagt sie noch zu der Großen; »und a Brot gibst an jeden, und an Vatan a weichs Ei. An Hund net vergessen und d' Goaß! Pfüat enk der Himme!« Sie schließt das Haus und macht sich auf den Weg.

Und so trabt auch die Hanni mit der Händlerin durch die Straßen dahin wie das Kalb am Strick, betrachtet die Stadt mit ihren Häusern und Läden, die Gassen, Plätze und Winkel, schaut auf die Schilder, welche ihr deren Namen weisen, und horcht auf die Rufe der Franzi, die ihre Waren mit beredten Worten anzubieten versteht. »Madam! Schöne goldgelbe Zitrona, viere a Zehnerl! – Geht nix ab? – Zuckersüaße Oranschen, Herr Nachbar! – Nehman S' Eahna a paar mit! Fünfe um a Zwanzgerl, Herr! – Neue Nuß! Nix gfällig?« Freilich geht das Geschäft nicht reißend; aber sie kommen auf ihrer Reise doch auch an Plätzen vorbei, wo sie binnen weniger Minuten mehr verkaufen als anderswo in einer Stunde. »Dees muaß i mir merka«, meint die Hanni; »daß i die Plätz no woaß, wann i amal verkaaf. Überhaupts sollt ma glei bloß dahin fahrn, wo si was rührt!«

Aber im selben Augenblick kommt einer, den die Dirn noch gut erkennt als einen Wächter der Gesetze; und sie begreift es schnell, warum ihre Wirtin so geschwind den Karren um die Ecke schiebt und im Trab die nächsten Straßen durcheilt. Ja ja. Breit ist die Straße – zum Verderben; aber es wohnen halt die reichen Leute dort! Und die Franzi meint: »Ja no! Allemal, wenn i mei Straf wieder abgsessen hab, gib i a Zeitlang Obacht auf die Vorschrift. Aber wenn

i siech, wia meine Kinder hungri sand und d' Apothekn oa
Markl um dees ander frißt für mein Kaschban seine Tran-
kerl – mei, da wird oan alles wurscht. Da hoaßts halt: Hast
a Geld? Und balst koans hast, bist verratzt und verkaaft
vom Anfang bis zum End. Is 's vielleicht anders? Bringst
an Schratzn auf d' Welt – dees erschte is, daß d' Hebamm
fragt: Hast a Geld? Wenn s' aa net mit Worten fragt; mir
gspürts scho, wann s' siecht, daß ma koans hat. Nachher
laßt a so a Grischberl taafa; mei, 's Wasser kost't freili nix.
Aber – der Pfarrer möcht lebn, und der Meßmer möcht
lebn, und der Magischtrat und d' Gmeinde aa. 's Heiratn
ham s' oan aa net umasonst erlaubt; und balst amal eine-
fallst in d' Gruabn, und brauchst an Nasendetscher und an
Ewigkeitsfiaker, nachher tat not, du hättst als a Toter no
an Geldbeutl in der Hand. Ja ja. – Is mir heunt scho angst,
wenn mei Kaschba amal dro glaabn muaß. Bis i dees beinand hab, derf i mi no oft einsperrn lassen! Denn i möcht
'hn doch scho dritter Klass' eingrabn lassen, wenns a bißl
geht. – Gnä Frau, was geht ab? Der Karfiol? Sechzig, gnä
Frau. – Sonst noch was gfällig? – I dank schön, gnä Frau.
A andersmal wieder d' Ehr!« Einmal kehrt die Franzi mit
der Hanni auch ein während ihrer Handelsfahrt. Drunten
beim Markt und Dultplatz, im Blauen Bock. Da sitzen sie
beieinander, die Karrenschieber, essen ihren Brocken Wurst
oder Käs, trinken ihre Maß und schwatzen sich die Galle
weg, die ihnen so oft im Tag übergeht, wegen der War,
wegen der Kundschaft und wegen des Wortes: Verboten.
Und die Hanni lernt das Geschäft kennen; den Großhänd-
ler, die Reißer und Schlager unter der Ware, die Kundschaft
und das Gesetz mit seinen Vertretern. Sie horcht genau auf
die Rede des alten, dicken Kartoffeltobias, verfolgt die
Ausführungen der rothaarigen Blumenhändlerin und überlegt, was man für die nächsten Tage ankaufen könnt, um
wenig zu setzen und viel zu gewinnen.

So lebt sie sich gemach ein in den Beruf ihrer Hauswirtin, der Weinzierlfranzi, und wird schließlich deren Vertraute und rechte Hand. Und das Häusl draußen an dem Berghang wird allmählich hell und freundlich, die Kinder hängen an ihr, dem Baserl, die Hunde springen ihr entgegen, die Geiß kennt sie, und der dahinsterbende Weinzierl macht zufrieden die eingebrochenen Augen zu, wenn ihm die Hanni die Kissen aufschüttelt und die Kammer hinausfegt. – Die Weinzierlin aber geht dahin, wo sie als tote Nummer einer Zelle den grauen Kittel der Verbrecher trägt, Socken strickt und Tüten klebt, Böden schrubbt und Wäsche reibt gegen einen Taglohn von vielleicht zwölf Pfennigen, bis sie den letzten Heller ihrer Strafmandate abgesessen hat.

Josefi! Der Tag aller Sepperl und Pepperl! »Heut geh i mit Bleame«, sagt sich die Hanni am Tag vor Josefi; »denn heut bring i sicherli mehr Veigerl und Schneeglöckerl o als wia Blaukraut und gelbe Rüabn.« Und sie legt ihr gutes Gewand an, nimmt den weiten Armkorb statt des Karrens und läuft zur großen Markthalle, wo sie bald das Rechte findet: Anemonen, Schneeglöcklein, Nelken und Veilchen. Auf einer Bank nahe der Isar bindet sie geschwind eine Menge kleiner Sträußlein, und dann eilt sie mit dem Korb stadteinwärts, belebten Straßen zu und großen Häusern. »Herr, ein Sträußerl gfällig? – Schöne Veigerl, Frau, was geht denn ab? A Namenstagbuketterl net vergessen, gnädigs Fräulein!« Ach, sie kommen hart über ihre Lippen, diese Lockrufe und Anpreisungen! Und die Frauen, die vorüberhasten, sehen sie an mit Augen, die ganz unverhohlen sagen: Betteldirn! Tagdiebin! Und die Männer? Ja ja. Die schauen nicht bloß ihre Blumen an und ihren Korb;

die gaffen ihr gar oft ins Gesicht, daß sie wähnt, es würde ihr bei solchem Gaffen alles abgezogen, jede Hülle, und sogar die Haut. »Herzerl! – Schatzerl! – Schöns Kind!« Aber das Geschäft geht gut.

Und gegen Abend, da die Straßen und die Läden, die Gaststätten und die Wohnungen hell erleuchtet werden, da hat sie alle ihre Veilchen und die Schneeglöcklein verkauft, und auch von ihren Nelken und Anemonen sind nur noch wenig Büschel übrig. Da kommt ein alter Herr des Wegs, im Pelzrock und Zylinderhut. Der hat kaum die Hanni erblickt, als er sogleich zu ihr in die Toreinfahrt tritt, auf den Rest in ihrem Korb deutet und fragt: »Was kosten sie?« Und dabei gleitet sein Blick über ihre schwarzen Zöpfe, ihren Körper, und bleibt betrachtend stillstehen in ihrem von der kalten Luft geröteten Gesicht und in den Augen, indes sie leise sagt: »Drei Mark, Herr.« Er zieht die Börse und fragt, während er darin herum sucht: »Wie heißt du denn? Bist du Münchnerin? Bist du schon Frau?« Die Hanni bindet mit unsicherer Hand den Strauß zusammen. Was der alles wissen möcht! Das wär wieder so einer! Aber ein feiner, ein vornehmer Herr ist er doch! Und sicher reich – sehr reich! Seine Börse ist gefüllt mit Silbergeld und Scheinen, und sein Anzug, sein Benehmen sagt ihr, daß er etwas andres ist als alle, die ihr bisher in die Augen sahen, – so begehrlich . . . »I bin koa Münchnerin, naa, Herr. I bin aa net d' Frau selber. I bin bloß d' Hanni.« – »Die Hanni. Hast du zu Haus noch Blumen?« – »Naa, Herr. Aber i kann Eahna leicht morgn no oa bsorgn, so viel S' mögn!« Der Herr besinnt sich ein wenig. Dann reicht er ihr eine Banknote hin. »Hier. Laß nur gut sein. Und bring mir morgn noch so einen Strauß. Wart, hier hast du meine Adresse. Um zwei Uhr bin ich zu Haus.« Er gibt ihr eine feine Visitenkarte in die Hand. »Auf Wiedersehen, Fräulein Hanni!« Noch ein kurzer Gruß, ein Lüften des Zylinders, dann ist er in dem Strom von Straßenbummlern verschwunden.

Die Hanni blickt ihm betäubt nach. Dann betrachtet sie abwechselnd die Karte und das Geld. »Zwanzg Mark! Für die paar Bleame! Und a Baron is er, der Herr! Und reich, ganz narrisch reich . . .« Sie fährt mit der Trambahn heim. »Heut laaf i nimmer z' Fuaß bis in d' Au! Heut hab i scho mein Wochenlohn verdeant!« sagt sie sich. Und immer wieder betrachtet sie die Karte mit dem vornehmen Namen und der vornehmen Adresse. Und da sie draußen bei der Weinzierlhütten steht und aufschließt, summt sie leise:

> »Lusti is auf der Welt,
> Zwanzg Gulden in Silbergeld,
> Dreißge in Schein –
> Bua, mei Herzerl ghört dein!«

Die Hanni wirft den Korb unter die Stiege im Hausflöz, zündet eine Kerze an und geht hinein in die Stube. Aber die ist leer. Und aus der Kammer daneben dringt ein matter Lichtschein. Sie läuft durch die Stube und bleibt erschrocken an der Kammertür stehen. Da liegt der Weinzierl wachsgelb und starr in den Kissen; neben der Lagerstatt brennt in einer steinernen Flasche eine Wachskerze, und auf dem Nachttischchen liegen allerhand bunte Heiligenbilder ausgebreitet. Und auf der Zudeck des Bettes liegen und krabbeln die jungen Hunde, indes die Alte drunten bei den Füßen des Toten sich unters Deckbett verkrochen hat und schläft.

Die Kleinen aber hocken auf der Geißenstreu und machen halblaut Musik mit Papiertrompeten, indes der Bub leise weinend unter der herausgezogenen Kommodenschublade liegt und ängstlich nach dem eingebrochenen Gesicht des Toten schielt. Und die Geiß steht meckernd dabei, wühlt mit den Hörnern in der Wäsche und zerrt an ihrem Strick, der sich in ihre Füße verwickelt hat. Starr steht die Hanni eine Weile vor dem Bild; endlich rafft sie sich zusammen, trägt die Kinder hinaus, kocht, versorgt das Haus und eilt danach zur Totenpackerin und zum Schreiner, zum Doktor und zum Pfarrer, bei dem sie auch das große Weinzierlmaidl findet, bleich und mit großen, fremden Augen. »Sie hat ihn sterben sehen«, sagt der Pfarrer mit einem Blick auf das Kind; »nun wollt sie nimmer heim, allein.« – »Aber mit der Hanni geh i scho hoam«, sagt das Dirndl. Und sie faßt die Hanni bei der Hand und zieht sie mit sich fort.

Nun liegt also der Tote da, und man muß warten bis zum Morgen, bis er in die gelblackierte Truhe mit dem Hobelspanbett und den steifgestärkten Spitzen kommt und der Deckel mit dem blechernen Herrgott drauf den starren Leichnam einschließt in die Kammer, die leicht Platz hat in der stillen Grube draußen im Gottesacker. »Mei, is guat, daß 'hn unser Herrgott hoamgholt hat!« meint die Leichenfrau am Morgen, da sie den Abgeschiedenen wäscht und für die letzte Reise kleidet. »Für die arma Leut is der Tod allemal a Glück. Und fürn Weinzierl scho ganz gwiß. Sitzt sie scho wieder?« Die Hanni gibt ihr keine Antwort und geht hinaus. Indes die Leichenträger und die Geistlichkeit erscheinen, der Friedhofswagen mit den beiden Rappen vorfährt und also der ehrbare Kaspar Weinzierl für immer seine Herberg in der Au verläßt. Dabei dann einer von den Trägern zu den andern halblaut sagt: »Da werds mitn Trinkgeld mager ausschaugn!« und ihnen seufzend eine Prise aus der großen Dose anbietet.

Da nun die Kammer leer und ausgefegt und das Bett des Heimgegangenen in die Holzlege hinausgehängt ist zum Lüften, auch die Kinder versorgt und die Stube durchwärmt ist, da muß die Hanni daran denken, den Tod des Hausvaters seiner Wittib draußen mitzuteilen. Und so macht sie sich am Vormittag noch auf den Weg.

»Und wenn grad amal was wär, Hanni, mit eahm, oder mit die Kinder, nachher bringst mir die Botschaft 'naus; fahrst bis in d' Tegernseerlandstraß und gehst die Alleebaam nach. Wenn d' Häuser ausgehn, siehst es a so vor dir steh.« So sagte die Weinzierlin noch vor ihrem Gehen. Also fährt die Hanni mit trübem Sinn und müdem Kopf dahin und geht nachdenklich durch die alte Straße, indes der Föhn durch die Bäume pfeift, die Wolken jagt und drüben im Forst heulend über die Wipfel fegt, daß es weithin ächzt und kracht. Fröstelnd zieht sie ihr Wolltuch fester um die Schultern und blickt mit großen, starren Augen hinüber zu dem düsteren Häusergeviert mit der kleinen Kirche und den hohen Mauern, welche alles, was dahinter ist, abschließen von der Außenwelt. »Wann wirst du selber drin sein hinter dene Fenstergitter?« fragt sie sich; »wie mag dir wohl die Suppen schmecken drin in so einer Keuchen?« Und ein Zorn packt sie – über ihr hitziges Blut, über ihre Reise nach München, über alles, was Schuld trägt an ihrem Dasein überhaupt. ˙
Unter solchem Denken und Sinnieren kommt sie unversehens an das hohe Gittertor, das sich eben hinter einem alten, dürren Weiblein schließt. Sie überlegt, ob sie nicht dem Pförtner noch rasch rufen sollt; aber sie tuts nicht. »Dann geh ich zu Maxim ... da bin ich sehr intim ...«
Die Hanni blickt erschrocken um sich. Da trippelt auf zierlichen Stöckelschuhen eine modisch aufgeputzte Dame hinter ihr zum Tor, trällert und singt und wiegt den Kopf mit dem Federnhut dazu im Takt, schlenkert das Täsch-

chen und den Schirm in der Hand und tut, als ging sie zu einem Reichsgrafen auf Besuch. Vor dem Eingang bleibt sie stehen, schaut von oben herab zur Hanni hin und fragt: »Ham Sie schon gläut'!?« – »Naa.« Die Hanni betrachtet in starrem Staunen das noble Frauenzimmer und überhört schier, daß der Pförtner mit dem rasselnden Schlüsselbund das Tor aufschließt und einem die Freiheit gibt, einem bleichen, hageren Burschen im hellen Sommeranzug und Strohhut. Der zieht frierend die Schultern hoch, steckt die Hände tief in die Hosentaschen und sagt: »Joldene Freiheit, wie blickste mir an! Nee, Justav, so wat machste nich wieder!« Und damit stutzt er mit langen Schritten stadteinwärts. Der Schließer aber begrüßt die Dame mit den Worten: »So, bist scho wieder da, Kathi! Nur 'reinspaziert!« und sagt dann zur Hanni: »Wollen Sie auch 'rein?« Die fährt erschrocken zusammen. »Jaa... dees hoaßt... i muaß zum Herrn von dem Haus. I hab eppas zum ausrichten.« – »Aha. Also, dann gehn S' nur aa glei mit.« Drinnen in der Wachstube des Pförtners wird das feine Fräulein sogleich als alte Bekannte begrüßt und einer Aufseherin überwiesen. Die Hanni aber weist den Totenschein des seligen Weinzierl vor und sagt: »Ich muaß mit der Weinzierlfranzi redn. Ihr Mann is gstorbn, gestern.« Man stellt sie dem Inspektor der Anstalt vor; dann wird sie in eine Kammer geführt, die durch ein hohes Gitter in zwei Hälften getrennt ist. Sie setzt sich fiebernd und zerschlagen auf einen Stuhl. Ein Schaudern erfaßt sie wieder, da sie daran denkt, daß sie vielleicht schon in wenig Tagen auch hier sein muß – als eine Bestrafte, eine Büßerin. Aber dazwischen kommt ein trotziger Grimm über sie. »Für was eigentli? Wegen was sperrn s' di ein? Was hast denn gar to? A paar fremde Mannsbilder hast a bißl scharf anlassen, weilst es net kennt hast, daß s' gwappelte gwen sand! – Ah was!...«

Eine Tür wird aufgeschlossen, eine robuste Wärterin mit harten Zügen und stahlgrauen Augen tritt mit der Gefangenen ein. Die Franzi wird bleich und rot; Angst wechselt mit dem Gefühl der Scham, hier hinter Schloß und Riegel, hinter Gitterstäben und im Beisein eines Dritten weiß Gott was hören, reden zu müssen. Aber die Hanni spürt, wie es der Franzi ist; sie würgt an ihrem Mitleid, Zorn und Schmerz, drückt die notpeinliche Verlegenheit nieder, die sie beim Anblick ihrer Hausmutter befällt, dabei sie an die Legend vom lieben Christusherrn denken muß, wie er vor dem Herodes stund; und sie sagt: »Franzi, du hast gsagt, wenn amal was is, ... i muaß dir sagn ... daß dei Mo ... der Kaschba ... gestern ... ruhi ... und guat ... hoamganga is. Am Sunnta werd er eingrabn.« Es ist aus mit ihrer Fassung. Da drüben hinter diesem Beichtstuhlgatter, da steht die Wittib, wie eine schmerzhafte Mutter unterm Kreuz, schlägt die Händ vors Gesicht, läßt sie wieder sinken und sagt endlich mit einer fremden, toten Stimm: »Der Vater. Mei Kaschba. Nachher san ma jetzt alloa.«
Die Aufseherin unterbricht sie mit einem Wort des Beileids. Und meint darnach: »Mei, grad recht leicht wird er kaum gstorbn sein, Eahna Mann! Wenn man bedenkt, – die arma Kinder, und d' Frau da herin ...«
– »O du ...« Beinahe wäre der Hanni ein Wort entfahren, das ihr gewißlich eine Woche Aufenthalt in diesen Mauern eingebracht hätte; aber sie schluckt 's hinab. »Wennst was Bsonders hättst, Franzi: an Wunsch oder was; sag mirs. Was i toa kann, tua i.« Die Weinzierlin schüttelt den Kopf. »Naa, Hanni. Werst scho alles recht macha. A Sträußerl Rosen kaafst eahm, für mi, und a Meß laßt eahm lesen. – Ja, wenn i's Geld hätt! Aber mei. Unseroana is und bleibt der Depp. Im Lebn und im Sterbn. Aber dees macht nix. Dafür gehts die reichen Leut besser. Geh, Hanni, gehn ma wieder. I mag net grob sein. Wenn oana an Geldsack scho

in d' Wiagn nei kriagt, kann er so weni was dafür, als wia
oana, der an Buckel mit auf d' Welt bringt, oder an Kopf
ohne Verstand. Mach dei Sach guat. Am Samstag acht Tag
bin i wieder frei. Frailn Maier, führn S' mi wieder auffe,
bitt schön. Pfüate Good, Hanni. Schaug auf meine Kinder ...« Ein hartes Weinen schüttelt sie, da sie geht. Die
Hanni macht sich still auf den Heimweg.

Der Weinzierl ist zur Erden bestattet mit dem Gepräng
und den Ehren, die ihm gemäß der Klasse, für die bezahlt
wurde, zukamen. Und die Hanni begleicht die Totenrech-
nungen, bindet den Kindern schwarze Halstüchlein um,
fegt das Haus von unten bis oben und geht danach wieder
zum Handeln wie zuvor. Bis endlich die Weinzierlin
kommt und ihr die Geldtasche samt dem Karren abnimmt,
indem sie sagt: »Is mir lieber, wannst du dahoam bleibst
bei die Kloana. Du konnst mit der Hausarbeit besser
umgehn, und i mitn Handeln.«
So hätte denn die Hanni ihr Heimatl, ihre Erdäpfel mit der
Brennsuppen und ihre Arbeit. Aber wie es halt so ist im
Leben: hat einer den Strick, so möcht er den Esel dazu, und
hat er den Esel, so möcht er ein Roß. Und da die Hanni das
Häflein hat, möcht sie auch eine Wurst darein. Oft steht
sie an dem Guckloch des hochgiebeligen Schindeldaches
oder droben auf der Höhe des Fischerberges, schaut mit
brennenden Augen über die großmächtige Münchnerstadt
hin und seufzt: »Ja, ja. Wer da drin an Orts so an Palast
hätt! A rare Hoamat und a Geld und a Ansehng bei die
Leut ...« Wohl ist sie ihrer Hauswirtin dankbar für die
Aufnahm, für das Vertrauen, wohl kommt sie sich da
draußen in der altmodischen Vorstadt mit ihren gemütlichen Häuslein und Hütten, mit ihren Gassen und Win-
keln und dem grünen Wasser, das sich mittendurch
schlängelt, schier wie daheim vor; aber in ihr bohrt der

Ehrgeiz, das Verlangen nach Wohlstand und Ansehen. Und sie überlegt schon, wie sie einen Vorwand fände, der Weinzierlin den Pfüagott zu geben.

Da schickt sichs, daß sie eines Tags in ihrem blauen Festgewand eine Karte findet, die ihr das Blut gählings in die Schläfen treibt: jene vornehme Visitenkarte mit dem Namen des Barons im Pelzrock, der ihr die Blumen alle abnahm und so freigebig bezahlte. Sie starrt auf die Adresse. Wenn nun der Weg zu ihrem Glück durch diese Straße führte?... Vielleicht sollte man einmal hingehen?... Blumen bringen und sagen... ja, was sollt man sagen?... Man hat sich nicht getraut... Ein leises Lachen überkommt sie bei diesem Gedanken. »I – mir net traun! I trau mir scho! I geh zum Sparrigankerl selber, wenns sein muaß, wenn mei Glück davon abhängt!« Aber da ist eine Stimm, die warnt und ratet ab davon: »Geh nit hin! Tus nit!« Und die Hanni geht zwiespältig mit sich selber herum und kommt zu keinem rechten Fürnehmen.

Derweil aber rollt der Stein, den sie in derselbigen Nacht so grob und hitzig gegen jene Männer vom Gesetz hinwarf, seinen Weg dahin und liegt ganz unversehens mitten in ihrer Bahn als Urteilsspruch, der sie für dreimal vierundzwanzig Stunden hinausschickt in eine jener Zellen, darin heute eine ihr Unglück beweint, morgen sich eine ihrer Bosheit freut und übermorgen vielleicht eine fragt: »Warum? Was hab ich getan?« Und auch die Hanni steht eines Tages in jenem Raum, in dem die Kleider und das Eigentum aller eingeschlossenen Frauen und Mädchen verwahrt sind; und wie zuvor zu der, die hierherkam, weil sie ihr Kind zu einem Krüppel schlug, wie zu der Dirne, die einem Gimpel seine goldnen Federn ausrupfte, wie zu der verwegenen Landstreicherin, die mit ihrem Genossen und Geliebten in Gehöfte einbrach und von Betrug und Diebstahl lebte, so sagt die Aufseherin nun auch zu ihr: »Ihren Namen! – Wie lange haben S'? – D' Stiefel runter! – D' Strümpf ausziehn! – D' Haar aufmachen! – Auskleiden!« Hoch bäumt sich etwas auf in ihr; es mag wohl Stolz sein, Scham und ein verletztes Ehrgefühl. Doch: Du bist ein Sträfling wie jene andern! sagt sie sich; jetzt hat Gottes Mühl auch dich zwischen die Mahlsteine genommen! Jetzt kommt die Straf für deinen Hochmut in Öd! Die Aufseherin durchsucht ihr die Kleider, die Wäsche, die Strümpfe, das Haar. Danach heißts: »Wieder ankleiden!«

Ein Paar Pantoffeln, ein Handtuch und ein deckelloser Steinkrug sind ihre ganze Habe, die sie mitnimmt in die einsame Zelle mit dem hochgeschnallten Strohsack, dem Tischbrett und der Bank. Schlüssel rasseln, Riegel schlagen, das hohe Gitter auf der Treppe scheppert: die Hanni ist Gefangene, eine Zellennummer, wie die andern, neben ihr, über ihr, unter ihr.

Nach einer Zeit tönt abermals der Lärm des Schlüsselbundes, das Stoßen der Türriegel. »Kübel raus! Krug raus!«

Bleiche Gesichter, freche, trotzige Mienen, vom Weinen verschwollene Augen, graue Büßerkittel, feine Schlafröcke: Für einen Augenblick huschen bunt zusammengewürfelt die Bewohnerinnen des Stockwerks aus ihren Zellentüren; mit scheuer Neugierde wandern schnelle Blicke den Gang hinauf, hinunter, und flüchtig werden hier und dort mit Augen und Händen Zeichen geheimen Einverständnisses gewechselt, indes zwei grobgewandete Mädchen Wasser in die Krüge füllen und das Brot verteilen und eine finster schauende Aufseherin alles bewacht, beobachtet, hier eine Erkrankte für die Sprechstunde beim Arzt vormerkt, dort ein Versehen rügt, eine Gefangene scharf anläßt und schließlich klappernd und rasselnd eine Zellentür um die andere zuschlägt und verriegelt.

Die Hanni hockt stumpf auf ihrem Bänklein; wie ein harter Traum kommt ihr das Ganze vor. Aber wieder und wieder schreckt sie das Geklirr der Schlüssel, das Schlagen der Riegel und Türen auf; und da plötzlich eine Klappe in ihrer Tür laut schallend geöffnet wird, springt sie mit einem dumpfen Schrei in die Höhe und fährt sich an den Hals. Doch ist's bloß abermals eine Aufseherin und zwei Gefangene, die das Essen verteilen, eine dicke Erbsenbrüh mit einem schwarzen Brotknödel. Die Hanni berührt es kaum. Sie stützt die Arme auf den Tisch und schaut durch den kleinen Spalt des halb geöffneten Fensters hinauf in das Stücklein Himmel, in die jagenden Wolken, die durch die dicken, schwarzen Gitterstäbe noch blendender, weißer erscheinen.

Rrumm! »Gschirr raus!« Mit müden Schritten trägt die Hanni ihre Schüssel hin zur Türklappe. Eine Hand nimmt sie weg, und eine derbe Stimme sagt: »Nummer achtundzwanzig hat auch nix g'gessen!« – Nummer achtundzwanzig, – bin dees net i? denkt die Hanni; da erscheint auch schon der Kopf der Wärterin in der Türklappe. »Warum essen Sie nicht?« – »Weil i net kann.« – »Warum nicht?« – »Weil i koan Appetit net hab.« – »Aha! Koan Appetit hat s' net! Da kann man abhelfen: heut nachmittag tun S' Böden abreiben, dann wird's Ihnen morgen schon besser schmecken!« Rratsch. Die Klappe ist zu.

Eine Weile ist es still auf dem Gang. Nur von ferne hört man Klappern, Bürsten, Wasser schütten. Dann werden wieder Tritte laut. Und jemand rollt leise summend Fässer oder Blechtonnen vor die Zellentüren. Irgendwo schwatzen und lachen Frauen, vielleicht Aufseherinnen. Und dann ist wieder Stille; eine schwere, beengende Stille, die durch nichts unterbrochen wird als durch das klagende Läuten der Mittagsglocke drüben in der Kirche, durch den dumpfen Laut einer zugeschlagenen Tür in einem andern Stockwerk, durch einen schrillen Schrei, ein lautes Weinen. Endlich klirren wieder die Schlüssel, knarrt das Gitter, kommt Leben in das Haus. Die Zellen werden geöffnet. »Kübel 'nei! Anstellen in den Hof!« Da kriechen sie aus ihren Zellen wie die Schnecken aus den Häuslein! Hier humpelt eine dürre, bucklige Alte mit einem winzigen schneeweißen Haarschwänzlein, durch das eine große Beinnadel gesteckt ist, die wohl gewohnt war, einen schweren Zopf oder ein Gesteck aus Roßhaaren zu halten. Die große Hakennase macht das faltige Gesicht schier hexenhaft, und die Augen blitzen giftig von der Aufseherin zum Gitter. Daneben tritt eine große, stattliche Dame in Trauerkleidung aus einer Tür, und sie schaut scheu von einem Gesicht zum andern, ob nicht jemand da ist, der sie erkennen möcht. Ihr gegenüber lehnt eine einäugige Bauerndirn mit pichigem, rotblondem Haarschüppel in ihrer grauen Sträflingskutte und schmutzigweißen Strümpfen an der Mauer, bohrt in den Zähnen und betrachtet gelangweilt das Getriebe um sich her.

Die Hanni geht gedrückt zu dem Häuflein, das am Gitter steht, und sie schielt verstohlen hin zu den andern Gefangenen; zu der kleinen schwarzen Frau im roten Schlafrock mit ihren lebhaften Augen und dem hochfahrenden Wesen; zu der alten gebeugten Mutter mit dem bunten Kopftuch und der tröpfelnden Nase; zu den beiden jungen Mädchen mit den frischgekräuselten Locken und den herausfordernden Gesichtern, zur Aufseherin, die mit kalter, strenger Miene vor dem Gitter steht, mit den Schlüsseln klirrt und ungeduldig mit dem spitzen Schuh den Boden tritt. »Wird's bald?! Wollt ihr euch ordentlich anstellen da vorn! Marsch, vorwärts jetzt!« Das Gitter öffnet sich, und stumm gehen die Paare hinaus ins Freie, in ein kleines Viereck mit hohen Mauern, etlichen knospenden Sträuchern und einem jungen Grasfleck in der Mitte. Und die Paare lösen sich auf; immer eine hinter der andern, jede durch einen Zwischenraum von ihrer Vordnerin getrennt, so beginnt der Umgang. »Abstand halten! – Was haben denn Sie zu gaffen! – Wer schwätzt da! – Sie, da hinten! – Wissen Sie nicht, daß Winken und Zeichengeben verboten ist! – Nachgehen da drüben! – Abstand da herüben!« Die Hanni tappt stumpf und gleichgültig hinter der zwerghaften, verkrüppelten Gestalt mit dem großen, knochigen Schädel und dem faltigen, leberfleckigen Gesicht drein; und sie sieht gar nicht, daß diese schon eine Weile scheinbar den härwenen Rock rückwärts hochhebt, um ihn nicht zu beschmutzen, wenn sie in die vielen Wasserlachen patscht, in Wirklichkeit aber mit großer Behendigkeit mit den Fingern Zeichen macht, die nur ein Eingeweihter kennt. Da tönt's plötzlich an ihr Ohr: »He da! Sie von Nummer achtundzwanzig! Was haben Sie da für eine Unterhaltung mit Ihrer Vordnerin?« Die Hanni fährt erschrocken zusammen; ihre Gedanken waren weit weg, in einer armen Hütten in Öd, bei ihrer alten Wabn ... Da kommt abermals die barsche Frage: »Was haben Sie eben verhandelt mit Nummer sechzehn?« – »I? Gar nix! I kenn ja gar neamd da herin ...« – »Aha! Gar nix! Sie kennt niemand! Raus da, alle zwei! Sie da! Was haben Sie eben der Gefangenen da für ein Zeichen gemacht?« Die Leberfleckige schaut dreist von der Aufseherin zur Hanni und von der Hanni hin zu einer rothaarigen Dirn mit frechem Wesen. »I? Mit dera? Dees taat i scheucha! I hab grad meiner Freundin an Servus zuagwunken!« Worauf die Rothaarige sofort ungefragt dazwischenfährt: »Teats enk fei nix! Daß ma si fei nimmer grüaßen derf, da herin. Da kannts weiter net zuageh!« Die Hanni schnauft erlöst auf. Die Aufseherin aber läßt die beiden bös an und übersieht darüber ganz, daß unterdessen die Abstände zwischen verschiedenen immer kleiner werden, daß da und dort die Hände und die Augen reden, ja, daß sogar geflüstert wird! – »Wia lang hast? ... Wo bist? ... Numero? ... Wann wirst frei? ...

Wennst mein Altn siechst, sagst eahm, i laß 'hn grüaßn . . .« Unterdessen kann die Hanni wieder eintreten; die beiden andern aber werden immer frecher, immer schnippischer in ihren Antworten, bis die Aufseherin plötzlich zur Tür geht und scharf läutet. Es erscheint eine andere Wärterin, und die Weiber werden augenblicklich abgeführt. Und die in der Reihe flüstern: »Jetz gibts ›Dunkel‹ und Kostabzug!«, blicken scheu den beiden schreienden und schimpfenden Mädchen nach und schlürfen gedankenvoll ihren Weg weiter, bis es heißt: »Anstellen!« Da kehren sie zu Paaren wieder zurück in ihre Zellen und machen andern Platz zur Promenade.

Nun beginnt die Arbeit, das Bödenreiben. Die Hanni wird mit noch vier anderen von einer Wärterin zurückgeführt in einen Raum, wo Putzzeug aller Art vorhanden ist. »So, Maidli! – Nehmet nur eir Sach! – 's isch alles da, was d' ihr brauchent! – Allens! Allens! – Machent e bissele rascher, ihr säumige Schlämpli! – Bis ich wiederkomm, will ich epps Gschafftes sehe! – Und daß d' ihr mir ja grindlich schrubbe wellet! Sonsch laß ich eich das ganze Werk nomahl beginne! – Allens! Allens! – Nit so säumselig! – Die Arm a bissele brauche, ihr Gschößli!« Sie steht noch eine Weile und sieht der Arbeit zu, geht dann leise von Tür zu Tür und schaut durch das kleine Guckloch, sperrt unvermutet eine Zelle auf und ruft zornig: »Nix wird gschlafe! Uf der Bode flakke am helle Tag, sell könnt 'ne passe! Her da zum Schrubbe! Zum Schlafe braucht mer die Nacht! Bei Tag mueß mer schaffe!« Damit läßt sie die Gefangene gleichfalls einen Wuschel Stahlspäne nehmen und heißt sie fleißig mitarbeiten. Dann geht sie langsam zum Gitter, schließt hinter sich ab und ist verschwunden.

»Alleluja Löffelstiel, alte Weiber schwätzet viel . . .« murmelte eine der Putzerinnen. »Jetz ham mir unsern Grüabigen für a halbe Stund! Herrgott, meine sechs Wochen wenn amal um sand . . .« – »Nachher zahlst an Rausch, gell!« ergänzt ihre Nachbarin, die Einäugige. Aber: »Da wirst di schneiden! Den sauf i mir scho selber an!« erwidert die erste, eine dicke Person von vielleicht dreißig Jahren. »Du bist aa net so nobel, daß d' amal an Taler springa ließest!« – »Was? I! Auf an Taler gehts mir gar nia net zsamm! Da kann mi a jeds beim Wort nehma!« Eine robuste Alte mischt sich ein. »Dir schneibts gwiß 's Geld, oder findst es auf der Straßen?« Die Einäugige schmunzelt. »Kannst gar net so unrecht habn! I hab scho hie und da oans gfunden.« – »Auf der Straßen?!« – »Ja, auf der Straßen « – »Du?!« – »Ja, i.« – »Mit dem Kopf!« – »Warum?« Die Einäugige fährt in die Höhe. Die Alte betrachtet sie eine Weile aufmerksam und meint dann mit großer Geringschätzung: »Naa. Mi drahst net o! So farbenblind san nachher d' Mannsbilder do no net!« – »Di schaugt freili koana mehr o!« – »Brauchts aa net. I hab mei Sach.«

Eine Jüngere mischt sich ein: »Aber ihr habts amal an damischn Dischkurs! Dees Mannsbild möcht i kenna, dees wo sein Madl 's Geld glei häufaweis nachschmeißt, der mei is net so dumm!« – »Aber du bist, scheints, no ganz dumm!« meint die Einäugige. »Warum hängst di denn hi an oan, der nix hat? Muaß 's denn grad der sein? Als ob net a andere Muatta aa wieder a liabs Kind hätt! Naa, mei Liabe: zwegn oan Mannsbild traurig sein, dees fallt mir gar net ein! Allweil überecks, überecks, – alleweil fünf, sechs!« – »Wia machst nachher du dees, daß si so viel ohängen?« Die Einäugige lacht belustigt. »Wia i dees mach! Ja, gibts denn dees aa, daß oans no so dumm is! Paß auf, i zoag dirs amal, wenn i wieder in Freiheit bin!« Die Dicke aber meint: »Zoags uns nur jetzt glei! Mir möchten aa was profitiern davo!« –»Dees könnts enk denka!

Wenn nachher grad 's Auge Gottes daher kommt, nachher hoaßts: Drei Tag Dunkel!« Aber die andern hören nicht auf zu betteln. Und die Alte deutet auf die Hanni. »Da is oane, die soll derweil luren, ob wer kommt. Di soll si derweil ans Gitter stelln!« Die Hanni schüttelt den Kopf. »Naa, so was mach i net. Zwegn dene drei Tag, die ich hab, is 's net der Müh wert, daß i mir an Dunkelarrest hol. So an Schlüsselbund hört man von da aus aa scheppern.« Ein höhnisches Lachen ist die Antwort darauf. »Aha! A Greane! Die hat ihre ersten drei Tag Eiskasten! Na, bals amal öfter da war, vergehts ihr scho besser, 's Zwirma!«
Die Einäugige wirft ihren Wuschel weg und steht auf. »Also paßts auf, nachher zoag i 's enk, wia ma Gimpel fangt!« Sie bewegt kokett ihren Kopf, zwinkert mit dem Auge, reckt sich, macht sich elegant in der Erscheinung, indem sie aus den Pantoffeln schlüpft, sich auf die Zehen stellt, die Büste zur Geltung bringt und sich in den Hüften wiegt. »Das is doch furchtbar einfach!« sagt sie. »Da geht ma fesch austapeziert mit Federnhuat und Lackschuah durch d' Neuhauserstraß, stellt si beim Oberpollinger an a Straßenlatern, schwingt 's Handtascherl und hebt 'n Rock, daß ma d' Spitzerl siecht. Kommt nachher so a Stieglitz daher, nachher brauchst bloß recht freundlich schaugn, mit die Augndeckl z' winkn und –« – »Vorsicht! Strohhalm! Der Schlüsselbund!« flüstert im selben Augenblick eine der Putzerinnen; und alles schrubbt und reibt, daß der Staub fliegt. Aber es ist nichts Gefährliches. Die Aufseherin eines andern Stockwerks stellt außerhalb des Gitters einen Arbeitskorb nieder und geht wieder. Also kann die Unterhaltung gut noch fortgesetzt werden. Und die Alte meint: »Du bist gwiß deswegen da, zwegn die Augndeckl?« Die Einäugige erwidert sehr von oben herab: »Da werst di aber täuscht habn! Dumm wer i sein! Naa, i bin bloß da, weil i an Geldbeutl gfunden hab!« – »Ah

so!« – Alle schmunzeln. Nur die Dicke bleibt ernst und meint: »Ja ja. Wias halt geht. Bin i jetz fünf Jahr Kellnerin beim Mathäser und muaß mi rein zwegn nix und wieder nix zwoa Monat da 'reihocka! Bloß weil i an den Kerl a bißl mitn Maßkrug hinkomma bin . . . wo er behauptet hat, i hätt 'hn bschissen um a Markl! Körperverletzung! Dem hats gar net gschadt, daß er a bißl was verlorn hat von seim boshaftn Bluat! Und überhaupts, i bin ja net amal richtig dro hinkomma, an sein Wasserkopf!« – »Mei, es gibt halt überall a Ungerechtigkeit auf der Welt«, sagt da die Alte; »geht mir aa net anders. Drei Scheitl Holz hab i weg von an Lagerplatz; sechs Wocha habn s' mir auffeghaut. Und der ander, der scheene Herr Baumoasta, hat mir aa no dees ganze Holz wieder gnomma! Trotz 'm Einsperrn! Und hätt ma den ganzen Winter so schee brenna könne dro!« – »An dene drei Scheitl.« Die eine sagts, die zuvor beim Schlafen erwischt wurde. Die Alte wirft ihr einen giftigen Blick zu. »Di wern s' aa net zwegn an Rosenkranzbetn da 'rei habn!« – »I woaß's net. Wenn a Widerstand dees nämliche is, nachher scho.« Ein Widerstand! Die Hanni horcht auf. Und sie getraut sich zu fragen: »Habts ees aa an Schandarm beleidigt?« – »I? Naa. Aber a paar Schutzleut.« Und dann erzählt sie, daß sie an Dienstboten Stellen vermittelt, daß sie grad jetzt das beste Geschäft gehabt hätte und die schönsten Plätze. »Was moanst denn, was mir dees für a Schadn is!« sagte sie. »Jetz sollt i fürn Mohrenwirt zwoa Kellnerinnen suacha und fürn Martlbräu a Küchenmadl, fürn Schlickerwirt a Zimmermadl . . .« Die Schlüssel klirren, die Aufseherin kommt. »Ei, ischts nur meeglich! Die Frauenzimmer hent no nit gar! Wie lang wellet ihr denn da no rumknocke, ihr lahme Flitschli! Allens jetzt, oder es geit e Dunnerwetter!« – »Wenn mir a so tean, was mir können!« murmeln ein paar der Putzerinnen; die Hanni aber schrubbt und werkt und hat etwas im

Kopf, das geht herum, wie ein Mühlrad: ... fürn Martlbräu a Küchenmadl ... fürn Schlickerwirt a Zimmermadl ... Daß doch die drei Tag schon um wären!
Aber da ist eine lange Nacht auf hartem Lager – und ein
langer Tag und noch zwei Ewigkeiten schier, bis endlich
der Riegel für sie zum letztenmal zurückgestoßen und die
Zellentür geöffnet wird; bis die Aufseherin da drunten in
der Kleiderkammer wieder sagt: »Ausziehen! Wieder ankleiden!« Bis sie den Zettel in Händen hat gleich einer
Quittung, daß sie ihre Schuld gebüßt, gezahlt hat. Bis sie
endlich wieder außerhalb des hohen Gittertores auf der
Straße steht, tief Atem schöpft und schließlich wie erlöst
von dannen geht, ihrem Heimatl zu, drunten in der Au.

He juche, is der Graf z'Irlbach gstorbn,
He juche, mitsamt seine Knecht;
He juche, jetz kunnt i Graf z'Irlbach werdn,
He juche, wann mi d' Frau möcht!«

Die Hanni geht singend durch die Gassen, hinauf zum
Martlbräuwirt. Leise summend tritt sie ins Haus, betrachtet
im Hof die vielen Bauernfuhrwerke, schaut dem Haus-
knecht zu, wie er ein Roß eingeschirrt, und sucht danach
die Küche.
Da steht die feiste Wirtin eben an dem großmächtigen
Herd und kostet die Speisen, wobei sie sagt: »Salz her!
Essig her! Da is ja koa Saft und koa Gschmach drin in
dem Bifflamod! Dees schmeckt akkrat so fad, wias du bist,
du zwiders Frauenzimmer! Du waarst no so a Köchin! Da
kann amal oana a Freud habn, wenn er di kriagt, du fade
Nockn, du fade! Geh, mach, daß d' mir aus der Küch
kommst! 's Blaukraut is net gsalzen, die G'röst'n habn
koane Rammerl, der Salat is lauter Gnatsch ... geh zu dein

Schepperkasten nauf, is mir liaber! Lern dein Walzer, daß d' was konnst, wenn amal der Kriag gar is!« Das Mädchen, ein blasses, hochaufgeschossenes Ding von vielleicht sechzehn Jahren, zieht der Wirtin den schweren silbernen Schlüsselhaken aus dem Schürzenbund. »I brauch d' Schlüssel! Bei dir kann ma überhaupt nix recht macha! Oamal is dir z' süaß kocht, und oamal z' sauer. Da bin i scho liaber beim Vater in der Schenk drin. Oder in der Stund. Übrigens, was i sagn möcht, Mutter: A neue Operette is wieder gspielt wordn! Die schau i mir an, und wenns was is fürs Klavier, nachher kaaf i mirs, gell?« Die Wirtin rührt heftig in der Grießsuppe herum. Jetzt schielt sie ein wenig hin zu ihrer Tochter. »Soo, a neue Operettn, sagst! Die schaugn mir uns an, jawohl. Kathi, richten S' d' Teller und d' Plattl her, und schneiden S' an Schnittlauch für d' Suppen! Fanny, läuten S' der Kellnerin, daß i ihr's Essen ansag! Fräulein, was möchten S' denn?« Sie schaut forschend nach der Hanni, die schüchtern an der Tür steht und einen Grüaß Good herauswürgt. »D' Verdingerin hat gsagt, Sie brauchen wem zu der Arbat, da in der Kuchl . . .« – »Naa, sag i! Seit drei Tag wart i scho drauf, daß s' mir oane schickt! Heut hätt i mir um a andere Verdingerin gschaut!« Sie betrachtet die Hanni mit scharfem Auge. »San Sie scho lang in der Stadt?« – »Naa, i komm vom Land«, erwidert diese und befolgt damit einen Rat der Weinzierlin, die noch vor ihrem Weggang sagte: »Wenn s' di ums Dienstbüacherl fragn, nachher sagst, du hast no koans, und du bist vom Land. Dees hört jede gern.« Damit hatte sie nicht unrecht, denn die Wirtin mustert ziemlich wohlwollend das ganze Äußere der Hanni und sagt dann: »Aha. Vom Land. Wo sand S' denn her? – Soo, von Öd bei Aibling. Wie alt? – Vierazwanzg. Aha. Was verlangen S' denn Lohn? – Fünfazwanzg Mark! Dees is a bißl viel! I zahl eigentli koana mehra wia zwanzg. – Aber da

kann ma ja no redn drüber. – Sagn mir halt jetz amal:
zwanzg Mark, kassenfrei und an Liter Bier im Tag. Und d'
Arbeit: 's Gmüas putzen, 's Fleisch herrichten, der Köchin
flink in d' Händ arbatn, der Hausmagd helfen und an
Metzger helfen. Können S' glei dableibn?« Die Hanni
meint: »Mei Sach hätt i halt no holn müassn.« Aber die
Wirtin sagt schnell: »Dees soll Eahna nachher der Hausl
holn. Is's weit? – Am Fischerbergl? Bei der Quellngassen
drübn? – Ja, ja, dees geht scho. – An Schurz kann Eahna ja
d' Frieda gebn. Wia hoaßen S' denn? – Hanni. Soo. Also. –
Frieda, an Schurz für d' Hanni! Nachher zoagn S' ihr glei
die Keller, 's Schlachthaus, 's Fleisch, d' Speis und eure
Zimmer. Und dann kann s' glei die Ranna hobeln und Kartoffel schäln.«
Die Tochter der Wirtin steht immer noch mit dem Schlüsselbund an der protzigen Silberkette da, betrachtet die
Hanni neugierig und läuft dann eilends hinein in die Gaststube zum Wirt: »Vata, jetz ham mir schon a Küchenmädl.
Hanni heißts. A ganz netts Madl. I glaub, die kann i guat
leidn.« Also tritt die Hanni ihren neuen Platz an und
denkt: Wird schon gehen mit Glück und Geschick, und
vielleicht hängt's jetzt doch auch einmal wieder auf die
gute Seiten.

Die Karwoche ist vorbei mit ihren Trauermetten und Buß-
predigten, mit ihren Fasttagen und Fischgerichten; man
läutet die Auferstehung unsers Herrn mit allen Glocken
ein zu Sankt Ludwig und Sankt Kajetan, im Damenstift
und vom Dom unserer lieben Frau. Und es folgt das
eherne Geläute von Sankt Peter und von Paul, von Mat-
thäus und Sankt Markus, von Lukas und Johannes. In den
Läden stehen die Osterhasen und die Zuckerlämmer mit

ihren Fähnlein, und in den Wirtshäusern hocken die Arbeiter, schimpfen auf die Feiertage, auf den Krieg, auf alles, was nach ihrer Meinung Ursache ist zum Klassenunterschied, zur Armut und zur Notwendigkeit der Arbeit; schimpfen, brummen und trinken, und gehen zum Metzger, wo sie sich so ein, drei, vier Pfund Schweinernes oder Kälbernes kaufen als Osterbraterl: weil's gleich is, weil der Arbeiter alleweil der Hanswurscht is! Auf den Bahnhöfen wurlt's und wimmelt's von Soldaten, fortziehenden und heimkehrenden, von lachenden Frauen, weinenden Müttern; und über dem ganzen österlichen Getriebe der Münchnerstadt schwebt der laue Hauch des Frühlings und eine stille Sehnsucht nach einer friedlichen, glückhaften Zeit.

Droben beim Martlbräu platzen die Knospen der Kastanien, treibt der Flieder seine Dolden, gurren die Tauben auf dem Dach der Stallungen. Und die Hanni steht mit heißem Gesicht und geröteten Armen am Herd, wendet den Braten, rührt die Brüh, klappert mit den Deckeln und wischt an den Tellern, indes die Wirtin den goldenen Zwicker auf die dicke Stumpfnase setzt, die Zeitung durchblättert und nebenbei zufrieden nach der Hanni schaut, wie sie schafft und werkt, ein heiteres Gesicht macht und doch alles unter ihre Fuchtel zwingt, sogar die Köchin, die Frieda.

Eben kommt der Metzger aus dem Schlachthaus in die Küche, trägt eine große Mulde mit Nieren, Lebern, Fleisch und Milzwürsten zur Anricht und sagt: »Jetz bin i fertig. Da sand no zwoa Schweinslebern zu der Suppen auf morgn. Wer hilft mir 's Schlachthaus z'sammräuma?« Die Frieda fährt ihn ungnädig an: »Dees können S' Eahna denka, daß mir heut für Eahna Zeit habn! D' Marie muaß draußen im Garten d' Tisch und d' Stühl putzen und aufstelln, und d' Hanni muaß mir d' Leber wiegn zu der Sup-

pen! Werden S' Eahna scho alloa a net z' weh toa, denk i!«
Die Wirtin schielt über den Zwicker weg zu den beiden
hin. Und zwischen den Brauen graben sich ein paar unmu-
tige Falten ein. »Weils nur scho wieder streiten müaßts!«
Da sagt die Hanni: »I werd leicht fertig mit meiner Leber!
Wenns Eahna recht is, Frau, nachher hilf i an Hans schnell
zsammputzen.« Die Falten sind verschwunden, die Wirtin
nickt bejahend und befriedigt. »Ja, Hanni, helfen S'. Was
gschehgn is, is gschehgn. Nachher kommt er in d' Schenk,
der Hans. Mei Mann sitzt si aa gern a bißl nieder.« Der
Frieda fährt die Röte des beleidigten Stolzes übers Gesicht.
»Vo mir aus konn s' ja helfa, d' Hanni! Vo mir aus tuat s'
überhaupt glei alles! Mei Arbat aa! Mi gfreuts a so nimmer! Wann i Eahna nimmer paß, nachher derfan S' es grad
sagn, Frau! I kann ja geh aa!« Die Wirtin wirft die Zeitung
weg und reißt den Zwicker von der Nase: »Jetz is halt scho
wieder Feuer am Dach! Nachher gehn S' halt! Vo mir aus
zum Teife! So a fade Bries krieg i alleweil wieder, wia Sie
sand!« Aber die Hanni meint: »Dees brauchts do net,
Frau! D' Frieda moants do gar net a so! Sie siecht si halt
mit der Arbeit net recht naus! Aber mir werdn scho ferti!
Vorwärts, Hans, schnell a Wasser in den Kübel! Bis mir
lang schwatzen, ham mirs!«
Der Metzger schmunzelt: Herrschaft, die verstehts! Das
ist ein Leut! So eine als Frau kriegen, in so ein Gschäftl,
wie der Martlbräu! Da gäb der Alt daheim gern seinen Segen und die notwendigen Pfandbriefe dazu! Dann bräucht
man als reicher Bauernsohn nimmer andern Leuten in den
Sack hausen! Man hätt selber sein Sach und seine Familie!
Er schleppt das heiße Wasser hinunter ins Schlachthaus.
Die Hanni folgt mit Seife und Bürste, Sand und Putzha-
dern. »Hanni!« – »Was is's?« – »Du gfallst mir.« – »Soo.
Dees is freundli von Eahna.« – »A so a Weiberl kannt i
glei braucha.« – »Aber i no koan Mo.« Sie beginnen zu

wischen, zu putzen und zu fegen, zu kratzen und zu kehren. Und der Bursch beginnt wieder: »Hanni!« – »Ja, was is's?« –»Gell, dees gfallt dir gar net, daß i a gläserns Aug hab?« – Die Hanni erschrickt. Denn schon etliche Male hatte sie den sauberen, nicht unebenen Burschen still betrachtet und gedacht: Wenn er net grad a Metzgerbursch wär und wenn er net a Glasaug hätt... nachher wär er gar net so übel, der Hans. – »Warum? Dees konn doch mir ganz wurscht sein, was Sie für Augn habn!« Sie werkt und schrubbt, daß alles schäumt und spritzt. »Is dei Schatz aa in Kriag, Hanni?« – »Was is's? I hab koan Schatz!« – »So sagt jede!« – »Dees kann scho sein vo mir aus! Aber i hab koan! I kunnt gar koan braucha. Weil i den do net kriag, den i möcht.« Der Bursch horcht auf. »Was möchst nachher du für oan?« Die Hanni lacht. Ihr helles, lustiges Lachen. »Mei, dees is glei gsagt: Der mei muaß amal sauber sein, richtig sein, a Geld habn, und a Schneid, daß ma zu was kommt. Denn i brauch a Haus und a Kuah und a guats Millisupperl in der Fruah...« Der Metzger schaut ihr begehrlich ins Gesicht. »Du verlangst freili viel. Aber wenn jetz i dees alles hätt, was du verlangst...« – »Sie! Was i verlang! Mei Liaber, Sie hätten dees gar nia, was i verlang! Sie gwiß net!« – »Warum net?« – »Fragn tuat er aa no! Der oaschichtige Metzgerbursch, der Deanstbot! Mei Liaber! A Deanstbot bin i ja selber! Also brauch i oan, der mi draus erlöst! Der mi zu ana Frau macht! Naa, Freunderl, dees schlagn S' Eahna nur glei wieder ausm Kopf! Mit uns zwoa is's nix; ganz gwiß nix.« So sieht eine Absag aus. Eine richtige Absage. Und doch ist der Hans nicht zornig, nicht gekränkt. Er schweigt, räumt seine Messer auf und pfeift danach einen Landler. Und denkt bei sich: »A so und net anders muaß amal die meinige sein.«

»Der Wirtin Töchterlein,
Die trägt ein himmelblaues Kleid,
Sie schwärmt fürs Blaue
Zum Zeitvertreib.«

Eine Kompanie Soldaten zieht durch die Straße.

»Ei darum, Maderl, Maderl, wink, wink, wink!
Unter einer grünen Lialind
Sitzt ein kleiner Fink, Fink, Fink,
Ruft nur immer: Maderl, wink!«

Vor der Tür des Martlbräustüberls stehen vier Mädchen
und winken: die Tochter der Wirtin, die Kellnerin, die
Frieda und die Hanni. Und es winkt die Tochter dem jungen Leutnant mit den spiegelnden Ledergamaschen, die
Kellnerin der ganzen Kompanie, die Frieda dem gestrengen Feldwebel und die Hanni dem Offizier, der auf seinem
Fuchsen hinter der Mannschaft dreinreitet, eine Zigarre in
der behandschuhten Linken hält und die Rechte mit der
eleganten Reitpeitsche grüßend an die Mütze führt, indes
ein leises Lächeln über sein Gesicht huscht. Die Hanni
schaut mit großen, brennenden Augen dem tänzelnden
Pferd mit seinem Reiter nach. Und sie hört kaum, daß der
Briefträger vor sie hintritt und sagt: »Hat euch des zwoa-
farbige Tuch wieder ganz und gar vom Verstand bracht!
He da! – Frailn Johanna Rumpl! Für Eahna hab i heut allerhand: amal was Amtlichs, und was Grichtlichs und an
Briaf vom Schatz. Und für d' Frau Martl hab i heut aa was.
Hier, Frailn Berta. Es is vom Herr Bruader. Soo. Und jetz
is's gar. Jetzt habe die Ehre, meine Damen!« Das Fräulein
Berta reißt hastig den Brief aus dem Umschlag, überliest
den Inhalt und läuft mit dem Ruf: »Der Ferdl kommt!«
lachend ins Haus zur Mutter. Die Hanni aber starrt auf

die drei Schreiben und kann sich auf keine Weise einbilden, was sie enthalten. Und so öffnet sie zuerst den Brief, der zu Schönau gestempelt wurde. »Von dahoam«, murmelt sie mit einem seltsamen Gefühl; »wer denkt denn da no an mi? . . .«

». . . Geschrieben zu Öd in Baiern den Irtag vor Pfingsten. Liebe Rumplhanni ich mache dir kunt und zu wissen, daß mir die Wabm wo deine Grosmuter ist heute eingraben ham. Ist recht guet gstarbm und hat es dir vermacht ales mitsamt den Hauß. Ich habe es den Herr Bezirksamt gesagt und du wirst es schon erfahren. Jetz ist auch meine libe Wabm wo ich mich so guet unterhalten kann gegangen. Wan wird entlich auch mir meine Stunt schlagen. ich bin ein fünftes Rat am Wagen. Der Pauli hatz Gschäft von mir kauft und er heurat osent in ein sechs Wochen die Enhueberkellnerin wos du wol kenst die Res. Sie habm ihm z' Frankreich ein Hax abgschossen. Lebe gesunt und klüglich und sei gegrißt von deinen Nachpar Schmied. Das meine zwo Bubm gefalen sind wirst du wol wissen. wan wird er auch mich holen, der boanerne Gfater. ich bin bereit, Grus Huffschmied.«

Die Hanni steht stumm und bleich; und ihr Gedenken eilt hin in das Häuslein zu Öd, hin in die niedere, armselige Kammer, darin ihr Ähnlein in den letzten tiefen Schlaf gesunken ist. Sie steht vor der Heimgegangenen, begleitet sie auf dem letzten weiten Weg, hin zum Freithof in Schönau; und sie steht vor dem schwarzen Hügel mit dem verrosteten Kreuz, betrachtet im Geist die düstere Kammer, hört das Rieseln und Kollern der Erdschollen, das Beten des Pfarrers, das Singen des Lehrers; sie schaut auf das Häuflein Menschen, die da um die Grube stehen, gaffen und lusen und gedankenlos ihr Vaterunser um eine friedliche Ruhe für die Entschlafene herunterleiern, indes abseits einer ist, der alt Hufschmied von Öd, dem das Wasser in den Augen steht und der seufzt: »Wann kommt endlich auch deine Stund?«

Und langsam füllen sich auch ihre Augen mit Wasser, rollt eine Zähre auf das Papier. Mittendrin aber schüttelt sie etwas von sich ab, strafft sich zur Höhe und wischt sich rasch über die Augen. Dann öffnet sie die beiden andern Schreiben, ersieht daraus, daß ihre Mutter, die sie eigentlich nie recht kannte, irgendwo in einem Krankenhaus verstarb, und daß sie, die Johanna Rumpl von Öd bei Schönau in Bayern, die alleinige Erbin des Besitzes und der Habe ihrer Großmutter ist. – Also mehrt sich das Gut der Hanni um ein gerechtes Häuflein Geld und Sach; davon besonders zu benennen ist das Kästlein in der alten Gewandtruhe mit siebzehnhundert alten Silbergulden und einem vergilbten Schrieb desselbigen rothaareten Steinmüllersohnes von Kreuz, den das Urahnl der Hanni beinah als seinen Eheherrn hätt um die Finger wickeln können, wenn das schwarzhaarete Kindl nicht gewesen wär. In dem Schrieb aber bekannte er sich noch: als den in Lip demütigen und getreien Knecht und Buhl Andreas, wünschte seinem Waberl eine gute Zeit und glückhafte Genesung von einem liplichen Kindtlein. – Die Hanni hält das rauhe, modrige Papier lang in ihren Händen, und ihr Blick betrachtet die ungelenken Schriftzüge des Toten. Und es kriecht langsam in ihr eine verlegene, ungute Scham herauf darüber, daß auch sie einen Burschen einhandeln wollt um eine Spitzbubentat. Aber da blinken und gleißen die Guldenstücke lockend aus dem Kästlein und ziehen den Blick hinweg vom Betrachten und Erkennen, vom Bereuen und Fürnehmen. So daß die Dirn darauf vergißt und lieber mit den Fingern in den hellklingenden Münzen wühlt und dabei summt: »Wanns Kronataler regnen tuat – und Guldnstückl schneibn, – nachher bitt i unsern Hergott, – es möcht's Wetter a so bleibn!«

Im Hause des Martlbräu herrscht Lust und Freud. Der einzige Sohn, der Ferdl, ist auf Urlaub heimgekommen und wurde empfangen mit Blumen und Girlanden, mit Willkommengrüßen auf Transparenten und einer Jubelhymne auf dem Klavier. Und die Mutter preist ihr Glück, daß sie ihren Buben wiedersieht, freut sich über seine goldenen Borten und die Knöpfe an seiner grauen Uniform, die ihn als Vizewachtmeister der Feldartillerie kennzeichnen, und läßt Freund und Nachbarn teilnehmen an Glück und Freud; indes der Vater zufrieden und wohlwollend den Erzählungen des Sohnes lauscht und das schlichte schwarze Kreuz in der Hand hält, betrachtet und es danach den Stammgästen zeigt. Die Schwester des Herrn Vizewachtmeisters aber prangt in Festgewändern, hüpft und tänzelt um den feschen Bruder herum, hat hundert Pläne im Kopf und eine Menge Vorschläge im Mund, wie der Ferdl am besten seine zehn Tag Urlaub in Saus und Braus und in ihrer Gesellschaft hinbringen könnt, und weint schließlich vor heller Enttäuschung und Verzweiflung darüber, daß der »fade Mensch« am liebsten bei der Mutter in der Küche oder beim Vater in der Stube hockt, raucht und sich darüber freut, daß er endlich ein bißl ausruhen und zu sich selber kommen kann.

Eine aber ist, die dies Heimhocken des Herrn Ferdinand Martl nicht bedauert, die Hanni. Für sie ist die Ankunft des Sohns vom Haus ein Ereignis, wie die Erscheinung eines neuen Kometen für den Sterngucker. Und ein Gedanke steigt in ihr auf, wächst riesengroß und beherrscht am End das ganze Denken, Sinnen und Trachten der Dirn: der Gedanke, eine Brücke zu bauen hin zu den Besitztümern des Martlbräu. Also beginnt sie sogleich ihr Werk; sie kleidet sich nach dem Vorbild etlicher feiner Herrschaftsmädchen, die abends immer das Bier holen, nur mehr in himmelblaue, getüpfelte Waschkleider, trägt weiße Schürzen mit gestickten Spitzenträgern und zwängt die Füße in schmale, braune Spangenschuhe. Auch versucht sie, ihr dichtes schwarzes Haar modisch zu richten, wellt und brennt und steht abends lang vor dem Spiegel, frisiert und probiert, flicht sich Zöpfe und löst sie wieder, macht sich Schnecken und Locken, Scheitel und Tuffen, bis sie endlich eine Haartracht findet, die ihr vorteilhaft genug erscheint, um sich in den Augen des Herrn Ferdinand ins rechte Licht zu setzen. Dazu ist sie von einer frischen, kindlichen Heiterkeit, schafft und werkt mit einer riegelsamen Emsigkeit und macht sich also schier unentbehrlich bei der Wirtin, die, des Lobes voll über die Hanni, wiederholt zu ihrem Sohn sagt: »So oane, wie d' Hanni, so tüchtig und so nett, Ferdl, und dazua aus an guatn Haus, so oane möcht i glei als Schwiegertochter. Der tät i's Gschäft schon anvertraun!«

Und der Herr Ferdl schmunzelt, sagt gar nichts und ist gegen die Hanni von einer gleichmäßigen höflichen Freundlichkeit, läßt sich von ihr die Uniform ausbürsten, die Ledergamaschen polieren und sagt zu seinem »Danke« stets auch noch: »liebs Hannerl« oder »liebs Kind«, kneift sie in die Wange oder tätschelt sie schier väterlich zärtlich. Dabei dann die Hanni alle Register ihrer galanten Kunst gezogen hat, lacht, scherzt, mit Blicken betört und mit allerhand Reizen lockt, die Zähne zeigt und die frischen roten Lippen spitzt, und doch wieder sich scheu und schier unnahbar macht, wenn ihr der gesunde, heißblütige Mensch gefährlich erscheint. So treibt sie dies Spiel eine ganze Woche und bringt damit ihren unentwegten Verehrer, den Metzgerhans, in nicht geringe Wut und Verzweiflung, also daß er in groben Worten seine Meinung sagt: »Laß dir nur Zeit! Es is scho oana, der wo sorgt, daß d' Baam net in Himmel wachsen! Dei Hochmuat tuat scho aa no an Kniafall, wart nur!« Doch die Hanni lacht und denkt: Du brummst mir guat! Du hast glei ausbrummt, wann amal i da herin was z' redn hab! Du wirst dein Strohsack schnell vor der Tür habn!

Inzwischen geht die Zeit des Urlaubs rasch dahin, und der letzte Sonntag, an dem der Herr Ferdl noch zu Haus bei den Eltern weilt, bricht an. Und der Herr Vizewachtmeister sagt am Vormittag zu seiner Mutter: »Heut nachmittag möcht i no gern an Kameraden aufsuchen. Wenn i abends net heimkomm zum Essen, bin i dort eingladen; daß d' es weißt.« Die Hanni hört's. Und sie sagt sich: »Heut oder nie. Heut hab i mein Ausgang. Der Kamerad wart't schon.« Also steht sie gleich nach der Mittagszeit droben in ihrer Kammer, wäscht und schrubbt an sich herum, kleidet sich vom Fuß bis zum Kopf nagelneu und betrachtet endlich befriedigt ihr Spiegelbild. In dem einfachen schwarzen Lüstergewand mit dem feinen weißen Spitzenkragen, dem soliden Hut und dem sauberen Schuhwerk sieht sie besser aus als manche Bürgerstochter, die in Modefähnchen und auf überspannten Stöckelschuhen einhertrippelt. Ihre Finger schlüpfen in die schwarzen Lederhandschuhe, sie nimmt den neuen Schirm aus dem Koffer und geht hinab in die Küche, wo sie von der Frieda und dem Fräulein Berta sogleich wegen ihres »feschen« Aussehens bewundert wird. Da aber in dem Augenblick draußen an der Schenke der Herr Ferdinand seinem Vater grad zum Abschied die Hand gibt, so hört die Hanni nicht mehr auf das Gerede, sagt kurz: »Pfüagood« und geht durch die große Toreinfahrt aus dem Haus.

Der Herr Vizewachtmeister geht langsam, seine Handschuhe zuknöpfend, mit rasselndem Säbel, der Straßenbahn zu. Die Hanni folgt ihm in kurzem Abstand. Er zündet sich eine Zigarette an und besteigt einen Wagen, der stadteinwärts fährt. Die Hanni springt geschwind in den Anhängwagen, verlangt: »So weit's geht!« und läßt ih-

ren Vogel nicht aus den Augen. Der steht rauchend und sinnierend in einer Ecke, bis der Schaffner ruft: »Maximilian-Lenbach-Platz die nächste!« Da wird er unruhig, zündet sich an der abgebrannten Zigarette eine neue an, schaut suchend aus dem Wagen, faßt den Säbel und steigt aus. Auch die Hanni verläßt den Wagen und folgt dem rasch Dahineilenden, wie der Jäger einer Wildspur. Jetzt biegt er in die schattige Anlage ein, grüßt einen Offizier, dankt etlichen Soldaten und verlangsamt seine Schritte. Elegante, aufgeputzte Menschen gehen an ihm vorüber, folgen ihm, überholen ihn. Und die Hanni denkt: »Jetz is der rechte Augenblick da. Jetz kann er net aus!«
Sie überlegt, wie sie ihn begrüßen, anreden soll; da läßt ihr etwas das Blut schier gefrieren... Eine hochgewachsene Dame in duftigen Gewändern eilt plötzlich auf den Herrn Ferdl zu, er streckt ihr beide Hände hin, sie begrüßen sich mit einer großen Zärtlichkeit und Freude und schlingen ihre Arme ineinander, indem sie lachend und scherzend zu einem Wagen gehen, dem Kutscher etwas zurufen und davonfahren. Und also die Hanni, schier zur Salzsäule erstarrt, stehen lassen.
Es währt eine gute Weile, bis die starre Bewegungslosigkeit von ihr weicht, die Augen sich langsam grünlich färben, die Zähne sich knirschend aufeinanderpressen und die Brust wild arbeitet vor Wut und Enttäuschung. Mit einem Ruck macht sie kehrt und geht planlos dahin, bis sie sich doch zu guter Letzt daheim in ihrer Magdkammer wiederfindet. Am Abend dieses Tages sagt die Hanni das erstemal zum Metzgerburschen: »Lieber Hansl!«

Beim Martlbräu geht's heiß her; denn drüben in der Au ist Jakobidult, und der erste Sonntag bringt schon eine Menge Gäste zum Mittag, so daß die Wirtsstuben dicht besetzt sind. Da geht's in der Küche an ein Kochen und Braten,

Werken und Plärren, Klopfen und Hacken; die Wirtin befiehlt, die Frieda grandelt, die Hanni läuft und schwitzt, und die Hausmagd klappert und rasselt mit dem Geschirr, daß man kaum das Rufen und Schreien der Kellnerinnen und der Tochter vom Büfett her versteht. »Drei Leber-, eine Nockerlsupp! Zwei Fleisch mit Koirabi, ein Niern-, ein Brust-, ein Schloßbratn, Gröst'te, Kartoffel- und Gurkensalat!« Das Fräulein Berta wiederholt diese Bestellungen; die Frieda gibt sie an die Wirtin weiter, und diese ruft: »Hanni, a Nockerl- und drei Lebersuppn kriagt d' Aushilfmarie! An Gschloß-, an Niern- und an Brustbratn herrichten! Zwoa Ochsenfleisch hat s' aa bstellt! San die Gröst'n hergricht? Zwoa Koirabi, an Gurken- und an Kartoffelsalat hin!« – »Und i kriag an Rindsbratn mit Ganze, zwei Schweinskarree mit Gmischten und ein Hackbratn mit Andivi, Frau Martl!« ruft die Lina; »und fürn Herr Amtsrichter an Schweinsbratn aufhebn! Der Herr Rat is aa no net da! Seine gfüllte Brust fei net hergebn! An Andivi, hab i gsagt, zum Hackbratn! Habts an Herrn Kommissär sei brat'ne Haxn reserviert?« – »Ja, ja!« sagt die Frieda grandig; »der werd s' scho kriagn, sei ewige Haxn!« Und sie wendet sich an die Wirtin: »Frau Martl, schreibn S' auf, bittschön: an Kommissär sei Haxn, an Rat sei Brust und an Amtsrichter sein Schweinsbratn.« – »Und an Statzionsmoasta sein Kopf bis um oans bacha!« erinnert die Tochter in dem Augenblick. »Wenn der sein Kopf net kriagt, macht er an Krach, und was für oan!« – »Is scho wahr!« sagt die Wirtin erschrocken; »Herrschaft, den hätt i jetzt bald vergessen! Hanni! Gschwind an Statzionsmoasta sein Kalbskopf auslösen! Und an Kommissär sei Haxn in a Degerl nei! Können S' an Rat sei gfüllte Brust aa glei dazutoa und den Schweinern vom Amtsrichter!« Derweil bestellen die Kellnerinnen schon wieder aufs neue eine Menge Fleisch, Salat, Suppen und Gemüse, und die in der

Küche wissen schier nimmer, wo sie zuerst anpacken sollen. Aber es geht dennoch alles seinen Gang; eins ums andre wird fertiggemacht, und schließlich ist auch dieser Sturm vorüber, die Küche wird still und leer, und auf das Getriebe folgt die Ruhe des Nachmittags für alle, auch für die Hanni. Die Wirtin aber ist voller Anerkennung und sagt: »Hanni, i bin recht zfrieden mit Eahna. I wollt, mei zukünftige Schwiegertochter wär amal so tüchtig wie Sie! Aber wer weiß, was mei Ferdl für eine heirat...« Aha. Die Hanni wüßts schon ein wenig, wie sie ausschaut, und daß sie keiner Martlbräuin gleichsieht! Aber – Schweigen. Und die Hanni lächelt nur zufrieden und tut weiter ihre Pflicht. Indes der Metzgerhansl immer mehr den Narren an ihr frißt und sich fest und steif in den Kopf setzt: »D' Hanni oder gar koane!«

Etliche Tage später tritt ein Soldat zum Martlwirt in die Stube. »Herr Martl, morgn geht's dahin – ins Feld. Heut auf d' Nacht derfan S' uns no an kloan Abschiedsschmaus und a guate Maß herrichten. Fünfasiebazg Mann san ma.« Der Martlbräuwirt reibt sich diensteifrig die Hände und meint: »An Abschiedsschmaus sagst. Ja, is scho recht. Gefreut mi, wanns kemmts. Werd scho richtig auftragn. Da, magst vielleicht schnell a Wetschinia? A guate Zigarrn raucht ma alleweil gern. Und a Maß trinkst schnell. Die ghört nachher für 's Ansagn.« Und dann geht er hinaus in die Küche, wo der Metzgerhans eben allerhand Fleischbrocken aus dem Sudhafen nimmt und zur Hanni sagt: »Geh, Hannerl, sperrn S' mir 's Schlachthaus auf!« – »Hans! Hast ghört! Unserne Landwehrleut von der sechsten ham eahnan Abschied heunt auf d' Nacht. Machst mehra Milzwürst, gell. Und richst a paar gspaltene Haxen her und etliche Kalbsschäuferl. D' Hanni kann dir ja helfa,

daß d' fertig wirst bis um fünfe.« Also gibt der Wirt seine
Befehle, und alles richtet sich danach: Die Wirtin stellt die
Speiskarte zusammen, das Fräulein Berta zählt die Bierzeichen und die Zahlmarken, die Frieda stellt eine Menge
Häfen und Tiegel auf den Herd, die Küchenmagd putzt
Salat ein und wäscht Kartoffel, und die Hanni geht mit
dem Hans hinab ins Schlachthaus, um ihm zu helfen bei
seiner Arbeit. Da heißt's Fleisch wiegen, Zwiebeln schneiden, Gewürze richten, Netze waschen, Milz und Bries in
Stücklein hacken und das Wurstbrat rühren. Und der Hans
sagt: »Hannerl, a Zitrona reibn! Hannerl, an Petersil fein
schneidn! Hannerl, hast jetz du no gar koan Hochzeiter im
Sinn?« – »I? O mei! An so was denk i gar net! Wo ham S'
denn an Pfeffer, Hans?« – »Da is er drin. Wie wärs denn,
wannst jetz amal a bißl an oan denkn tätst, Hannerl?« Er
schneidet etliche Zwiebeln und wischt sich das Wasser aus
den Augen. »I wüßt dir an recht an braven Hochzeiter,
Hannerl. An recht an ordentlichen.« – »Jetz fangt er halt
scho wieder mit dem Gschwatz an!« sagt die Hanni; aber
sie fragt doch nach einer Weile, während er anfängt, die
Kalbsnetze zu waschen: »Kann er a Frau ordentli er-
nährn?« Der Hansl wirft sich in die Brust. »Ah mei! Er-
nährn! Was willst denn! Heut no kaaf i dir an Martlbräu,
wannst es habn willst! Heut no!« Die Hanni schmunzelt.
Aber sie sagt scheinbar verwundert: »Ah so! Also bist du
der Hochzeiter!« – »Ja, allerdings. Weil i moan, daß 's dir
am End do net gar so ernst gwesn sein kunnt, 's letztemal . . . Mit deiner Absag . . .« – »Aha.« Sie arbeiten eine
Weile schweigend dahin. Bis die Hanni fragt: »Lebt dei
Vata no, Hans?« – »Ja. Warum?« – »Und dei Muatta?« –
»Naa; scho lang nimmer. A Schwiegermuatta hättst net
z' fürchten . . .« – »Die fürchtet i a so net. Wia, hast 's Brat
gsalzen? Naa! Also, schaug oana nur den gedankenlosen
Tropf an!« – »Dees macht d' Liab, Hannerl.« – »Oder dei

Dummheit. Für dees da is net zum helfa, und für dees ander aa net.« – »Dees wollt i aber bezweifeln. Denn wennst mi aa gern hättst, nachher bräucht i ja nimmer dumm z' sein!« Die Hanni lacht voll Spott. Aber sie schaut ihn doch so an mit ihren Augen, daß er sich wie verhext vorkommt und schwer schnauft. Doch sie hält ihn am Schnürl. »Wo hast dein Spagatt? Sand die Netzln sauber? Tua fein net wieder so viel nei, wie 's letztemal! Net daß 's wieder oane zreißt!« Doch nach einer Zeit fängt sie abermals an zu fragen: »Is dei Vater no aufn Gschäft?« Der Hans erwidert: »Ja. Aber dees schadt ja nix. I nimms gar nia, dees sein'. I bleib alleweil in München herobn.« – »Aha. Was moanst jetz, daß der Martlbräu kosten tät? I moan bloß...« – »Ja mei... a so a zwoamalhunderttausad scho; und alleweil seine fufzg, sechzg Anzahlung.« – »Mhm.« – Aha. So viel hat er also mindestens zu kriegen als Heiratsgut. Das ist nicht schlecht. Gar nicht schlecht. »Mei, da brauchetst halt aa wieder oane mit an Geld«, sagt sie lauernd; »mit ana armen Kucheldirn kunntst da alleweil net anfanga!« Sie spaltet mit festem Hieb eine Kalbshaxe. Der Hans lacht; denn er kennt das Kapital, das in ihr steckt. »Moanst!« sagt er scheinheilig. »Moanst, daß alleweil der Geldsack wieder nur zum Geldsack taugt? Naa, mei Liabe! Die, wo mir i einbild, die braucht gar nix z' habn als a bißl a Liab zu an braven Hochzeiter. Und an guaten Humor.« – »Ja no. Aber oane, die net amal a richtige Hoamat hat, und net amal gscheite Eltern, die möchst halt aa net...« – »Für dees kunnst ja du nix, wenns bei dir a so der Fall waar...« – »Aa scho. Recht hättst scho. Wieviel Haxen soll i denn spalten?« – »Viere. Und nachher hilfst mir no a bißl beim Z'sammputzen. Und am Sonntag gehst mit mir ins Apollo, Hanni. Und wenn 's dir recht is, nachher schreib i's mein Vater...« – »Hm... Was schreibst eahm denn?« Sie lacht leise in

sich hinein. Und schaut ihn doch wohlgefällig von der Seite an. »No . . . daß i jetzt a Hochzeiterin hab . . . Hannerl . . . Dees hoaßt . . . wennst mi magst mit mein Glasaug . . .« – Ob sie ihn mag? Sie blinzelt schmunzelnd zu ihm hin und sagt langsam: »Wenn i di mag, sagst. – Ja, Hansl, i mag di ganz gern. I kann di ganz guat leidn. Aber i bin halt grad a Pfannaflickersdirndl. Und mehra wie fünftausend Mark Bargeld hab i aa net . . .« Der Hansl fährt herum. Und nimmt sie lachend um den Hals. »O du liabs Schaf!« sagt er und küßt sie frisch auf den Mund; »du bist mei Hanni, und damit Punktum! Und auf Kirchweih heiratn mir.«
Also ist die Rumplhanni Hochzeiterin und hat, was sie gewollt: a Haus und a Kuah und a Millisupperl in der Fruah.

Die Martlwirtin und ihre Tochter gehen zusammen auf den Markt, und die Frieda folgt mit dem großen Armkorb hinterdrein. Es ist nicht mehr lange hin auf Martini, auf die Zeit, wo die Gänse am besten schmecken und am leichtesten zu haben sind. Und also kauft die Wirtin fünf Stück, indem sie meint: »Heut glangens. Aber wenn unser Hanni Hochzeit hat, derf ma keck zehne bsorgn. Denn der Hans hat viel Bekannte. Mi gfreuts, daß die zwoa zsammkommen.«
Unterdessen sitzt der Wirt daheim in seinem Bräustüberl und liest fröstelnd die Zeitung. Doch ist er nicht so recht dabei, denn er starrt alle Augenblick nachdenklich vor sich hin und seufzt hie und da tief auf. Wo mag jetzt der Ferdl sein, der Bub? . . . Seit vier Wochen ist keine Karte, keine Nachricht mehr von ihm gekommen. Da tritt ein Telegrammbote ein. »Herr Martl . . .« – Er ist schon wieder dahin. Und der Alte dreht das Papier unschlüssig zwischen den zitternden Fingern . . . »Was werd dees . . . no . . . so

geh halt auf . . . es werd do net der Bua . . . Herr-gott . . .
der Ferdl . . . mei Bua . . . is tot . . .« Wie ein Baum fällt der
Wirt in einen Stuhl. »Mei Bua . . . Mei Ferdl . . .«
»Hans, geh, bleib mir heut in der Schenk. Mir is net guat.«
Der Martlbräu legt sich todmüd hin auf sein Bett und hält
das Telegramm in Händen. Und bohrt und sinniert, und
bringt doch keinen andern Gedanken zuweg, als: »Mei
Bua is nimmer da . . .« Ob er's seiner Frau sagt? – »Naa.
I kann net. I kann's net. O mei Muatta. Jetz ham mir halt
den aa umsonst aufzogn. I kann dir's net sagn, daß mir 'hn
nimmer ham.« Er schiebt das Telegramm ein. Und schließt
die Augen. Wie das hämmert – und zuckt – und werkt . . .

Die Martlbräuin kommt müd heim. »Vata! . . . Wo is denn
mei Mann, Hans?« – »Der Herr is net guat beinand, Frau
Martl; er hat si niedergelegt.« – »Unser liabe Zeit! Es wird
do nix Ernstlichs sein! I will glei schaugn . . .« Sie läuft
hinauf in die Wohnung. Und hinein ins Schlafzimmer.
»Vater! – Vater! – Is dir net guat?« Nichts rührt sich.
»Schlaft er? Dees wär recht. Der Schlaf richt 'hn am ehesten
wieder zsamm . . .« Sie beugt sich über ihn. Aber – »All-
mächtiger! – Vater! Ums Christi, Vaterl! – Naa . . . heiliger
Himmel, naa! – Es kann ja net sein . . .«
Bleich und stumm liegt der Wirt vor ihr. Und hat die
Augen für immer zu.

»Frau Martl, in der Joppen vom Herrn, Gott hab 'hn seli,
is no allerhand Sach drin.« Die Küchenmagd sagt's. Und
die Wirtin holt leise weinend die Dinge heraus: die Tabakdose, das Schnupftuch, den Fleischstempel, das Einschreib-
buch, ein Telegramm . . . Sie faltet's befremdet auseinander. Und tut einen tiefen Seufzer. »Unser Bua . . . mei
Ferdl . . .« –

Tage schwerer Krankheit, heftigen Fiebers kommen über sie, so daß die Hanni mit der Frieda ganz allein die Küche versorgen muß, indes der Hans die Schenke und das Schlachthaus unter sich hat. Und so wird die Hochzeit noch hinausgeschoben auf eine bessere Zeit.

>>Auf Mariä Verkündigung
Kehren d' Schwaiberl wieder um!<<

Der Frühling kommt gemach über die Münchnerstadt, und der Metzgerhans bestellt das Aufgebot. Also verkündet drunten in der Pfarrkirche zu Maria Hilf der Priester am Sonntag, der genannt ist Lätare, von der Kanzel herab: >>In den heiligen Stand der Ehe haben sich versprochen der ehrenhafte Jüngling Johann Niederhuber, Metzger von Rottalmünster, mit der Jungfrau Johanna Rumpl, Köchin von Öd.<<

Und die Hanni läuft von Laden zu Laden, besorgt dies und das, hat den Kopf voller Pläne und die Hände voller Arbeit und ist so zufrieden und gut aufgelegt, wie noch nie im Leben. Der Hans aber verhandelt mit der Martlbräuin, die von Tag zu Tag müder und verdrossener im Geschäft wird, wegen des Verkaufs. >>Also, was is's, Frau Martl! Jetz wär i halt da und saget: Gebn S' mir die ganz Putschari! – Nachher habn S' Eahnan Ruah!<< Und die Martlin sagt nicht nein. >>Dees stimmt<<, meint sie. >>Und a bessere Wirtin wüßt i mir eigentli gar net, als wia d' Frailn Hanni. Ja, i bin recht müad. Recht froh, wenn i mein Ruah kriag.<<

Also wird die Sache richtig gemacht, und am zweiten Sonntag im Mai laufen etliche Kinder draußen in der Au und droben beim Martlbräu treppauf und -ab und werfen in die Briefkästen der Leute Karten, auf denen zu lesen ist: >>Zu ihrer Hochzeit am Samstag, den zwanzigsten Mai

1916, im Martlbräukeller, laden ergebenst ein Johann Niederhuber und Johanna Rumpl. Zugleich geben wir bekannt, daß wir die Martlbrauerei käuflich erworben haben ...«

»Musikanten, laßts Landler erschallen,
Spielts auf in die Martlbräuhallen!
Teats blasen und pfeifen,
In d' Soatn frisch greifen,
Teats trommeln und zithern und harpfan
Und hockts net grad da wia die Karpfan!«

Der alte Niederhuber, ein beleibter, weißhaariger Bauernwirt, steht vor den Musikanten, schnalzt mit den Fingern, schnackelt und singt und zahlt für sein Lieblingsstücklein einen blanken Taler. Dann geht er lachend an die lange, dichtbesetzte Tafel, wo die Basen und Tanten des Hochzeiters als Ehren- und Kranzljungfern in ihrer bäuerlichen Pracht und ihrer verlegenen Schweigsamkeit wie Krippenheilige dahocken und kaum einmal laut lachen oder den Mund auftun zu einer Red. Ringsum ist der Saal gedrückt voll von Gästen und Geladenen, Alten und Jungen, Frauen und Männern, Burschen und Mädchen. Alles unterhält sich, lacht, schwatzt und scherzt, und die Jungen wagen trotz der Kriegszeit hie und da ein kurzes Tänzlein auf dem winzigen Fleck vor dem Musikpodium.
Aber der Hochzeiter? Und die Hochzeiterin? Ei ja! Da steht der Hans in der Schenke, im Bratenrock und weißer Binde, den Rosmarinstrauß im Knopfloch, füllt die Krüge, entkorkt Flaschen, rollt Banzen und schafft und werkt, daß ihm der helle Schweiß auf der Stirn steht! Und draußen in der Küche hantiert die Hochzeiterin im silbergrauen Braut-

gewand mit Myrtenkranz und Schleier, rührt in den Tiegeln, riegelt die Pfannen, schneidet den Braten und klappert mit Tellern und Platten, indem sie befiehlt, fragt und bald dem einen, bald dem andern Hochzeitsgast aus dem frischgefüllten Krug oder Glas lachend Bescheid tut. Und sie regiert mit fester Hand und lauter Stimm, indes die alte Martlbräuin still und betrachtend auf einem Polstersessel in einer Ecke sitzt und denkt: »Ja, ja. So hab i mirs alleweil vorgstellt... meim Buam sei Hochzeiterin... die junge Martlin...«

Also beginnt der Ehestand der Frau Johanna Niederhuber, geborene Rumpl, mit viel Arbeit und fröhlichem Schaffen, und da sie endlich spät in der Nacht das grüne Kränzlein und den Schleier vom Haar löst, sagt sie zu sich selber: »Alsdann. In Gottsnam hab i angfangt. In Gottsnam tean ma weiter. Guate Nacht, Himmelvater, guate Nacht, Himmelmuatta, guate Nacht, Schutzengel. Amen.« Und dann läßt sie sich willig von ihrem Eheherrn hineingeleiten in die Schlafkammer als seine liebe Hausfrau und Martlbräuin.

Ein schwüler Sommertag. Die Sonne brennt nieder auf die Straßen der Münchnerstadt und läßt die Menschen seufzen und nach einem frischen Trunke lechzen. Und einer um den andern: der Ratsherr wie der Kaufherr, der Richter wie der Arbeitsmann, sie alle tun ein festes Gelöbnis: »Heut geh i aber nach'm Feierabend auf an Keller und trink a Maß!« Ja ja. Die Brauherrn haben ihre Sach nicht schlecht gemacht, da sie ihre Lagerkeller außerhalb der Altstadt auf grünende, luftige Anhöhen bauten, mit schattigen Baumgärten umgaben und also nicht nur für den dürstenden Leib sorgten, sondern auch dem müden und ermatteten Geist eine wohltuende Erfrischung boten. Da

breiten mächtige Kastanien ihre Kronen aus, da ruht das Auge zufrieden auf saftiggrünen Wiesenflecken, auf gemütlichen, hohen Hausdächern, auf den glitzernden, grünen Wassern unseres Isarflusses und auf dem großmächtigen Schattenbild der Münchnerstadt mit ihren Giebeln und Türmen, die ruhig und erhaben in die leichtgetrübte laue Abendluft hineinragen. Hier sitzt der Reiche bei dem Armen, der Hohe neben dem Niederen; und alle Standesunterschiede verschwinden bei der beschaulichen Ruhe, die über allem liegt und jeden überkommt, der da zufrieden seinen Rettich oder Käs verzehrt und dazu sein Häflein trinkt; und kein anderer Wunsch wird laut als nur der eine: »Wenn's doch draußen auch einmal wieder still und ruhig würde! Wenn halt mein Sohn, mein Freund einmal wieder hiersitzen möcht bei mir und mir Bescheid tun auf die Losung: ›Auf eine friedsame, glückhafte Zeit!‹«
Droben im Martlbräukeller gibt's an heißen Tagen viel zu tun. Da klappern in der Schenke die Krüge, rollen die Banzen, hallen die Schläge des Schenkkellners, der den Schlegel schwingt und frisch anzapft, bald ein Faß Dunkel, bald ein Faß Hell ... Und der junge Wirt geht zufrieden durch den Garten, begrüßt seine Gäste und plaudert mit Bekannten, indes seine Wirtin, die Hanni, an dem großen Schiebefenster steht und werkt und schafft.
Da tritt einer zu ihr, ein alter, schneeweißer Griesgram, der mit einem bitteren Lächeln sagt: »So so. Da is s' ja, d' Rumplhanni von Öd. Na, Hanni, du hast es, scheints, besser derraten wie d' Ödenhuberleni!« Es ist der Hufschmied von Öd, den die Hanni mit fröhlicher Lebhaftigkeit begrüßt und dann fragt: »Warum wie d' Leni, Schmied?« Der erwidert: »Weilst an gsunden Mo hast, der no seine gradn Glieder hat. Der Hausersimmerl hat s' nimmer. Dees hoaßt: grad wärn s' scho; aber fehln tean halt a paar ... a Hand ... a Hax ... Aber sonst geht's eahm net

schlecht . . .« Und dann geht er hinein zur Martlbräuin, die ihn nicht gehen lassen will und ihn mit Speis und Trank bewirtet. Und erzählt ihr von der Heimat, von den Hauserischen, von allen. »Und der Staudnschneidergirg hat sei Susann gheirat«, sagt er; »aber sie hausen net guat mitanand.« Die Martlbräuin lächelt. Und denkt an jene Fraueneier, an das Schmalz und an den Buschenreiteranderl, den Karrner. »Und d' Hauserin und die alt Ödnhuaberin san jetz die besten Freund«, fährt der Schmied fort; »und d' Mannetn natürli aa. Und i leb halt so oaschichti im Austrag beim Pauli und denk an meine Buam – und wia lang als's no dauert. . .« Die Hanni will ihn trösten, aber er sagt: »Naa, Hanni, sag mir nix. Wia s' mir mei Wei auße ham in Gottsacker, da ham s' mir aa mei Hoamat furt. Und die mir wieder oane macha hättn könna, san aa furt . . . Und a so geh i halt umanand wia oana, dem d' Henna 's Brot gnommen habn, und schaug oamal ums andermal auf d' Uhr, ob 's no net bald Zeit wird zum Hoamgeh für alleweil.«

Ja ja. So redet das Alter. Die Hanni aber ist jung und denkt: Dees hat no Zeit. Mir gfallts in dera Hoamat no recht guat, und i hab koa Verlanga nach was andern. Und wenn amal dees Kloane . . . vielleicht a Bua . . . 's Martlbräu hat . . . nachher hat 's erscht recht no Zeit . . .

Ihr ehelicher Hausherr bringt sie aus ihrem Sinnieren, indem er zu ihr tritt und sagt: »Hanni, der Herr Postrat hat seine Fleischmarken vergessen. Geh schick d' Marie nüber zu seiner Frau und laß s' holn. Dann kriegt er a abbräunte Milzwurst mit Gurken und Gröst'te. Und i mag oane in der Brotsuppen, Hannerl, gell . . .« – Und die Hanni gibt ihre Befehle und richtet danach ihrem Hans die Brotsuppe mit der Milzwurst. Indes draußen im Garten die Gäste still sitzen und auf die Töne der Musik lauschen, die der Abendwind vom Petersturm herüberträgt zum Martlbräu.

Madam Bäurin

1

Die Geschichte hebt an um die Zeit, da unser lieber Herr
bereits seine Himmelfahrt getan, den Heiligen Geist gesandt und das Heu auf den Wiesen gut und dürr genug
gemacht hat zum Heimfahren.

Um diese Zeit haben die Weibsleute draußen auf dem
Lande gemeiniglich ihre großen Wasch- und Putztage;
denn nach altem Brauch und Herkommen räumt man noch
vor Beginn der großen Ernte mit dem ganzen rußigen
Nachlaß des Winters gründlich auf. Da weißelt und tüncht
man Stuben und Kammern, Kuchel und Speis, Hausflöz
und Stall, verschönt den ganzen Bauernhof und putzt ihn
säuberlich heraus, auf daß der Segen Gottes um so lieber
Einkehr darin halten möcht.

Und die Vorhänge und Polsterziechen, das Linnen und
Bettzeug wird gewaschen und gebleicht, damit es wieder
frisch und sauber ist und seine Schuldigkeit tut so lange,
bis die Bäuerin das Kirchweihmehl in die Truhe siebt und
das Schmalz ausgängt und siedet für Krapfen und Küchl.

Beim Schiermoser zu Berganger aber haben sie heut noch
einen besonderen Grund zu solcher Stöberei und Arbeit:
Ihre langjährige Sommerfrischlerin, die verwitwete Frau
Rechtsrätin Scheuflein, hat für die nächsten Tage ihre
Ankunft gemeldet.

Nun sind ja im allgemeinen die Stadtleut keine absonder-
lich willkommenen Gäste auf dem Land. Aber so im
besonderen macht doch manche Bäuerin eine Ausnahme
und läßt ein paar von den Städtischen in ihren üppigen
Flaumbetten schlafen. Freilich nur gegen gutes Entgelt.
Denn umsonst ist der Tod, und der kostet das Leben. Und
wenn sie auch darüber brummt, daß ihr die »verhungerten
Stadterer den Schmalzhafen, die Mehltruhen und die Eier-
schüssel leer fressen«, so ist ihr das Geld, welches die Som-

mergäste bei ihr sitzen lassen, doch eine so willkommene Nebeneinnahme, daß sie willig für etliche Wochen auf ihren Groll gegen sie vergißt.

Denn der Hunger nach Profit ist bei jeder Bäuerin so groß, daß sie gern auf weiß Gott was alles verzichtet, wenn nur ihr Geldbeutel Nutzen davon hat.

Und dann ist doch auch noch die Nachbarin da; wenn die hörte, daß drüben beim Nachbarn Sommergäste abgewiesen wurden, so liefe sie ihnen sicherlich nach und böte ihnen die beste Stube des Hauses an, bloß um die andere zu ärgern! Darum schränkt man sich über Sommer ein, so gut man nur kann.

Das eheliche Schlafgemach wird zur Rumpelkammer, in der man alles aufstapelt, was sonst in den verschiedenen Kammern hing, lag und stand. Da türmen sich Pappschachteln mit Strohhüten, Pelzen, Atlaskränzen und Brautkronen; Totenkränze hängen neben Flachszöpfen und Kümmelbüscheln, Honighäfen stehen neben Schnapskrügeln und Spinnradeln, und zwischen Schüsseln mit Bienenwaben liegen Berge von Flickwäsche. Darunter aber sind die Schätze an Eiern und Schmalz verborgen, die man nicht jedem zeigen will, der ins Haus kommt.

Hat die Bäuerin Kinder, so liegen sie während dieser Zeit droben im Gret, auf dem Vorplatz neben der Stiege, immer zwei in einer mageren Betthaut. Und die alte Großmutter muß es sich auch noch gefallen lassen, daß man ihr eine zweite oder dritte Bettstelle in das Austragstüblein rückt, darin noch ein paar Söhne oder Töchter des Hauses ihre Schlafstatt einrichten.

Und dann werden die guten Stuben und Kammern gekehrt und geschrubbt, von Spinnweben gesäubert und mit Rupfenplachen belegt.

Aber nur ein paar Monate lang hält die Bäuerin dies Leben aus.

Nur während der Zeit der Ernte, da sie selber entweder viel mit ihren Leuten auf dem Felde ist oder aber den ganzen Tag in Stall und Küche werkt und den Hof versorgt, indes die andern Weizen, Korn und Grummet einernten. In diesen Tagen hat sie nicht Derweil, die Stadtleut viel zu betrachten und sich über ihr Tun zu ärgern; im Herbst aber oder gar im Frühjahr, da ist sie anders. Da kann ihr kein Sterbensmensch auf Gottes Erdboden ungelegener ins Haus kommen als so ein Stadtfrack! Und es kann kein Städter etwas Ungeschickteres tun, als sich in einem Bauernhof einzuquartieren, ehe die Erde und die Sonne ins Zeichen der Hundstage tritt.

Darum findet man auch heute die Schiermoserin greinend und brummend über den Unverstand der Stadtleut, die mitten unterm Heuen und Ausweißeln daherrumpeln, an dem endsgroßen Waschzuber stehend und eine Bettzieche um die andere reibend und schwenkend.

»Naa, naa. Wia i halt sag: lange Haar, kurzer Verstand, hoaßts. Und d' Stadtleut ham überhaupts koan, wähn i. Sinst kunntens oan net scho im Auswärts aufm Gnack hocka. Daß s' net glei scho auf Liachtmeß oder z' Weihnachtn in d' Sommerfrisch gehn! Jetz', kaam daß der Schnee weg is. Mitten unterm Heuen und Ausweißeln!« – Sie werkt und hantiert wütend weiter und kann nicht aufhören, über die Städter im allgemeinen und die Rechtsrätin Scheuflein im besonderen zu wettern.

Daneben an der Waschbank steht ihre jüngste Tochter, die Barbara, seift und bürstet grobe Hemden und singt dazu mit weinerlicher Stimme ein rührseliges Lied vom Herzverbittern und Vonmirgehn.

Und dazu schleppt eine Magd in zwei Eimern bald kaltes, bald heißes Wasser herbei und läßt geduldig ein Donnerwetter ums andre über sich ergehen, weil sie der Schiermoserin zu langsam, der Barbara aber zu schnell werkt, der einen das kalte und der anderen das heiße Wasser über die Füße gießt und endlich gar noch der alten Großmutter, die strickend und nörgelnd auf der Hausbank sitzt, den knallroten Wollknäul mit ihrem klappernden Holzschuh in eine trübe Wasserlache stößt.

Drinnen in der Wohnstube aber werkt der alte, taube Großvater, taucht den langgestielten, altmodischen Malerpinsel in die himmelblaue Kalkbrühe und streicht bedächtig Fleck um Fleck, bis zu guter Letzt die ganze Stube gleich dem sommerlichen Himmel draußen im schönsten Blau erstrahlt.

Danach trägt er seinen Farbkübel hinaus in die Kuchel, mischt ein Päcklein helles Gelb unter den blauen Kalk und beginnt sodann auch hier das Werk der Verschönerung.

Des Schiermosers zweite Tochter, die Mariedl, hantiert derweil in den fertigen Räumen frisch mit Schrubber und Besen, und der Ochsenbub zieht bedächtig rings an den getünchten Wänden mit dunkelbrauner Farbe breite Striche als Zierde und Abschluß und pfeift dazu den neuesten Gassenhauer.

So hat ein jedes im Haus seine Arbeit.

Draußen auf den Wiesen aber werkt der Schiermoser mit den Knechten und Dirnen. Die einen mähen, die andern wenden, und die dritten wiederum häufeln das trockene Heu und führen es heim.

Des Schiermosers einziger Sohn aber, der Franz, war zu Holzkirchen auf dem Viehmarkt und fährt nun gemächlich heimzu.

Langsam läßt er den Braunen über die bergige Straße hinauftraben und pfeift dazu die Melodie eines derben Landlers.

An der Wegkreuzung zwischen Straß und Au steht der Hof des Straßlerbauern.

Und hinter der Streuschupfe des Hofes steht die Nanndl,

des Straßlerbauern Tochter, und schaut auf das herankommende Fuhrwerk des Schiermoserfranzl.

Denn die Nanndl wär in ihrer Seel nicht abgeneigt, einmal Schiermoserin zu werden.

Als daher der Franzl in ihre Nähe kommt, begrüßt sie ihn mit breitem Lachen und fragt: »He du! Wo aus denn?«

»Hoamzua«, erwidert der Franzl und will weiterfahren.

Aber die Nanndl fragt weiter: »Wo kimmst denn her?«

»Vo Holzkirch. Am Viehmarkt bin i gwen.«

Nun hält er doch sein Fuhrwerk an. Denn die Nanndl wird anzüglich.

»Hast dir nachher a saubers Stuck außagschaugt?«

»Balst eppa a zwoahaxats moanst, nachher muß i naa sagn!« erwidert er ihr schmunzelnd und steigt vom Wagen. »D' Holzkirchener Kaibeln san gar net darnach, daß oana an Fiduz drauf kriagn kunnt!«

»Ja no«, meint die Nanndl, »du bist aber aa glei a so a hoaklicher! Bis dir amal epps taugt...«

Sie lacht kokett.

Der Franzl faßt sie um die Hüften.

»Moanst, daß d' mir du net taugen tätst?« fragt er halblaut und sucht ihren Mund. Die Nanndl lacht laut und geziert auf.

»Du bist aber a Schlankl, du!«

Sie entwindet sich seinem Arm. »Ja, ja. Zum fürn Narrn Halten tät dir wohl jede taugn, gell! Aber zum Heiratn...«

»Geh, brummel net, Dirndl!« unterbricht der Tropf ihre Betrachtung und verschließt ihr den Mund auf eine Weis', daß sie das Weiterschwatzen von selber vergißt.

Dann lacht er belustigt auf, steigt auf sein Fuhrwerk und ruft: »Zum fürn Narrn haltn hast gsagt, gell! Zu epps andern taugts aa net, ös Weiberkittel übereinand! Hüa, Alter! Fahr zu!«

Und er fährt davon, indes die Nanndl dasteht und ihm

mit einem Gemisch von Zorn und Sehnsucht nachschaut, bis er hinter den ersten Bäumen des nahen Waldes verschwunden ist.

Mit der Erkenntnis, daß alle Mannsbilder, besonders aber der Schiermoserfranzl, lose Rüpel seien, geht sie aufseufzend wieder zurück ins Haus zu ihrer Arbeit.

Der Franzl aber versetzt seinen Braunen in einen frischen Trab, rückt das Plüschhütl keck aufs linke Ohr und singt:

> »Aber gell, du Blauaugete,
> Gell, für di tauget i,
> Gell, für di war i recht,
> Wann i di möcht!«

2

Des Schiermosers Franzl ist gerade am Tage des heiligen Antonius fünfundzwanzig Jährlein alt geworden, hat außer seinem körperlichen Ebenmaß und seinem strohgelben Schnurrbart auch noch einen ebenso blonden Lockenkopf und dazu ganz dunkelblaue Augen.

Dies alles schätzen die Weiberleut der Umgegend an ihm.

Seine Kameraden aber und die Burschen der Gemeinde achten sein manniges Wesen und seine bäuerische Schlauheit, zählen auf sein gegebenes Wort und fürchten ihn in seinem Zorn. Was ihn aber besonders seinem Vater lieb und wert macht, ist seine Brauchbarkeit zu allem, was den Schiermoserhof und sein Gedeihen betrifft.

Soll ein Roß vertauscht oder eine Kuh gehandelt, ein Stadel gebaut oder Geld auf die Bank gelegt werden, der Franzl wird zuerst darüber gehört. Und hat er einmal eine Sache als gut und recht befunden, so dürfte der ganze übrige Schiermoserhof und ganz Berganger dazu dagegen sein; es würde doch nur so gemacht, wie der Franzl meinte, und nicht anders.

Denn erstlich hatte er die drei Jahre drinnen in der Residenz bei den schweren Reitern gedient und sich dabei so ausgezeichnet, daß man ihm die goldenen Borten des Unteroffiziers auf die königsblaue Reitermontur setzte, und dann war er ein ganzes Jahr auf einem wirklichen königlichen Gutshof gewesen als Oberschweizer.

Ein naher Verwandter hatte nämlich daselbst eine Verwalterstelle, und der gute Vetter wollte nun auch dem Franzl einen Einblick in den Betrieb einer solchen Wirtschaft geben, auf daß es ihm einmal droben in seinem Schiermoserhof zu Nutz und Frommen gereichen möchte.

Also hatte Franz doch allerhand gesehen, gehört und gelernt und konnte wohl ein Wörtlein mitreden, wenn es sein mußte.

Er tat dies auch zur rechten Zeit und brachte allmählich einen ziemlich neumodischen Zug in die väterliche Wirtschaft; allerdings sehr zum Verdruß seiner Mutter, die alles, was neu oder aus der Stadt war, haßte und verwarf, und nicht minder zum Ärger seiner Großeltern, der alten Schiermoserleut, die in allem Neumodischen eine Quelle von Unkosten, Verdruß und Unbehagen sahen und viel lieber an dem Althergebrachten und Gewohnten hingen.

Aber, wie gesagt, es half nichts, daß die drei anderer Meinung waren. Franzl hatte recht, auch wenn er einmal nicht ganz recht hatte, und sein Vater, der selber schon immer ein wenig zu den modischen Bauern und ihren Maschinen hielt, stand fest auf seiten seines Sohnes.

Wie wars doch gewesen damals, als der neue Motorpflug auf den Schiermoserhof kam und die Dreschmaschine?

Natürlich, der Franz hatte das Zeug beim Herrn Vetter droben im königlichen Gutshof gesehen, und sofort hieß es: »So a Motor muaß her und so a Maschin. Da hat ma grad mehr die halbate Arbeit und dabei den doppelten Nutzen. Dees langweilige Drischeldreschen paßt mir eh scho lang nimmer. Den ganzen Winter wieder aufn Dreschbodn außegfriern! Mir waars recht!«

Wohl fuhr die Schiermoserin mit Himmel Kreuz und Laudon dazwischen und plärrte: »Nix da! So viel Geld außeschmeißen! Sinst nix mehr! Ös mit enkern neumodischen Graffel. So lang i no a offens Aug hab, werd mit der Drischel 'droschen, daß ihrs wißt! Bal i amal gstorbn bin, könnts vo mir aus mit den Dreschflegl toa, was's mögts. Und an Motorpflug! Zu was mir an Motorpflug brauchen, möcht i wissen! Für was mir an Stall voll Roß habn, möcht i wissen!...«

Was halfs?

Umsonst war ihr Greinen.

Der Franzl hatte geredet, und der Alte reiste sofort zum Herrn Vetter, ließ sich die Neuheit zeigen und kam heim mit der Botschaft: »Auf d' Woch müäßts den neuen Motorpflug von der Bahn holn und die neue Dreschmaschin.«

Jawohl. So wars.

Und so gings mit dem elektrischen Licht und mit der Gsottmaschine, mit der Zentrifuge und mit der Wasserleitung. Alles Neue, was irgendwo den Kopf in die Höhe streckte, mußte her.

Denn der Herr Sohn hatte geredet.

So wars, und so ist es auch heute noch; und gerade am Tag, da der Schreibebrief von der Frau Rechtsrätin Scheuflein mit der Botschaft kommt, daß sie, ihre Frau Schwägerin Adele und ihre Tochter Rosalie die Absicht hätten, nächsten Samstag wieder in Berganger und auf dem Schiermoserhof zu landen und daselbst den Sommer über zu verbleiben – gerade an dem Tag zeigt es sich wieder, daß Franz Schiermosers Wille der allein maßgebende ist und daß der ganze Hof nach seiner Pfeife zu tanzen hat, gehe es, wie es wolle.

Grad um die Abendessenszeit ist es.

Die Schiermoserin steht greinend und brummend in der Kuchel und kann erst die Nudelpfanne nicht finden und dann das Backschäuferl, darauf die Schmarrenschüssel nicht und zuletzt den Dreihax.

»Mit enkana Ausweißlerei und Umanandräumerei!« wettert sie. »Dee Kuchel hätts leicht no to bis zum Kirta! Aber naa, ausg'weißelt muaß werd'n! Zwegn dene Stadtscheesen da! Mir moanat schon, der Kini kaam oder der Kaiser! Mir woaß' ja do, daß nix dahinter is hinter dera Rechtsrätin und ihrane Töchter! Und hinter der andern alten Schachtel aa net! Was aus der Stadt kemma ist, hat no nia eppas taugt! No gar nia net!«

Und da ihr Mann, der Schiermoser, in die Kuchel kommt und sich dreinmischt, indem er meint: »No, grad gar so unrecht sans net, insane Sommerfrischler! Mir muaßt scho d' Kirch beim Dorf lassen – sie ham alleweil schee zahlt!«, da fährt sie ihn giftig an: »Natürli! Er, der ganz G'scheite! Dees glaab i! Solln's net vielleicht no schuldi bleib'n aa! Is's no net Sach gnua, daß ma's geduldt, die Stadtg'sellschaft! Daß mir net amal mehr Herr is über sei Sach! Derf ma sich sei Haus voll anräuma lassen – und d' Betta z'sammliegn – und's Gras zertreten – und d' Sach ausschnüffeln . . .«

In diesem Augenblick treten der Großvater und die Großmutter in die Kuchel, und die Alte weiß sogleich, um was es geht: »Und da hat's aa ganz recht, d' Wabn!« unterbricht sie ihre Tochter, die immer noch Wabn von ihr genannt wird. »I habs aa gar net mit dene Sommerfrischler! Daß s' guat zahln . . . no ja, dees is wahr. Aber Gaude hat mir aa grad gnua damit! Grad gnua, sag' i. Und alle Daama lang fragns di epps anders – und möchtns epps anders – und wissens epps anders! – Is 's eppa net wahr, Vata?« Sie schreit die letzten Worte ihrem tauben Eheherrn ins Ohr.

Und der Alte lacht mit seinem zahnlosen Mund, lacht übers ganze Gesicht und meint: »Ja, ja. Recht warm is gwen. Recht scheene Täg ham mir. Da trückert d' Sach guat!« Und vergnügt zündet er seine Pfeife an.

Der Schiermoser aber wiederholt eigensinnig: »Mir muaß d' Kirch beim Dorf lassen. Gar so zwider is 's net, d' Frau Rechtsrat. Und wenn die andern Sommerfrischler habn, kinnan mir aa oa habn. Dees ist koa Schand net. Dees g'hört zum Verschönerungsverein.«

Damit hat er's aber ganz und gar verdorben bei den zwei Weibsbildern, und er muß sich ein schönes Donnerwetter gefallen lassen.

»Zum Verschönerungsverein!« ruft die Schiermoserin giftig aus, und die Alte meint: »Weil's scho so schee san, die Stadterer! Hint mager und vorn dürr! Und z'sammgricht wie d' Spatzenscheuchan! Da balst mir net gehst mit dera Verschönerung!«

»Und mit enkam neumodischen Glump überhaupts!« fängt die Wabn wieder an, »mit enkane Genossenschaften und Verein übereinand! An Raiffeisenverein ließ i mir ja no g'falln . . . . aber . . .«

Franz Schiermoser tritt im selben Augenblick ein.

»Was is's mit'n Raiffeisen?« fragt er.

»Ah nixen.«

Die Schiermoserin stößt wütend in dem Mehlschmarren herum, während sie es sagt.

Und die Alte geht schnell hinaus. Aber sie kommt sogleich wieder, denn die Neugier plagt sie doch zu stark.

Der Schiermoser aber sagt grad in dem Augenblick zu seinem Sohn: »A Kreiz is's halt mit dee Weiberleut. Auf amal paßt eahna d' Rechtsrätin nimmer.«

Worauf die Schiermoserin heftig erwidert: »Dee hat mir no nia net paßt! Daß ihr's wißt's!«

Da hält die Alte ihre Zeit für gekommen, auch dreinzureden. »No ja«, meint sie, »mir tuat eahna ja nix wega. Aber mir hätten aa ohne Sommerfrischler auskemma kinna. Mir hätten durchaus gar koa braucht. Gar koa. Dessell sag' i.«

Und ihre Tochter fährt abermals giftig dazwischen: »I hab's no gar nia net mögn, die Stadtfrackn. I hab' mi alleweil gespreizt dagegen. Aber no, insaroana is ja der Garneamd! Insaroana hat ja daherin nix mehr zum Redn, seitdem daß der Bua 's Mäu offa hat! . . .«

Bis hierher hat sie ihr Sohn ruhig reden lassen. Jetzt aber fährt er ihr doch wild ins Wort.

»Und jetzt glangt's nachher, sag' i. Und an Ruah möcht' i hab'n! Und insane Sommerfrischler bleib'n da, so lang sie's g'freut, und bals da san, sans da. Verstanden! Und bals net a so g'macht werd da herin, wias recht und richti is, nachher geh' i! Auf der Stell geh' i! Nachher kinnts mit fremde Leut wirtschaften. Daß d'es woaßt.«

Das hilft.

Die Schiermoserin werkt mit brennrotem Kopf und klappert mit Tellern und Tiegeln, aber sie erwidert kein Wort mehr.

Und die Alte läuft eilends davon.

Der Schiermoser aber pfeift gellend durchs Haus und ruft die Leut zum Essen, indes der Franz ruhig, als wäre nichts gewesen, fragt: »Gibts a Milli oder an Tauch zum Schmarrn, Muatta?«

Darauf ihm die Schiermoserin bockig erwidert: »An Tauch. – Zweschbn.« –

Und also ist es bestimmt, daß die Frau Rechtsrätin Scheuflein, ihre Tochter Rosalie und ihre Schwägerin Adele am nächsten Samstag zu Schiermosers aufs Land gehen.

3

Als der nun in Gott ruhende Rechtsrat Scheuflein dies zeitliche Dasein segnete, beweinten ihn eine trostlose Gattin, drei Töchter und eine Schwester; so konnte man es wenigstens am nächsten Tag im Abendblatt lesen.

Leider war dies aber auch schier alles, was er den kommenden Tagen als Vermächtnis hinterließ, obgleich es ganz anders hätte sein können.

Denn er stammte von Eltern her, die ihrerseits alle Vorbedingungen späterer Wohlhabenheit mit auf diese Erdenwelt brachten.

Seine Mutter war die einzige Tochter eines reichen Kauf- und Schiffsherrn zu Hamburg gewesen. Aber, wie es schon so geht im Leben: eines Tages sanken bei einem heftigen Seesturm drei seiner Frachtschiffe, als sie, beladen mit reichen Schätzen, dem heimatlichen Hafen zusegelten. Damit versank dem Alten leider das größte Teil seines Vermögens, und er nahm sich den Verlust so zu Herzen, daß er in ein hitziges Fieber fiel und kurze Zeit darauf starb.

Nach seinem Hinscheiden führte die kaum zwanzigjährige Tochter noch eine Weile die Geschäfte; allein sie wurde von den sogenannten Freunden des Hauses bald so sehr übervorteilt und betrogen, daß der Ruin unausbleiblich schien.

So blieb ihr nur die Wahl: entweder dienen oder heiraten.

Dies letztere erschien ihr noch als das Glücklichere, um so mehr, als sich gerade in jenen Tagen ein tüchtiger junger Rechtsanwalt aus Bayern um sie bewarb.

Dieser brachte den Rest der Schiffe und Waren vorteilhaft unter den Hammer und verlegte seine Praxis in das alte Patrizierhaus seines Vaters zu München.

Bald hatte er sich einen glänzenden Namen gemacht und besaß nun ein so hohes Einkommen, daß nach seinem

Abscheiden alle seine Kinder, acht an der Zahl, lachende Erben hätten werden können.

Aber leider: wenn einen der Teufel reitet, geht's ins Verderben.

Der kaum fünfzigjährige Mann wurde plötzlich von der fixen Idee gepackt, er müsse sich unbedingt um eine Staatsstellung bewerben; denn wenn er nun heut oder morgen stürbe, hätte ja seine Wittib mitsamt den Kindern nicht einen Pfennig Pension. Das Vermögen, welches er ihnen hinterließ, dachte er, würde bei einer Teilung durch neun sicherlich nicht ausreichend sein, um alle so zufrieden zu machen, wie er dies wünschte.

Diese närrische Idee nun brachte ihn dazu, daß er seine glänzende Praxis aufgab und Amtsrichter wurde. Sein Einkommen verminderte sich allerdings dadurch auf ein Viertel des früheren; aber bei seinem Ehrgeiz konnte er es bald zum Gerichtsrat bringen.

Leider half auch dies nicht viel, denn das Unglück wollte, daß er noch dreißig Jahre lebte und also nach und nach alles zusetzte, was er als Rechtsanwalt verdient hatte.

So kam es, daß nach seinem Hingang die Witwe samt ihren Kindern in Verhältnissen dastand, die nicht gerade rosig genannt werden konnten.

Und als bald darnach auch sie das Zeitliche gesegnet hatte, machte die Teilung des Erbgutes dem Rechtsrat Scheuflein und seinen sieben Geschwistern zwar viel Arbeit, aber wenig Freude.

Der Rechtsrat, als der Jüngste, heiratete sofort nach dem Heimgang seiner Eltern die Tochter eines gänzlich verarmten adeligen Majors um ihrer schönen Augen willen.

Und da ihm das hübsche Mädchen außer einem Herzen voll warmer Zuneigung und einem Kopf voll überspannter Ideen nicht viel in die junge Ehe einbrachte, so wurde auch durch sie der Geldsäckel der Scheufleins nicht voller.

Seiner sonst glücklichen Ehe entsprossen drei Töchter, und so mußte sich nach seinem Wegscheiden die verwitwete Frau Rechtsrätin mit diesen und einer nicht allzu reichlichen Pension schlecht und recht durchbringen.

Von den sieben Geschwistern des Rechtsrats war das älteste ein Mädchen namens Adele.

Dieses Fräulein blieb unverheiratet und schloß sich ganz an den jüngsten Bruder, den Rechtsrat, an. Und nach seinem Tode zog sie, in richtiger Erwägung und Einschätzung der Verhältnisse, ganz zur Schwägerin und half ihr mit dem wenigen, was sie ihr eigen nannte, rechtschaffen über die Misere des täglichen Lebens hinweg.

Dies war auch durchaus notwendig; denn die Rechtsrätin, infolge ihres Standesbewußtseins erhaben über jede Berufsarbeit, hatte nicht das Zeug in sich, durch eigene Kraft ihren Kindern mehr als des Tages Notdurft zu bieten.

Und als ihre beiden größeren Töchter das Glück hatten, unter die Haube zu kommen, da wäre es der Witwe wohl schlechterdings unmöglich gewesen, ihnen nur eine einigermaßen standesgemäße Aussteuer mitzugeben, wenn nicht Fräulein Adele auch hier helfend eingegriffen und ihre Sparpfennige geopfert hätte.

Denn die beiden Mädchen wurden von Kavalieren geheiratet, die zwar ziemlich betagt, aber sehr vornehm und vermögend waren ...

Also war nur mehr die Jüngste, Rosalie, im Hause.

Aber auch um diese Tochter brauchte die Rätin sich nicht viel zu sorgen; Tante Adele hatte auch hier ein offenes Auge und ein gutes Herz für die Bedürfnisse des jungen Mädchens.

So kümmert sich also die Schwägerin fast mehr als die Mutter um das Wohl des Hauses und erntet dafür manches Dankeswort von der Rechtsrätin.

Trotz ihrer Dankbarkeit aber kann diese sich nicht recht erwärmen für Adele. Eine schier unüberbrückbare Kluft steht zwischen ihnen, und es gibt alle Augenblicke kleine Unstimmigkeiten und Reibereien unter ihnen.

Dies ist aber ganz natürlich; denn erstlich ist Fräulein Adele bürgerlich – absolut gut bürgerlich. Frau Rechtsrat Scheuflein aber ist Aristokratin vom Kopf bis zu den Zehen – trotz ihrer Armut.

Und Fräulein Adele ist keine Freundin des Adels, ganz besonders des verarmten; wie sie ja überhaupt alle sogenannten Titel ohne Mittel verabscheut und alle Vornehmtuerei verachtet.

Da ist nun vor allem die Lebenshaltung der Rechtsrätin, die ihren Unwillen und Widerspruch fast täglich herausfordert.

Wie man als vermögenslose Witwe eine vornehme Wohnung im teuersten Stadtviertel bewohnen kann, das ist ihr ganz rätselhaft, und ebensowenig begreift sie, daß die Schwägerin immer noch einen Salon, ein Speisezimmer, ein »Boudoir« haben muß.

Schon das Wort Boudoir treibt ihr die Galle ins Blut und die Zornesröte auf die Wangen.

Daß man echtes Porzellan und gutes Silberzeug, feinen Damast und teures Kristall auf dem Eßtisch hat, ist ja auch in guten Bürgerkreisen Brauch und ein Zeichen behäbigen Reichtums. Aber alles dies ist nur schön, wenn eben auch der Inhalt dieser Platten und Schüsseln ihrer Beschaffenheit entspricht.

Aber so, wie es bei der Rechtsrätin Brauch ist: außen hui und innen pfui – so hatten es die Scheufleins nie gehalten! Da gab es an den Wochentagen Suppe, Fleisch und Gemüse; an Sonntagen aber bog sich schier die Tischplatte unter der Last des schweren Bratens, all der Zutaten und der leckeren Nachspeisen!

Eben kommt die gute alte Dame wieder in die Küche und trifft Rosalie, die jüngste Tochter des seligen Rechtsrats, beim Kochen an.

Sie hebt den Deckel von einem dampfenden Hafen und zieht die Nase hoch: »Was gibt's denn heut wieder Grünes, Roserl? Das riecht ja wie meine Heublumenbäder!«

Ihre Nichte schält eben Kartoffeln und erwidert etwas verlegen: »Ach, du weißt ja, Tante Adele: nichts Besonderes. Mangoldspinat und Kartoffelschnitz.«

Und mit einem Seufzer fügt sie hinzu: »Wenn's doch endlich mal soweit wär', daß wir wieder zu Schiermosers gingen! In der Sommerfrische konnte man sich doch wenigstens satt essen um sein Geld!«

Die Tante nickt. Aber sie kann es nicht unterlassen zu sagen: »Das könntet ihr auch hier ganz gut, wenn ihr nicht mit eurer überspannten Vornehmheit euch selbst und die anderen belügen würdet! Aber nein, da muß der ›Jour fixe‹ her und müssen Seidenfähnchen her, und die Loge im Theater muß auch her . . . Ach was! – Ich mag gar nimmer reden! Bei deiner Mutter ist ja doch Tauf und Chrisam verloren!«

Sie geht erregt aus der Küche.

Aber nachdem sie wieder etwas ruhiger geworden ist, fällt ihr der Seufzer ihrer Nichte wieder ein: »Wenn wir doch wieder bei Schiermosers wären!«

Natürlich! Das ist doch das einzige Glück, daß man den Schiermoserhof als Zuflucht hat! – Daß man sich jeden Sommer bei Milchschüsseln und Schmalztöpfen, bei Eiern und Nudeln wieder erholen kann von der Traurigkeit des armseligen Stadtwinters! Sofort wird sie mit der Schwägerin reden! – Sofort!

Und sie läuft augenblicklich hinüber in das Speisezimmer, wo die Rätin eben das Silberbesteck aus dem Schrank nimmt.

»Schwägerin!«

»Adele?«

»Ich hätt' eine Frage.«

Die Rätin setzt ihren goldenen Kneifer auf die etwas große Hakennase und schielt hinüber zur Standuhr.

»Wenn's nicht zu lange dauert, meine liebe Adele; – du weißt, das Essen wird bald auf den Tisch kommen!«

Doch das Fräulein Schwägerin macht eine wegwerfende Handbewegung und meint: »Ah was! Laß es kommen! Ist ohnehin bloß wieder das alte: Grünfutter mit Pomm de Terr! – Ich möcht' wissen, ob du eigentlich schon an die Sommerfrische gedacht hast? Ob du was Bestimmtes im Aug' hast?« Sie setzt sich gemächlich aufs Sofa.

Die Rechtsrätin nimmt den Kneifer wieder ab und seufzt.

»Nn ... ja ... das heißt ... ich wollte eigentlich mit Rosalie nach Baden-Baden ... oder sonst in ein Bad ... du verstehst doch, Adele ...«

Aber das Fräulein versteht durchaus nicht.

»Ins Bad!« ruft sie aus. »Ins Bad müssen sie! – Jetzt möcht' ich bloß wissen, was die Rosel in einem Bad soll!«

»Gott, du weißt doch, Adele ... Es ist doch nur, daß Rosalie ...«

»Einen Mann kriegt! Natürlich! – Und dazu braucht's ein Bad. Ich sag' dir bloß, Schwägerin: Sie sind auch in Bädern nicht zu dick gesät, die Dummen!«

»Adele!«

»Na ja, sei nur still! – Wenn einer, der von Haus aus schon was Besonderes ist – der es dann auch noch zu etwas Besserem gebracht hat – also zum Beispiel zu einem Konsul oder einem Attaché oder was dergleichen Herren mehr sind, ... ich meine, so einer heiratet kein Fräulein Habenichts. Selbst wenn die Mama des Fräuleins eine ›von‹ Habenichts war!«

»Aber Adele! Ich verbitte mir dergleichen!«

»Ja, ja ... Ich weiß schon, daß ich grob bin. Aber ich sehe, daß deine beiden andern Töchter mit ihrer vornehmen Heiraterei nicht gut gefahren sind ...«

»Sind meine Schwiegersöhne nicht Kavaliere?«

Die Rechtsrätin steht wie eine Truthenne, der man ein Junges nehmen will, vor der Schwägerin.

Aber die läßt sich nicht so leicht einschüchtern.

»Jawohl, Kavaliere«, sagt sie, »das sind sie. Aber wenn ich ein junges, fesches Mädel wär', niemals würde ich mir so einen alten Gecken nehmen, wie deine beiden Herren Schwiegersöhne ein paar sind! Lieber die Frau eines hübschen Handwerkers oder eines jungen Bauern – als die Gemahlin eines solchen Barons!« In diesem Augenblick kommt Rosalie mit den Tellern zur Tür herein und sieht, daß die Mutter ganz grün und gelb ist vor Zorn.

»Aber Mama!« ruft sie aus. »Aber Tante Adele! – Habt ihr euch schon wieder gezankt!«

»Leider ja«, erwiderte die Tante, der es doch leid tut, daß sie sich hat fortreißen lassen von ihren Gefühlen.

»War's wieder meinetwegen?«

»Allerdings. Deine Mutter möchte dich in ein Bad bringen.«

Rosalie lacht.

»Ach ja! Die alte Leier! Einen Goldfisch oder einen Blaufelchen angeln!«

»Rosalie!«

Die Rätin schnappt nach Luft.

Aber ihre Tochter beruhigt sie: »Reg dich doch nicht so auf, Mama! Was redest du denn immer vom Heiraten! Ich denk' doch noch gar nicht daran! – Ich bin doch erst dreiundzwanzig! – Und ich erspar' dir doch eine Köchin, ein Stubenmädchen, eine Jungfer – eine Schneiderin ...«

»Und wirst alt und grau dabei!« entgegnet ihr die alte Dame.

Aber die Tante mischt sich abermals ein.

»Alt und grau!« ruft sie. »Daß ich nicht lach'! Also, Rosel – verstehst – das eine sag' ich dir: Bleib so, wie du bist. Und laß dir deinen Gaul nicht scheu machen! – Und jetzt schlagen wir zwei unsere Sommerfrische vor: Wir gehen wieder nach Berganger zum Schiermoser!«

Die Rätin wehrt ab: »Nach Berganger! – Ausgeschlossen! Wieder in dies Nest! In dieses ewige Einerlei und zu diesen Bauern!«

Aber Rosalie meint: »O Mama, ich finde, wir haben uns doch immer sehr wohl gefühlt bei Schiermosers, die Jahre her!«

Und Fräulein Adele fügt hinzu: »Jawohl. Und gut erholt haben wir uns auch immer. Und das ist doch schließlich der Endzweck einer Sommerfrische – nicht das Heiraten! – Warum soll man dem Mädel die Freude nicht machen, wenn sie gern zu den Leuten geht!«

Rosalie deckt verlegen und geschäftig den Tisch, indes die beiden Damen sich immer weiter zanken wegen der Sommerfrische. Ihr ist nicht wohl zumut; denn sie haßt diese Auftritte.

Daher sagt sie auch jetzt einlenkend: »In Gottes Namen, Tante, gehen wir halt nicht nach Berganger, wenn Mama ein so großes Unglück darin sieht.«

»Das ist es auch!« ruft die Rätin und springt auf. »Oder nennst du es etwa Glück, wenn ich zusehen muß, wie ihr beide verbauert! Besonders Rosalie! Das Mädchen vergißt ja seine ganze Erziehung da draußen! Läuft mit dem Dienstvolk herum und mit diesem Sohn, dem Franz . . .«

Aber Tante Adele fällt ihr sogleich wieder gereizt ins Wort, und das Ende vom Lied ist, daß die Rätin schließlich doch Ja und Amen sagt und verspricht, daß sie mitreist nach Berganger.

»Na also!« sagt da die Tante. »Da kannst du ja Schier-

mosers gleich schreiben. Oder warte: ich mach's gleich selber . . .«
Sie holt eine Postkarte und den Bleistift und schreibt: »Liebe Schiermoserleut! Wir kommen nächsten Samstag. Gruß! Adele Scheuflein.«
»Soo«, sagt sie darauf zufrieden, »und jetzt bring in Gottes Namen deine verdammte Grünkost auf den Tisch, Roserl!«

4

Es ist also nun bestimmt, daß die Frau Rätin samt Tochter und Schwägerin den Sommer abermals in Berganger verbringen werden.

Zwar versucht die alte Dame noch einige Male, ihre Zusage in ein Nein zu verwandeln, aber trotz Tränen und Bitten, Wutausbrüchen und Ohnmachten ist es ihr nicht möglich, Tante Adele von dem einmal gefaßten Entschluß abzubringen.

So bleibt ihr denn nichts weiter übrig, als etliche Taschentücher zu zerreißen, ein paar Tassen zu zertrümmern und darnach seufzend die Koffer zu packen.

Zwei Tage vor der Abreise aber gibt sie noch einen Abschiedstee für ihre beiden verheirateten Töchter, deren Gatten und einige Freunde des Hauses; freilich sehr zum Ärger der Schwägerin, die solcherlei Dinge als durchaus überflüssig verachtet.

»Man möcht schon wirklich meinen, eine Polarfahrt stünd uns bevor, so ein Getue hast du!« So brummt sie, als sie die Einladungsbriefe der Rätin liest.

»Ich erfülle nur meine gesellschaftliche Pflicht!« entgegnet ihr diese spitz.

»Natürlich! Und vor lauter Pflichterfüllung vergißt du, daß

zu solchen Dingen auch Geld notwendig ist! Diese Leute wollen doch auch bewirtet sein!«

»Werden sie auch!«

»Aha. Und womit, wenn man fragen darf?«

Die Rätin springt erregt auf. »Fängst du nun schon wieder an mit deinem trostlosen Schulmeisterkleinkram!«

Tante Adele steht schmunzelnd vor der kleinen, aufgeregten Frau.

»Allerdings. Denn dieser Abschiedstee droht wirklich trostlos zu werden!«

Die Rätin schleudert ihr einen wütenden Blick zu.

»Wieso?«

»Weil zu einem solchen Tee etwas mehr gehört als Tassen, Tee und Wasser!«

»Und wer sagt dir, daß es das nicht gibt, was dazu gehört?«

»Euer Geldbeutel. Unsere Rosel bat mich bereits gestern um einen kleinen Haushaltszuschuß.«

Dies ist allerdings bitter für die selbstbewußte Frau. Und für diesmal muß sie die Waffen strecken und um Gnade bitten. »Was? So viel haben wir schon wieder aufgebraucht? Ja, wie ist denn das nur möglich, liebe Adele!«

Die Schwägerin erwidert achselzuckend: »Kunststück! Deine paar Kröten und dazu die Preise! Was früher eine Gans kostete, das kostet heute schon ein Gericht aus Blumenkohl! Ich weiß nicht, was aus euch werden sollte, wenn nicht meine Kreuzer allemal wieder das Feuer im Herd anzünden würden, sooft's zu verlöschen droht . . .«

Die Rätin nickt.

»Ja, das ist wahr. Immer wieder bist du da. Immer wieder hilfst du. Aber warte es nur ab, liebe Adele; du erhältst alles wieder zurück. Alles, auf Heller unf Pfennig. Laß mich nur machen. Wofür hab ich denn reiche Schwiegersöhne!«

»Das frag ich mich auch manchmal«, entgegnet ihr die Schwägerin ironisch, »denn viel Profit hast du noch nicht gehabt an ihnen!«

»Allerdings nicht. Aber das kam daher, weil ich nichts von ihnen wollte, liebe Adele. Ich habe nie etwas angenommen, sooft mir die beiden auch Hilfe anboten.« Sie spielt verlegen mit der Schnur ihres Kneifers, da sie die ungläubige Miene der Schwägerin sieht.

»Du kannst mir schon glauben, liebe Adele! Soundso oft haben die Mädels gesagt: ›Mama, sollen wir dir was borgen?‹ – Es war ja nicht viel, was sie mir hätten leihen können ...«

Tante Adele fährt erregt herum.

»Leihen! Hast du jetzt nicht gesagt ›leihen‹? Die eigenen Töchter! Und dabei sitzt jede schön warm und weich im Flaum! – Liebe Schwägerin, ich will dir was sagen. Laß das mit deinen Schwiegersöhnen. Wir kommen auch ohne Hilfe von dieser Seite durchs Leben. Laß dir nicht hineinschauen in den Geldbeutel. Du schadest damit nicht nur dir, sondern auch den beiden Kindern. Diesmal muß ich dir schon recht geben: Lad sie nur alle zu deinem Abschiedstee. Ich will ihnen schon zeigen, daß bei uns noch lang nicht Matthäi am letzten ist. Lieber heirat' ich selber noch in meinen alten Tagen einen Rothschild! Der Tee soll nichts zu wünschen übriglassen.«

Die Rätin ist gerührt.

»Du bist so gut, Adele. Aber, laß nur! Sobald Rosalie untergebracht ist, ersetze ich dir alles. Und ich hoffe, daß ich das Mädel bald unterbringe. Ich habe bereits zu dem Zweck Schritte getan. Die Angel ist ausgeworfen, und einer, glaube ich, hängt bereits. Ich meine den Assessor von Rödern. Er ist wohlhabend, hat eine sehr ehrenvolle Laufbahn vor sich, und, was die Hauptsache ist, er liebt Rosalie sehr. Laß mich nur machen, liebe Adele. Daß Rosel nicht so lieblos gegen mich sein wird wie ihre Schwestern, davon bin ich überzeugt. – Und sollte das mit dem Assessor nicht werden, so habe ich ja noch den Rittmeister, den Baron. Also. Daß ich dir einmal alles auf Heller und Pfennig gutmachen kann, das weiß ich bestimmt. Heute schon.«

Die Schwägerin wendet sich zum Gehen.

»Es ist schon recht. Ich weiß schon. Und das weiß ich auch, daß für unsere Rosel weder ein Rittmeister noch ein Assessor, noch sonst so ein geschniegelter Herr paßt. Daß die was anderes braucht. Was Kerniges, Bürgerliches oder so. Na ja, kommt Zeit, kommt Rat. Und auch der richtige Eheherr, hoff' ich. – Und jetzt geh ich und back einen Kuchen für die Teegesellschaft.«

Damit verläßt sie das Zimmer und läßt die Rätin verblüfft und gekränkt zurück.

Rosalie Scheuflein ist ein großes, gesundes und resolutes Mädchen und fesselt gar manchen Mann durch diese Tugenden wie auch durch ihr rassiges Gesicht und ihre stattliche Figur.

Trotzdem ist sie noch ohne geheime Wünsche und ohne jenen Kummer, an dem andere dreiundzwanzigjährige Mädchen gemeiniglich leiden und der seinen Ursprung in der Liebe hat. Höchstens, daß sie sich manchmal den einen oder anderen »Kavalier« vorstellt und nüchtern abwägt, was ihn ihr gefällig machen könnte und was ihn ihr lächerlich macht.

Die mißliche Vermögenslage ihrer Mutter verhindert sie auch, jene Orte aufzusuchen, an denen sonst junge Mädchen ihre Natürlichkeit und Anmut verlieren; nämlich Pensionate, Tanzschulen, Damenkränzchen und dergleichen mehr. Dagegen steht sie von früh bis spät in der Küche und werkt und kocht und sorgt für das Wohl ihrer Mutter und der Tante.

Sie findet nichts Beschämendes darin, daß sie nicht wie andere Mädchen ihres Standes Hände so weiß wie Alabaster und Fingernägel gleich einer Haremsdame hat; aber sie würde es als eine Schande erachten, wenn andere Hände als die eigenen die Federn ihres Bettes schüttelten oder ihre Stube fegten.

Eben ordnet sie die Wäsche für den Sommeraufenthalt zu Berganger in die Reisekörbe; da kommt Tante Adele in die Küche.

»Roserl! Hast net ein Viertelstünderl Zeit für mich?« ruft sie. »Ich möcht gern mit dir ein bissel was zum Tee backen.«

Rosalie nickt.

»Einen Augenblick. Gleich habe ich's.«

Im Nu ist die Wäsche in den Körben, und gleich darauf steht das Mädel schon mit der Teigschüssel und dem Kochlöffel am Küchentisch.

»So, ich bin schon da, Tante!« meint sie. »Aber, kannst du mir vielleicht sagen, mit was ich dieses Teezeugs machen soll? Das bissel Mehl und Butter und die paar Eier brauch ich morgen fürs Mittagessen. Wenn du mir jetzt das Zeugs verbrauchst, kann ich euch morgen nicht mehr füttern!«

Tante Adele schmunzelt.

»Schlimm, mein Mädel! Recht schlimm! Da muß ich denn doch nachschaun, ob sich nicht in einer Geldbeutelfalte noch irgendein verkrüppelter Zwanz'ger findet. Die Mama muß doch ihren Abschiedstee kriegen und du deinen Hochzeiter!«

Rosalie runzelt die Stirn. »Wieso? Ich versteh dich nicht, Tante!« Adele erklärt es ihr näher.

»Soviel ich weiß, hat die Mama auch ein paar heiratslustige Angelgoldhechte eingeladen, und nun meint sie, daß bestimmt einer anbeißt, sobald er zwei Tassen Tee und ein Wurstbrot vertilgt hat. Ich fürcht' aber, daß wir unbedingt auch noch etliche Teebrezeln und einen Guglhupf mit Zibeben an die Angel binden müssen. Was sagst du dazu?«

Ihre Nichte steht mit hochrotem Kopf da. »Hör doch auf mit deinen schlechten Witzen, Tante!« ruft sie ärgerlich. »Du weißt genau, daß ich keinen mag von diesen Rittern!«

»Freilich weiß ich das!« lacht' Adele. »Aber deine Mama weiß es nicht. Wills nicht wissen. Die baut fest auf den Rittmeister und auf den Assessor! Da kannst halt nichts machen. Blaublütige Mütter denken halt so, und wir simpeln Bürgergreteln denken anders.«

Rosalie rührt verlegen einen Teig an. »Ich weiß schon. Sie möcht halt, daß ich auch versorgt wär' und daß ich ihr dann ein bissel was zukommen ließe. Ich kann ihr aber nicht helfen. Ich heirat' noch nicht. Mir gefällt keiner. Vorläufig bleib ich noch bei euch.«

Damit ist die Unterhaltung ins Stocken gekommen, die beiden rühren und kneten, kochen und backen und sorgen also, daß der Ruf des Hauses Scheuflein ein guter bleibe.

Die Rätin aber hat inzwischen eine Mantille aus Spitzen um die Schultern gelegt, setzt das vornehme englische Hütchen auf und trägt nun die Einladungsbriefe, um das Porto zu sparen, selber zu den Adressaten. Eilig und scheu betritt sie überall das Haus, huscht vorsichtig die Treppen hinauf und wirft die Briefe in den Kasten oder steckt sie in den Türspalt. Klopfenden Herzens horcht sie darnach, ob niemand die Stiegen heraufkommt, und eilt endlich, so schnell ihre alten Füße dies vermögen, wieder von dannen. Bei ihren Töchtern ist es ihr bereits geglückt und beim

Assessor gleichfalls. Beim Rittmeister aber öffnet sich gerade in dem Augenblick, da die Rätin das Brieflein in den Kasten stecken will, die Tür, und heraus tritt eine elegante junge Dame, gefolgt vom Rittmeister, der eben fragt: »Hast alles, Schatz? Hast die Handschuh und den Schirm?«

Worauf die Dame sich lachend nach ihm umwendet und sagt: »Mhm. Das heißt: etwas hab ich noch nicht – den versprochenen Kuß . . .«

Bumms! Die Tür fliegt noch mal zu, und dahinter ertönt Kichern und Lachen.

Wie gejagt rennt die Rätin die Stiegen hinab; um eine Hoffnung ärmer geht sie nach Hause. Frau Rittmeister wird sie wohl kaum werden, ihre Rosalie . . .

Daheim legt sie trüben Sinnes ihre Mantille ab, steckt sich die künstlichen weißen Lockentuffen frisch auf und holt sich eine Handarbeit aus dem Nähtisch.

Ob die Verhältnisse sich bei ihr wohl noch einmal bessern werden? . . . Draußen in der Küche schlägt Rosalie eben einen Hefeteig fein, da schrillt die Klingel.

»Herrschaftseiten! Grad jetzt, wo ich auf und auf voller Mehl bin!« brummt das erhitzte Mädchen und schüttelt sich die wirren Haare aus der Stirn. »Geh, Tante, magst nicht du aufmachen?«

Adele nickt und bindet schnell die Schürze ab.

»Ich mach schon auf.«

Draußen aber an der Gangtür kommt sie in einige Verlegenheit.

Denn vor ihr steht, angetan mit Gehrock und weißen Handschuhen, in der Linken den Zylinder und in der Rechten einen Fliederstrauß, der Assessor, verbeugt sich fast bis zum Boden und frägt dann nach der Rechtsrätin.

Tante Adele wird schwül zumut.

»Au weh zwick!« denkt sie im stillen. »Das sieht ja schier

aus wie eine Brautschau! Jetzt, fürcht' ich, geht's dem armen Mädel doch an den Kragen.«

Laut aber sagt sie: »Gewiß, Herr Assessor, meine Schwägerin ist z' Haus. Bitte, treten S' doch näher!«

Und sie weist ihn mit einem Gemisch von Sorge und Unwillen im Gesicht in den Salon.

Die Rechtsrätin sitzt immer noch grübelnd am Fenster ihres Boudoirs, als die Schwägerin eintritt.

»Herr von Rödern ist da.«

»Ach! Was der wohl will?« Adele räuspert sich unwillig.

»'n Fliederbuschen hat er dabei«, sagt sie rauh; »wegen der Rosel wirds halt sein.« Die Rätin springt auf.

»Was sagst du? Blumen hat er? – Du glaubst, er wollte wirklich? Mein Gott, das wär' ja wunderbar!«

Sie läuft aufgeregt und planlos hin und her.

»Sag, ich komme sofort! Im Augenblick komm ich! Nein! So ein Glück! So ein Glück!«

Die gute alte Dame ist ganz außer sich vor Freude. Kaum vermag sie ihren Spitzenschal um die Schultern zu legen und die Lorgnette gleichgültig in der Hand zu halten, während sie die Tür zum Salon öffnet. Tante Adele aber schleicht betrübt über den Gang und tritt traurig in die Küche.

»Wer ist denn da gewesen, Tante?« Sie überhört Rosels Frage. »Tante Adele! Wer da war, hab' ich gefragt!«

Die alte Dame hört nicht. Sie klappert mit den Hafendeckeln und Tiegeln und werkt mit hochrotem Kopf.

Rosalie weiß nicht, was sie von diesem Benehmen halten soll. Aber sie erhält bald Aufklärung, denn Tante Adele unterbricht plötzlich ihre Arbeit und sagt rauh: »Hör jetzt auf mit deiner Arbeit, Rosel. Besuch ist da für dich.«

»Für mich? Ja, wer denn?«

Sie steht hilflos vor der alten Dame.

»Tante Adele! Du hast was! Sag, wer ist denn da?«

Da bricht's auch schon los, das Gewitter. »Ah was! Dein Herr Zukünftiger! Der Herr Bräutigam! Deiner Frau Mama ihr letzter Strohhalm! Natürlich der Herr Assessor! Da möcht ich schon noch lang fragn! So geschmacklos kann ja bloß der sein, daß er einem auch noch das letzte Kind aus dem Haus holt!«

Sie bricht plötzlich in Tränen aus und bemerkt nicht, wie die Rätin unter der Tür steht und mit vor Rührung unterdrückter Stimme sagt: »Rosalie! Willst du nicht einen Augenblick zu uns in den Salon kommen? Zieh aber schnell das Hellseidene an! Ich habe dich eben verlobt.«

Mit diesen Worten verläßt die Rätin auch schon wieder die Küche und eilt in den Salon, wo der Herr Assessor eben entzückt ein Brustbild seiner Braut betrachtet. –

Rosalie aber ist schier vom Schlag gerührt. Sprachlos starrt sie zur Tür, in der eben noch die Rätin stand.

Erst die Mahnung der Tante, sie müsse sich doch umziehen und schön machen für den Herrn Bräutigam, bringt sie wieder zu sich.

Und nun beginnt sie zu toben und zu stampfen, sich zu wehren und zu beschweren gegen diesen Überfall auf ihre Person, ihre Freiheit, ihr Leben! Aber es nützt nichts. Genau so erging es ja auch den Schwestern! Die wurden so wenig gefragt wie sie jetzt!

Die Mutter verhandelte hinter ihrem Rücken mit dem Bewerber, und erst nachdem das »Geschäft« erledigt war, wurde mit viel Gefühl und Rührung dem »Engelchen« und »Täubchen« der Zukünftige in die Arme gedrückt!

»Aber ich, ich mag nicht! Ich sag' nein, und wenn mich die Mama aus dem Haus jagt!« ruft Rosalie ein ums andere Mal aus. »Ich laß mich nicht so mir nichts, dir nichts an einen hinketten! Ich mag ihn nicht, diesen Gecken!«

Schweren Herzens redet ihr die Tante zu; denn ihr ist ungut zumut.

444

Endlich ist das Mädchen angekleidet und folgt widerstrebend der sie führenden Tante, fest entschlossen, nein zu sagen.

Aber da sie die Freude der Mutter sieht, da sie den wohlgepflegten jungen Mann vor sich sieht, die herzlichen Worte seiner Werbung hört, da sinkt ihr Kopf immer tiefer, und endlich sagt sie leise: »Ja. Ich will versuchen zu denken, daß ich Ihre Verlobte bin. Der Mama zulieb.«

Adele ballt ihre Fäuste. Wie lange soll's wohl in der Welt noch so gehen, daß des Menschen Glück dem Geldsack, der Versorgung oder dem Egoismus anderer geopfert wird?

Sie bringt es nicht übers Herz, ihrem lieben Mädel irgendein leeres Wort des Glückwunsches zu sagen. Aber sie drückt dem blassen, nichts weniger als glücklich aussehenden Mädchen fest die Hand.

Die Rätin tupft sich mit dem winzigen Spitzentuch bald die Augen, bald die Nase und umarmt wiederholt das »liebe Kindchen«. Rosalie aber bittet, ob sie sich nicht wieder zurückziehen dürfe.

So will denn das Geschick, daß der Abschiedstee zugleich der Verlobungstee Rosaliens wird, zu dem sie sich selber den Verlobungskuchen gebacken hat.

5

Vor dem kleinen Bahnhof zu Glonn steht der altmodische schwere Landauer der Schiermosers, der Hochzeitswagen des Hofs seit mehr denn einem Menschenalter.

Er ist zwar unkommod und dem Franz nicht nobel genug; aber bis jetzt ist es diesem noch nie eingefallen, daß man ja einen neuen anschaffen könnte. – Heute zum erstenmal fällt es ihm schwer, die Sommergäste immer noch in der

»wackligen Kalesche«, in dem »Rumpelkarren«, wie er die Kutsche immer wieder nannte, abzuholen.

»Sakra«, meint er am Bahnhof halblaut für sich, »die werdn sich aa denka: Beim Schiermoserbauern hausens ruckwärts! Jetzt hams alleweil no den alten Marterkarrn! – Aber i muaß gähend wirkli amal um an andern schaugn. I kenns selber ein.«

Damit breitet er eine Roßdecke über den brüchigen Ledersitz und zündet sich eine kurze Pfeife an.

Die beiden Rappen scharren schon ungeduldig; da ertönt das Signal, daß der Zug eben die letzte Spanne seiner Fahrt durchläuft.

Unwillkürlich zupft Franz Schiermoser seinen Rock zurecht, rückt das grüne Samthütl gerad und klopft die Pfeife aus; denn er weiß: Stadtdamen gegenüber hat man leider Gottes andere Saiten aufzuziehen als gegen seinesgleichen.

Da biegt das Züglein auch schon um den Berg, rattert über die Brücke des Mühlbachs und fährt schließlich rauchend und prustend in den Bahnhof ein.

Franz rührt sich kaum vom Fleck.

Langsam gleitet sein Blick über alle hin, die durch das Gitter der Sperre drängen; nur mit einem kurzen Kopfnicken erwidert er den Gruß des einen oder andern Ankommenden.

Plötzlich aber durchfährt es ihn mit einem Ruck: die da drüben – die so flink aus dem Wagen springt und nun der alten Frau die Hand zur Hilfe reicht –, die ist es doch!

Die Rosel Scheuflein!

»Herrgott, is dees Madl sauber wordn!« fährts ihm, ohne daß er's will, durch den Sinn.

Aber Rosalie läßt ihm nicht lang Zeit zu irgendwelchen Betrachtungen. Behend hilft sie nun auch der zweiten Dame, die Franz sogleich als die alte Rechtsrätin erkennt, aus dem Zug, überblickt rasch den Bahnhof und läuft mit dem Ruf: »Ach, da steht er ja schon, der Franzl!« lachend auf ihn zu.

Tante Adele gibt derweil schmunzelnd die Fahrkarten hin, nimmt der Rätin etliche Gepäckstücke ab und begrüßt sodann den Sohn des Schiermoserbauern aufs herzlichste.

Nur Frau Scheuflein bleibt kühl und verzieht keine Miene ihres Gesichts, als sie Franz flüchtig die Fingerspitzen reicht und kurz: »Guten Tag, Herr Schiermoser!« sagt.

Sie fühlt sich eben nicht behaglich bei den Bauern. Der Unterschied ist doch zu groß, und die Erziehung war auf ganz andere Dinge und Lebenszwecke gerichtet.

Für Rosalie aber bedeutet das Leben auf dem Lande wahrhaft eine Erholung. So wohl wie da heraußen und besonders droben auf dem Schiermoserhof hat sie sich nirgends gefühlt.

Nirgends. – Auch nicht zu Hause.

Die Art dieser Leute hat etwas Glückbringendes.

Sie ist bodenständig und stämmig, nicht kränkelnd und voller Empfindlichkeit.

Sie macht jeden, der sie versteht, zu einem festen und gesunden Menschen.

Aber, um Bauernart zu verstehen, muß man den Bauernstand achten und schätzen.

Und Rosalie schätzt ihn. Und sie liebt das Landvolk. Besonders aber die Schiermoserleute.

Ist sie doch wie daheim in dem großen Bauernhof, in Haus und Stall, in Kuchel und Scheune!

Seit sieben Jahren ist sie nun jeden Sommer dort und fühlt sich immer wieder wie ein Kind vom Haus!

Sie lebt mit und werkt mit, sie ißt mit und ruht mit – mit allen, die auf den Hof gehören. Sie spricht ihre derbe Sprache.

Sie hat gelernt, Sense und Rechen zu gebrauchen, Ochsen

und Rösser zu lenken, Kälber zu tränken und selbst Kühe zu melken.

Sie lachte mit, wenn es gute Zeit gab – und sie hat mitgeseufzt und mitgebetet, wenn der Schauer schlug oder der Blitz zündete.

Und sie gilt als gleichberechtigt auf dem Hof.

Der Bauer teilt bei der Brotzeit seinen Ranken Brot mit ihr und reicht ihr seinen Krug: »Trink aa amal!«

Die Töchter gehen mit ihr zusammen zur Arbeit, zum Tanz und in die Kirche.

Die Alten im Haus nicken ihr wohlwollend zu, und das Dienstvolk freut sich, daß die feine Stadtjungfer keinen Stolz und keinen Dünkel kennt.

Die Bäuerin freilich, die hat kein gutes Wort für sie. Die verachtet alles, was hinter Stadtmauern geboren und erzogen wurde.

Für sie gilt nur das, was auf der heimischen Scholle wuchs.

Aber darin gleicht sie ja der Rätin. Die denkt über die Bauern ungefähr dasselbe.

Für sie sind die Landleute nicht viel mehr als ein notwendiges Übel – melkende Kühe –, arbeitende, Essen schaffende Tiere, denen man ein gutes Gesicht zeigen muß, damit sie nicht aufhören zu werken und zu geben.

Darum fällt auch ihr Gruß dem Franz gegenüber so frostig aus.

Doch das schadet der allgemeinen Wiedersehensfreude gar nicht. Franz fragt, Tante Adele fragt, und Rosalie erzählt und fragt bunt durcheinander, ohne sich irgendwie um das mißbilligende Kopfschütteln und die zornigen Blicke der Mutter zu kümmern.

Schnell ist das Gepäck in der Kutsche untergebracht, und die beiden Damen nehmen auf den breiten, zusammengesessenen Polstern Platz.

Rosalie soll den Rücksitz einnehmen, aber sie meint

lachend: »Franzl, i setz mi zu dir! I möcht sehn, ob i's Kutschieren net verlernt hab den Winter über!«

Und obgleich die Rätin über dieses beispiellose Betragen ihrer Tochter, die doch nun Braut ist, schier in Ohnmacht fällt, klettert das Mädchen doch lachend auf den Kutschersitz und ergreift die Zügel.

»Hüh, Rappeln!« Ein Schnalzen mit der Zunge, und dahin geht's in lustiger Fahrt durch den Marktflecken, hinaus in die blühende Landschaft, vorbei an jungen Saatfeldern, duftenden Heuwiesen und hinauf über die Anhöhe, Berganger zu.

»Und was macht der Vater, Franzl?« fragt Rosalie so mitten unterm Reden. »Is er noch alleweil gsund? Führt er 's Regiment no so wie sonst? – Und wie geht's der Großmutter und 'm Großvater? – Und der Mutter? – Hats d' Stadtleut alleweil no so dick wie früher? Sinds ihr immer noch so zwider?« Franz wird einen Augenblick verlegen.

»Mei', Frailn Roserl, dees woaßt scho: sie is halt no oane vom alten Schlag, d' Muatta«, meint er dann, »sie woaß halt net anderscht. Und alle Tag älter und harber werds halt aa. Die alten Leut san alle mitanand a bißl zwider und seltsam, wähn i.«

Dies letzte flüstert er ihr ganz leise ins Ohr, damit es die Rätin und die Schwägerin nicht hören.

Als das Fuhrwerk die Anhöhe erreicht hat und Rosalie Berganger mitsamt dem großmächtigen Schiermoserhof vor sich liegen sieht, da kann sie nicht anders: sie lacht laut auf vor Freude und ruft aus: »Herrgott, Franzl, du kannst dir gar net einbilden, wie i mi freu, daß i wieder da bin! Es ist mir grad, als tät i heimfahrn!«

Da streift sie ein langer Blick des jungen Bauern, und er denkt: »Schad, daß 's a Stadtmadl is. Dees waar a Bäuerin für mi gwen – oane nach dem neuen Schlag – a resche ...«

Und er rückt ganz nahe an sie heran.

6

Rasselnd und polternd fährt das Fuhrwerk über den mit großen Feldsteinen gepflasterten Hof des Schiermoserbauern.

Franz pfeift gellend durch die Finger, springt vom Wagen und hebt Rosalie mit einem Scherzwort herab von ihrem Sitz.

Dann öffnet er den Schlag und ist den Damen behilflich beim Aussteigen.

Dabei aber schielt er alle Augenblicke hinüber zur Haustür, die gegen alle Gewohnheit verschlossen ist.

Nichts rührt sich.

Der Hof scheint ausgestorben oder verlassen zu sein.

Nur die Rösser im Stall stampfen hie und da, die Kühe rasseln mit den Ketten, und die Säue stoßen quiekende Laute aus. Kein Bauer, kein Knecht, keine Dirn und keine Tochter ist zu sehen.

Den scharfen Augen Rosalies aber ist es nicht entgangen, daß sich sowohl drin in der Wohnstube wie auch droben im Austragstüberl der alten Großeltern die bunten Vorhänge ein wenig beiseite geschoben haben und daß sich nun die Gesichter der Schiermoserin und ihrer Mutter ganz nahe an die Scheiben pressen, um die Ankommenden verstohlen betrachten zu können.

Franz hat abermals gepfiffen und entschuldigt sich nun bei den Gästen, daß er sie einen Augenblick hier allein lassen müsse.

»I geh grad schnell durchn Stall ins Haus und mach enk auf!« sagt er verlegen. »D' Muatta is leicht gar in Gottsdeanst ganga mit der Großmuatta. Und der Großvata hört ja nix. – Is 's enk recht, wenn i enk an Weidling voll Milli aufn Tisch bring und an Scherz Brot dazua? Werds leicht hungri sein auf d' Roas auffe!«

Die beiden alten Damen sind so sehr mit ihrem Gepäck beschäftigt, daß sie kaum darauf achten, daß man ihnen hier einen so kalten Willkomm bietet. Rosalie aber weiß Bescheid.

Doch sie ist nicht gewillt, sich zu ärgern oder sich die Zeit ihres Hierweilens durch irgendwelchen unliebsamen Zusammenstoß mit der Schiermoserin zu verbittern. Darum sagt sie mit dem freundlichsten Lächeln gegen die verschlossene Haustür hin: »Is scho recht, Franzl! Mach 's nur, wie d' moanst. Wir machen keine Ansprüch, dees woaßt ja. Aber wenn der Vater oder d' Mutter hoamkommen, nachher sagst mir's. Ich hab ihnen was mitbracht.«

Und damit hilft sie auch schon das Gepäck auf die Hausbank schaffen, die Rosse ausschirren und den Wagen in die Schupfe schieben.

Der Schiermoser hat eben drunten in der Mooswiese mit seinen Leuten das letzte Heu zum Heimführen zusammengehäuft.

Nun geht er gemächlich heimzu.

Da findet er die Sommergäste vor der verschlossenen Haustür, und Franz sagt ihm zähneknirschend, daß von innen abgeschlossen und der Schlüssel abgezogen wär' und daß man weder hinein noch heraus könne.

Und die Rätin beginnt auch bereits über die Unhöflichkeit des Landvolks zu nörgeln.

Aber Tante Adele beeilt sich, dem Schiermoser zu versichern, daß man grad im Augenblick gekommen wär, daß es ja gar nicht eile und daß die Hausfrau wohl nicht allzu lange ausbliebe.

»Oh, wir können leicht warten!« meint sie freundlich. »Uns lauft der Tag alleweil nimmer davon! Setzen wir uns halt derweil alle miteinander auf d' Hausbank hin und erzähln wir uns, wie's gangen hat den Winter!«

Mit diesen Worten setzt sie sich bequem neben ihr Gepäck und lacht dem Schiermoser fröhlich und gutmütig ins Gesicht.

Und Rosalie hat bereits seine schwielige Hand ergriffen, schüttelt sie voller Übermut und sagt: »Ja, Schiermoservater! Laß di grüaßen! Hast es do noch derwarten kinna, bis i kommen bin zum Helfa?«

Und sie zieht den Bauern auf die Bank neben sich.

»Alsdann; geh weiter und hock di a bissl her zu mir! Und erzähl mir epps vom Viech! Wie steht's im Stall? Was macht der Ochs, der Blaß? Und der Handige, der vorigs Jahr krumm ganga is? – Soo, der is geschlagn! Hat er viel Fleisch gebn? Hat'n der Metzger guat zahlt? Und was macht d' Breitmoserin? Gibts no alleweil so wenig Milli? Und 's Ochsl vom Windbichler? Werds was? Habts sonst aa epps aufgstellt? Hast gut verkauft?«

Mit solchen Reden hat sie den guten Schiermoser sogleich umgarnt, und schon nach der zweiten Frage ist er so weit, daß er Red und Antwort steht, sich mit ihr unterhält und ihr sein Tun und Handeln, ja sogar seine Pläne und Wünsche offenbart.

Der Franzl steht eine Weile dabei und hört zu.

Mittendrin aber setzt er sich zu ihnen und schwatzt auf das lebhafteste mit.

Und wenn die Schiermoserin drin hinter dem Vorhang in ihrer Stube auch bebt vor Zorn, wenn sie gleich wettert über die Frechheit und Neugier der Stadtmamsell – sie kann es doch nicht ändern, daß die da draußen frei darauf vergessen, wo sie sind, daß sie Raum und Zeit für nichts achten und daß die beiden Männer jeglichen Unterschied vergessen zwischen Art und Stand und das Maidl betrachten als eine ihresgleichen.

Die Rätin ist derweil verstimmt und gekränkt mit ihrer Schwägerin ums Haus gewandelt, hat sich sehr mißbilligend über den Duft des Misthaufens geäußert und schlägt nun gelangweilt mit dem Schirm etliche unreife Stachelbeeren vom Gesträuch am Gartenzaun.

Und dies ist endlich der Anlaß, daß die Schiermoserin wie ein gereizter Truthahn in die Höhe fährt und blaurot übers ganze Gesicht wird.

Daß sie den Hausschlüssel aus dem Rocksack zieht und die Tür aufschließt, in der Absicht, den Neuangekommenen daraufhin sogleich einen derben Willkommenslandler zu blasen!

Aber der ziemlich verrostete und vom Zahn der Zeit zernagte Hausschlüssel hindert sie daran mit aller Macht.

Denn er will durchaus nicht aufschließen, soviel sich die gute Bäuerin auch müht und plagt und dabei schilt und greint.

Und so bleibt ihr schließlich nichts übrig, als endlich das Fenster im Flöz zu öffnen und hinauszurufen: »Geh, macht oana auf draußt! Da is der Schlüssel. I hab zuagschbarrt ghabt, weil i a weng geschlaffa hab.«

Dies ist aber wiederum die Ursache, daß Rosalie sogleich die Hand und den Schlüssel der Bäuerin ergreift, daß sie eilends aufschließt und mit einem herzlichen, lustigen: »Grüaß di Gott, Schiermosermutter!« abermals ihre beiden Hände erfaßt und schüttelt.

Und sie schwatzt und erzählt, daß sie für jedes im Haus ein kleines Geschenk angefertigt hätte: für sie, die Schiermosermutter, ein Versehtuch, wie sie sich's schon so lange gewünscht hätt auf ihren Hausaltar; für ihn, den Bauern, einen gestrickten Leib für die grimmige Winterkälte, für die Dirndln seidene Schlipse, für die Alten ein Halstuch und gestickte Pantoffeln und für den Franzl einen Beutel zum Tabak, auf daß er doch endlich einmal die alte Stärkeschachtel abdanken könnt, in der er ihn bislang noch herumtragen müßt!

Während sie noch so erzählt und schwatzt, tritt auch Tante Adele herzu und hinter ihr die Rätin.

Und auch sie begrüßen beide die Schiermoserin. Die Rätin freilich etwas frostig, die Tante aber dafür um so herzlicher.

Adele Scheuflein hat auch wirklich so viel Gewinnendes in ihrem ganzen Wesen, daß sie es fertigbringt, die Bäuerin so zu erheitern, daß diese wiederholt hell auflachen muß.

Damit ist also das Schlimmste überstanden, und die Sommergäste haben Zutritt zu Haus und Hof.

Freilich, wegen der Versorgung mit Milch, Butter und Eiern droht abermals die Laune der Schiermoserin vom Guten ins Schlechte umzuschlagen, denn nichts kann sie mehr aus dem Häusl bringen als diese »verflixte Bettlerei«, wie sie es nennt.

Und trotz der hohen Preise, die sie fordert, kann sie nicht anders: sie muß ihnen sagen, was sie denkt.

»Gell, da san enk d' Bauern no guat gnua, daß s' enk z' Fressn gebn, enk Stadterer! Jetzt möchts enk wieder außafuttern, daß 's im Winter a weng vom Balg zehrn könnts!«

Aber sie geht doch und holt das Verlangte.

Die Rätin muß einen Augenblick ihr Riechfläschchen an die Nase halten, so sehr empört sie das »beispiellose Benehmen dieses Landvolks«.

Ihre Tochter aber und die Tante finden die Geschichte ganz natürlich und lustig, pflichten sogar der Schiermoserin noch bei und bringen sie dadurch wieder in eine versöhnlichere Stimmung.

Trotzdem hat der Schiermoser abends im Bett noch das Folgende von seinem Eheweib zu hören und es zu bestätigen:

»Ausschaugn teans wia Vogelscheuchen, grea sans wia d'

Jakobiäpfel im Mai, z'sammgricht sans wia dee Narrischn und habn teans gar nix. Koa Hoamatl, koa Viech und koa Sach und koa Geld. Wir müaßn eahna d' Steuern zahln und z' fressn gebn und arbatn vom Gebetläuten in der Fruah bis in d' Nacht eine, damit daß sie in eahnana Stadt drin faulenzen und umanand karressiern kinnan. A solcherne bal mir insa Bua daherbrächt – 's Kreuz taat i eahm abschlagn!...«

Der gute Schiermoser hat längst zu schnarchen begonnen; doch sie ist immer noch nicht zu End mit ihren Betrachtungen.

Bis ihr endlich selber langsam die Augen zufallen und sich die abgerissenen Sätze des Vaterunsers in ihr Selbstgespräch mengen – bis sie hinübergegangen ist in die raum- und zeitlose Welt der Träume.

7

Die Rätin ist damit beschäftigt, ihre Sommerwohnung »menschenwürdig« zu gestalten, wie sie es nennt.

Ein Wust von Decken und Spitzen, von Bildchen, Photographien und Nippsachen liegt um sie herum, und ein Berg von Schlummerrollen und Sofakissen türmt sich auf dem Tische auf.

Eine Wolke von Wohlgerüchen strömt aus einem kleinen zerdrückten Körbchen, welches leider nur mehr die Scherben einiger Parfümflaschen und Hautkremdosen enthält.

Die Laune der alten Dame ist ganz unerträglich, und sowohl Tante Adele als auch Rosalie haben sich gleich nach dem Frühstück aus dem Staub gemacht und sie ihrem Schicksal überlassen.

Besonders Rosalie, die es herzlich satt hat, innerhalb einer Stunde etwa hundertmal zu hören: »Aber Rosalie! Du bist

doch verlobt! Das schickt sich doch nicht für eine Braut!
Was soll denn dein Verlobter sagen, wenn er das und das
und das erfährt . . .«
Unwillkürlich kommt Rosalie die Entgegnung auf die Lippen: »Na, so soll er's doch erfahren! Jetzt bin ich auf dem
Land, und da leb ich so – und wenn ich wieder in der Stadt
bin, leb ich wieder anders. Und mein Verlobter kann mir
heut noch . . .«
Sie hält erschrocken inne und rennt mit hochrotem Kopf
davon. Weh tun will sie der alten Dame, die so große Hoffnungen auf diese Heirat setzt, doch nicht.
Da räumt sie lieber das Feld.
Drunten beim Schiermoser ist bereits alles auf den Feldern
und Wiesen bei der Arbeit.
Nur die alte Großmutter sitzt wie immer auf der Hausbank und strickt an ihrem ewigen Strumpf.
Und der Großvater steht unter der Stalltür und knüpft
eine neue Geißelschnur an den Haselnußstecken, indem er
halblaut vor sich hinschwatzt und murmelt.
Da kommt Rosalie im bäuerischen Leibchenrock und hemdärmelig aus dem Haus, bindet sich eine blaue, härwene
Schürze um und fragt: »Großmuatta, wo is der Schier-
moser?«
»Warum fragst?« erwidert die Alte zwischen Unwillen
und Mißtrauen.
»Weil i eahm helfa möcht«, erwidert Rosalie.
»Soo, soo. Was möchst eahm denn nachher helfa?«
»No mei, was i eahm halt helfen kann. Z'sammrechan,
häufeln, owerfa . . .«
»Ja freili! Sinst nix mehr!« ruft da die Alte aus. »Da
kunnts weiter net zuageh! Moanst, daß dee ohne di nix
z'weg bringa? Dee brauchan di net! Aber scho gar net aa!
Ha! Sie, d' Stadterin!«
Rosalie wird brennrot vor Zorn und Ärger über die

»Stadterin«; und sie kann nicht anders, sie muß der Alten zur Antwort geben: »Ha, daß jetzt die alten Weiber gar so zwider san!«

Dies ist aber nicht wohlgetan. Denn schon die Erwiderung der Großmutter: »O du Stadtschnappen, du zahnete!« zeigt ihr, daß sie sich hier einen Feind geschaffen hat trotz Pantoffeln und Halstüchlein.

Aber sie macht sich nicht allzu viel daraus.

Summend geht sie zum Großvater hin und schreit ihm ins Ohr: »Werd heunt eingführt, weilst d' Goaßl neu machst?«

Und der Alte erklärt ihr, ohne sie ganz verstanden zu haben: »A neue Schnur hab i ei'knüpft, weil der Franzl nachher glei eispannt. Z'erscht' fahrns in Kleepoint und nachn Essen a fünf a sechs Fuada Heu.«

In diesem Augenblick kommt auch schon der kleine Ochsenbub gerannt und brüllt: »Eispanna sollst! Den kurzn Truchawagn und d' Ochsen! In Bruckmoser Klee hintre zum Franzl!«

Und damit rennt er hinein ins Haus und in die Kuchel, wo die Schiermoserin schwitzend vor dem Herd steht und Roggennudeln backt.

»Brotzeit!« schreit der Tropf, schneidet sich einen Ranken Brot ab, trinkt aus einer Schüssel voll abgeblasener Milch einen gehörigen Schluck und läuft darnach hinaus in die Speiskammer um das Bier für die Knechte.

Rosalie hat derweil draußen dem Großvater geholfen, den Wagen aus der Schupfe zu schieben und die Ochsen einzuspannen.

Und sie nimmt die neue Geißel, stellt sich auf den Wagen und ruft ganz in der Art und im Ton des Franz Schiermoser: »Wühlöh, Alter! Geh, Handiger, geh! Hüah, hottöh!«

Der Großvater schaut ihr lachend nach.

Die Großmutter aber murmelt etwas von »frechem Stadtgesindel« und strickt dazu, daß die Nadeln klappern.

Inzwischen kommt der Ochsenbub beladen mit Bier und Brot aus dem Haus und denkt, er könne seine Last schön auf den Wagen tun und sich selber gut dazu. Derweil sieht er aber das Fuhrwerk schon drunten am Feldkreuz um die Ecke biegen und gegen den Bruckmoser Klee zufahren.

Also bleibt ihm nichts anderes übrig, als schwerbepackt hinterdrein zu tappen und sich gleichfalls sein Teil zu denken über die Städtischen.

Rosalie ist's, als hätte sie niemals in ihrem Leben etwas anderes getan als Ochsen geführt. Mit einem Gemisch von Abscheu und Angst denkt sie an die Zeit, da sie als Frau Assessor von Rödern drinnen in der Stadt ihre Tage wird verbringen müssen; da sie in vornehmen Badeorten wird herumstolzieren müssen; da sie nie mehr wird dies sorglose und unbekümmerte Leben führen, nie mehr so wie heute wird fröhlich lachen können.

Doch – noch sind ja die Tage gesunder Lust und fröhlichen Schaffens! Noch kann sie ja lachen!

Noch ist sie ja ein freies Geschöpf unseres Herrgotts, das sich noch freuen darf über seinen Sonnenschein und an seiner Welt!

Eine große Lustigkeit überkommt sie, und sie begrüßt Franz, der mit einer Dirn den frischgemähten Klee zum Auflegen häuft, sehr munter und herzlich.

»Gell, da schaust, Franzl!« ruft sie, indem sie vom Wagen springt. »Auf *den* Ochsenbubn hast gar nimmer denkt ghabt!«

»Aber er is mir liaber wia der ander!« erwidert dieser lachend. »Und wenn i a Stadtherr waar, nachher müaßt i no an schlechtn Witz macha: Da möcht i aa a Ochs sei, bal i an solchen Knecht kriagat!«

Rosalie droht ihm mit der Geißel.

Dabei aber fährt ihr doch eine flammende Röte übers Gesicht; besonders, da Franz sie auf Ja und Nein bei den Hüften faßt, in die Höhe hebt und mit seltsamem Lachen wieder auf den Boden stellt.

»Du bist scho a sakrisches Luadamadl!« sagt er heiser.

»Du brachtest an Eiszapfa aa zum Siadn!«

In diesem Augenblick aber trifft ihn beißend ein Hieb mit der Geißel, Rosalie gebietet ihm wütend Schweigen und sagt rauh: »An Klee sollst auflegn!«

Da wendet er sich schnell und verlegen seiner Arbeit zu.

8

Nun sind es bereits vier Tage, daß die Rechtsrätin samt Tochter und Schwägerin auf dem Land ist.

Und da fällt es der alten Dame plötzlich auf, daß Rosaliens Verlobter immer noch nicht geschrieben hat.

Daher fragt sie am Nachmittag erst die Schwägerin und darnach ihre Tochter: »Ist immer noch keine Post da? Daß der Assessor nicht schreibt!«

Worauf Rosalie mit großem Gleichmut erwidert: »Wahrscheinlich, weil er unsere Adress' nicht weiß.«

Die Rätin starrt sie erschrocken an.

»Ja, hast du ihm denn nicht gesagt . . .«

»Ich hab ihm gar nichts gesagt!« entgegnet ihr das Mädchen, nun doch errötend.

Die Rätin wird immer erregter.

»Und du hast auch nicht geschrieben . . .?«

»Nein. Ich hab keine Zeit gehabt.«

Rosalie ist nicht sehr wohl zumut. Doch verbirgt sie ihre Verlegenheit hinter einer großen Gereiztheit.

»Ich hab überhaupt nicht so viel Zeit, wie du glaubst, Mama!« ruft sie aus. »Ich hab doch wirklich jetzt was anders z'tun, als Liebesbrief zu schreibn! Ich denk, ich muß mich doch in erster Linie – erholen!«

Und damit läuft sie auch schon aus der Stube und hinunter in den Hof.

Des Schiermosers Franz spannt eben ein Fuhrwerk ein.

Rosalie greift sogleich helfend mit an.

»Wo fahrst denn hin, Franzl?«

»In d' Kumpfmühl ums Mehl«, erwidert ihr der Bursch freundlich, »bals di gfreut, derfst mitfahrn!«

»Ob's mi gfreut! Freili! Gern mag i!«

Und während droben die Rätin erbittert und verzweifelt über die Unart ihrer Tochter Tränen vergießt und sich darnach hinsetzt, um dem Herrn Assessor einen mustergültigen Höflichkeits- und Komplimentierbrief zu schreiben, kutschiert Rosalie scherzend und lachend, ist voller Übermut und tut, als wär' sie die Großbäuerin von weiß Gott woher.

Erst drunten im Marktflecken fällt ihr ein, sie könnte am End doch schnell ihrem Verlobten ein paar Zeilen schreiben.

Darum sagt sie zum Franzl: »Du, i steig ab. I muaß gschwind was bsorgn. I komm darnach scho hintre in d' Mühl.«

Damit springt sie vom Wagen, geht auf die Post und schreibt folgende Karte: »Aus Berganger sendet freundlichen Gruß Rosalie Scheuflein.«

Darnach macht sie sich zufrieden wieder auf den Weg nach der Kumpfmühle. Dort bezahlt Franz eben das Mahlgeld, während ihm der Mühlbursche den Wagen mit schweren Säcken voll Brotmehl, Nudelmehl und Kleie belädt.

Die Müllerin steht schon eine Weile am Fenster und schaut neugierig hinaus auf die Straße, wer wohl das stämmige Weibsbild sein könnte, das da so rasch und rüstig des Wegs kommt.

Und da Rosalie ganz nahe am Haus ist, hält die Alte es nimmer aus auf ihrem Auslug.

Wie die Kreuzspinne aus ihrem Winkel fährt, kaum daß sie eine Fliege im Netz erblickt hat, so rennt auch sie jetzt hastig unter die Tür und starrt auf das Mädchen.

»Is jetzt dees neet . . .?«

In diesem Augenblick aber hat Franz seine Schuldigkeit beim Kumpfmüller bereinigt, dem Burschen sein Trinkgeld gegeben und ruft nun lachend Rosalie zu: »Guat derraten hast es, Roserl! Akrat mitanand san mir firti wordn! Jetzt sitz auf, nachher fahrn mir hoam zua!«

Da die Kumpfmüllerin nun diese Worte vernimmt, schaut sie erst einen Augenblick drein, als hätte sie nicht recht gehört. Dann aber geht plötzlich ein verstehendes Leuchten über ihr ganzes Gesicht. Ein pfiffiges Lächeln weitet ihren zahnlosen Mund, und sie stößt ihren Eheherrn vertraulich in die Seite.

»He du! Hast es gsehgn? Der Schiermosersfranzl und d' Sommerfrischlerin! Es schlagn halt doch a diammalen aa die Kinder von dee Großkopfatn aus der Art. Dees hätt si aa neamd traama lassn, daß der amal a Stadtscheesn auf 'n Schiermoserhof bracht!«

Und diese Entdeckung prickelt ihr so in allen Gliedern und auf der Zunge, daß sie sogleich zur Huberbäuerin, ihrer Nachbarin, hinüberlaufen muß, um ihr die große Neuigkeit zu berichten.

Bei der Huberbäuerin aber sitzt gerade die alte Nähterin, die Kathl, auf der Stör, und mit ihr noch zwei schwatzhafte Nähmädchen als Helferinnen.

Und so kommt es, daß am andern Tag abends nach der Herz-Jesu-Andacht drunten in Glonn die Kathl der Kramerin und die Müllerin der Bäckerin und die Nähmädchen ihren Kameradinnen das Allerneueste mitteilen: »Wißts ihr's schon! Der Franzl vom Schiermoser . . .«

Und die Wimmerin und die Pfeifferin, die Hürblerin und die Strieglin, jede Bäuerin und jedes Häuslweib werden 's inne: »Der Franzl hat die Stadtmamsell, die Sommerfrischlerin, zu einem ›Gschpiel‹ erkoren!«

Wie es halt so oft bei den Weiberleuten ist, daß sie schon den Regen spüren, noch ehe die Wolken kommen, und daß sie schon das Maul wetzen, noch bevor sie was zu reden wissen!

9

Die Heuernte ist vorbei; die Getreideernte beginnt.

Bei Schiermosers haben sie ein paar neue Knechte zum Mähen und ein paar Weiber aus dem Markt zur Hilfe beim Garbenbinden und Mandlmachen eingestellt.

Denn unser Herrgott hat gut Wetter werden lassen und schickt den Schnittern klare Nächte und dem Getreide heiße Tage.

Und die Zeit geht hin in harter Arbeit und kurzem, bleischwerem Schlaf.

Das verspürt nun auch Rosalie, die sich seit einer Weile schon nicht mehr recht wohl fühlt auf dem Hof.

Aber es ist nicht allein des Tages Müh und die kurze Ruh, was sie aus dem Gleichgewicht gebracht hat; es ist nicht das ständige Schelten der Mutter über ihre Gleichgültigkeit gegen den Bräutigam und über ihr stetes Verweilen unter dem Bauernvolk; nein, etwas anderes nimmt dem Mädchen die Ruhe und Sicherheit.

Sie sieht auf Schritt und Tritt die Weiber verstohlen mit Fingern auf sie deuten, sie hört ein Tuscheln und Flüstern, sobald sie allein oder mit Franz die Stube oder die Scheune verläßt.

Dieses heimliche Reden hinter ihrem Rücken raubt ihr alle Lust zur Arbeit.

Und da eben wieder eine Woche zu End ist und der Sonntag kommt, da sagt sie zu Franz: »Du, Franzl, i muß dir was sagn. I bin net ganz gut beinand und kann enk auf d' Woch nimmer helfa. Und überhaupts muß i mi jetzt aa schee langsam um mei Aussteuer kümmern. I heirat doch im Winter!«
Dieser Augenblick ist es, der sie beide sehend werden läßt.
Denn kaum hat sie das Wort gesagt, spürt sie ein Würgen in der Kehle, und etwas in ihr schreit und tobt: »Es wird ein Unglück – es geht schlecht aus! Denn er ist der Unrechte! Der Rechte . . . Herrgott . . . der steht ja . . .«
Ja ja. Er steht vor ihr. Er weiß es selber.
Und daß sie für ihn die Rechte wär, das weiß er auch.
Minutenlang stehen beide wortlos da. Franz ist der erste, der sich selber und ein paar Worte findet.
»Soo soo. Im Winter heiratst. Und net guat beinand bist, sagst. Nachher laß i di aber heunt net z' Fuaß in d' Kirch abegeh auf Glonn. Da ist scho gscheidter, du fahrst. I spann dir dees kloane Scheesl ei.«
Rosalie schüttelt den Kopf.
»Naa, Franzl. I bleib dahoam heunt.«
In diesem Augenblick kommt Tante Adele die Stiege herab und sieht die beiden.
»Ja, was is's denn?« ruft sie aus. »Was stehts denn da, als ob enk d' Henna 's Brot gnomma hättn?«
Rosalie versucht zu lächeln.
»Ah nix, Tante. I hab nur gsagt, daß i heut net mitgeh in d' Kirch.«
Und da sie das erstaunte Gesicht von Adele sieht, fügt sie schnell hinzu: »Weil i a bissl überarbeit't bin. Da wird mir der Weg z'weit.«
Worauf aber Franz sofort wiederholt: »Drum will i 's Wagl eispanna.«
Tante Adele nickt: »Freili!«

Aber Rosalie sagt nein und würde wohl auch ihren Willen durchsetzen, wenn nicht im selben Augenblick der Schiermoser aus dem Haus käme und sagte: »Was is's, Franzl? Eispanna! I muaß schaugn, daß i abe kimm auf Glonn! Markt is! Sinst kaaffan mir dee Bazi dees Besser' weg und lassen nix mehr übri wie lauter Schinderbratn!«

Und er beginnt sogleich mit Rosalie über den Roßhandel zu reden und schwatzt mit ihr, bis Franz das Fuhrwerk gerichtet hat.

Da sagt er: »So, Bua. Jetzt hock auf. Und du, Rosl, hockst di in d' Mitt, und i hab aa no Platz daherent.«

Damit schiebt er auch schon Rosalie zum Fuhrwerk, hebt sie halb hinauf und steigt auf.

Und Franzl tut, als wär nichts geschehen, sagt Tante Adele Pfüagott und fährt weg.

Drunten in Glonn wurlts von Menschen.

Denn es ist Jahrmarkt und Viehmarkt. Auf dem Platz vor der Kirche stehen die fliegenden Stände der Händler, der »Prater« für die Kinder und der Wagen der berühmten Turmseilkünstler.

Hinter dem Postwirtsgarten aber sind in langen Reihen Kühe, Ochsen und Pferde angekettet und harren gleich ihren Besitzern, die einen stumpfsinnig, die andern aufgeregt, auf ihre Liebhaber und Käufer.

Die Kirche ist voll, und der Pfarrer vermag sich kaum durchzuschieben durch die Menge, da er ihr den letzten Weichbrunn und Segen mit auf den Heimweg gibt.

In einem dichten Schwarm ergießt sich die Menge nun in den Gottesacker und hinaus auf den Marktplatz.

Laut lachend und stänkernd kommen als erste die Burschen, ernst und bedächtig redend die Männer. Verstohlen kichernd und zu den Burschen hinschielend die Maidln, in seidenen Gewändern prunkend und über die schlechten Zeiten jammernd die Bäuerinnen und ganz zuletzt, mit sich selber schwatzend, den Rosenkranz in den knöchernen Fingern, die Alten.

Und drunten beim Unterwirt dampfen die Lungenwürste und der Leberkäs, droben beim Oberwirt duften die Braten und Soßen, und drüben beim Posthalter rollt man einen Banzen um den andern auf den Ganter, und die Kellnerinnen rufen und schreien sich schier heiser: »Kriagst a Maß? Du aa oane? Ös zwee aa a Maß?« Und hinten bei den Barren stehen die Bauern, greifen den Kühen an die Bäuche und den Ochsen an das Genick, schauen den Rössern ins Maul und befühlen ihre Fesseln und Hufe; indes vorne bei den Dultständen wiederum ein Anpreisen und Einladen, ein Markten und Schimpfen durcheinanderschwirrt, daß man sein eigenes Wort kaum mehr hört.

Da plärrt die Lebzelterin: »An süaßen Honigzelten, an Lebzelten, a Busserl, a Platzerl hab i no! Einkaaft, einkaaft, gehts her und suachts enk was aus!«

Und die blecherne Geschirrfrau tut, als bete sie die Litanei von allen Heiligen: »Große Degerl, kloane Degerl, weiße Schüsserl, blaue Schüsserl, Milliweidling, Suppenseiher, Hafadeckel, Nudlpfannen, was geht ab?«

Oder die tucherne Annemirl mit ihren Schätzen!

»Scheene Schmieserl, feine Kragerl, guate Pfoad und warme Strümpf! Ausgsuacht, Leutln! Spitzerln, Knöpf und Hosentrager! Litzerl, Banderl, Fingerhüat!«

Und droben auf dem hohen Turmseil wiegt sich im rosenfarbenen Trikot ein üppiges Mädchen mit Papierrosen in den dunklen Locken und veranlaßt manche Bäuerin und manche Dirn, dem mit lüsternen Augen und wässerigem Maul dastehenden Begleiter einen derben Rippenstoß zu geben und eine Predigt zu halten: »Daß d' fei hänga bleibst da drobn an dem Strick! Schaamst di net! Dees nackate Weibsbild da drobn gafft er o. Aber inseroaner is dees ganz Jahr der Aff...«

465

Und die alten Weiber bekreuzigen sich: »Bruader! Dees
is aa so a Nazion! Da is der Antichrist nimmer weit, wenns
jetzt scho nackat in Himmel auffe steign!«

Die alte Schiermosermutter und ihre Tochter, die Schiermoserin, sind schon in aller Früh fort von daheim. Denn
es ist so der Brauch bei ihnen, daß sie immer am Jahr-
marktstag zum Tisch des Herrn gehen.

Und so findet man sie jetzt, da die meisten Leute erst anfangen, sich umzuschauen und einzukaufen, schon hoch-
bepackt auf dem Weg zum Postwirt.

Denn dort hat der Schiermoser das Fuhrwerk eingestellt,
und die Bäuerin hätt' gern, daß etliches von dem Gekauf-
ten auf den Wagen kommt.

Unterwegs treffen die beiden eine entfernte Base, die sie
sogleich mit den Worten begrüßt: »Aha, Basln, habts einkaaft fürn Hochzeiter! Wann is's denn scho? Leicht gar
am Kirta?«

Die Schiermoserin vermeint nicht recht gehört zu haben.

»Was is's mitn Kirta?« fragt sie zurück.

»Wann daß d' Hochzat scho is, möcht i wissen!« wiederholt das Basl.

»Was für a Hochzat?«

»No, dee vom Franzl!«

Jetzt muß sie lachen, die Schiermoserin.

»Insan Franzl sei Hochzat? Was redst denn jetzt da für
an Schwefe' daher! I glaab gar, du hast es nimmer ganz
richti da drobn in dein Hirn!«

Die Base tut beleidigt.

»Geh, Herrschaftseitn! Teats do net gar so verstohln!
Warum derf denn dees neamd wissen, daß er heirat't,
der Franzl?«

Nun werden sie aber wirklich wild, die beiden Schier-
moserinnen.

»Jetzt schaugt nur oa Mensch dees narrisch Weibsbild o!«

466

begehrt die Bäuerin auf. »Die moant jetzt akrat, sie kann oan derblecka! Aber da brennst di, mei Liabe! Da is's weit gfeit!«

Und die Alte meint: »Da müaßat do inseroana aa epps wissen, wenns a so waar! Mir müaßatns überhaupts ehanda wissen wia der Bua selm! Und mir wissen vo koana Hochzeiterin gar nix. Überhaupt gar nix aa! Ham mir no net amal an Gedanka drauf ghabt!«

»Naa, gar nia net!« bestätigt die Junge. »Weils der Bauer no lang net in Sinn hat, 's Übergebn! No lang net! Er net und i net!«

»Und weil si bei ins überhaupts oane schwaar tuat mitn Einaheiratn!« fügt die Großmutter hinzu. »Denn mir stehn net o auf a neue Bäuerin. Warum? Weil *sie* da is – und i da bin – und d' Deandln da sand.«

»Und solang als der Franzl net selm sagt: ›Jetzt möcht i heiratn‹, so lang schaugn mir ins aa net um – um a Hochzeiterin!« sagt die Schiermoserin bestimmt.

Da wird das Baserl nachdenklich, schüttelt den Kopf und meint: »Jetzt da schaug her! Da bin i jetzt ganz vürn Kopf gstoßn! A so gehts, bal ma an Leutn epps glaabt!«

Die beiden horchen auf.

»Warum dees?«

Die Base ist entrüstet.

»Weils wahr aa is! Verzählt mir heunt d' Kramerzenz, daß der Franzl a so a sauberne Hochzeiterin hat – oane von der Stadt außa – a ganz a bsundere. Habs scho glei net recht glaabn wolln! Aber nachher hats d' Schneiderlies und d' Bäckin und d' Wagnerurschl aa für gwiß und wahrhafti gsagt; – no, nachher hab i's halt do glaabn müassn!«

Die Schiermoserin vermeint in den Erdboden versinken zu müssen bei dieser Enthüllung.

Und die Großmutter hat kein Wort mehr vor Entsetzen.

Sie bringt nur noch ein Quieksen und Glucksen heraus und ein in den höchsten Tönen der Entrüstung ausgestoßenes: »Aah! Aah!«

Worauf die Schiermoserin sich langsam erholt und in ein wütendes Schelten ausbricht über dies Geschwätz, über alle Stadtleut, über Scheufleins und besonders über Rosalie.

Und sie verabschiedet sich mit der Drohung: »Dem Gredats mach i a End, dees woaß i! Heut no muaß's mir aus'n Haus, dee Stadtscheesn, die zsammzupfte!«

Während der Schiermoserin dieses widerfährt, hat ihr Eheherr drüben am Viehmarkt ein paar Rösser erstanden und will sie eben einem seiner Knechte übergeben, daß er sie heimweise.

Da klopft ihm jemand auf die Schulter; und als er sich umwendet, steht der Dorfschreiner vor ihm.

»Is guat, daß i di triff, Schiermoser!« sagt er. »Scho lang suach i di alleweil. I hätt epps für di.«

»Für mi?« Der Bauer schüttelt ungläubig den Kopf. »Was eppa?«

Der Schreiner tut vertraulich. »A Einrichtung – a scheene, oachane mit zwoo Spiagel und an Spiaglkastn.«

Der Schiermoser starrt den Schreiner verständnislos an.

»A Einrichtung, sagst? – Ich brauch koa Einrichtung. Mei Haus is eh eingricht. I brauch gar nix.«

»Daß du nix mehr brauchst, dees woaß ma a so. Zwegn deiner sag i's aa net. Aber zwegn dein' Buam, zwegn dein Franzl.«

Der Schiermoser schüttelt den Kopf.

»Xaverl, da bist irr. Mein Franzl braucht aa koa Einrichtung.«

Jetzt wird er deutlicher, der Schreiner.

»Aa net, sagst? Nachher hat leicht *sie* d' Möbel?«

»Wer, sie?«

»Jessas, jessas naa, konn dir der dumm fragn!« ruft nun der Schreiner ärgerlich aus: »Wer, sie! Wer anderscht als wia d' Hochzeiterin vo deim' Buam!«

Der Schiermoser muß lachen.

»Wia hast jetz gsagt? D' Hochzeiterin von mein' Buam hast gsagt? Mei liaber Xaverl, jetz glaab i's , daß dei Verstand a Loch hat. I woaß nix von ara Hochzeiterin.«

Dies ist dem Schreiner aber denn doch zu viel.

»Also, Schiermoser«, sagt er, »i will dir was sagn: Bal sie d' Sach von der Stadt außa bringt – oder bal eppa der Franzl gar hinei heirat in d' Stadt –, nachher woaß ma ja selm, daß's nix is mit meiner Einrichtung. – Aber verstanden, zwegn dem brauchst oan du no lang net a so für an Narrn z' halten und so saudumm daherz'redn! Dees is ja scho epps Alts, daß dene Stadtmadamen 's Bauernsach hint und vorn net guat gnua is! Und daß enk d' Bauernweibsbilder net fein gnua san! Aber leugna brauchst es net, bals a so is!«

Der Schiermoser hat mit wachsendem Erstaunen zugehört. Plötzlich aber geht ihm die Wahrheit auf.

»Von wem redest denn du?« fragt er heiser, obwohl er sich die Antwort bereits denken kann.

Doch diese letzte Frage erzürnt den guten Schreiner so sehr, daß er keine andere Antwort mehr darauf findet, als: »Jetz, da hört si aber do scho all's auf! A so a scheinheiliger Hansdampf!« Worauf er giftig ausspeit und den Bauern einfach stehen läßt.

Der Schiermoser aber vergißt frei, daß er ja Rösser gekauft hat und daß der Knecht dasteht und wartet.

Er starrt stumpfsinnig für sich hin und fragt sich selber zum soundsovielten Male: »Was hat jetzt der gmoant? Daß insa Bua und d' Stadterin – d' Rosl . . . Ja, ist denn der Tropf narrisch!« Der Knecht reißt ihn aus seinem Grübeln und Sinnieren. »Is sinst no epps z'toa, Bauer?«

»Naa«, sagt der Schiermoser und besinnt sich, daß ja die Rösser heim sollen.

»Naa. D' Ross' weis'st hoam und tuast es glei fuattern. Gib eahna aber den hintern Stand, daß s' net zum Fuchsen zuawekemman. Net daß sie si verbeißen.«

Eine Weile schaut er noch gedankenlos dem Gang der Rösser nach, dann wendet er sich langsam dem Postwirtsgarten zu.

»A Maß mag i!«

Das Bier ist nicht schlecht. Aber auch hier hat er bald allerhand Blicke auszuhalten, allerhand Fragen und verdruckte Reden anzuhören, die ihm rasch das Blut gallig machen.

Und so sagt er, da ihn die Kellnerin fragt: »Magst no a Maß, Schiermoser?«, barsch: »Naa. I geh.«

Und macht sich verärgert auf den Weg zum Wagen.

Da findet er schon die Bäuerin samt der Großmutter, blaurot im Gesicht wie zwei Biberhennen und auf ihn losfahrend wie die Hornissen.

»Mach, daß d' einspannst! Daß mir furtkemman von da!« sagt die Junge wild. »I glang jetz. I hab mir gnua ghört!«

Und die Alte fügt bissig bei: »Jetz habts es wenigstens mit enkane Sommerfrischler! Jetzt wißts, was daß dee wolln.«

Der Schiermoser starrt gegen die Dultstände hin.

»Dees is a sauberne Gschicht. Wer hats enk denn verratn?« Aber er hört nicht mehr auf die Antwort hin.

Denn sein Blick hat eben etwas aufgefangen.

Dort vorne, vor dem Stand des Goldschmiedes, da steht sein Sohn, der Franz, hat die Stadtjungfer bei der Hand und zeigt ihr mit dem zuckersüßesten Gesicht einen Ring! Wahrhaftig einen Ring! Der Lottersbub, der miserable!

Die Schiermoserin folgt unwillkürlich den Blicken ihres Eheherrn.

Da sieht auch sie die beiden. Und sie will augenblicklich hin und sie auseinandertreiben! Gleich auf der Stell!

Mit Müh und Not kann sie der besonnenere Bauer davon abbringen, durch einen Streit auf dem Markt die Schande auch noch öffentlich zu machen.

Aber nun drängt sie erst recht aufs Einspannen, die Bäuerin.

»I spann glei ei«, sagt er drauf. »Jetzt muaß i alleweil erst warten, bis s' da sand.«

»Zu was?«

»Noo, zum Hoamfahrn halt.«

Die Schiermoserin schnappt nach Luft.

»Was? Dees Weibsbild willst wieder aufsitzen lassen? Dee Stadtflugga? Dees waar ja glei recht! Ha! Und i als Bäuerin durft laaffa! Naa, mei Liaber! Jetzt tanz' ma amal anderscht uma! Jetzt fahrn mir zwee! Da, Muatta, hock di nur auf! Und i hock mi aa auf. Und bals dir derbarmt, dees Weibsbild, nachher kannst eahm ja a Roß zum Hoamreiten kaaffa!«

Und damit schiebt sie erst die Alte auf den Wagen und setzt sich breit und vollgewichtig mit einem haßerfüllten Blick gegen die beiden nichtsahnenden Menschen auf den Sitz zur Rechten der Großmutter, noch ehe der Bauer das Roß aus dem Stall geholt und eingespannt hat.

Ja, sie läßt nicht einmal mehr ihn aufsitzen! Gebieterisch greift sie nach den Zügeln, nimmt die Peitsche und fährt so scharf an, daß der Braune sich bäumt und die Großmutter laut aufkreischt: »Mariand Josix!«

Und mit fest aufeinandergepreßten Lippen fährt sie davon.

»Narrischer Teife!« murmelt der Schiermoser und schaut ihr nach, bis sie hinter den Häusern verschwunden ist.

Mißmutig wendet er sich darnach zum Gehen, mit den Blicken die beiden suchend, die ihm heute den Tag also verdorben haben.

Aber weder Franz noch Rosalie sind mehr zu sehen.

Und so macht er sich verärgert auf den Heimweg, scheltend über die Leut, über seine eheliche Hausfrau, über die Alte und über die beiden. Was er nur getrieben hat, der Malefizbub, daß die Leut so reden können?

Langsam setzt er einen Rohrstiefel vor den andern, stößt mit dem weichselbaumernen Gehstecken die Steine weg, die ihm in der Bahn liegen, und schaut sinnierend grad vor sich hin auf den Boden.

So kommt er auf die Höhe des Berges.

Da sieht er, wie die Nanndl vom Straßlerbauern mit seinem Sohn, dem Franz, eifrig auf ihn einredend, langsam hinter einem sauberen Fuhrwerk hergeht.

Das frisch lackierte Lederdach der Chaise ist aufgespannt, und so sieht er nicht, wessen Fuhrwerk es ist und wer es lenkt.

Aber daß die Nanndl etwas sehr Gewichtiges mit seinem Sohn verhandelt, das sieht er.

Denn sie redet schier mit dem ganzen Körper!

Und zu guter Letzt schlingt sie gar ihre beiden Arme auf offener Straße um seinen Hals und hängt sich an ihn!

Der Schiermoser pfeift durch die Zähne und wendet sich ab.

Er muß lachen.

»Also a so steht dee Sach mit dem Tropf!« sagt er zu sich selber. »O die Rindviecher da drunt am Markt! Wenns jetzt dees wieder sehng kunnten, nachher hoaßets do morgen ganz gwiß: Der Schiermoserfranzl und d' Straßlernanndl ham si mitnand versprocha! Und dabei is sicherli an dera Gschicht so weng epps Wahrs wia an der andern!«

Er lacht belustigt vor sich hin.

O, er kennt doch seinen Sohn! Der ist doch nicht aus der Art geschlagen!

»Der werds jetzt nachher anderscht macha, als wia's i

gmacht hab als a Junga!« murmelt er. »Bal oana a guater
Schmied is, nachher legt er si alleweil z'erscht a drei, – a
vier Probiereisen ins Feuer, bis er dees fünfte oder sechste
amal wirkli schwoaßt! Und nachher is's oft no z'fruah!
Recht hat er, der Franzl!«

Langsam dreht er sich wieder den beiden zu und sieht nun,
wie das Fuhrwerk vor dem Hof des Straßlerbauern hält,
wie die Rosel absteigt und sich bei der Nanndl bedankt,
und wie sie darnach lachend und schwatzend mit dem
Franzl zu Fuß weitergeht, indes die Nanndl noch eine
Weile wie angenagelt am Fleck stehen bleibt, die Fäuste
ballt und schließlich dem Gaul etliche derbe Schläge in die
Weichen versetzt, so daß er erschreckt auffährt und
scheut.

Und wenn nicht der Schiermoser grad rechtzeitig hinkäme
zum Anhalten, könnte es wohl leicht geschehen, daß ihr
das Roß noch vor der Stalltür durchginge!

So aber verläuft die Geschichte noch gut, und der Schiermoser weist ihr das zitternde Pferd in den Hof, indem er
sagt: »Daß d' gar so grob bist, Nanndl! Was hat er dir
denn to, mei Franzl, daß d' an solchen Gift hast auf
eahm?«

Die Nanndl lacht ein verlegenes, geziertes Lachen.

»Ja freili! Grob wer i nachher sei! Wenn oan der Häuter
aufn Hax auffe tritt!«

»Was für a Häuter?« fragt der Alte verschmitzt. »Hoaßt
er eppa Franzl?«

»Ah geh, hör auf mit dein Gredats!« erwidert ihm die
Nanndl zwischen Lachen und Zorn. »I woaß's gar net, was
d' willst mit dein' Franzl!«

»I scho«, meint der Bauer und schickt sich zum Gehen an.
»I woaß's guat, was i will mit eahm. Und jetzt pfüati
Good.«

»Du woaßt es freili, du alter Lapp!« murmelt die Nanndl

verbissen. »Nix woaßt! Wennst aber wissen tatst, was i will mit dein' Franzl ...«

In tiefes Sinnieren versunken, spannt sie das Roß aus und weist es in den Stall.

Der Schiermoser aber trabt jetzt wieder ganz munter seine Straße dahin.

Also die Nanndl hätt ein Aug auf den Buben!

»Mei, dees ko ma si ja amal a Zeitl überdenka!« meint er für sich. »Und wenn si koa Besserne net findt, nachher is dee aa recht. I schatz s' alleweil auf a dreiß'gtausend Mark, d' Nanndl.«

Er schaut den Weg geradeaus. Dort, ganz vorn an der Martersäule geht er, der Bub.

Und hat die Rosel wahrhaftig um den Leib gefaßt.

So ein Hallodri!

Sogar der Stadtjungfer verdreht er den Kopf!

Ist übrigens schad, daß sie eine Städtische ist, die Rosl.

So ein riegelsames und tüchtiges Weibsbild muß es nimmer gebn landauf und landab!

Weiß der Teufel, wenn sie von den Bauern herstammen tät ... er wär gar nicht so sehr dawider, daß der Franzl und sie ...

Aber sie stammt ja von dieser alten Stadtmadam her!

Und hat sicherlich keinen Pfennig Geld!

Nein, sicherlich nicht.

Aber sonst ist sie ein Weibsbild, wie man sich nur grad eins wünschen kann! Und beim Zeug! In der Arbeit! Am Feld und im Haus, im Stall und mit den Rössern!

»Und gstellt! Sakramentisch guat gstellt!« lobt er, der Alte.

»Die hat net grad Holz bei der Hütten! Da is Reiser aa hiebei!«

Er wird ordentlich jung bei dem Gedanken; und sein Tritt wird immer rascher.

So kommt es, daß er die beiden vorne beim Wegkreuz einholt. Franzl ist einen Augenblick verlegen, da der Alte plötzlich neben ihm hergeht; eine brennende Röte fährt ihm übers Gesicht.

Rosalie aber ist vergnügt und ganz anders als am Morgen.

»Gehts scho hoam?« fragt der Alte wohlwollend.

»Ja«, erwidert ihm Rosalie, »ma hat allemal glei wieder gnua an dera Gaude.«

Und mit einem leisen Lachen fügt sie bei: »Mir gehts mit der Pratermusik und mit dera ganzen Gaude grad wia mitn Kindergschroa: A Zeitl kann i's hörn und nachher nimmer.« Der Schiermoser schielt sie betrachtend an.

»Sakra, is scho a mentisch mannigs Weibsbild!« denkt er. Laut aber sagt er: »Da derfst aber nachher net ans Heiratn denka, balst 's Kindergschroa net hörn kannst!«

»Ja no, mit dee eigna Kinder is dees wieder epps anders«, erwidert Rosalie, verlegen werdend.

»A so moanst. Werd eppa a so nimma recht lang osteh, bis d' aa ans Heiratn denkst?«

Franz horcht auf. Was hat er denn, der Vater?

Aber Rosalie geht plötzlich ganz ernsthaft auf die Frage des Alten ein und sagt ohne weiteres: »Ende November wird wohl mei Hochzeit sein.«

Jetzt ist es am Schiermoser, aufzuhorchen.

»Was? Du heiratst im November?«

»Ja. D' Mutter meint halt, je ehnder, desto besser.«

»Heiratst oan vo der Stadt?«

Rosalie verzieht den Mund zu einem bitteren ironischen Lächeln. »Natürli an Stadtherrn! Wos moanst denn, Vater! Für an Bauernburschen is doch unseroana nix! Dees werd enk ja in der Schul scho predigt, daß d' Stadtmadeln nix taugn!«

Franz fährt erregt auf. »Red net so grob daher, sag i!«

Und auch der Alte widerspricht ihr.

»Dees is net wahr, Rosl. Dees kimmt ganz drauf o. Bal oana a solcherne kriagn ko, wiast du oane bist, nachher derf er si d' Finger abschlecka, bis zu de Ellabogn hintre! Jawoi! I wollt, mei Franzl bracht mir amal a so a richtigs Leut eina, wias du oans bist!«

Rosalie ist glühend rot geworden. Das sieht ja beinahe aus, als obs dem Schiermoser gar nicht unrecht wär, wenn sie statt ihres Assessors den Franzl als Eheherrn wollte!

Schade, daß man schon bei der Haustür angelangt ist!

Wer weiß, ob nicht doch noch das Schicksal . . .

»Wahrhafti kimmt er mit dem Weibsbild daher!« plärrt in dem Augenblick drinnen im Haus die Schiermoserin. »Is no net gnua, daß d' Leut redn über dee Schand – naa, er, der alt Latierl muaß aa no selber mittappen! Aber i hilf enk scho. Allsamm mitanand hilf i enk! Dir und dem Rotzer und dera Stadtscheesn! Und der alten Schmuserin da drobn erscht recht! Heunt no müaßns mir ausn Haus! Heunt no!«

»Ja, was is denn jetz dees . . .?«

Die drei sind wie vom Donner gerührt über diese Begrüßung.

Aber die Schiermoserin gibt ihnen Gelegenheit, sich zu sammeln.

Mit einem wilden Scheltwort schlägt sie die Haustür zu und stößt den Riegel vor.

Rosalie ist die erste, die sich fassen kann.

»I moan, die Ursach von dem Wetter kenn i!« sagt sie. »I kann mirs denken, wo der Wind herwaaht! Da is z' Glonn am Markt was ganga! Da hat jemand falsch eingsagt!«

Der Schiermoser ist ärgerlich. »Ah freili! Dees narrisch Weibsbild! Freili hams ihr falsch eingsagt! Und sie, 's Rindvieh, 's alte, glaabt alls. I möcht nur grad wissen, wers aufbracht hat, dees saudumme Gredats!«

»Was für a Gredats?« fragt Franz, dem die Zornröte auf dem Gesicht brennt.

Der Alte wehrt verächtlich ab. »Ah was! Is ja net wert, daß mans nachsagt! Is ja die hellichte Dummheit, was die Karfreitaratschena drunt verzähln!«

Franz will es ungestüm wissen. »Was is nachher dees?«

Der Schiermoser muß lachen.

»Daß du und d' Rosel mitanand versprocha seids! Daß's bald Hochzat machts!«

Franz wird einen Augenblick ganz kreidebleich. Dann schießt ihm abermals brennende Röte ins Gesicht.

»Ja... und...?«

Er schaut unsicher auf Rosalie.

Die steht gleich ihm mit heißem, brennrotem Kopf da.

»Und... was wirds lang ›und‹ sein!« sagt sie rauh. »Des wißts es ja, daß i scho oan hab, an Hochzeiter! Da gibts koa Und und koa Aber. Bloß dei Muatta sollt net 's Troad scho dreschn, bevors g'maaht is, moan i.«

Damit geht sie an die Stalltür, öffnet das Gitter, läuft rasch hindurch und hinein ins Haus, hinauf zur Rätin.

Die alte Dame liegt auf dem Sofa in Weinkrämpfen, und Tante Adele bemüht sich, ihr Linderung zu verschaffen.

»Es ist ein Skandal!« wimmert die Rätin. »Es ist unerhört! Wenn das der Assessor erfährt!«

»Na ja, dann erfährt er's halt«, entgegnet Adele gleichmütig. »Übrigens erfährt er's sicher nicht. Wer soll's ihm denn sagen? Und rauskommen tut der sicher nicht nach Berganger. Davor sind wir sicher.«

Die Rätin schluchzt wie ein Kind.

»Daß ich eine solche Schande erleben muß! Läuft mir das Mädchen als Braut Tag für Tag mit diesem Burschen herum, läßt sich von ihm duzen und tut, als wäre sie seine... seine... Magd... oder... seine Geliebte! Die Schande! Das Unglück!«

Rosalie steht schon eine Weile an der Tür. Jetzt tritt sie vor.

»Ja, was gibt's denn? *Was* ist eine Schand? *Was* ist ein Unglück? Daß ich drunten mithelfe? Daß ich gut auskomm mit dem Vater und den Kindern? Daß ich ein bißl Lieb empfinde für den Franzl? Mein Gott, Mama! So arg ist doch das Unglück nicht! Was ist denn dabei? Und außerdem ist mir der Franzl viel, viel wertvoller und lieber als mancher Stadtherr!«

Die Rätin schreit auf. Aber Tante Adele drückt ihr eine kalte Kompresse aufs Herz.

»Na, na, na, Schwägerin. Nur nicht gleich so aufgeregt. Nur Ruhe! Ich muß schon auch sagen: Ein gar so großes Unglück wär' es sicher nicht, wenn Rosalie statt ihres adeligen Verlobten den reschen Burschen...«

»Um Gottes willen! Adele! Kein Wort weiter!« ruft die Rätin und vergißt ihren Herzkrampf. »Meine Tochter und ein Bauer! Mein Gott! Wenn das meine armen Eltern erlebt hätten!«

»Dann wärns um vieles leichter gstorbn, glaub ich«, entgegnet ihr Adele lächelnd, »denn dann hättens doch wenigstens die Hoffnung mit ins Grab gnommen, daß es dem Mädl sein Lebtag nicht schlecht geht.«

Die alte Dame hält sich die Ohren zu.

»Mein Gott, mein Gott! Was redest du! Die Schande! Die Schande!«

»Schande!« sagt Adele verächtlich. »Schande. I weiß net, was mehr Schand is: wenn die Rosel als die Frau Gemahlin eines leichtsinnigen Adligen Schulden machen müßt, oder wenn sie als angesehene Bäuerin über fünf, sechs Knechte und über grad soviel Mägd 's Regiment führn könnt! – Ich will ja dein'm Assessor gwiß nix weg tun. Aber, wie gesagt: Wenn der Fall eintreten tät, daß der Franzl die Rosel...«

»Niemals!« ruft die Rätin in höchster Erregung. »Niemals!

478

Solange ich ein offenes Auge habe, gilt unsere Tradition!«
Rosalie steht wie mit Purpur übergossen da und weiß keine
Antwort, keine Gegenrede, keinen Trost für die Mutter . . .
für sich selber . . .
Und Tante Adele ist plötzlich so grausam gegen die alte
Dame; so ohne jegliches Mitleid und Verständnis für ihre
Gefühle! Sie lacht!
Lacht, daß ihre altmodischen Ringellocken über den Ohren
erzittern, und sie ruft: »Tradition! Sag doch gleich Ahnen-
stolz! – Und das gute Ding, die Rosel, soll wohl dem gan-
zen Klimbim auch noch Weihrauch streun und ihr Glück
opfern? Nein, meine liebe Schwägerin, das gibt's nicht.
Solang ich leb, nicht. Ich weiß genau, was dein Mann, mein
Bruder, Gott hab ihn selig, aufm Todbett gsagt hat zu
mir: ›Adele‹, hat er gsagt, ›Adele, gib mir aufs Roserl
acht. Schau mir auf die Kleine. Laß mir keine Marionette
draus machen. Keine Jammerliesl! Sorg du, daß was
Gscheits draus wird aus ihr. Und aus den andern. Schaug,
daß jede ihr Glück macht‹, hat er gsagt. Bsonders d'
Roserl. Also. Bsonders d' Roserl. Was willst denn eigentlich? Was kommen muß, kommt ja doch. Und der ihr auf-
gsetzt is, den kriegts.«
Aber die Rätin will nichts hören. »Nein, nein, nein!« ruft
sie ein übers andere Mal aus. »Und ich dulde es ganz ein-
fach nicht! Rosalie ist die Braut des Assessors, heiratet den
Assessor und reist im übrigen am Mittwoch mit mir ab!
Soo. Wir wollen sehen, wer hier zu reden hat. Das fehlte
mir noch! Meine Tochter mit einem Bauern . . .«
Sie steht energisch auf und will an die Tür.
Aber mit einem Schmerzensruf sinkt sie wieder aufs Sofa
zurück. Ihre Gicht!
Schon die ganzen Tage her hatte sie Schmerzen gehabt.
Aber jetzt, auf einmal, überfällt sie das Leiden mit Gewalt.
Und so bleibt ihr nichts anderes übrig, als gebieterisch zu

sagen: »Geht. Ich will allein sein!« und darnach wieder weiter zu weinen.

Also verlassen die beiden das Zimmer, Adele vergnügt und selbstzufrieden, Rosalie gedrückt und elend.

Denn sie weiß selber am besten, wie es um sie steht.

Was die Schiermoserin einmal im Kopf hat, das muß sie auch ausführen.

Und da sie einen großmächtigen Zorn auf ihre Sommerfrischler, einen tiefen Groll über die Rätin und ihre Tochter im Herzen hat, so muß sie demselben Luft machen.

Gleich auf der Stelle.

Es nützt gar nichts, daß Franz und der Bauer ebenfalls durch den Stall ins Haus gegangen sind und nun der »narrischen Alten« die Leviten lesen; sie macht die alte Rätin nun einmal verantwortlich für allen Ärger; ist davon überzeugt, daß sie ihre Tochter bloß zu dem Zweck nach Berganger gebracht hat, um sie zur Schiermoserin zu machen, und sie muß derselben sagen, was sie sich über sie denkt.

Also rennt sie geraden Wegs hinauf zur Rätin und steht unversehens mitten in deren Stube.

Die alte Dame liegt immer noch leise weinend auf dem Sofa.

»I hab epps z' reden mit enk!« sagt da die Schiermoserin.

Die Rätin fährt in die Höhe: »Frau Schiermoser?!«

Die Bäuerin schluckt ihr wildes Herzklopfen hinunter.

»I frag enk, obs ös koan andern Hochzeiter nimmer gfunden habts für enka Deandl als wia mein Buam?«

»Waas? Was sagen Sie?«

»Obs ös koan andern nimmer gfunden habts zum Heiratn für enka Rosl als wia mein Buam, hab i gfragt!«

Sie steht da, die Bäuerin, wie ein Posaunenengel des Letzten Gerichts.

»Was sagen Sie da? Meine Tochter und Ihr Sohn sollten . . .? Ja, aber das ist ja gerade die Ursache . . .«
»Was für a Ursach is dös?« fährt ihr die Schiermoserin
wild dazwischen. »Dees is überhaupts koa Ursach net!
Habts mi verstanden? Überhaupts koane! Indem daß i
dees ganz oafach net geduld! Indem daß dees a Niedertracht is! Dees is der Dank dafür, daß ma enk herfuattert
den ganzen Sommer über; daß 's oan 's Haus ausschnuf-
felts und den eigna Buam seine Leut abspensti machts!
Eingfadlt habts'n, und enka hoamtuckischs Madl, enka
Rosl, wollts eahm ohänga als Bäuerin! Aber oha! I bin
scho aa no da! I schiab enk an Riegel für die Tür! Dees
glaab i! Dees war freili a gmaahte Wiesen für enk! A reicher Bauernbua und a scheena Hof! Naa, mei Liabe! Da
werd nix draus. Da schaugts enk nur wo anderscht um. A
anderna Muatta hat aa a liabs Kind. Aber mir zwee ham
ausdischbetiert mitanand. Es ist mir liaber, ös schaugts enk
wo anderscht um zwegn der Sommerfrischn. Bei mir is koa
Platz nimmer für enk, daß ihrs wißts.«
Sie setzt nicht ein einziges Mal ab in ihrer Rede; sie sieht
nicht das Entsetzen, die starre Verwunderung der Rätin;
sie läßt sie auch nicht zu Wort kommen, da die alte Dame
ihr versichern will, sie sei unschuldig an dem Verbrechen,
dessen man sie hier zeihe!
»Aber, liebe Frau, ich bin doch selbst ganz der Ansicht, daß
es ausgeschlossen ist, daß meine Rosalie . . .«
»Dees is mir ganz wurscht, was daß ös für a Ansicht
habts. I sag enk grad so viel und net mehra: Solang i a
offens Aug hab, kriagt mir der Hof koa anderne Bäuerin
als wia dee, dee wo mir paßt. Und es is mir liaber, ös ver-
schwindts bald wieder. Soo. Gredt hab i.«
Und damit ist sie auch wieder draußen. Die Rätin ist so entsetzt und vor den Kopf geschlagen, daß sie sich überhaupt
erst besinnen muß, wo sie ist und was eben war.

Erst allmählich formt sich in ihr das Chaos zu einem Ganzen.

Also, diese verrückte Person, diese Schiermoserin, glaubt tatsächlich, daß sie, die Rechtsrätin Scheuflein, ihre Tochter an diesen Sohn, diesen Klotz, diesen Bauern verschachern wollte!

Sie muß trotz Gicht und Ärger lächeln.

»So was kann nur einem Bauerngehirn einfallen! Aber...«

Sie wird wieder ernst.

»Das kommt davon, weil dies leichtfertige Mädel Tag für Tag bei dem Burschen steckt! Ihm am Ende gar den Kopf verdreht! Schauderhaft! Wenn das der Assessor wüßte...!«

Sie beginnt, trotz ihrer Schmerzen, in der Stube auf und ab zu humpeln.

»Das hat man nun davon. Am besten ist es, wir reisen so rasch als nur möglich ab. Dann wird gleich Ruhe sein.«

Bei diesem Gedanken wird auch sie selber wieder ruhiger, erinnert sich ihrer Gicht und legt sich seufzend wieder aufs Sofa.

Indes die Schiermoserin drunten in der Kuchel werkt wie ein Gockel, der eben seinen Gegner flügellahm gemacht hat.

10

Andern Tags. Es mag so gegen drei Uhr morgens sein.

Die Schiermoserin steht sonntäglich angekleidet in ihrer ehelichen Schlafkammer und überrascht ihren Gemahl mit dem Morgengruß: »He du! Daß d' es woaßt, i fahr heunt auf Reisertal ume. – Werds scho firti werdn ohne mi. Habts ja a so die ganz Gscheite da – enka Stadtmadam!«

Der Schiermoser vermeint, er hätte nicht recht gehört, dreht sich ein paarmal hin und her, wischt sich mit der

Hand über die Augen und sagt: »Jetzt hat mir traamt, glaab i.«

Aber die Bäuerin läßt ihn nicht aus den Zähnen.

»Daß i auf Reisertal umefahr, hab i gsagt!« wiederholt sie. »Da braucht dir gar nixn z' traama! Und bals enk hungert, werd enk d' Stadtfrailein scho aufwartn! Schmeckt enk a so nimmer recht, bal i koch!«

Jetzt wird er allmählich munter, ihr Eheherr.

Und er beginnt langsam mitzudenken mit ihrer Rede.

Aber es fällt ihm keine Gegenrede ein; bloß das Wort »Rindviech« kreist in seinem Hirn herum und plagt ihn so lange, bis er es endlich laut und gewichtig ausspricht: »Rindviech!«

Und nachdem er es ausgesprochen hat, kann er weiterdenken und sich zur Frage aufraffen: »Zu was muaßt jetz du mitten in der Arnt auf Reisertal? Mitten an ein' helllichten Werktag?«

Es wird ihm aber nur der kurze Bescheid: »Halt aa. Weils mi gfreut.«

Und so muß er sich mit der Tatsache abfinden, daß heute einmal ohne die Schiermoserin hausgehalten werden soll.

Er tut's auch, sagt gähnend: »Ja no; balst moanst, du muaßt, nachher fahrst halt. I halt di net auf!«, steht langsam auf und zieht sich gemächlich an.

Dann geht er hinüber zur Schlafkammer seines Sohnes und berichtet ihm die Neuigkeit mit den Worten: »Dei Muatta muaß auf Reisertal heunt. Sie moant, ob d' Rosl net kocht. Eppan sagst es eahm. Du konnst besser umspringa mit dene Stadtleut.«

Franz ist zwar nicht wenig erstaunt, zu hören, daß seine Mutter unter der Erntezeit und noch dazu an einem Werktag fortfährt; weil aber der Reisertaler ein sehr guter Freund der Schiermoserischen ist und besonders die Weiberleut immer Leid und Freud miteinander trugen, so denkt er weiter nichts dabei und erwidert bloß: »I werds ihr sagn, der Rosel.«

Da es aber erst gegen vier Uhr morgens ist, wird ihm der Weg zur Schlafstube der Sommergäste doch hübsch sauer, und er überlegt lange, ob er nicht lieber eine von den Mägden daheim lassen soll, damit sie koche und melke und sich ums Haus kümmere.

Die Schiermoserin ist derweil drunten in das kleine Gäuwagerl gestiegen, hat sich von einem Knecht die Zügel reichen lassen und treibt nun den alten Schimmel zur Fahrt an: »Wüah! Ziag o, Alter! Werst wohl d' Schiermoserin vo Berganger no vom Fleck bringa!«

Im selben Augenblick öffnet sich in der Kammer der Großmutter ein Fenster, und die Alte streckt ihren mit einem geblümten Tuch umwickelten Kopf heraus: »Ja, was is's denn?«

»A nixn!« tönt's abweisend zurück.

»Wo fahrst denn hin?«

»Zum Reisertal.«

»Ja, warum denn dös?«

»Weils Zeit is zum Zuabaun ... bevor a Unkraut wachst auf insan Acka!«

»Moanst du dee ander?«

Sie deutet mit dem Kopf nach der Seite, wo die Sommergäste wohnen.

Die Schiermoserin nickt hastig: »Mhm. – Es kimmt ma a so vür, als wenn anorts wo a kloans Feuer auskemma waar. Und da muaß i eppan hol'n zum Löschen, bevor's z' groß werd.«

»Du moanst oane vom Reisertaler ...?«

Die Schiermoserin schlägt dem Gaul die Peitsche über die Schenkel. »Vielleicht ... Wern mir's scho sehgn ... Wüah, sag i, alter Teifi ...«

Und dahin ist sie.

Die Großmutter schaut ihr noch einen Augenblick sinnierend nach und schließt danach das Fenster, indem sie murmelt: »I hab mir's ja glei denkt! – Epps Guats ham die gar nia net im Sinn, dee Stadterer. – Aber auf insern Hof da spitzens umasinst. – Da san mir aa no da und ham a Wörtl zu reden.«

Und mit dem Seufzer: »Ha, daß denn der Franzl gar so dumm is!« legt sie sich nochmals aufs Bett.

Franz hat inzwischen immer überlegt, ob er nicht doch lieber eine Magd zum Melken kommandieren soll; da hört er die Tür der Schlafkammer Rosaliens knarren.

Im Augenblick ist er draußen und steht vor dem verlegen lächelnden Mädchen, das fix und fertig angekleidet ist und leise sagt: »Dei' Muatta is furtg'fahren, und da denk i, es könnt net schaden, wenn i a bißl dazuhilf zur Arbeit. – Wer melcht denn?«

In Franz gärt's und wurlt's: Herrgott, ist das ein Maidl! – Wär das eine Bäuerin! ...

»I hab mir denkt, d' Nanndl oder d' Lies werd scho melcha«, lügt er vor Verlegenheit, denn er weiß, daß keine von den Weibsbildern, weder von den Töchtern noch von den Mägden, gern melkt.

Aber Rosalie sagt fest: »Dees braucht's net. Nehmt's es nur mit aufs Feld naus, alle. Bloß zum Fuattern soll oans dableiben.« Und so bleibt ihm nichts anderes übrig, als mühsam die übermächtigen, närrischen Gefühle zu unterdrücken und heiser zu murmeln: »Is scho recht.«

Da sie aber so flink über die Stiege hinabtrippelt, packt's ihn aufs neue, und er ist mit ein paar Sprüngen bei ihr.

»I bleib selber da zum Füttern!« sagt er, und mit einem Gesicht, als hätte er eben zwölf Bauern unter den Tisch geschlagen, geht er in den Stall, gefolgt von Rosalie.

Und so beginnt die Rechtsratstochter diesen Tag gleich einer jungen Bäuerin mit schwerer Arbeit.

Aber nicht lange währt es, da kann Franzl sich nimmer bezwingen.

Mittendrin, während sie draußen in der Speiskammer den Rahm und die Milch verwahrt, ist er bei ihr.

»Rosel!«

»Franzl?«

»I muaß dir epps sagn!«

»Was möchtst denn?«

Sie muß achthaben, daß sie nichts aus den Schüsseln danebengießt.

Aber der Bursch weiß sich nimmer zu helfen.

Auf Ja und Nein hat er ihr die große Kanne aus der Hand gerissen, hat Rosel wild und fest in seine Arme gepreßt und in närrisch auflodernder Leidenschaft geküßt – ein, zwei, drei, ungezählte Male.

Und er nennt sie seine Bäuerin, sein liebstes Weib.

Faßt sie mit seinen Armen und trägt sie hinein in die Stube: »... Rosel ... Madl ... mei Madl ... «

Rosalie ist wie betäubt, wie von einem Traum umfangen.

Plötzlich aber besinnt sie sich – erwacht.

»Franzl! Ums Christi willen! Bist denn du narrisch wordn. I ... und ... du! – Dees gibt a Unglück, Bua! Denk an dei Muatta und denk an die mei ... und ... denk ... daß i ja scho oan ... versprocha bin ...«

Mit einem wilden Aufweinen stößt sie ihn von sich und rennt davon – hinaus in die Tenne – hinauf in den Heuboden. Aber der Bursch ist rasch hinter ihr und läßt sie nimmer aus den Händen.

Und sein Werben um sie wird immer heißer, seine Stimme immer leiser, seine Arme umschließen das erbebende Mädchen, und er hört nicht auf, zu bitten und zu betteln, bis endlich der Widerstand Rosaliens gebrochen, bis sie damit einverstanden ist, ihm anzugehören als sein liebes Weib, seine Bäuerin.

Und da die beiden endlich daran denken, ihr Tagwerk in Haus und Hof wieder aufzunehmen, da lacht ihr Mund und lachen ihre Augen.

Rosalie aber vermeint, die Sonne wär' nie schöner aufgegangen als an diesem Morgen, da der Franzl mitten unterm Füttern einen langen Juchzer ausstößt und sie danach lachend seine Madam Bäurin nennt.

Und sie denkt, es möcht wohl gut sein, mit dem kernfrischen Burschen hier zu hausen als das, was er sie lachend eben nannte: als Madam Schiermoserin von Berganger.

11

Unterdessen steigt der Tag höher, und die Schiermoserin ist bald am Ziel ihrer Fahrt.

Vor dem stattlichen Hof des Reisertaler Einödbauern hält sie den Schimmel an, steigt bedächtig und sittsam ab und führt danach das Roß gegen die Stalltür.

Da tritt auch schon der Reisertaler aus dem Haus und unterdrückt mit Gewalt seine Verwunderung und Wißbegier wegen des unverhofften Besuches.

Aber die Schiermoserin entwickelt System.

»Grüaß di Good, Vetter!« sagt sie aufgeräumt und klar wie ein frischer Bergbach. »Gell, wunderst di, daß i so unvermoant daherkimm! – Aber, woaßt, a paar Kirtasäu möcht ma uns zügln, und da will i di frag'n, obst uns net a paar Fakei hast oder woaßt.«

Und sie schirrt dabei den Schimmel aus, als ob es selbstverständlich wäre, daß hier Mensch und Vieh eine freie Gaststätte bekommen können zu jeder Stund – führt ihn in den Stall an einen leeren Roßstand und wendet sich wieder an den ihr folgenden Bauern: »Sakra – aber sauber hast dein Stall beinand! – Scho so sauber, daß's a wahre

Freud is! Dees scheene Viech! Und so foast oans wias ander! – Hast no tragade aa dabei?«

Sie tritt hinter die lange Reihe wohlgenährter, gleichfarbiger Kühe.

»Aha. Jawoi. – Vo dera werst eppa bald 's Kaibe kriagn ha? – und die da tragt aa nimmer lang, wähn i. – Aha. Bis in a vierzeha Täg, sagst. Aha. – Und enkan Bummel habt's aa no alleweil. Aber die zwo Ochsen, moan i, san neu, gell?«

Der Reisertaler gibt ihr bereitwillig auf alle Fragen Antwort.

Ist er doch selber ganz vernarrt in sein Vieh! Gilt er doch rings umher im ganzen Gau als der reichste und beste Bauer, dessen Stall und Scheune als ein Muster bekannt sind weit und breit! Während sie nun so schwatzen, kommen sie auch zurück zu den Schweinen, und die Schiermoserin beeilt sich, dem »lieben Vetter« nochmals ihre Bitte wegen der Ferkel vorzutragen.

Da geht die Stalltür, die nach dem Hausflöz führt, hastig auf, und herein kommen nacheinander unter lauten Ausrufen der Verwunderung und Freude die alte Reisertalerin, ihre älteste Tochter und ihre jüngste.

Ihre mittlere ist bereits seit Jahresfrist irgendwo in der Nähe eine schwere Bäuerin.

»Ja, Basl! Was für a Wind hat denn di heunt zu ins herg'waaht? Werd do – wie Gott will – a guata sei?«

Sie sind sehr fromm, die Reisertalerischen.

Die Schiermoserin begrüßt jede einzelne sehr umständlich und herzlich, bewundert das gute Aussehen aller, sagt ihnen so viel Lob und so viel Hübsches, daß jede sich selbst wie ein gottbegnadetes höheres Wesen vorkommen würde, wenn sie es aufmerksam anhören und überdenken wollten – und berichtet auch ihnen endlich den Zweck ihres Herkommens.

Dabei läßt sie es willig geschehen, daß man sie aus dem Stall führt und in die Eßstube geleitet und daß man ihr eine Schale guten Kaffees vorsetzt nebst einem frischgebackenen Hefenkranz. Und sie lobt das gute Gebäck und fragt, wer es zuweg gebracht hätte.

Die Reisertalerin senkt demütig die Augen: »Gell, schmeckt er dir, der Kranz? Insa Marai hat'n bacha. Ja, ja. Sie kocht überhaupt recht guat, insa Marai.«

Und abermals senkt sich ihr Blick nach einem kurzen, frommen Augenaufschlag; denn sie hat dies so in der Gewohnheit. War sie doch lange Jahre Mesnerin gewesen in der Wallfahrtskirche Unserer Frau vom Reisertal und hat dabei gelernt, wie man die Lider heben und senken muß, um dem lieben Herrgott wohlgefällig und dem Herrn Pfarrer angenehm zu sein.

Der Schiermoserin freilich erscheint es im stillen höchst überspannt und sogar recht dumm, daß die Base, wie man sie kurz nennt, sogar dann so heilig dreinschaut, wenn sie von ihren Hühnern und Säuen erzählt, und daß sie jetzt kein Blaukraut mehr pflanzt, weil ihr auch heuer wieder die Deixelsraupen alles, Butz und Stiel, zusammengefressen haben.

Auch die eine von den Töchtern hat schon dies fromme Senken und Heben des Blickes; die Schiermoserin schließt daraus, daß sie wahrscheinlich jetzt in Diensten Unserer Lieben Frau steht und gewiß viel eher zu einer Nonne als zu einer Bäuerin taugt.

Sie betrachtet also um so aufmerksamer die jüngste, das Marai.

Denn sie will nicht nur ein paar Ferkel für die Kirchweih, die gute Schiermoserin, sondern auch eine Hochzeiterin für den Franzl.

Bevor ihn dieses Weibsbild – diese Stadtmamsell, noch ganz kopfscheu macht!

Bei dem Gedanken an Rosalie steigt wieder die ganze Abneigung und Verachtung gegen alles Städtische und ganz besonders gegen ihre Sommergäste in ihr auf.

Und sie kann nicht anders, sie muß anfangen, davon zu reden und sich bitter über sie zu beklagen.

Ganz allgemein beginnt sie. Aber sie redet sich immer mehr in ihren Zorn hinein und wird zu guter Letzt so ausfallend gegen die Tochter der Rätin, daß die Reisertalerin samt ihren Töchtern gar bald weiß, woher der Wind weht.

Nun ist es aber schon längst der stille Wunsch der Reisertalerin, der Franzl möcht einmal um eine oder die andere anhalten von ihren Mädchen.

Da käm ihnen so eine Stadtdocke grad recht! Schau, schau! Um den Schiermoserhof tät sich so ein landfremdes Frauenzimmer bewerben wollen! Sonst nichts mehr?

Der Reisertalerin wird ganz warm bei dem Gedanken daran.

Sie vergißt ganz, ihre Augen zu senken, und kann es im Sitzen kaum mehr erleiden.

»Geh, Schiermoserbasl!« sagt sie aufstehend. »I hätt a kloane Frag an di! Magst net amal a bißl mit mir in d' Höch auffe geh?«

Grad will die Schiermoserin, nachdem sie ihren Kaffee bedachtsam ausgelöffelt und mit dem letzten Kuchenbrokken die Brösel sauber zusammengelesen und mitgegessen hat, dem Basl vollends ihr Herz ausschütten und daran anknüpfend ein wenig auf den Busch klopfen wegen einer Verbindung ihres Sohnes mit dem Marai – da kommt die Bitte der Reisertalerin.

»Herrvergeltsgott«, denkt da die gute Schiermoserin. »Es steht guat um mein Habern! I moan, i mach heunt no a paar Hochzatleut!«

Und sie folgt bereitwillig der andern über die Stiege hin-

auf, bewundert die Sauberkeit des Hauses, den Blüten-
reichtum der Blumenstöcke und die Pracht der Einrichtung
in der Künikammer.

»Schee hast es beinand, dei Sach!« sagt sie immer wieder.
»Wirkli schee, des muaß ma sag'n. – I wollt, i kriagat amal
a Schwiegertochter eina ins Haus, die ihra Sach a so beinand hätt wie du und deine Dirndln!«

Die Reisertalerin lächelt ihr frömmstes, demütigstes
Lächeln. »Mei, derfst dir ja grad oane außasuacha, die wo
a so is«, meint sie; »waar oft a diam oane froh, bals in an
scheen' Hof eine kaam . . .«

»Ja ja. Dessell scho . . .«, entgegnet die Schiermoserin.
»Aber so sauber, wie's ös enka Zeugl beinand habts, a so
find't man's nimmer landauf und landab. Woaßt – so a
deinige Tochter . . . wie eppa dei Marai . . . woaßt – dees
war scho ehander eppas. Da wüßt ma halt, daß ma sei Sach
neamd unrechten net gaab . . . Gar bei enkana Marai . . .«

Die Reisertalerin senkt ihre Augen immer tiefer und hebt
sie danach, wie wenn sie etwas suchen wollte, was droben
in der Weißdecke verborgen ist.

Und dann seufzt sie: »Ja no. A bravs Deandl is's ja aa, insa
Marai. Und schiach is's aa net. Und notig dran is's wieder
net. – Der wo dee amal kriagt, der derf unsern Herrgott
alle Tag auf dee Knia danka . . .«

Die Schiermoserin hat ihr bei jedem Satz Beifall zugenickt;
da aber die Base den letzten ausspricht, zuckt sie doch zusammen. Ihr Sohn, der Franz, müßt sich auf den Knien . . .
Wegen des Reisertalergelds! – Und wegen dieser Aussteuer! Oder etwa wegen des Frauenzimmers, der Marai!
Wahrhaftig, die Schiermoserin fühlt sich beinahe versucht,
der Reisertalerin eine grobe Antwort zu geben.

Beinahe. Denn zum Glück fällt ihr bei dem Gedanken
»Frauenzimmer« eine andere ein. Die Rechtsratstochter!
Dieses andere Frauenzimmer!

Nein, bevor sie ihrem Sohne die läßt, schluckt sie lieber die bittere Pille dieser Betschwester hinab.

Sie bindet sich nervös das seidene Kopftuch fester und streicht sich die Haare über den Ohren mit dem angefeuchteten Finger zurück. Dann schluckt sie ein paarmal und fragt danach interessiert: »Habts eppa scho oan auf der Seitn für sie?«

Die Reisertalerin tut plötzlich unwissend.

»Was, ›oan‹?«

»No – an Hochzeiter!«

»Für wen?«

Die Schiermoserin muß ans Fenster treten, so sehr ärgert sie diese Frage.

Trotzdem antwortet sie sehr sanft: »Na, für enka Marai, moan i!«

Die Reisertalerin lacht ein mitleidiges Lachen.

»Ja so. Für dee. Ah mei! Grad gnua kunnt' ma habn! – Ja – mehra wia gnua! – Aber an jeden mag ma net. – Und bal oana oft no so viel Geld und Sach hätt! – Mir denkan ins alleweil: Es hat no Zeit. Dee kimmt no leicht wo zuawe. Werd scho amal der rechte kemma . . .«

Jetzt wendet sich die Schiermoserin wieder der Base zu.

»Woaßt, Basl – i wissat dir scho den rechten!« meint sie.

Aber die Reisertalerin hört schlecht.

»Wenns heunt net ist, is's vielleicht morgn oder übermorgn«, fährt sie langsam im Tone absoluter Gleichgültigkeit fort; »wia i sag: Es hat ja no Zeit damit.«

Die Schiermoserin kennt sich aus. Von der Seite ist ein Angriff aussichtslos.

Darum pflichtet sie plötzlich der andern ganz ernsthaft bei.

»Da hast aber aa recht!« meint sie. »Sie is ja no jung, enka Marai. Ja, ja. Ganz recht hast. I sag aa alleweil a so zu insn Franzl. Es pressiert net. Gar net. – Aber no, amal muaß's schließli do sei. – Und bal dees mit der Resl vom Burgermoaster vo Frauenreut a so furtgeht, nachher moan i scho, daß's bald amal eppas werdn kunnt. D' Sach is schee, Geld is aa grad gnua da – und sie is ja nur sauber! Nur sauber! – Und ganz narrisch auf eahm. Woaßt, ganz narrisch! – Aber . . . insa liabe Zeit! I schwatz da und schwatz – und muaß do wieder hoam zu meiner Arbat! – Geh, sags eahm, an Vetter, daß er mir glei a paar Fakei einpackt in a Kirm oder in an Sack! I nimms do lieber glei selber mit hoam! Nachher hab i s' dahoam.«

Und sie richtet sich plötzlich so geschäftig zum Gehen, daß die Reisertalerin kaum mehr Zeit findet, die Schränke und Schubladen wieder abzuschließen.

Sie ist heftig erschrocken, da die Schiermoserin so mittendrin die Geschichte mit der Bürgermeisterstochter erwähnt; und nun, da die Base auch noch so schnell vom Gehen spricht und so eilig tut, wird ihr ganz übel vor Angst. Es wird doch nicht die ganze Handelschaft in die Brüche gehen wegen ihres Geredes.

Sie könnte sich die Zunge abbeißen vor Zorn über sich selber.

Und sie nimmt den sanftesten Ton zur Hilfe, da sie sagt: »Ja, was waar denn jetzt dees, Basl! Werst do net scho davonlaufa! Daß's dir denn auf amal gar so pressiert? – Es werd di do net am End eppas g'ärgert habn?«

Aber die Schiermoserin lacht bloß lustig, beteuert, daß sie sich gewiß über nichts geärgert hätte, bedankt sich nochmals für alles und schickt sich wirklich zum Gehen an.

Damit aber hat sie das erreicht, was sie wollte: die Reisertalerin sieht im selben Augenblick, wo ihr der Hochzeiter für ihre Tochter sozusagen noch unter den Fingern weggezogen wird, erst ein, was er wert ist.

Und sie beginnt, um ihn zu kämpfen mit den Waffen, die ihr gegeben sind.

Also gibt sie sich scheinbar damit zufrieden, daß die Schiermoserin wieder einspannen läßt.

Aber sie flüstert im Vorbeigehen ihrer Tochter Marai zu: »Leg dei Feirta'gwand o und fahr mit!«, und dann geht sie zu ihrem Bauern in den Stall, läßt ihn die Ferkel aussuchen und in einen Korb stecken und versäumt dabei nicht, ihn flüsternd von ihrem Hoffen, ihrer Furcht und ihren Plänen zu unterrichten.

Die Schiermoserin hat derweil noch mit der älteren Tochter eine kleine Abschiedsunterhaltung gepflogen, ihren Schimmel eingespannt und tritt nun in den Stall, um nach den Ferkeln zu schauen.

Da bringt ihr der Reisertaler schon den Korb, zeigt ihr die beiden feisten Tierchen und wünscht ihr alles Glück dazu, indem er meint: »Und zwegn der Zahlung werdn mir scho einig, der Schiermoser und i. I brauch so an Saamawoaz a paar Zenten. Da werdn mir nachher scho gleich mitanand.«

Die Schiermoserin gibt sich nach dem üblichen Sträuben damit zufrieden und verabschiedet sich von ihm.

Die Reisertalerin aber eilt noch geschwind in den Hühnerstall und bringt der Base in der Schürze zwölf Bruteier als Aufmerksamkeit.

»Du kannst mir nachher gelegentli amal a paar von deine Schopfhenna gebn«, meint sie. »Und d' Marai kann vo mir aus mit dir umafahrn, daß dir mit dee Fakei nix passiert. Werd dir scho recht sei. Dei Franzl kanns ja morgn wieder umabringa, bal er Zeit hat.«

Aha! Der Weizen blüht schon!

Die Schiermoserin reibt sich in Gedanken schon die Hände. Aber sie versichert doch, daß sie auch allein ganz gut zurechtgekommen wär'. Da aber das Marai sich so schön angezogen hätt' und schon so lieb wär' und sie begleiten wollt', so hätt' sie natürlich nichts dawider! Im Gegenteil!

Es wär' ihr eine Ehr', daß sie dem Marai ihr armseliges Hauswesen zeigen dürft' und ihre paar Habseligkeiten.

Und nach den gebräuchlichen schönen Redensarten, die bei Bauern ebenso gepflogen werden wie bei den Stadtleuten, nimmt sie endlich Abschied und fährt mit Marai und den Säulein davon, im Herzen frohlockend über das gewonnene Spiel.

Und sie denkt: »Jetz kanns geh', wie's mag; insa Sach steht auf an guten Grund. Jetz legn wir zu insane Taler a paar Sackl voll Reisertaler – und 'm Buam gebn mir a saubere Bäuerin ... und dera Stadtgesellschaft gebn mir an Fußtritt ...«

Bei diesem letzten Gedanken stampft sie mit dem Fuß auf, und ihre Peitsche saust klatschend dem Schimmel über den Rücken, so daß er unwillig einen Sprung macht.

Danach aber setzt er sich in einen gemütlichen Trab und bringt die beiden Weiberleut, die sich bald aufs beste unterhalten, rasch und sicher nach Berganger und an die Stätte, die dem Marai eben vorbestimmt wurde als Heimat und irdisches Paradies.

12

Es ist gerade um die Vesperzeit, als die Schiermoserin mit ihrem Fuhrwerk und ihrer Begleiterin daheim anlangt.

Ihr Sohn, der Franz, steht eben mit Rosalie unter der Haustür und lacht und scherzt und bettelt um eine kleine Gunst, als der Schimmel gemächlich in den Hof trabt.

Da will der Bursch eilends hin und seiner Mutter beim Ausspannen helfen, aber auf halbem Wege bleibt er stehen und starrt in den Wagen, indem er murmelt: »Jessas, d' Marai! Was möcht denn die da?«

Doch die Schiermoserin läßt ihm nicht viel Zeit zum Sinnieren. Sie schwatzt ihm mit schier unnatürlicher Lebhaftigkeit von den Ferkeln vor, von ihrem Besuch und vom Marai.

Indes Rosalie einen unsicheren Blick auf die Reisertalertochter wirft und danach eilends wieder ins Haus geht und sich eine Arbeit sucht.

Draußen sagt grad der Franzl ein wenig hölzern: »Soo, hast ins aa amal hoamgsuacht, Marai?«

Worauf ihm seine Mutter ins Wort fällt: »Dees siechst ja! – Red't der Bua no dumm daher! Hilf ihr liaber a bißl aus'm Wagl außa! Stehst da wie a hölzerner Wandheiliger und rührst di net!«

Das Marai lacht hell und geziert und meint dann: »Laß nur, Franzl, i kimm scho alloans aa abe aufn Bodn. Hinab gehts leichter wia herauf!«

Die Schiermoserin tut wichtig: »Ja, ja, a diam scho! Aber a so a bravs Madl wie du braucht net von *abe*kemma z'redn! Dees kimmt, solang's lebt, alleweil no besser *auffe*! Gar, bals eahm oan nimmt, der wo rechtschaffa is! An bravn Mo und an richtign Bauern. – Der nachher aa no so viel goldene und silberne Pflastersteo auf der Seiten hat, daß er, wenn's grad nöti is, a paar Löcher zuamacha kann, durch die der Hof eppa aberutschen kunnt.«

Ihr Sohn hat derweil das Marai ruhig allein aus dem Wagen steigen lassen; nun sagt er bloß kurz: »Weibergwasch!« und weist danach den Schimmel in den Stall.

Die alte Großmutter las eben droben in ihrer Kammer still in ihrem Andachtsbuch.

Da sie aber ihre Tochter kommen hört, steht sie so rasch, als es ihre alten Knochen erlauben, auf und begibt sich hinab zu ihr und der »Hochzeiterin«.

Schöne Reden kreuzen sich wieder, die Schiermoserin gießt dem Marai ein Glas Met ein, und die Alte kann das schöne Haar, das frische Rot des Gesichts und das hübsche

Blau des Gewandes von dem Maidl nicht genug bewundern.

Bald ist das Gespräch da, wo man es haben will, und man begibt sich hinauf in das obere Stockwerk des Hauses.

Nur der, den's eigentlich angeht, und der, dem's recht sein muß, daß eine Reisertalertochter Schiermoserin wird – die beiden sind nicht da.

Der Bauer selber ist mit seinen Leuten auf dem Feld; Franz aber hat sich lautlos aus dem Stall davongemacht und sitzt nun hinter dem Holzschupfen, wo er etwas am Sattelzeug der Rösser flickt.

So kommt es, daß die Schiermoserin mit ihrer Mutter ganz allein für die Unterhaltung Marais sorgen muß und daß sie nicht Zeit hat oder auch gar nicht daran denkt, für die Leute zu kochen.

Die Schiermosertöchter sind gleich den andern auf dem Felde, und es möchte wahrscheinlich übel aussehen mit der Abendsuppe für Mensch und Vieh, wenn nicht Rosalie, trotz ihres seltsam unruhigen Gemüts, für den Rest des Tages die Bäuerin machte.

So aber versorgt sie wieder den Stall, trägt die Eier ab, sperrt die Hühner ein und richtet danach den Mehlschmarren und den Apfeltauch. Ihre Mutter, die Rätin, liegt derweil droben in ihrer Stube schwer gichtkrank und wird von Tante Adele gepflegt.

Das heißt, die Schwägerin braucht alle ihr zu Gebote stehenden Mittel, um die Rätin davon zu überzeugen, daß doch alles in der Welt so kommen werde, wie es eben vorbestimmt sei.

Man könne höchstens im Fall, daß es sich um irgendein Glück drehe, dies Glück ein wenig korrigieren. Und dies tue sie auch, fügt sie in bestimmtem Tone bei, trotz aller Zustände und allen Sträubens der Schwägerin!

Mittlerweile wird es Abend. Das Gesinde kommt hungrig

heim, setzt sich an den Tisch, und der Schiermoser pfeift seinem Eheweib und Franz zum Essen.

Rosalie trägt wie mittags selber das Essen auf und sagt genau, wie sie es gewohnt ist von der Schiermoserin: »Vater, tua bet'n, ogricht is.«

Und da die Bäuerin endlich daran denkt, daß es Essenszeit ist – da sie sich durch den Pfiff des Bauern plötzlich wieder in die Wirklichkeit des Alltags versetzt sieht, nachdem sie sich den ganzen Tag in ihre ehrgeizigen Pläne hineingesponnen hatte –, da findet sie drunten in der Eßstube bereits alles einträchtig beieinander sitzend, mit vollen Backen essend und sich lustig unterhaltend.

Und Franz, für den sie eben die Hochzeiterin zur Tür hereinbringt, sitzt lachend neben der Stadtjungfer und tut, als wäre er seit Jahr und Tag mit ihr verheiratet!

Und er selber, der Schiermoser – er sitzt zur Rechten dieses Weibsbildes, lobt ihre Kochkunst, ihre Tüchtigkeit und sagt vor dem ganzen Gesinde: »Guat hast dei Sach' g'macht, Bäuerin! Da brauch' ma die Alt' gar nimmer, bals du alleweil dableibst!«

So eine Niedertracht!

Wie mag's dem Marai zumut sein!

Aber die läßt sich nichts anmerken.

»Aha, eßt's scho«, sagt sie bloß, »bals erlaubt is, nachher gehn mir aa a weng zuawa.«

Und damit geht sie mit der Schiermoserin, die vor Wut ganz blaurot im Gesicht wird und gar keine Worte mehr findet, in die Stube.

Rosalie beeilt sich, noch zwei Löffel aus der Tischlade zu nehmen, und sagt: »Ruckts z'samm da drent und laßts mich aa hin, daß sich der B'such und d'Bäuerin auf eahnan Platz hinsetz'n können!«

Aber Franz befiehlt ihr ganz energisch: »Du bleibst, wost bist!« und läßt sie nicht von seiner Seite.

Der Schiermoser dreht sich halb um auf seinem Sitz, schaut auf die Reisertalertochter und sagt: »Ja, was is dees? D' Marai! – Hock di nur zuawa, Marai. Is scho no a Platz auf der Bank.«

Auf die Bank zu dem Dienstvolk läßt er sie sitzen!

Die Schiermoserin droht der Schlag zu treffen.

Und sie kann nicht anders, sie muß sich dreinmischen: »Freili! Auf d' Bank! Nix da! D' Marai sitzt si neben 'n Franzl, daß d' es woaßt! D' Sommerfrischlerin g'hört a so net an Tisch her!«

Leider hat ihre Rede gar keinen Erfolg, außer diesem, daß Franz erwidert: »Wer kocht hat, ißt aa mit. Und wen i neben meiner sitzen lass', der sitzt neben meiner. – Gell, Marai, du hast scho Platz da, neb'n der Liesl!«

Freilich hat sie dort auch Platz!

Mit süßsaurem Lächeln beteuert sie es.

Aber gutmachen kann er diesen Fehler nie mehr!

Und wenn sie zehnmal Schiermoserin werden sollte!

Nachtragen wird sie es ihm, solange er lebt, daß er sie einer Städtischen zulieb auf den Gesindeplatz genötigt hat – grad an dem Tag, an dem sie gekommen war, sich und ihre Geldsäcke ihm anzutragen!

Dasselbe denkt auch die Bäuerin.

Und es ist ihr unmöglich, auch nur einen Bissen zu genießen, schon weil es die da gekocht hat!

Daß der Alte auch noch mittut bei der Lumperei!

Aber gnade Gott!

Dem wird sie es heut abend schon hinsagen!

Der erhält seinen Landler!

Der Rüpel! Der Tropf, der alte!

»Geh weiter, Marai!« sagt sie sehr freundlich zu ihr. »Geh mit mir auße, nachher koch' ma ins selber epps. Werd z'erscht recht epps G'scheits sei, was die z'sammkocht ham.«

Doch leider geht es ihr auch mit dieser Rede nicht sonderlich gut.

Denn einstimmig wird ihr von allen, ja sogar von den Töchtern, versichert, daß man noch nie einen so guten Schmarren gegessen hätte – und dann will Marai plötzlich »gern« da sitzen bleiben, nimmt den Löffel zur Hand und versucht die Kunst dieser Person, die alle miteinander rein verhext hat!

Ja, Marai betrachtet es plötzlich als eine heilige Mission, Franz wieder aus dem Bann dieses Weibsbildes zu erlösen!

Und sie beginnt damit sofort, indem sie sagt: »No – hoaklig seids ös net! Bei ins dahoam essat ma an solchen Schmarrn net! Bei ins werd er scho besser g'macht! – Wer hat 'n denn kocht?«

Jetzt wird es wohl kommen, das, was ihr und der Schiermoserin Musik in den Ohren ist!

Aber nein, es kommt nicht!

Denn Franz sagt ganz kurz und sachlich: »Dees is gleich, wer 'n kocht hat. Ins schmeckt er. Wie daß 'n ös kochts, dees is uns gleich.«

Und der Schiermoser ißt gerade jetzt, als hätte er schon seit drei Tagen nichts mehr gehabt, und sagt dabei: »I woaß 's net, mir schmeckt er recht guat. Recht guat. Wahr is's!«

Freilich, Rosalie fühlt sich nicht wohl in dieser Stunde.

Aber ringsum sieht sie Mienen, die ihr wohlgewogen zulächeln – sie spürt den Druck der Finger des Jungen und hört den Lobspruch des Alten – da weicht ihr unbehagliches Gefühl doch wieder einem angenehmeren.

Immerhin ist sie froh, als der Bauer seinen Löffel ans Tischtuch wischt, das Zeichen zum Aufstehen gibt und das Tischgebet hersagt.

Das Geschirr trägt sie nicht mehr hinaus.

Sie bittet Barbara, die eine Tochter, darum und begibt sich sogleich hinauf in ihre Stube.

Nun erst wird dem Mädchen schwer ums Herz. Dazu macht sich doch eine große Müdigkeit und Abspannung bemerkbar, so daß sie sich kurzerhand entschließt, zu Bett zu gehen.

Und also sucht sie ihr Lager auf und gibt keine Antwort mehr, als Franz nach einer Weile unter ihrem Fenster steht und ruft: »Roserl! Roserl! Geh no a weng außa! – I muaß dir was sag'n!«

Aber sie weint ihre ersten heißen Tränen in die Kissen des Schiermoserbetts.

Nachdem an diesem Abend das Gesinde Feierabend gemacht und auch der Schiermoser sich auf die Hausbank gesetzt hat, tritt die Reisertalertochter hinter der Schiermoserin aus der Kuchel und vors Haus.

Und die Hausfrau nötigt sie, doch neben dem Bauern auf der Bank Platz zu nehmen, bis der Franzl mit seinem Tagwerk fertig wär' und auch käme.

Aber Marai äußert plötzlich sehr bestimmt den Wunsch, sie möchte doch lieber heute noch nach Haus.

»I woaß, d' Muatta braucht mi«, sagt sie, »und da is mir do net extra guat woanderst. Und dees, was d' mir zoag'n hast woll'n, dees hast mir zoagt. Sinst ham mir ja nix mehr z' red'n mitanand, denk i. Zweg'n dee Fakei kannst ja mit'n Vatan selber aushandeln.«

»Aber um Gott's willen!« ruft da die Schiermoserin erschrocken aus. »Heut no hoamfahr'n! Kimmst ja in de stockfinster Nacht eini! Naa, naa! Bleib nur bei ins über Nacht! Jetzt hab' i dir dei Bett scho aufdeckt. Und morg'n früah muaß i dir epps sag'n, was dir a Freud' macht. Woaßt, heunt san d' Mannsbilder müad und d' Weibsbilder z'wider. Aber morgen is a jed's frisch und lusti, da kinnt's enk nachher aa a weng unterhalten mitanand!«

So und auf ähnliche Weise sucht sie Marai zum Bleiben zu überreden.

Sie stößt ihren Eheherrn wütend in die Seite und flüstert ihm zu: »Alsdann, zwiderns Mannsbild! Red halt aa mit, wennst siechst, daß s' extra da is, d' Marai!«

Der Schiermoser zündet sich die Pfeife an.

»I hab koan Fiduz drauf, heunt auf d' Nacht.«

»Aber so viel kunnst do sagn, obs dir recht is oder net!«

»Mir is alls recht, was an Buam recht is. Bal er die Rechte gfunden hat, nachher werd ers scho sagn. Nachher kann i alleweil no mei Meinigung dazua äußern, obs mir paßt oder net.«

Damit bläst er dicke Wolken vor sich hin und schaut geradeaus.

Die Schiermoserin zittert vor Zorn.

Mit süßen Worten nötigt sie Marai, doch noch ein wenig auf der Bank Platz zu nehmen, bis der Franzl mit seiner Arbeit fertig wär'.

Aber das Marai hat kein Verlangen darnach, sondern besteht auf ihrem Wunsch: sie möchte wieder heim.

Nun, soll sie wenigstens der Franz heimbringen, denkt die Schiermoserin, der es zumut ist, als stünde sie vor einem Abgrund, in dem all ihre Hoffnungen und Wünsche begraben liegen.

Und sie rennt im ganzen Hof herum, ihn zu suchen.

Aber als sie ihn endlich in seiner Kammer im Bett findet, kann sie vor Verdruß und Zorn nicht einmal mehr sagen, was sie sagen wollte. Und so geht sie voller Bitterkeit zum Hans, ihrem Knecht, und bittet ihn, daß er das Marai gegen eine Extramaß noch nach Reisertal hinüberbringe.

Der murmelt zwar etwas vom Leut und Viech Zusammenschinden, sagt, daß er erst morgen früh wieder zurückkäme, und richtet dann scheltend und greinend das Fuhrwerk.

Der Abschied ist sehr kühl und frostig, und das Marai schaut nicht einmal zurück, als sie, neben dem Knecht sitzend, dahinfährt.

Kaum ist sie aber außer Seh- und Hörweite, da bricht das Wetter bei der Schiermoserin los.

»So. Jetz is's dahi. Ös Lackln, ös abscheuliche! – Jetz habt's enka Bäuerin. Jetzt kinnt's mit enkan Stadtdrak'n weiterhausen vo mir aus!«

Da rührt sich der Schiermoser zum erstenmal, seit er auf der Bank sitzt, und sagt: »Dees war dees g'fahrlicher no lang net! D' Rosl waar mir liaber wie woaß Good was für oane von heraußt. Lieber als wie die Betschwestern vo Reisertal amal g'wiß!«

Die Schiermoserin tut, als drohe ihr der gache Tod.

»Insa heilig's Kreiz! Versünden tuat er sie aa no! – Hast scho recht! Tua nur a so weiter, so gottlos und so modisch! Werst es scho sehgn, wia weit daß d' kimmst!«

Der Schiermoser muß lachen.

»I woaß gar net, was d' hast auf amal!« sagt er, »fahrt's mittendrin dahi um a Schwieger und woaß gar net, ob der Bua 's Heirat'n im Sinn hat – nachher bringt's dees bigotte Weibsbild daher – und z'letzt redt's vom Versünden! – Und derweil 's dees tuat, versaamt's d' Hauptsach'!«

Er muß wieder lachen. Da wird sie stutzig.

»Was für a Hauptsach'?« fragt sie gespannt.

Der Bauer schmunzelt: »Siechst, Alte«, sagt er, »daß d' koane von dee ganz G'scheiten bist, dees hab' i lang g'wißt. Aber daß d' insan Buam behüat'n möchst vor der Rosl und dabei laßt d' die zwoa den ganzen Tag alloa mitanand arbat'n . . . daß d' so dumm wärst, dees hab' i do net g'moant.«

Die Schiermoserin muß sich setzen und reißt die Augen sperrangelweit auf. »Warum . . . wieso . . . ist eppa was g'schegn? . . .« fragt sie voller Angst.

Aber ihr Eheherr bleibt ganz ruhig.

»Was wird g'schehgn sein!« meint er. »Weiter gar nix is g'schehgn, als daß die zwoa handelsoans san. Daß d' dein'm Buam zwanz'g Hochzeiterinnen bringa kannst – er wird dir a jede abweisen. – Weil er sein eigna Kopf auf hat . . .«

Seine Wabn unterbricht ihn voller Aufregung: »Ja, und du? Du schaugst zua und laßt den Kerl werken, wie er mag! – Du rührst di gar net, wenn er die Stadtflugga nimmt!«

Der Schiermoser bleibt immer noch ganz ruhig.

»Was soll i mi da lang rühr'n? Bal der was will, nachher will er's. Und was er will, dees is epps Rechts. Was er tuat, hat Hand und Fuaß. – Und wenn i's sag', wie i mir's denk: Mir g'fallt's, dees Weibsbild. Daß s' wenig Geld hat . . . no ja . . . deessell is ja z'wider. – Aber sinst is s' mir lieber wie a jede zehn Stund im Umkreis!«

Die Bäuerin meint, nicht recht zu hören.

»Ja . . . dees kaam ja grad außa . . . als wia wennst du selber dabei waarst bei dem Handel . . .«

»I bin net dawider, bal i's aufrichti sag' . . .«

»Alter!«

»Ja no . . . es muaß net alleweil nach dem alten Schlag geh'. – Es derf aa amal epps Neumodisch's aufkemma. Heirat'n d' Bauernweibsbilder Stadtherrn – warum soll a Bauernbursch net aa amal a Stadtfrailein heirat'n. – Gar a so a richtigs, ordentlichs und saubers Leut'!«

Allmählich ist es der Schiermoserin möglich, das, was in ihr tobt und rast, in Worte zu kleiden.

»A so is's dir!« ruft sie aus. »A solchana bist du word'n! Du hilfst zu dere Stadtbruat! – Und du willst es hab'n, daß insa Sach' in dene eahnane Klauen kimmt! – Mei Liaba! *Dei* Sach' kannst geb'n, wemst magst. Aber dees *mei* . . . dees bleibt mir in *meiner* Hand. Daß d' es woaßt. Und mei Geld kriagts mir aa net, dees Weibsbild. Heunt no will i 's z'ruckhab'n! Heunt no!«

Sie kocht vor Zorn.

Aber der Schiermoser ist, als wär' er von Holz, so ruhig.

»Dees kannst macha, wiast willst«, sagt er gelassen, »dee paar tausad Markl machen eahm's Kraut aa nimmer fetter. Der langt mit dem, was i eahm derhaust hab'...«

»Er! – Er hat 's derhaust! – Und i nachher? – Und mei Arbat? – Und dees, was i verdeant hab' von dee Sommerfrischler?...«

Aber damit hat sie sich eine Schlinge gedreht.

»Aha«, erwidert ihr der Bauer, »d' Sommerfrischler! Da zählen's auf amal mit! – Eahna Geld hast eing'schob'n. Wenn's aa a Stadtgeld g'wen is. Aber i sag' dir was: Dees mit dein Geld kannst macha, wiast magst. – Und der Franzl kann toa, was er mag – und i geh jetzt in mei Bett. – Und bal er mir an Hof bald abnimmt, der Bua, is's mir ganz recht. – I bin a so gutding alt und müad. – Guate Nacht.«

Damit verschwindet er im Haus und läßt die Schiermoserin in ihrer Wut und ihrem Schmerz allein.

Diese kommt sich vor wie eine, die einen schweren Traum träumt. Sie versucht immer wieder, das Ganze von sich abzuweisen.

Aber es geht nicht. Es ist schon so, wie es ist.

Sie ist verraten und verkauft von ihren eigenen Leuten.

Ihre Töchter kommen ihr in den Sinn.

Wenn sie wenigstens die auf ihrer Seite hat! Wenn die diesem Weibsbild die Hölle heißmachen!

Jawohl. Ihre Töchter werden keine Städtische dulden auf ihrem Heimatl!

Sie springt auf und läuft eilends hinauf in die Dirndlkammer. Die beiden Maidln schlafen schon. Aber die Schiermoserin hat keine Ruhe, sie muß es ihnen noch heute beibringen, daß sie tun, was sie ihnen rät.

Darum weckt sie beide noch mal auf, indem sie jede fest rüttelt.

»Mariedl! . . . Bawettei! – . . . Geh, lust's a weng auf! – He da! – Os zwoa! . . . I hab' epps zu red'n mit enk! Merkt's a weng auf, alle zwoa!«

Mit vieler Müh' bringt sie die beiden aus dem ersten Schlaf.

Die Barbara ist am ehesten munter und fragt erschreckt: »Muatta! – Was gibt's? – Was is passiert?«

Die Schiermoserin bricht in Tränen aus.

»Was werd passiert sein! – Insa Hoamatl g'hört nimmer ins! . . . Insa scheens Sach' geht dahin! . . .«

Die Barbara reibt sich schlaftrunken die Augen. »Ha sagst? Was is dees?«

Und die Mariedl sagt aus dem Traum heraus: »Wo geht er hin?«

Aber die Schiermoserin ist nun mitten drin in ihrem Unglück und Verdruß und jammert und klagt so laut, daß ihre beiden Töchter aus dem Bett springen und endlich etwas Bestimmtes wissen wollen.

Denn ihre Mutter redet vom Judas in der Familie, der seine angestammte Heimat verschachert, von der Niedertracht dieser Stadtjungfer, die den Franzl schlau eingefädelt hat, und daß sie, die Schiermoserin, auf und davon gehe, denn die Schand könne sie nicht verwinden ihr Lebtag!

»Was für a Schand?« fragen ihre Töchter gleichzeitig.

Diese Frage steigert den Zorn und Schmerz ihrer Mutter noch um vieles.

»Was für a Schand?! – Fragen tät i aa no! – Is dees koa Schand, bal oan der Bua so a Weibsbild ins Haus einabringt?«

Aber ihre Töchter finden gar nicht, daß die Schande so groß sei, ja, die Barbara meint sogar, sie würde ganz gern

einen Stadtherrn heiraten, wenn einer käm'. Dies dreckige
Bauernleben mit seiner ewigen schweren Arbeit wär' ihr
schon lange zuwider!
Und die Mariedl gähnt und schlüpft wieder ins Bett, indem
sie brummt: »Z'weg'n dem hätt'st ins net extra aus'n
Schlaf reiß'n braucha! Laß s' halt heirat'n, dee zwoa, bals
anand gern hab'n. I heirat aa amal grad den, wo i mag.«
Und damit dreht sie sich gegen die Wand, gähnt noch ein-
mal und schläft wieder weiter.
Die Barbara sucht noch die Mutter zu beruhigen. »Jetz geh
nur ins Bett, Muatta«, meint sie. »No san s' net verheirat'.
Wer woaß's, ob er's überhaupts ernst moant damit. Und
wenn, nachher is 's aa net weit g'feit. Sie is a riegelsam's
Leut', dees wo guat einapaßt zu ins, und mir ham 's gern.
Liaber wia jede andere . . .«
Der Schiermoserin steht der Verstand fast still.
Also alle sind sie zusammengeschworen!
Alle halten sie zu dieser Stadtbrut!
Aber sie weiß schon, was sie tut!
Sie wird ihnen schon zeigen, wie sie über die Sache denkt.
Und sie geht hinüber in die Schlafkammer ihrer Mutter.
Da sitzen denn die beiden Frauen die halbe Nacht beisam-
men und beraten gleich Feldherren vor einer Schlacht.
Und am andern Morgen erscheint ein Maurer, richtet ein
kleines Austragshäuschen, das seit Jahren neben dem
Schiermoserhof steht, wieder zusammen und weißelt es
sauber herunter.
Denn die Schiermoserin und ihre Mutter wollen keine
Gemeinschaft mehr mit den Ihren.
Sie verlassen das Haus.

13

Der Friede ist also aus dem Schiermoserhof gewichen.
Oder vielmehr: der Unfriede.

Die Bäuerin und die Alte sind mit Sack und Pack aus dem
Hof und ins Austraghäusl gezogen.

Denn die Schiermoserin hat den Schwur getan: lieber ließe
sie sich scheiden, als daß sie mit dem Weibsbild auch nur
eine Stunde die Herrschaft teilen würde.

Nun ist es zwar noch lange nicht so weit zwischen Franz
und Rosalie.

Wenn auch der Tag, an dem die Rechtsratstochter als
Schiermoserin hantierte, bestimmend für die Wünsche und
Pläne beider wurde, so hat doch Franz bis heute noch nicht
das erlösende Wort gesprochen. Und Rosalie kann trotz
aller Liebesbeweise nicht recht froh werden.

Je mehr sie über die Dinge nachdenkt, desto stärker drängt
sich ihr die Erkenntnis auf, daß Franz sie doch eigentlich
niemals heiraten könne.

Denn wenn auch der Bauer und seine Töchter ihr wohl-
geneigt sind, so empfindet sie doch im Innern eine gewisse
Wesensfremdheit zwischen sich und ihnen.

Der offene Haß aber, mit dem die Schiermoserin und ihre
Mutter sie nun Tag für Tag verfolgen, und der Umstand,
daß sie die Ursache des Zerwürfnisses der Familie ist,
machen sie ganz traurig und bekümmert.

Wenn auch der Bauer augenblicklich über sein Weib noch
lacht und das Ganze als eine verrückte Laune betrachtet,
so kann doch jede Stunde auch bei ihm die Erkenntnis
kommen, daß ein Stadtmädel keine Frau für den Sohn
eines Schiermoserbauern ist.

Und ist erst der Alte soweit, so würden wohl die Töchter
nur zu bald aus derselben Trompete blasen wie er und die
Bäuerin.

Und sie bedenkt, daß sie unter solchen Umständen trotz
ihrer Zuneigung für den lieben Burschen wohl nie ganz
glücklich werden könne.
Ob dann ein richtiges Heimatsgefühl in ihr aufkommen
würde?
Ganz gewiß nicht.
Und so beschließt sie in ihrem Innern, den Ratschlägen der
Tante Adele nicht zu folgen, sondern auf ihre Mutter zu
hören und dem Antrag ein entschiedenes Nein entgegen-
zusetzen, wenn's auch weh tut.
Daher läßt sie der Schiermoserin etwa eine Woche nach
dem Zerwürfnis durch eine Magd sagen, die Bäuerin möge
nur wieder zu den Ihren kommen, sie und ihre Mutter
verließen in vier Tagen das Haus.
Sie kocht auch nicht mehr, sondern überläßt den Haushalt
den Töchtern, die freilich wenig Freude darüber empfinden
und lieber draußen bei der Dreschmaschine werken, lachen
und scherzen möchten.
Tante Adele ist über diesen plötzlichen Entschluß ihrer
Nichte ganz trostlos.
Für sie gab es keinen anderen Gedanken mehr, als daß
die beiden Menschenkinder bald ein glückliches Paar würden und daß sie mit ihnen dann eine Heimat hätte, in der
sie sich wohl fühlt.
Anders die Rätin.
Die beeilt sich sogleich, unter Tränen der Erlösung und
Freude ihre Sachen zu packen und sich auf die Abreise zu
rüsten.
Denn sie litt jeden Tag noch mehr unter der Befürchtung,
ihr Kind an diese Leute verlieren zu müssen.
Ja, sie hatte sich im Laufe der Zeit in einen richtigen Groll
gegen Rosalie und die Schwägerin hineingewühlt, hatte
sich ganz abgeschlossen von ihnen und blieb nur noch, weil
die Befürchtung, ihre Tochter möchte in ihrer Abwesenheit

sofort dem Burschen ihr Jawort geben, sie nicht abreisen
ließ.

Obgleich Tante Adele bei jedem Wortgefecht, bei jeder
Gelegenheit sagte: »Du kannst ja gehen, wenn du nicht
gern hier bist, Schwägerin! Ich und Rosel werden aber
bleiben. Wir fühlen uns recht wohl hier.«

Und nun muß sie selbst abreisen, diese schreckliche Adele!

Die Rätin vergißt vor Freude einen Augenblick, wie unlieb
ihr die Schwägerin gerade in den letzten Wochen wurde,
als sie so offen für Rosalie warb, beim Bauern – bei den
Töchtern – bei Franz.

Und nun kommt doch alles anders – so wie sie selbst es
wünscht! Nun wird doch der Assessor ihr Schwiegersohn
werden!

Sie denkt gar nicht mehr an die Beschwerden des Packens
und schafft und werkt den ganzen Tag, so daß sich endlich
am Abend Koffer und Körbe in ihrer Stube türmen.

Und da sie sich am Ende todmüde aufs Bett legt, vergißt
sie ganz, wie sonst zu husten und zu klagen über das unge-
sunde Klima dieser Gegend, sondern sie schläft mit einem
zufriedenen Lächeln ein und träumt von einer goldenen
Zukunft im Hause ihres vornehmen Schwiegersohnes.

14

Tante Adele hat ihren Morgenspaziergang gemacht und
ist dabei auch an das Land gekommen, auf dem der Schiermoser Frühkartoffeln ausackert.

In den tiefen Furchen, die der Pflug schneidet, raufen sich
Stare und Raben um die Engerlinge und Würmer.

Langsam lenkt der Schiermoser den Ochsen, und sein
Wühst und Hott hallt weithin über die Flur.

Fräulein Adele steht betrachtend am oberen Rande des

Ackers und wartet, bis der Bauer in ihre Nähe kommt. Dann beginnt die folgende Unterhaltung:

»Jetzt wirst es bald haben, Schiermoser?«

»Ja, jetz wer i 's bald habn«, erwidert der Bauer.

»Zwoa Biefel hast no, gell?«

»Ja, zwoa hans no.«

»Hast a no alleweil hübsch viel Arbeit in deine alten Tag, gell?«

»No ja. Freili wohl.«

»Werst froh sein, balst amal ausrasten kannst.«

»Ja. Scho. Aber da is noch weit hin, wähn i.«

»Mei, wenn amal der Franz heirat'...«

»Wenn er amal...«

»Daß 's net sein kunnt, Schiermoser! Mittendrin amal!«

Der Bauer lacht schier mitleidig.

»Da siecht ma 's wieder!« sagt er. »A so reden halt d' Stadtleut. Weil die koan Begriff net ham, wia daß ma bei uns heraußt heirat.«

Fräulein Adele ist verwundert.

»Wia werd nachher bei enk heraußt gheirat't? Da wirds halt aa a so gehn, daß'n Buam oane gfallt, und daß er sagt: Die möcht i!«

»Naa, ganz gwiß net!« erwidert ihr der Schiermoser. »Denn so an Lackl gfallet gar oft oane, die mir gar nia gfalln kunnt als Schwieger.«

»Aha!« sagt Adele. »Dees versteh i scho. Wenn er aber jetzt oane bracht, die dir selber recht guat gfalln tat... sagn mir amal... oane wia zum Beispiel... unser Roserl?...«

Den Schiermoser reißt es schier herum.

Aber ein Bauer läßt sich nicht gern in die Karten schauen. Besonders nicht, wenn es so heikle Dinge betrifft, wie das, was die Stadtmadam da eben fragt!

»Mei, dees konn ma net so für gwiß sagn«, meint er, »ob

er grad a solcherne bringt oder a anderne ... He! Teife, bollischer! Gehst net umme da, auf dein Platz, wost hinghörst! ... Dees hat no Zeit, moan i! Jetzt soll er zerscht amal arbatn, der Bua! – Hüa, Alter! Wühst eina, sag i! Wühst!«

Und während er eine neue Furche umackert, sagt er halblaut für sich hin: »Wirst es derwarten kinna. Dees muaß er mir scho selber sagn, der Tropf! Sinst is mir oane vom Straßler oder vom Reisertaler aa net unrecht. Wenn i mi jetzt glei dro gwohnt hab an dees Luadermadl!«...

Tante Adele aber ist nicht unzufrieden mit sich selber. Wenigstens hat sie so viel erfahren, daß keine andere als Schiermoserin vorbestimmt ist.

Und daß ihm Rosalie nicht gerade zuwider ist, dem Bauern – dieses zu wissen ist ihr genug!

15

Franz Schiermoser weiß sich weder zu raten noch zu helfen.

Die Liebe zu Rosalie plagt ihn Tag und Nacht und macht den Wunsch nach ihrem Besitz in ihm immer größer.

Anderseits aber ist ihm das Leben im Haus unter den obwaltenden Umständen schier unerträglich.

Daß die Mutter Rosalie als Schiermoserin nicht gelten läßt, findet er ja noch verständlich, daß sie in ihrem Haß aber so weit ging, das Haus zu verlassen und so die Augen der ganzen Nachbarschaft auf sich zu richten – daß sie den Hof durch ihr Tun ins Gerede der Leute brachte, das empört ihn und macht ihn bitter.

Und er kämpft einen harten Kampf mit sich selber, ob er gegen Rosalie nicht doch lieber die Reisertalertochter eintauschen soll.

Aber je länger er darüber nachdenkt, desto unmöglicher erscheint ihm ein Leben ohne das muntere, tüchtige Stadtmaidl, und schließlich faßt er den Entschluß, mit dem Vater ein ernstes Wort zu reden.

Und so sucht er ihn gerade an dem Morgen, da Rosalie der Schiermoserin sagen läßt, daß sie den Hof verlasse, in der Scheune auf und beginnt: »Vata, i hätt' epps z' red'n mit dir!«

Der Alte putzt eben die Maschine nach dem Dreschen und erwidert, ohne seinen Sohn anzusehen: »Muaßt es halt sag'n!«

Franz stellt sich ganz nahe zu ihm: »Heirat'n möcht i.«

Der Schiermoser läßt auch jetzt noch keinen Blick von seiner Arbeit.

»Heiratn möchtst? – Jetz schaugt mir oana den Tropf an! – Heiratn möcht er!«

Er zieht mit großer Aufmerksamkeit eine Schraube der Maschine an.

»Vo mir aus kannst scho heiratn«, meint er dann; »i red dir da net viel ein.« Und mit einem Lächeln fügt er hinzu: »I hab 's, Herrvergeltsgott, hinter mir. I brauch mir die Arbat nimmer aufz'toa.«

Franz untersucht nun gleichfalls verschiedene Teile der Maschine. »Amal muaß 's ja do sein«, meint er dabei; »du wirst aa net in alle Ewigkeit rackern und schinaggln wolln!«

Der Schiermoser greift nach der Ölkanne.

»No ja. Bis jetz ham mir 's no alleweil dermacha könna. Und a Zeitlang kunnt i 's aa no weiter dermacha. Aber balst lieber *du* werklst . . .« Er ölt etliche Maschinenteile.

Franz wird's schwer, dem Alten seine Entschlüsse mitzuteilen. Er sucht nach geeigneten Worten. Daß der Vater die Sache gar so leicht nimmt! Gewiß ist ihm nicht ernst damit! Besonders, wenn er hören wird, *welche* die Seine wird!

Und er bringt vorsichtig die Rede auf Rosalie.

»I will di net außeschiabn aus 'm Hof, Vata«, meint er.
»I bin froh, daß d' no da bist. Aber i moan, wenn
halt a sauberne Bäuerin mitwerkln tat ... oane wie d'
Roserl ... a so a richtigs, rieglsams Weibsbild ... ver-
stehst ...«
Ja, ja! Der Schiermoser versteht ihn gut, seinen Sohn!
Aber er hat seinen Spaß an der Bedrängnis des Buben.
Darum schweigt er ganz still und läßt ihn weiterzappeln.
»Woaßt, Vata, i moan halt, es waar besser, bal a junge
Hand da herin regiern tät. Aber dee Weibsbilder da um-
anand mögen ja allsamm nix mehr toa! Die möcht'n si ja
grad in Geldhaufa einesetz'n und zuaschaugn, wie d'
Deanstbot'n arbat'n! – Woaßt, da waar halt oane wia d'
Roserl do scho besser! Die mag do arbat'n! Die hat do a
Freid am Sach ...«
»Und an dir aa, wähn i!« fährts dem Schiermoser heraus.
Und da er schon einmal angefangen hat zu reden, so fügt
er auch gleich noch hinzu: »No ja – i hab nix dawider,
wannst es amal net a so machst wia die andern. I gar net.
Aber sie – d' Muatta! ...« – Franzl schiebt nachdenklich
den Hut tief ins Gesicht und kratzt sich hinterm Ohr.
»Ja ja ... d' Muatta ... i woaß 's scho ... «
»Daß die net nachgibt, dees kannst dir denka!«
»Ja no ... bals siecht, daß 's do nix hilft ...«
»Naa, dees tuat 's net. Nachgeb'n tuat die gar nia net. Dera
ihren Dickschädl kenn i.«
»Aber du kunntst do mit ihr drüber redn!«
»I? Mit deiner Muatta? – Naa, mei Liaba. Dei Muatta
kenn i besser. Und die Alt aa. Und solang die Alt schürt,
werd dei Muatta net kalt. Und solang die hoaß auf d'
Stadtleut is, kannst nix macha. Dessell sag i.«
Franz geht unruhig in der Scheune auf und ab.
»Und i kann ihr amal net helfa: i muaß d' Roserl heiratn.
I mag koa anderne.« – Der Alte schmunzelt.

»I hab's a so gwißt. Du müßtest net a Junga von der Altn
sei. Da is oans so bockstarri und eignsinni wia dees ander. –
Aber wia i sag: Heirat's nur, dei Rosel. I red' dir nix ei.
Bloß mit ihrana Verwandtschaft laß mir mein Fried. Mit
dene überspannten Weibsbilder überanand. Denn die
machn bloß Unfriedn eina ins Haus . . .«
»Und hängen an der Schüssel dro«, ergänzt Franz zustim-
mend; »na, na. Dees Kreiz tät i mir net auf. Aber daß d'
Muatta gar so bockboanig is, dees is mir scho recht zwider.
Zwegn dee Leut scho. Weil sich a jeds gähend s' Mäu
.zreißn wird über ins.«
Aber der Schiermoser macht eine wegwerfende Handbewegung.
»Ah, was! D' Leit muaß ma redn lassen und d' Hund kehl-
zen, hoaßt's. Bal sie sich gnug gredt habn, nachher werdn's
scho wieder aufhörn. Und die Alt soll bocka, so lang, bis's
Hörndl kriagt. D' Hauptsach is, daß si bei dir nixn feit.«
Franz lacht.
»Naa, Vater. Da feit si nixn bei mir! Daß d' Roserl net naa
sagt, dessell woaß i – und daß mir zwoa gut mitanand aus-
kemman, dessell woaß i aa.«
»Und sie – d' Rechtsrätin? – Moanst, daß die aa net naa
sagt?« – Franz macht eine wegwerfende Handbewegung.
»Die sagt mir guat naa! Auf die paßt ja do neamd auf!
D' Rosel net und die alt Frailn net, und i erscht recht net.
Die braucht ja net außa z' geh' zu ins Bauern, bal mir ihr
net gefalln! Die kann ja .zu ihrane andern Töchter geh'.
Mir jammern ihr net nach!« Plötzlich fällt ihm aber ein,
daß ja Rosalie schon einen Hochzeiter hat, drinnen in der
Stadt. Doch diese Erkenntnis betrübt ihn nicht weiter.
»Mit dem andern Stadtfrackn da drin z' Münka werdn
mir scho firti werdn«, sagt er zuversichtlich; »er muaß
ganz oafach verzichten, bal i da bin.«
Der alte Schiermoser nickt.

»Werd z'erscht koa gscheiter net sei; sinst tat 's Madl besser nache darnach«, meint er; »mir woaß 's ja. Anorts wo a
Angstellter halt oder a Beamter oder so epps. Mit dem
werst leicht firti. Und mit der Alten aa. Die derf froh sein,
daß mir ihra Tochta herlassen auf insan Hof.«
»Dees glaab i aa. Und sie derf ja grad geh', bals ihr net
paßt . . .« – Der Schiermoser nickt.
»Jawoi. Aber redn muaßt doch mit ihr; zwegn an Heirat-
gut und zwegn an Kucheiwagn. A wengl a Sach und a Geld
soll's einabringa, moan i. Ganz umasinst bist mir nachher
do scho net feil! Du net und mei Hof net!«
Der Junge sagt es zu: »Freili red i damit, Vatta«, erwidert
er; »herschenka tua i auf koan Fall epps. Bals a net viel is,
was 's kriegt; a bissl was is 's doch. – Und zwegn die Leut
is 's aa besser, bals epps hat. Dees hoaßt: Auf d' Leut paß i
net auf. Aber redn tua i do mit der Alten. Oder mit der
Frailn. Die versteht mi besser.«
Damit rückt er auch schon sein Hütl zurecht und geht hinüber ins Wohnhaus, um Rosel oder ihre Mutter zu treffen;
denn er möchte auch das eigene Eisen schmieden, solange
es warm ist.

16

Tante Adele sitzt unterdessen schier verzweifelt in der
Wohnstube und schreibt die Adressen für das Gepäck;
denn nun soll es wirklich Ernst werden mit der Abreise.
Rosalie selber wünscht es.
Die alte Dame grübelt vergebens darüber nach, wie denn
dies möglich sein kann; die beiden Kinder, Franz und die
Rosel, waren doch stets voller Lust und Liebe gewesen,
und man konnte sich wirklich mit dem Gedanken vertraut
machen, daß es bald zu einem Verspruch käme!
Was ist nur in das Mädel gefahren?

Riegelt sich das dumme Kind in ihr Zimmer ein, läßt die ganze Wirtschaft drunten stehen und liegen und überrascht einen mit der Mitteilung: »Morgen abend reisen wir!«

Natürlich ist das Wasser auf die Mühle der Frau Mama!

Nun glaubt sie wohl, ihre Pläne durchführen zu können!

Aber weit gefehlt!

Klarheit soll sein um sie!

Sie will sofort wissen, was los ist.

Gleich, auf der Stelle.

Sie geht eilends an die Kammertür ihrer Nichte: »Roserl! – Roserl!«

Die erstickte Stimme des Mädchens erwidert leise: »Tante?«

»Ich möcht' was reden mit dir, Roserl.«

»Ich kann jetzt nichts reden, Tante. Vielleicht später.«

Man hört leises Weinen durch die Tür.

Die Tante ist voller Zorn und Mitleid – voller Neugier und Entschlossenheit.

»Roserl, ich muß dich bitten, daß du mir gleich aufmachst!«

Sie wartet eine kleine Weile.

Drinnen wird das Weinen mühsam unterdrückt.

Über die Stiege herauf aber kommt Franz.

Die Tante winkt ihm Schweigen zu und bedeutet ihm, er möge zu ihr treten. Dann wiederholt sie abermals: »Roserl, bitte, mach mir sofort auf, wenn du nicht willst, daß ich dir ernstlich bös werd' und nicht mehr nach München mitgehe!« Das hilft.

Langsam wird der Schlüssel umgedreht, und Tante Adele öffnet die Tür ein wenig.

Rosel steht am Waschtisch und ist bemüht, die Spuren der Tränen vom Gesicht zu entfernen.

Da zieht die Dame ganz unbemerkt Franz hinter sich ins Zimmer und schließt die Tür ab.

Durch das Geräusch des Schlüsselumdrehens aber wird Rosalie erst aufmerksam und schaut sich fragend um – und sieht sich Franz gegenüber, den sie doch nimmer treffen wollte und nimmer sehen!

Und der Bursch steht da und tut, als könnt' er nicht bis fünf zählen. Ganz voller Verlegenheit ist er, und seine Augen hängen an ihr wie an einem Heiligenbild!

Und die Tante lächelt ihr feines Lächeln und sagt dann: »Soo. Also beisammen hätt' ich euch nun. Und jetzt will ich wissen, was es gegeben hat, daß mir das Mädl nicht mehr hierbleiben will! Weißt du es, Franz?«

Sie wendet sich absichtlich zuerst an den Burschen; denn sie vermutet, von ihm die Wahrheit zu hören, da sich so ein ungeschniegelter und etwas schwerfälliger Bauer doch sicher nicht so rasch herauswinden und -reden kann wie zum Beispiel ihre Nichte, die Rosel! – Aber was sie da erfährt, ist dergestalt, daß sie sich setzen muß!

Denn Franz sagt ihr ganz kurz und bündig: »Geben hats gar nix, Frailein. Aber geben tuats bald was. Und zwar a Hochzeit. I heirat d' Roserl, bals Eahna net unrecht is. Der Vater is net dawider, sagt er. Und d' Muatta muaß si halt damit abfinden. Und d' Roserl wird aa net naa sag'n, denk i. Was moanst, Roserl?«

Rosalie ist bleich geworden und wieder brennrot.

Also da ist sie schon, die Frage! Ganz klipp und klar.

Und ebenso klar wird ihre Antwort sein: Nein, Franz!

Sie würgt an dem Wort. Aber es will nicht über ihre Lippen!

Da steht der Bub und sucht nach ihrer Hand – zieht sie ganz nahe an sich, schlingt seinen Arm um ihre Hüften und fragt ganz leise mit zärtlicher Stimme: »Was sagst, Roserl? Magst mei liebe Schiermoserin werd'n? – Magst mi als dein Buam? – Geh, sag halt a Wörtl!«

Wie soll da ein Nein herauskommen!

Rosalie spürt, wie sie ein Zittern befällt, wie alle ihre Vorsätze gleich einem Kartenhaus zusammenfallen, und sie kann's nicht ändern: ihre Augen, ihr Mund, ihre Hände – sie sagen ja!

»Ja, Franzl. In Gottsnam. Recht is 's ja net. Aber i kann net anders. Bei dir is mei Hoamatl. Bei dir ganz alloa.«

Tante Adele sitzt still und mit weitgeöffneten Augen auf ihrem Stuhl.

Das Glück hat sie sich nicht geträumt, heute! – Aber – Gott sei Dank – die Hauptsach' is, daß sie sich gefunden haben, die beiden! Sie faltet unwillkürlich die Hände und murmelt einen Segenswunsch.

Und sie erhebt sich zufrieden und schließt die Tür auf, um hinüberzugehen zu ihrer Schwägerin und ihr die Verlobung ihrer Tochter mitzuteilen.

»So schonend als möglich!« meint sie lächelnd. »Denn wenn deine Mutter ihren Assessor so sang- und klanglos in die Versenkung fahren sieht, wird sie wohl die Kränke kriegen.«

Sie nickt Franz freundlich zu, indem sie seine Hände schüttelt, küßt Rosalie mit mütterlicher Zärtlichkeit auf die Wangen und geht.

Und Franz nimmt Rosel bei der Hand und geht mit ihr zum Vater, um ihm das liebe Bräutl vorzustellen und sein: »G'segn dirs Gott« zu hören.

Tante Adele öffnet nicht ohne Herzklopfen die Tür zum Zimmer der Schwägerin. Ein wenig erfaßt sie noch die Angst, da sie sich die Szene ausmalt, die wohl folgen wird, wenn die Rätin von der Verlobung ihrer Rosalie hört. Daher geht sie ziemlich gedrückt und zögernd gleich einem Kinde, das einen schlimmen Streich gemacht hat und sich nun seine Strafe dafür holen soll.

Ganz lautlos schließt sie die Tür hinter sich und wirft einen unsicheren Blick durch die Stube.

Aber sogleich verfliegt ihre Beklemmung, denn die Rätin sitzt friedlich schlafend inmitten ihrer Körbe und Pakete, ihrer Koffer und Sofakissen. Und sie gewährt einen so erheiternden Anblick, daß Adele unwillkürlich ein leises Lachen ankommt.

Zugleich aber empfindet sie eine kleine Schadenfreude darüber, daß die Schwägerin, die gerade in den letzten Tagen der Hochmut und Dünkel selber war, nunmehr so hübsch von ihrem Thronsessel herabgesetzt und auf den Boden rauher Wirklichkeit gestellt werden soll.

Und aus dieser Freude heraus kann sie die alte Dame nicht mehr schlafen lassen, sie muß etwas tun, um sie aus ihrem Schlummer zu schrecken.

Daher stößt sie schmunzelnd in scheinbarer Unachtsamkeit einen niederen Hocker um, auf dem allerhand Fläschchen und Gläser stehen, und wartet auf die Wirkung.

Diese ist dem Einschlag des Blitzes gleich: die Rätin fährt mit einem lauten Schrei in die Höhe, ist einen Augenblick wie betäubt und wimmert dann wie ein erschrecktes Kind: »Was war das? Was ist passiert? Hilf mir doch, Adele! Was ist mit mir geschehen?«

Erst allmählich, da sie das spitzbübische Lächeln der Schwägerin bemerkt, weicht der Schreck, und sie wirft einen suchenden Blick in der Stube umher.

Da, ein neuerlicher Aufschrei.

»Adele! Um Himmels willen! Meine Tropfen! Und die Hautcreme! Und das Kölnische Wasser! Das liegt ja alles auf dem Boden! Um Gott! Und das Bitterwasser fließt ja aus! Was hast du bloß gemacht?«

Sie steht gar nicht erst lange auf, sondern kriecht gleich auf allen vieren, um alle Fläschchen zu retten und die Scherben aufzulesen.

Dazu jammert sie laut über das Unheil und redet sich in einen ordentlichen Zorn auf die Schwägerin hinein.

Diese hat sich immer noch schmunzelnd auf einen Stuhl gesetzt und denkt: »Jetzt ist die Stimmung günstig; jetzt lassen wir die Bombe platzen!«

Und gerade, als die Rätin den verstreuten Puder mit zwei Glasscherben sorgsam zusammengestreift und wieder in die Büchse faßt, sagt sie: »Ich hab eine Neuigkeit, Schwägerin!«

Die aber hört kaum vor Grimm und Ärger. Eben schickt sie sich an, ein paar Stäubchen aus dem Puder zu blasen.

Da fährt Adele fort: »Unsere Roserl wird *nicht* den Assessor heiraten. Sie hat sich eben *hier* verlobt...«

Weiter kommt sie nicht mit ihrer Neuigkeit, denn die Rätin hat vor Schreck so stark in den Puder geblasen, daß sie aussieht wie ein Mühlknecht, was Adele so zum Lachen bringt, daß sie momentan nicht sprechen kann.

Ihre Schwägerin aber ringt nach Luft: »Waa... as sagst du da... Adele...?«

»Daß Roserl sich eben hier verlobt hat, liebe Schwägerin!«

»Das ist doch Unsinn! Rosalie *ist* doch längst verlobt!«

»Aha. Jetzt kanns losgehen!« denkt sich Adele nicht ohne Bosheit. Und sehr laut und bestimmt wiederholt sie noch einmal: »Es ist, wie ich dir sagte; Rosalie hat sich *hier* verlobt.«

Die Rätin rappelt sich vom Boden auf und versucht, eine hoheitsvolle Haltung einzunehmen.

»Das glaube ich nicht!« sagt sie. »Davon hätte mich meine Tochter vorher verständigt!« Adele schmunzelt.

»Und wenn deine Tochter einmal ausnahmsweise dich nicht verständigt hätte?«

»Dann würde ich einfach entschieden nein sagen!« braust die alte Dame auf. »Und wenn's ein Prinz wäre!«

»Das ist er gar nicht einmal!« fährt's Adele heraus. »Nicht einmal ein Assessor!« – Die Rätin wird unsicher. »Du willst doch nicht etwa sagen, liebe Adele, daß meine Rosalie...«

»Sich mit Franz Schiermoser soeben verlobt hat!« ergänzt diese lachend. »Und zwar ganz ohne alle Zeremonien!«

Die Wirkung ihrer Worte ist furchtbar.

Die Rätin stößt einen heiseren Schrei aus, ihre Arme fuchteln wild in der Luft herum, und dann bricht ein wahrer Sturm der Entrüstung, des Schmerzes und Zornes los.

Sie zertrümmert ein Glas ums andere, ein Parfümfläschchen ums andere, rauft sich das Haar und rennt wie toll geworden in der Stube hin und her.

»Das ist eine Infamie!« ruft sie aus. »Das ist eine himmelschreiende Infamie! – Mit diesem Bauern hat sie sich . . . Ohne Rücksichten! – Ohne Grundsätze! – Ohne Stolz und Standesgefühl! – Das ist hanebüchen! – Das ist einfach unglaublich! – Aber daraus wird mir nichts! Und wenn ich mich auf den Kopf stellen sollte . . .«

»Was du aber gescheiter bleiben läßt!« meint Tante Adele nicht ohne Spott. »Denn es würde erstlich deiner Frisur schaden und zweitens sich doch gar nicht schicken . . . für eine Dame von Stand . . .«

Sie muß sich ducken, denn eine Blumenvase kommt geflogen.

Und die Rätin tobt wie eine gereizte Tigerin.

Aber mittendrin schaut sie in den Spiegel und besieht sich.

Und der Anblick ihres mehlbestäubten, halb aufgelösten Ichs bringt ihr plötzlich wieder ihre gute Erziehung in Erinnerung.

Sie entfernt hastig den Puder vom Gesicht, ordnet das wirre Haar, bürstet das Kleid ab und sagt dann mit theatralischer Geste: »Ich reise sofort ab. Ich sage mich los von euch. Und ich werde das ungeratene Ding schon strafen. Ich enterbe sie.«

Leider übt auch dies keine Wirkung auf die lächelnde Schwägerin aus. Adele meint nur, wo nichts ist, hätte auch der Kaiser das Recht verloren zu erben.

Worauf die Rätin schluchzend das Taschentuch an die Augen führt, den unglücklichen Assessor beklagt, ihren Reisemantel anzieht, den englischen Hut mit dem Schleier aufsetzt und sich darnach trotz Gicht und Altersschwäche auf den Weg zur Bahn macht.

Tante Adele läßt sie ruhig gehen, lacht leise in sich hinein und murmelt: »Das wär gscheh'n. Das ist leichter gegangen, als ich gehofft hab. – Jetzt gehts hinter sie selber – hinter die Schiermoserin.«

17

Hinten im Austraghäusl des Schiermoserhofs sitzt die Bäuerin wie eine Kreuzspinne am Fenster und lauert hinter den geblumten Kattunvorhängen, damit ihr nichts auskommt, was vorn im Hof geschieht.

Und so bleibt ihr nicht verborgen, daß ihr Franz Hand in Hand mit dem Stadtfräulein zur Tenne geht, wo sie ihren Schiermoser an einem Treibriemen herumhantieren sieht.

Lachen und Scherzen dringt zu ihr hinüber und hinein in ihre stille Kammer, darin nur ein paar Herbstfliegen summen und die alte Uhr ihr steifes Ticktack hackt.

Sie ist zusehends alt geworden, die gute Schiermoserin.

Die Trennung von den Ihren, dies tatenlose, hinbrütende Leben taugt ihr nicht und macht sie ganz krank und serbend.

Das Brüllen ihrer Kühe, das Blöken der Kälber, das Gakkern der Hennen schneidet ihr tief ins Herz und macht ihr ein Heimweh nach dem Hof und Stall, nach Kuchel und Speis, nach dem gewohnten Tun und Schaffen, daß sie oft vermeint, sie müsse aufspringen und hinüberrennen zu ihren Leuten – zu ihrem Vieh.

Aber da ist ihr Bauernstolz – ihr Bauernschädel, ihr eigensinniger und halsstarriger. Und er läßt es nicht zu, daß sie nachgibt.

»Lieber bis zum letzten Schnaufer und Seufzer hier am Fenster hocken und Trübsal blasen, als mit der da drüben in einem Haus zusammen leben!« denkt sie.

Und ihre Mutter bestärkt sie noch täglich und stündlich in ihrem Starrsinn und Haß. Der alte taube Vater freilich mag nichts wissen von Zank und Streit, von Hader und Verdruß. Auf ihn hört man aber nicht. Und um des lieben Friedens willen tut er scheinbar, wie die beiden wollen.

Im geheimen aber geht er noch oft hinüber in Stall und Tenne, ins Haus und in die Stadel und bastelt und hantiert wie sonst.

Und da er taub ist, so trägt er weder seinem Weib und seiner Tochter etwas zu noch denen vorn im Hof. Für ihn ist die Welt schön und gut, so wie sie gerade ist, und er begreift nicht, daß die Leut' darin nicht Platz haben.

Er liebt Mensch und Vieh und kennt auch nicht den Unterschied zwischen Stadt und Land, denn er kam nie aus seinem Heimatgau hinaus. Alle aber, die ihm innerhalb desselben in den Weg treten, begrüßt er mit fröhlichem Gruß. Denn er hört nicht den Gegengruß, klingt der nun kalt oder warm, herzlich oder abweisend, spöttisch oder teilnehmend. Und so hat er auch für Rosalie jedesmal ein Scherzwort, ein freundliches Lachen, ein wohlwollendes Kopfnicken. Darnach macht er sich zufrieden wieder davon. –

Die Schiermoserin hat derweil von ihrem Fenster aus die Rätin reisefertig aus dem Haus gehen sehen, und sie sucht vergebens nach einer Lösung dieses Rätsels.

Denn etwas Besonderes muß da wohl vorgefallen sein, daß die so mittendrin davonläuft! Aber was?

Am Ende ist die Junge bloß zum Pfüatgottsagen mit dem Buben in die Tenne?

Sie wollten ja doch schon morgen reisen, sagt die Barbara.

Vielleicht wird doch das Haus bald wieder rein von dieser Stadtbrut, von dieser ganz gefährlichen!

Da kommt auch das alte Fräulein aus der Haustür.

Aber ... die geht ja auf das Austraghäusl zu!

Die wird doch nicht gar zu ihr wollen?

Die Schiermoserin rückt unruhig auf ihrem Sessel hin und her und reckt sich schier den Hals aus vor lauter Schauen.

Wahrhaftig! Die kommt pfeilgerade ins Haus herein!

Was sie wohl will von ihr?

Die Stimme gehorcht ihr kaum, da sie auf das Klopfen eine Antwort geben will. Aber sie strafft sich unwillkürlich zur Höhe und sitzt kerzengerade, als die Tür langsam und knarrend aufgeht und Tante Adele mit einem lebhaften: »Ja, grüaß di Good, Schiermoserin!« in die Kammer tritt.

Rauh erwidert sie bloß ein kurzes: »'ß Good aa.«

Dann wartet sie mit krampfhaft zurückgedämmter Neugier auf das, was kommt.

Und Tante Adele läßt sich nicht lange bitten, die redet frei von selber und sagt, was sie auf der Leber hat.

Und da sie die Gesinnung der Schiermoserin kennt, so beschränkt sie sich dabei auf das Notwendigste.

»Also, Schiermoserin«, sagt sie, »daß i dir's z'wissen mach: Unser Roserl und euer Franzl hab'n in sechs Wochen Hochzeit. – Sie kriegt sechzehntausend Mark bar's Geld und ihre Aussteuer. Außerdem laß i ihr an sauber'n Kuchelwag'n zuaricht'n. Balst gern z'sammhaus'st mit ihr, is's uns recht – wenn net, nachher machts aa nix. Nachher wirds alloa aa firti drent. Soo, und jetz hab i no unser Schuldigkeit für d' Sommerfrisch' zu bereinigen, und nachher geh' i wieder.«

Damit legt sie ein paar Banknoten auf den Tisch, läßt die Schiermoserin in einer sprachlosen Betäubung und Wut zurück und geht langsam die Stiege hinab und hinüber zum Bauern in die Tenne, um auch ihm zu sagen, daß

Rosalie nicht das arme Maidl wär', für das man sie etwa halte.

Und am Abend dieses Tages, nachdem sie noch alles für die Abreise zurechtgemacht hat, legt sie sich zufrieden in ihre Kissen zurück und murmelt: »Soo. Das Nest hätt'n wir gerichtet. Hoffentlich sitzen sie gut, die zwei!«

18

Der Tag, an dem sich dies alles zugetragen hat, ist der Freitag vor Kirchweih.

Kirchweih! Bauérnkirta!

Schon am Kirchweihsamstag beginnen die Vorbereitungen zu diesem Fest, dem üppigsten und größten des ganzen Jahres.

Und so ist auch auf dem Schiermoserhof am andern Tag Rüsttag für die Kirchweih.

Und wenn es die Schiermoserin bis dahin nicht bedauert hätte, daß sie Haus und Hof verlassen, an diesem Tag hält sie's kaum aus an ihrem Fensterplatz.

Schon früh um vier Uhr schlurft die Barbara in den Hühnerstall und hinüber zu den Gänsen.

Ein kurzes, aufgeregtes Geschrei und Gegacker – dann kommt die Tochter wieder zum Vorschein. In der einen Hand zwei Hühner mit durchschnittenen Hälsen, in der andern eine schwere Gans.

Und dann tritt der Schiermoser aus dem Haus, gefolgt von seinem Sohn, dem Franz, und Rosalie, deren werktätige Hilfe sich der Bauer für das Fest erbeten hatte.

Die Tenne wird geöffnet, ein großer Tisch, der Backtrog voll heißen Wassers und eine Schüssel voll Pech stehen bereit. – Der Schiermoser zieht die quieksende, schreiende Kirchweihsau aus dem Stall.

Die Schiermoserin zerrt und reißt an ihrem Schürzenband
– an dem Vorhang – an ihrem Rosenkranz.
»Was? Dees Weibsbild derf statt meiner mithelfa beim
Abstecha? Sie derf 's Bluat rührn vom Schiermoser seiner
Kirtasau? Naa, i halts nimma aus . . . i muaß abe . . .«
Schon ist sie an der Tür.
Aber da dringt schon der kurze Schrei des Tieres, der
dumpfe Schlag des Holzschlegels und das Rufen des Schiermosers an ihr Ohr.
Und die Alte kommt eben in dem Augenblick die Stiege
herab und sagt: »Hast es gsehgn, Rosina! Sie muaß mit-
helfa! Dees kinnan guate Kirtawürscht werdn, bals dee
Stadtgoaß macht. Macht nix. Die sollns nur einkenna, was
a rechte Bäuerin is und was koane.«
Jawohl. Recht hat sie, die Großmutter. Die sollen's nur
einsehen! Jetzt, heut und morgen wird sich's ja zeigen,
was sie taugt auf einem Bauernhof, die Städterin.
Und sie setzt sich mit wildklopfendem Herzen wieder an
ihren Platz.
Aber drüben auf dem Hof geht alles seinen Gang.
Das Schwein wird geschlachtet, gebrüht, geputzt und zerteilt; es hängt, schön mit leinenen Tüchern bedeckt gegen
die Fliegen, luftig in der Tenne, und die Mägde sind schon
beim Putzen und Zurichten der Ingeweide.
Und nach diesem werden die Leberwürste und die Leberknödel, der Blutpressack und die Milzwurst bereitet, und
schließlich geht's an das große Putzen und Aufwaschen.
Denn nun heißt's, die Kirtanudeln und Krapfen backen,
und dazu muß die Kuchel rein und sauber sein.
Den Nudelteig hat inzwischen schon des Schiermosers
zweite Tochter, die Mariedl, abgeschlagen und als kleine
Kräpflein auf die mehlbestäubten Bretter gereiht.
Nun schürt sie das Feuer zur lustigen Flamme, die Barbara
schleppt die großen Nudelpfannen und Schmalzhäfen her-

bei, und Rosalie stellt die bemalten Schüsseln, in denen die Krapfen auf den Tisch kommen, zurecht.

Es geht wirklich und wahrhaftig, ohne daß eins aus dem Haus herüberkäme zu ihr, der Schiermoserin, und bittet: »Geh, Bäuerin, hilf uns; Kirta is!«

Sie werden wirklich fertig ohne Bäuerin.

Ein unendlicher Grimm und eine trostlose Bitterkeit kriecht in der Schiermoserin herauf. Es würgt in ihrem Hals und schüttelt sie in hartem Weinen.

Und drüben im Hof geht der Tag seinen Gang in hurtigem Schaffen, gewürzt mit Lachen und Scherzen, mit Essen und Trinken.

Denn Franz hat bereits das erste Faß mit Kirtabier im Hausflöz auf die Bank gestellt und angezapft.

Und nachmittags um drei, da ringsum die Kirchenglocken das Fest einläuten, da tönt aus dem Haus der erste Juchschrei, die Zither erklingt, und ein lustiges Singen und Jodeln hebt an.

Und dann hört man das Stampfen der tanzenden Burschen und das Lachen der Dirnen.

Gegen Abend kommen dann die jüngeren Leute aus der Nachbarschaft in den Heimgarten.

Der Schiermoser trägt die beiden Hälften der Kirchweihsau in die Kuchel, und Franz richtet in der Tenne die große »Kettenhutsche« her.

Dazu schleppen die Nachbarburschen eine Menge schwerer Kuhglocken herbei. Diese werden schaukelartig an den mächtigen Querbalken der Tenne befestigt; die eine beim vorderen Tor und die andere beim rückwärtigen. Und diese beiden Kettenschaukeln werden nun verbunden durch zwei aufeinandergelegte, leichtlich sieben bis acht Meter lange Bretterladen aus gutem Eichenholz.

Das Aufmachen der Kirchweihhutsche ist eine Ehrensache bei den Bauernburschen; denn da oft bis zu fünfzehn Personen auf dieser sitzen und schaukeln, muß sie sehr gewissenhaft gekettet und befestigt sein.

Nach dem feierlichen Abendessen wird dann die Hutsche ausprobiert von sämtlichen Burschen und Mädchen des Hofs.

Und so kommt es, daß die Schiermoserin und ihre Mutter noch spät abends das Rasseln der Ketten und das Knarren der Bretter, das Scherzen der Burschen und das Kreischen der Maidln hören müssen und keine Ruhe finden und keinen Schlaf bis tief in die Nacht.

Kirchweihsonntag.

Der dämmernde Morgen wird begrüßt von dem festlichen Geläute der Glocken ringsum; es rufen die alten, tiefen der großen Pfarrkirchen ernst und feierlich, und es klingen die kleinen Glöcklein der Kapellen hell und silbern hinaus in die Täler und hinauf an den Hügeln, schwingen und singen droben auf den Höhen und erfüllen die Luft mit ihrem vom Windhauch getragenen Ton wie ein Lied vom Himmel.

Droben auf den Bergen ringsum stehen die Böller und schicken krachend und donnernd ihren Ruf hinaus ins Gau: »Auf! Kirchweih ist!«

Und ihr Krachen bricht sich an den Wäldern und Höhen, wird zum rollenden Donner und erzittert endlich als vielstimmiges Echo an den Fenstern der Bauernhöfe ringsumher. Da wirds lebendig in den Häusern.

Der Bauer bindet das buntseidene Halstüchl sorgfältiger, zieht das samtene Gilet mit den silbernen Knöpfen an und bürstet lange an dem schweren wattierten Kirchenrock herum.

Die Bäuerin prangt im seidenen Gewand mit perlenbesetztem Fürtuch; sie hat das Haar gestrählt und pomadisiert und trägt eine feierlich-andächtige Miene zur Schau.

Der alte Großvater nimmt den langen tuchernen Festtags-
rock aus dem Kasten, zieht die glänzenden Kanonenstiefel
über die engen Lederhosen und zählt die Kreuzer zum
Biergeld in seinem altmodischen Zugbeutel.

Die Burschen und Knechte stehen lachend und stänkernd
in der kurzen Wichs unter der Haustür, richten den Flaum
am Hut, horchen auf die Sackuhr, ob sie geht, und probieren die Schärfe des Messers, ehe sie es im hinteren Hosen-
sack verschwinden lassen.

Die Töchter und Mägde aber schwatzen und kichern, richten zum drittenmal das Haarnest und zum viertenmal die
Halsbarbe, zupfen an den Röcken und glätten die Schürzen,
behängen den Hals mit Ketten und bestecken den Spenzer
mit Broschen und Nadeln.

Und endlich versammeln sich alle drinnen in der großen
Stube; die Bäuerin breitet das schwere linnene Festtags-
tafeltuch auf dem Eßtisch aus, die Tochter oder die Oberdirn stellt die Krapfenschüssel drauf, und die Kucheldirn
trägt die Kaffeesuppe herein.

Der Bauer betet den Morgengruß und bittet den himmlischen Vater um seinen Segen für Speis' und Trank, und
dann beginnt die Kirchweih: zum Morgenimbiß Krapfen,
Kücheln und Kirchweihbrot mit Kaffee, Brennsuppe und
Leberwürsten.

Nach der Kirche beim Postwirt oder beim Oberwirt, beim
Unter- oder beim alten Wirt die Kirtamaß für den Heimweg. Und daheim der Festtagsschmaus!

Die Mannsbilder ziehen schon vor dem Essen die Joppe
aus und setzen sich hemdärmelig um den Tisch.

Dann gehts in schöner Ordnung und nach altem Brauch
und Herkommen: erst kommt die Schüssel mit dem Kraut
und den Blutwürsten; dann das Voressen. Darnach die
Fleischsuppe mit den Leberknödeln, das Rindfleisch und
die roten Rannen. Nun füllt der Hausvater die Bierkrüge.

Die Bäuerin aber trägt weiter auf: den schweinernen Braten und die Kirchweihgans, die gebackene Milzwurst und den gedämpften Gockel.

Die Weiberleut beginnen langsam zu seufzen, und die Mannsbilder knöpfen bedächtig die Knöpfe des Gilets und der Hose auf.

Aber der Hausherr hilft abermals nach mit frischem, gutem Trunk.

Und so geht das Essen seinen Gang weiter: nach dem Gockel kommt das Kälberne auf den Tisch und nach diesem die Apfelküchel, die roggernen Schmalznudeln und die weizernen Kirchweihkrapfen.

Den Dankgott betet die Bäuerin meistens für sich allein.

Denn die anderen Glieder des Hauses sind ernst und schweigend hinausgegangen – in den Stall – in den Hof – hinter das Haus.

Eine gute Kaffeesuppe aber bringt wieder Munterkeit und wirkt befreiend. Man lacht wieder, scherzt, stänkert und ist endlich in der Stimmung, die zum Kirtatag gehört.

Der eine nimmt die Zither zur Hand und der ander die Harmonika, der Oberknecht faßt die Unterdirn um die Mitte, hebt sie juchzend in die Höh, und bald ist alles im Wirbel des Tanzes und im Trubel der Lust des Tags.

Und was nicht Essen und Trinken, nicht Tanzen und Singen zuweg brachten, das erreicht die Hutsche.

Kreischend und lachend sitzen die Weiberleut auf dem langen Brett; ein paar stämmige Burschen stehen an den Enden der Hutsche auf dem äußersten Rand und umklammern mit ihren Fäusten die langen Ketten.

Der Musikantenlippel spielt auf der Ziehharmonika einen Marsch, und die Burschen beginnen langsam die Schaukel zu treten.

Erst ganz bedächtig, die Haltbarkeit nochmals überprüfend, bewegen sie die Hutsche; aber bald werden sie kühner,

531

erhitzen sich an dem Juchzen der Burschen und an dem Kreischen der Maidln und werken nun mit voller Kraft. Hei! Da flattern die Röcke und zappeln die Beine! Da bittet manche herrische und anhabische Dirn den sonst so verhaßten Bewerber um Gnade! Da kommt ein Rausch über alle, die noch jung sind und Blut haben in ihren Adern!

Das ist die Stunde, von der man noch kichernd und verstohlen spricht, wenn längst die Kirchweih vorüber und der Winter in die Bauernhöfe eingezogen ist. Wenn die Jugend beisammensitzt in der Spinnstube und die Alten sich erwärmen auf der langen Ofenbank. – Wie überall an diesem Tag, so ist es auch auf dem Schiermoserhof.

Ein Kirchweihtag voller Lust und Genuß, voller Freud und Ausgelassenheit.

Rosalie ist auch heute die Seele des Ganzen – die Bäuerin.

Sie läuft und schafft, kocht und werkt, hat die Händ voller Arbeit und das Herz voller Lust. Und Tante Adele hilft getreulich mit beim Kochen und Backen, beim Essen und Trinken, beim Lachen und Lustigsein.

So kommt's, daß die gute Schiermoserin samt ihrer alten Mutter vergebens der Stunde des Tages harren, da eine oder die andere von den Töchtern gelaufen kommt, um zu betteln: »Geh, Muatta, hilf! Der ganze Kirta is beim Teife, balst net kimmst. Dees Stadtweiberts hat uns den ganzen Kirta verhunzt!«

Nein. Nichts dergleichen rührt sich.

Nur das Gansdirndl bringt gegen Mittag die Botschaft: es wär alles fertig und wenn die Schiermoserin Lust hätt, herüberzukommen zu einem kleinen Schmaus . . .

Daß unser Herrgott sie davor bewahre!

So gern sie etwas verkosten möchte von den Gerichten, die dieses Weibsbild zubereitet hat!

Sie kanns überwinden!

Und mit Verachtung auf den Lippen, Groll in den Augen und bitterem Weh im Herzen setzt sie sich einsam an ihren Tisch und würgt hinunter, was vom Tag vorher noch da ist: ein harter Knödl und ein wenig Kraut.

Darnach kleidet sie sich festlich an und geht hinab nach Glonn zum Rosenkranz und zur Vesper.

Indes der Schiermoser, ihr Eheherr, wie ein Junger daheim durchs Haus läuft, lacht, scherzt, mit keinem Gedanken sich seines trutzigen Eheweibs erinnert und zu guter Letzt Rosalie sogar um einen Tanz angeht, indem er sagt: »I muaß wissen, obst aa a so a riegelsame Tanzerin bist wia a Bäuerin!«

Im Herzen aber denkt er: Eine bessere Hochzeiterin hätt er nicht finden können, der Franzl, und wenn er suchen wollt zwanzig Stunden im Umkreis. Bei diesem Kegelschieben hat sein Bub den besten Wurf getan!

Assessor von Rödern wundert sich schon seit geraumer Zeit, daß seine Braut so gar nichts mehr von sich hören läßt.

Außer ein paar nichtssagenden Kartengrüßen hat er von Rosalie nichts erhalten, was ihn irgendwie ihrer Zuneigung hätte versichern können.

Die Rätin allerdings schrieb fleißig.

Aber ihre Briefe sind stets von einer schwulstigen Schönrederei, von einer so unangenehm geschraubten Art, so gedrechselt und so gewunden, daß er sich am End nicht mehr darin zurechtfinden kann.

Was nützen ihm all die Redensarten der Mutter, wenn die Tochter nicht jene Worte findet, die man als Verlobter doch schließlich beanspruchen kann!

Ist er denn nun eigentlich Bräutigam, oder ist er's nicht?

Er will sich Klarheit schaffen. – Sofort.

Und so findet ihn der leuchtende, schier sommerliche

Oktobersonntag, an dem bei den Bauern Kirchweih ist, auf dem Weg nach Berganger.

Er hat noch einen Freund dazu eingeladen, und sie wollen zugleich eine kleine Wanderung durch den Herbst mit dieser Reise verbinden.

Es ist bald um die Stunde des Abendessens.

Die Lust und der Trubel des Kirchweihtags ist aufs höchste gestiegen; der dritte, vierte Banzen wird angezapft, und die Kirchweihschaukel beginnt zu quieksen und zu knarren bei jedem Schwung.

Franz Schiermoser hat mit dem Oberknecht das Treten der Hutsche übernommen.

Und Rosalie sitzt nun gleich den Töchtern und den andern Mädchen auf dem Brett, lachend und voller Übermut.

Da kommen zwei Wanderer des Wegs, schauen verwundert auf die Szene und nähern sich langsam, angezogen von dem Lärmen und Lachen und der Musik, der Tenne.

In diesem Augenblick gibt Franz Schiermoser das Zeichen zum Halten.

Die Burschen springen hinzu, halten die Schaukel an und bemächtigen sich der schreienden Dirnen.

Und der Franzl springt herunter vom Brett, hilft Rosalie herab, wirbelt sie etliche Male im Kreis herum und hebt sie darnach juchzend in die Höhe.

Draußen vor dem Tor steht der Assessor mit seinem Freunde.

»Indianerfreuden!« sagt dieser mitleidig. »Sie sind doch noch Wilde, diese Bauern!«

Der Assessor will antworten.

Da erkennt er Rosalie.

Sieht, wie Franz Schiermoser sie in den Armen hält, küßt, mit ihr tanzt, sie wegführt!

Da wendet er sich schweigend ab und folgt dem Freunde.

Etliche Tage später empfängt Rosalie einen Brief, der wei-

ter nichts enthält als die Worte: »Ich betrachte unsere Verlobung als gelöst. von Rödern.«
»Na also!« sagt Tante Adele. »Es geht doch alles, wie es gehen soll. Morgen fahren wir zurück in die Stadt und rüsten den Brautwagen!«

19

Franz Schiermoser ist also Hochzeiter und ist sehr zufrieden und glücklich darüber.
Denn er sagt sich, daß er mit Rosalie niemals verspielt haben wird.
Und was die Leut' sagen werden, das bekümmert ihn nicht. Er mischt sich auch nirgends drein.
Sollte aber wirklich einer den Mund allzu weit auftun über die Sache, so würde er ihm den schon schließen auf eine Art und Weise, daß er eine Zeitlang auf Gott und die Welt vergißt.
Und so beginnt er gemeinsam mit seinem Vater und dem Alten das Haus für die neue Bäuerin zu richten und zu verjüngen.
Denn alte Wänd' und morsche Böden taugen nicht für ein junges Leut' und ein frisches Blut.
Rosalie aber sitzt derweilen drinnen in der Stadt und näht und stickt und probiert dies und das, läuft mit Tante Adele von Laden zu Laden und treibt die Handwerksleute zur Eile an.
Ihre Mutter, die Rätin, ist mit Sack und Pack abgereist zu einer von ihren verheirateten Töchtern, um sich dort auszuweinen über die unglaubliche Kränkung, die ihr durch Rosalies Heirat zugefügt wurde.
Sie tut wirklich, als wollte sie jedes Band zwischen sich und ihrer Tochter zerreißen.

Tante Adele freilich meint, das geschehe alles bloß, um nach außen hin »Eindruck zu schinden« als unglückliche Mutter; im Innern sei sie ganz gewiß zu Tod froh, daß ihre Tochter einen Bauernhof im Wert von mindestens achtzigtausend Mark und leichtlich an die zwanzigtausend Mark bares Geld erheiratet.

Und sie ärgert sich bei dem Gedanken, daß es die Rätin doch nun so gut haben könnte, wenn sie nicht so ein hochmütiges Frauenzimmer wär'!

Sie selber opfert willig ihre ganzen Ersparnisse, ihre Zeit und ihre Ruhe für das Bräutl; »denn«, meint sie, »wenn ich mich nicht kümmere um das Mädl, wer soll's denn tun? – Sie wird ihre alte Tante schon nicht vergessen, die Rosl.«

Das hat Rosalie auch gar nicht im Sinn.

Vielmehr hat sie sich bereits von ihrem Hochzeiter ausgebeten, daß Adele jeden Sommer als Gast auf dem Schiermoserhof weilen darf.

Und Franz fand nichts Unbilliges an der Bitte und meinte: »Dees kannst halten, wie d' magst, Roserl.«

Also wird fröhlich der Tag genützt und die Stunde, auf daß alles gut und recht wird zur Hochzeit.

20

Schon seit Menschengedenken pflegen die Bauersleute den Brauch, daß sie um die stille Zeit des Advents keine laute Hochzeit machen.

Ja, manche sagen sogar, man solle zwischen Kathrein und Heiligdreikönig überhaupt nicht heiraten, denn die um dieselbe Zeit geschlossenen Ehen schlügen gar oft zum Unglück aus.

Ob der Volksglaube dabei an das Walten böser und unholder Mächte gemahnt, oder ob er dem Unsegen religiöse

Ursachen und Wirkungen zugrunde legt, darüber denkt kaum einer nach; aber tatsächlich müssen schon zwingende Beweggründe vorhanden sein, daß sich ein versprochenes Paar in den Wochen des Advents einsegnen läßt.

So etwa, daß die Hochzeiterin nicht mehr weit hin hat, bis sie eine Wiege neben das Ehebett stellen muß.

Oder daß ein Hochzeiter gar geschwind ein goldenes Bremsscheit braucht, um den rollenden Bankerottskarren noch schnell aufzuhalten, ehe er ihm sein ganzes Heimatl über den Haufen fährt.

Aber daß einer bloß um der Ehe selber willen in der stillen Zeit heiratet, das ist gegen Brauch und Herkommen und fordert das Gerede der Leute heraus.

Und so darf es Franz Schiermoser nicht wundernehmen, wenn heut, am dritten Sonntag im Advent, ganz Berg-anger und die Leute der umliegenden Orte des Kirchspiels von ihm reden, die Köpfe schütteln und ihren Unkenruf ertönen lassen.

Denn heute hat nach der sonntäglichen Predigt der hoch-würdige Herr gewiß und wahrhaftig ganz laut und deut-lich von der Kanzel herab verkündigt: »Zum heiligen Stand der Ehe haben sich versprochen der ehr- und tugendsame Jüngling Franz Schiermoser, Schiermoserbauernsohn da-hier, und die tugendhafte Jungfrau Rosalie Scheuflein, Rechtsratstochter aus München. Erstes Aufgebot.«

So.

Gewiß und wahr auch noch!

Wie ein Ruck geht's durch die ganze Gemeinde.

Wie hat das geheißen? – Scheuflein! – Rechtsratstochter! – Und aus München! Ja, heiratet der jetzt wirklich die Städtische? – Die Sommerfrischlerin? – Die Tochter von der alten hochmütigen Stadtmadam, von der Adligen?

Vorbei ist's mit aller Andacht und Sammlung; ein Flüstern und Murmeln geht durch die Reihen der Betenden – Ellen-

bogen stoßen sich, und die Blicke aller suchen die Kirchen-
stühle des Schiermoserhofs.

Aber weder bei den Mannsleuten noch bei den weiblichen
Angehörigen des Hofes bewegt sich ein Mundwinkel, ein
Auge – eine Miene.

Starr geradeaus schaut der Alte und sein Sohn, demütig
gesenkt sind die Blicke der Großmutter, der Bäuerin, der
Töchter und Mägde.

Und die Hochzeiterin selber ist gar nicht zu sehen.

Sie kniet hinter dem barocken Gitter über dem Hochaltar
neben den frommen Frauen der Mädchenschule und blickt
hinunter zu Franz.

Manchmal schielt eine von den armen Schulschwestern zu
ihr hin – sonst bleibt sie ganz unbemerkt – bis nach der
Kirche.

Da können es die Weibsleute der Gemeinde kaum erwarten, bis der Herr Pfarrer endlich sein Ite missa est gesungen
und seinen Weihbrunn über sie gesprengt hat; sie rennen
aus der Kirche wie die Geißen aus dem Stall und fangen
draußen an zu schnattern wie eine Herde Gänse.

Hei, da geht's!

»Ja, was is denn jetz dös? Was hat jetz der hochwürdige
Herr da verkünd't? Der Schiermoserfranzl heirat't! Jetz in
der adventinga Zeit! Und a Stadtmadam heirat't er! – Ja
hat jetz oana so epps aa scho g'hört!«

So ist die Red der einen.

Die Gegenred der andern aber ist die: »Ja Narr, ja Narr!
So epps muaß der alt Schiermoser no auf seine alten Tag
derleben und sie! – Heirat't der Bua a Stadtfrailein! – Ja ja.
Bals die Leut gar z'guat geht, nachher werdns übermütig! –
Nachher taugt eahna das rechte und guate Sach nimmer. –
Nachher müassens auf d' Himmelsloater steign! – Aber
insa Herrgott läßt d' Baam net bis in Himmel wachsen!
Der find't seine Leut scho! Und dee aa!«

Und eine Alte meint: »Jetz in heilinga Advent! Da hat er g'wiß epps ang'fangt, der Franzl! Gleichsehng tuats eahm scho, dem Hallodri! Is alleweil schon a solchener gwen!« Worauf wieder eine andere jammernd ihre Meinung zum besten gibt: »Es is nur grad schad um den schön'n Bauernhof! Denn lang werds net dauern, nachher schwimmt er dahinab. Wia wird denn a Stadterin an Bauernhof dahaltn kinna! Wia wird denn a solchene fertig werdn!« Aber die Reisertalerin sagt mit ihrem frömmsten Augenaufschlag: »Ah! Net fertig werdn, moanst, tuats! Die wird g'wiß und sicherlich fertig! Mit'm Haus und mit'm Hof und mit'n Sach! Und mit eahm selber aa – mit dem Deppn! – Aber es g'hört eahm net' anderscht. Eahm net und die Altn aa net! Die hättn a andere Hochzeiterin aa no finden kinna als wia so a Stadtflugga. Gibt rechtschaffene Bauerndeandln grad g'nua da umanand!«
So geht das Mühlrad bei den Weibsleuten.
Und bei den Männern?
Oh! Mög keiner sagen, daß die still wären über diese Heirat! Die habens genauso notwendig wie die Weiber! Nur daß sie nicht auf der Straße stehen bleiben wie diese, sondern den Postwirt und den obern Wirt, den Huber- und den Unterwirt heimsuchen.
Und auch sie haben Erbarmnis mit dem schönen Hof und fragen, wer wohl unter dieser neuen Herrschaft das Essen koche und den Stall richte und die Erdäpfel stecke und einernte? Und der Nachbar des Schiermoser läßt auch seine Meinung laut werden: »Mir kann si leicht denka, wia's kemma werd: Heut werdns mei Alte holn zum Brotbacka und zum Butterausrührn – und morgn mi zum Kaibeziahng. Denn die Stadtmadam mit ihrane seidigen Nerven fallt ja gwiß und sicherlich augenblickli in d' Ohnmacht und kriagt d' Kränk, bal a Kuah kalbet! O mei, o mei. Der arme Franzl. Aber wem net z'raten is, dem is aa net z'helfa.«

»Ja ja.«

Und dabei ist aus dem Alten kein Sterbenswörtl darüber herauszukriegen, wie er über die Heirat seines Sohnes denkt!

Er schmunzelt nur, trinkt gemach seine Halbe Bier, raucht seine Sonntagszigarre und macht sich danach wieder auf den Weg hinüber zum Pfarrhof, wo sein Sohn und Rosalie das Stuhlfest feiern.

Derweil stehen bei der Leitnerkramerin so an die zehn Bäuerinnen und hecheln das Brautpaar so gründlich durch, daß auch nicht ein guter Faden an ihm hängen bleibt.

Und sie ärgern sich furchtbar, daß sie nichts Gewisses über diese Heirat wissen.

Nicht einmal Barbara Schiermoser kann mit einer Auskunft dienen!

Sie kauft nur etliche Meter himmelblaues Atlasband zum Ausputz für ihr Festgewand, sagt Grüß Gott und Adjes und geht wieder.

Dies ist natürlich ein neuer Anlaß zum Reden!

Und die alte Krautschneiderzenz meint: »Jetz i wenn Schiermoserin wär, i täts halt ganz oafach net gedulden! I saget halt ganz oafach naa, und der Handel wär aus und vorbei.«

Aber die Nachbarin des Schiermoser erwidert: »Moanst? Gell! Da hast aber falsch g'raten! Deswegen is der Handel no lang net aus! I woaß's ganz gwiß, daß sie, d' Bäuerin, naa gsagt hat. Und hat ihr doch nix gholfa. Gar nix. Bloß daß sie selber und die Altn ins Austraghäusl zogn san. Aber er und die Junga tean, was s' mögn.«

Das ist allerdings eine sehr interessante Neuigkeit, wenn man sie glauben darf.

Grad kommt die Schiermoserin selber in den Kramerladen und verlangt ein Päckchen Mandelkaffee und ein Pfund Zucker. Doch auch sie geht nicht aus sich heraus.

Auf alle noch so spitzfindigen Fragen hat sie bloß ein »Ja«, »Nein« oder: »Des werdn mir scho sehgn.«

Und auf die boshafte Frage der alten Schleiferin, ob sie eine rechte Freude habe über die Hochzeit ihres Buben, erwidert sie ebenso boshaft: »No, bal er mir a deinige Tochter daherbracht hätt, würd i kaam an Kreizsprung gemacht habn! Und im übrigen is dees mei Sach, ob i a Freud hab oder net!«

Damit hat sie auch schon ihren Zucker und ihren Mandelkaffee in die endsgroße Rocktasche gesteckt, den Regenschirm genommen und die Ladentür geöffnet.

Sie muß aber doch noch unter der Tür ihr Gewand hochschürzen, obgleich es weder Regen noch Schnee draußen hat.

Denn grad, als sie auf die Straße treten will, gehen Franz und Rosalie lachend und scherzend am Laden vorbei, begleitet vom Schiermoserbauern.

Erst als die drei beim Postwirt das neue, schöne Fuhrwerk einspannen und samt den Schiermosertöchtern darin Platz nehmen, macht sie sich auf den Heimweg.

Die Gemeinde aber hat dadurch aufs neue erwünschten Stoff zur Unterhaltung und Wasser auf ihre Teufelsmühlen erhalten.

Die Hochzeit und der goldene Tag des jungen Schiermoserehepaares sind vorüber.

Es war ein einfaches, stilles Heiraten, ohne Prunk und Lärm, ohne Gevatterschaft und Wirtshaus.

Aber es war trotz alledem ein schöner, heiterer Tag, und die Schiermoserin samt ihrer Mutter barsten schier vor Wut und Verdruß, da sie von ihrem Fenster aus zusehen mußten, wie sich der ganze Hof freute und vergnügte, wie die Knechte die Zither traktierten und die Paare lustig in der Stube herumwirbelten.

Der alte Großvater war trotz seiner Taubheit auch dabei und konnte danach die halbe Nacht nicht aufhören, die Schönheit dieser Hochzeit zu loben und zu preisen, so daß die Alte endlich ganz außer Rand und Band geriet, ihm alles, was auf ihrem Nachttischchen lag, an den Kopf warf und schrie: »Staad bist mir jetz guatwillig, Tropf, elendiger! I will nix wissen von dera Sippschaft!«

Worauf der gute Alte ganz verwundert den Kopf schüttelte, die Zudecke über das Gesicht zog und einschlief.

Rosalie ist also jetzt Schiermoserin – oder, wie das Dienstvolk sie nennt: Madam Bäurin.

Nicht etwa aus Spott oder sonst einem üblen Grund wird sie so genannt.

Nein.

Sie sah am Tag ihrer Hochzeit in dem schneeweißen Seidengewand und dem feinen Schleier so gut und vornehm aus, daß der Schiermoser mittendrin das Glas erhob und zu den Versammelten sagte: »Buam und Deandln, i sag enk dös: A schönerne Frau und a liaberne Bäuerin kriagt koaner mehr als insa Franzl. Drum sag i enk: Stößts mit mir o auf a glücklichs Lebn und auf an guatn Gsund von insana liabn Madam Bäurin! Sie soll lebn!«

Damit war das Wort geprägt, und wenn nun ein Knecht oder eine Magd etwas fragt oder berichtet, verlangt oder erbittet, so beginnt ein jedes seine Red' mit diesem Wort: »Madam, i tät fragn . . . Madam, i muaß sagn.«

Und seltsam, Rosalie und Franz empfinden diese Anrede weder unrecht noch verletzend.

Das Wort kommt aus gutem Gemüt und begegnet wieder gutem.

So geschiehts, daß sowohl der alte Schiermoser wie auch Franz selber dem Dienstvolk gegenüber nicht von der Schiermoserin oder von der Bäuerin reden, sondern nur von der Madam.

Daher kommts, daß auch drüben im Kirchdorf und drunten im Markt die Geschäftsfrauen und Handwerker diese Anrede gebrauchen.

Freilich, so harmlos und ohne Ränke, wie auf dem Schiermoserhof, ist es wohl kaum gemeint, wenn die Bäckerin in einem Ton, so süß wie ihre Zuckerbrezeln, sagt: »Recht guatn Tag, Madam Schiermoserin! Was geht ab, was darfs sein?«

Oder wenn die Postwirtin sich erst die feiste Hand an die Küchenschürze wischt, ehe sie diese Rosalie darreicht mit den Worten: »Jessas, d' Madam Schiermoser! A kloans bisserl, Madam! – Muaß grad no gschwindse meine Finger a weng abwischn, bevor i Eahna guatn Tag sag, Madam! Soo... I hab halt die Ehr, Madam Schiermoser; i hab die Ehr...«

Doch macht sich Rosalie nur wenig daraus.

Sie ist so zufrieden und glücklich als Bäuerin und als ihres Franzen Hausfrau, daß sie nur auf ihn hört und auf dessen Vater.

Freilich tut sie sich nicht allzu leicht in ihrem neuen Stand; sie, das Stadtmädl, weiß halt doch nicht so in allem bäuerischen Brauch und Tun Bescheid.

Da ihr aber die Schwägerinnen und das Dienstvolk getreu zur Seite stehen, arbeitet sie sich rasch ein und merkt gut auf bei allem, was ihr neu ist.

So leben die beiden jungen Leute glücklich in ihrem Heimatl, und mit ihnen freut sich jeden Abend auf den nächsten Tag ihr Vater, der Schiermoser.

Nur sie, die Schiermoserin, will nicht teilhaftig werden des Glückes ihres Sohnes.

Wie eine Nachteule verkriecht sie sich in ihrem Häusl, lebt einsam und trüb dahin und hofft auf ein baldiges Abscheiden gleich einer alten, müden Spitalerin.

Aber sie muß leben.

Ein untätiges, freudloses Leben; noch verdüstert von schwarzen Gedanken der Rachsucht und des schwergekränkten Bauernstolzes.

Und sie bohrt sich immer tiefer hinein in ihren Groll und Haß und schließt sich auch von der übrigen Welt ganz ab und geht zu guter Letzt nicht einmal mehr in die Kirche.

Die alte Großmutter liegt schon seit Wochen krank danieder.

Aber während sie früher selbst bei schweren Leiden das Bett haßte und sich so schnell als möglich wieder aufraffte, liegt sie jetzt still und ergeben und seufzt ein übers andere Mal: »Es is nix mehr auf der Welt, bal der Mensch alt und unnütz wird. Die Jungen ham koa Religion und koa Sittsamkeit nimmer, die kümmern sich um koan Brauch und um koa Ehr ... ah was ... dees Beste wär, man könnt d' Augn zuamacha und nimmer auftoa in alle Ewigkeit!«

Und da eines Tages ihren alten tauben Eheherrn der Schlag trifft und man ihn hinausträgt zum Hoftor, da bricht sie ganz und gar zusammen, und kaum einen Monat danach muß die Schiermoserin auch ihre Ewigkeitstruhe mit den Blumenstöcken des Austraghäusls schmücken und sie hinabgeleiten zum Gottesacker.

Da wird es ganz seltsam still und leer in ihr.

So still und leer wie in dem Häusl.

Und sie wird mürb und klein, verzagt und lebensmüde in dieser Einsamkeit.

Und ihr Morgengebet gleicht ihrer Abendandacht und klingt aus in die Bitte: »Herrgott im Himmel, erlöse mich von dem Übel meines Daseins. Amen.«

21

Ein Jahr ist um seit der Hochzeit des jungen Schiermoser und seiner Rosalie.

Und da es wieder um die Zeit ist, in der man für die Weihnacht das Kletzenbrot backt und die Krippe in der Hauskapelle aufstellt, da spannt der Schiermoser eines Morgens in großer Eil das Füchsl vor das Gäuwagerl und fährt wie der Teufel hinaus zum Tor und hinab nach Glonn zur Kindlfrau.

Denn Rosl, die Madam, will sich dazu richten, ihrem Franz ein kleines lebendiges Christkindlein in die altehrwürdige Bauernwiege zu legen.

Das ganze Haus ist in Aufregung; am meisten aber zieht's den jungen Bauern an den Nervensträngen.

Denn draußen im Stall liegt die Blaß im Kalben, und der Rappe tobt an einer schweren Kolik.

Und nun kommt Barbara, des Bauern Schwester, und schreit: »Schnell! Gschwind! Einspanna! D' Steckareiterin holn! Insa Madam richt' si!«

Der Schreck! Die Freude! Die Angst!

Hei, da schwirren die Befehle!

»Hans, kümmer dich ums Rappel! – Lies und Sepp, ös bleibts mir bei der Blaß! Der Bua und d' Nandl solln enk helfa, bal 's Kaibe kimmt! – Vata, geh, balst du glei zu der Kindlin fahrn tätst? Eppan kunnst glei a Flascherl Wein für d' Rosl mitnehma und an Met! – Bawettei, geh, kümmer dich um sie! – Und d' Mariedl kann in der Kuchel Wasser hitzen und 's Essen richten!«

Und während alles rennt und läuft, werkt und sorgt, zieht droben in der Kammer die junge Bäuerin die Vorhänge zu, schiebt die Wiege zu ihres Bettes Füßen und steckt ein winziges Hemdlein in die Ärmelchen eines gestrickten Jäckleins.

Barbara kniet vor dem alten Sesselofen und schürt ein schweres Holzscheit ums andere hinein und tröstet dazwischen mit lieben Worten die leise jammernde und betende Schwägerin. Eine, zwei Stunden gehen um.

Drunten im Hof und Stall rennen und laufen Knechte und Mägde, werkt der Tierarzt und brüllt das Vieh – in der Kuchel kocht das Wasser und dampft der Kindelbraten – und droben hält Franz seine liebe Bäuerin im Arm und schaut leichtlich hundertmal aus dem Fenster, ob der Vater noch nicht bald mit der Kindlin käm.

Drüben im Austraghäusl aber steht die Schiermoserin hinter dem Vorhang und starrt auf die Straße hinaus, wo sie ihren Schiermoser vorhin mit dem Fuhrwerk dahinstürmen sah. Was mag nur los sein drüben im Hof?

Ein seltsamer Druck legt sich ihr auf die Brust.

Sie will ihn abschütteln.

»Werd scho epps sei!« sucht sie sich selbst zu beruhigen.

»Was geht's denn mi an! – I ghör nimmer zu dene.«

Aber da hört sie den Rappen schlagen, toben und wiehernd stöhnen. Sie sieht den Tierarzt kommen und gehen.

»Ah was! – Dees geht mi nixn o. – Werd scho was sein. Was kümmerts mi?«

In diesem Augenblick fährt der Schiermoser in den Hof; und neben ihm sitzt die alte Steckenreiterin, die schon ihren Franz und die Barbara und die Mariedl geholt hatte damals, als sie noch selber glückliche Schiermoserbäuerin war.

Also gibt unser Herrgott dieser Ehe doch seinen Segen?

Es kommt wieder ein kleines Reislein aus dem Schiermoserstamm? Die Alte greift sich an die Kehle.

Wie hart sie sich doch heute schnauft!

Sie öffnet das Fenster.

Aber da dringt das Schreien der Knechte und Mägde, das Brüllen der Kuh zu ihr in die Kammer.

Sie schlägt das Fenster wieder zu.

Doch sie hat keine Ruhe.

Wieder muß sie mehr Luft haben.

Sie wankt mit bebenden Knien hinaus vors Haus.

Da dringt der jammernde Schrei ihrer Schwiegertochter zu ihr.

Sie hält sich die Ohren zu.

Ihr Sohn, der Franz, stürmt die Stiege herab und hinunter in den Stall.

Aber gleich darauf rennt er schon wieder ins Haus, und man hört ihn befehlen: »'s Badwasser herrichten! Und warme Windln! – Habts an Trank für d' Blaß?«

Also wirklich kehrt der Segen Gottes ein in Haus und Stall ihres Hofs!

Und sie steht da unter ihrer Haustür, gleich einer Fremden, Ausgestoßenen! Ein hartes Weinen kommt sie an.

Aber sie würgt es hinab und bekämpft die weiche Regung ihres Gemüts.

Der Rappe liegt ermattet, aber gerettet auf seiner Strohschütte.

Und vorn bei den Kühen steht die Blaß und schaut besorgt nach ihrem Kälblein, das eigensinnig immer wieder aufzustehen versucht, obgleich es seine Vorderbeine noch nicht tragen.

Da schleicht sich eine Gestalt scheu in den Stall.

Die Schiermoserin.

Und sie geht langsam von Kuh zu Kuh, von Ochs zu Ochs, streichelt die Rösser und tätschelt die Kälber und geht endlich leise und zaghaft hinüber ins Wohnhaus.

Droben in der Kammer kämpfen Furcht und Hoffnung, Schmerz und Trost ihren harten Strauß.

Der Schiermoser und sein Sohn rennen planlos durchs Haus; da schleicht die alte Bäuerin zur Stiege hinauf.

Die beiden Männer durchfährt der nämliche Schreck.

Und sie stoßen beide zugleich die Frage hervor: »Was möcht'st?«

Franz aber ist mit zwei, drei Schritten bei ihr.

»Muatta! – Balst epps möcht'st – kimm morgn! – Sie kann di net braucha jetz! Sie soll koan Verdruß habn!«

In diesem Augenblick mischt sich droben ein feines kreischendes Stimmlein in das Weinen der jungen Schiermoserin. Und die Barbara ruft voller Freud durchs Haus: »An Buam ham mir!«

Da vergißt Franz auf die Mutter – und der Schiermoser auf sein Weib – und sie rennen hinauf und hinein in die Kammer, wo sie in ihrer derben, unbeholfenen Art sich Mühe geben, zart zu dem Kindlein zu sein und zu seiner Mutter – wo sie die Stimme zu einem heiseren Flüstern senken und mit dem Ärmel immer wieder über die Augen wischen, damit man nicht sehen möcht, was sie bewegt.

Drunten in der Kuchel aber hat die Schiermoserin ihrer Tochter den Kochlöffel aus der Hand genommen und sagt: »Geh auffe und schaug dir 's Büaberl o. I koch scho weiter.«

Und am Christtag, da die Taufe des jüngsten Schiermoserreisleins stattfindet, da sitzt sie in ihrem größten Festtagsstaat in der neuen Kutsche, trägt selber das Büblein auf dem Prunkkissen zum Taufkessel und zeigt der staunenden Gemeinde ihr freudestrahlendes Gesicht.

Und da das alte Jahr zur Neige geht und das neue sich zum Kommen schickt, da nimmt sie ihre Schwiegertochter bei der Hand und sagt: »Wenns dir recht is, Rosl, nachher mach i Kindsdirn. Und bals dir sonst dick eingeht mit der Arbeit, nachher sagst es.« Indem sie noch redet, kommt der alte Schiermoser dazu und ruft: »Jetz da schaug her! Jetz is richtig no aus dera Dreifaltigkeit a Dreieinigkeit wordn! Was a solches Christkindl doch alles zwegn bringt. Aber in Gottesnam! D' Hauptsach is, daß i wieder an Schlafkamerad hab und der Hof an Stammhalter, für dees ander werd nachher der Bua scho sorgn und sei Madam.«

Und die junge Schiermoserin sagt fröhlich: »Amen, Vater.«